상류 사회
2

초판 1쇄 인쇄	2025년 04월 22일
초판 1쇄 발행	2025년 05월 26일

지은이	견우
편집 팀장	김도훈
책임 편집	권용화
편집	전소영
제작·물류	권용화
PD	최서현
디자인	Opulence
펴낸이	배기식
펴낸곳	리디 주식회사
출판신고	2011년 08월 29일 제2011-000264호
주소	서울특별시 강남구 테헤란로 325, 4층, 10층, 11층(역삼동)
홈페이지	ridibooks.com
ISBN	979-11-42002-78-6 04810
	979-11-42061-42-4 (세트)

ⓒ 견우 2025

이 책은 저작권법에 따라 보호를 받는 저작물이므로 무단 전재와 무단 복제를 금지하며, 이 책의 전부 또는 일부를 인용하려면 반드시 저작권자와 리디 주식회사의 서면 동의를 받아야 합니다.

Rose|N 피어나는 즐거움, 로즈엔

로즈엔은 리디 주식회사의 장편 프리미엄 로맨스 및 로맨스판타지 레이블입니다.
오래도록 만끽하는 즐거움을 드리고자 합니다.

· 책값은 뒤표지에 있습니다.
· 잘못된 책은 구입하신 곳에서 바꾸어 드립니다.

HIGH

상류 사회

견우 장편소설

2

ALTA SOCIETÀ

SOCIETY

CONTENTS

ALTA SOCIETÀ

03.	O mio babbino caro	7
04.	Un dì, felice, eterea	231
05.	Nessun dorma	451
06.	Celeste Aida	516
	Epilogue	615
	Side Story 01	625
	Side Story 02	671

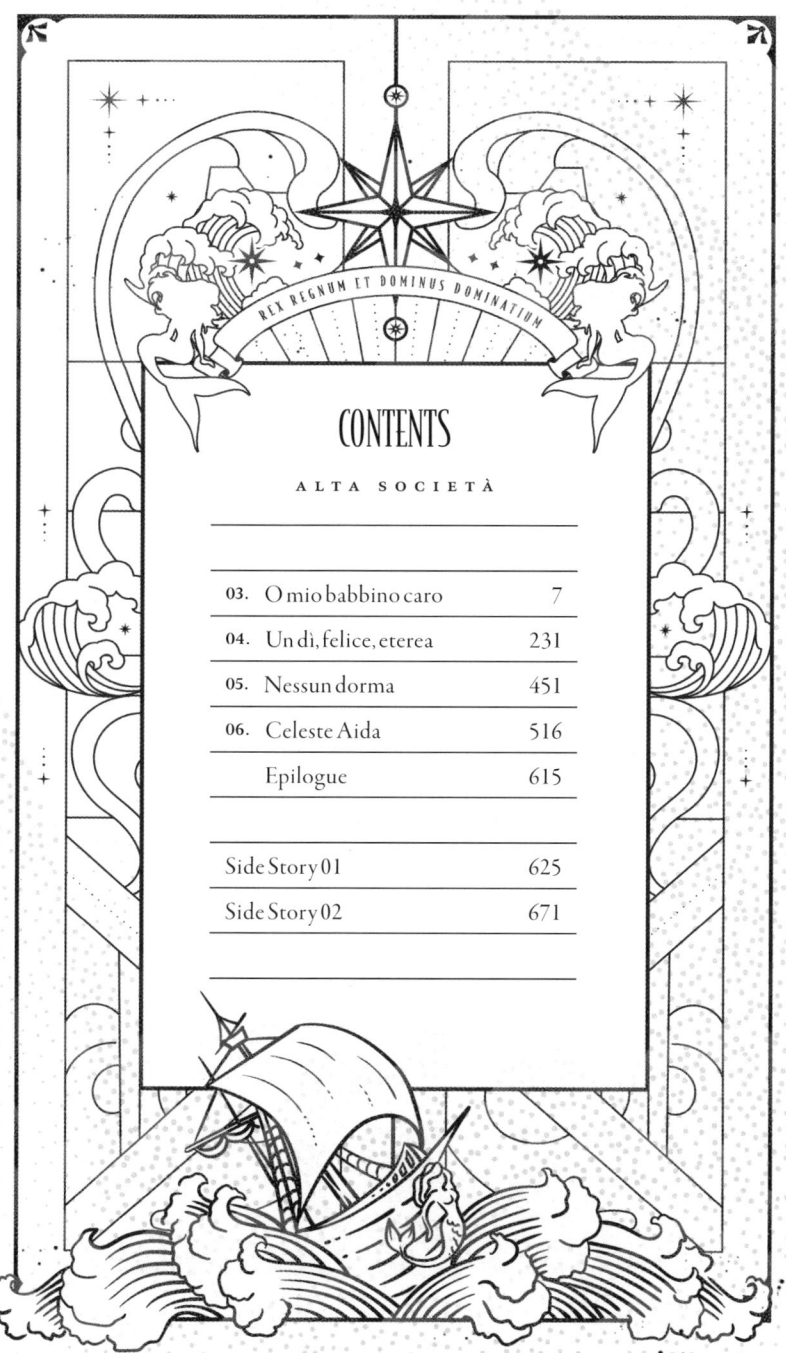

03.

O mio babbino caro

오 사랑하는 나의 아버지
(푸치니의 오페라 『Gianni Schicchi 잔니 스키키』 중)

E se l'amassi indarno,
Andrei sul Ponte Vecchio,
Ma per buttarmi in Arno!

제 사랑을 인정해 주시지 않으면
베키오 다리로 가서
아르노강에 몸을 던지고 말 거예요!

"이번 시즌은 부오나파르테가 너무 조용하네요. 그럴듯한 파티도 없고."
"어머. 소문 못 들으셨어요?"
"무슨 소문이요?"
"부오나파르테 남매 말이에요. 그 둘이 사실은…."

"인류애지."
체사레가 간단하게 말했다. 시선은 여전히 신문에 꽂혀 있었다. 마차의 맞은편에 앉은 쥬드가 눈살을 찌푸리며 고개를 갸웃했다.
"자고 싶다며?"
"예쁘니까."
"……."
"인류애야."
"자네 그런 거 모르잖아."
"아델 비비가 알려 주던데."
쥬드의 시선이 옆으로 향했다. 체사레의 옆자리에 앉은 아델라이데가 보였다. 그녀는 자기와 자고 싶다는 얘기를 하는 남자를 두고도 태연히 무표정을 하고 있었다.
"아가씨, 듣기 불편하지 않아?"
"그다지요."

"…그래…?"

인어 같은 미인의 시선이 다시 창밖으로 향했다. 귀찮다는 듯한 태도다. 기껏 같은 집에 살면서 점수는 안 따고 대체 뭐한 거야. 쥬드가 이마를 짚은 뒤 체사레에게 물었다.

"체사레, 그럼 아가씨는 그대로 에즈라와 결혼하는 건가?"

"애초에 그러려고 데려왔잖아."

"그럼 왜 그 지랄을 해 댔는데?"

델라 발레 무도회에서 체사레가 벌인 일에 관해서는 쥬드 역시도 전해 들은 상태였다. 체사레는 착 소리가 나게 신문을 접으며 싱긋 웃었다.

"인류애 차원에서."

"얼씨구."

"다 왔군. 내리지."

체사레가 먼저 마차에서 휙 뛰어내렸다. 쥬드는 고개를 절레절레 저으며 그를 따랐다.

아델은 마차에서 내려 주변을 둘러보았다. 포폴로들이 사는 상성구였다. 기모라보다 훨씬 치안도 좋고 깔끔한 거리다. 구두닦이는 올 일이 없다. 여기 사는 이들은 너무 바빠서 구두를 닦는 시간도 아까워하기 때문이다.

'여긴 왜….'

정면에는 2층짜리 건물이 있었다. 상아색과 오렌지색 벽돌을 사용해 알록달록한 외벽이 인상적인 주택이다. 정문으로 난 작은 돌길에는 여자 한 명이 서 있었다.

"쥬드!"

그녀는 마차에서 내린 쥬드 로시를 보자마자 환하게 웃었다.

"실비아! 들어가서 기다리라니까!"

쥬드가 냅다 그녀에게 달려갔다.

"어떻게 그래요, 체사레 님이 오신다는데….."

실비아라 불린 여자가 손을 내저었다. 옅은 회색 머리카락에 다갈색 눈. 흰옷 때문이 아니더라도 색소가 옅고 희멀건 인상이다. 아스라한 인상을 가진 건 루크레치아도 마찬가지지만, 이쪽이 좀 더 생기가 부족한 느낌이다.

체사레는 느긋하게 그녀 앞까지 걸어가 손을 내밀었다.

"여신의 안녕을. 볼수록 예뻐지는 것 같은데 의원 몰래 얼굴에 뭐 바르는 거 아니야?"

놀랍게도 희미한 존중이 느껴졌다. 체사레가 여성에게 저런 모습을 보인 건 아델이 알기로 에바와 에포니 외에는 처음이었다. 실비아가 웃으며 손등을 내밀었다.

"여신의 안녕을. 체사레 님은 여전하시네요."

그 모습에 쥬드가 불안한 듯 손날로 두 사람의 손을 떼어 냈다.

"좀! 자네! 끼 부리지 말고!"

"내 끼는 부리는 게 아니라 흘러넘치는 거야."

"웃기시네!"

화목한 분위기였다. 아델은 눈치를 보며 세 사람에게 다가갔다.

"아!"

여자와 눈이 마주치자 그녀는 몹시 밝게 웃었다. 귀족끼리의 예의를 아는지 말을 걸지는 않기에, 아델라이데가 먼저 인사했다.

"여신의 안녕을. 아델라이데….."

"실비아 페롤. 내 약혼녀라네!"

아델의 인사를 끊고 쥬드가 끼어들었다.

"쥬드! 무례하게!"

실비아는 쥬드의 어깨를 손으로 찰싹 때린 뒤 아델을 향해 말했다.

"여신의 안녕을. 실비아 페롤이라고 해요. 정말 뵙고 싶었어요. 쥬드에게 이야기도 많이 들었고⋯. 여기까지 와 주셔서 정말 감사드려요."

"천만에요. 저는 말씀을⋯ 못 들었지만, 어쨌든 만나서 반가워요."

"말씀 낮추세요. 귀하신 분인데⋯."

실비아가 발을 동동 구르더니 뺨을 붉혔다. 그녀는 곧 몹시 흥분한 기색으로 말했다.

"제가 너무 급한가 싶지만, 마음이 정말 들떠서요⋯. 혹시 식은 언제 올리시나요?"

⋯쥬드가 에즈라와의 결혼 이야기를 했나?

"조만간이요. 아직 날짜는⋯."

"아아! 정말 빠르네요! 하지만 왠지 그럴 것 같았어요. 분명 세기의 결혼식이 되겠죠? 제 두 눈으로 볼 수 있다니 꿈만 같아요⋯."

"⋯⋯."

뭔가 대화가 이상하다⋯. 그때 실비아가 몽롱한 눈으로 아델과 체사레를 번갈아 보며 말했다.

"그나저나 상상했던 것보다 훨씬 더 잘 어울리세요. 같이 걸어오시는데, 이게 바로 천생연분이구나 싶더라고요. 어쩜 분위기도 이렇게 닮으셔서는⋯."

"네?"

"뭐?"

"으하하하하!"

쥬드가 바닥을 구르며 웃기 시작했다. 실비아는 눈을 동그랗게 뜨고 그 몰골을 쳐다보다가, 뭔가를 깨달았는지 하얗게 질려 입을 열었다.

"…두 분이 결혼하시는 거 아니었어요?"

"으하하하! 하하하하!"

옆에 선 체사레의 입에서 앓는 소리가 흘러나왔다. 그는 손가락으로 아델을 가리켰다.

"실비아, 내가 얘랑 결혼할 사람으로…."

"보여요!"

"…보이는군. 보일 수 있지. 그렇지만 내가 얘랑 결혼할 일은."

"절대 없죠."

"절대 없…. 왜?"

체사레의 고개가 돌아갔다.

"네?"

"네가 신이야? 그걸 어떻게 알아. 있을 수도 있지."

"네?"

"흐학. 학. 학!"

숨이 넘어갈 것처럼 웃던 쥬드를 향해 체사레가 말없이 다가가기 시작했다. 쥬드는 벌떡 일어나 실비아 주변을 한 바퀴 돌며 그를 피했다.

"알았어. 알았어! 난 그냥 두 사람이 얼마나 잘 어울리는지 좀 알려고 이랬을 뿐이야!"

결국 쥬드가 단말마 같은 외침을 내뱉고서 실비아의 어깨를 감쌌다.

"자, 실비아! 이쪽 아가씨는 체사레의 여동생인 아델라이데 부오나파르테 양."

"네? 여동생…?"

실비아의 얼굴에 의아함이 떠올랐다.

"아델라이데 아가씨는 곧 에즈라랑 결혼할 거야."

"그럼 두 분은….”

"남매지. 아무 사이 아니지. 결혼 안 하지. 못 하지! 신이 아니라도 그건 알지! 으하하!”

쥬드는 결국 체사레에게 한 대 얻어맞고 말았다.

체사레가 들어서자 방 안의 모두가 일제히 그에게 인사했다.

"일들 봐.”

체사레는 주머니에 손을 꽂은 채 사람들 사이를 어슬렁거렸다. 너그러운 걸음걸이에 비해 눈빛이 날카롭다. 의원들은 바짝 긴장한 눈치였다. 체사레는 유영하는 상어처럼 방을 훑고는 의원에게 다가갔다.

"필요한 건?”

"저번 정기 보고 때 올린 게 끝입니다.”

"약은 요즘 뭐 쓰나?”

"최근엔 트레베레움에서 들여온….”

이야기가 길어지자 체사레가 실비아에게 손짓했다.

"잠시 실례할게요, 아델라이데 님.”

실비아는 아델에게 인사하고는, 스르르 다가가 근처의 소파에 앉아 뭔가 이야기를 나누기 시작했다.

아델은 곁눈으로 의원들의 차림새를 살폈다. 주머니 앞쪽에 뱀과 지팡이 문양이 수놓여 있었다. 뱀과 지팡이는 그리말디 가문의 문장. 그리말디는 포르나티에 제일의 의원 가문이다. 부오나파르테의 가신 가문이기도 했다.

"불치병이거든.”

쥬드가 옆에서 불쑥 나타나 말했다. 아델이 당황해 그를 올려다보자, 쥬드는 싱글싱글 웃으며 바깥을 손짓했다.

"체사레랑 실비아는 잠깐 바쁠 거야. 그사이 우린 잠깐 산책 좀 할까?"

실비아의 집 근처에는 해안가가 내려다보이는 산책로가 있었다. 산책로가 있는 언덕 아래로 색색의 지붕을 얹은 자그마한 집들이 옹기종기 모여 있는 것이 보였다. 날이 좋지 않아 그 너머의 바다와 하늘은 모두 흐렸다. 오래 앓은 환자를 보고 나서인지 평소보다 구름도 더 낮게 깔린 느낌이었다. 돌로 된 낮은 담을 따라 걸으며 쥬드가 먼저 입을 열었다.

"놀랐나?"

"조금요."

쥬드 로시는 로시가의 후계자다. 곧 로시 공이 될 그의 약혼녀가 외국인에 포폴로. 거기다 환자. 쉽지 않다.

"우리 가문에서 일하던 법률가의 딸이라네."

쥬드가 먼바다를 보며 말했다.

"내가 먼저 반했지. 첫눈에 반했다는 건 아니고, 그냥 보다 보니 눈이 가더군."

"로시 공께서는…."

"하하! 당연히 반대하셨지. 그래서 내가 아직도 가주가 아니라 후계자인 거 아니겠어?"

"노고가 많으시겠습니다."

쥬드가 씩 웃었다. 익숙하다는 듯한 웃음이다.

"그거 아냐? 체사레와 친해진 것도 실비아 때문이네."

"오라버니와요?"

조금 놀랄 만한 이야기였다.

"그래. 전엔 뭐 저딴 개망나니가 다 있나 싶어서 무시하고 살았거든."

"음…."

"그런데 어느 날 한밤중에 실비아가 위급해진 거야."

때마침 돌담이 끝났다. 쥬드는 멈춰 서서 담 위에 손수건을 깔아 주었다.

"숙녀분이니까."

능청스러운 태도에 아델이 실소했다. 그러고 보면 쥬드는 자신의 신분을 알고도 거부감을 보이지 않았다. 실비아 때문이었던 모양이다. 자리에 앉자 쥬드가 말을 이었다.

"그때도 돌봐 주는 의원들은 있었지만 썩 능력이 뛰어난 건 아니었네. 그런 의원은 구할 수가 없었어. 나는 아버지에게 거의 의절당하다시피 한 상태였고, 실비아의 부친도 나 때문에 로시가에서 잘린 상태였거든. 한마디로 돈이 없었지."

아델 옆에 대충 걸터앉은 쥬드가 재차 웃었다. 정말로 웃을 만한 상황은 아니었을 것이다.

"그때 의원들이 그러더군. 마음의 준비를 하라고. 난 못 하겠다고 했지. 그리고 체사레를 떠올렸네. 알다시피 그리말디는 부오나파르테의 가신 가문이잖나? 그래서 다짜고짜 체사레가 참석했다는 무도회로 달려갔지."

"어떻게 됐나요?"

"하필 또 비가 오는 날이었어. 물에 빠진 생쥐 꼴로 볼룸을 박차고 들어가, 체사레 앞에 무릎을 꿇었네. 그리고 실비아를 살려 달라고 빌었지. 체사레가 그러더군."

쥬드가 괘씸하다는 듯한 코웃음과 함께 말했다.

"다 죽어 가는 여자 붙잡고 딸이나 칠 바에야 멀쩡한 여자 만나서 정착하는 게 안 낫겠느냐고."

"……."

'미친, 미친놈….'

"그래서 내가 체사레에게 주먹을 날렸지."

"…그럴 만하네요."

"그랬더니 내가 더 얻어맞았네."

"…그것도 그랬겠죠…."

"그다음엔 체사레가 의원을 불러 주더군."

"네?"

"그리고 제정신이 아닌 나를 끌고 가서, 옆에서 병신같이 굴 거면 가서 둘이 누울 관 자리나 파라고 욕을 하지 뭔가?"

"……."

쥬드는 아델의 복잡한 시선에 더 크게 웃었다.

"하하! 그래도 다행히 그리말디가 정말 뛰어났어. 죽을 고비를 넘기긴 했지만 실비아는 살았네."

"그건 정말로 다행이네요."

"다행이지."

쥬드가 잠시 말을 멈추고 바다를 응시했다. 때마침 그의 머리 위를 몇 마리의 갈매기가 울며 날아갔다. 어쩐지 쓸쓸해 보이는 광경이 완성되었다.

"그때 이후로 계속해서 도움받고 있네. 그리말디의 가장 뛰어난 의원들이 실비아를 진료해 주고 있지. 치료비도 전부 체사레가 내고, 신약 개발도 계속해 주고 있고, 실비아의 부친을 부오나파르테의 법률가로 고용해 주기도 했지."

"……."

"믿기지 않지?"

쥬드가 아델을 돌아보았다. 아델은 잠시 아도르의 스텔로네 리조트에서 자신에게 '그만 잊을 수 없냐'고 묻던 체사레를 떠올렸다. 그녀가 말없이 고개를 저었다.

"그래? 그건 다행이군."

쥬드의 목소리와 시선이 부드러워졌다. 그는 다시 정면을 바라보았다.

"체사레는 내게 돈을 받는 것도 아니고, 내가 로시의 가주가 되면 어떻게 해 달라고 한 것도 없네."

"……."

"어떻게 그럴 수 있을까. 돈이 많아서? 난 아니라고 생각하네. 팔미나 공을 보면 알 수 있지."

쥬드는 점점 생각에 잠겨 가는 듯했다. 목소리도 작아지고, 미소도 가라앉았다. 그가 중얼거렸다.

"아델 아가씨, 난 그게 어쩌면, 체사레가 내가 가는 길을 응원하기 때문이 아닐까 해…. 그는 가지 못하는 길이니까. 부오나파르테잖나. 그는 책임지고 있는 게 너무 많아."

"……."

"아니면 사실 우리가 동류인 거겠지. 물론 체사레는 절대 그렇게 보이진 않겠지만 말이야."

그것을 끝으로 한동안 쥬드는 아무 말도 하지 않았다. 한참 뒤 그가 고개를 홱 돌리고 빙긋 웃었다.

"뭐. 특별히 뭘 어떻게 해 달란 건 아니니 안심하게. 그냥 말해야 할 것 같았을 뿐이야. 오해 사기 쉬운 친구잖나."

쥬드는 몸을 일으키고는 옷을 툭툭 털어 낸 뒤 손을 내밀었다.

"도움 필요하면 말하게. 난 아가씨 편이니까."

실비아의 집으로 돌아가자마자 체사레가 눈살을 찌푸리며 진하게 웃었다.

"네 약혼녀 놔두고 뭐 하는 거야?"

쥬드는 아델과 시선을 마주치고는 실실 웃었다.

"자네 여동생이랑 자네 욕 좀 했지."

"너무 잘생겼다는 점 말고 욕할 게 있나?"

"너무 재수 없다는 점도 있지."

쥬드가 체사레와 눈싸움을 벌이는 사이 실비아가 아델에게 다가왔다.

"저… 아깐 사정도 모르고 함부로 말씀드려서 죄송해요, 아델라이데 님."

"아니에요, 충분히 그럴 수 있죠."

그 말에 실비아가 묘한 웃음을 흘렸다.

"그렇죠? 진담이긴 했거든요."

"……."

당황한 아델을 실비아는 후후 웃으며 응접실로 잡아끌었다.

"좀 더 이야기 나누고 가시면 좋겠어요. 신경 써서 준비한 차도 있으니까요. 신사분들도 어서요."

그대로 응접실로 들어가는 실비아의 모습을 쥬드는 눈도 떼지 못하고 지켜보았다. 저도 모르게 입가에 미소가 걸렸다.

"상태가 좀 좋아진 것 같지 않나?"

체사레는 시큰둥했다.

"글쎄. 그런가."

"쯧쯧. 맥없긴. 그보다 우린 잠깐 테라스로 나가지. 할 말이 있네."

쥬드는 테라스로 나가자마자 심각한 얼굴로 입을 열었다.

"체사레, 여론이 안 좋아."

체사레가 야외용 의자에 앉으며 답했다.

"델라 발레?"

"그래. 물밑에서 꽤 치열하게 선전 중이야. 주로 자네가 아가씨랑 그렇고 그런 관계라는 내용이네."

"박아나 봤으면 억울하지나 않지."

"입 좀 예쁘게 쓰게. 아무튼 델라 발레는 자네가 소문을 불식시키기 위해서라도 아가씨와 에즈라의 결혼을 서두를 거라고 생각하는 모양이야. 둘이 결혼하면 자네에게 돈 얘기하기도 쉬워질 테니."

체사레가 낮게 웃었다.

"델라 발레는 참 아비나 딸이나 청사진이 원대해."

"안 해 줄 생각이야?"

"모르지."

"어차피 다시 후원해 줄 거지?"

묘하게 집요한 질문에 체사레가 고개를 들었다.

"왜?"

쥬드가 잠깐 입을 다물었다가 답했다.

"자네가 후원을 핑계로 에즈라와 아가씨의 결혼을 무르면 좋을 것 같아서."

체사레의 낯이 건조해졌다.

"내가 왜 그래야 하는데."

"그게 맞으니까."

"쥬드 로시, 그새 멍청이가 됐어?"

쥬드가 한숨을 쉬었다.

"체사레, 인류애라는 건 말이야. 길 가는 꼬마의 머리를 쓰다듬어 주고 싶은 마음 같은 걸 말하는 거야."

"우리 구두닦이 머리도 쓰다듬어 주고 싶게 생겼어."

"남들도 그럴 거라는 걸 잊지 말게. 아가씨는 미인이야. 모두가 자네처럼 그녀를 쓰다듬고 싶어 하지."

체사레가 말문을 닫았다. 형형한 눈빛에 더는 선을 넘지 말라는 경고가 묻어 있었다. 하지만 쥬드는 굳은 얼굴로 말을 이었다.

"체사레, 자네 감정이 정말 인류애라면 자네는 그걸 너그러운 마음으로 보아 넘겨야 하는 거야. 지금이야 제대로 진행된 게 없으니 실감이 안 나겠지. 하지만 정말로 약혼식이 진행되면…."

"……."

"체사레, 그건 돌이킬 수 없네. 자네가 아무리 후회해도 그땐 소용없을 거야."

부오나파르테로 돌아가는 마차 안은 조용했다. 체사레도 아델도 말수가 많은 편은 아니었다. 체사레는 피로를 느끼며 고개를 젖혔다. 창밖에는 의미 없이 풍경이 지나가고 있었고, 눈앞에는 아델 비비가 무표정으로 앉아 있었다.

03. O mio babbino caro

"체사레, 인류애라는 건 말이야. 길 가는 꼬마의 머리를 쓰다듬어 주고 싶은 마음 같은 걸 말하는 거야."

누가 그걸 모를 줄 알고. 체사레가 시선을 다시 창밖으로 돌렸다. 그러다 문득 보인 광경에 그가 저도 모르게 입을 열었다.
"내릴까?"
"네?"
"'세크레툼'. 관심 있어 하던 가게잖아."
체사레가 창밖을 턱짓했다가 괜히 한마디 덧붙였다.
"…마침 시간도 남고."
그 말에 아델이 창밖으로 시선을 주었으나, 아주 잠깐이었다.
"괜찮습니다. 싸구려 가게잖아요."
그렇게 말하는 호박색 눈은 전과 달리 빛나지 않았다.
"……."
까닭 모르게 심장에 서늘한 바람이 스친 듯했다. 돌아보니 '세크레툼'의 간판은 어느새 멀어져 더는 보이지 않았다. 뭔가가 멀어지는 게 이렇게 쉽다. 팔짱 낀 손에 힘이 들어갔다. 까닭 모르게 불안감이 든 체사레가 불쑥 물었다.
"…너는 그런 꿈은 꿔 본 적 없나?"
아델 비비는 놀란 기색도 없이 눈을 마주쳐 왔다.
"어떤 꿈이요?"
"부잣집 도련님과 눈이 맞아서 신분 상승하는 그런 거. 실비아처럼 말이야."
"귀천 상혼 말씀이시군요."
"그래."

"저는 주제 파악을 잘하는 편입니다."

대답이 참 빨랐다. 생각해 본 적도 없다는 듯이. 생각해 보면 당초에 아델 비비를 마음에 들어 했던 이유도 저 무정함 때문이다. 자신이 무슨 짓을 해도 넘어오지 않을 것 같아서. 아델 비비는 정말로 넘어오지 않았다. 그저….

"침대로 가요."

체사레는 눈을 감고 잔상을 치워 버렸다. 성욕과 인류애. 그가 아델 비비에게 가질 감정은 그것으로 충분했다.

1월이 지나자 포르나티에가 다시 북적이기 시작했다. 남섬 여행을 마친 사교계 인사들이 속속들이 그들의 집으로 돌아온 것이다.

거리에는 1월 말에 있을 가면 축제를 위한 장식이 걸렸다. 아델이 직접 본 건 아니었다. 그녀는 남은 사교 시즌을 요양을 핑계로 저택에서 나가지 않았다. 의외로 체사레 쪽에서도 별말 없이 그것을 수락했다.

허락을 말할 때 체사레의 시선이 그녀의 목과 발에 머물러 있었기에, 아델은 그게 그 나름의 죄책감 때문이라는 것을 깨달았다. 덕분에 아델의 긴장감은 헌 그물처럼 느슨해졌다. 배부르고 온화한 일상이었다. 누구도 그녀를 괴롭히거나 학대하지 않았다.

"아델 비비가 내 생각보다 마음에 들어서. 그런데 그러면 안 되거든."

그날 이후 체사레 역시도 더는 다가오지 않았다. 점점 그에 관해 생각하는 것이 버거워진 아델도 기꺼이 그 변화를 반겼다. 다행히 체사레와 마주칠 일도 적어졌다. 듣기로는 겨울 항해를 마친 배들이 편서풍을 타고 돌아왔다는 듯했다.

종탑에 올라가 항구를 보면, 별 문양 돛을 단 함선들이 줄지어 정박해 있는 것이 보였다. 덕분에 스텔로네 상단의 부단주인 지지도 아주 바빠졌다. 그래도 그는 가끔 중요한 소식을 전해 주었다.

"지노블은 아마 망할 겁니다. 어쨌든 살인 교사 혐의가 붙었으니까요. 팔미나 공은 하루가 멀다 하고 법령 준수청에 불려 가고 계시고요."

"델라 발레는?"

"루크레치아 님이 세베리노 님과 약혼하는 것으로 큰돈을 빌려서 겨우 막았다고 합니다. 루크레치아 님이 거의 죽으려고 했다던데요?"

그 기쁜 소식에 아델은 그날 디저트를 열 종류나 먹었다. 그 외의 특별한 일이라면, 에즈라와의 편지 정도였다.

아도르를 떠난 지난 한 달간 에즈라는 꾸준히 편지를 보내왔다. 산트나르 구석구석의 풍경이 그려진 엽서와 함께였다. 편지의 끝은 매번 같았다.

> 나중에 함께 오고 싶어요.

첫 편지를 받고, 한동안 아델의 머릿속에서는 그 문장이 떠나지 않았다. 나중. 나중?

욕조에 몸을 담그고 입으로 보글보글 공기를 불다가도 고개가 갸웃했다.
'이상해.'
나중이라는 건 나랑 미래를 그리고 있다는 거잖아….
'…이상해.'

물에 머리를 처박아도 이상한 기분은 좀처럼 사라지지 않았다. 나무로 된 함은 점차 에즈라가 보낸 엽서로 가득 찼다. 나중에는 볕이 잘 드는 퇴창에 앉아 그림엽서를 보는 버릇이 들었다.

상상 속에서 아델은 누군가와 함께 엽서 속 풍경에 끼어 웃고 있었다. 이상하게도 그런 상상을 하게 되자, 맛있게 먹던 비스코티가 전보다 덜 맛있게 느껴졌다. 간식을 먹는 일도 줄었다.

'…체사레가 안 죽이면 좋겠다.'

점점 죽고 싶지 않아졌다. 좀 더 확실하게. 그러한 일상을 깨뜨린 것은 어느 날 날아온 주느비에브의 편지였다.

> 아델라이데 부오나파르테 양에게.
>
> 기분 좋은 찬 바람이 부는 겨울이네요. 이맘때가 되면 포르나티에 사람들은 모두 마음이 들뜨곤 하지요. 아마 아델라이데 양도 그러시겠죠?
>
> 이렇듯 행복이 충만한 시기에 아델라이데 양에게 참담한 소식을 전해야 한다는 사실이 이 주느비에브는 믿기지 않습니다.

> 아델라이데 양, 현재 포르나티에 사교계에는 아주 무서운 여론이 팽배합니다.
>
> 주느비에브는 양이 이 사실을 알고 계실 거라고 생각해요. 아마 소문이 잦아들길 바라며 칩거 중이시겠지요.
>
> 하지만 아델라이데 양! 우정으로 조언하건대 호사가들의 입은 우리의 예상보다 더 파렴치하게 날뛰고 있습니다.
>
> 작금의 상황에 통탄하며, 이른 시일 내에 양과 다시 만나 이야기를 나눌 수 있길 바랍니다.
>
> 변치 않는 신뢰를 보내며,
> 당신의 벗, 주느비에브가.

주느비에브가 말한 아주 유명하다는 카페에 들어섰을 때, 아델이 가장 먼저 느낀 것은 찌를 듯한 시선이었다. 위아래로 훑어보는 시선들이 묘하게 진득했다. 아델의 미간이 좁아졌다. 에기르도 그것을 느꼈는지 말없이 앞으로 나와 그녀를 보호하듯 섰다.

"이쪽이에요, 이쪽!"

그때 구석에서 주홍색 머리카락을 예쁘게 만 주느비에브가 퐁 하고 튀어나왔다. 인사해 달라는 맹렬한 눈빛에 아델이 목례했다.

"주느비에브 양, 여신의 안녕을."

"여신의 안녕을!"

그녀는 재빨리 다가와 팔짱을 끼고는 속닥거렸다.

"바깥에 앉는 게 좋겠어요. 좀 소음이 있는 게 나을 것 같거든요!"

뭔진 모르겠지만, 먹이를 노리는 주변의 곰치 같은 눈빛들을 보니 그게 나을 것 같았다. 카페 앞의 단상 위에는 연주자 한 명이 피아노를 치고 있었다. 주느비에브는 가장 시끄러운 곳에 자리를 잡고, 앞에 에기르까지 세운 뒤에야 몸을 낮추고 입을 열었다.

"아델라이데 양! 괜찮으신 거죠? 세상에. 대체 이게 무슨 일이라죠?"

"네?"

"일단 주느비에브는 절대 소문을 믿지 않았다고 말씀드릴게요. 다만 지금 사태가 생각보다 심각한 것 같아서요. 어떻게 대처할지 얘기를 나누면 주느비에브가 그걸 따를 수도 있을 것 같은데요!"

속사포 같은 말에 아델이 멍해졌다.

"주느비에브 양, 무슨 말을 하는 건지 모르겠어요."

"네?"

"저와 관련된 소문이라도 돌고 있나요?"

이번엔 주느비에브가 눈을 깜빡였다.

"어…. 잠시만요. 혹시 지금 소문에 대해 모르고 계세요? 체사레 공께서 아무 말씀도 안 해 주셨나요?"

"오라버니는 요즘 바쁘셔서요."

"아무리 그래도 그렇지!"

주느비에브는 한참을 머리를 쥐어뜯다가 조심스러운 어조로 입을 열었다.

"아델라이데 양, 지금 포르나티에 사교계에서는 양이 체사레 공과 부도

덕한 관계를 맺고 있다는 소문이 있어요."

"……."

당황스러웠다. 제안은 받았지만 맺진 않았는데?

"어디서 그런 이야기가 나온 건가요?"

"시작은 아도르의 델라 발레 무도회였던 것 같아요. 분위기가 심상찮았다고들 하던데, 맞나요?"

"그냥 오라버니가 제게 잠깐 화내실 일이 있었을 뿐이에요."

"그야 그렇죠! 두 분은 남매니까요! 그런데 사람들이 그걸 믿고 있다니까요? 게다가 양이 사교 시즌인데도 밖에 나오지 않으시니까…!"

말하다 말고 주느비에브의 얼굴이 홍당무처럼 달아올랐다.

"않으시니까?"

"집에서, 흠흠, 이런저런 것만 하고 있는 게 아니냐고들…."

"와." 아델이 진심에서 우러나온 감탄사를 흘리며 말했다.

"다들 야한 얘기 정말 좋아하네…."

"웃을 일이 아니에요, 아델라이데 양!"

주느비에브가 울상을 지었다.

"일각에서는 양이 벌써 임신했기 때문에 숨는 거라고까지 떠들고 있다니까요?"

어쩐지 카페에 들어섰을 때 얼굴이 아니라 몸을 살피는 것 같더라니.

"터무니없네요."

"제 말이요! 주인공이 체사레 공이라 사람들이 더 떠드는 것 같기도 해요. 아무래도 체사레 공이 4개월 넘게 아무도 안 만나고 계시니…."

"그건 그냥 저택 안에서 민망한 상황이 생길까 봐 신경 써 주시는 것뿐이에요."

"…그렇게 말하기엔 체사레 공은 부오나파르테 밖에서 더 화려하셨답니다? 게다가 여자관계가 좀 복잡하셨어야죠. 전에는 여동생이랑 만난 직후에 그 언니를 만난 적도 있거든요."

"……."

아델의 떨떠름한 표정을 본 주느비에브가 덧붙였다.

"걱정하지 마세요! 합의는 한 것 같더라고요!"

…별로 궁금한 내용은 아니었다.

"아무튼 소문을 모르고 계실 줄은 몰랐어요. 아델라이데 양이 신경 쓰는 게 싫으셨던 모양이에요?"

"아마 그렇겠죠. 상냥한 오라버니시니까요."

아델은 빙긋 웃으며 답했다. 정보의 차단. 그건 별로 관계없는 부분이다.

'하지만 이상하긴 해.'

뭐든 빠르고 간결하게 해치우는 것이 체사레의 방식인데 아직도 약혼식은 진행될 기미가 보이지 않았다.

'상단 일 때문에 바빠서 그런 건가….'

하기야 최근엔 마주치기도 힘들었으니. 상황을 이해한 아델이 고개를 끄덕였다.

"소식 알려 줘서 고마워요. 많은 도움이 됐어요."

그녀가 직접 나서야 할 때처럼 보였다.

에즈라는 두꺼운 여행용 타바로를 벗으며 아도르의 델라 발레 별장에 들어섰다.

"형님은?"

"서재에 계십니다."

그는 빠른 걸음으로 서재로 향했다. 문을 열자 바로 오레스테를 볼 수 있었다. 그는 탁자 앞에 앉아 궐련을 피우고 있었다.

"형님."

"에즈라!"

에즈라를 발견한 오레스테가 밝은 낯으로 벌떡 일어섰다.

"잘 지내셨….".

"이브레아 공은?"

에즈라가 멈칫하고는 차분히 말했다.

"역시 돈을 빌려주는 건 곤란하다고 하더군요. 아무래도 이브레아는 스텔로네 상단에 수출을 의존하고 있으니 그런 듯합니다. 그보다…."

"망할 놈들!"

"…그보다 형님, 대체 제가 남섬에 다녀온 사이 무슨 일이 생긴 겁니까? 루크레치아는 세베리노 경과 약혼했다질 않나, 아델라이데 양은…."

에즈라는 차마 소문을 입에 올리지 못하고 말끝을 흐렸다. 오레스테는 비웃음을 흘리며 자리에 앉아 궐련을 물렀다.

"소문 말이지."

"…예."

"이상한 일이구나."

오레스테가 궐련 연기를 도넛 모양으로 뱉어 내며 말했다.

"너라면 오히려 기뻐해야 하는 것 아니냐? 체면을 자극해서 약혼을 당길 수 있을 테니 말이다. 암, 고마워해야 하고 말고."

"그게 무슨…."

망연히 되물으려던 에즈라가 멈칫했다. 그의 얼굴이 딱딱하게 굳었다.

"형님, 설마⋯."

"⋯⋯."

"⋯그 소문을 낸 게 형님입니까?"

오레스테는 대답하지 않고서 어깨를 들썩이며 웃기 시작했다. 에즈라가 경악으로 외쳤다.

"형님!"

"걱정하지 마라. 모든 게 다 잘 풀릴 테니. 이대로 더 불을 지피면 평판을 생각해서라도 아델라이데를 하루빨리 네게 넘기겠지. 그럼 넌 그녀를 통해서 우리 사정을 봐달라고 잘 말하면 되는 거야. 알겠느냐?"

에즈라는 오랫동안 말을 잇지 못했다. 그는 한참을 두려움에 질려 오레스테를 바라보다 공허한 탄식을 흘렸다.

"⋯아버지의 뜻도 같습니까?"

"⋯⋯."

"하."

에즈라는 한 발짝 뒤로 물러난 뒤, 입을 꾹 다물었다가 말했다.

"이제 제가 뭘 해야 할지 확실히 알 것 같습니다."

"그래. 알았으면⋯."

"아델라이데 양과는 파혼하겠습니다."

"뭣⋯. 이⋯! 에즈라!"

에즈라는 오레스테의 외침을 무시하고 저택을 나섰다.

에즈라가 포르나티에에 도착했을 땐 도시 전체에 비가 내리고 있었다. 날은 이미 저물었고, 공기는 쌀쌀했으며, 타바로는 빗물에 젖어 축축했다.

에즈라는 부오나파르테 외궁의 중앙 홀에 서서야 자신이 적이 무례한 행동을 저질렀다는 것을 깨달았다. 약속도 없이 숙녀를 찾아오다니…. 싫어하시면 어떡하지? 역시 내일 만나자고….

"에즈라 경?"

갑자기 들린 미성에 황급히 고개를 들었다. 홀 건너편에서 약대 빛의 양모로 짠 실내복을 걸친 아델라이데가 물결처럼 걸어오고 있었다.

"…아델라이데 양."

아름다웠다. 에즈라는 그새 뜨거워진 목을 매만지며 말했다.

"아…. 여신의 안녕을. 죄송합니다. 화급한 용무라 갑작스럽게 만남을 청하긴 했는데…."

"화급한 용무요?"

"예…. 하지만 이런 꼴로 나눌 이야기가 아니라는 걸 도착해서야 깨달아 버렸네요."

아델라이데가 눈을 살짝 키웠다.

"그럼 지금 돌아가시겠다고요?"

"아무래도 실례를 저질렀으니…."

에즈라의 대답에 그녀는 뭔가 고민하는 듯하더니 말했다.

"실례가 아니라면 상관없는 건가요?"

"예?"

"들어오세요."

그녀는 몸을 돌리고 근처에 서 있던 집사에게 말했다.

"에른스트, 내빈실을 하나 준비해 줘."

그 우아한 몸짓에 에즈라는 잠시 멍해졌다. 카폴로에서 평민처럼 지냈다고 들었는데 어떻게 저렇게 기품 있을까. 그는 뒤늦게 화들짝 놀라 말했다.

"아델라이데 양, 저는…."

아델라이데가 뒤를 돌아 다시 그를 쳐다보았다. 아몬드형의 동그랗고 예쁜 눈이 그를 똑바로 담았다. 딱히 간절히 그를 잡으려는 기색은 없어 보였다. 이대로 떠난다고 하면, 놓아주겠지….

에즈라는 입술을 달싹이다 저도 모르게 말했다.

"…그럼 하룻밤 신세를 져도 될까요?"

에즈라는 뜨거운 물에 몸을 담그고 나서야 수치심에 괴로워했다. 아무리 그래도 불시에 찾아와 신세까지 진다니. 그것도 아직 식도 치르지 않은 사이에….

에즈라는 욕실에서 몇 번이고 한숨을 쉬고서 방으로 돌아왔다. 그리고 응접실 문을 열자마자 깜짝 놀랄 수밖에 없었다. 벽난로 앞의 소파에 아델라이데가 다리를 모으고 앉아 있었다. 그녀는 몽롱한 호박색 눈으로 장작이 불타는 것을 지켜보는 중이었다. 불꽃 때문인지 두 눈이 마치 태양처럼 빛났다.

몸에 둘둘 만 담요 아래로는 백목련 잎 같은 발이 슬쩍 보였다. 실내화가 발치에 떨어진 것도 모르는 눈치였다. 아름다운 광경이었으나, 어쩐지 우격다짐으로 끼어들어 저 호젓한 아름다움을 저열하게 끌어 내리고 싶어지기도 했다.

'미쳤군.'

에즈라는 고개를 절레절레 젓고서 다가갔다.

"아델라이데 양, 여긴 어쩐 일로…."

아델라이데가 고개를 들었다.

"기다리고 있었어요. 급한 용무라고 하셔서요."

"그렇….'"

에즈라의 말이 끊겼다. 그를 올려다보는 숙녀의 목선 아래로 부드러운 능선이 눈에 들어왔다.

"…감, 예, 감사합니다."

그가 즉각 옆자리에 주저앉았다. 헛기침이 나왔다.

"…그렇지만 여긴 개인 응접실이지 않습니까?"

그 말에 아델라이데가 눈을 동그랗게 떴다.

"그렇군요."

…무슨 반응이지. 에즈라가 멈칫한 사이 아델이 말했다.

"그럼 공용 응접실이 좋으시겠어요?"

무방비한 꿀색 눈이 빤히 그를 쳐다보았다. 에즈라가 저도 모르게 말했다.

"…아뇨, 여기가… 낫겠습니다."

아델라이데는 말없이 빙긋 웃었다. 두 사람은 한동안 아무 말도 하지 않았다. 장작이 타들어 가는 소리를 들으며 불꽃에 시선을 맡길 뿐.

어느 순간 아델라이데가 웅크리고 있던 다리를 쭉 뻗었다. 자세를 고쳐 앉는 동안 잠깐 드러난 하얀 다리는 금세 다시 담요 아래로 숨었다. 에즈라가 입술을 깨물며 눈을 감았다. 속이 탔다. 더는 뱉어 내지 않고서는 견딜 수 없었다.

"정말 저로 괜찮으십니까?"

아델라이데가 그를 돌아보았다. 에즈라는 벽난로의 불길에 이성이 녹아 버린 사람처럼 두서없이 말했다.

"아시다시피… 저는 양에 비해 많이 부족합니다. 아마 체사레 공도 그 때문에 지참금과 후원금을 가지고 델라 발레를 흔들고 계시는 거겠지요."

아델라이데가 재밌다는 듯이 갸웃했다.

"뒷부분은 제 소관이 아니지만, 에즈라 경이 저에 비해 부족하다고 생각되진 않는데요."

"상냥하시군요. 하지만 사교계의 누구도 당신에 비하면 부족하기 짝이 없습니다. 언젠가 양이 말씀하셨듯이요."

에즈라가 잠시 말을 끊었다. 앞으로 할 이야기는 남자로서의 자존심을 크게 상하게 하는 이야기였다.

"솔직히 고백하자면 제가 가문과 학회에서 받는 연금은 연에 8천 금밖에 되지 않습니다."

"…네?"

당황한 듯한 아델라이데의 목소리에 말이 절로 빨라졌다.

"압니다. 역시 마음에 차지 않으시겠죠. 하지만 논문도 계속해서 내고 있으니 앞으로 받을 연금은 분명 더 많을 겁니다."

"아뇨, 그런 게 아니라…."

"물론 그것도 양께는 부족한 금액이겠지만, 절대로 양이 실망하실 일 없도록…!"

"에즈라 경."

정신없이 이어지는 말을 아델라이데가 끊었다. 수치심에 주먹을 꾹 쥔 그를 향해 아델라이데는 담담히 말했다.

03. O mio babbino caro

"정말로 부족하지 않아요."

"……."

침착하고 말간 낯에 단호한 미성. 의심의 여지 없는 진심이었다. 에즈라의 가슴이 벅차올랐다.

"…그렇게 말씀해 주셔서 감사합니다."

"…아닙니다. 사실이니까요."

"하지만 저희에겐 다른 문제도 산적해 있습니다. 현재 저희 가문과 부오나파르테의 관계에 관해서는 알고 계실 거라고 생각합니다."

"피상적인 정도라면요."

"말씀드리기 부끄럽습니다만, 그래서 아버지와 형님은 저와 양을 통해 체사레 공의 마음을 돌리길 바라는 모양입니다. 그래서…."

에즈라는 주먹을 꾹 쥔 채, 힘겹게 입을 열었다.

"만약… 제가 파혼하자고 하면."

그 순간 아델라이데의 낯이 딱딱하게 굳었다.

"파혼이요?"

놀라운 변화였다. 그녀를 둘러싸고 있던 풍요로운 분위기가 일시에 송두리째 날아갔다. 심지어 그녀는 조금 두려워하는 것처럼 보였다.

"절대 아델라이데 양의 소문 때문은 아닙니다!"

에즈라가 뒤늦게 변명했다. 간절한 마음에 소파에서 내려와 그녀 앞에 한쪽 무릎을 꿇고 앉았다.

"저는 정말로 양을 이용하고 싶지 않을 뿐입니다. 그저 당신이 걱정될 뿐이고, 고백하자면 저 자신은 당신을…."

"……."

아델라이데는 말없이 음울한 빛을 머금은 호박색 눈을 마주쳐 왔다. 그 시선에 꿰뚫리자 온몸의 솜털이 올올이 곤두선 느낌이었다.

"당신을…."

넋을 잃은 에즈라가 의미 없는 말을 중얼거리며 저도 모르게 손을 뻗었다. 손바닥이 부드럽게 아델라이데의 뺨을 감쌌다. 이런 순간에도 그녀의 눈은 무정하였으나, 다음 순간 그녀는 모든 것을 받아들이겠다는 듯이 조용히 눈을 감았다. 머릿속에서 축포가 터졌다. 온몸을 감싼 열기 속에서 에즈라가 그대로 몸을 기울인 순간이었다.

"분위기 좋네."

"……!"

송곳 같은 목소리가 정적을 깨뜨렸다. 에즈라가 급하게 고개를 쳐들며 아델라이데에게서 떨어져 나왔다. 눈을 돌리니 체사레가 어느새 문지방에 기대어 서 있었다. 전보다 얼굴은 더 마르고, 체격은 더 좋아진 느낌이었다. 샛별 같던 두 눈은 흡사 벼락만큼이나 사납고 뜨거웠다.

"체사레 공, 이건…."

"기별도 없이 찾아왔다길래 무슨 일인가 했더니 아랫도리 사정이 급했나 보지?"

"아닙니다! 그게 아니라…!"

당황한 에즈라가 변명하려던 때였다.

"오라버니, 오래간만에 뵙네요. 다녀오셨어요?"

아델라이데가 불쑥 끼어들어 태연하게 인사를 건넸다.

"……."

"……."

남자 둘은 동시에 약간 당황했다. 그녀의 태도가 키스를 들킨 사람답지 않게 몹시도 천진했기 때문이다. 체사레의 미간이 미세하게 좁아졌고, 반대로 에즈라는 가슴이 따끔거리는 것을 느꼈다.

'…역시 아무 감정 없으셨구나.'

그가 쓴 입을 달래는 사이, 체사레가 성큼성큼 아델라이데 앞까지 다가왔다. 그는 보조개를 보이며 웃음기 없는 눈을 하고서 웃었다.

"뭐 하자는 거야?"

"에즈라 경이 손님으로 오셨어요."

"그걸 물은 게 아닌데."

"약혼자시니까 응대를 제가 해야 할 것 같아서요."

"약혼식을 아직 안 했으니 약혼자는 아니지."

"그렇군요. 하지만 곧 하겠죠?"

체사레는 잠시 침묵했다.

"하겠지."

"네, 그래서 대화 중이었는데…."

"그게 대화야?"

아델라이데의 눈이 깜빡였다. 다음 순간 그녀가 순순히 말했다.

"죄송합니다. 아직 하면 안 되는 거였군요. 주의할게요."

"……."

"……."

체사레는 더 딱딱하게 굳어 버렸고, 그건 에즈라도 마찬가지였다. 순종을 넘어 복종에 가까운 대답이었다. 마치 체사레의 말이라면 뭐든 시키는 대로 할 것 같았다. 시키는 대로….

'…어디까지?'

일순 떠오른 상상에 에즈라가 이를 악물었다. 사나운 눈으로 체사레를 노려보자 체사레는 짜증이 묻어나는 한숨을 쉬었다. 그 역시도 조금 피로

해 보였다.

"나가서 얘기하지."

"네."

아델라이데가 스르르 자리에서 일어난 순간이었다.

"아뇨."

에즈라가 저도 모르게 아델라이데의 손목을 잡았다.

"여기서 하십시오."

"에즈라 경?"

"……."

아델라이데가 놀라 반문했지만 에즈라는 손을 놓을 수 없었다. 그는 비굴하리만치 애절하게 말했다.

"아델라이데 양…."

"……."

"…안 가시면, 안 됩니까?"

아델라이데는 부릅뜬 그의 눈을 물끄러미 바라보았다. 아름답고 무정한 시선이었다. 이윽고 그녀가 그의 손을 부드럽게 떼어 냈다.

"죄송합니다. 그럴 수 없어요."

두 사람은 밤 인사를 끝으로 그대로 방을 나가 버렸다. 남겨진 에즈라의 얼굴이 일그러졌다.

아델은 조용히 체사레의 뒤를 따랐다. 각진 어깨에 걸린 외투에는 아직 빗방울이 묻어 반짝이고 있었다. '그러고 보니 겨울이라 그런지 요즘은 앞

섶을 안 까고 돌아다니는구나. 숙녀들이 참 아쉽겠어….'

멍하니 생각을 이어 가는데 체사레가 걸음을 우뚝 멈췄다. 외궁과 내궁을 잇는 대리석 주랑의 중간 지점이었다.

"설명해."

"갑자기 에즈라 경이 찾아오셨어요. 그리고 가문 간의 일로 저를 희생시키지 않기 위해 파혼하고 싶다는 말씀을 하셨습니다."

아델이 기다렸다는 듯이 말했다. 어둠 속에서 거대한 골격이 그녀를 향해 돌아섰다.

"그래서?"

"그러면 안 되니까, 잡으려고…."

"키스하려고 했다?"

체사레가 어둠 속에서 웃었다.

"요즘 한가해? 시키지도 않은 짓을 하네."

아델은 침묵했다. 체사레가 화내는 이유를 짐작하기 어려웠다. 한때 그가 자신에게 육체적 관심을 보인 적이 있긴 했지만, 그건 이미 본인이 거절하지 않았던가. 질투 같은 건 애초에 선택지에 넣지도 않았다. 독점욕이 없어서 숙녀들을 애태운 게 체사레였다.

불길이 일렁이는 금빛 눈은 아무런 대답도 보여 주지 않았다. 아델이 힘겹게 입을 열었다.

"하지만 에즈라 경을 유혹하는 게 저희의 계획이었…."

"아델 비비는."

그 순간 체사레가 한 걸음 다가왔다. 말이 한 걸음이지 코앞이었다. 까마득한 키와 반듯한 어깨가 만드는 그림자에 아델이 흠칫했다.

"내가 시키면 나랑도 자고. 에즈라랑도 자고."

체사레는 나긋하게 속삭이며 고개를 기울였다. 검푸른 머리카락이 흐드러지게 흘러내렸다.

"안 시켜도 입도 벌려 주고."

입술이 귓가에 머무르자 그가 내뱉는 숨이 귓불과 목덜미에 닿았다.

"천직인가 봐. 응?"

달콤한 목소리와 달리 잔인한 말에 아델은 느리게 숨을 들이켰다. 아주 약간… 서러워졌다. 하지만 그녀는 입술을 한번 깨무는 것으로 감정을 짓밟은 뒤, 우아하게 미소 지었다.

"그런가 봐요. 진작 몸이나 팔아서 배부르게 지낼 걸 그랬어요. 정절이니 마음이니 하는 게 이렇게나 무가치한데 말이에요."

"……."

예상한 반응이 아니었을까. 체사레가 멈칫했다. 시선이 닿는 옆얼굴이 뜨거웠다. 내심 그가 어떻게 나올지 두려웠으나, 이제는 그녀를 버티게 하는 문장이 있었다.

'나중에 함께 오고 싶어요.'

"말이 나온 김에 저희의 장난을 위해 뭐 하나 말씀드려도 될까요?"

대답이 돌아오지 않았으나 아델은 거침없이 말을 이었다.

"우선 지참금 관련해서 오라버니의 뜻을 알려 주셨으면 해요. 제 주제를 아니 챙겨 달라는 것은 아닙니다. 다만 가부를 말씀해 주시면 에즈라 경과 논의할 때 더 수월할 것 같아요."

체사레는 여전히 말이 없었다.

"그리고 사교계에 불유쾌한 소문이 돌고 있다는 이야기를 들었어요. 그간 저 때문에 많이 불편하셨을 거라고 생각되고요. 에즈라 경은 제가 잘 달래 볼 테니, 이젠 절 신경 쓰지 마시고 새로운 숙녀분을 만나시면 좋겠습니다."

대답 대신 짧고 나직한 헛숨이 들려왔다. 하지만 아직 할 말이 남아 있었다.

"마지막으로, 혹시 주신다고 했던 저택을 에즈라 경과 결혼한 뒤에 사용해도 될까요?"

그 순간 체사레가 양손으로 아델의 어깨를 움켜쥐었다. 아델이 약한 신음을 흘렸을 때, 체사레가 그녀의 귀에 입술을 바짝 대고 속삭였다.

"내가 그걸 왜 줬는지는 기억하고?"

순식간에 온몸의 솜털이 곤두섰다. 낮게 쉰 목소리에 머리부터 발끝까지 소름이 돋았다. 저도 모르게 몸을 비틀었으나 체사레의 아귀힘만 더 강해졌다.

"대답해 봐, 구두닦이."

대답하지 않으면 귀부터 잘근잘근 씹어 먹을 것 같은 목소리였다. 아델이 눈을 질끈 감고서 답했다.

"…기억합니다."

"왜 줬는데?"

"제게 잠깐 심술을 부리셨고… 그 대가로 주셨습니다."

"……."

두 호흡 정도, 체사레는 말이 없었다.

"내가 너한테 심술을 부렸다고."

"네."

"내가 그날 뭐라고 했는데."

"제가 생각보다 마음에 든다고 하셨어요."

체사레가 잠시 침묵했다.

"…너한텐 그게 심술인가?"

끝에 허탈한 웃음이 붙었다. 뜨거운 숨이 귓바퀴를 타고 흘렀다. 정신이 나갈 것 같은 감각에 아델은 이를 악물고서 답했다.

"…고양이가 쥐를 갖고 놀면 그건 심술이 맞습니다."

잠시 소슬한 바람이 두 사람을 스치고 지나갔다. 체사레는 천천히 그녀를 놓아주었다. 드디어 그의 눈을 볼 수 있었다. 그녀를 죽일 듯이 노려보는 시선을, 아델은 피하지 않았다. 어느 순간 체사레는 큰 웃음을 터뜨렸다.

"그게 뭐 어때서."

5월의 태양 같은 금빛 눈이 찬란하게 빛나며 휘어졌다. 그 미소가 너무 화려하고 사랑스러워서 아델은 잠시 적시에 대답할 수 없었다.

"아델 비비, 말해 봐. 그게 뭐 어때서?"

"어떨 건…."

"그럼 내가 너한테 진심이어야 했어?"

체사레가 한 걸음 물러나 주머니에 손을 꽂았다. 예쁜 미소가 드러났다. 찌푸린 눈썹에는 장난기가 가득했고, 살짝 처진 눈매와 끝의 눈물점은 애교스러웠다. 깜빡이지도 않고 그녀를 노려보는 눈만이 경멸과 분노로 불타고 있었다.

"내가. 너한테?"

아델은 더는 미소 지을 수 없었다. 자존심이 가까스로 끄집어낸 대답이 차갑게 흘러나왔다.

"죄송하지만 그건 제게도 필요 없습니다."

동도 트지 않은 이른 새벽. 아델은 맨발로 정원에 나섰다. 작게 허밍하며 물기 젖은 잔디를 밟는다.

아무도 모르는 멜로디를 흥얼거리고 있자니 문득 클라리체와의 추억이 떠올랐다.

"아델은 맨날 그거 흥얼거리던데 대체 어디 노래야?"
"모르겠어. 원래부터 알던 노래라…. 클라리체도 들어 본 적 없어?"
"처음 들어. 꼭 무슨 뱃고동 소리 같네."

그러고 보면 클라리체는 잘 지낼까. 계획이 전부 끝나면 체사레 몰래 연락할 수도 있지 않을까…. 그런 생각을 하며 멍하니 걷던 아델은 어느 순간 놀라 걸음을 멈췄다. 언젠가 한밤중에 체사레와 마주쳤던 벤치에 에즈라가 앉아 있었다. 그러고 보니 그가 내빈실에서 지내고 있었다. 까마득히 잊고 있었지만.

'…돌아갈까.'

소리 없이 물러나려 했으나 에즈라가 인기척을 느끼고 고개를 돌렸다. 눈이 마주쳤다.

"아델라이데 양…?"

그 바람에 아델라이데가 먼저 미소를 지었다.

"여신의 안녕을. 여신께서 에즈라 경의 밤을 굽어보지 않으셨나 보죠."
"여신의 안녕을. 좋은… 새벽입니다."

조금 수척한 안색의 에즈라가 답했다. 정말로 잠을 잘 자지 못한 듯했다.

"자리를 비켜 드리는 게 좋을까요?"

"아뇨!"

에즈라가 자리에서 벌떡 일어났다. 눈빛이 혼탁했다.

"오히려… 잠깐 대화를 하고 싶습니다만, 불편하시다면….."

"……."

약간 불편한 마음이 들었으나 아델은 티 내지 않고 그의 옆자리에 앉았다. 동이 트기 전이라 날은 쌀쌀했다. 숄을 둘렀는데도 찬기에 몸이 부르르 떨렸다. 그 모습에 에즈라는 습관적으로 외투를 벗어 주려다, 셔츠 차림이라는 걸 깨닫고는 쓴웃음을 지었다.

"죄송합니다. 뭐가 걸치고 나올 걸 그랬군요."

"앞으로는 그래 주세요. 미래의 남편이 감기에 걸려서 앓는 모습은 보고 싶지 않거든요."

"미래의 남편이요…."

에즈라가 속눈썹을 내리깔았다. 지쳐 보였다.

"…제가 정말 그럴 자격이 있긴 할까요?"

"오라버니께서는 허락하셨습니다."

"…하하. 그렇군요. 체사레 공이 허락했으니까요…."

쓴웃음이었다. 옅게나마 미소 짓고 있던 그의 낯에 곧 감정이 울컥 쏟아졌다. 에즈라는 스스로 견딜 수 없는 무언가에 휘둘리는 사람처럼 양손에 얼굴을 묻었다. 깜짝 놀란 아델이 얼굴을 살폈으나 다행히 눈물을 흘리진 않았다.

"…아델라이데 양."

"네."

"…혹시 어제…."

"오해하시는 일은 없었어요."

아델의 빠른 대답에 에즈라가 다시 힘겨운 웃음을 터뜨렸다.

"죄송합니다. 오해라는 걸 아는데도…."

"……."

달리 해 줄 말이 없었다. 아델은 그가 진정할 때까지 기다렸다. 에즈라는 한참 뒤 숙이고 있던 몸을 일으켰다. 아델은 그의 얼굴에서 비참함을 읽어 냈다.

"…제게 확신을 주시면 안 되겠습니까?"

확신? 의아해할 찰나 에즈라가 손을 뻗었다. 의외로 딱딱한 손끝이 그녀의 뺨을 감쌌다.

'아.'

아델은 희미한 거부감에 저도 모르게 흠칫했다. 그러자 에즈라가 동작을 멈췄고, 괴로운 듯 웃으며 그녀를 바라보았다. 그 모습에 아델이 정신을 다잡았다.

'나중에 함께 오고 싶어요.'

그녀에게 미래를 얘기해 준 첫 번째 사람이었다. 마음을 다치게 하고 싶지 않았다.

'어차피 언젠가는 해야 할 일이야….'

아델이 시선을 내리깔았다. 주춤했던 에즈라도 다시 움직이기 시작했다. 반개한 눈꺼풀이 닫히기 직전, 그녀의 시선은 정원 뒤편의 내궁으로 향했다. 그러고 보니 이 정원은 체사레의 방에서 보일 텐데. 언뜻 넓게 펼쳐진 유리창 너머로 그림자가 보인 것 같기도 했다. 확인할 겨를도 없이 입술에 열기가 닿았다. 아델이 조용히 눈을 감았다.

지지는 발소리를 죽이고 부오나파르테 내궁의 복도를 걸었다. 여느 때보다 빨리 보고할 일이 생긴 탓이었다. 걸음은 체사레의 침실이 보이는 복도에서 멈춰 섰다. 침실 문 앞에 두 사람이 서 있었다.

"제인 씨. 올리버 씨?"

지지의 부름에 제인과 올리버가 고개를 돌렸다. 둘 다 불안한 얼굴이었다.

"시뇨르 만프레디, 오늘은 좀 이르게 오셨네요."

"단주님께 보고드릴 게 있어서요. 무슨 일입니까?"

"저희도 잘 모르겠습니다. 큰 소리가 나서 찾아왔는데 나가라고 하셔서…."

"큰 소리요?"

"네, 그리고 바닥에서 핏자국을 얼핏 보았어요."

"그렇습니까?"

지지가 서류를 들지 않은 손으로 뺨을 긁었다.

'에즈라 때문인가.'

어젯밤, 체사레는 외부 일정을 마치고 돌아오자마자 에즈라가 찾아왔다는 소식을 들었다. 체사레는 즉각 얼굴을 굳히고 내빈실로 향했다. 지지는 따라가지 않았다. 퇴근했기 때문이다.

'별일 없이 끝난 줄 알았는데 아니었나 보지?'

지지가 달래듯 두 사람에게 말했다.

"제가 들어가 보겠습니다. 일단 조토 의원 좀 불러 주세요."

"조심하세요."

"하루 이틀인가요!"

지지는 능청을 떨었으나, 방에 들어서서 체사레를 보자마자 신음을 흘렸다. 체사레는 불도 켜지 않은 어두운 방에서 침대에 걸터앉아 시가를 피우고 있었다.

매캐하고 희끄무레한 연기가 방 안에 자욱했다. 사방은 깨진 사기 조각 투성이였다. 맨발로 조각을 밟고 돌아다녔는지 카펫에 핏자국이 점점이 나 있었다. 지지는 구석에 장식되어 있던 9천 금짜리 소륵산 도자기가 사라진 것을 눈치챘다.

'뭔 일이지? 쓸데없는 분풀이는 잘 안 하는 성격인데.'

지지는 눈치를 보며 통창 쪽으로 다가갔다. 보호 마법이 걸린 유리 통창이 가까워지자, 정원 세 개가 동시에 눈에 들어왔다. 그리고 정원을 뜨는 아델과 에즈라의 모습도 보였다.

'저거였군….'

지지가 이마를 짚었을 때, 체사레가 입을 열었다.

"나가."

"보고드릴 게 있습니다."

미리 준비해 놓은 대답이 반사적으로 튀어나왔다. 체사레는 잠시 말이 없었다. 역삼각형의 등이 느리게 올라왔다가 가라앉기를 반복했다. 짐승이 공격하기 직전에 숨을 죽이는 것처럼 보였다.

하지만 지지는 안다. 체사레는 인생을 제멋대로 사는 것처럼 보여도 지도자로서의 자아가 매우 강한 사람이다. 자신이 해야 하는 일을 감정이 내키지 않는다고 외면하는 일은 없다.

"왜."

예상대로의 대답에 지지가 쓴웃음을 지었다.

"일단 조토 의원을 불렀으니 진찰받으시고요. 클라리체 도나티가 또 정문에 찾아왔다 돌아간 모양입니다."

"사람 시켜서 죽여."

'허. 진짜 화났나 본데….'

지지가 잠시 뺨을 긁다가 이내 천연덕스럽게 말했다.

"일단 단주님의 수행 비서로서 말씀드리자면, 그냥 좀 더 위협하고 보내는 게 나을 것 같습니다. 막말로 아가씨가 기모라 출신이라는 말을 누가 들어주겠습니까? 모르쇠 하면 알아서 잦아들겠죠."

"……."

"그리고 아가씨 결혼을 무르는 게 낫지 않겠습니까? 맨날 이러실 거면요."

잠자코 듣던 체사레가 갑자기 주변을 살폈다. 뭔가를 던지려는 몸짓이다.

'메롱이다. 지금은 주변에 뭐 없지?'

속으로 킬킬 웃던 지지는 체사레가 가장 커다란 도자기 조각을 집자마자 침대 밑으로 몸을 던졌다.

"잘못했습니다!"

설마 침대를 넘어와서 던지진 않겠지, 하고 기다리고 있는데, 체사레가 유난히 조용했다.

'안 던지나?'

지지가 고개를 빼꼼 들었다. 체사레는 묵묵히 서서 도자기 조각을 꽉 움켜쥐고 있었다. 손에 피가 줄줄 흐르는데도 무표정이었다. 지지가 경악해 뛰쳐나갔다.

"단주님!"

"……."

자기 일인 주제에, 체사레는 통각이 없는 사람처럼 흐르는 피를 내려다보다 손을 펼쳤다. 조각이 떨어져 내렸다.

"이제야 좀 정신이 드네."

그가 핏방울을 털어 내며 중얼거렸다. 초점을 잃고 불타는 금빛 눈이 지지를 돌아보았다.

"약혼식 진행시켜. 최대한 빨리."

루크레치아는 오늘도 여지없이 날아온 세베리노 무도의 편지를 갈기갈기 찢었다.

'개 같은 새끼. 쓰레기 같은 돼지 자식. 죽어 버려!'

가문의 재정난을 막기 위해 어쩔 수 없었다지만, 약혼이라니! 그나마 이 참에 결혼까지 시키자는 것을 자살 소동을 벌여 겨우 막았다. 끔찍한 일이었으나 도리가 없었다. 체사레가 그녀가 예상했던 것보다 크게 화냈던 것이다. 이전의 체사레라면 이랬을 리가 없는데. 그를 위해 소록의 모든 것을 연구했고, 지금도 스텔로네 상단과 긴밀한 관계를 유지 중인데…!

'이게 다 그 계집애 때문이야.'

아델라이데. 그녀가 죽지 않은 게 모든 문제의 시초였다. 그 탓에 자신이 지옥의 시련을 받는 것이었다.

후계자인 오레스테는 강경했고 아비는 외면했으며 에즈라는 아델라이데 일로 정신이 없었다. 루크레치아는 편지를 손톱보다 작게 조각낸 뒤에야 몸을 돌렸다. 달빛 비치는 창가에 무릎을 꿇었다.

'괴로워….'

그녀는 두 손을 모으고 눈을 감았다.

'여신님, 왜 저를 시험에 들게 하시나요?'

눈물이 뺨 위로 방울방울 흘러내렸다.

'부디 더 이상 저를 더럽히지 마시고, 체사레 공께서 하루빨리 올바른 길로 돌아오게 해 주세요….'

그때 뒤에서 문 열리는 소리가 났다.

"엘로디니?"

"네, 아가씨!"

아네세를 처리하고 새로 배속된 시녀 엘로디가 방으로 들어섰다.

"방금 뒷문으로 누가 이걸 주고 갔다길래요!"

'드디어.' 루크레치아의 눈이 크게 뜨였다.

"이리 주렴."

루크레치아는 급한 마음을 숨기고 차분하게 종잇조각을 받았다. 달빛 아래 길지 않은 문장이 드러났다.

> 해당 조건으로 아델/아델라이데라는 이름의 인물은 존재하지 않음.

"……!"

종이가 손안에서 구겨졌다.

'어째서!'

괴로움에 온몸이 터질 것 같았다. 눈물이 계속해서 뺨을 적셨다.

'여신님, 이제 그만 저를 이 시련의 구렁텅이에서 꺼내 주세요….'

루크레치아는 한참을 흐느꼈다. 엘로디가 당황한 눈으로 보고 있었지만 수치심을 느낄 겨를도 없었다. 그렇게 울고 나서야 진정이 되었다. 루크레치아는 코를 훌쩍이며 일어나 기모라 정보상의 종이를 촛불에 태웠다.

'방향이 틀린 걸까? …아니, 아니야. 바다에서 솟아났을 리도 없으니, 어딘가엔 반드시 흔적이 있을 거야.'

종이가 끝까지 타들어 가며 검은 재가 주변에 흩어졌다. 그 모습을 지긋이 지켜보던 루크레치아의 눈이 섬뜩하게 빛났다.

'단서가 더 필요해.'

약혼식을 앞두고 델라 발레와 가문끼리 만찬이 열렸다. 에즈라가 돌아간 뒤로 사흘째 되는 날이었다.

만찬실에 들어서자마자 아델을 당혹스럽게 한 것은 참석자들의 자리 배치였다.

'자리가 왜 이따위지….'

긴 테이블을 두고 상석에는 에바가 앉았다. 그 옆으로는 루카, 오레스테, 루크레치아의 자리였다. 문제는 반대쪽에 아델을 사이에 두고 에즈라와 체사레가 앉았다는 점이다. 체사레 쪽이 말석이었다.

"……."

"……."

두 남자는 서로 눈을 마주치고서도 인사 한마디 없이 자리에 앉았다.

'혀 깨물고 기절하고 싶다….'

아델은 무표정으로 인기척을 죽이고 둘 사이에 앉았다. 다행스럽게도 주방장이 장인 혼을 불태운 상차림에 아델은 금방 긴장을 잊었다.

토마토와 식초로 상큼한 맛을 낸 판자넬라[01]로 시작해, 얇은 파네토네[02] 한 조각과 코테치노[03], 신선한 해산물 샐러드, 안초비와 치즈를 넣은 피아디나[04], 가지 파르메산 리소토, 새우 살을 넣은 라비올리에 훈연 향을 입힌 포르케타[05], 볶은 시금치와 흰콩을 곁들인 투스칸 스테이크가 연달아 나왔다.

잔마다 훈련된 하인이 각기 다른 포도주를 따라 주었고, 그때마다 루카는 기쁜 듯 병당 5백 금을 호가하는 술을 마시게 되어 영광이라는 둥 말했다. 그는 오늘의 식탁에서 가장 말이 많았다.

가장 말수가 적은 이는 체사레였다. 그는 손에 붕대를 감고 있었고, 말을 걸기 힘들 정도로 냉랭했다. 오늘 만찬 자리에서 체사레는 단 한 번도 그녀와 눈을 마주치지도 않았다.

'이렇게 알기 쉽게 무시해 주면 차라리 고맙지.'

아델은 간간이 에즈라로부터 들어오는 질문에 대답하며 식사에 집중했다.

메인 요리가 끝나자 디저트가 나왔다. 라즈베리 마카롱, 크림치즈를 채운 칸놀로[06], 초콜릿이었다. 아델이 눈을 빛내며 마카롱을 입에 넣었을 때였다.

"식은 언제가 좋겠습니까?"

루카가 에바에게 물었다. 드디어 본격적인 이야기였다. 에바는 대답 대

---

01 Panzanella. 물에 적신 빵과 토마토, 양파 등을 올리브유와 식초로 간해 만드는 샐러드.
02 Panettone. 단맛이 나는 빵의 일종.
03 Cotechino. 내장을 돼지껍질, 돼지 발, 비계 등으로 채워 만든 소시지.
04 Piadina. 이탈리아식 플랫브래드.
05 Porchetta. 비계 없는 돼지 살코기만을 마늘, 로즈메리, 허브로 채워 장작불에 구운 요리.
06 Cannolo. 갈대처럼 속이 빈 작은 관 모양의 빵을 튀겨서 속을 크림이나 치즈로 채운 것.

03. O mio babbino caro

신 에즈라에게 시선을 주었다. 에즈라가 답했다.

"빠르면 빠를수록 좋지만, 아델라이데 양의 의견을 따르고 싶습니다."

에즈라는 그렇게 말한 뒤 아델에게 시선을 주었다.

"양은 어떠십니까?"

아델이 멈칫했다가 답했다.

"저도 빠를수록 좋아요."

그 말에 에즈라가 배시시 웃었다. 정원에서의 일 이후로 그는 조금 마음이 평화로워진 것 같았다. 그때, 갑작스럽게 루크레치아가 입을 열었다.

"그런데 혹시 약혼식에 로완 님과 카타리나 님도 오실까요?"

분위기가 단숨에 싸늘해졌다. 오레스테가 눈을 부릅뜨고서 루크레치아의 귓가에 뭔가를 속닥거렸다. 입 다물라는 내용인 듯했다. 다행히 그들이 눈치를 보는 체사레는 시선을 내리깐 채 스푼만테 잔만 흔드는 중이었다. 오레스테의 만류에도 루크레치아는 상냥하게 웃으며 말했다.

"아델라이데 양은 두 분의 따님이신 거잖아요? 오셔서 축하해 주시면 좋겠는데…."

그때 에바가 수첩에 크게 글씨를 써서 보여 주었다.

[내가 연락해 보지.]

에바는 루크레치아를 향해 인자하게 미소 지었다.

[신경 써 줘서 고마워, 루크레치아 양.]

"…천만에요."

루크레치아는 타성적인 미소를 지으며 물러났다. 에바가 나선다면 건드리지 않는 게 좋다고 판단한 듯했다. 이후 그녀는 아델에게 말했다.

"카폴로에서 지내셨다고 했죠? 친구분들도 초대하시나요?"

아델이 미소 지으며 준비했던 답을 내놓았다.

"조용히 가족끼리만 진행하고 싶어서요."

"아쉬우시겠어요. 아델라이데 양 덕에 카폴로에 관심이 생겨서 다른 분들을 만나 보고 싶었는데…. 아델라이데 양이 소개해 주시겠어요? 카폴로는 어떤 곳인가요?"

"……."

'이거 봐라….'

"아름다운 곳이죠. 항구가 아니라서 농사를 주로 짓지만요. 피아체 광장에는 밀을 든 여신상이 있는데…."

미리 교육받은 카폴로의 모습에 관해 말하자 루크레치아가 초점 없는 눈으로 고개를 끄덕였다.

"그렇군요. 언젠가 한번 가 보고 싶네요."

진정성 없는 대꾸였다.

"그러고 보니 아델라이데 양은 학문에도 일가견이 있으시던데, 가장 좋아하는 작가는 역시 두란테인가요?"

"아무래도요."

"정말 대단하세요. 사실, 두란테가 그렇게 쉬운 글을 쓰진 않았잖아요. 이렇게 현명한 숙녀분이 에즈라 오라버니와 결혼하게 되어서 정말 기뻐요."

"상찬에 감사드려요. 루크레치아 양이야말로 숙녀의 귀감이라 불리시는걸요."

"아니에요. 저는 정말로 양이 저희 델라 발레의 희망에 활력을 부여하고, 구원을 위해 지옥에 발자취를 남기는 것마저 감내해 주시리라 믿고 있어요."[07]

'네가 있으니 델라 발레의 빛도 안심이다.'라는 정치적인 메시지를 문학

---

07   알리기에리 단테, 『신곡』, 한형곤 옮김, 서해문집(2005), 「천국편」 31곡, 79-81행.

에 빗대어 전달하는 솜씨가 아주 일품이었다. 하지만 어딜 은근슬쩍.

"글쎄요. 저는 모든 길과 모든 방법으로써 속박을 자유로 이끄는 것도, 모든 것을 이루는 힘을 지닌 것도 결국은 자기 자신이라고 생각해서요. 이 경우, 델라 발레의 여러분이 되겠지요."08

아델이 그렇게 말한 순간, 루크레치아의 눈이 섬뜩하게 번득였다. '잡았다.' 그렇게 말하는 듯한 미소가 그녀의 만면에 번져 나갔다. 아델이 저도 모르게 주춤했다.

'뭐지?'

그때 옆에서 에즈라가 천진하게 말했다.

"저번에도 생각한 거지만, 아델라이데 양은 「희곡」의 구판을 더 좋아하시는 모양입니다."

"네?"

"고전적인 표현을 쓰셔서요. '하인' 대신 '속박'을 사용한 점이라든가…. 사실 저도 신판보다는 구판을 좋아합니다. 시대의 흐름에 따라 단어의 뜻이 바뀌기도 하지만 역시 문학은 당대의 표현 그대로 읽어야…."

에즈라의 다정한 설명은 안타깝게도 귀에 들어오지 않았다.

'…내가 읽은 게 구판이야?'

아델은 「희곡」에 신판이 있는 줄도 몰랐다. 시립 도서관은 지원금이 적었기에, 이미 있는 책을 신판이 나왔다고 새로 들이는 일도 없었다.

'그야 물론 귀족들은 새 본이 나오면 항상 새로 구매한다고 들었지만….'

하지만 그게 뭐 그리 큰 단서라고? 희미한 불안감이 아델의 가슴을 스쳐 지나갔다. 루크레치아가 아델을 향해 잔을 들며 말했다.

---

08   알리기에리 단테, 앞의 책, 「천국편」 31곡, 85-87행.

"우리 가족이 될 아델라이데 양을 위해. 없어도 있는 것처럼."

그 말에 모두가 일제히 잔을 들었다. 시선이 아델에게 모였다. 아델이 엉겁결에 잔을 마주 들었으나 그뿐이었다. 매우 짧지만 선명한 침묵이 흘렀을 때였다.

"…있다면 그것이 영원할 것처럼."

체사레가 옆에서 아델의 잔에 잔을 부딪쳐 왔다. 그제야 다른 이들도 어색하게 시선을 교환하며 술을 마셨다.

'귀족들 말장난이구나.'

순간 얼굴에 확 열이 올랐다. 루크레치아가 그 모습에 상냥하게 웃었다.

"아델라이데 양은 격언은 잘 즐기시지 않나 봐요?"

그 말에 옆에 있던 에즈라가 얼굴을 굳혔다.

"루크…."

"한 번 더 건배해야 하지 않나?"

체사레의 말이 빨랐다. 식사 내내 침묵하던 그가 입을 열자 모두가 그를 돌아보았다. 체사레는 등받이에 등을 깊게 묻은 채 냉소를 흘렸다.

"루크레치아 양도 곧 세베리노 경과 결혼할 것 같던데 얼마나 축하할 일이야? 이제 나랑은 영영 연이 없겠군."

"……."

루크레치아의 표정이 일그러졌다. 이제 웃고 있는 사람은 아무도 없었다. 아델은 무표정으로 생각했다.

'분위기 쓰레기 같아.'

그나마 괄목할 만한 부분은 에바와 루카의 태도였다. 에바는 그저 이 상황이 흥미롭다는 눈이었고, 루카는 답 없는 에바에게 말을 걸며 꿋꿋이 술에 관한 감상을 늘어놓았다. 과연 노련한 정치가들이라 해야 할지. 그때 옆에서 에즈라가 말했다.

"그러는 공도 슬슬 좋은 소식이 들려야 하지 않겠습니까?"

두 남자의 눈이 마주쳤다.

"공은 많은 숙녀분과 만나셨는데 결혼은 제가 더 빨리하게 되었군요."

"…그렇게 많진 않아. 동정남 에즈라께는 좀 많게 느껴질 수도 있겠지만."

"저한테만 많게 느껴지는 건 아닐 텐데요. 아십니까, 아델라이데 양? 제가 알기로 체사레 공이 만난 여자가 대략…."

"요점이 뭐야?"

"그저 감사드린다는 거였습니다. 공께서 아델라이데 양을 불러 주신 덕에 제가 이렇게 양과 결혼하게 되었으니 말입니다."

체사레가 지긋이 에즈라를 주시했다. 눈빛으로 사람도 죽일 수 있을 것 같았다. 사이에 낀 아델은 조용히 잔을 내려놓았다. 도망치고 싶다…. 그때 에바가 수첩을 보였다.

[아델라이데, 몸은 괜찮니?]

아델이 의아하게 그녀를 바라보았다. 에바는 다정하게 미소 지었고, 아델은 뒤늦게 그녀의 의도를 이해했다.

"몸살기가 조금 있을 뿐 괜찮습니다."

[그래도 무리하면 안 되지. 곧 새 신부가 될 텐데. 피곤하면 들어가서 쉬렴. 가문 간의 이야기는 어차피 네 오라비가 할 테니.]

아델이 슬쩍 주변의 눈치를 살폈다.

"그럼 실례지만 먼저 자리를 떠도 될까요?"

아무도 만류하지 않았다. 아델이 적당히 눈인사한 뒤 자리에서 일어났을 때였다.

"그럼…."

"제가…."

체사레와 에즈라가 동시에 일어났다. 그리고 상대의 행동에 둘 다 멈칫하고는, 다시 눈싸움을 시작했다. 이 자리에 더 있다간 3박 4일 동안 체하거나, 루크레치아가 눈빛으로 사람을 죽이는 법을 깨달을 것 같았기에 아델은 최대한 신속하게 말했다.

"두 분의 배려에 감사드려요. 하지만 제 브라치에레가 있으니 괜찮습니다."

눈치 좋게 에기르가 다가와 손을 내밀었다.

"그럼 즐거운… 만찬 보내시길."

아델은 그의 손을 잡고 재빨리 자리에서 벗어났다.

아델라이데가 에기르와 나간 뒤, 루크레치아도 천천히 자리에서 일어났다.

"실례지만 저도 먼저 가 봐야겠어요. 속이 안 좋네요."

체사레와 식사할 기회는 많지 않지만, 미래를 위해 지금은 잠시 마음을 억눌러야 할 때였다. 에바는 걱정스러운 낯으로 물어 왔다.

[혼자 돌아가도 괜찮겠니?]

정말로 속이 안 좋은 게 아니라는 걸 알면서도 저런 얼굴이라니. 루크레치아가 빙긋 웃었다.

"괜찮아요. 시종 기사도 있는걸요. 걱정해 주셔서 감사해요. 먼저 떠나는 것을 용서해 주시고요."

[그래. 조심히 가고.]

다정한 에바와 달리 아비와 오라비는 그녀가 돌아간다니 안심이라는 얼굴이었다. 그러나 체사레는 무심히 그녀를 일별한 뒤 잔을 입에 가져다 댈

뿐이었다.

'아아….'

밉지만 황홀한 오만함이다. 언젠가 꼭 그를 자신의 품에 안고 말리라. 루크레치아는 사붓이 인사한 뒤 만찬실을 나섰다. 복도로 나서자 엘로디와 아를이 뒤를 따랐다. 루크레치아는 성큼성큼 걸었다. 점점 걸음이 빨라졌다. 입가에는 환한 미소가 걸렸다.

'이제야 알겠어. 이 쉬운 걸 왜 몰랐지?'

나는 아델라이데 부오나파르테.

"모르지. 알고 보면 거리에서 굴러먹던 출신일지도."

나는 거리 출신이고.

"이런 기품으로 시골 처녀 행세라니요. 세상에는 주머니 속의 송곳처럼 숨길 수 없는 것도 있는 법입니다."

아주 아름다우나, 남들의 눈에 띈 적은 없다.

"없어도 있는 것처럼."

"……."

나는 상류 사회를 직간접적으로 경험한 적이 없고.

"『나의 비밀』과 『10일 동안』을 제외하고 프란체스코와 조반니를 논할 수 있던가요?"

나의 교양은 책을 통해 만들어졌으나.

"저번에도 생각한 거지만, 아델라이데 양은 「희곡」의 구판을 더 좋아하시는 모양입니다."

나의 지식은 갱신되지 않는다. 나는….
순간 루크레치아의 걸음이 뚝 멈췄다.
"…아하! 아하하하하! 아하하하!"
그녀는 배를 잡고 웃기 시작했다. 환희가 온몸을 채웠다.
'사내 흉내를 냈구나, 아델라이데!'
정말이지 허를 찌르는 여자였다. 누가 감히 생각이나 했을까. 고작 빈민 주제에 사내인 척을 하고, 도서관에서 교양을 쌓았으리라고!
이게 정답이라는 확신이 온몸의 신경을 타고 흘러내렸다.
'내일 엘로디를 보내서 조사해야겠어. 포르나티에 시민 도서관과 기모라의 도박장을 조사하면 되겠지.'
루크레치아는 환하게 웃으며 마차에 올라탔다. 그리고 곧장 엘로디에게 말했다.
"엘로디, 낯선 곳이라 힘들었지? 오늘은 기분이 좋으니 조용히 밤바람을 맞으며 돌아가자꾸나."
"아…. 네!"
엘로디는 즉각 마차의 창을 열었다. 창으로 선선한 바람이 흘러들어 오고, 부오나파르테의 정문이 보였다. 정문 위에는 별을 품은 인어상과 함께 문장 하나가 어둠 속에 잠겨 있었다. 왕들의 왕, 군주들의 군주. 그야말로 체사레를 위한 말이다.

'아델라이데, 네가 누구든 절대로 그를 더럽힐 수 없게 할 거야.'

창살로 된 정문이 열리고 마차가 부오나파르테 정문을 막 빠져나왔을 때였다.

"…에게 볼일이 있다고요! 제발…!"

정문 옆의 쪽문에서 누군가 새된 목소리로 기사에게 뭔가를 외치고 있었다. 추레하고 천박한 옷차림의 여자였다.

'거리의 여자인가.'

루크레치아가 무심히 그녀를 지나친 순간이었다.

"…내 친구인지만 확인하면 된다니까요!"

여자의 외침에 루크레치아의 눈이 크게 뜨였다. 그녀가 즉시 주먹으로 마차 벽을 내리쳤다.

"아, 아가씨?"

"……?"

놀란 엘로디와 아를이 그녀를 바라보았으나, 루크레치아는 환하게 웃었다. 여신이 그녀의 기도를 들어주신 게 분명했다.

아델은 정원의 가제 보에 나와 벤치에 앉았다.

'좀 살 것 같네.'

기둥에 등을 기대고 눈을 감자 찬바람이 몸을 쓸고 지나갔다. 머릿속엔 루크레치아뿐이었다. 뭘 노리는 걸까. 그때 인기척이 났다. 에기르가 뭔가를 들고 가제 보 안으로 들어서고 있었다.

"그건 뭐예요?"

에기르는 대답 대신 손에 든 것을 내밀었다. 오렌지 셔벗이 담긴 크리스털 볼과 스푼이었다.

"…디저트를 다 못 드신 것 같아서."

아델이 바람 빠지는 소리를 내며 웃었다.

"고마워요."

"……."

에기르는 고개를 까딱이고는 가제 보 입구에 서서 주변을 경계했다. 가끔 이쪽으로 시선을 주는 것도 느껴졌다.

'그러고 보면 에기르랑 이렇게 있는 건 정말 오랜만이네.'

그날, 한밤중에 체사레의 방으로 향하던 걸 마주친 뒤로 그와는 적잖이 서먹해진 상태였다. 몹시 충격받은 것 같던 그의 표정이 떠올랐다.

'역시 모른 척하는 게 더 심한 짓이겠지.'

아델은 스푼을 내려놓으며 조용히 입을 열었다.

"에기르 경."

"예."

"세상에 좋은 여자 많아요."

"…예?"

아델은 일부러 그가 그녀의 말을 이해할 시간을 주지 않고 이어 말했다.

"얼굴 예쁜 게 전부도 아니고요."

에기르는 그제야 그녀가 무슨 말을 하는 건지 눈치챈 듯했다. 그의 단단한 어깨에서 힘이 조금 빠져나갔다. 체사레라면 빈정댔을 테고, 에즈라라면 받아쳤을 텐데. 에기르는 그저 당황과 슬픔 섞인 눈으로 그녀를 바라보았다.

"…왜 얼굴 때문이라고 생각하십니까?"

부정하지도 않는구나. 답답할 정도로 성실한 사람이었다. 아델이 피식 웃었다.

"저한테 조금 예쁜 얼굴 말고 뭐가 있겠어요."

"……."

에기르는 본인이 더 상처받은 듯한 얼굴을 했다. 어린아이를 괴롭힌 기분이다. 아델은 반 정도 남은 셔벗을 내려놓고 자리에서 일어났다.

"가야겠어요. 방으로 곧장 갈 거니까 에스코트는 안 해 주셔도 돼요."

일부러 대답을 기다리지 않고 걸음을 옮겼다. 따라오는 발소리는 없었다. 아델은 정원을 가로질러 내궁 입구에 도착해서야 고개를 돌려 뒤를 보았다. 어둠에 파묻힌 붉은 머리 사내는 우뚝 서서 끝까지 이쪽을 보고 있었다.

루카와 오레스테, 에즈라가 떠난 뒤 에바의 시녀 마이가 말했다.

"원로공께서 도련님과 잠시 말씀을 나누고 싶으시다고 합니다."

체사레는 시가를 꺼내다 말고 멈칫했다. 고개를 돌리자 조모는 이미 훌쩍 저택 안으로 들어서고 있었다. 그는 반쯤 꺼낸 시가를 다시 집어넣었다.

"가지."

'별의 방'에 자리가 마련되었다. 마이는 방 구석구석을 촛불로 밝히고, 에바에게 폭신한 담요를 덮어 준 뒤 물러났다. 안 그래도 어두운 방이 고요해지기까지 했다. 체사레가 심드렁히 앉아 에바를 바라보았다.

[차를 타 줄게.]

에바가 수첩에 그렇게 적은 뒤, 차를 우리기 시작했다. 방은 금세 나무껍질 냄새와 희뿌연 연기로 가득 찼다. 어느샌가 이 방엔 그런 향기가 배었다.

원래 에바는 '별의 방'을 그다지 좋아하지 않았다. 이곳을 좋아하던 건 그녀의 남편인 애티커스다. 에바가 '별의 방'을 좋아하게 된 건 그가 죽은 뒤부터다. 지고지순한 사랑이어라. 체사레가 피식 웃었다.

[아도르의 무도회에서 아델라이데에게 아주 심하게 대했다지.]

이윽고 연기가 사라졌을 때 에바가 보여 준 문장은 침몰한 배보다 묵직했다.

"그게 언제 적 일인데 이제 와서 이러시나."

체사레가 예의상 차 한 모금을 마신 뒤 잔을 내려놓았다.

[사랑싸움을 하든 남매 싸움을 하든 그런 식은 안 되지. 심지어 어느 쪽인지 확실히 하지도 않았지?]

"당연히 남매 싸움입니다."

[그럼 돌아다니는 헛소문부터 해결해.]

"그건 델라 발레에 말해야 하는 거 아닌가?"

[내가 널 몰라? 해결할 수 있으면서도 놔두고 있잖니.]

"……."

[루카 공이 그러더구나. 네가 아델라이데의 지참금을 챙겨 주지 않을지도 모르겠다고.]

체사레가 눈살을 찌푸리며 웃었다.

"루카 공이 거기까지 가셨어."

[네가 얼마나 용렬하게 굴었으면 일선에서 물러난 나한테까지 읍소하러 왔겠어. 똑바로 행동 못 해? 지참금, 연금 제대로 지급하고 식도 서둘러.]

체사레는 말없이 작은 찻잔을 내려다보았다. 아델 비비는 참 좋겠네. 구두닦이 딱지를 떼 주려고 온 세상이 안간힘을 다 쓰고.

"아무렴, 누구 명령이신데."

탕! 에바가 손바닥으로 탁자를 내리쳤다. 그녀가 정말 화났을 때만 아주 가끔 하는 행동이었다.

[허투루 넘길 생각 마. 조만간 토를로냐 공이 무도회를 연다고 하니, 거기서 확실히 에즈라 군과 아델라이데를 이어 주고 와.]

"에즈라를 위해 거기까지 해 주긴 영 싫습니다만."

에바의 금빛 눈이 매섭게 그를 쏘아보았다.

[에즈라 군이 싫어서인 거 맞아?]

체사레는 긴 숨을 쉬며 등받이에 몸을 기댔다. 가주가 된 지 한참인데, 역시 짜증 나기로는 같은 부오나파르테가 제일이다. 에바는 호랑이 같은 얼굴로 앉아 계속해서 펜을 움직였다.

[어중간하게 굴지 마. 선택했으면 끝을 봐. 그 아이를 여동생으로 들인 건 너야. 정말 남매라고 우길 거면 태도를 확실히 해.]

지적할 곳 하나 없는 바르고 옳은 말이었다. 체사레는 천장의 샹들리에를 보았다. 흔들리는 노란 불빛이 아델 비비의 눈과 닮아 있었다. 아니지. 그 여자는 흔들리는 일이 없나. 그대로 물끄러미 샹들리에를 바라보다가, 괜히. 아무 이유 없이. 묻고 싶은 게 생겼다.

"그럼 만약 내가 남매라고 안 우길 생각이면."

그 말에 에바가 손을 멈췄다. 조모의 눈이 빤히 그를 쳐다보았다. 한참 뒤 펜이 움직였다.

[그게 중요하니? 그 아이는 널 안 좋아할 텐데.]

누군가가 속삭였다.

"저기 봐요. 부오나파르테 남매예요."

그 순간 볼룸의 모두가 약속이라도 한 듯이 입구로 고개를 돌렸다. 한 박자 늦게 호명관이 외쳤다.

"체사레 부오나파르테 님, 아델라이데 부오나파르테 님 드십니다!"

체사레와 아델라이데가 볼룸에 들어섰다. 그들을 지켜보던 이들 중 한 명이었던 벨루치가의 차녀, 딜라일라 벨루치도 그 모습을 보았다.

'여전히 저기만 다른 세상이네.'

남매는 이목구비가 닮은 구석은 없었다. 하지만 무심한 표정과 세상을 도외시하는 듯한 오만함 그리고 어딘지 위험한 분위기가 닮아 있었다. 둘은 아무도 없는 정원을 산책하듯이 걸어가 토를로냐 공에게 인사했다. 그 모습을 지켜보며 사람들이 수런거렸다.

"일단 임신은 안 한 것 같네요."

"그러게 말입니다…. 배가 홀쭉하군요."

"…너무 빤히 보시는 거 아닌가요, 치골리 경?"

"예? 하하. 그럴 리가요. 그냥 소문이 궁금해서…."

속닥임을 들으며 딜라일라는 고개를 저었다.

'확실한 것도 아닌데 다들 정도가 심하네.'

이해는 한다. 대상이 체사레니까. 그의 일상은 원래부터 포르나티에의 공공재이자 합법적 포르노였다. 그런 그가 장성해서 만난 여동생과 부도덕한 관계를 맺고 있다니. 사람들이 미칠 만한 소문이었다.

'게다가 직접 보니 사람들이 떠드는 이유를 알 것 같은걸.'

03. O mio babbino caro

나란히 서 있는 모습을 보니 확실히 느껴졌다. 이전의 체사레와 달리 여유가 없었다. 어딘지 불안정한 모습이었다. 존재감이 큰 만큼 흔들림도 더 눈에 띄는 느낌이었다.

'이상한 일이네….'

반면 아델라이데의 분위기는 놀랍도록 차분하고 견고했다. 비장함마저 느껴질 정도였다.

부오나파르테 남매는 인사를 마친 뒤 볼룸 중앙으로 나아가 춤을 추기 시작했다. 사람들도 그 순간만큼은 헐뜯는 것을 멈추고 감탄사를 흘렸다. 그만치로 아름다운 춤이었다.

"둘 다 미인이라 남들은 눈에 안 찼던 걸까요?"

누군가 농담 삼아 그렇게 말했다.

'하지만 그렇게 따지면 사교계에 인물이 아예 없는 것도 아닌걸. 예를 들어….'

"에즈라 델라 발레 님 드십니다!"

호명관이 외쳤다. 또다시 사람들의 시선이 입구로 돌아갔다. 에즈라 델라 발레가 볼룸에 들어서고 있었다.

숙녀들은 다시금 따뜻한 미소를 지었다. 에즈라는 그런 미소를 받을 자격이 있는 사내였다. 산뜻한 미형에 다정한 입매. 북섬의 사교계에서 그만큼 훌륭한 신사는 드물다. 뛰어난 학문적 성취는 말할 것도 없다. 문제는 그의 경쟁 상대가 체사레라는 점이겠지만….

"이번에도 체사레 공이랑 붙으시려나?"

"모르는 일이에요. 최근 부오나파르테와 델라 발레가 만찬을 즐겼다고 하던데요."

"어머. 진짜 약혼하는 거예요?"

"소문을 모르나?"

"설마요…."

"알려 드려야 하는 거 아닐까요?"

생판 남인 딜라일라마저 조금 질릴 정도였다. 하지만 에즈라는 사람들의 속닥거림을 깔끔하게 무시하고 토를로냐 공에게 인사를 마쳤다. 그리고 바위처럼 서서 아델라이데만 바라보았다.

마침내 곡이 끝났다. 에즈라가 즉각 중앙으로 걸어 들어갔다. 모두가 눈을 빛내며 그 광경을 바라보았다.

"여신의 안녕을."

에즈라와 부오나파르테 남매가 마주 섰다. 거리가 멀어 인사말 외에는 잘 들리지 않았다. 체사레가 평소처럼 에즈라에게 몇 마디 쏘아붙이는 듯했으나, 심각한 분위기는 아니었다. 다음 순간 놀랍게도 체사레는 아델라이데의 손을 얌전히 에즈라에게 건넸다. 그는 그대로 벽 쪽으로 향했고, 또 그대로 몰려든 숙녀들에게 파묻혔다.

아델라이데와 에즈라는 그대로 마주르카까지 끝낸 뒤, 발코니로 들어가 사라져 버렸다. 지켜보던 사람들의 기세가 푸시시 식었다.

"뭐가 어떻게 된 건지 모르겠네요. 그냥 오해였던 걸까요?"

모두의 의문을 뒤로하고 볼룸에는 오늘따라 유난히 더 유쾌하게 들리는 체사레의 웃음소리가 음악과 섞여 퍼져 나갔다.

아델은 반쯤 열린 커튼 사이로 볼룸을 살폈다.

"이걸로는 부족하겠죠?"

"충분하진 않을 겁니다."

에즈라가 답했다. 아델이 다시 그를 보았다.

"소식을 듣고 당황하진 않으셨어요?"

오늘 토를로냐 무도회에 온 것은 에바의 명령 때문이다. 그녀는 체사레를 통해 권유를 빙자한 명령을 전해 왔다. 토를로냐 무도회에 참석해, 에즈라와 사이 다붓한 모습을 보여 주어 소문을 없애라는 것이었다. 그래서 이 웃기는 연극이 계획되었다.

에즈라는 부드럽게 미소 지었다.

"괜찮습니다. 저도 그런 헛소문이 나도는 게 불쾌하던 참이었으니까요. 오히려 의장님께 감사할 따름입니다."

"효과가 있으면 좋겠네요."

아델이 다시 커튼 너머를 흘끗했다. 체사레는 따로 '숙녀들과 놀아나라'는 명령을 받았다고 들었다. 조모가 손자에게 할 말치고는 대범했다. 하지만 그게 평소의 체사레와 잘 어울리긴 했다.

'내 입장에서도 그게 낫고.'

체사레는 셰즈롱그에 앉아 옆자리의 숙녀와 손 크기를 재고 있었다. 여자 쪽에서 요청한 일인지 표정이 심드렁했다. 하지만 잠깐 깍지를 꼈다가 손을 털어 내는 모습은 분명 예사 솜씨가 아니었다.

"체사레 공을 보십니까?"

아주 잠깐 시선을 주었을 뿐인데 에즈라가 물어 왔다. 아델은 황급히 그를 돌아보았다.

"그냥, 오라버니가 신나 보이셔서요."

"…그렇습니까."

에즈라는 슬며시 문으로 다가가 커튼을 완전히 쳐 버렸다. 입맞춤까지 했는데, 그를 안심시키기엔 무리였던 모양이다. 아델은 그를 자극하지 않기 위해 발코니 난간까지 물러났다.

"만찬 이후로는 잘 지내셨나요?"

"예, 아델라이데 양은 별일 없으셨습니까?"

"걱정해 주신 덕분에요."

"체사레 공과도요?"

잠시 대화가 끊겼다.

"물론이에요."

에즈라는 입을 다물었다가, 이내 마른세수했다.

"…제가 너무 예민합니까?"

"경께는 잘못이 없습니다."

진심이었다. 그를 속이고 있는 건 자신이다. 아델의 말에 에즈라는 지친 듯이 미소 짓고는 옆에 다가왔다.

"만찬 때는 먼저 가셔서 좀 아쉬웠습니다."

"죄송합니다. 몸이 좋지 않았어요."

"탓하는 건 아닙니다. 그냥 저희가 서로에 관해 너무 모른다는 생각이 들어서요. 좀 더 이야기를 나누고 싶어요."

"이야기를요."

"예, 저에 관해 궁금한 건 없으신가요?"

아델은 잠시 망설였다. 그에 관한 건 아니지만, 그가 보낸 엽서에 관한 거라면 궁금한 게 있었다.

"…'베네티움'의 건물들은 정말 다 그렇게 하얗고 파란가요?"

에즈라는 의외라는 듯이 고개를 갸웃하며 웃었다.

"실제로 보면 더 예쁩니다. 날이 좋을 땐 햇빛이 반사되어서 온 도시가 하얗게 빛나는데….”

그는 그대로 아델이 본 적도 없는 도시의 정경을 묘사하기 시작했다. 표현은 정확했고 목소리는 부드러웠다. 저녁이 무르익는 시간에 잘 어울리는 음성이었다.

아델은 그의 말을 들으며 가 본 적 없는 도시를 머릿속에 그렸다. 에즈라가 그런 그녀를 보며 다정하게 말했다.

“여행을 좋아하시나 봅니다.”

“네?”

“눈이 반짝여서요.”

아델이 자신의 눈가를 더듬었다. 생각해 본 적도 없었다.

“…잘 모르겠어요.”

김빠지는 대답일까 싶어 답해 놓고 눈치를 보았다. 그러나 에즈라는 싱긋벙긋 웃으며 말했다.

“그럼 나중에 같이 가서 좋아하는지 싫어하는지 알려 주세요.”

“…….”

말이 조약돌처럼 예쁘고 동그랄 수도 있는 거구나. 아델이 저도 모르게 배시시 웃었다. 그러자 에즈라가 멈칫하더니, 뺨을 붉히며 더 예쁘게 웃었다. 헛기침이 이어졌다.

“둘이 여행하는 것도 좋지만 셋도 좋을 것 같습니다.”

“셋이요?”

에즈라는 입술을 달싹이다 민망한 듯이 하늘을 보았다.

“저희가… 아이를 가질 수도 있잖습니까? 그럼 셋이 될 테니까요.”

“네?”

그 말에 갑자기 모든 게 현실로 돌아온 느낌이었다. 아이라니. 그리고 보면 귀족에게는 후계 생산의 의무가 있다. 당연히 아이를 원할 터였다. 미묘한 거부감이 드는 것에 아델은 한 번 더 당황했다.

'애초에 내가 아이를 낳아도 되는 건가?'

게다가 그거 말고도 뭔가 잊고 있는 게 있었는데.

에즈라는 아델의 반응이 심상치 않자 불안하게 물어왔다.

"혹시 아이를 싫어하시나요?"

"그건 아니지만…."

아델은 좀처럼 대답하지 못하다가 힘겹게 답했다.

"…그 문제는 나중에 이야기하는 게 좋겠습니다."

에즈라의 얼굴이 굳었다.

"체사레 공에게 물어보고요?"

아델이 놀라 그를 바라보았다. 너무 정곡이었던 탓에 적시에 변명하지도 못했다. 그녀는 뒤늦게 자신의 실수를 깨달았으나, 이미 에즈라가 얼굴을 일그러뜨린 뒤였다.

"…정말인가 보군요."

"에즈라 경, 아뇨, 그게 아니라…."

"대체 왜 그렇게 체사레 공의 명령에 순종적이신 겁니까?"

화난 듯 반쯤 외치는 그의 말에 아델은 달래듯 말했다.

"오라버니시니까요. 저를 위해 주시고요."

"요즘 오라비는 여동생의 입맞춤도 허락해 주고 말고 한답니까?"

"……."

역시 그날의 말실수가 문제였다.

"죄송합니다. 아직 하면 안 되는 거였군요. 주의할게요."

03. O mio babbino caro

그날, 혹시 자신이 체사레의 계획에 어깃장을 놓았나 싶어서 저도 모르게 그런 말을 해 버렸다. 잊어버리길 바랐는데.

"에즈라 경, 전혀 아니에요. 그저 오라버니께서 저를 몹시 아끼셔서, 제게 조금 엄격하실 뿐이에요. 절대로 제가 오라버니의 명령이라고 무조건 따르는 것이 아닙니다."

"하지만 아이 문제에 관해서는 체사레 공에게 허락을 받고요?"

"그냥 갑자기 오라버니의 이름이 나온 탓에 놀랐을 뿐입니다. 대관절 무슨 이유가 있어서 제가 오라버니의 허락을 일일이 받아 가며 행동하겠어요?"

에즈라는 대답하지 않고 묵묵히 아델을 바라보았다. 등에 식은땀이 흐르는 느낌이었다. 에즈라는 체사레처럼 눈에 보일 정도로 격렬하게 화내는 사람이 아니었다. 때문에 더 대처하기가 어려웠다. 보다 은밀하고 집요하리란 느낌도 들었다. 루크레치아처럼 말이다. 이윽고 그가 무거운 낯으로 아델에게 다가왔다.

"…그럼 제가 이런 행동을 하는 데에도 오로지 양의 허락만 받으면 되겠군요."

옆자리 숙녀로부터 볼 키스를 받으며 체사레가 발코니를 흘끗했다. 들어간 지 꽤 되었는데도 아델과 에즈라는 나오지 않고 있었다. 체사레는 자신이 발코니에서 만든 수많은 역사를 떠올리며 눈을 내리깔았다. 설마 그 숙맥이 그 정도 짓까지 하지는 않겠지만….

"체사레 공? 뭘 보세요?"

"아무것도."

그는 관성적으로 미소 지으며 다시 여자들의 말에 귀를 기울였다.

"그보다 체사레 공, 올해 '바다와의 결혼식'에선 어떤 반지를….'

"카니발레 때 약속이 없으시면….'

입술을 복숭앗빛으로 칠하고 좋은 냄새가 나는 여자들이 목에 팔을 감거나 허벅지에 손을 얹었다. 은근한 유혹이었다. 놀라울 정도로 동하지 않았다. 체사레가 등받이에 팔을 걸친 채 침묵하자 여자들도 점점 말수가 줄었다. 그는 뒤늦게야 그걸 알아차렸다. 어느새 모두가 제 눈치를 보고 있었다.

"오늘은 기분이 안 좋으신가 봐요?"

웃지 않으면 차가워 보이는 인상이란 이렇게나 귀찮다.

"그럴 리가."

그가 보조개를 보이며 썩 웃었다.

"새로운 숙녀분을 만나시면 좋겠습니다."

누가 못 할 줄 알고. 체사레가 다분히 보복심에 가까운 마음으로 옆자리 숙녀를 향해 손을 뻗었다. 그러나 손은 허공에서 멈췄다. 닿는 것조차 내키지 않았다. 애써 지었던 미소는 흐릿해졌다. 체사레는 다시 뒤쪽으로 눈길을 주었다. 발코니는 여전히 굳게 닫혀 있었다. 뭔가가 갈비뼈 안쪽에서 쿵쿵하고 심장을 찧는 기분이다.

체사레가 옆자리에 앉은 숙녀에게서 잔을 빼앗아 들이켰다. 달고 시큼한 감각이 목구멍을 때렸다. 도수 높은 귀부 와인이었다.

"제 술인데. 못되셨네요."

잔을 빼앗긴 여자가 몸을 붙여 왔다.

"입에 남은 거라도 주세요."
"하."
실소가 터져 나왔다. 원래 그는 이런 수작을 좋아했다. 얼마나 가소롭고 귀여우냔 말이야. 그런데 아델 비비는 이런 건 하나도 못 하지. 멍청해 가지고. 그는 에즈라를 잡기 위해 키스하려고 했다던 아델 비비를 떠올렸다. 헛웃음이 튀어나왔다.
"못 하는 게 아니라 안 하는 거였네."
"네?"
재차 헛웃음을 흘린 체사레가 불쑥 물었다.
"내가 왜 좋아?"
옆에 앉은 여자가 어리둥절하게 웃었다.
"모든 걸 다 가지셨잖아요."
"그럼 나를 안 좋아할 이유는?"
숙녀들은 웃으면서 시선을 교환했다. 모두 대답해 주지 않았다. 그걸 모르냐는 듯한 눈빛이었다. 누군가 적선하듯 말해 주었다.
"공에겐 모든 게 장난 같으실 테니까요."
"……."
체사레가 다시 잔을 들었다. 그런 거라면 아델 비비와는 상극인 게 당연했다. 그녀는 모든 일에 필사적이니까.
"싫을 만도 하네."
싫어한 적 없다고는 했지만, 그건 오로지 그가 그녀를 기모라에서 꺼내 주었기 때문이었다. 그 일이 없다면 싫어했겠지. 그런데 구두닦이가 날 싫어하든 말든 무슨 상관이라고?
머릿속이 헝클어졌다. 시가가 필요했다. 그는 깊은숨과 함께 자리에서 일어났다.

"어디 가세요?"

"바람 쐬러."

"아델라이데 양께 가세요?"

여자 중 한 명이 날카롭게 물었다. 체사레가 그녀를 돌아보았다.

"여동생을 너무 아끼시는 거 아닌가요? 소문을 듣지 못하신 건 아닐 텐데."

여자의 눈에는 명백한 적개심이 떠올라 있었다. 그가 미워서가 아니었다. 선택받지 못한 게 분해서였다. 문득 체사레는 저 눈을 거울 속에서 본 것 같다는 생각을 했다.

"그러든 말든 뭔 상관인데."

"지금 인정하신 건가요?"

"인정이고 자시고 무슨 상관이야? 나 몰래 나랑 연애라도 했어?"

여자의 얼굴이 벌게졌다. 그녀가 버럭 외쳤다.

"그런 관계가 받아들여질 거라고 생각하세요?"

체사레는 말없이 그녀를 내려다보았다.

"그게 중요하니? 그 아이는 널 안 좋아할 텐데."

갑자기 이 모든 행위에 짜증이 치밀었다. 모든 게 지긋지긋했다. 온 세상이 그에게 아델에게서 떨어지라 말하고 있었다. 심지어 아델 본인마저도.

"그게 뭐 어때서."

"네?"

"내가 좀 아끼면 안 되나? 별 참견질들은."

"진심이세요?"

"죄송하지만 그건 제게도 필요 없습니다."

체사레가 얼굴을 일그러뜨리며 웃음을 터뜨렸다.
"내가 좀 진심이면 안 되냐고. 그게 그렇게 정색할 일이야?"
"…네?"
"그게 그렇게 우스울 일인가? 체사레 부오나파르테가 정말은 그들과 똑같은 병신 천치 머저리라는 게?"

빈정대며 외친 체사레가 대답을 듣지 않고 성큼성큼 발코니로 향했다. 시선과 속삭임이 따라붙었다. 전부 진력이 났다. 그는 깔끔하게 술 탓을 하며 결심했다. 직접 물어보면 되지. 싫어하는 건 아니면서, 왜 필요는 없는데? 남들은 다 가지지 못해서 안달인데.

그러나 커튼을 연 그는 제자리에 서서 굳을 수밖에 없었다. 에즈라가 아델 비비의 목덜미에 얼굴을 묻고 있었다.

목에 닿는 점막의 감각을 느끼며 아델은 저도 모르게 눈썹을 찌푸렸다.
'…좀 싫다.'
내색은 하지 않았다. 에즈라가 상처받을 것 같았다.
'클라리체는 기분 좋은 거라고 했는데, 별로 그렇지도 않네.'
아델이 멍하니 하늘을 올려다보았다.

"너한텐 그게 심술인가?"

그때는 이렇게 불쾌하지 않았던 것 같은데. 거기까지 생각한 아델이 멈칫했다. 느리게 소름이 차올랐다.

'내가 방금 무슨 생각을.'

그때 발코니 문을 가리고 있던 커튼이 갑작스레 열렸다. 상상 속에서 걸어 나오기라도 한 듯이 체사레가 나타났다. 아델은 소금 기둥처럼 굳었다. 체사레도 마찬가지였다. 그는 영혼이 뽑혀 나간 사람처럼 굳어 아델을 바라보았다.

다음 순간 말릴 새도 없이 발코니 문이 열렸다. 그리고 체사레가 성큼성큼 다가와 에즈라의 뒷덜미를 잡아당겼다.

"커헉!"

"……!"

그대로 에즈라에게 주먹이 내리꽂혔다. 깔끔한 정타였다. 너무나 갑작스러운 상황에 아델은 눈을 부릅뜬 채 굳었다. 체사레는 바닥에서 피 흘리는 에즈라를 쳐다보다가 고개를 돌렸다. 눈이 마주쳤다. 정말로 에즈라를 죽일 수도 있을 것 같은 눈이었다.

"따라 나와."

다행히 그는 아델의 손목을 낚아채고 걷기 시작했다. 사람들의 시선도 무시하고 볼룸을 가로질러 걸어 나갔다.

어느 순간 인적 드문 복도에 이르자, 체사레가 고개를 휙 돌렸다.

"넌 내가 우습지."

"네?"

"대답해. 내가 만만하지?"

웃고 있으나 화내는 얼굴이었다. 아델이 그제야 냉정을 조금 되찾았다.

"무슨 말씀이신지 모르겠지만 집에 돌아가서 이야기해요."

"돌아간다고 대답이 바뀌나?"

아델이 이마를 짚었다. 체사레의 비밀 수행원들이 주변을 잘 통제해 주길 바라는 수밖에 없었다.

"안 바뀌죠. 그게 무슨 문제인지는 모르겠지만요."

체사레가 한 걸음 다가왔다. 아델은 한 걸음 물러났다. 몇 번 같은 행동이 이루어졌다. 등이 벽에 닿았다. 저도 모르게 인상이 쓰였다. 싫어하는 구도였다. 뒤가 막히면 도망갈 곳이 없고, 도망갈 곳이 없으면 맞아야 했으니까.

신경이 예민해진 것을 체사레가 눈치챈 듯했다. 그가 진력이 난다는 듯 헛웃음을 흘렸다.

"나랑 있는 게 그렇게 싫어?"

"전에도 말씀드렸지만 싫다고 한 적은 없습니다."

"그 얼굴로."

"다른 이유 때문이에요."

"에즈라가 볼까 봐?"

아델이 짧은 숨을 내쉬었다. 서로들 죽고 못 사는 모습이 참 보기 좋았다.

"네, 에즈라 경이 볼까 봐요."

아델이 되는대로 답했다. 잠깐이지만 체사레의 눈이 불타는 것 같았다. 웃음기 없이 일그러진 낯이 다소 서러워 보였다. 착각이겠지만. 그러다 어느 순간 눈의 불길이 꺼지고, 눈빛이 흐려졌다. 길 잃은 아이 같은 표정이었다. 그는 천천히 손을 들었다. 손가락 끝이 뺨에 닿았다. 이유는 모르겠으나 그 순간 체사레가 이를 악물었다. 그가 억눌린 목소리로 말했다.

"보면 어때."

"보면 안 되죠. 남매인데."

"남매 아니잖아."

"남매가 아니면 더 안 되죠."

"왜?"

"부오나파르테의 가주가 출신도 모를 여자랑 엮이면 피곤하시지 않겠어요?"

"연애하나 보다 하겠지."

그가 웃지 않았기에 대신 아델이 웃었다.

"아니죠, 별 이상한 여자가 부오나파르테의 재산을 보고 달려들었구나 하겠죠."

체사레는 한동안 답하지 않다가 툭 말했다.

"왜 그런 식으로 말해? 아니잖아."

"……."

아델의 마음 깊은 곳이 조금 술렁였다. 그녀는 빠르게 그것을 가다듬고 답했다.

"남들 눈이 그렇다는 거예요."

"반대로 볼 수도 있지."

체사레의 눈빛이 흔들렸다.

"내가… 너한테 진심이어서 붙잡고 있는 거라고 생각할 수도 있는 거 아닌가."

"……."

그의 말이 너무 터무니없었기에 아델의 마음은 한결 가벼워졌다. 역시 진지한 이야기가 아니었다. 아무래도 숙녀 중 한 명에게 몸가짐이 가볍다는 일침이라도 듣고 온 모양이었다. 반면 체사레의 얼굴은 몹시도 경직되어 있었다. 얼핏 절박하게까지 보일 정도로. 아델은 피식 웃었다.

"그럴 리가요. 선생님은 누굴 진심으로 좋아하거나 하는 분이 아니시잖아요."

왜 그런 얼굴을 했을까. 침대에 누운 아델은 문득 낮에 체사레와 한 대화를 떠올렸다.

"그럴 리가요. 선생님은 누굴 진심으로 좋아하는 분이 아니시잖아요."
"……."

그 순간 체사레가 보인 표정이 아주 기묘했다. 그처럼 매사에 자신감 넘치는 남자가 보이리라고는 상상도 하지 못한 얼굴이었다. 깊숙이 상처받은 사람 같았다.
'그럴 리가 없는데.'
아델이 괜히 불편한 마음에 몸을 뒤척였다. 그녀는 말로 된 칼로는 절대 그를 해칠 수 없으리라 생각했다. 물리적으로나 사회적으로는 너무나 당연했고.
하지만 그 순간 체사레는 너무 여린 부분을 찔린 나머지, 남들의 배는 견고한 다른 모든 부분마저 한꺼번에 무너져 버린 것만 같았다. 그는 말없이 아델을 쳐다보다가, 한 걸음 물러났다. 다음 순간엔 장난스럽고 여유로운 미소를 띠며 말했다.

"잘 아네."

그가 더는 말을 이어 가고 싶지 않다는 얼굴을 했기에 아델은 그대로 자리를 빠져나왔다. 이상한 반응에 괜한 소릴 했나 되짚어 봤지만, 체사레가 상처받을 만한 말은 어디에도 없었다.

'역시 그냥 숙녀들이랑 무슨 일이 있었나 보지.'

아델은 반대로 돌아누우며 낮의 일을 잊으려 애썼다.

'본인도 인정했잖아. 그 남자는 여자에게 목매는 짓 따윈 절대 하지 않을 걸. 본인도 그걸 아니까 그렇게나 많은 여자를 만나고 다닌 걸 거야….'

아델은 그런 생각을 하며 꿈에 몸을 맡겼다.

[널 믿었다.]

'별의 방'은 어두웠다. 에바와 체사레가 둘러앉은 테이블 주변에만 불안한 듯 흔들리는 촛불이 켜져 있었다. 에바가 펜을 휘갈겼다.

[그리고 넌 날 실망시켰지.]

그녀는 굳은 얼굴로 맞은편에 앉은 손자를 쳐다보았다. 체사레는 무심하게 시가를 피우고 있었다. 그녀 앞에서는 예의를 차리느라 하지 않던 행동이었다. 늘 찌를 듯 날카롭던 금빛 눈에도 권태가 가득했다. 그러나 겉보기에 권태일 뿐이다. 그녀의 손주는 제왕학을 익혔고, 모든 부정적인 감정을 여유로 탈바꿈시켜 표현하는 법도 익혔다. 그것을 알기에 에바는 두려움을 느꼈다.

[아델라이데의 결혼에서 손 떼거라. 앞으로 내가 책임지고 에즈라 군과

결혼시키마. 토를로냐 무도회의 수습도 내가 알아서 하마. 넌 당분간 자숙이나 해.]

체사레는 시가를 입에 물고 소파 깊숙이 몸을 묻었다.

"가주는 접니다만."

대답이 아주 느렸다. 이 또한 체사레답지 않은 일이었다.

[의장은 나지. 네가 길거리 처녀를 데려와서 부오나파르테로 둔갑시켰다는 걸 내가 눈감아 주고 있다는 걸 기억해. 널 위해서도 이게 최선이야.]

"최선이라."

체사레가 중얼거렸다.

"우리 에바 부인께 최선은 그거겠지. 내가 루크레치아와 결혼하는 거."

[적어도 그 아이는 널 사랑하니까.]

에바가 달래듯 어조를 바꿨다.

[체사레, 난 네 조모로서 네가 행복하길 바란단다. 그러니 네가 널 사랑해 줄 여자와 결혼하면 좋겠구나.]

그늘진 황금빛 눈이 그녀를 응시하더니 픽 웃었다.

"그러시겠죠."

짧게 답한 손자는 다시 시가 연기를 뿜어내기 시작했다. 에바는 펜을 꽉 쥔 뒤 글을 이어 적었다.

[내 말을 들어야 할 거다. 지키지 않으면, 의장의 권한으로 그 아이를 산트나르에서 추방할 테니.]

에바가 나서자 약혼식 준비 속도가 기하급수적으로 빨라졌다. 순식간에 날짜와 장소가 잡혔다. 2주 뒤, 산안드레아 공원에서.

아델은 퇴창에 앉아 오랜만에 신문을 펼쳤다. 그들의 약혼식에 관한 기사가 잔뜩이었다.

> 토를로나 무도회 사건 재조명!

> 일선에서 물러난 에바가 나선 이유, 체사레의 일탈 때문?

> 팔미나 지노블, 부오나파르테 남매의 불건전한 관계를 지탄하다!

> 에즈라 델라 발레의 망신. 델라 발레의 침묵에는 이유가 있어….

자극적인 내용이 난무했다. 어쨌든 모두가 입을 모아 '그 모든 사태에도 불구하고' 부오나파르테와 델라 발레의 합일은 무사히 이루어지리라 예언했다. 아델은 그대로 신문을 읽다가 문득 작은 기사 하나를 발견했다.

> 초읽기에 들어간 기모라 재개발

'기모라 재개발?'

의아한 마음에 기사를 읽었으나 자세한 내용은 쓰여 있지 않았다. 아델은 별생각 없이 신문을 접고 에포니에게 물었다.

"편지는?"

에포니는 애매한 미소를 지으며 고개를 저었다.

"따로 온 것은 없습니다."

"그래…."

아델이 창밖으로 고개를 돌렸다. 발치의 나무 함을 열어, 그림엽서 몇 개를 다시 살폈다. 엽서의 발신인은 토를로냐 무도회 이후 연락이 뚝 끊겼다. 약혼식이 무사히 진행되고 있으니 약혼을 깨려는 건 아니겠지만….

'자존심이 상했겠지.'

아델은 남자 귀족들이 즐기는 스포츠에 격투가 있고, 체사레는 몸으로 하는 건 정말로 다 잘한다는 걸 뒤늦게 알았다.

'위로한답시고 내가 나서면 더 자존심만 상할 테고.'

벽에 등을 기댄 채 한숨을 내쉰다. 그림엽서를 보고 있자니 문득 가슴께가 수런거렸다. 문제라면 하나 더 있었다. 그날, 에즈라가 그녀의 목덜미에 입 맞추었을 때 깨달은 사실. '누군가의 접촉은 불쾌하지만 다른 누군가의 것은 그렇지 않다.' 정말로 깨닫고 싶지 않았던 사실이었다. 아델은 그 사실을 머릿속 어딘가에 파묻어 버리기로 했다.

'잊어버리면 돼. 좋은 부인이 되기로 했으니까, 그러면 돼.'

다행히 체사레와는 그날 이후 실수로도 마주치지 않았다. 체사레는 매일 하던 운동도 관둔 채 방에만 틀어박혀 있는 것 같았다. 기자나 다른 귀족의 접견 요청도 모두 끊었다. 부오나파르테의 업무는 전부 에바 의장이 맡았다. 불안정한 기류가 흐르는 가운데 순풍에 돛 단 듯 흘러가는 것도 에바가 추진하는 약혼식뿐이었다.

그러던 어느 날 에바가 아델을 불렀다. 장소는 '별의 방'이었다. 전에 왔을 때와 같은 아름다운 방에서 에바는 차를 타고 있었다.

[여신의 안녕을.]

전과 달리 미소 짓고 있지는 않았다. 세파에 지쳐 웃음을 잃은 듯한 모습으로 그녀가 찻잔을 내밀었다.

[가뉘아산(産) 오룡차란다.]

"감사합니다."

철저하게 예의에 기반한 손님맞이와 그 대응이었다. 둘 다 이게 본론이 아니라는 것을 알기에 서론은 길지 않았다.

[물어보고 싶은 게 있어. 솔직하게 대답해 주면 좋겠어.]

"네."

에바는 지치고 슬픈 눈으로 아델을 응시하다가 한 글자, 한 글자 느리게 글을 적어 나갔다.

[아델라이데, 혹시 전에 내가 여기서 물은 질문에 관한 답은 아직 그대

로니?]

그녀의 질문에 아델이 잠시 기억을 더듬었다.

[혹시 체사레와 사랑하는 사이인 건 아니니?]

즉각 전처럼 대답하려던 아델의 말머리에 찰나만큼의 공백이 있었다. 하지만 그것은 아델 스스로가 눈치채지 못할 정도로 짧았기에, 이어진 대답이 곧장 그 자리를 채웠다.

"네."

에바가 한참을 아델을 바라보았다. 말의 진의를 탐색하는 듯한 눈초리였다. 아델은 담담하게 시선을 마주했다.

에바는 이윽고 천천히 수첩을 무릎 위에 얹고, 두 손에 얼굴을 묻었다. 우는 것은 아니었다. 다만 몹시 지친 듯 보였다. 아델은 가만히 노인의 연약한 어깨를 바라보았다. 의아했다. 그토록 노련한 정치가마저 흔들 만한 대답이었던가?

그녀가 멍해져 있는 사이 에바는 다시 자신을 추스르고 펜을 들었다.

[솔직한 대답 고맙다.]

"……."

[듣기론 에즈라 군과 사이가 서먹해진 것 같다던데, 그렇니?]

"에즈라 경께 연락받은 것이 없어서 답변드리기 곤란합니다."

[너 자신은?]

아델은 아주 잠깐 멈칫한 뒤 매끄럽게 답했다.

"부오나파르테에 도움이 되겠다는 다짐은 결코 변함이 없습니다."

에바가 지긋이 아델을 바라보았다.

[너도 참 대단하구나.]

"……."

무슨 의민지는 모르겠으나, 딱히 비꼬는 것 같지는 않았기에 아델은 침묵했다. 한숨과 함께 노인이 글을 적었다.

[곧 카니발레지. 에즈라 군과 둘이 구경이라도 하면 좋지 않겠니? 강요는 안 하마. 하지만 살 붙이고 살 사이인데 서먹하진 말아야지.]

"네, 그러겠습니다."

[델라 발레엔 내가 말하마.]

"네."

그대로 용건을 끝낼 것 같던 에바는 머뭇거리다 마지막 문장을 덧붙였다.

[식이 끝날 때까지는 되도록 체사레와 마주치지 말렴.]

'별의 방'을 나온 아델은 에바와의 대화를 되뇌었다.

'명령형이었지.'

사실상 본론은 가장 마지막 문장이라는 인상이었다. 아마 에바는 체사레가 그녀에게 마음이 있다고 생각한 듯했다. 토를로냐 무도회에서 그 난리를 쳤으니 그리 오해할 만도 했다. 아델도 약간은 의아했다.

'왜 그렇게까지 했지?'

그건 마치 질투 같지 않은가.

"핫."

아델은 스스로의 생각에 어이가 없어져서 웃어 버렸다. 체사레가 그럴 리가 없지. 다시 걸음을 옮긴 아델은 문득 과거 에바가 했던 말을 떠올렸다.

[내 남편과 나는 사이가 좋았단다. 남편이 세상을 뜰 때까지 말이다. 로완과 카타리나도 그랬지. 그 둘은 정말 잘 어울렸어. 체사레는 그런 걸 보고 자랐단다. 그래서 그 아이는]

그 아이는. 그다음은 뭐지? 아델은 고개를 절레절레 젓고는 다시 발을 놀렸다.

"카스타뇰레⁰⁹! 카스타뇰레!"
"아를레키노와 초상화를 그려드립니다!"
산살리나 광장은 가면을 쓰고 화려한 옷차림을 한 사람들로 넘쳐 났다. 아를레키노, 도토레, 풀치넬라, 판탈로네, 카피타노…. 모양도 색도 제각각인 가면 무리 속에서 아델은 바로 에즈라를 찾아낼 수 있었다.
에즈라는 도토레¹⁰ 마스크를 쓰고 있기는 했으나 평상복 차림이었다. 누가 봐도 귀족이라는 걸 알 수 있는 깔끔하고 단정한 정장이 그다웠다. 아델은 얼굴을 반만 가리는 콜롬비나¹¹ 가면이 잘 씌워져 있나 확인한 뒤 그에게 다가갔다.
"여신의 안녕을, 에즈라 경."

---

09 Castagnole. 반죽에 브랜디를 넣어 튀긴 경단 모양의 빵.
10 Dottore. 16세기 이탈리아 대중극인 코메디아 델라르테의 박사 역할. 학자인 체하는 인물을 상징한다.
11 Colombina. 코메디아 델라르테의 시녀 역할. 대개 아름답거나 영리하다.

"아…. 여신의 안녕을. 잘 지내셨습니까?"

"네."

인사가 끝나자마자 정적이었다. 아델은 에즈라의 미소가 전보다 딱딱한 것을 눈치챘다.

'역시 마음이 불편하겠지.'

무슨 말을 꺼내야 할지 망설이는 사이 에즈라가 손을 내밀었다.

"걸을까요?"

"네."

아델과 에즈라는 이혼 직전의 부부처럼 서먹하게 걷기 시작했다. 분위기가 무거우니 자연히 사람이 적은 곳으로 걸음이 향했다. 두 사람은 어느새 라크리마 강 상류에 다다랐다. 지대가 높아 포르나티에서 가장 아름다운 다리인 '에스타스 다리'가 잘 보이는 곳이었다.

에즈라는 '에스타스 다리'를 둘러싼 인파를 바라보며 말했다.

"'바다와의 결혼식' 중이군요."

매년 카니발레 기간에는 '바다와의 결혼식'이 열린다. 도시의 지도자가 배를 타고 바다까지 간 뒤, 반지를 던지며 성혼문을 내뱉는 의식이다. 기본적으로는 풍어제였으나 시대가 지나며 축제에 가까워졌다.

'그러고 보니 바다 결혼식을 주최하는 건….'

인파 끄트머리에서 검푸른 머리카락을 발견한 아델이 급하게 말했다.

"자리를 옮길까요?"

에즈라도 그를 본 듯싶었다. 딱딱한 답이 돌아왔다.

"아뇨, 보고 가죠. 중요한 행사니까요."

그는 마치 거기에 꿋꿋이 서 있는 것이야말로 자신의 남자다움을 증명하는 방법이라고 여기는 듯했다. 아델은 침묵하며 아래쪽을 바라보았다. 불행히도 체사레의 모습이 또렷하게 보였다. 최근 모든 걸 에바에게 맡기고 두문불출했으나 이 의식만은 에바가 대신할 수 없던 모양이다.

체사레는 가면을 쓰지 않은 민얼굴에 화려한 수가 놓인 검은 예복 차림이었다. 신부인 바다를 돋보이게 하기 위해서다. 하지만 옷을 소박하게 입는다고 감출 수 있는 아우라가 아니었다. 정말 그에게서 남들의 주목을 빼앗고 싶다면 일단 옷감을 팽팽하게 당기는 저 단단한 몸부터 숨겨야 할 것이다.

'소문 때문에 야유라도 당할 줄 알았는데 그렇지 않네.'

시민들은 뜨거운 환호를 체사레에게 보내고 있었다. 무표정의 체사레는 당연하다는 듯 그것을 받아들였다. 그러다 별안간 인파 쪽을 지긋이 바라보더니, 방향을 바꿔 사람들 사이로 파고들었다.

유명 인사의 접근에 사람들이 물러났다. 이윽고 인파에 파묻혀 넘어져 있던 소녀의 모습이 드러났다. 체사레는 울고 있는 소녀를 일으켜 준 뒤, 품에서 뭔가를 꺼내 건넸다. 그리고 소녀의 머리를 장난스럽게 헝클어뜨린 뒤 돌아섰다. 소녀는 울던 것을 멈추고 뒤에서 뛰쳐나온 중년 여성의 치맛자락에 매달려 까르르 웃기 시작했다.

어쩐지 숨을 죽이게 되는 광경이었다. 그녀뿐만 아니라 모두가.

'…왜 그렇게 사랑받는지 알 것 같네.'

멍하니 그 모습을 지켜보는 가운데 체사레가 탄 배가 출발했다. 그때였다. 체사레의 고개가 휙 돌아갔다. 그의 눈이 정확히 아델 쪽을 바라보았다.

"……!"

아델은 흠칫 놀라 한 걸음 물러났다.

'눈이 마주친 느낌이….'

거리가 이렇게나 멀고 사람도 많으니 절대 그럴 리가 없는데도. 심장이 놀라 쿵쿵 뛰었다. 체사레는 물끄러미 이쪽을 보다가 다시 앞으로 고개를 돌렸다. 아델은 뒤늦게 한숨을 내쉬었다. 그리고 에즈라가 자신을 빤히 보고 있음을 눈치채고는 시선을 피했다.

"…갈까요?"

"…예."

"에즈라 경, 저희 저것도 먹어 볼까요?"

"팬터마임인가 봐요. 같이 구경해요."

아델은 온 힘을 다해 에즈라의 기분을 띄우려 애썼다.

'남편이 될 사람인데 이런 찝찝한 상태로 약혼하고 싶지 않아.'

다행히 에즈라는 아델이 체폴레[12]를 먹는 모습을 보더니 결국 헛웃음을 흘렸다.

"잘 드시네요. 양이 먹는 모습은 보기만 해도 기분이 좋아집니다."

에즈라는 그렇게 말하며 아델의 입가에 묻은 설탕을 닦아 주었다. 그에겐 미안한 말이지만, 그 손길에 아델은 뒤로 물러날 뻔했다. 그를 깨달은 아델은 도리어 친근하게 에즈라에게 다가갔다. 불쾌감을 느꼈다는 사실이 그에게 너무나 미안했으며, 그걸 느끼는 자기 자신을 용납할 수가 없었다. 에스코트가 아닌 연인처럼 팔짱을 끼자 에즈라는 헛기침을 하더니 속삭였다.

"정말은 내가 먼저 하고 싶었어요."

그 소박한 미소에 아델은 자꾸 물러나려는 마음을 앞으로 끌어와 앉혔다.

---

12   Zeppole. 도우를 가볍게 바싹 익혀 내 건진 다음 위에 설탕 가루를 뿌리고 속에는 커스터드와 과일 젤리, 버터와 꿀 등을 채운 디저트.

'이게 맞아.'

아델은 에즈라와 함께 축제를 더 둘러본 뒤 산레노 광장의 계단에 앉았다. 인파는 모두 라크리마 강변과 거리에 몰려 있었기에 광장은 상대적으로 한산했다.

골목 사이로 기어 오는 땅거미를 보며 아델은 바닐라 맛 젤라토를 물었다. 옆에는 한결 편안해진 얼굴의 에즈라가 초콜릿 맛 젤라토를 들고 앉았다. 둘은 고깔 모양의 바삭바삭한 와플 부분을 다 먹을 때까지 저녁놀만 바라보았다. 마침내 젤라토가 사라지자 서로의 눈을 살폈다. 그리고 동시에 웃어 버렸다.

"잠시만요. 손수건을 드리겠습니다."

"저도 있으니까 교환해요."

손수건을 교환해 손을 닦았다. 에즈라는 조심스레 그것을 주머니에 넣었다.

"세탁해서…."

"안 돌려주셔도 돼요."

"사실 그 말을 기다렸습니다."

그는 웃음이 사그라들자 정중하게 말했다.

"죄송합니다. 오늘 내내 저를 신경 써 주셨죠."

"약혼할 사이니까요. 에즈라 경 탓도 아니었고요."

아델은 망설이다 덧붙였다.

"그래도 이젠 이런 일이 저희 사이를 갈라놓지 않았으면 좋겠어요. 물론 저희 집의 누군가가 정신을 차리는 게 가장 좋은 방법이겠지만…."

"요원하죠."

"네."

에즈라는 잠시 말없이 골목에 내려앉는 노을을 바라보다 품에 손을 넣었다.

"관련해서 드릴 말씀이 있습니다."

그는 그렇게 말하며 뭔가를 꺼냈다. 연두색 샴록 문양이 그려진 열쇠고리가 달린 키였다.

"스포르차 가문이 운영하는 '아꼬르 호텔'의 룸 키입니다."

아델은 소리 없이 놀랐다. 젤라토를 들고 있었다면 떨어뜨렸을 것이다.

"제 생각이 짧았습니다. 애초에 사태를 파악했을 때부터 부오나파르테에서 나오도록 도움을 드렸어야 했는데. 혼자 쓰실 수 있게 해 두었으니, 언제라도 편히 쓰십시오."

말을 마친 그가 침묵하다 덧붙였다.

"참고로 저는 옆방입니다."

아델은 뭐라 답해야 할지 알 수 없어 에즈라의 얼굴만 쳐다보았다. 에즈라가 아스라하게 미소 지었다.

"이 정도는 괜찮겠죠?"

"……."

대답이 목에 걸린 듯 나오지 않았다. 그것을 깨달은 아델이 반대로 키를 움켜쥐었다.

'이게 맞아.'

에즈라가 말해 주는 미래. 여행과 평온한 일상. 굶지도 목숨을 걱정하지도 않아도 되는 나날들. 늘 바라 왔던 것이 아닌가.

"…당연하죠."

아델이 억지로 미소 지은 그때였다.

"아휴. 왜 이런 곳에…."

광장 구석에 있던 사람들이 급하게 몸을 피하는 모습이 보였다. 그걸 시작으로 다른 이들도 눈살을 찌푸리며 계단을 떠났다. 자세히 살펴보자 꾀죄죄한 옷을 입은 한 무리의 남녀가 광장 구석에 새로 자리를 잡고 있었다.

'기모라 사람들이다.'

아델이 바로 눈치챘다. 옆에서 에즈라가 눈살을 찌푸렸다.

"기모라 출신 같군요. 여기까지 나오다니…."

묘한 어조였다. 아델이 멈칫했다가 저도 모르게 말했다.

"축제를 즐기러 왔나 봐요. 이쪽에 해를 끼칠 생각은 없어 보여요."

자세히 보면 술과 담배, 싸구려 음식을 꺼내 자기들끼리 떠들기 바빴다. 정말로 별생각 없어 보였다. 과장된 언성은 그저 광장의 높은 분들에게 위축되지 않으려는 허세에 불과했다.

'가끔 나도 괜히 번듯한 곳에 가 보곤 했지.'

공간에 어울리지 않는다는 걸 깨닫고 금방 돌아오긴 했지만…. 에즈라는 아델의 말을 무시하지는 않았지만 인정하지도 않았다. 그가 미소 지으며 자리에서 일어났다.

"그렇군요. 하지만 위험할 수도 있으니 피해 갈까요?"

그는 그렇게 말하고서 바로 아델의 손을 잡고 움직였다. 아델의 답변을 듣지 않고 움직이는 모습이 낯설었다.

'피하는 게 맞긴 한데.'

아델이 골목으로 들어서며 마지막으로 광장을 돌아보았다. 젊은 기모라 남녀들이 멀어져 갔다.

'…별거 아니겠지.'

아델은 에즈라의 등을 보며 상념을 털어 냈다. 에즈라는 아델의 손을 잡은 채 다시 거리로 향했다. 밤이 되자 서서 술을 마시는 인파가 거리 양옆으로 늘어서 있었다. 축제였기에 치안은 나쁘지 않았다.

'술이나 마시자고 할까.'

그런 생각을 하고 있으려니 에즈라가 갑자기 우뚝 멈춰 섰다.

"아델라이데 양, 죄송합니다. 역시 치안대에 말하고 와야겠습니다."

"네?"

아델이 놀라 반문했다. 에즈라는 흐린 안색으로 미소 지었다.

"혹시 모르니까요. 신고는 시민의 의무고요."

"……."

"금방 다녀오겠습니다. 그래도 혹시 모르니 호위는 부르시고요."

"아…. 네."

아델이 품에서 작은 방울을 꺼내 흔들었다. 몇 초 지나지 않아 인파 속에서 흰색 민무늬 볼토 가면을 쓴 남자가 나타났다. 오늘 내내 인파에 섞여 아델을 호위했던 에기르였다.

"잠시 다녀올 곳이 있으니 아가씨를 부탁하네."

"……."

에기르는 고개를 끄덕이지 않았다. 명령받는 게 싫은 눈치다. 딱히 누굴 싫어할 정도로 열의가 있어 보이지 않는 그가 에즈라에게는 털 세운 고양이처럼 구는 것은 조금 의외였다. 에즈라는 마뜩잖은 얼굴을 하고서도 그대로 치안대를 찾는다며 사라졌다. 남겨진 아델은 멍하니 서 있다가, 저도 모르게 골목으로 들어갔다. 머릿속이 복잡했다.

'치안대까지 부를 일인가?'

'하지만 기모라 사람들이 대체로 위험한 건 사실이지.'

'그래도 아무 일도 안 했는데. 그 정도로 먹고 마시는 이들이라면 지금 주변에 잔뜩이잖아.'

왜 이렇게 마음이 불안할까. 아델이 주먹을 쥐어 가슴 위에 얹었을 때였다.

"아가씨."

뒤에서 에기르가 딱딱하게 굳은 목소리로 말했다.

"더 진입하시면 위험할지도 모릅니다."

그 말에 아델이 퍼뜩 고개를 들었다. 어느새 중심가를 벗어나 있었다. 습관적으로 어둡고 컴컴한 골목을 찾아든 모양이었다. 하지만 기모라 정도는 아니다.

"여긴 별로 안 위험한데요."

에기르는 대답 대신 좀 더 가까이 다가와 아델 옆에 섰다. 그는 굳이 타바로를 걷어 허리춤의 검집을 보이며 골목 끝을 바라보았다. 아델이 에기르의 시선을 따라 그곳을 보았다. 눈이 형형한 이들 몇이 이쪽을 보고 있었다. 그들은 에기르의 검을 보고는 혀를 찬 뒤 어둠 속으로 사라졌다. 헛웃음이 흘러나왔다.

"와, 기세 좋네. 어디 애들이길래 나한테까지…."

에기르가 나지막이 한숨을 쉬었다.

"…그땐 안 위험하셨을지도 모르지만 지금은 다릅니다."

아델은 그제야 자신의 차림을 내려다보았다.

"그렇네요. 저 지금은 여자네요."

"……."

대답이 없었다. 고개를 들자 볼토 가면 너머에서 푸른 눈이 호수의 수면처럼 흔들리고 있었다. 눈이 마주치자 에기르가 시선을 피했다.

"…네, 여자입니다."

…괜한 말을 한 모양이다. 아델은 침묵하며 다시 걸음을 옮겼다. 골목을 빠져나갈 생각이었다. 그때였다. 반대쪽 골목에서 누군가 속삭이는 소리

가 들려왔다.

"호구 새끼 하나 나왔다고?"

아델과 에기르가 동시에 걸음을 멈췄다. 두 사람을 눈치채지 못했는지 바로 다른 남자가 입을 열었다.

"그래, 지금 근처에서 어떤 호구 새끼가 포커에서 내리 지고 있다지 뭐야."

아델과 에기르가 약속이라도 한 듯이 서로를 쳐다보았다.

'아니, 설마 아니겠지….'

그러나 남자의 말이 이어졌다.

"그리고 돈이 어마어마하게 많은 것 같대."

"생김새는?"

"트리코른에 바우타에 타바로."

아델이 이마를 짚었다.

"그래서 공사 들어간다고?"

"스캠이 친대. 자리 뜰 때 대비해서."

"하….''

아델이 자리에 주저앉아 한숨을 흘렸다. 그 소리에 남자들은 화들짝 놀라 멀어져 갔다.

스캠. 트레베레움에서 올라온 질 나쁜 기모라 조직이다. 물론 그냥 닮은 사람이겠지만. 설령 그 남자더라도 호위도 없이 그러고 있지는 않겠지만.

아델이 힘없이 에기르를 올려다보았다.

"에기르 경, 설마…."

에기르 역시도 당혹스러운 듯이 고개를 끄덕였다.

"맞는 듯합니다."

강변을 따라 이어진 거리 구석에서 나무 궤짝에 앉아 있는 남자를 보자마자 아델은 확신했다.

'체사레네….'

그는 언젠가 보았던 검은 트리코른에 흰 바우타 가면을 쓰고 검은 타바로를 두른 차림새였다. 카니발레치고는 아주 얌전한 옷차림이었지만 길 가던 사람들 모두가 한 번씩은 그를 흘끔거렸다.

긴 다리를 쭉 뻗고 팔꿈치를 괸 모습이 미묘하게 관능적이었다. 이토록 사람이 많은 곳에서 자신 외의 그 누구도 의식하지 않는 모습에서는 여유가 느껴졌다. 걷어 올린 소매 아래로 드러난 팔뚝은 패를 건드릴 때마다 힘 있게 도드라졌다. 그 덕에 주변에는 그와의 판을 기다리는 남자들뿐만 아니라 여자들도 꽤 있었다. 그녀들이 추파를 던지기도 했으나 체사레는 눈길도 주지 않았다. 그건 좀 의외였다.

"어떤가요?"

적당히 먼 거리에서 체사레를 지켜보며 아델이 물었다. 에기르는 주변을 살피더니 고개를 끄덕였다.

"괜찮을 것 같습니다."

제대로 호위받고 있다는 뜻이다.

"다행이네요."

내키지 않는 남자지만 프리오리로서, 그리고 부오나파르테라는 거대한 배를 이끄는 함장으로서 그의 능력은 의심의 여지가 없다. 아델은 그가 길에서 돌연사하지 않길 바랐다.

'그러면 굳이 말을 걸 필요는 없으려나.'

아델이 고민하는데 나무 궤짝을 두 개 쌓아 만든 포커판 건너편에서 턱수염이 무성한 남자가 킬킬 웃으며 외쳤다.

"포 카드! 그럼 이 판돈도 내 거구만!"

남자가 실실 웃으며 판돈을 긁어모으는데도 체사레는 낮게 웃을 뿐이었다.

"패 좋네."

"형씨는 운이 좀 나쁘네. 한 판 더?"

"더."

체사레가 품에서 돈을 꺼내 판에 올렸다. 무성의한 동작치고는 큰돈이었다. 남자의 눈이 휙 돌아가는 게 아델의 눈에도 보일 지경이었다.

'애초에 왜 저러고 있는 거지.'

카니발레라면 그가 제일 활약하기 좋은 무대 아닌가. 몇 명의 여자와 즐겨도 비난받지 않을 상황이다. 체사레는 그런 것에는 흥미가 없어 보였다. 적어도 지금은. 자극을 좇는 것 같지도 않았다. 카드를 쥔 태도에선 일말의 흥분도 느껴지지 않았다. 그저 권태의 우물에 갇힌 것처럼 보였다.

아델이 지켜보는 사이 어느새 빠르게 또 한 판이 지나간 모양이었다.

"하하하! 풀 하우스!"

남자가 신난 목소리로 외치며 판돈을 챙겼다. 체사레는 판에 카드를 던지며 나직이 웃기만 했다.

"또 졌네."

"한 판 더!"

"그래, 한 판 더 해."

"거 이쪽도 좀 법시다!"

"그래! 몇 판째야, 대체!"

돈을 노리는 곰치들이 아우성쳤다. 노골적인 언사에도 체사레는 심드렁히 판을 내려다볼 뿐 반응이 없었다. 한숨이… 아니, 분노가 끓어오른다.

"아가씨?"

에기르의 만류에도 아델이 곧장 판이 열리고 있는 곳으로 걸어갔다. 그녀가 가까이 다가갔을 때, 말을 걸기도 전에 체사레는 흠칫했다. 구두 소리를 들은 듯했다. 그는 마치 불씨에서 갑작스레 불길이 살아나듯 고개를 들었다.

콱!

"큭!"

그 즉시 아델은 셔플 중이던 남자의 손을 발로 밟았다. 카드가 흩날렸다. 남자가 아델에게 눈을 부라렸다.

"이 씹, 이게 뭐 하는…!"

"너 방금 헛손질했어."

"…….."

남자는 즉각 도망쳤다. 그럴 수밖에. 도박장의 선수들은 손 기술을 빼면 볼 게 없다. 아델은 잠자코 남자가 흩뿌린 카드를 모아 체사레의 맞은편에 앉았다.

"아가씨 뭐야? 이번엔 내 차례… 어? 어. 뭐, 뭐야, 이거!"

누군가 외쳤으나 어디선가 나타난 볼토 가면을 쓴 무리에 휩쓸려 떠나갔다. 모여 있던 사람들은 그제야 상대가 비밀 호위씩이나 받는 높으신 분이라는 걸 깨닫고는 황급히 흩어졌다.

"…….."

체사레는 카드를 정리하는 아델을 물끄러미 바라보았다. 오래된 금빛 벨벳 같은 눈에 희미한 놀람과 꺼질 듯한 기대감이 서려 있었다. 기대감? 정말 말도 안 된다. 요즘 들어 체사레에게서 이상한 것만 보이는 듯하다. 스스로를 향해 속으로 혀를 차는데, 체사레가 물었다.

"데이트하는 거 아니었나?"

"어떻게 방구석에서만 계시면서도 그건 알고 계시네요."

체사레가 헛웃음을 흘렸다. 역시나 타박하는 말은 없었다. 카니발레는 모든 것을 숨기고 자유를 만끽하는 날. 이날 벌어진 일은 문제 삼지 않는 것이 관행이다.

"아델 비비."

"지금은 콜롬비나입니다. 그만 말씀하시고 제 손을 보세요."

아델이 순식간에 카드를 섞었다.

"이게 스태킹."

"흠."

"이게 리플 셔플."

"잘하네."

"이건 밑장 빼기."

그녀가 빠르게 시범을 마쳤다. 카드를 고르게 모아 체사레 앞에 내려놓았다.

"몸으로 하는 건 다 잘하시죠?"

"……."

체사레는 가만히 아델의 얼굴을 보다가 카드를 받았다. 몇 번 연습하는가 싶더니 놀랍도록 수월하게 기술을 해냈다. 그냥 도발이었는데 진짜로 할 줄이야. 아델이 혀를 찼다. 에즈라의 열등감이 조금 이해가 가기 시작했다.

"알차게 사용하시고, 상어한테만 걸리지 마세요."

"상어?"

"선수는 상어. 호구는 물고기."

체사레가 입을 다물었다가 가면 너머의 눈을 재밌다는 듯이 휘었다.

"내가 물고기인가?"

"상어는 아니십니다. 그리고 자리 뜨실 때 스캄 애들이 공사 들어간다고 합니다."

기모라 용어가 섞였지만 알아들은 듯했다. 금빛 눈에 살짝 냉기가 스쳤다.

"주의하지."

"네, 방해해서 죄송했습니다. 즐거운 축제 보내시길."

아델이 자리에서 일어났다. 그러자 체사레가 당황한 듯 그녀의 손목을 잡았다.

"그거 말하려고 왔나?"

"혹시 모르니까요."

부오나파르테의 수행원들이 만만하진 않겠지만 괜히 꿈자리 사나워질 일은 사양이었다. 체사레가 자기를 금화 주머니 취급하는 빈민들을 보며 역시 구제 불능이라고 생각할까 봐 걱정스럽기도 했다.

대답을 들은 체사레의 눈빛이 묘했다. 얼굴이 보이지 않았지만 생각이 많아 보였다.

"즐기다 오세요."

아델은 부드럽게 손을 빼내고 몸을 돌렸다.

'에기르 경은… 다시 숨었구나.'

방울을 꺼내기 위해 품을 뒤지던 아델은 멈칫할 수밖에 없었다. 뒤를 돌아보자 시커멓고 큰 남자가 우뚝 서서 그녀를 빤히 바라보고 있었다.

"……."

무시하고 걷자 쫄레쫄레 따라온다. 아델의 미간이 좁아졌다.

"따라오시는 건 아니겠죠."

"맞는데."

'왜?'

체사레가 그녀의 생각을 읽듯 먼저 물었다.

"왜 도왔어?"

"네?"

체사레가 잠깐 입을 다물었다. 금빛 눈이 무겁게 출렁였다.

"무시하고 갔어도 될 텐데."

"……."

이 질문이야말로 무시해도 될 질문이었다. 그냥 넘겨도 그만이었고. 하지만 아델은 그를 올려다보다 한숨과 함께 답했다.

"지금은 가면 축제고, 저는 그냥 콜롬비나입니다. 호구 취급당하는 바우타 한 명쯤 구해 줘도 이상할 건 없죠."

아델이 망설이다 덧붙였다.

"…싫어하는 사람도 아닌데 굳이 당하는 걸 보고 있을 이유도 없고요."

적절한 대답이라고 생각했는데 체사레가 멈칫하더니 낮게 말했다.

"그뿐인가?"

"네?"

"……."

체사레가 물끄러미 아델을 쳐다보다 말했다.

"아무것도 아니야."

"……."

뭐지. 사람 찝찝하게. 아델은 석연치 않은 마음으로 다시 걸음을 옮겼다. 이젠 정말 서로 갈 길 가자는 뜻이었으나, 남자는 눈치도 없이 아델 옆에 따라붙었다.

"에즈라는?"

"잠깐 치안대에 가셨어요."

"왜."

아델이 짧게 사정을 설명했다. 체사레가 중얼거렸다.

"쓸데없는 짓을 다 해."

"……."

이건 조금 동의하는 바다. 체사레는 말없이 아델의 옆에서 걸었다. 뭔가를 깊게 고민하는 눈치였다. 오늘의 그는 유독 무겁고, 불안정했다. 그러다 그가 불쑥 물었다.

"그럼 지금은 나도 그냥 익명의 자코모인가?"

"네?"

"그냥 콜롬비나라며. 그럼 나도 그냥 자코모 할까 하는데."

아델이 살짝 미간을 좁히며 그를 바라보았다. 또 무슨 장난을 치려고. 그러나 체사레는 어쩐지 조금 지친 듯한 웃음을 흘렸다.

"오늘은 그런 날 아닌가? 다 가짜인 날."

냉소적인 말에 아델이 멈칫했다. 넌 진심 따윈 모를 거라고 했던 말을 마음에 담고 있는 걸까. 생각은 이상한 곳으로 이어졌다. 에바가 쓰다가 만 뒤 문장은 뭐였을까? 그는 왜 에즈라를 때렸을까. 혼란스럽다.

"저한테 묻지 않으셔도 되는 문제 같습니다."

체사레는 바로 대답하지 않고 앞을 보았다. 정면에서 오던 행인이 때마침 아델의 어깨에 부딪칠 듯 가까워졌다. 남자가 손을 뻗어 그녀의 어깨를 살짝 끌어당겼다.

"아는데 너한테 묻고 싶다는 거라면."

아델이 멈칫한 사이 어깨를 감싼 손이 물러났다. 고개를 들자 시선이 마주친다. 어느새 두 사람은 거리에 멈춰 서서 서로를 바라보고 있었다.

"거 방을 잡으시든가!"

돌연 걸음이 막힌 뒷사람이 그녀를 밀고 지나갔다. 그제야 아델이 정신을 차렸다. 정답은 이미 그가 말하지 않았나. 모든 게 다 가짜인 날. 가짜에서 의미를 찾을 필요는 없다.

"…뜻대로 하세요. 제가 뭐라 말씀드릴 수 없는 부분인 듯합니다."

체사레는 빤히 아델을 쳐다보다 살짝 미소 지었다.

"그래, 그럼 오늘 내가 하는 건 전부 다 장난이야."

대답을 마친 그는 주변을 둘러보더니 강변을 따라 이어진 가판대로 다가갔다. 여성용 머리끈을 파는 가게였다.

"얼마야?"

"개당 2금입니다, 손님!"

아델은 그를 기다리지 않고 빠르게 자리를 떴다. 어쩐지 축제에서 그를 마주친 사실 자체가 좀 후회되기 시작했다. 에즈라도 걱정이었다.

'거리 꼬마를 통해 에즈라에게 쪽지를 남기고 오긴 했지만….'

그러나 체사레는 얼마 안 있어 그녀를 쫓아와 옆에 섰다. 손에는 리본 끈이 들려 있었다. 조금 전과 달리 유쾌한 목소리로 그가 말했다.

"콜롬비나, 선원들이 쓰는 매듭 묶을 줄 아나?"

"아뇨."

"잘 봐."

체사레가 이상할 정도로 다정한 목소리로 말했다. 그의 손가락이 순식간에 리본을 이리저리 엮어 매듭을 만들었다. 저도 모르게 구경할 정도로 빠르고 솜씨가 좋았다.

아델은 뒤늦게 정신을 차렸다.

'손재주가 좋기는 한데, 이게 왜?'

그때 멀리서 외침 하나가 들려왔다.

"아델라이데 양!"

아델이 반사적으로 고개를 돌린 순간이었다.

"……?"

난데없이 오른쪽 손목에 뭔가가 휘감겼다. 내려다보니 체사레가 리본 끈을 그녀의 오른 손목에 묶고 있었다. 이게 뭐지. 멍하니 바라보고만 있으러니 체사레가 반대쪽 끝을 자신의 왼쪽 손목에 묶었다.

"……?"

"아델라이데 양!"

마침 에즈라가 코앞까지 다가왔다.

"한참 찾았습니다. 죄송합니다, 제가 자리를…."

에즈라는 아델 옆에 체사레가 있는 것을 보고 즉각 얼굴을 굳혔다. 반대로 체사레는 에즈라를 보자마자 헛웃음을 터뜨렸다.

"도토레 마스크? 누가 그렇게 어울리는 걸 골라 줬어?"

"그게 무슨 상관입니까? 그보다 그 끈은 또 뭡니까?"

그래. 내가 묻고 싶은 게 바로 그거야. 영문 모를 눈길을 받으며 체사레는 묶인 손을 흔들었다.

"콜롬비나가 거리를 헤매고 있길래 미아 방지 차."

"지금 대체 뭐 하자는….."

"뭐겠어."

체사레가 아델의 손을 움켜쥐더니 쌕 웃었다.

"납치극이지."

그는 순식간에 그녀의 손을 움켜쥐고 골목으로 뛰어들었다.

아델은 앞에서 흩날리는 타바로 자락을 물끄러미 바라보았다. 어느새 에즈라의 목소리는 들리지 않았다.

"오라버니."

"오라버니 아니고 자코모."

밤이 눅눅히 스며든 좁은 골목을 지나며 체사레가 유쾌하게 말했다. 우울한 거 아니었어?

"오라버니, 이게 뭔지 슬슬 설명해 주셔야 할 것 같습니다."

"자코모라니까."

"돌아가요. 에즈라 경이 찾고 계실 거예요."

"자코모는 남의 말 따윈 안 듣지."

"원래도 안 들으시잖아요."

"흠. 예리한데."

"누가 보면 어쩌시려고요."

최근 들어 그에게 이 말을 너무 자주 하는 것 같다. 체사레는 별것도 아니라는 듯 말했다.

"장난치고 있겠구나 하겠지. 그런 날 아닌가? 오늘은 전부 다 가짜지. 내가 하는 것도 다 진심이 아니라고 생각해. 별로 어려운 일도 아니잖아?"

아델은 물끄러미 트리코른을 쓴 뒤통수를 바라보았다. 잡힌 손은 매듭만큼이나 단단했다. 피가 통하지 않을 정도였다.

"뭘 하시려는 건데요."

체사레가 우뚝 멈춰 섰다.

"글쎄…. 남들이 보기에 연애 같은 거?"

그가 다시 걸음을 옮기며 말했다.

"대단하신 어딘가의 가주랑 신분 상승이 목적인 구두닦이처럼 안 보이는 거."

'그런 걸 하고 싶었어요?' 질문이 저도 모르게 톡 튀어나올 뻔했다. 다행히 이성이 그것을 막았다. 체사레는 낮게 웃으며 말했다.

"어차피 다 장난인데 뭐 어때."

장난으로라도 저런 말을 하지는 않을 사람인데, 전부 장난이라고 한다. 머릿속이 복잡해졌다. 아델은 빈손으로 주머니 속의 호텔 키를 꽉 쥐었다.

'뭐가 됐건 혼자 도망칠 순 없을 테니까 에즈라가 찾아낼 때까지 기다리는 수밖에.'

아델은 쥐어짜이고 있는 자신의 오른손을 바라보았다.

"오라버니."

대답이 없다.

"익명의 잘생긴 자코모 씨."

체사레가 우뚝 멈춰서더니 그녀를 돌아보았다. 어이가 없다는 눈빛이다.

"그런 말도 할 줄 아나?"

"원래 살려면 무슨 말이든 하는 법이죠."

"내가 죽인대?"

"그보다 손이요."

아델이 왼손으로 그의 손등을 쓸었다. 흠칫하며 아귀힘이 풀렸다. 아델은 오른손을 고쳐 잡았다.

"손에 피가 안 통합니다. 이걸로 해요."

"……"

체사레가 물끄러미 맞잡은 손을 내려다보았다. 금빛 눈이 느리게 올라오더니 얼굴을 주의 깊게 살폈다.

"이건 무슨 의미실까."

아델은 무심히 그 시선을 맞받아쳤다.

"어차피 안 놔주실 거 아니었나요?"

"그렇긴 한데."

"그럼 아무 문제 없네요."

체사레는 아델을 빤히 바라보다가, 그녀의 귓가에 속삭였다.

"방금 좀 섰는데. 이래도 문제가 없나?"

"……."

아델이 질린 얼굴을 하자 체사레가 큰 소리로 웃었다.

"가자고. 축제 즐겨야지."

말이 끝나기 무섭게 골목에서 쑥 빠져나왔다. 어느새 노점이 늘어선 거리였다. 남자의 눈이 단숨에 반짝였다.

"먹을래?"

"아뇨."

가면을 쓰고 있는데도 그가 몹시 충격받았다는 것을 알 수 있었다.

"왜?"

"아까 먹었어요."

체사레는 눈살을 찌푸리더니 빠르게 걸으며 노점상을 가리켰다.

"젤라토."

"먹었어요."

"체폴레."

"맛있어요."

"카스타뇰레."

"설탕을 더 뿌려 주면 좋겠습니다."

마지막에 이르러 그는 조금 골난 사람처럼 말했다.

"프릭틸리아."

"……."

이번엔 대답하지 않았다. 아까 괜히 눈치가 보여서 먹지 못한 음식이었다. 루크레치아는 항상 새 모이만큼만 먹었던 것 같아서. 체사레는 바로 프릭틸리아 하나를 사서 건넸다.

"안 먹었지?"

으스대는 듯한 태도가 약간 재수 없었다.

'하지만 과자엔 죄가 없다.'

프릭틸리아는 직사각형으로 자른 반죽을 한 번 꼰 다음 튀겨서 설탕을 입힌 과자다. 달고 고소하다는 뜻이다. 아델이 눈을 빛내며 과자를 입에 문 순간이었다.

"뭘 이렇게 많이 먹었어?"

"……."

체사레가 투덜거리듯 한 말에 갑자기 입맛이 뚝 떨어졌다. 조용히 과자를 내려놓자 체사레는 당황한 듯 다시 입에 물려 주었으나, 아델이 퉤 하고 뱉어 버렸다. 과자가 땅에 떨어졌다. 두 사람이 정적 속에 그것을 바라보았다.

"구두닦이 막 나가네."

"구두닦이 아니고 콜롬비나라서."

아델이 심드렁히 말했다. 체사레는 말없이 새 프릭틸리아를 들어 내밀었다. 아델은 고개를 홱 돌렸다. 어쩌라고. 내 거 아냐. 너나 먹어.

체사레가 한숨과 함께 말했다.

"…그냥 잘 먹어서 보기 좋다는 뜻이야."

"그게 어떻게 그 말이 되죠."

"그럼 애초에 나랑 먹을 걸 좀 남겨 놓든가."

"네?"

아델이 반문하려 하자마자 입에 과자가 들어왔다. 체사레가 눈꼬리를 휘며 미소 지었다.

"이것도 장난이야."

"……."

이것마저 거절하기엔, 오늘의 그는 마치 버림받은 강아지 같았다. 망할. 아델의 일평생 들개는 먹이의 경쟁자에 불과했건만, 이 더럽게 혈통 좋고 큰 개는 안 그럴 것처럼 생겨서 축 처져 있으니 자꾸 신경이 쓰였다. 별수 없이 과자를 씹자 체사레가 쌕 미소 지었다. 유쾌하고 다정한 미소였다.

프릭틸리아를 먹고선 다시 거리를 누볐다. 거리 끝에 작은 광장이 있었다. 만돌린과 여러 개의 작은북, 쌀알 굴러가는 소리를 내는 나무 원통과 관악기의 연주에 맞춰 사람들이 춤추고 있었다. 잠깐만. 춤이라니….

고개를 돌리니 옆자리 남자의 눈이 벌써 반짝이고 있었다.

"재밌는 걸 하는데!"

체사레는 유쾌하게 외치고는 아델을 광장으로 끌고 갔다. 아델이 엉겁결에 왈츠 자세를 잡자 그가 웃음을 터뜨렸다.

"이봐, 이런 곳에선 그런 딱딱한 춤 추는 거 아니야."

해 봤어야 알지…. 머쓱하게 팔을 내린 순간, 체사레가 순식간에 아델을 끌어당겼다. 배가 붙고, 다리 사이로 체사레의 다리가 끼어든다. 머리 위에서 금빛 눈이 색스럽게 휘어졌다.

"여기선 이런 춤이지."

오른손의 손가락 사이로 체사레의 왼손 손가락이 뱀처럼 엮여 들어왔다. 아델이 느리게 숨을 들이켰다.

"정숙하신 아델 비비 양에겐 너무 자극적인가?"

아델이 한쪽 눈썹을 끌어 올렸다. 아무래도 이 남자는 '고분고분한 아델 라이데'의 연기에 뭔가 착각하고 있는 모양이다. 아델의 손이 순식간에 체사레의 옷깃을 끌어당겼다.

"감당이나 가능하신지?"

남자의 눈이 유성처럼 불타올랐다.

"불가능할 이유가 없는데."

"불가능할걸요. 제가 이게 천직이라서요."

체사레가 한 방 먹은 듯 신음을 흘렸다.

"…그건 그냥 심술이었어."

"그 말도 진심이 아닐 거고요."

체사레는 잠시 침묵했다가 이내 냉소를 흘렸다.

"맞아. 다 거짓말이야."

이번엔 아델이 입을 다물 차례였다. 그러지 않을 수 없을 정도로 묘한 울림이었다. 어색하다고는 할 수 없지만 이상한 분위기에서 두 사람은 춤을 추었다. 춤추는 내내 금빛 눈은 뜨겁고, 또 매서웠고, 아델에게서 떨어지지 않았다. 해일처럼 밀려드는 춤의 열기 속에서 아델은 무슨 정신인지도 모르고 눈싸움을 했다. 그녀는 자신의 자존심이 그토록 용맹한지 처음 알았다.

'아니지, 생각해 보면 체사레를 만난 첫날에 빈정댄 것만 봐도….'

생각이 잡스럽게 이어졌다. 그럴 수밖에 없었다. 아까부터 계속 아랫배에 뭉툭한 공격이 들어왔다. 결국 아델이 짜증스럽게 속삭였다.

"좀 가라앉힐 수 없습니까?"

"흥분되는 걸 어쩌라고."

"참아요."

이를 악물고 한 말에 체사레는 멈칫했다가 헛웃음을 흘렸다.

"처녀가 맞긴 맞네. 그걸 어떻게 참아?"

그때 뒤에서 춤추던 연인이 아델을 밀쳤다.

"아. 미안합니다!"

"……."

"……."

떠밀린 아델의 몸이 체사레와 붙었다. 다만 모종의 굴곡 탓에 아주 붙지는 않았다. 아델이 슬그머니 체사레를 올려다보았다. 그는 눈을 지긋이 찡그리고 있었다. 아델이 즉시 손을 떼고 물러났다.

"그만 춰요. 피곤해요."

체사레는 군말 없이 그녀를 따라 사람들 틈에서 빠져나왔다. 작은 혼잣말이 들렸다.

"터져 죽든가 말라 죽든가 하겠군…."

"……."

아델이 못 들은 척 시선을 돌렸을 때였다. 누가 짓궂은 장난이라도 친 것처럼 강둑 맞은편에서 에즈라가 나타났다. 치안대 몇 명과 함께였다.

"아델라이데 양!"

아델과 체사레를 발견한 에즈라가 얼굴을 일그러뜨리고 외쳤다.

"이런."

체사레가 다시금 아델의 손을 잡았다.

"도망치자."

그러나 아델은 날쌔게 길옆의 가로등을 끌어안았다.

03. O mio babbino caro

"혼자 가세요."

체사레가 어이없다는 듯이 그녀를 보았다. 에즈라는 이미 다리를 건너고 있었다.

"하."

체사레는 소리 높여 코웃음을 흘리더니.

"납치극이다 이거지."

가로등을 붙잡은 아델의 팔을 가볍게 쥐어, 스르르 당겨 떼어 냈다.

"……?"

안간힘을 다했는데도 꼭두각시 인형처럼 팔이 풀리는 모습에 아델이 기함했다. 힘 차이가 이 정도야? 남자로 살긴 했지만 그렇기에 남자와 딱히 힘을 비교해 본 적이 없었다. 아델은 누가 봐도 약골이었으므로 얻어맞는 역할만 했다.

"가소롭고 귀엽네."

체사레는 순식간에 아델을 들쳐 안고 골목으로 뛰어 들어갔다. 덤으로 유쾌한 웃음과 함께 가면과 모자를 내던져 에즈라를 열 받게 했다.

"체사레 공! 제기랄!"

뒤쫓아 오는 에즈라의 목소리는 이번엔 쉽게 멀어지지 않았다. 모습이 보일 정도는 아니었으나 따라붙고 있는 것은 분명했다.

"쓸데없이 질겨선."

체사레가 혀를 찼다. 돌연 골목이 끝나고 좁은 강이 나타났다. 라크리마 강의 작은 지류였다. 남자가 빠르게 주변을 훑었다. 강둑에 나룻배 하나가 매여 있었다.

"혀 조심."

"……!"

체사레가 그녀를 안고서 빠르고 날렵하게 나룻배 안으로 뛰어들었다. 다행히 아델 먼저 내던지지 않을 정도의 양심은 있는 듯했다. 체사레는 몸 위에 아델을 얹은 채, 순식간에 배를 매어 놓은 줄을 반쯤 풀었다. 나룻배가 교묘하게 다리 그림자 아래에서 멈췄다. 그는 그대로 한 손으로는 아델의 허리를, 다른 손으로는 그녀의 뒤통수를 휘감아 당겼다.

"에…!"

"협조 좀 해 주지."

그리고 무자비하게 아델의 머리를 제 목덜미로 욱여넣었다. 아델은 체사레의 품에 코를 박았다. 한참을 뛰었는데도 땀 냄새가 아니라 아몬드 향기가 나는 남자는 그대로 아델을 끌어안은 채 숨을 죽였다.

"아델라이데 양! 어디 계십니까!"

에즈라는 그들을 찾지 못하고 다리 건너편으로 사라져 버렸다.

"……."

"……."

"흠, 갔네."

한참 뒤, 체사레가 유쾌하게 말했다. 아델은 온몸을 늘어뜨리며 한숨을 쉬었다. 체사레가 낮게 웃음을 터뜨리더니 아델의 머리카락 사이로 손가락을 집어넣었다.

"미안하군. 놀랐나?"

"안 놀랐겠어요?"

"사랑의 도피가 이렇게 어려워."

"뭐…."

아델이 헛숨을 흘렸다. 체사레가 다시 웃었다. 어쩌고의 도피 때문인지 귓가에 닿는 숨이 뜨거웠다. 닿아 있는 모든 부분이 그랬다.

"안 도망치네."

"…놓아주시면 도망쳐 드릴게요."

그제야 조금 자세가 불편해진 아델이 작게 말했다. 체사레는 아델의 머리에 코를 박았다.

"싫은데."

"그럼 그냥 일어나기만 할 테니까 허리의 손 좀 풀어 주시죠."

"그것도 싫어."

"그럼 뭘 어떻게 하고 싶으신지 말씀해 주시면 적당한 타협안을 마련해 보겠습니다."

체사레가 그 말에 정말 크게 웃었다.

"이 상황에서 하고 싶은 게 뭐 여러 개나 될 것 같아? 순진한 소리 좀 하지 말지. 괴롭히고 싶어지니까."

아델은 마지막 말 때문에 얌전히 숨을 죽였다. 졸졸, 물이 흐르는 소리만이 울려 퍼졌다.

체사레도 말없이 그녀를 끌어안았다. 그의 입술이 계속해서 아델의 귓가에 비벼졌다. 가끔은 입술 사이로 낮은 한숨이 새어 나왔다. 그때마다 아델은 온몸의 솜털이 곤두섰다. 피하려고 몸을 움츠리자 체사레가 낮은 목소리로 달래듯 속삭였다.

"피하지 마."

명령형도 아닌 속삭임에 아델의 움직임이 멎었다. 그러자 체사레가 킥킥 웃었다.

"이렇게 신난 것도 오랜만이군."

체사레의 한 손은 여전히 그녀의 허리를 감싸고 있었다. 그는 다른 손으로 느리게 아델의 목덜미를 감싼 머리카락을 넘겼다.

"안 그래? 아델 비비."

아델이 흠칫했다. 마른침이 넘어갔다. 체사레는 귀 앞쪽의 오목한 뺨에 부드럽게 입을 맞췄다.

"물어보고 싶은 게 있는데."

아델은 눈을 질끈 감았다. 피부에 닿는 열 오른 숨이 그녀의 정신을 어지럽혔다.

"오늘은 카니발레지?"

"……."

예상외로 평이한 질문에 그녀는 겨우 숨을 몰아쉬었다. 가까스로 평소와 같은 목소리가 나왔다.

"네."

"진심이 아니어도 되는 날. 맞나?"

일순 가슴이 철렁한 듯했으나 아델은 잠자코 답했다.

"…네."

체사레가 아델을 고쳐 안았다. 비스듬히 배에 기대어 앉은 그는 아델을 자신의 허벅지 위에 앉혔다. 신경 쓰이는 물건이 아델의 다리 사이에 자리 잡았다. 당황한 아델이 무릎을 세워 앉으려 했으나, 체사레는 단호하게 그녀의 허리를 당겨 내렸다.

"……!"

숨이 턱하고 막히고 온몸이 굳었다. 체사레는 달래듯 그녀의 등을 어루만졌다.

"웃."

"그럼 대답해 봐. 넌… 정말로 나한테 아무 감정도 없나?"

아델의 숨이 멎었다. 사방이 고요해졌다. 소리라고는 먼 곳에서 울리는 축제의 소란과 잘강잘강 울리는 강물 소리뿐. 아델은 움직이지도, 입을 열지도 못했다.

이윽고 체사레가 천천히 몸을 떼어 냈다. 지척에서 눈이 마주쳤다. 금빛 눈은 수면에 비친 달처럼 선명하게 반짝이고 있었다. 아델의 눈동자가 파르르 떨렸다. 문득 전에도 비슷한 일이 있던 것이 떠올랐다. 스텔로네 리조트에서, 새벽에.

"싫지 않은 거 말고… 다른 건 정말 없어?"

그때 밀쳐 내지 못했던 이유는 뭐였지? 아델은 늘 감정 표현이 드물었다. 우는 일도 적었다. 그런데 어째서 그가 엮인 일마다 울었지?

'안 돼.'

아델의 표정이 순식간에 딱딱해졌다.

"없어요."

성마른 목소리가 튀어나왔다. 그리 말하는 그녀의 얼굴을 체사레는 주의 깊게 살폈다.

"없다고."

"네."

"정말로?"

"네!"

아델이 강하게 외치며 빈손으로 눈앞을 가렸다. 체사레가 그 손을 잡아 내렸다. 환하고 맹렬한 눈빛이 그녀를 잡아먹을 듯이 노려본다.

아델은 체사레의 눈 속에서 일그러진 자신의 얼굴을 보았다. 거대한 운명에 휩쓸리듯 그저 무력한 여자의 얼굴이었다. 체사레는, 한동안 말이 없었다. 그러다 어느 순간 구름에 가린 태양이 드러나듯 눈부시게 미소 지었다.

"전에 말했지."

강하고 큰 손이 순식간에 그녀의 목덜미를 당겨 왔다.

"넌 얼굴에 다 보인다고."

그는 그대로 삼키듯 입술을 맞췄다. "아." 얕은 신음은 체사레가 먹어 버렸다. 그는 뒤로 물러나려는 아델의 목덜미를 움켜쥔 채 놓아주지 않았다. 도리어 당겨오는 터라, 아델은 속절없이 그의 품으로 빨려 들어갔다.

젖은 혀는 생크림처럼 부드럽게 아델의 입 안을 침범했다. 혀끝이 섬세하게 물기 어린 안쪽을 건드렸다. 강제성이라고는 조금도 없었다. 흉흉하지도 난폭하지도 않았다. 그저 한없이 부드럽고, 애틋하고, 또 뜨거웠다.

어째서 숙녀들이 그를 그토록 원하는지 다시 한번 이해할 수 있었다. 어떻게 이게 사랑이 아닐 수가 있는가? 이토록 온몸을 내던지듯이, 상대의 모든 것을 삼켜 버릴 듯이 입 맞추면서. 이건 정말로 너무하지 않은가.

"훗…."

눈시울이 뜨거워지고, 입에서 흐느낌이 새어 나왔다. 곧이어 뭔가가 아래에서 그녀를 압박했다. 파드득 놀라 몸을 떠는 아델을 체사레는 강하게 끌어안았다.

"하…."

그에게서 처음 듣는 날 것 그대로의 숨이었다. 체사레는 뭔가를 버텨 내듯 근육을 팽팽하게 긴장시켰다가, 썰물이 빠져나가듯 힘을 풀었다. 그리고 부드럽게 아델의 몸을 움직이기 시작했다. 위, 혹은 아래. 느릿하지만 분명하게.

"아, 아흑…."

쾌감은 느리고 둔하게 찾아왔다. 이게 뭐야? 이게 대체 뭐야? 원래 이런 거야? 생전 경험해 본 적 없는 감각이 그녀의 모든 신경을 장악했다. 울과 면으로 된 방패는 그다지 소용이 없었다. 도리어 방어선이 있으니 안심이

03. O mio babbino caro

라는 듯이 체사레의 움직임에는 거침이 없었다.

아델의 몸이 속절없이 들썩였다. 체사레는 그조차 용납하지 않고, 큰 손으로 그녀의 골반을 붙잡아 단단히 고정했다.

"흐읍…."

아델은 기어코 울고 말았다. 해일처럼 범람하는 감각이 생경하여 두려웠다. 더는 이것을 알기 전으로 돌아갈 수 없으리란 예감이 들었다.

눈물은 곧 체사레의 뺨으로 옮겨 탔다. 체사레는 잠시 움직임을 멈추고 그녀를 응시했다. 아델이 수치심에 고개를 비틀었으나, 남자의 손에 이끌려 다시 그를 보았다. 체사레는 환한 웃음을 터뜨렸다.

"벌써 울면 어떡해. 아직 한참 더 남았는데."

얄미울 정도로 태연한 말과 함께 다시 움직임이 시작되었다. 아델이 입술을 깨물고 눈을 감았다.

"……!"

체사레는 흔들리는 그녀의 머리를 붙잡아 제 어깨에 붙였다. 입술은 연신 그녀의 귓불과 귓바퀴와 목덜미를 지분거렸다. 간혹 짐승이 영역 표시를 하듯이 치아로 가볍게 물기도 했다. 에즈라가 했던 것과 같은 행위라고는 느껴지지도 않았다. 이대로 온몸이 노글노글 녹아내려 그에게 들러붙을 것만 같았다. 주제넘게도 차라리 그편이 더 좋을지도 모른다는 생각이 든 순간이었다.

"…아델라이데 양!"

먼 곳에서 희미한 목소리가 들려왔다. 그것을 들은 순간 아델은 온몸의 피가 차갑게 식어 말라붙는 감각을 느꼈다. 억눌려 있던 이성이 폭포처럼 밀려들었다.

'내가 지금 뭘 한 거지?'

그녀가 순식간에 체사레를 밀쳤다. 이전까지와는 다른 격렬한 거부를 눈치챘는지 체사레는 팔에 힘을 풀고 그녀를 놓아주었다.

"아델?"

"……."

아델은 그의 허벅지 위에 앉은 채 소름에 몸을 떨었다. 어딘가가 축축했고 등 뒤엔 땀이 배어 나오고 있었다.

'에즈라를 두고 내가….'

사랑하지 못할 거라면 배신이라도 하지 말아야 할 게 아닌가. 입을 가리려고 손을 가져가던 아델은 문득 자신의 얼굴에 아직 콜롬비나 가면이 씌워져 있음을 깨달았다. 그녀의 얼굴이 두려움으로 일그러졌다.

오늘은 카니발레. 모두가 가면을 쓰고 물거품이 되어 사라질 하룻밤을 즐기는 날. 떨리는 눈이 체사레를 향했다. 체사레는 그녀의 갑작스러운 밀침에도 태연한 얼굴이었다. 표정이 어두웠으나 감정이 엿보이진 않았다.

'그렇겠지. 오늘은 카니발레니까….'

그는 심지어 미리 선언하기까지 했다. 모두 장난일 뿐이라고. 아델의 숨이 거칠어졌다. 그토록 애틋하게 키스하던 그와 지금 눈앞에서 냉혹한 낯으로 그녀의 얼굴을 살피는 그. 어느 쪽이 진짜인지 알 수 없었다.

정신이 나가 버릴 것만 같은 죄책감 속에서, 그녀는 저도 모르게 물었다.

"…절 좋아하세요?"

"……."

체사레가 멈칫했다. 그는 지긋이 눈살을 찌푸리며 머리카락을 쓸어 넘겼다. 몇 번이고 입술을 달싹거리다가, 이내 한숨과 함께 말했다.

"…아델 비비, 오늘은 카니발레잖아."

일순 눈앞이 깜깜해졌다. 다른 무엇으로 해석할 수가 없는 말이었다.

"그래, 그럼 오늘 내가 하는 건 전부 다 장난이야."

자신은… 장난에 넘어간 것이다. 고작 육체적 쾌락에 굴복해서. 그가 뻔히 오늘을 고른 이유를 설명까지 해 주었는데도. 심지어 에즈라가 자신을 애타게 찾고 있는 상황에서.

아델이 말없이 체사레의 몸을 밀었다. 체사레는 순순히 그녀를 놓아주었다. 아델은 무표정으로 체사레의 허벅지에서 내려와, 팔을 묶은 끈이 허락하는 만큼 뒤로 물러났다. 무릎 꿇고 앉은 그녀가 부릅뜬 눈으로 바닥을 내려다보았다.

잠자코 그녀를 지켜보던 체사레가 언짢은 듯한 한숨과 함께 물었다.

"…뭐 하자는 거야, 대체?"

그 순간 부나방 같은 스스로에 대한 혐오가 쏟아져 내렸다.

"아… 아아아아!" 아델이 몸을 웅크리고 울음을 터뜨렸다.

체사레는 멍하니 아이처럼 우는 아델을 내려다보았다. 에즈라의 외침은 그도 들었다. 상관없으리라고 생각했다. 나를 받아들인 거 아니었어? 그러나 아델은 에즈라의 목소리를 듣자마자 굳었고, 정신을 차렸고, 지금은 눈앞에서 통곡 중이었다.

'왜?'

계속해서 그런 물음만이 머릿속을 채웠다.

'대체 왜?'

그는 아델 비비가 에즈라와 입 맞추는 모습을 보았다. 그때 아델은 전혀 울지 않았다. 오히려 부드럽게 그를 받아들이는 모습을 체사레는 똑똑히 보았다. 그런 그녀가 지금은 울고 있었다. 이유를 짐작하는 건, 슬프게도 그리 어렵지 않았다.

울 정도로 싫어서.

"……."

체사레가 천천히 손으로 입을 가렸다. 으스러질 듯이 턱을 쥔 그는 뜨거워진 눈을 몇 번이고 감았다 떴다.

"하."

실없는 웃음이 터져 나왔다. 묻고 싶었다. 정말 그 정도로 싫었어? 온몸이 뻥 터져 버릴 것 같았다. 열이 오르고 내장이 뒤틀리는 듯했다. 피부 아래의 모든 근육이 심장이 된 것처럼 뛰었다. 묻고 싶은 게 산더미 같았다. 내가 잘못 본 거야? 정말로 아무 감정이 없었는데 그런 눈을 한 거야? 정신이 나갈 것 같아서 그는 계속해서 웃었다.

그렇지. 어쩌면 내가 보고 싶은 것만 봤을지도 모르지. 그럴 수밖에. 그에게는 오늘이 너무 완벽했다. 아델 비비는 평소와 달라진 게 없었지만, 그 자신이 달랐다. 그는 오늘 아무것도 아니었다. 부오나파르테의 가주도 아니었고, 포르나티에 시민들의 유쾌한 탕아도 아니었다. 아델을 이용하는 시늉할 필요도 없었고, 그들의 계획에 필요한 일이라며 그녀를 납득시키지 않아도 되었다. 그는 하고 싶은 걸 했다. 맘껏.

그리고 깨달았다. 나는 사실은 아델 비비랑 이런 걸 하고 싶었구나. 나는 사실 아델 너를 예뻐하고 싶은 거구나. 울리고 싶은 게 아니라 맛있는 걸 먹이고, 웃고 농담하고, 같이 시간을 보내고 싶은 거였구나.

한번 깨닫자 더는 흐르는 마음을 막을 길이 없었다. 마음이 뭉게구름처럼 부풀어 올랐다. 모든 게 그를 위해 마련된 선물처럼 느껴졌다. 영혼이

송두리째 흔들리는 듯했다. 몸이 뜨거워지는 만큼 눈가가 뜨거워졌다. 고작 키스 한 번에. 이토록 상대를 갈구하게 되는 것이 사랑이라면, 그의 부모는 참으로 그를 버릴 만했다.

품 안에서 흐느끼는 여자를 어루만지며 체사레는 꿈을 꾸었다. 내일 정식으로 이야기해야지. 이딴 날에, 이런 곳에서 그런 중요한 이야기를 할 수는 없으니까. 꽃다발을 살까? 그런데 아델 비비는 무슨 꽃을 좋아하지. 약조는 어떻게 하지? 버려.

그간의 모든 방황이 오늘을 위한 것이었음을 깨달았다. 이제 모든 게 완벽해질 때였다. 그런데 아델 비비는 지금 그의 눈앞에서 울고 있었다.

"어, 어어어억, 억. 억…."

"……."

체사레가 멍하니 그 모습을 내려다보았다. 몇 번이고 건침을 삼킨 뒤에야 입이 열렸다.

"…아델 비비."

어쩌면 그녀가 뭔가 오해하고 있을지도 모른다는 비참할 정도의 망상 속에서. 그러나 아델은 여전히 울기만 했다. 체사레는 좀 더 초조해졌다. 몇 번을 시도하다 힘겹게 목소리가 나왔다.

"오늘은 서로를 속이는 날인 거 알잖아."

말하고 싶었다. 설마 나더러 이런 날에 고백을 하란 거야? 원래도 나한테 진심이라곤 없다고 생각하는 사람한테?

울음소리는 더 커졌다. 입술이 마르고, 망연해졌다. 그 와중에 가엾을 정도로 몸을 작게 말고 우는 여자의 모습에 속이 답답해졌다. 왜 저렇게 울어. 왜….

체사레는 어찌할 바를 몰랐고, 그의 몸에 밴 제왕학은 그것을 차가운 무표정과 찡그린 눈썹으로 드러냈다. 정녕 그 모든 게 착각이었다고. 그는 그럼에도 여전히 그 사실을 믿지 못해, 구차함에 진저리를 치면서도 확인을 받고 싶었다. 분명 너도 내게 조금은 마음이 있던 게 아니냐고. 그래서 말하고 말았다.

"…너도 즐겼잖아."

"……."

그 순간 아델 비비의 울음이 뚝 끊겼다. 이후 무서울 정도의 침묵이었다. 아델은 잠시 후 스르르 몸을 들었다. 표정 없는 창백한 낯의 여자가 차갑게 선고했다.

"전혀요."

"……."

체사레가 잠시 눈을 감았다 떴다.

"…아델 비비."

"오라버니 혼자 즐거우셨겠죠."

비정하게 쐐기를 박은 아델은 같은 자리에 있는 것조차 혐오스럽다는 듯이 몸을 좀 더 물렸다.

"아델 비비, 말을 좀…."

그때 뭔가가 아델의 주머니에서 툭 떨어졌다. 체사레와 아델이 동시에 그것을 바라보았다. 호텔 키였다.

아델이 멍하니 강둑에 앉아 있었다. 얼마 안 있어 에즈라가 나타났다.

"아델라이데 양!"

그는 겨울밤인데도 이마에 구슬땀을 흘리고 있었다. 그녀를 보고 안심한 눈치였다. 아델은 무표정으로 자리에서 일어나 그에게 다가갔다.

"에즈라 경, 나랑 자요."

"예?"

"나랑 자요."

그녀는 말한 뒤 잠시 고민했다. 이것만으로는 부족하다.

"…아이를 만들어요. 어차피 당신도 나랑 자고 싶지 않아요?"

"아델라이데 양, 대체…."

"나랑 자요. 지금 당장. 호텔로 가서."

황망해하던 에즈라의 시선이 아델의 목덜미에 닿았다. 그가 딱딱하게 얼굴을 굳혔다.

"…체사레 공 짓입니까?"

아델이 뒤늦게 제 목덜미를 쓸었다. 자국이 남았나. 그랬겠지. 그렇게나 물고 빨았는데. 그가 그러도록 내버려 두었다는 것에 새삼 다시 자괴가 몰려들었다.

대답하지 않는 아델을 보며 에즈라는 말없이 주먹을 쥐었다. 그는 무섭게 침묵하다가, 아델의 손을 잡고 거리로 나섰다. 에즈라가 잡은 마차는 정적 속에서 아꼬르 호텔로 향했다. 아델은 무표정으로 흘러가는 거리의 불빛만을 바라보았다.

에즈라의 방에 들어서고 나서도 아델의 마음에는 두려움이라고는 없었다. 그저 모든 걸 잊고 싶었다. 누군가의 품을 빌려서라도. 그러나 에즈라는 아델을 응접실에 앉히고는 차분히 뱅쇼와 브랜디를 내왔다.

"드십시오."

그리고 뱅쇼는 아델에게 내밀고 브랜디는 자신이 들이켰다. 아델은 잔을 내려다보다 입을 열었다.

"경황이 없어 무례한 방식으로 말씀드리긴 하였으나, 제 뜻은 확고합니다."

"쿨럭."

브랜디를 들이켜던 에즈라는 사레가 들린 듯했다. 그러나 이내 떨리는 손으로 새 잔을 따라 마셨다. 긴장이 고스란히 전해졌다.

"아니면 저와 그럴 마음이 없으신가요."

탁 소리와 함께 에즈라가 잔을 내려놓았다.

"그렇진… 않습니다."

"그런가요."

"예, 제가 지금 그 말을 부정하면 미래의 에즈라 델라 발레가 찾아와서 저를 죽이려 들 테니, 아무래도 그렇다고 말씀드릴 수는 없죠."

다음 순간 그가 쓴웃음을 흘렸다.

"하지만 어쨌든 이런 식은 아닙니다, 아델라이데 양."

에즈라가 고개를 들어 그녀를 보았다. 연보랏빛 눈이 슬픔에 젖어 있었다.

"우리의 추억을 이런 식으로 쌓고 싶지 않아요."

아델이 눈을 내리깔았다. 그의 말이 옳다는 생각이 들었다.

'하지만 그러면 잊어버릴 수가 없는데.'

그녀가 스르르 무릎에 얼굴을 묻었다. 눈물은 이제 나오지 않았다. 비참함에 마음이 얼룩졌을 뿐이다.

"너도 즐겼잖아."

아니라고 말할 수가 없었다. 그 점이 가장 비참했다. 어쩌면 나는 정말로 '그런 게 천직인 여자'인 건 아닐까? 그때 에즈라가 소파를 건너 다가왔다.

그는 몸을 수그린 아델을 일으켜 힘 있게 끌어안았다.

"괜찮아요."

"……."

아델이 죄책감에 눈을 질끈 감았다. 눈치챘을 것이다. 자신이 완전히 체사례를 거부하지 못했다는 걸. 그러나 에즈라는 아델을 끌어안은 채 다정하게 속삭였다.

"다 괜찮아요. 그러니까… 나한테 와요."

에즈라와 같은 침대에서 일어났을 때, 아델은 본능적으로 이불을 들춰 몸을 확인했다.

'…아무 일 없었네.'

아쉽지도 다행스럽지도 않았다. 아델은 피로한 눈으로 에즈라를 내려다보았다. 그는 숙취 때문인지 옆에서 인상을 쓰며 자고 있었다. 아델은 그가 깨지 않게 조심하며 몸을 씻고 나왔다.

거리에는 너절한 축제 장식이 시체처럼 널브러져 있었다. 초라하기 그지없는 모습이었다. 아무 계획도 없이 호텔을 나온 아델은 입구에 우두커니 멈춰 섰다.

'어떻게 돌아가야 하지.'

그때 시야 바깥에서 푸른 사두마차가 미끄러지듯이 나타났다. 마차에서는 에포니와 에기르가 내렸다.

"아가씨."

에포니는 아델을 보자마자 아무 일도 없었다는 듯이 말했다.

"피슈를 가져왔으니 목을 가리시는 게 좋겠습니다."

그리 말하는 얼굴은 그다지 좋지 않았다. 그녀의 목에 남은 흔적들이 에즈라의 짓이 아니라는 걸 알고 있는 듯했다. 시선을 조금 옮기자 마차 앞에 서 있는 에기르가 보였다. 그는 아델과 눈이 마주치자 고개를 휙 돌려 버렸다. 저도 모르게 아델의 심장이 꽉 죄어들었다. 에기르는 아델이 알기로 가장 순수한 인물이었다. 그런 그가 호텔을 나오는 자신을 보고 무슨 생각을 하고 있을지 궁금해졌다.

'더럽다고 생각할까.'

전과 달리 그가 그렇게 생각한대도 부정하지 못할 것 같았다. 아델이 아무렇지도 않은 척 에포니에게 물었다.

"오라버니가 보낸 거야?"

에포니는 침묵하다 답했다.

"예."

아델이 실소했다. 정말로 마음이 있었다면 이런 짓은 못 했겠지. 결심이 빠르게 섰다. 잊어버리자. 그의 말마따나 전부 장난이고 거짓말이었을 뿐이다.

"감사하다고 전해 줘."

에즈라와의 약혼식이 열하루 남은 날이었다.

약혼식이 여드레 남았을 때, '아델라이데호'의 진수식이 열렸다. 아델은 에바와 함께 진수식이 열리는 '포르토 아페르타'로 향했다.

[네 이름이 걸렸으니 네가 그 배의 대모가 되어야 하거든. 진수식에는

대모가 참석해야 순항한다는 미신이 있어.]

"그렇군요."

원래는 더 늦게 진행했어야 할 진수식이라고 했다. 아델은 에바가 진수식을 서두르는 이유를 눈치챘다. 자신이 부오나파르테를 총괄하고 있을 때 해치우고 싶은 모양이었다. 그래야 제 손자와 아델이 마주칠 일이 없을 테니까.

'걱정하는 일 따윈 없을 텐데.'

카니발레 이후, 두 사람은 전혀 마주치지 않았다. 변한 건 없었다. 아델은 말을 삼키고 하늘에만 시선을 주었다. 흐린 날이 기꺼웠다. '포르토 아페르타'에는 생각보다 사람이 많았다. 아델은 대외용 미소를 띤 채 귀빈석에 앉았다.

"'아델라이데호'는 최신식 갈레온선으로, 배수량이 1천2백 톤에 적재 톤수가 6백 톤이며, 세 개의 돛대엔…."

아무튼지 간에 아주 훌륭한 배라는 연설을 선박 설계사가 늘어놓은 뒤, 아델의 차례가 되었다. 그녀는 갑판으로 다가가, 하인이 건네주는 술병을 들었다. 산트나르에서 가장 유명한 발포성 와인인 데아 구타 905년산. 가격은 3백 금.

'출세했네. 3백 금을 다 내던지고.'

선수에 병을 내리치고 병이 깨지자마자 폭죽이 요란하게 울려 퍼졌다. 그 후엔 에바가 쓴 글을 대변인이 읽었다.

"친애하는 내빈 여러분, 오늘 이렇게 '아델라이데호'의 진수식에 참석해 주셔서…."

아델은 사람들을 피해 선착장 둘레길로 향했다. 에바의 일정이 끝날 때까지 걸을 생각이었다. 아델은 뒤통수에 꽂히는 에기르의 시선을 느끼며,

자신을 혐오하느냐 물어보고 싶은 충동을 참아 냈다. 그사이 어느새 그녀는 선착장을 지나쳐 수많은 배가 늘어선 곳까지 다다랐다.

'스텔로네 상단의 물양장인가.'

너무 멀리 왔다. 돌아가야 할 때였다. 그때, 누군가 입구 주변의 작은 건물에서 나왔다.

"나리들! 죄송합니다만 여긴 부오나파르테 소속의…, 음?"

중년인이 말하다 말고 한쪽 눈썹을 끌어 올렸다. 그가 곧장 모자를 벗으며 인사했다.

"이거 실례했습니다. 아델라이데 님이셨군요. 관리소장 덴투소라고 합니다."

퉁명스러울 것 같은 외모와 달리 정중하고 깍듯한 태도였다.

"나를 아는가?"

관리소장이 에기르를 흘끗했다.

"에기르 코레르 님이 가문의 아가씨를 모시고 계신다고 들었습니다."

생각해 보니 에기르는 체사레의 '뒤처리' 담당으로 꽤 얼굴이 알려져 있었다. 아델이 고개를 끄덕였다.

"그런데 무슨 일로 오셨습니까?"

관리소장이 신중하게 물었다. 아델은 타성적으로 미소 지었다.

"신경 쓰지 말게. '아델호' 때문에 온 거니까…."

말하고 나서 뒤늦게 아차 싶었다. '아델'이 아니라 '아델라이데'지 참.

"내 말은…."

"'아델호' 말씀이십니까? 잠시만 기다려 주십시오."

아델이 멈칫했다. 별안간 불안한 예감이 정수리에서부터 발바닥까지 관통했다. 뻣뻣한 고개를 돌리자 에기르 역시 눈을 부릅뜨고 굳어 있었다. 그를 눈치채지 못한 관리소장은 소장실에서 서류철 하나를 들고 나타났다.

"'아델호'의 선박 정보 일람입니다. 보시겠습니까?"

잠시 침묵한 아델이 말했다.

"주게."

"예, 배도 보시겠습니까?"

"아가씨."

에기르가 급하게 아델 앞을 가로막았다. 뭔가를 두려워하는 얼굴이었다.

"이만 돌아가시는 게 좋겠습니다."

아델은 물끄러미 그의 얼굴을 올려다보았다.

'역시 알고 있었구나.'

그녀는 눈을 내리깔았다가, 소장을 향해 말했다.

"안내해."

"아가씨!"

관리인은 눈치를 보다 고개를 끄덕였다.

"원래 외부인에겐 공개해서는 안 되지만 신원이 확실하시니…. 따라오십시오."

소장이 물양장 가장자리를 걷기 시작했다. 에기르는 몇 번이고 아델의 앞을 가로막았지만, 그녀를 못 가게 붙잡지는 않았다. 아델은 거침없이 소장을 따라 걸었다. 확인해야 했다. 체사레가 그녀를 위해 준비해 놓은 미래를. 어느 지점에 이르자 소장이 걸음을 멈췄다.

"이 배입니다."

아델은 천천히 소장이 가리킨 배를 바라보았다. 아주 낡은 갤리선이 그녀의 눈앞에 드러났다.

스텔로네 상단의 포르토 아페르타 지점 P-1 물양장의 관리소장인 덴투소가 슬쩍 옆을 바라보았다. 물결치는 암녹색 머리카락의 처녀가 멍하니 낡은 갤리선을 바라보고 있었다.
 '남자깨나 울릴 아가씨구먼. 온갖 어중이떠중이가 다 들러붙겠어.'
 모시는 가문의 아가씨라고는 하나 딸보다 어린 나이다. 게다가 농장에서 자랐다니. 안쓰러운 마음이 든 덴투소가 친절하게 말했다.
 "여기 계류한 지는 한 달 반 정도 됐습니다."
 아델라이데의 호박색 눈이 흐릿해졌다.
 "시즌 시작 때 말이군."
 시즌? 멈칫했던 덴투소가 뒤늦게 그게 귀족들의 겨울 휴가 기간을 말한다는 걸 깨닫고는 고개를 끄덕였다.
 "예, 단주님 생일 좀 지나서였습니다."
 아델라이데가 말없이 손을 내밀었다. 덴투소는 들고 있던 서류철을 건넸다. 명화처럼 예쁜 아가씨가 찬찬히 서류를 읽어 내렸다.
 "원래 이름은 '투모르호'고… 넉 달 전에 이름이 바뀌었군."
 "예."
 "이런 경우가 이전에도 있었나?"
 "많이는 아니지만 종종 있습니다."
 "그 배들은 어디로 갔고?"
 "죄송합니다. 제 관할이 아니라 모릅니다."
 그런 배들은 보통 포르토 니로에서 어느 날 종적을 감추곤 했다. 눈앞의 아가씨에게 말하긴 껄끄러운 내용이었다. 덴투소는 신경 쓰지 말라는 의미에서 덧붙였다.

"별로 중요하진 않은 문제일 겁니다. 아주 불길한 배니까요. 분명 단주님께서 해체 지시라도 내리셨을 겁니다."

"불길?"

덴투소가 선수를 가리켰다.

"인어상이 없으니까요. 이런 배는…."

덴투소는 말을 다 끝마치지 못했다. 아델라이데 뒤에 서 있던 에기르의 눈초리가 무시무시해진 탓이다. 반면 아델라이데는 뭔가 후련해진 사람처럼 픽 웃었다.

"고맙네. 도움이 됐어."

시원시원한 말과 달리 눈빛이 섦다.

"하나 더. 혹시 내가 오늘 여기 온 건 비밀로 해 주겠어?"

"예?"

덴투소가 놀라 반문하자 아델라이데가 말했다.

"나도 부오나파르테야. 자네가 걱정하는 일은 없을 거야."

아델라이데는 그렇게 말하고서 붉은 머리 기사를 돌아보았다.

"에기르 경도 부탁해요."

"……."

기사의 표정은 어두웠다. 푸른 눈이 호수처럼 일렁이더니, 그의 고개가 위아래로 움직였다.

"…알겠습니다."

"고마워요."

두 사람은 그대로 떠나는 듯했다. 그러나 아델라이데가 마지막으로 뒤돌아 한마디 했다.

"내 배 잘 부탁해."

약혼식이 닷새가 남은 날, 예기치 않게도 체사레가 그녀를 찾았다. 살이 빠졌는지 턱선이 더 날렵해져 있었다. 그는 굶주린 맹금처럼 등골이 서늘한 눈으로 말했다.

"실비아가 죽었어."

"네?"

"갈 건가?"

아델은 그제야 그가 완벽하게 검은 옷을 차려입고 있음을 눈치챘다. 아델이 황망히 답했다.

"갈게요. 잠시만 기다려 주세요."

체사레는 대답 대신 고개를 끄덕이곤 돌아섰다. 나가기 직전 문 앞에서 잠깐 머뭇거린 듯했으나, 착각이었다는 듯이 넓은 등이 휙 모습을 감췄다. 아델은 부리나케 상복을 차려입고 나섰다.

마차가 향한 곳은 상성구의 작은 신전이었다. 포폴로들이 주로 이용하는 곳이다. 체사레와 함께 신전에 들어서자마자 관이 보였다. 그 옆, 관과 가장 가까운 긴 의자에 누군가 고개를 숙이고 앉아 있었다.

"쥬드."

체사레의 부름에 쥬드가 고개를 들었다.

"체사레."

아델은 저도 모르게 드레스를 움켜쥐었다. 쥬드의 눈은 죽은 물고기처럼 탁했다.

"…그리고 아가씨, 와 줘서 고마워. 실비아도 아가씨를 보고 싶어 했지."

쥬드는 그렇게 말하며 뺨을 씰룩였다. 미소를 지으려 애쓰는 듯했다. 몹시 보기 힘든 광경이었다. 그는 이내 웃는 것을 포기하고 창백한 표정으로 일어섰다.

"나가서 이야기하지."

셋은 신전 옆의 정원을 걸었다. 쥬드는 유령이 책을 낭독하듯 부드럽고 창백하게 말했다.

"최근 상태가 좋았잖아. 나아 가고 있는 건 줄 알았는데 마지막 불꽃이었나 봐. 간밤에 크게 앓았다고 하더군."

"마지막 인사는?"

"못 했네. 내가 갔을 땐 이미 눈 감은 뒤였어."

"……."

체사레도 아델도 아무 말도 하지 못했다. 쥬드는 다시 웃으려 했다. 기괴한 얼굴이었다. 그 모습에 체사레가 인상을 찌푸렸다.

"작작 처웃어."

"……."

아델은 이 순간만큼은 그와의 모든 앙금을 잊고 쥬드를 대신해 체사레의 뒤통수를 때리고 싶었다. 그러나 쥬드는 그 말에 오히려 제대로 된 실소를 터뜨렸다.

"역시 웃는 건 이상하지?"

"병신 같으니."

"하하하."

울부짖는 것처럼 웃던 쥬드가 웃음을 뚝 멈추고 체사레에게 말했다.

"운구할 때 올 거지?"

"치료비 내 준 게 아까워서라도 가야겠는데."

"하하하."

쥬드가 다시 웃었다. 그는 이번엔 아델을 돌아보았다.

"아가씨도 장례식에 와 줄 건가?"

아델은 핏발 선 눈을 응시하다가 고개를 끄덕였다.

"제가 참석해도 된다면요."

쥬드는 희미하게 웃었다.

"실비아도 기뻐할 거야."

그들이 다시 신전 앞으로 돌아왔을 때, 그곳에는 어깨가 떡 벌어진 중년 남성이 한 명이 서 있었다. 쥬드가 걸음을 멈췄다.

"아버지."

"……."

로시가의 당주이자 프리오리인 리비 로시가 몸을 돌렸다. 그는 아들을 무겁게 바라보다가 한마디 했다.

"…돼먹지 못한 놈."

쥬드는 실소했다.

"우리 실비아 다신 안 볼 거라더니."

"살아 있다면 그랬겠지."

쥬드가 재차 힘없이 웃었다. 그때 신전의 사제가 쥬드를 불렀다.

"쥬드 로시 님, 운구 절차에 관하여 이야기를…."

"아. 가지."

쥬드는 힘없이 신전 안으로 사라졌다. 리비 로시는 그 뒷모습을 보다가, 체사레와 아델에게 다가왔다.

"만족하시오, 체사레 공?"

인사도 없는 본론에서 그가 화났다는 것을 알 수 있었다. 체사레는 품을 더듬어 시가를 꺼냈다.

"뭐가 말입니까."

"이제 내 아들은 제대로 된 사람 구실도 못 하게 생겼소."

"사람 하나 죽었다고 사람 구실 못 할 정도로 잘못 기르시진 않으셨겠죠. 그 로시 공이."

"공은 내 아들에 관해 알면서도 그런 말을 하는군."

리비 로시가 얼굴을 일그러뜨리며 웃었다.

"쥬드는 몽상가적 기질이 있소. 나는 늘 그것이 그 애의 걸림돌이 될 거라고 생각했지. 꿈은 꿈이지 않소. 사람은 현실을 살아야 하는 거요."

자신보다 배는 넘게 살았을 중년 남성이 눈을 부라리는데도 체사레는 태연히 눈을 내리깔았다.

"그럼 댁네 아드님을 잘 교육하지 그러셨습니까."

"공이 그걸 망쳐 놨잖소."

리비 로시는 결코 언성을 높이지 않았으나, 그의 두 눈에서는 원망이 형형히 빛나고 있었다.

"실비아는 잘못이 없지. 하지만 두 사람은 절대 이어질 수 없는 사이였소. 그런데 공은 그걸 응원하고, 도와주고, 그러다 이 지경까지 온 게 아니오."

"…못 이어질 건 또 뭡니까."

체사레가 낯설 정도의 저음으로 말했다. 리비 로시는 울분 섞인 웃음을 터뜨렸다.

"엄연히 존재하는 사회적 관습과 합의를 무시하지 마시오. 그러한 일들에는 다 이유가 있는 법이오."

"그게 좋다는 애들 갈라놓을 핑계씩이나 됩니까."

그 말에 리비는 체사레를 빤히 바라보았다. 눈빛이 마치 비중 높은 광석처럼 무거웠다.

"그럼 이렇게 물어보지. 결국 실비아는 죽었소. 쥬드는 이제 남은 평생을 비탄에 젖어 살아가겠지. 공은 그게 정녕 쥬드를 위한 일이라고 생각하시오?"

이번에는 체사레도 대답하지 못했다.

"둘을 방해한 건 죽음이었지만 때때로 다른 형태를 가지기도 하지. 세월이나 현실 말이오. 영원할 것 같던 관계에도 언젠가 파국이 찾아오는 법이오. 낭만에 모든 걸 내던졌는데, 마지막에 그 낭만마저 사라지면 남는 건 뭐가 되오?"

리비는 그렇게 말한 뒤 짧게 끊어 웃었다.

"물론 공에게는 와닿지 않을 거요. 그래. 부오나파르테…. 의장님도 로완도 거기엔 해당하지 않았으니."

"……."

"그래서 공은 행복하셨소? 부모의 지극한 사랑이 공에게도 닿았소? 아니었겠지. 쥬드가 앞으로 낳을 자식도 공과 같아지겠지."

아델이 듣기에 제법 험한 말이었으나 체사레는 답하지 않았다.

"체사레 공, 알지 않소. 공의 조모와 부친이 특별한 거요. 세상에 그런 것이 어디 흔하오? 공도 그걸 알고 있으니 숙녀들을 마구잡이로 만나기 시작한 거겠지. 아마 몇 년 뒤엔 제일 가문에 이득이 되는 숙녀와 결혼할 테고."

리비가 잠시 말을 멈췄다. 늙은 호랑이는 결코 감정을 내보이지 않은 채 차갑게 말했다.

"본인이 못 했다고 남의 아들을 불속에 밀어 넣으니 시원하시오?"

그때 신전 안쪽으로 향했던 쥬드가 돌아왔다. 그는 분위기를 살피더니 눈썹을 찌푸렸다.

"또 체사레 공에게 이상한 소리를 하고 계셨습니까?"

"별말 안 했다."

리비는 그렇게 말하고는 아들을 지긋이 노려보았다. 그러고는 두툼한 손으로 쥬드의 어깨를 두 번 두드리고는 말없이 자리를 떴다. 쥬드는 그 뒷모습을 바라보다 체사레에게 말했다.

"체사레, 혹시 아버지가…."

"별말 안 했어."

체사레는 눈을 내리깐 채 시가를 물었다. 쥬드는 아델을 바라보았으나 아델도 답하지 않았다. 그럼에도 쥬드는 뭔가가 있었겠거니 짐작한 모양이었으나, 익숙한 일인지 별다른 말은 하지 않았다.

"그보다 체사레, 생각해 보니 실비아의 유언을 전해 주지 않았더라고."

"식에서 낭독할 거 아닌가?"

"폐가 될 거라고 생각한 모양이야. 따로 말해 주라고 적혀 있었네."

"별걱정을 다 했군."

"그러게 말이야. 자네에겐 그동안 고마웠다는군. 그리고 잘 어울린대."

쥬드는 그렇게 말하며 아델을 보았다. 아델은 침묵했고, 그 모습에 쥬드는 다시 희미하게 웃었다.

"끝인가?"

"아니, 죽었으니까 하는 말이지만 철 좀 들라고 하더군."

체사레가 헛숨을 흘렸다.

"성격이 참…."

"최고지?"

쥬드가 말했다. 웃는 목소리가 젖어 있었다. 체사레는 한숨과 함께 다시 시가를 물었다. 쓴 연기가 피어올랐다.

"그렇네."

에즈라와 아델의 약혼식이 하루 남은 날, 쥬드가 체사레를 찾았다. 자숙을 강권한 그의 조모도 쥬드의 방문은 허락했다. 쥬드는 내궁의 응접실에 앉아, 상쾌한 얼굴을 하고서 말했다.

"슬슬 결혼하려고."

"뭐?"

체사레가 저도 모르게 되물었다. 오늘은 실비아가 묻힌 지 고작 이틀 지난 날이었다.

"가문을 이어야지. 내게 로시가의 권력만 바라는 숙녀가 있다면 가리지 않고 결혼할 생각이네. 물론 그럴 숙녀가 있다면 말이지만."

체사레는 잠시 말을 잇지 못하고 지긋이 쥬드를 바라보았다. 쥬드는 말간 눈을 하고서 시선을 받아 냈다. 영혼이 희게 세어 버린 사람 같았다. 체사레가 콧대를 매만지며 눈을 내리깔았다.

"나는 예전의 너도… 그리 나쁘진 않았는데."

"그렇겠지. 자네는 나랑 동류니까."

"……"

"다른 점이 있다면 나는 내 짝을 더 일찍 알아봤고, 더 일찍 보냈다는 점

뿐이겠지."

체사레는 망설인 끝에 실비아가 있었다면 했을 말을 한숨과 함께 내뱉었다.

"구질구질하게 굴지 말고 똑바로 살아."

"하하. 못 하는 거 알잖나."

그대로 대화가 사그라들었다. 쥬드는 창문 밖 나뭇가지에 앉아 지저귀는 새들을 바라보았다. 특별히 슬픔에 겨운 얼굴은 아니었다. 쥬드가 미소 띤 얼굴로 중얼거렸다.

"따분하군."

한참을 앉아 있던 쥬드는 매무새를 정돈하며 자리에서 일어났다.

"이만 가 보지."

"……."

"체사레, 자네는 나보다는 현명하길 바라네. 진심으로."

그 말을 남기고 쥬드는 방을 나갔다. 체사레는 홀로 소파에 우두커니 앉아 한참을 움직이지 않았다. 그러다 마침내 두 손으로 얼굴을 덮어 버렸다.

약혼식 날에는 하늘이 맑았다. 비가 자주 오는 포르나티에의 겨울 날씨치고는 드물게 화창하여 에바가 크게 기뻐했다.

[여신께서 너희 약혼을 축복하시나 보다.]

글쎄. 아델은 생각이 달랐다. 자신이 여신이라면, 순수한 한 남자를 이토록 잔인하게 속이는 여자에게 축복 따위를 내리진 않을 것이다. 하지만 겉보기만큼은 아주 근사한 약혼식이었다.

산안드레아 공원은 6천 평 규모를 자랑하는 부오나파르테 소유의 땅이었다. 식을 열기로 한 곳은 그중 돌로 된 연회용 테이블이었다. 사환들이 일찌감치 푸른색과 연보라색의 차양을 치고, 음식과 술을 날랐다.

아델은 원래 카지노로 쓰던 건물에서 에포니의 도움으로 치장했다. 레이스가 달린 발목 길이의 드레스를 입고 머리도 단정하게 올렸다.

"어떠십니까?"

에포니가 거울을 들이밀며 물었다.

"괜찮네."

아델 자신이 보기에도 놀랍도록 아름다운 모습이었으나, 동시에 또 놀랍도록 아무 감흥도 없었다. 에포니는 부드러운 미소를 지으며 그녀를 달래듯 말했다.

"아직은 실감이 안 나시겠지만, 시간이 좀 지나면 편하게 기뻐하실 수 있을 겁니다."

그녀의 말이 맞았다. 자신은 기뻐해야 했다. 지옥 같은 기모라에서 탈출해 여기까지 왔으니까. 아델이 그제야 조금 미소 지었다.

"고마워."

"참, 아가씨, 오늘 아침 이런 게 에즈라 님으로부터 도착했는데…."

에포니가 불현듯 생각났다는 듯이 말하며 짐을 뒤졌다. 그녀가 내민 것은 작고 고급스러운 직육면체 상자였다. 뚜껑을 열자 연자수정 귀걸이 한 쌍이 나타났다. 에포니는 애매하게 웃었고, 아델이 그녀의 심정을 말했다.

"…내가 귀를 안 뚫은 걸 모르시나 보네."

"아무래도 신사분들은 도통 그런 부분에 주의를 기울이지 않으시니까요."

"지금 뚫는 건 어려울까?"

"바늘을 소독하기만 하면 되니 그리 오래 걸리지는 않습니다."

"그럼 준비해 줘. 받은 거니까 해야지."

"알겠습니다."

에포니가 준비를 위해 방을 나섰다. 아델은 혼자가 되었다. 탁자 위에 놓인 귀걸이를 물끄러미 바라보았다.

귀를 뚫지 않은 것을 몰랐다고 에즈라에게 미운 마음은 들지 않았다. 그럴 만도 한 것이, 아델은 그에게 청혼의 증거로 받은 회중시계를 서랍에 넣고서 단 한 번도 들여다보지 않았다. 그녀가 버릇처럼 들여다본 것은 그가 보내 준 그림엽서였다. 피에트라, 마르세냐, 디에파…. 이름만 들어 본 휴양지들과 넓은 세계. 미래. 자신이 이토록 잔인하다. 그나마 에즈라가 그것을 알기에 다행이었다.

'앞으로라도 그에게 최선을 다하면 돼.'

기실 귀족들 사이에서도 사랑 없는 결혼은 흔하다. 쥬드 로시만 보아도 알 수 있었다. 그는 실비아가 죽은 지 사흘이 지난 오늘, 결혼을 발표했다. 상대는 적당히 유서 깊은 가문의 야망 있는 여식이라고 들었다. 너무하다는 생각은 결코 들지 않았다. 아델이 보기에 그는 머리가 잘린 닭처럼 슬프고 부산스럽게 돌아다닐 뿐이었다.

'에즈라를 그렇게 만들 수는 없어.'

에즈라는 아델에게 좋은 남편이 되어 주기로 약속했다. 성실하고 상냥한 남자다.

'아마 언젠가는 그를 사랑하게 되겠지.'

그리고 에즈라는 더 큰 사랑으로 그에 보답할 것이다. 그리 생각하자 마음이 한결 나아졌다. 지나간 일에 앓는 것은 그녀의 성미에 맞지 않았다.

'나는 에즈라와 결혼할 거야. 더는 하루살이처럼 살지 않을 거야….'

아델이 양손을 꾹 쥐며 다짐했을 때였다. 문이 벌컥 열리더니, 체사레가 방에 들어섰다.

"에포니는?"

체사레가 건성으로 방을 둘러보고는 물었다. 심술이라도 부리듯 평상시와 다를 게 없는 복색이었다. 아델은 조금 긴장한 채 답했다.

"에즈라 경이 귀걸이를 선물해 주셨는데, 귀를 안 뚫어서요. 에포니가 귀를 뚫을 도구를 챙기러 갔어요."

체사레가 살짝 눈살을 찌푸렸다.

"쑤셔 대기 바빠서 거기까지 살필 시간은 없었나 보지."

"……."

그는 자신과 에즈라가 밤을 보내지 않은 것을 모른다. 굳이 밝힐 이유가 없었기에 아델은 침묵했다. 오늘로 그와도 작별이었다. 아델은 약혼식을 마치면 일찌감치 그가 선물해 준 저택에 들어가 살기로 했다. 에바의 권고였다.

마지막이니만큼 마찰을 빚고 싶지 않은 게 그녀의 솔직한 마음이었다.

"바쁘시지 않나요?"

완곡한 축객령이었으나 체사레는 오히려 방 안쪽까지 들어와 책상에 걸터앉았다. 심드렁한 얼굴에서 금빛 눈만이 지독한 여름 햇살처럼 빛났다.

"행복해?"

불쑥 그가 물었다. 아델은 무릎 위에 올린 주먹에 조금 힘을 주었다.

"네."

"에즈라랑 결혼해서?"

"네."

"사랑해?"

그녀가 멈칫했다. 기껏 가라앉힌 속이 조금 헝클어졌다. 던지고 노는 장난감의 이름을 말하듯이 사랑을 말하는 그가 원망스러웠다. 하지만 아델은 꿋꿋이 시선을 피하지 않았다.

"네, 사랑해요."

"……."

체사레는 무표정으로 아델을 응시했다. 생각은 짐작되지 않았다. 어느 순간부터는 그를 파악하는 것이 불가능했다. 다행이라면 상대도 마찬가지이리란 점이었다. 그녀는 그것을 직감적으로 눈치챘다. 예상대로 체사레는 진위를 파악하지 못한 듯 낮게 물었다.

"사랑한다고."

"네."

불편한 정적이 이어졌다. 체사레는 팔짱을 낀 채 내도록 무표정이었다. 그 모습이 성벽처럼 견고하고 단단했다.

"…이제 그만 가야겠어요, 오라버니."

아델이 자리에서 일어났다. 벽에 걸린 괘종시계가 어느덧 식까지 코앞이었다. 결국 귀걸이는 못 하고 가겠네. 에즈라가 서운해할 것을 알지만 이상하리만치 개운한 기분이었다.

아델이 문으로 향했을 때, 체사레가 입을 열었다.

"아델 비비."

아델이 문손잡이를 잡은 채 멈칫했다.

"미안하군."

귓가에 들린 놀라운 말에 아델이 저도 모르게 체사레를 돌아보았다. 체사레는 불가사의한 위엄이 넘치는 목소리로 말했다. 반면 눈빛은 어두웠다.

"내가 하겠다고 마음먹은 건 해야 하는 사람이라."

…약조 때문에 가짜 결혼을 주선한 걸 말하는 걸까. 아델은 애매하게 고개만 끄덕인 뒤 방을 나섰다.

아델은 체사레를 열 걸음 정도 뒤에 붙이고서 식이 열리는 장소로 향했다. 건물 앞에 서 있던 지지가 쪼르르 다가와 아델에게 눈인사하고는 체사레에게 뭔가를 속삭였다.

"광대 쪽에서 정보가…."

업무 이야기인 듯하여 아델은 즉각 관심을 끊었다. 토피어리를 건물처럼 만들어서 주변을 두른 공원 한가운데에는 돌로 된 긴 식탁이 있었다. 그곳에 에바와 델라 발레가 일가가 옹기종기 모여 있었다. 병약하여 잘 거동하지 않는 델라 발레 부인도 함께였다. 루크레치아도 있었다. 그녀는 아델과 눈이 마주치자 생긋 미소 짓기까지 했다. 어쩐지 자신감과 광기가 동시에 느껴지는 미소였다.

'그러고 보니 한동안 루크레치아가 조용했지.'

그리 생각하며 아무 의미 없이 주변을 둘러보았을 때, 아델은 델라 발레의 연보라색 차양 아래에 앉은 누군가를 발견했다. 두꺼운 로브를 얼굴이 다 가리도록 눌러쓴 여자였다.

'뭔가 익숙한 느낌인데….'

하지만 델라 발레에 아는 사람이 있을 리 없다. 아델은 착각이려니 하며 자리에 앉았다. 곧 체사레가 식탁에 다다랐다. 그는 자리에 앉지 않았다. 모두가 즐거운 만면을 하고 그를 바라보았다. 주변의 엄한 박해에도 불구하고 기어이 이날이 왔다는 연설을 기다리는 눈빛이었다. 그러나 체사레는 그들을 향해 몹시도 천진하고 상쾌하게 미소 지으며 말했다.

"미안한 일이지만 약혼은 없던 일로 하겠습니다."

"……."

"……?"

짝짝거릴 준비를 하던 손들이 멈칫했다. 소리의 빈 곳을 현악단의 연주가 불협화음처럼 메꿨다. 사람들은 여전히 입가에 어리둥절한 미소를 띠고 있었다. 창백해진 것은 아델뿐이었다.

"다들 귓구멍이 막히셨나?"

체사레가 이어 말했다.

"다시 말하지. 약혼은 취소야."

이번엔 눈살을 찌푸리며 살벌하게 웃었다. 루카가 그제야 심상치 않은 분위기를 감지했는지 더듬더듬 말했다.

"허어…. 체사레 공? 퍽 재밌는… 장난입니다."

체사레가 픽 실소했다.

"이게 재밌습니까? 아쉽지만 카니발레는 옛적에 지나갔습니다, 델라 발레 공."

"예…?"

"말귀를 못 알아들으시네."

체사레는 가소롭다는 듯한 한숨과 함께 식탁 위의 녹색 술병을 집어 들었다. 글렌켈란. 도수가 높고, 가격은 더 높기로 유명한 술이다. 체사레에 의해 노란 술이 수은처럼 반짝이며 잔디밭에 흩뿌려지는 모습을 사람들은 멍하니 지켜보았다. 병 몇 개가 그렇게 비워졌다. 체사레가 마지막으로 꺼내 든 건 점화석이었다. 그제야 사람들의 낯이 섬뜩하게 질렸다.

"체사레 공! 지금 뭘 하시려는 겁니까!"

버럭 외친 오레스테와 달리 에즈라는 이미 체사레에게 달려가는 중이었다. 그러나 체사레가 좀 더 빨랐다.

"내가 좀 화려한 걸 좋아해서."

그는 유쾌하고 잔인하게 웃으며 점화석을 정원 한복판에 내던졌다.

"꺄악…!"

심약한 델라 발레 부인이 혼절하는 소리와 함께 순식간에 잔디밭에 불이 붙었다.

"……!"

"물! 물을 가져와!"

"움직이지 마."

달려가려는 사환들을 서늘한 눈빛 하나로 막아낸 체사레는 불길을 등지고 냉소했다.

"그러게 취소라고 말했잖아. 병신들이야? 사람 말 못 알아들어?"

호응하듯 불꽃이 거세게 번져 나갔다. 높이 솟은 토피어리들은 불타는 창이 되어 시커먼 연기를 하늘로 토해 냈다. 토피어리가 벽처럼 식탁을 둘러싸고 있었기에 그대로 있다간 불길에 갇힐 지경이었다.

고함이 여기저기서 들리고, 사람들이 우왕좌왕하고, 차양에 불이 옮겨붙고, 체사레는 그도 모자라 테이블보를 빼내 내던졌다. 와장창 소리와 함께 차려져 있던 음식들이 바닥으로 쏟아졌다.

"이제라도 알았으면 전부 꺼져 주시면 고맙겠습니다."

"체사레 공!"

난장판이었다. 에즈라가 체사레에게 덤비다가 에기르에게 막히고, 마이가 에바를 챙겨 자리를 피하고, 루크레치아가 로브를 쓴 여자를 데리고 총총히 자리를 떴다.

아델은 멍청히 서서 그 모든 광경을 지켜보았다. 코끝에 탄내가 어른거렸다. 그녀는 휘청이며 의자를 짚었다. 누구도 그녀를 주목하지 않는 가운데, 그 모습을 보고 눈살을 찌푸린 것은 역설적이게도 체사레뿐이었다. 그는 기사들이 에즈라를 막아서는 것을 확인한 뒤, 아델에게 다가와 말했다.

"몸 낮추고 연기 마시지 마."

"······."

그게 지금 할 소리인가? 아델이 눈을 홉뜨고서 체사레를 올려다보았다. 체사레는 멀쩡하게 미친 사람처럼 답을 내놓았다.

"어쩌나. 사랑하는 에즈라와 약혼을 못 하게 됐는데."

"···오라버니."

아델이 떨리는 목소리로 입을 열었으나 좀처럼 말이 이어지지 않았다. 머릿속에서는 에즈라가 준 엽서들이 타들어 가고 있었다.

"거기서 타 죽을 건가?"

체사레가 주머니에 손을 꽂은 채 한마디 했다. 어느새 불길이 뒤꿈치 근처에서 날름거리고 있었다. 아델은 알면서도 움직이지 못했다. 체사레가 눈썹을 꿈틀하고는 거칠게 잡아끌었다.

"슬프게도 내가 그 꼴은 못 보지."

몇 걸음 끌려간 아델이 물에서 빠져나온 사람처럼 숨을 들이켰다.

"···오라버니!"

그녀가 매달리듯 체사레의 팔을 붙잡았다. 불길처럼 흔들리는 눈이 그녀를 돌아본다.

"왜."

그거야말로 아델이 묻고 싶은 것이었다.

"어째서···."

"······."

체사레는 물끄러미 그녀를 내려다보다, 얼핏 서러운 웃음을 터뜨렸다.

"···네가 에즈라랑 행복한 게 꼴 보기 싫어서."

아연해진 아델이 자리에 멈춰 섰다.

"…그 이유 때문이라고요?"

"그런데."

"아니잖아요. 그렇게 충동적으로 결정하시는 분이…."

"충동적인 결정 같아? 미안하지만 아니야. 내내 좀 짜증이 났거든."

아델이 입술을 달싹거렸다. 무슨 말을 해야 할지 알 수 없었다. 자신이 행복한 모습이 그 정도로 보기 싫다니.

"…거짓말이죠?"

체사레는 낮게 웃었다. 얼핏 괴로운 듯한 미소였다.

"그랬으면 이런 미친 짓은 안 했지."

"오라버니, 이게, 저는 이해가, 도저히…. 대체 왜?"

"꼴 보기 싫었다니까."

"체사레!"

아델이 비명을 지르듯 외쳤다. 그제야 체사레가 아델을 똑바로 보고 말했다. 눈빛이 어둡고 고요했다. 불타고 있었다. 유성처럼.

"네가 뭐라든 대답은 변하지 않아."

말을 마친 그가 아델을 뒤로 밀쳤다. 어느새 뒤로 다가와 있던 에기르가 그녀를 받아 냈다.

"데려가서 방에 가둬. 이상한 낌새 보이면 제지하고."

"오라버니!"

"그 짜증 나는 오라버니 소리도 그만 집어치우고."

체사레는 그대로 몸을 돌렸고, 에기르가 아델의 어깨를 붙잡고 걸음을 옮겼다. 아델은 아무것도 납득하지 못한 채 에기르의 손에 이끌려 마차가 있는 곳으로 향했다. 그때, 뒤에서 외침이 들렸다.

03. O mio babbino caro

"아델라이데 양!"

뒤를 돌자 에즈라가 사납고 경직된 얼굴로 뛰어오고 있었다. 그는 다가오자마자 아델의 어깨를 잡았다.

"혹시 알고 있었습니까?"

"네?"

"체사레와 손잡고 나를 모욕한 거냐 말입니다!"

맹렬한 분노에 겨운 목소리에 아델이 당황했다.

"아뇨, 전혀…."

아델의 대답에 에즈라가 입을 꾹 다물었다. 조금 차분해진 듯했으나, 그의 선한 인상이 전혀 드러나지 않을 정도로 기묘하게 뒤틀린 표정은 그대로였다. 문득 그 얼굴이 루크레치아와 닮은 듯도 했다.

"…미안합니다. 너무 당황해서 그만. 이게 무슨 일인지 모르겠지만, 해결할 테니 기다려요. 이번에는 체사레 공이 선을 넘었습니다. 방법이 있을 거예요."

"에즈라 경."

"기다려요. 알겠죠?"

단호한 어조였다. 아델은 이러지도 저러지도 못하고 고개를 끄덕였다. 에즈라는 그런 그녀를 떨리는 눈으로 응시했다. 조금씩 얼굴이 가까워졌다. 아델이 멍하니 그걸 바라만 보고 있을 때, 그녀의 몸이 뒤로 훅 끌려갔다.

"들어가셔야 합니다."

아델을 잡아당긴 에기르가 딱딱한 목소리로 말했다. 에즈라는 잠시 그를 노려보다가 말했다.

"아델라이데 양을 잘 모시도록. 자네보다 훨씬 귀한 사람이네."

"……."

에기르는 대답하지 않고 아델의 팔을 꽉 붙잡았다. 아델은 엉겁결에 그를 따라 걸어가기 시작했다. 에즈라도 미련 없이 몸을 돌렸다.

마차로 향하며, 아델은 몇 번이고 뒤를 돌아보았다. 불티가 폭죽처럼 흩날리고 공원 하나가 통째로 불타오르고 있었다. 하늘은 연기로 시커멨다. 모든 것이 땅 밑으로 추락하는 기분이었다.

시가를 피우며 공원이 불타는 모습을 감상하는 체사레 옆에 지지가 다가왔다.

"시가는 사람들 눈에 좀 그런데요?"

체사레는 픽 웃었다.

"내가 언제 사람들 눈을 신경이나 썼다고."

"많이 쓰시지 않습니까."

"이번엔 아니야."

체사레가 불꽃을 바라보며 덧붙였다.

"아델 비비 일엔 신경 안 쓰기로 결정했어."

얼레. 지지가 한쪽 눈썹을 끌어 올리는 사이 루카 델라 발레가 다가왔다.

"체사레 공."

체사레는 루카를 일별하고는 한쪽 눈썹을 들썩이며 유쾌하게 웃었다.

"고맙다는 인사는 들은 거로 하겠습니다."

"하!"

루카 델라 발레가 코웃음 쳤다.

"제정신이오? 대체 무슨 생각으로 이런 짓을 한 거요?"

"말씀드려도 이해 못 하실 테니 굳이 입 아프게 설명하진 않겠습니다."
"방만함이 하늘을 찌르는군."
"제 하늘은 좀 높은지라."
루카는 무섭게 체사레를 노려보다가 몸을 돌리며 딱 한마디 했다.
"이 일을 책임져야 할 거요."

모든 언론이 체사레의 만행을 대서특필했다.

체사레, 6천 평 규모 공원에 방화!

드디어 탕아는 미치고 마는가?

델라 발레, 바카 울러…. 시뇨리아 긴급 회의 소집.

지금까지 그가 저지른 짓과는 차원이 다른 일이었다. 고의적 방화라는 점에서 더욱 죄질이 나쁘다는 것이 언론의 평가였다. 부오나파르테에 온건한 신문마저도 비난을 서슴지 않았다.

"예쁘다, 예쁘다 해 주니까 드디어 미쳤나?"

"재랑 연기 때문에 그날 하루치 염색물 손해가 엄청나다던데."

"들었어. 염색 아르떼와 양모 아르떼에서 고소한댔나?"

시민들도 흰 눈을 뜨기 시작했다. 가장 분노한 것은 물론 델라 발레였다.

"체사레 부오나파르테의 방만함이 더는 좌시할 수 없는 수준에 이르렀소!"

시뇨리아가 산트나르의 정책을 결정하기 위해 모이는 '8인의 방'. 루카 델라 발레가 책상을 짚으며 말했다. 유약하고 다툼을 싫어하던 평소와는 달리 날카로운 모습이었다. 그는 가늘게 뜬 눈으로 주변을 살폈다. 참석자는 모두 여섯 명. 에바와 체사레는 제외되었으며, 가문의 일로 분주한 팔미나 지노블 역시 불참이었다.

"그는 제대로 된 이유도 설명하지 않고 약혼을 무산시켰소. 심지어 불까지 질러서 자리에 모인 이들을 위험에 빠뜨렸지. 그는 산트나르를 책임질 자격이 없소!"

가장 먼저 입을 연 것은 두꺼운 팔로 팔짱을 끼고 있던 자카리 무도였다.

"그냥 둘이 결투를 시켜서 해결하는 건 어떤가? 체사레 공과 에즈라 군 말일세."

"지금 그게 중요한 게 아니오, 무도 공."

"아니긴. 여자 문제가 다 그렇지."

―저는 델라 발레 공의 말씀에 동의합니다.

다른 누군가가 입을 열었다.

―'산안드레아 공원'은 부오나파르테에서 포르나티에 시에 기증한 곳입니다. 관리 역시 부오나파르테가 맡고 있다고는 하나 시의 재산이지요.

이슬라 스포르차. 부오나파르테 다음으로 가장 권력이 강한 남섬의 프리오리가 마법으로 된 거울상 너머에서 말했다.

―이번 사태로 '산안드레아 공원' 내의 예술품들이 대량 손상되기까지 했습니다. 심지어 그는 고의적으로 불을 지르기까지 했으니, 그 충동성은 프리오리의 자질을 의심할 만합니다.

"그렇지!"

―한데 정말 충동적인 행동이었을까?

중얼거리듯 끼어든 것은 파멜라 이브레아였다.

―내 알기로 체사레 공은 그런 성격이 아니지. 날라리 티는 좀 나지만 의외로 철두철미하단 말이야.

―충동적이지 않으면 더 문제입니다. 계획적으로 불을 지르다니요.

그때 잠자코 있던 루시 토를로냐가 입을 열었다.

"스포르차 공의 말뜻은 이해하네. 하나 부오나파르테 공은 프리오리라는 이유만으로 포르나티에뿐만 아니라 산트나르 재정의 상당 부분을 책임지고 있네. 그가 빠지면 무슨 수로 그 비용을 충당한단 말인가?"

루시 토를로냐는 그렇게 말하고서 루카를 바라보았다.

"물론 나도 이번엔 부오나파르테 공이 좀 과했단 생각이 드는군. 델라 발레 공은 가문 차원에서 배상을 요구할 자격이 있어."

"…나는 다수결에 따르겠소."

여태껏 한마디도 하지 않았던 리비 로시는 짤막하게 말하곤 다시 입을 다물었다. 그가 부오나파르테와 긴밀한 연이 있는 것을 감안하면 얼마나 사태가 중한지 알 수 있는 발언이었다. 루카 델라 발레는 콧수염 아래로 올라가려는 입가를 씰룩였다. 그가 원하는 방향으로 이야기가 흘러가고 있었다.

"그럼 일단 부오나파르테에 공원 수복을 위한 벌금을 징수하고, 프리오리 지위를 유지하고 싶다면 그만한 성의를…."

"의, 의원님들!"

그때 의회의 일등 서기관이 갑작스럽게 문을 박차고 뛰어들었다.

"호외가 떴습니다!"

말이 끊긴 루카가 눈살을 찌푸렸다.

"부오나파르테인가? 불 지른 이유라도 설명했어?"

"그게 아니라…."

"그럼 나가 있게. 무슨 호외인지는 모르겠지만 지금 중요한 이야기 중이니…."

"하지만 델라 발레 가문에서 나온 이야기입니다!"

"뭐?"

루카 델라 발레가 의아해하며 신문을 받아 들었다. 다른 프리오리들도 제각기 신문을 받아 펼쳤다. 크게 쓰인 헤드라인이 드러났다.

> 사기꾼 아델라이데 부오나파르테의
> 실체를 고발한다.

귀족들이 자주 이용하는 카페 한 귀퉁이. 기자 한 명이 아름다운 금발의 여성과 마주 앉아 있었다. 사람들이 그들을 흘끗했지만 둘 다 약간은 보란 듯한 느낌으로 그것을 모른 체했다.

03. O mio babbino caro

"클라리체 도나티 양, 맞습니까?"

"네, 제 이름은 클라리체 도나티예요."

금발의 여성, 클라리체 도나티가 말했다. 사과 같은 뺨에 아름다운 머리카락을 지닌 미인이었다.

"우선 자기소개를 부탁드립니다."

"네, 제 이름은 클라리체 도나티고요. 작은 카지노에서 딜러로 일하고 있었고…. 아델, 그러니까, 아델라이데 부오나파르테의 절친한 친구랍니다."

"소개 감사합니다. 오늘은 클라리체 양의 주장을 좀 더 자세히 듣기 위해 모셨습니다."

기자가 펜 끝으로 관자놀이를 긁었다.

"말하자면 클라리체 양은 '아델라이데 부오나파르테'가 사실은 부오나파르테가 아니라는 말씀이시죠?"

"네, 제 말에는 한 점의 거짓도 없답니다."

"좀 더 자세히 말씀해 주시겠어요?"

클라리체가 한숨을 쉰 뒤 입을 열었다.

"그 아이의 이름은 아델라이데가 아니라 아델이에요. 아델 비비. 저흰 기모라 거리의 판잣집에서 같이 살았어요. 아주 어릴 적부터요."

"기모라요?"

기자가 한쪽 눈썹을 끌어 올렸다. 클라리체가 의기소침한 미소를 지었다.

"어떻게 생각하시는지 알아요. 하지만 저는 떳떳하게 일했답니다."

"아하. '저는' 말이죠. 그럼 아델 양은…?"

클라리체가 슬픈 미소를 지으며 화제를 돌렸다.

"아델의 선택이니까 제가 말씀드릴 수가 없네요. 어쨌든 아델의 본업은 구두닦이였어요. 그런데 어느 날부턴가 집에 돌아오지 않더군요."

"그게 언제쯤입니까?"

"다섯 달쯤 되었어요."

"달리 남긴 말은 없었습니까?"

"전혀요."

"그 뒤엔 어떻게 하셨습니까?"

"저는 아델을 찾아 헤맸고… 그러다 어느 날 우연히 보았어요. 아델이 부오나파르테의 마차를 타고 가는 모습을요. 수소문해 보니 모두가 제 친구를 아델라이데라고 부르더군요."

"구두닦이였던 친구가 알고 보니 부오나파르테라는 대귀족이었던 것은 아니고요?"

기자의 질문에 클라리체가 방울처럼 명랑한 웃음을 터뜨렸다.

"아하하. 아델은 아주 어릴 적부터 저와 친구였고, 기모라에서 살았어요. 그 애는 카폴로에는 가 본 적도 없을 거예요."

"당신 말을 뒷받침해 줄 근거가 있습니까?"

"어떤 방식으로 그걸 증명해야 할지 모르겠네요."

"둘만이 아는 비밀이라든가, 그런 게 있지 않습니까?"

"으응…. 좀 민망한 이야기도 괜찮나요?"

"얼마든지요."

"그럼…."

클라리체가 몸을 낮추고 기자에게 뭔가 소곤거렸다. 기자의 입이 히죽 벌어졌다.

"…하지만 이건 기사에 쓰진 말아 주세요. 아시겠죠?"

"그럼요! 저희가 확인할 수도 없는 문제니까요. 이거 체사레 공께 맡겨야 하나?"

"아이! 그러지 마세요. 저는 그분이 속고 계시다고 생각해요."

클라리체가 금빛 속눈썹을 파르르 떨며 눈을 내리깔았다.

"아시겠지만 아델이 워낙 예쁘니까요. 체사레 님쯤 되시는 분도 어쩔 수 없으셨던 거겠죠…. 하지만 그래서는 안 되는 거잖아요? 출신을 속이다니요."

"정말 큰 용기를 내셨습니다. 취재에 응해 주셔서 감사합니다. 달리 하실 말이 있습니까?"

"그럼…."

클라리체가 카페의 저편을 돌아보았다. 비단 같은 흑발을 늘어뜨린 여자가 그녀와 눈이 마주치자 사붓이 미소 지었다. 클라리체도 하얀 치아를 드러내며 웃었다.

"저를 이 자리에 있게 해 주신 루크레치아 델라 발레 님께 감사드려요!"

아델라이데 부오나파르테의 본명은 아델 비비. 그녀의 오랜 친구라 주장하는 클라리체 도나티 양은 아델 비비의 신체적 특징에 관해 매우 상세하게 전달해 주었다. 그 특징이란….

신문을 읽던 체사레가 눈살을 찌푸렸다.

"도색 잡지도 아니고."

"자극적일수록 사람들이 열광할 테니까요."

"일이 끝나면 언론사를 몇 개 사야겠어."

"그러게 진작 하나 사시라니깐."

지지가 커피를 호록 마시며 답했다. 평화로운 모습이었지만 허리춤에는 두툼한 서류가 끼워져 있었다. 체사레가 신문을 내려놓았다.

"보고해."

기다렸다는 듯이 그의 양옆으로 열을 지어 앉아 있던 부오나파르테의 가신들과 보좌관들이 서류를 쿵 내려놓았다.

"시뇨리아 쪽에서 '검증' 요청이 들어왔습니다. 클라리체 도나티 양이 말한 '신체적 특징'을 검사해 보고 싶다고 합니다."

"법령 준수청에서 몰래 연락이 왔습니다. 곧 공문서 위조 혐의로 수색이 들어올 거라고 합니다."

"시민 중에서 비난의 목소리가 나오고 있습니다. '아바소 레 스텔라[13]'를 구호로 하는데, 선전 세력을 보낼 것을 제안드립니다."

"오르퀘니나의 키르히 재상과 연락이 닿았습니다."

"클라리체 도나티의 인적 사항은 조사한 바와 같이…."

새벽부터 시작된 회의는 점심이 다 되어서야 마무리되었다. 지지는 사람들이 빠져나갈 때까지 늑장을 부리며 남았다가, 체사레와 단둘이 남아서야 시큰둥하게 말했다.

"아가씨께 들르시는 게 좋지 않겠습니까?"

회의록을 살피던 체사레가 멈칫했다.

"그렇게 약혼식이 깨졌는데 아무 말도 못 듣고 계시잖습니까. 설명을 해

---

13   Abasso le stella. 별을 타도하라.

주서야죠."

"내가 언제부터 그렇게 친절했다고."

"그럼 평생 그렇게 미움만 받고 사실 겁니까?"

"……."

말 없는 체사레를 보고 지지가 혀를 찼다.

"생각해 보니 안 가셔도 되겠네요. 에기르 씨가 명령을 받고 어제부터 붙어 있었으니까요. 에기르 씨가 보기보다 친절하니까 잘 위로해 줬을…."

체사레가 즉각 자리에서 일어났다. 방을 나서는 등을 보며 지지는 고개를 절레절레 저었다.

체사레는 방문 앞에서 망설였다. 제 팔을 붙잡고 허망한 얼굴을 하던 아델이 떠올랐다. 뭐라고 변명해야 할지, 어디서부터 설명해야 할지 알 수가 없었다. 아니, 그녀가 들어주기나 할지. 그리고 믿기나 할지….

입가에 쓴 미소가 떠올랐다. 그게 무슨 상관이냐는 데까지 생각이 미쳤다. 어차피 아델 비비는 그를 싫어한다.

"아델 비비, 들어갈…."

방에 들어서던 체사레는 눈앞의 광경에 멈칫했다. 아델 비비는 퇴창에 기대어 잠들어 있었다. 흐린 날의 햇빛이 창백하게 그녀를 비추었다. 에기르는 그런 아델의 몸 위에 얇은 담요를 덮어 주고 있었다. 아주 유능한 기사인 그가 제 인기척이며 노크도 듣지 못할 정도로 집중한 듯했다.

'…씨발. 이건 또 뭐지?'

체사레의 입에서 날카로운 헛웃음이 새어 나왔다. 에기르가 그제야 흠칫하고 고개를 돌렸다.

"…주인님."

푸른 눈이 흔들리고 있었다. 체사레의 속도 흔들리다 못해 흙탕물이 되었다.

"나가."

"……."

에기르는 뭔가를 말하려는 듯하다가, 이내 고개를 끄덕였다. 그리고 나가기 전 그를 지나치며 한마디 했다.

"…밤새 못 주무셨습니다."

"……."

체사레가 에기르의 멱살을 잡기 위해 몸을 돌리려던 순간이었다.

"…체사레…?"

아델 비비가 어느새 눈을 비비며 일어나고 있었다. 체사레가 멈칫했다.

"체사레!"

이름…. 괜히 정수리까지 전기가 찌릿 올랐다. 그는 바지춤이 불편해지려는 감각에 황급히 시선을 돌렸다. 시야에 아델의 무릎 위에 놓인 책이 들어왔다.

『항해술의 기초』.

"……."

그 순간 가장 먼저 체사레를 훑고 지나간 것은 불길한 예감이었다. 그는 순식간에 머릿속에 있는 모든 기억의 서랍을 뒤집어엎었다. 잊어버렸던 기억 하나가 끌려 나왔다.

"아델호는?"

"전에 명령하신 대로 현재 '포르토 아페르타'의…."

체사레가 번개같이 아델의 얼굴을 훑었다. 그녀는 어느새 잠에서 완전히 깨 불안정하게 그의 눈치를 살피고 있었다. 함부로 이름을 불렀다는 쓸데없는 이유 때문인 듯했다. 그 외의 특별한 징후는 없었다. 에기르의 보고에서도 물양장에 들렀다는 말은 없었다.

'착각인가.'

체사레가 눈살을 찌푸리며 괜히 뒷목을 쓸었다. 어차피 쓸모도 없을 테니 나가면 바로 폐선해야겠다는 생각을 하며.

"얘기나 좀 하지."

잊었던 기억 때문인지 의도보다 짜증스럽게 말이 나갔다. 지레 흠칫한 체사레와 달리 아델은 싫은 내색도 없이 소파로 이동했다. 걸음이 사뿐사뿐했다. 카펫을 디디는 발부터 포말이 되어 어느 순간 사라질 것만 같은 모습이다. 불안감이 들솟아 발이 떨어지지 않았다. 그런 체사레에게 아델은 고단한 무표정으로 말했다.

"선생님, 어디 편찮으신가요."

단정한 부름에 체사레가 멈칫했다.

"그 짜증 나는 오라버니 소리도 그만 집어치우고."

쓴웃음이 나왔다. 그걸 또 이렇게나 잘 지키신다. 둘 사이에 있는 것이라고는 오로지 위계뿐이라는 듯이. 체사레가 태연한 척 소파로 다가가 맞은편에 앉았다.

"아니, 문제없지."

아델이 침묵하다 물었다.

"그럼 제게 해 주실 말이 있지요?"

이번에는 체사레가 침묵했다.

"있지."

"왜 그러셨어요?"

체사레가 숨을 길게 들이켰다. 반쪽짜리 진심도 고백은 고백이다. 용기가 필요했다.

"그건 어제 말하지 않았나? 에즈라랑 소꿉놀이할 꼴을 생각하니 배알이 꼴려서."

그렇게 말하며 품에서 시가를 꺼내려다 멈칫했다. 일전에 아델이 기침하던 모습이 떠올랐다. 그는 말없이 시가 갑을 다시 집어넣었다. 아델이 허망한 웃음을 흘렸다.

"…제가 에즈라 경과 행복해지는 게 그 정도로 꼴 보기 싫으시다고요."

"…그래."

"약조를 해결하셔야 하잖아요."

"내가 알아서 해."

아델의 눈이 흐려졌다.

"그럼 이제 절 죽이실 건가요?"

가당치도 않은 말에 체사레가 웃음을 터뜨렸다.

"내가 널 어떻게 죽여?"

"……."

기이하게도 아델의 눈에서 빛이 꺼졌다. 다시 불길한 예감이 들솟았으나 아델이 이어 물었다.

"그럼 저는 어떻게 해야 하나요?"

"다를 게 있나? 하던 대로 해. 정원에서 비스코티를 먹든가, 아니면 뭐… 쇼핑을 해도 좋고."

잠시 입을 다문 체사레가 별 뜻 없는 척 덧붙였다.

"…포르나티에서 제일 잘생긴 치치스베오가 필요하면 부르고."

말하며, 체사레는 저도 모르게 새끼손톱으로 손바닥을 꽉 눌렀다. 그럴 일은 없겠지만 여기서 아델 비비가 수락하면, 그는 온 바다를 그녀에게 줄 심산이었다. 그러나 아델은 비웃음을 흘렸다.

"그리고 또 선생님이 저를 사용하실 때까지 기약 없이 기다리라고요."

"……."

체사레의 손끝에서 힘이 풀렸다. 덕분에 미소가 스르르 나왔다.

"말을 왜 그런 식으로 하나, 아델 비비는."

"선생님, 저는…."

아델이 답하다 말고 고개를 비스듬히 떨어뜨렸다. 가만히 숨을 고르는 모습을 지켜보는 체사레의 속이 뒤틀렸다. 아델 비비가 저렇게 뭔가에 끈질긴 적이 있던가? 아니다. 아델 비비는 그런 사람이 아니다. 악착같은 면도 있지만 살면서 수없이 포기해 본 사람처럼 단념도 빠르다. 그럼 저건 에즈라를 향한 마음의 크기인 건가. 거북한 감각이 체사레의 가슴께를 뒤흔들었다.

"선생님, 제가, 저는, 정말로…."

"아델 비비."

체사레가 괜히 눈가를 누르며 아델을 시야에서 내보냈다.

"클라리체 도나티가 루크레치아와 손잡았더군."

"네?"

그가 그제야 손아귀에서 잔뜩 구겨진 신문을 내밀었다. 그리고 아델 비비가 그것을 읽는 사이 재빨리 입매를 가다듬었다. 다시 보조개가 피어났다.

"어떻게 생각해?"

아델의 호박색 눈이 떨렸다.

"과정은 모르겠지만 제 출신을 알아낸 루크레치아에게 협박당하고 있거나…."

"낙관적이군."

"…직접 협조했거나겠죠."

신문을 꾹 쥔 아델이 흐린 눈으로 물었다.

"클라리체가 루크레치아에게 붙은 걸… 알고 계셨어요?"

어떻게 대답할까. 고민하던 그는 무난한 답을 택했다.

"부오나파르테에도 정보원은 있으니까."

"아." 아델이 작게 신음했다. 잠깐 무표정을 하나 싶더니, 그녀는 이내 넋이 빠져나간 사람처럼 고개를 끄덕였다.

"그렇군요…."

그게 끝이었다. 체념하다 못해 텅 비어 버린 얼굴이 신경을 거슬렸다.

"무슨 '그렇군요'야?"

아델은 느리게 입을 벌렸다가 얼굴을 찡그리듯 웃었다.

"그냥 제가 요즘 좀 사치스러웠던 것 같아서."

이해할 수 없는 말이었다. 찌푸린 시선을 알면서도 아델은 말문을 닫았다. 하얗고 서글픈 얼굴이 허공을 응시했다. 사치를 말하며 떨어져 나간 감정의 흔적이 또다시 그의 속을 긁었다.

아델 비비가 어떻게 나오길 바라는 건지 그 자신도 도무지 알 수가 없었다. 그녀가 뭔가를 욕심내는 모습을 보고 싶었고, 동시에 그게 에즈라가 아니길 바랐다. 에즈라가 아델 비비의 믿음을 배신하지 않길 바라면서도, 둘의 약혼만은 꼴 보기 싫었다. 헝클어진 머릿속에 이마가 지끈거린다. 체사레가 무표정으로 눈썹뼈를 매만졌다.

"그래서 에즈라가 이 약혼을 강행할 것 같나?"

아델은 피식 웃고는 답했다.

"당연히 아닙니다."

"왜."

"구두닦이와 결혼하는 귀족은 없습니다."

"있을 수도 있지."

"있더라도 자신을 속이며 결혼하려 한 여자와 결혼하지는 않을 테고요."

"뭐 그리 대단한 걸 숨겼다고."

아델 비비가 묘한 눈으로 그를 보았다. 지지에게 익히 받아 온 눈빛이다. 그 귀족들의 정점에 있는 게 너 아니냐고 묻는 듯한.

"귀족들에게 혈통은 중요한 문제라고 알고 있습니다."

"그럼 사실 에즈라가 사랑한 건 네가 아니라 부오나파르테였나 보지."

아델이 멈칫했다가 말했다.

"…그렇다곤 해도 제가 의도적으로 에즈라 경에게 접근한 건 사실이에요."

대화가 여기까지 왔다. 체사레는 물끄러미 아델을 바라보다가 자세를 고쳐 앉았다. 내도록 말했지만 아마 그다지 전해지진 않았을 말을 다시 할 차례였다.

"아델 비비, 아무 의도 없이 행동하는 귀족은 없어. 그건 네 사랑하는 에즈라 경도 마찬가지야."

아델의 낯에 희미한 의아함이 떠올랐다.

"그게 무슨…."

그때 노크 소리가 들리더니 지지가 문틈으로 고개를 쏙 내밀었다.

"말씀 나누시는 중에 죄송합니다?"

그는 분위기를 살피더니 혀를 차고 싶다는 얼굴을 했으나, 유능한 비서답게 사무적인 목소리로 말했다.

"델라 발레 쪽에서 전갈이 왔습니다. 클라리체 도나티 양이 아가씨와 단둘이 이야기하고 싶다고 합니다."

만남이 이루어진 곳은 스포르차 가문이 운영하는 '아꼬르 호텔'의 스위트 룸이었다. 아델이 에즈라와 하룻밤을 보낸 곳이기도 했다. 체사레는 경기를 일으키며 싫어했으나 사용할 수 있는 중립 지역이 별로 없었다.

"마법적으로도 물리적으로도 검사는 끝냈습니다. 도청 염려가 없으니 증거로 채택하긴 어려울 겁니다."

방 앞에서 지지가 말했다. 사안이 사안인지라 체사레의 최측근인 그가 아델을 보좌하기 위해 따라왔다. 체사레는 오지 않았다. 그는 아꼬르 호텔이 거론될 때부터 기세가 사나워져 지지가 말을 거는 것조차 쉽지 않았다.

"달리 주의할 건?"

"없습니다. 어떻게 부오나파르테에 오게 되었는지만 함구하시고, 다른 건 편하게 대화하세요."

고개를 끄덕인 아델이 방에 들어섰다. 너른 호텔 방이 드러났다. 클라리체는 응접실의 소파에 앉아 있었다. 흐린 햇살 아래에서도 그녀의 금발은 반짝거렸다. 마지막으로 보았을 때보다 더 생기 넘치는 모습에 아델은 내심 조금 안심했다.

"클라리체 도나티 양."

아델이 호칭에 주의하며 다가갔다. 클라리체는 아델을 발견하곤 가장 먼저 손바닥으로 입을 가렸다. 오메르타의 맹세. 아델의 안색이 밝아졌다. 그녀도 재빨리 같은 동작을 취하곤 클라리체의 맞은편에 앉았다. 클라리체가 활짝 웃으며 말했다.

"아델, 잘 지냈어?"

아델도 환하게 미소 지었다.

"응, 클라리체는?"

"보면 알지 않아? 나 제법 괜찮아 보이지?"

클라리체가 뽐내듯 어깨를 들썩였다. 연한 분홍색의 드레스가 그녀에게 몹시도 잘 어울렸다.

"이런 비싼 옷은 처음이야. 귀족들이 먹고 입는 건 정말 다르더라!"

"나도 처음에 얼마나 깜짝 놀랐는지 몰라."

"후후. 아델도?"

이후 클라리체는 델라 발레에서 자신이 어떤 대접을 받는지 이야기했다. 숙녀로서의 예절과 마음가짐을 배우고, 춤 교습을 받고 있다고도 했다. 그러면서 자신이 신고 있는 실크 스타킹을 보여 주기도 했다. 아델은 마냥 기뻤다. 클라리체를 다시 만났고, 그녀가 늘 원하던 것을 얻게 된 것에 바다 여신께 감사했다.

'저렇게 좋아하는데, 진작 연락해 볼걸.'

지금처럼 자신을 이용해서 주목을 받는 식으로라도 클라리체를 데려올 수 있었을 텐데…. 체사레의 위압감에 겁먹어 눈치만 보았던 것이 미안했다. 그런 생각을 하고 있으려니 붉은가슴울새의 깃털로 장식한 새 모자를 샀다고 자랑하던 클라리체가 돌연 이야기를 멈췄다. 그녀는 묘한 미소를 지으며 한쪽 눈썹을 끌어 올렸다.

"아델은 내가 이렇게 된 게 기쁘지 않아?"

아델이 황급히 표정을 다잡았다.

"절대 아니야, 클라리체. 미안해. 그냥 내가 너무 무심했던 것 같아서…."

"무심했다니?"

"네가 이렇게 좋아할 줄 알았어야 했는데. 내 유일한 친구였던 너를 거기에 두고 와서…."

클라리체가 느리게 눈을 깜빡였다.

"그런데 왜 너 혼자만 부오나파르테에 들어갔어?"

아델이 멈칫했다. 지금껏 신나게 말하던 클라리체에게서 찌를 듯한 적의가 보였다. 그럴 만하지. 배신당했다고 생각했을 것이다.

"편지를 남겼는데 전해지지 않았나 봐."

아마 체사레가 처리했을 것이다. 거기까진 말하지 않았다. 클라리체는 심드렁한 얼굴이었다.

"연락할 수 있는 기회는 계속 있었을 거 아냐."

"없었어. 정말로."

플라비아 부인마저 소리 소문 없이 해치운 남자다. 아델로서는 그가 클라리체에게 관심을 기울이지 않도록 언급조차 하지 않는 것이 최선이었다. 상황을 알 리 없는 클라리체가 빈정댔다.

"그냥 너 혼자 기모라를 빠져나가고 싶었던 건 아니고?"

"클라리체, 내가 그럴 이유가 없잖아."

"없다고?"

"응, 넌 내 하나뿐인 친구인걸."

"……."

클라리체가 더듬이를 세우듯 아델의 얼굴을 살피다가 자리에서 휙 일어났다.

"뭐, 아무래도 좋아! 대단하신 아델 비비 양 아니겠어? 기모라에 살고 구두를 닦으면서도 주말에는 도서관에서 책을 읽고, 옆집 노인네에게 외국어까지 배웠지."

클라리체의 발이 멈추더니, 그녀가 코웃음을 쳤다.

"너 사실은 이런 기회를 노렸던 거지? 언젠가 귀족의 눈에 드는 것 말이야."

"아니야."

"내가 알아서 여기까지 쫓아오지 않았으면 영영 날 찾을 생각도 없었잖아. 아니야?"

"아니야, 클라리체. 정말…."

"비겁해, 아델."

클라리체가 조용히 주먹을 쥐었다.

"너만 그렇게 좋은 곳에서…."

"……."

증오마저 어린 목소리에 아델의 말문이 막혔다. 상상 이상으로 클라리체가 느낀 배신감이 큰 듯했다. 아델이 몇 번이고 입술을 달싹이다 조심스레 말했다.

"…클라리체, 소식을 전하지 못한 건 미안해."

"……."

"정말로 내가 따로 연락할 방법이 없었어. 이제라도 만나게 되었으니까 어떻게든 해 볼게. 하지만 클라리체, 이런 방식으로는…."

"풉."

그 순간, 클라리체가 미친 듯이 웃기 시작했다.

"아하하하! 잘 속는 건 여전하구나? 아하하!"

작은 구슬 같은 눈물까지 흘려 대며 웃는 모습에 아델은 깜짝 놀라 굳었다. 웃음이 잦아든 클라리체는 눈을 가늘게 뜨며 키득였다.

"아델, 진지해지지 말자고. 난 지금 아주 행복해. 모두 네 덕이야."

"……."

"마음에 안 드니? 그래도 어쩔 수 없지. 난 더 예전부터 네가 마음에 안 들었거든."

"클라리체, 난 지금 네가 무슨 말을 하는지 전혀 못 알아듣겠어."

"하긴 말하는 거 들어 보니 아직 눈치 못 챈 거 같더라."

"……?"

재미난 이야깃거리를 숨긴 양 입술을 꾸물럭거리던 클라리체가 돌연 폭소를 터뜨렸다.

"이 바보! 네가 여자라고 니노 영감에게 말한 게 나야! 아하하하하!"

아델의 얼굴이 굳었다. 그녀를 여기까지 오게 한 니노 영감의 목소리가 떠올랐다.

"아벨, 너 사실 계집애라지?"

클라리체에게 사정을 토로했을 때 그녀가 어떤 반응을 보였는지도.

"니노 영감이 네가 여자인 걸 알아냈다고? 어떻게? 네가 여자란 걸 아는 사람 나밖에 없지 않아?"

"모르겠어. 다행히 당장 어떻게 할 것 같지는 않지만…."

"미치겠네. 그 영감 요즘 이상한 포주들이랑 다니던데!"

아델이 멍청히 물었다.

"…왜?"

"재수 없잖아."

클라리체가 어깨를 으쓱했다.

"네가 예쁜 척, 똑똑한 척하는 거 재수 없더라. 같이 도서관에 가자질 않나. 공부를 하자질 않나? 혼자 고상한 척하는 거 되게 짜증 나더라. 그래 봐야 똑같이 기모라 똥통 출신인 주제에."

그렇게 말하는 클라리체의 얼굴은 섬뜩할 정도로 무표정이었다.

"그래서 네가 바닥까지 추락했으면 좋겠더라."

클라리체는 느리게 손을 뻗어 굳은 아델의 뺨을 톡 건드렸다. 그녀의 사과 같은 얼굴에 배시시 웃음이 떠올랐다.

"불쌍한 아델. 거짓말쟁이는 떡갈나무에 목이 매달릴 시간이야."[14]

마차에는 아델과 지지 단둘이 탔다. 지지는 아델에게 대화를 전해 들으며 빠르게 그것을 휘갈겨 썼다.

"꽤 오래 당신을 미워했던 것 같네요?"

지지가 펜 끝으로 관자놀이를 긁적이며 말했다. 아델은 '당신'이라는 호칭에 집중했다. 지금 그가 스텔로네 상단의 부단주로서 말하고 있는 게 아니라는 뜻이다.

---

14 카를로 콜로디의 소설 『피노키오』에서 주인공 '피노키오'는 커다란 떡갈나무에 목이 매달려 죽는다.

"몰랐어요."

"남의 감정에 둔하죠? 눈치는 빠른데."

"그것도 몰랐는데 그런가 보네요."

아델이 잠시 창밖을 보았다.

"…제가 잘못한 걸까요? 같이 그곳을 벗어나고 싶었을 뿐인데."

"글쎄요? 당신 성격에 싫다는 사람 억지로 붙잡고 설교했을 것 같지는 않으니…."

지지가 한쪽 눈썹을 들썩이며 말했다.

"답은 하나죠. 가난하고 불우하다고 모두가 선하고 근면한 건 아니라는 거."

지지는 경쾌하게 말을 이었다.

"아델 비비 씨, 대부분의 사람은 게으릅니다. 그런 이들은 옆 사람이 열심히 하는 걸 바라지 않습니다. 노력하지 않는 자기를 비참하게 만드니까."

"제가 그러지 말았어야 했다는 뜻인가요."

"반대입니다. 그런 사람들한테까지 일일이 감정 소모할 필요가 없다는 뜻이죠?"

쾌활한 인상과 달리 냉정이 뚝뚝 묻어나는 말이다. 아델이 픽 웃었다.

"잘 아네요."

펜을 끼적이던 지지도 씩 웃었다.

"난 '포르토 니로'에서 자랐고 수학을 제법 했거든요."

듣기만 해도 그의 고생이 훤히 그려지는 말이었다. 아델은 순수하게 감탄을 표했다.

"용케도 스텔로네 상단에 들어갔네요."

"그건 아닙니다. 단주님을 만난 게 먼저고, 스텔로네 상단은 그냥 거기가 잘 맞아서 들어간 거예요."

문득 떠올랐다는 듯이 지지가 말했다.

"시작은 사실 당신하고 비슷했습니다. 지나가는 단주님의 바짓가랑이를 붙잡고 나 좀 써 달라고 했거든요."

"……."

'그 남자는 사람 줍는 게 취미인가?' 아델의 표정을 본 지지가 실소를 흘렸다.

"의외로 그런 사람이에요."

체사레와 보낸 세월 때문인지 말에 정이 묻어났다. 가만히 그를 바라보던 아델이 물었다.

"기모라 출신인데도 괜찮았던 건가요?"

아델의 말에 지지는 작은 악마처럼 심술궂은 표정을 지었다.

"이야. 내가 이거까지 말해 주면 너무 중립이 아닌데?"

"그럼 괜찮아요."

"그러면 또 말하고 싶지. 그렇지만 당신도 좀 느끼고 있지 않습니까? 그 사람이 하는 욕은 좀 달라요. 당신을 줄기차게 구두닦이라고 놀려 대곤 했지만 그게 진짜 문제라고 생각하지도 않을 거고요. 다만 그냥…."

지지가 중얼거리듯 말했다.

"…그냥 어떻게든 상대의 약점을 후벼 파려고 노력할 정도로 성격이 지랄맞을 뿐…."

아델이 실소를 흘렸다.

"중립 맞는 것 같아요."

"이 말까지 하면 중립 아닐걸? 다시 말해서 귀천 상혼에 특별히 엄청난 거부감을 가지고 있진 않다는 거죠. 그냥 굳이 그런 길을 가야 할 필요가 없을 뿐!"

"음."

"이해 못 했죠? 넘어갑시다."

아델이 재차 웃었다. 웃음소리가 성글어질 때쯤 다시 물었다.

"저는 이제 어떻게 되나요?"

어느새 휘갈겨 쓴 대화록을 번듯한 글씨로 옮겨 쓰고 있던 지지가 고개도 들지 않고 말했다.

"어떻게 되고 자시고. 내가 볼 때 지금 뭐가 어떻게 될지 결정할 주체는 단주님이 아니라 당신이에요."

"네?"

"당신 결정에 따라 달라진다고요."

지지의 말을 이해할 수 없었던 아델이 살짝 미간을 좁혔다. 지지 같은 사람은 말을 안 할지언정 거짓말은 하지 않는다. 그러니 진담일 텐데….

"무슨 말인지 모르겠어요."

"거봐요. 말해도 안 믿을걸요? 내가 볼 땐 당신이 단주님보다 고집이 세다니까?"

지지는 한숨을 쉰 뒤, 정말 인심 썼다는 듯이 덧붙였다.

"천재 보좌관 지지 만프레디가 보기엔, 그냥… 가서 뽀뽀라도 좀 해 주고 뭘 어떻게 하고 싶은지 말해 봐요. 내가 볼 땐 그거면 끝납니다."

아델이 빙긋이 미소를 지었다.

"조언 고맙습니다."

"아, 거봐요. 안 믿잖아!"

델라 발레 저택으로 돌아온 클라리체는 가주의 서재로 불려 갔다. 고급스러운 붉은 카펫이 깔린 서재에 모인 이는 모두 다섯이었다. 가주인 루카와 후계자인 오레스테, 아델의 약혼자인 에즈라와 루크레치아. 두근거리며 주변을 살피던 클라리체는 의자가 네 개밖에 없는 것을 확인하고는 입가를 살짝 씰룩거렸다.

"그래. 결과는?"

그러나 루카의 근엄한 물음에 재빨리 활짝 웃었다.

"역시 제 친구가 맞아요! 오메르타의 맹세를 했더니 술술 불던걸요?"

"하…."

에즈라에게서 탄식이 흘러나왔다. 그는 마른세수하더니, 더는 듣고 싶지 않다는 듯이 자리에서 일어났다.

"저는… 좀 쉬어야겠습니다."

그는 그대로 서재를 나갔다. 클라리체는 조금 당황해 그 모습을 지켜보았다.

'저렇게 나가도 되는 거야?'

그러나 다른 델라 발레 모두가 에즈라의 퇴장을 익숙한 듯이 받아들였다. 혼자만 외톨이라는 느낌에 클라리체의 어깨가 움츠러들었다.

"저, 아무튼 그래서…."

그녀는 세 쌍의 연보랏빛 시선을 받으며 대화를 복기해 냈다. 니노 영감에 관한 대화는 말하지 않았으나, 그건 이들에게도 별로 중요한 일이 아닐 것이다.

클라리체의 설명 내내 파이프를 물고 있던 루카 델라 발레는 이야기가 끝나자마자 입을 열었다.

"여론을 끌어들이는 게 좋겠군."

모두가 동감하는 듯 고개를 끄덕였다.

"루크레치아, 도나티 양을 데리고 살롱과 무도회에 참석하거라. 넌 영리하니까 무슨 뜻인지 알겠지?"

"아무렴요, 아버지. 그런데…."

루크레치아의 눈이 가늘게 휘어졌다.

"이 일이 잘되면 델라 발레에 큰 보상금이 들어오겠지요?"

"……."

루카와 루크레치아의 시선이 맞부딪쳤다. 루크레치아는 더 부드럽게 미소 지으며 말했다.

"그럼 제가 더는 세베리노 무도와 결혼할 필요도 없어질 테고요."

그 말에 루카는 슬쩍 클라리체를 일별하곤 한숨을 쉬었다.

"…그래. 이 일엔 네 공이 크지. 무사히 끝나면 너를 무도가로 보내지 않으마."

"감사해요, 아버지."

화사한 미소를 보인 루크레치아가 자리에서 일어나 방을 나갔다. 클라리체는 어수룩하게 꾸벅 허리를 숙이고는 그녀의 뒤를 따랐다. 서재에 남은 것은 루카와 오레스테뿐. 오레스테는 루크레치아가 나가는 모습을 바라보다가 문이 닫히자마자 득달같이 말했다.

"아버지, 이게 정말 체사레의 짓일까요?"

"무슨 뜻이냐?"

"체사레의 짓이었다면 굳이 약혼식을 망칠 이유가 없잖습니까."

"필경 그 여자에게 눈이라도 먼 게지."

"그 체사레가요? 그놈이 만난 여자가 몇인데요. 그런데 갑자기 기모라 출신의 천민을 만나 사랑에 눈을 떴다고요?"

"……."

루카가 말없이 파이프를 물었다. 그는 한참 뒤 입을 열었다.

"…듣고 보니 이상하긴 하군. 약조를 위해 데려온 거라면 오히려 숨겨야 맞을 텐데, 굳이 불까지 지르면서 막았단 말이지…."

"맞습니다. 그리고 뭐가 됐건 델라 발레에게는 기회입니다."

오레스테가 힘주어 말했다.

"검증 요청을 거부한 걸 보면 클라리체 도나티의 말이 사실이긴 한 모양입니다. 그렇다면 신분을 위조했다는 뜻이고, 이는 중범죄입니다."

"어쩌자는 뜻이냐."

"우리가 오해했다고 말해 주는 대가로 돈을 요구하는 겁니다!"

루카가 한숨 쉬었다. 돈. 그들이 진절머리를 치지만 떼려야 뗄 수 없는 것이었다.

"증거가 없지 않느냐. 기모라 출신 창녀의 말? 심증은 줄 수 있어도 아무도 그걸 완전히 믿지는 않지. 체사레 공은 굳이 위험을 감수할 필요가 없다. 그런데 그런 큰돈을 내놓겠느냐?"

"그러니 약조를 들먹이는 겁니다!"

오레스테가 기다렸다는 듯이 외쳤다.

"서류에 도장을 찍은 건 사실이니 약조를 해소해 준다고 하십시오! 신전에 서류를 봉헌한 뒤 파혼시키면 됩니다!"

"……."

루카가 다시 파이프를 물었다. 곰곰이 생각하니 꽤 그럴듯한 계획 같았다. 체사레는 오래전부터 약조를 치워 버리고 싶어 했다.

"…하지만 루크레치아가 가만있지 않을 텐데."

"루크레치아에게는 무도가로 시집 보내지 않겠다는 약속만 했을 뿐입니다. 그거야 들어주면 그만이죠. 그렇기에 더 이참에 약조를 해소해야 하고요. 남겨 봐야 루크레치아가 체사레랑 결혼한다고 난리밖에 더 치겠습니까?"

"흠…."

오레스테는 이미 루카의 마음이 기울었다는 것을 눈치챘다.

"아버지, 루크레치아는 그냥 수도원에라도 보내고, 부오나파르테를 협박하는 게…."

그리고 그 바람에 서재의 문이 미세하게 열려 있는 것은 눈치채지 못했다.

'아아. 어쩜 이렇게 예상을 벗어나지 않을까.'

클라리체를 먼저 보내고 서재 앞에 서 있던 루크레치아가 천장을 노려보았다. 예상대로 아비와 오라비는 그녀의 노력을 물거품으로 만들 궁리 중이었다.

'안 되지. 절대 안 돼. 아델 비비는 추락해야 해…. 체사레 공의 근처에도 가지 못하도록….'

그녀가 예상하지 못했던 점은 클라리체 도나티의 천박함이었다. 클라리체는 아델 비비와 달리 거지 근성과 탐욕을 눈에서 지워 내질 못했다. 누구라도 그녀의 말을 믿지 못하는 게 당연했다.

'덮지 못할 정도로 확실한 증거가 필요해. 아델 비비가 천민이라는 증거….'

루크레치아가 눈을 내리깔았다. 이를테면….

"…친모의 증언."

며칠이 흘렀다. 일반 시민들까지도 시절이 하 수상하다고 말할 정도로 도시에 긴장감이 흘렀다. 클라리체는 살롱과 무도회를 옮겨 다니며 아델에 관한 이야기를 했다.

"아델이요? 제가 다섯 살 때쯤 만났어요. 처음 민얼굴을 봤을 땐 어떻게 이렇게 예쁜 애가 다 있을까 하고…. 어머, 과찬이세요! 전 그냥 평범한걸요!"

사람들은 그녀의 아름다운 외모와 어설픈 몸가짐에 약하게나마 호감을 보였다. 적어도 클라리체 도나티는 머릿속의 기모라 사람들처럼 꾀죄죄하고 냄새가 나지는 않았다. 그녀의 눈에 가득 찬 동경심 역시도 귀족들을 흡족하게 했다. 클라리체도 그 동정과 호기심 섞인 관심을 해면처럼 빨아들이며 활동 영역을 넓혀 갔다.

'아델, 여긴 내 자리야!'

시민들 사이에서도 '별이 진다'는 쑥덕공론이 퍼졌다.

"그러고 보니 체사레가 요즘 시찰을 안 나왔지?"

"그렇네. 기사가 진짜였나 봐?"

그동안 부오나파르테는 정문을 굳게 걸어 잠그고 그 어떤 요청에도 응하지 않았다. 사람을 보내 공원을 수복하기 위한 거액의 벌금을 시청에 납부하고, 그들의 소장 예술품을 몇 점 내놓았을 뿐이다. 그리고 마침내 델라 발레의 파발이 부오나파르테에 닿았다.

키 큰 노송나무가 늘어선 '봄의 정원'. 아델은 대리석 분수 가장자리에 앉아 멍하니 분수 물에 손을 담근 채였다. 그러다 인기척에 고개를 들었다. 길이 넓어지는 곳에 체사레가 서 있었다. 손에는 연보랏빛 종이 몇 장이 들려 있었다. 그는 귀난 데 없는 걸음걸이로 다가와 아델에게 서류를 내밀었다.

"파혼 요청."

"……."

아델이 그것을 받아 들었다. 라일락 향기가 나는 예쁜 종이에는 아름다운 글씨로 아델라이데와 에즈라의 약혼을 파기하겠다는 내용이 쓰여 있었다. 그 밑에는 위자료가 밤하늘에 반짝이는 별의 개수처럼 우아하게 자리잡고 있었다.

뒷장이 좀 더 재미있었다. 군말 없이 위자료를 내어 줄 경우 아델라이데에 대한 '불미스러운 오해'는 없던 것으로 해 주겠다는 내용이었다. 아델이 희멀겋게 웃었다.

"서명하실 거죠?"

체사레는 멀지 않은 곳에 앉아 심드렁히 턱을 괴었다. 시가를 피울 거라고 생각했는데 그저 다리를 꼰 채 매끈한 구두코만 까딱였다.

"해야지."

"돈이 꽤 들겠네요. 이건 선생님께도 거금이죠?"

"거금이지."

"……."

앞이 깜깜해졌다. 특별히 돈 때문은 아니었다. 하루 벌어 하루 먹고 살며, 자기 인생을 남에게 맡긴 채 살던 시절로 돌아갔을 뿐이다. 이건 죗값이겠지. 체사레에겐 말하지 않았으나, 마음 한 귀퉁이에서는 에즈라를 믿고 있었는지도 모른다. 제가 생각하기에도 이기적인 바람이었다.

"어떻게 갚아야 할까요."

떨리는 목소리로 묻는 아델을 향해 체사레는 심드렁히 말했다.

"내가 갚으라고 했나?"

"…그건 아니지만."

"일이 어떻게 계획한 대로만 돼? 가끔 망하기도 하는 거지."

'하지만 당신은 나를 폐기하겠다고 했잖아요. 그럴 준비도 해 놓았잖아요.' 흐느낌이 뒤섞인 생각이 떠올랐다. 아델은 말을 삼켰다.

"그럼… 뭘 해야 하죠."

"말했잖아. 하던 대로 해."

대수롭지도 않다는 듯이 답한 체사레가 피아노 건반을 하나씩 누르듯 차분하게 말했다.

"정원에서 과자를 먹든. 책을 읽든. 보석을 사든."

그의 옆얼굴에 문득 괴로운 듯한 기색이 번져 나갔다. 그러나 그것은 순식간에 사랑스러운 보조개와 눈웃음에 가려졌다.

"정 할 게 없으면 아래층에 사는 남자를 부르든, 그 남자의 품으로 찾아가든. 물론 그럴 일은 없겠지만."

"……."

아델은 서류를 쥔 채 그저 체사레를 바라보았다. 그의 의도를 도무지 이해할 수가 없었다. 왜 그런 걸 하라고. 그건 마치 이 사태에 대해 그녀에게 아무 책임도 묻지 않고, 폐기도 하지 않을 것이며, 그대로 부오나파르테에 눌러살게 해 준다는 것처럼 들리지 않나. 하지만 그럴 리가 없다.

그때 체사레가 자리에서 일어났다. 그는 흐린 하늘을 올려다보더니 중얼거렸다.

"비가 오겠는데."

그러고는 그대로 걸어가 버렸다. 멍하니 그가 떠난 자리를 바라보던 아델은 스르르 고개를 내려 다시 한번 서류를 읽어 내렸다.

"……."

잠시 뒤 그녀는 자리에서 일어나 빠른 걸음으로 외궁으로 향했다. 중앙 홀에 다다르자마자 총집사 에른스트와 마주쳤다.

"에른스트."

아델이 이유 모를 먹먹함 속에서 말했다.

"마차를 쓸 수 있을까?"

노집사는 아무런 반문 없이 허리를 숙였다.

"바로 준비하겠습니다."

"이걸 타고 가시는 게 좋겠습니다."

그렇게 말하며 에른스트가 내어 준 것은 부오나파르테에서 가장 작고 낡은 마차였다.

'그렇구나. 이젠 귀한 숙녀가 아니니까….'

아델은 잠자코 올라타 목적지를 말했다.

"델라 발레로 가 줘."

마차가 거리를 지나는 내내 그녀는 에즈라가 준 회중시계를 만지작거렸다. 특별히 그를 추궁하고 싶은 건 아니었다. 어째서 파혼을 수락했냐고 묻고 싶은 것도 아니었다. 그는 화낼 권리가 있었다. 그저 사과하고 싶었을 뿐이다. 그리고 그에게 자신을 원망하고 욕할 기회를 주고 싶었다.

마차는 금세 델라 발레 가의 정문에 다다랐다. 부오나파르테만큼 화려하고 크지는 않아도 고색창연한 담이 보였다. 마차에서 내리려던 아델이 멈칫했다. 마차 구석에 놓인 우산이 눈에 들어왔다.

"비가 올 것 같으니 들고 가십시오."

에른스트가 건네준 것이었다. 망설이던 아델은 우산 없이 마차에서 내려, 경비병에게 다가갔다.
"아델라이데 부오나파르테라 하네. 약속은 없지만 에즈라 경을 만나 뵙고 싶네."
겉으로는 아직 부오나파르테니까, 이야기를 나누는 것 정도라면…. 그러나 경비병은 차가운 눈으로 창대를 바닥에 찍었다.
"죄송합니다. 현재 도련님께서는 손님을 받지 않고 계십니다."
"……."
단순히 가문의 도련님을 욕보인 상대를 향한 미움이 아니었다. 그의 눈에 담긴 것은 혐오였다. 몇 개월 만이라고 굳은살이 떨어졌는지 괜히 속이 아렸으나, 아델은 차분히 말했다.
"오래 걸리지 않을 테니 한 번만 물어봐 주게."
"안 됩니다."
"부탁하네. 에즈라 경도 내게 할 말이 하나 정도는 있을 거야."
아델은 30분을 실랑이하고 나서야 겨우 안쪽에 사람을 보낼 수 있었다. 그리고도 일다경 정도를 더 기다렸다. 날이 흐렸고 공기가 쌀쌀했다. 가벼운 실내복 차림으로 온 것이 조금 후회가 되었으나, 사과하러 온 사람이 모피에 몸을 파묻고 있는 것도 이상한 일이다.
아델이 추위에 몸을 떨 때쯤 에즈라가 나타났다. 굳은 얼굴이었다. 그와의 거리가 별과 별 사이만큼이나 멀어진 것이 실감이 났다.

"여신의…."

"여신의 안녕을."

아델의 인사를 끊고 에즈라가 먼저 말했다. 이후 들어오라는 말조차 없이 침묵이었다.

"에즈라 경."

아델이 먼저 목을 가다듬고 입을 열었다.

"사과를 하려고 왔어요."

에즈라의 눈이 그제야 그녀를 향했다. 언제나와 같이 맑은 눈에 가슴이 아파 왔다.

"사과 말입니까."

"네, 오라버니가 그렇게 약혼식을 망친 것과…."

아델이 메여 오는 목으로 겨우 말을 끄집어냈다.

"…이것저것이요."

"……."

에즈라는 미간에 주름을 만든 채 그녀를 지긋이 바라보았다. 한참 뒤 그가 탄식과 함께 말했다.

"아델라이데 양, 하나만 답해 주십시오. 정말로 귀족이 아닙니까?"

"……."

아델의 말문이 닫혔다. 답할 수 없는 문제다. 지지가 그들의 계획에 관해서는 침묵하라 했으므로. 돌아오지 않는 대답에 에즈라가 얼굴을 일그러뜨렸다.

"아델라이데 양… 아직 늦지 않았습니다. 도무지 말이 안 되지 않습니까."

"…죄송합니다."

"사과하지 마십시오, 제발! 난… 난 아직 믿을 수 없습니다. 당신 같은 사람이 기모라 출신이라니요!"

"…네?"

그것은 분명 에즈라의 입에서 들을 거라고는 생각지도 못했던 말이었다. 그가 그토록 신성시하던 숙녀의 명예를 진창으로 끌어내리는 일이었으므로. 그러나 그는 일그러진 낯으로 이어 말했다.

"확인시켜 주실 수 없습니까?"

"…네?"

에즈라가 아델의 양어깨를 잡았다. 사슴처럼 맑은 눈이 코앞에 놓였다. 그 맑음이 처음으로 조금 두려워졌다.

"클라리체 도나티 양이 그러더군요. 아델라이데 양이 자신의 친구가 맞다면…."

에즈라가 잠시 숨을 고른 뒤 말했다.

"몸에 단 하나의 점도, 체모도 없을 거라고요."

"……."

머리가 잠시 멍해졌다. 다음 순간 그녀는 저도 모르게 묻고 말았다.

"그걸 확인하면요?"

"예?"

"신문에라도 알리나요? 내가 보았는데 아델라이데의 몸에는 점도, 체모도 있더라고? 그러니 아델라이데는 기모라 출신 구두닦이가 아니라고?"

"……."

에즈라는 대답하지 않았다. 그녀를 바라보는 눈은 여전히 소년처럼 맑았다.

"사람들이 즐거워하겠군요."

"그렇게라도 해야 할 정도로 사안이 중대합니다."

"어떤 점에서요?"

"아델라이데 양, 이해하지 못하시겠습니까?"

그는 거칠게 아델을 놓더니 자리에서 한참을 서성였다. 그리고 돌연 참을 수 없다는 듯이 외쳤다.

"생각해 보십시오! 기모라 출신이 귀족과 결혼하게 되면 사회에 무슨 파장을 일으킬지를요!"

그의 외침에 호응이라도 하듯 내내 흐리던 하늘에서 굵은 빗방울 하나가 뚝 하고 떨어져 내렸다. 아델이 몸을 떨었다. 어깨를 적시는 빗방울 때문은 아니었다. 기이한 깨달음이 밀려 들어왔다.

'이 남자는 내가 자신을 속였다는 점에 화내고 있는 게 아니구나.'

아델은 어떤 전율에 휩싸인 채, 스스로가 듣기에도 건조한 목소리로 말했다.

"기모라 사람들도 사회의 구성원이라고 하시지 않았나요?"

"당연합니다. 그들에게는 그들의 역할이 있으니까요. 그들 없이 어떻게 사회가 돌아가겠습니까? 없어서는 안 될 존재입니다. 그런 그들을 노예로 만들어 수출하자니요!"

에즈라가 눈살을 찌푸렸다.

"아주 어리석은 소리죠. 산트나르 같은 다민족 국가라면 더더욱. 저렴한 가격에 노동력을 제공해 줄 이들을 박대할 이유가 전혀 없습니다. 하지만….."

"……"

"결혼은 아닙니다. 평민끼리라면 모를까."

그때 눈꺼풀 위로 굵은 빗방울이 떨어졌다. 아델이 눈을 감았다 떴다. 에즈라는 어느새 경비병이 가져온 우산을 받쳐 쓰고 있었다. 맑고 고운 얼굴에 그늘이 졌다.

"아델라이데 양, 제 입장을 이해해 주십시오. 사람에겐 각자 자신에게 맞는 위치가 있는 법입니다."

별안간 아델이 웃음을 터뜨렸다. 순식간에 많은 기억이 빠르게 스쳐 지나갔다.

포폴로 태생의 기사인 에기르에게 냉담하던 에즈라. 한미한 가문 출신인 주느비에브에게 무안할 정도로 무관심하던 에즈라. 모두가 신분을 속이는 카니발레에서 결코 자신이 귀족이라는 걸 숨기지 않았던 에즈라…. 그간 너무 잘게 조각나 있어 알아보기 어려웠던 실마리들도 형태를 찾았다.

요컨대, 발라뒤르 클럽에 가고 싶었냐고 묻던 에즈라와, 차남이라는 불안정한 지위의 에즈라, 그리고 체사레가 아닌 자신에게 오라고 말하던 에즈라의 공통점이 드러났다는 뜻이다.

"하지만 경보다 위에 있는 사람들은 경을 위한 자리를 만들어 놔야 하는 거고요."

차가운 목소리에 에즈라의 낯이 딱딱하게 굳었다. 이전까지와는 결이 다른 분노가 그의 양미간에 떠올라 엉키고 서리었다.

"귀족들 사이에서는 위아래가 없습니다."

"정말요? 오라버니와 경 사이에 정말로 아무것도 없다고요?"

"발언을 조심하십시오."

"오라버니에 대한 열등감을 은연중에 내내 드러내셨죠. 그래서…."

아델이 갑자기 웃음을 터뜨렸다. 이제야 모든 게 이해가 되었다.

"그래서 제게 청혼했군요? 체사레가 나를 탐내는 것 같으니까."

에즈라의 낯에서 표정이 사라졌다. 그는 자신이 그런 얼굴을 하고 있는 것조차 눈치채지 못한 듯했다. 떨어지는 장대비는 이제 피부가 따가울 정도였다. 에즈라는 점잖은 손짓으로 우산을 들었다. 우산을 받쳐 주고 있던 경비병은 문 앞으로 돌려보냈다. 그래. 그래야 할 것이다. 그는 '사교계 제일의 호인' 에즈라이므로.

"…듣자 하니 입놀림이 교만하기 짝이 없군요."

그의 언성이 한층 살벌해졌다.

"나를 기만한 주제에 이제는 나를 모욕하기까지 하는 겁니까?"

"그럼 왜 저를 그 자리에 두고 가셨죠?"

에즈라가 흠칫했다. 연보랏빛 눈동자가 흔들렸다. 아델은 젖은 머리카락을 넘기며 이어 말했다.

"제가 오라버니께 추행당하고 있다고 생각하신 상황에서 청혼하셨죠. 청혼이 끝나자 저를 그 자리에 두고 가셨고요. 경처럼 선하고 현명한 분이 후속 피해를 염두에 두지도 않으셨습니까?"

"그건!"

"제가 경을 속인 것보다 귀족이 아닐지도 모른다는 사실에 화내고 계신 이유는 뭔가요?"

"그건 아까도 말했지만…!"

"그때 파혼 이야기를 꺼낸 것도, 사실은 결정권을 제게 넘겨서 경의 책임을 회피하려는…."

"그만!"

에즈라가 고함을 내질렀다. 살인자의 그것처럼 매섭고 섬뜩한 울림이었다. 그는 연달아 외쳤다.

"피차 이득이 되는 제안 아니었습니까? 우리는 귀족입니다! 당신에게도 이득이 될 제안이었고요!"

에즈라의 외침은 요란한 호우에 묻혀 메아리도 없이 사그라들었다. 아델은 가만히 서서 그를 바라보았다. 이 순간에도 에즈라의 찌푸린 눈살은 불합리와 싸우는 젊은 투사의 모습 같았다.

"에즈라는 나를 가장 많이 닮았소. 꽉 막히긴 했지만 바르게 자란 아이라오."

본인을 빼다 박았다는 루카 델라 발레의 말을 귀담아들었어야 했는데. 그는 정말로 루카를 닮았으며, 그보다 더 정교하게 진화한 사람이었다.

"게다가 난 정말로 당신을 좋아했습니다! 그러지 않았다면 어떻게 그 긴 시간 동안 편지를 보내고, 체사레 공의 모욕을 참아 냈겠습니까?"

이어진 외침이 그것을 증명했다.

"당신이 기모라 출신만 아니었더라면 계속 좋아했을 것이며, 내 마음에 거짓은 없었습니다!"

"하."

듣고 있으려니 모든 게 다 지치고 귀찮아진 나머지 아델은 부드러운 미소를 지었다.

"경이 깜짝 놀랄 정도로 빠르게 제게 관심을 보였던 기억이 납니다. 그것도 경이 차남이고, 제가 부오나파르테였기 때문이겠죠?"

에즈라가 인상을 썼다. 그는 이런 대화 자체를 혐오하는 듯했다. 끝에 가선 어떤 식으로든 선과 위선과 악이 갈리기 때문일 것이다.

"뭔가를 결정해야 하는 중요한 순간이 오면, 아마도 자리를 피하거나 남에게 결정을 떠넘겼을 테고요. 그렇지 않나요?"

문득 대답하지 않을지도 모른다는 생각이 들었다. 그러나 그 순간 에즈라의 시선이 아델 뒤쪽의 마차로 향했다. 에즈라는 잘 관리되었지만 낡고 오래된 마차와, 시녀 하나 없이 홀로 선 아델과, 그녀의 단출한 옷차림을 보고는 입술을 살짝 꿈틀거렸다. 그 모습이 대단히 루카 델라 발레와 닮아 있었다.

마침내 그가 답했다.

"…그런 계산이 아주 없었다고는 하지 않겠습니다. 하지만 만나 보니 당신이 마음에 들었던 건 사실입니다."

아델이 피식 웃었다. 결론이 났다.

"그럼 이 일에 더는 무고한 피해자는 없는 거네요."

에즈라가 눈살을 찌푸렸으나 아무 말도 하지 않았다. 아델이 희미하게 웃었다.

"다행이에요."

"…더 말을 섞는 건 의미가 없겠군."

에즈라가 한숨을 쉬며 말했다. 표정이 좋지 않았다. 분위기에 휩쓸려 진실을 배설한 게 껄끄러운 듯했다.

"아델 비비 양, 이번 일로 과한 탐욕은 스스로를 망친다는 것을 깨달았길 바라네."

아델이 어깨를 으쓱했다.

"손수건과 시계는 가지게. 비싸게 값을 치를 수 있을 걸세. 체사레 공이 당신을 어떻게 처분할진 모르겠지만, 도피를 생각하더라도 자금은 있어야 할 테니…."

그 말에 아델은 그가 낡은 마차를 보며 무슨 생각을 했는지 깨달을 수 있었다. 어차피 체사레에게 버려질 말이니 자신이 조금 솔직해진다 한들 상관이 없으리라 여긴 듯했다. 진실로 치밀한 남자였다. 더하여, 하대로 바뀐 말투에도 불구하고 여전히 어느 정도는 다정했다. 에즈라는 마지막 한숨과 함께 말했다.

"잘 지내게. 앞으로는 만날 일이 없으면 좋겠군."

그 말을 끝으로 에즈라가 돌아섰다. 경비병들이 정문을 닫았다. 남은 건 쏟아지는 빗줄기와 추레한 구두닦이, 경비병의 싸늘한 시선뿐이었다. 잠 자코 서 있던 아델이 휙 몸을 돌렸다. 시야에 부오나파르테의 마차가 들어 왔다.

"……."

아델은 마차에 타지 않았다. 대신 담을 따라 춤추듯 사뿐사뿐한 걸음걸 이로 걸었다. 푹 젖은 머리카락이 등 뒤로 출렁였다. 입술 사이로는 오래된 멜로디가 흘러나왔다. 그러다 어느 순간 우뚝 멈춰 서서, 손에 쥐고 있던 회중시계를 내던질 것처럼 팔을 들었다. 그러나 던지지 못하고 팔을 내렸 다. 왜? 돈이 없었다.

"흐…. 흐흐흐."

이런 상황에서도 그런 생각이 먼저인 자신이 우스워 아델은 실실 웃어 버렸다. 그리고 망설임 없이 회중시계를 던져 버렸다.

그녀가 속삭였다.

"자, 돌아가자, 바다로…."

머릿속에 소용돌이치는 생각에 멜로디는 더욱 흥겨워졌다. 그때, 물 튀 기는 소리조차 없이 마차 한 대가 스르르 옆에 멈춰 섰다. 흑마 네 마리가 끄는 푸른 마차였다.

카나리아 색의 마차 내장에서 남자 한 명이 빠르게 내렸다. 장신에 강건 한 골격. 체사레였다. 그는 무표정을 하고 아델 앞에 섰다. 맹금 같은 두 눈이 냉혹하고 무자비했다. 처음 그를 만났을 때와 같았다. 뒤늦게 따라 내린 지지가 그에게 우산을 씌워 주었다. 그러나 체사레는 비가 오든 말든,

하는 얼굴로 낮게 말했다.

"비 올 거라고 했잖아."

아델이 멍하니 그를 쳐다보다 어깨를 으쓱했다.

"…그러게요."

간단하게 대답하고 나자 눈에 빗물이 들어갔다. 눈꺼풀을 문지르고 있으려니 얼굴에 그림자가 드리워졌다. 고개를 들자 체사레가 쌀쌀맞은 낯을 하고서 그녀에게 우산을 씌워 주고 있었다. 아델의 시선이 그의 어깨로 향했다. 몇천 금짜리 외투가 장대비를 벌컥벌컥 들이켜고 있었다.

"비 맞고 계세요."

"……."

체사레가 깊은 한숨을 쉬었다. 화를 억누르는 듯한 숨이었다.

"아델 비비는 내가 그것도 모르고 있을 것 같나?"

심술궂어라. 아델이 다시금 어깨를 으쓱했다.

"그러게요. 모르는 게 없으시네요. 전부 선생님 말씀대로였어요."

체사레가 멈칫하고는 아델의 얼굴을 들여다보았다. 시선이 눈가를 더듬기에 그녀는 희미하게 웃어 보였다.

"기모라 출신이 귀족과 결혼하는 건 말도 안 된다고 하더군요."

"……."

말이 끊겼다. 아델의 웃음이 점점 가셨다. 그녀는 멍하니 중얼거렸다.

"…제가 뭘 그렇게 잘못했는지 모르겠어요. 가난하고 부모 없이 태어난 게 내 잘못인가요?"

체사레는 송곳 같은 눈으로 그녀를 바라보다 차갑게 말했다.

"그건 잘못이 아니지. 하지만 사람 보는 눈이 없는 건 네 잘못이 맞아."

이런. 아델이 웃음을 터뜨렸다.

"좋으시겠어요. 사람 보는 눈 있으셔서."

"꽤 좋지."

"축하드려요. 만세토록 평안하시길."

다리에 달라붙는 드레스 자락을 펼쳐 가볍게 인사했다. 그 뒤엔 몸을 돌려 다시 걷기 시작했다. 바다를 향해. 그러나 뒤에서 발걸음 소리가 들리더니, 근사한 체격에 비해 놀랍도록 날렵한 몸이 그녀 앞을 가로막았다.

"어딜 가."

체사레가 고압적인 태도로 말했다. 안 그래도 열기 넘치는 두 눈이 지금은 숫제 오후 두 시의 태양을 방불케 했다.

"어디든 가겠죠."

남자의 반듯한 미간이 좁아졌다. 평소였다면 겁먹고 눈치를 보았겠지만 이젠 그럴 이유도 없었다.

"넌 아직 부오나파르테야."

"당초에 저희가 세웠던 계획은 전부 어그러졌습니다. 이다음 일은 제가 없어도 선생님께서 처리하실 수 있는 문제라고 생각했는데요."

"그래서 이대로 가겠다고."

"발설이 걱정되시나요."

"지금 그게!"

별안간 목청을 높인 체사레가 말을 삼키고 연신 머리카락을 쓸어 넘겼다. 턱과 목울대가 끓는 화를 참듯 쉬지 않고 꿀렁였다.

그게 아니면 뭐. 스스로도 깜짝 놀랄 만큼 냉소적인 감상에 아델은 자신이 생각보다 지쳐 있음을 깨달았다. 말하지 않을 거라면 그걸로 좋다. 다시 걸음을 옮기려는데 체사레가 그녀 앞을 가로막았다.

"정말 이대로 가겠다고?"

"네."

"하!"

일그러진 눈살 아래로 뜨겁고 사나운 감정이 꽉 차게 맺혀 있었다.

"갈 데도 없지 않나?"

"걱정해 주시는 건가요? 황공하네요."

아델이 그를 피해 반대쪽으로 움직였다. 체사레가 따라 움직였다.

"세상에 남자가 에즈라 하나인 줄 알아?"

"아니겠죠, 물론."

아델은 또다시 반대쪽으로 향했다. 체사레가 다소 조급하게 그 앞을 막았다.

"비 오잖아."

"들어가세요."

손을 뻗어 체사레의 어깨에 살짝 가져다 댄다. 달래듯 툭툭 건드리곤 다시 걸음을 옮겼다. 그대로 물러나는가 싶던 체사레가 뒤에서 사나운 웃음을 터뜨렸다.

"그러게 믿지 말랬잖아. 부오나파르테라는 이름이 장난인 줄 알아? 사방에서 뜯어먹으려고 달려드는데 너라고 예외일 줄 알았어?"

이를 악문 외침이 호소하듯 불안정했다. 어쩔 줄 몰라 하는 것처럼 들리기도 했다. 그가 흔들리고 있기 때문인지 도리어 아델은 차분해졌다. 머릿속에 난 공간에 부오나파르테의 이름이 쑥 들어와 파랗게 펼쳐졌다. 끝을 목전에 두고 있어서인지 그 파란빛에도 조금 관대해질 수 있었다.

"그러게요."

아델이 몸을 돌려 그를 바라보았다.

"선생님도 겪으셨겠네요."

체사레가 멈칫했다. 금빛 눈이 불시에 유성우를 마주한 사람처럼 크게 뜨였다.

"…뭐?"

"매번 겪으셨겠죠. 맞네요. 더 심했을 테죠."

아델이 중얼거렸다. 빗소리가 컸지만 그에게 모두 전달되고 있으리란 예감이 들었다. 혹은 그렇지 않더라도 상관없었다.

"선생님이 왜 그렇게 솔직하지 못한 성격이 되었는지 알 것 같아요."

"……."

"힘드셨겠어요."

체사레는 뒤통수를 한 대 맞은 사람처럼 굳었다. 툭 불거진 눈썹 뼈와 속눈썹, 턱 아래로 빗방울이 모여 떨어지는데도 전혀 느끼지 못하는 듯했다. 그는 한참 뒤 기가 막힌다는 듯한 웃음을 터트렸다.

"대체 지금 누가 누구한테…."

미소가 성겼다. 그는 이윽고 사납게 뜬 눈으로 이를 악물었다. 방금 태어난 얼굴 같은 무방비한 서러움이 그 위를 아주 희미하게 덮었다.

아델은 문득 거짓을 말하다가도 진심을 던지고, 찡그리고 싶을 땐 웃음을 터뜨리는 남자의 일생이 가여워졌다. 그러나 그의 말도 맞다. 누가 누굴.

아델이 인사 없이 몸을 돌렸다. 내리꽂히는 장대비 때문에 인기척은 금방 사라졌다. 이 정도면 괜찮은 이별이야. 배운 것도 많고 겪은 것도 많았다. 세상엔 악을 써도 안 되는 게 있다는 것도 배웠다. 그러니 이제 돌아가자.

그 순간, 비를 헤치는 철벅철벅 소리가 들리더니, 강한 힘이 아델의 손목을 잡아당겼다.

"……!"

"도와 달란 소리 좀 하면 죽나? 그간의 정이 있으니 신세 좀 지겠다고 하면 탈이라도 나? 기껏 부오나파르테가 되어 놓고 이대로 기회를 내팽개치겠다고?"

비를 뚫고 나타난 체사레가 사납게 외쳤다. 그에게 가로막힌 게 벌써 여러 번. 갑자기 구역질과 억울함이 치밀었다. 찰랑찰랑 고여 있던 감정이 툭 하고 넘쳐 무표정 사이사이로 번져 나갔다.

"그게 기회는 맞나요?"

그녀의 언성이 높아졌다.

"그냥 데리고 놀 상대가 없어져서 그러신 건 아니고요?"

"데리고 놀아?"

체사레는 정신이 나간 사람처럼 웃음을 터뜨렸다.

"내가, 널? 데리고 놀아?"

그는 제자리에서 미친 듯이 웃더니 아델의 팔을 당겨 왔다. 눈빛이 형형했다.

"그러는 넌 날 데리고 놀 생각이나 해 봤나? 대단하신 부오나파르테 말고 체사레로 볼 생각은 해 봤고?"

저가 더 상처받은 얼굴이었다. 말이 통하지 않는다. 아델은 억누르고 있던 감정을 토했다.

"뭐든 간에 그만 좀 하세요! 비참해서 죽을 것 같으니까 그냥 가 달라는 말이 그렇게 어려우세요?"

그 순간 체사레가 더욱 강하게 아델의 손목을 당겼다.

"좋네. 나도 지금 딱 그런 심정이거든."

그는 말을 마치기 무섭게 아델을 들쳐 안았다.

"……!"

어깨에 짐짝처럼 얹힌 아델은 배가 눌린 통에 헛기침을 토했다. 체사레는 약속이라도 한 듯이 옆에 다가온 마차에 날렵하게 올라탔다. 주먹이 거세게 마차 벽을 내리치자 말들이 미친 듯이 달리기 시작했다.

아델은 축축한 코트 자락 사이에 젖은 빵처럼 구겨져 있다 겨우 고개를 들었다. 차창 밖으로 우산을 쓴 지지가 손을 흔들며 멀어지는 것이 보였다.

"왜…!"

체사레는 그녀의 머리통을 다시 제 품에 욱여넣고서 이를 악물고 말했다.

"이대로는 못 보내지."

"왜요, 대체…!"

"넌 아직 부오나파르테야."

"이제 다 끝났어요!"

"안 끝났어."

체사레가 더 강하게 그녀를 끌어안았다. 아이러니하게도 비에 젖어 싸늘하던 몸은 체사레의 열기에 떨림이 잦아들고 있었다.

"내가 부오나파르테라면 부오나파르테인 거야. 에즈라 따위에게 우습게 보이고 끝낼 것 같아?"

"어차피 이젠 방법도 없어요!"

"아니, 아직 하나 남았어."

"무슨…."

아델이 멈칫했고, 체사레가 팔에 힘을 풀었다. 스르르 몸을 떼고 황금빛 눈과 마주친 순간, 그가 약간의 망설임과 함께 속삭였다.

"…네가 부오나파르테가 되는 법."

때마침 마차 밖으로 번개가 하얗게 쳤다. 뒤늦게 울리는 소리가 아델을 일깨웠다.

"…싫어."

그녀가 저도 모르게 중얼거렸다. 일순 체사레의 표정이 무너졌으나, 그 위에 빠르게 웃음이 입혀졌다.

"알아. 넌 내가 싫어 미치겠지?"

"…싫어요! 싫어!"

발버둥 치는 아델을 체사레는 단단히 끌어안았다. 아델은 그의 피부를 할퀴고, 뺨을 때리고, 팔을 물고, 울부짖었다. 모두 통하지 않았다. 몸이 들썩거릴 정도로 빠르게 달린 마차는 순식간에 부오나파르테 외궁 앞에서 멈췄다. 체사레는 아델을 들쳐 안고 마차에서 내렸다. 아델은 발작하듯 발버둥 쳤다.

"싫어…! 제발…!"

눈물이 펑펑 흘러 새로이 뺨을 적셨다. 이미 비참한데 그렇게까지 이용당하라고. 너희 거짓말쟁이들한테….

팔다리를 휘저었지만 체사레는 걸음 하나 흔들리지 않았다. 그는 당황한 낯으로 다가온 에른스트에게 말했다.

"에른스트, 내궁에서 사람들을 물리고 아무도 못 오게 해."

"…가주님."

"도와주세요!"

아델이 흐느끼며 외쳤으나, 에른스트는 어두운 낯으로 시선을 피해 버렸다. 아델은 다시금 절망했다. 그사이 체사레는 성큼성큼 걸어 내궁으로 향했다.

"놔요! 놔! 이 개…!"

악다구니를 썼지만 통하지 않았다. 가는 길에 몇 번 정도 사용인들과 마주쳤지만 누구도 말리지 않고 시선을 피하기만 했다.

체사레가 멈춘 곳은 그의 침실이었다. 세 개의 정원이 보이는 넓은 방. 체사레는 아델을 흰 이불보 위에 던졌다. 푹신한 이불 위에 내팽개쳐진 아델이 허겁지겁 주변을 둘러보았다. 무기로 쓸 만한 게 아무것도 없었다.

문득 그림자가 드리워졌다고 느낀 그녀가 고개를 들었다. 어느새 남자가 아델 위에 걸터앉아 그녀를 내려다보고 있었다.

"아델 비비."

체사레가 격앙된 목소리로 말했다.

"아델라이데 부오나파르테가 아니라….”

체사레의 손이 아델의 왼팔을 쓸다가 손목을 붙잡았다. 전류가 흐르는 듯했다.

"아델 부오나파르테가 되면 되잖아."

아델의 얼굴이 하얗게 질렸다.

"싫…!"

거부를 말하기도 전에 입맞춤이 밀려들었다.

"음, 응…!"

체사레의 젖은 혀가 아델의 숨을 삼키고 목젖까지 채울 듯이 안을 찔러댔다. 아델은 숨을 찾아 고개를 젖혔다. 체사레가 그를 따라 들어와 더 세차게 파고들었다. 들뜬 등 아래로 팔을 넣어 몸을 부둥켜안자 온몸이 쥐어짜이는 듯했다. 아델이 뒤늦게 그의 혀를 깨물었다. 체사레는 즉각 떨어져 나가 인상을 썼으나, 지독하게도 신음 하나 없었다.

"……."

그는 천천히 입가의 피를 혀로 핥았다. 돌연 황금빛 두 눈에 희번득 불이 붙었다.

"아!"

연득없이 달려든 손이 아델을 움켜쥐었다. 머리가 아찔할 정도의 악력이 고통과 쾌감을 동시에 가져왔다.

"…싫어!"

필사적으로 팔다리를 휘둘렀으나 소용없었다. 체사레는 아델의 하체에 올라탄 채 버둥거리는 팔에는 관심조차 주지 않았다. 그는 고개를 내젓는 아델의 목덜미에 미친 사람처럼 입을 맞췄다. 잇자국이 남을 정도로 깨물고, 핥고, 기어이 옷감 위로 그녀를 베어 물었다.

"아… 아아아아!"

불붙은 듯 뜨거운 몸 아래에서 아델은 울며 악을 썼다. 고함에 섞인 것은 분노뿐만이 아니었다. 점점 어떠한 기대를 품는 자신의 몸을 향한 혐오감도 함께였다. 그 순간 체사레가 다시 손을 움직였다.

"힉…!"

비명을 지르던 아델은 숨이 넘어갈 듯 굳었다. 채찍처럼 휘두르던 팔다리도 뻣뻣해졌다.

'무서워.'

그녀가 흐느꼈다. 제 손으로도 만져 본 적 없는 곳에 타인의 손이 닿았다. 체사레는 흐느끼는 아델의 목덜미를 깨문 채, 작은 물고기처럼 손가락을 움직이기 시작했다. 이어진 것은 쾌감이었다. 비참하게도.

'싫어. 이렇게는 싫어….'

아델은 피리 소리 같은 숨만 내쉬며 꺽꺽댔다. 저항이 멎었기 때문인지 체사레는 그녀의 상체에 조금 여유를 주었다. 아델이 두 손으로 얼굴을 가렸다.

"으…."

그 와중에도 신음을 참는 것이 마지막 자존심이었다. 아델은 단말마를 토막 낸 것 같은 울음을 흘렸다. 서럽고 비참했다. 이런 행위를 아무 감정

없이 할 수 있는 남자에게 반응하고 있다는 게. 체사레의 손가락이 멈춘 건 그때였다.

"…대체 뭐가 문제야."

무력감이 밴 목소리였다. 그는 손을 떼고, 상체를 덮었던 몸을 일으켰다.

"그냥 좀… 받아들일 수 없어?"

세찬 비에 섞여 하늘이 쿠르릉 울렸다. 천둥에 섞인 체사레의 목소리는 평소보다 더 위태롭게 들렸다.

"델라 발레의 차남 따위가 부오나파르테의 가주와 견줄 바인가?"

체사레가 마른 웃음을 터뜨렸다.

"그런데도 넌 대체…. 눈이 병신이야? 남들처럼 체사레 저 새끼 좀 뜯어먹어야겠다는 생각도 못 해?"

서릿발 같은 웃음인데도 매섭지는 않았다. 헐떡이던 아델은 사자와 눈을 마주치는 심정으로 천천히 팔을 내렸다. 약간 고개 숙인 체사레의 얼굴은 젖은 머리카락이 흘러내려 잘 보이지 않았다. 악문 입매만이 선명했다.

"어려울 거 없잖아. 남들 다 하는 거잖아. 에즈라에게 복수하기 위해서든, 내 재산을 탐내서든, 눈 가리고 아웅 하는 시늉이라도 좀 할 수 없어?"

"……."

"그러면 내가…."

체사레는 입을 다물었다가 지친 웃음을 터뜨렸다.

"…알아서 속잖아. 내가 알아서 속을 텐데…."

비명처럼 들리는 웃음에 아델은 혼란스러워졌다. 그러나 그보다 더 강하게 치고 올라오는 감정은 억울함이었다.

"왜…."

"……."

"왜 당신이 그런 말을 해요…?"

이윽고 체사레가 천천히 고개를 들었다. 그 얼굴을 목도한 아델이 저도 모르게 신음을 흘렸다. 전지전능한 두 개의 태양 같던 눈이 명백한 두려움에 처절하게 몸부림치고 있었다. 그러면서도 놀랍게도 그는, 미소 같은 것을 짓고 있었다. 흰자위가 충혈되고 입꼬리가 파르르 떨리는데도 뺨에 팬 보조개는 깊고 또렷했다. 악착같은 자존심에 기가 질리긴커녕 압도되는 기분이었다.

"그야 내가…."

체사레에게서 열기가 펄펄 끓었다. 목에는 핏대가 섰고, 짓부릅뜬 두 눈이 용광로 속의 불꽃처럼 흔들렸다.

"너는 그 빌어먹을 에즈라를 좋아하겠지만, 나는…."

모든 단어가 힘겨웠다. 그를 미워하는 사람이더래도 가뿐한 마음으로 보기 힘들 정도로.

"그런데도 나는…."

젖어 드는 목소리에 점차 절망이 스몄을 때, 아델은 불현듯 깨달았다. 그가 그의 방을 찾아간 자신을 돌려보낸 이유를. 그는 이런 모습을, 말하자면 한 사람의 자존심이 박살 나는 모습을 보고 싶지 않았던 게 분명했다. 이다음에 올 말이 무엇이든, 그게 입 밖으로 나온 순간 체사레는 무너지고 말리란 예감이 들었다. 아델은 벼락이 치듯 그 이유도 이해했다.

[내 남편과 나는 사이가 좋았단다. 로완과 카타리나도 그랬지. 체사레는 그런 걸 보고 자랐단다. 그래서 그 아이는]

나이가 차도 정략결혼 하지 않는 남자. 인파의 중심에서 늘 다른 걸 좇는 것 같던 남자. 요컨대 그는 지금 너무 소중해서 아껴 두고 있던 것을 꺼내려 하고 있었다. 너무 소중해서, 상류 사회의 거짓말쟁이들 사이에서는 절대 꺼내 놓을 수 없던 것을. …그로 인해 자신이 비참해지리란 것을 알면서도.

별자리처럼 이어지는 깨달음에 아델의 얼굴은 서서히 일그러졌다. 살인이라도 불사할 듯 자신을 노려보는 체사레의 표정이, 그저 거절을 예감한 설움임을 이제야 알 수 있었다.

"…싫어요."

그러나 알고 싶지 않았다.

"말하지 말아요. 듣고 싶지 않아요!"

아델이 쉭쉭대며 외쳤다. 체사레는 멈칫했다가, 모든 걸 놓아 버린 듯이 웃었다.

"내가 지금껏 네 말을 들은 적이 있었나?"

"……!"

"아델 비비."

한순간에 모든 감정을 불사르기라도 한 것처럼 황금색 눈에 체념이 내려앉았다.

"사…."

그 순간 아델은 저도 모르게 체사레의 손을 움켜쥐었다. 이성이 취한 행동이 아니었다. 그녀는 제가 행동해 놓고도 놀라 눈을 부릅떴다.

"……."

"……."

체사레는 말을 멈추고 잡힌 손을 바라보았다. 아델도 심장이 쿵쿵대는 것을 느끼며 손을 내려다보았다. 무슨 짓이야, 아델 비비. 지그시 이를 악문다. 아직 뱃속에서 그가 남긴 수치심이 요동치고 있었다. 저 좋을 대로 말하는 감정의 이름 따위 듣고 싶지 않았다. 그럼에도…. 들으면 그와 저는 하늘과 진흙탕이라며 닫아 놓았던 문이 열릴 것을 알았다. 또한 아무렇지도 않은 척 무관심을 가장한 모습이 마치 거울을 보는 듯했기에, 그녀는 그의 손을 잡을 수밖에 없었다. 그 밤, 정말로 체사레와 잤다면 그녀는 기어이 비참함에 익사하고 말았을 것이므로.

그녀를 몰아붙인 것은 체사레였으나 이전부터 켜켜이 쌓여 온 설움이었다. 더는 버틸 수 없으니 화려하게 불사르자고 생각했다. 초라한 자기 합리화였다. 다른 누구도 아닌 체사레가 그걸 알아 돌려보냈다. 무너지기 직전의 마음에 리본을 달아서. 아마 스스로를 속이고 있는 건 그도 마찬가지였기 때문에.

'미워하지 않을 수는… 없다.'

하지만 온전히 밀어낼 수도 없다. 그는 자신을 기모라의 진창에서 구원한 사람이었다.

"잘하는데!"

첫 춤을 추며 유쾌하게 웃음을 터뜨리던 모습도 잊을 수 없었다. 기모라 출신 아델을 사람으로 봐주는 것도 그뿐이었다.

'정말 그를 선택할 거야? 더는 돌아올 수 없어.'

아델이 눈을 질끈 감았다가 떴다. 고여 있던 눈물이 흘렀다.

"…이번이 정말 마지막이에요."

체사레의 눈이 커진 순간, 그녀는 팔을 뻗어 체사레의 목덜미를 끌어안았다. 겹쳐진 몸이 이불 위로 쓰러진다. 바짝 굳은 체사레를 더욱 강하게 당겨 안으며 아델은 생각했다. 마지막으로 이 자존심 강한 남자를 끌어안아 보자고. 태양이라면 불타 죽고, 샛별이라면 얼어 죽으리라.

"…아델?"

나직한 부름에 아델이 조용히 응했다.

"…체사레."

흐느끼는 밤이었다. 유리창을 때리는 빗소리에 맞춰 아델도 달뜬 숨을 뱉었다. 체사레는 목마른 사람이 물을 찾듯 그녀를 안았다. 더운 몸, 그리고 손끝과 달리 손길은 간지럽고 연했다. 모든 순간에 입맞춤이 있었다. 이마와 눈썹, 눈꺼풀, 콧등과 뺨에 이르기까지.

"아델."

쉰 듯한 목소리로 이름을 부르며 몇 번이고 머리를 끌어안았다가, 뺨을 비비고, 입술을 삼켰다. 체사레는 그녀의 몸 어느 곳에 입 맞추는 것도 망설이지 않았다.

"아…."

입술 닿은 곳마다 살갗이 녹아내리는 듯했다. 그는 아델의 온몸이 젤라토처럼 녹아내렸다고 느낄 때까지 몰아간 뒤에야 땀에 젖은 이마를 맞댔다.

"아델."

"……"

아델은 눈물만 흘리며 그를 꽉 붙들었다. 체사레는 공기에 가까운 한숨과 함께 아주 느리게, 내장을 욱여넣듯이 밀려 들어왔다.

"……!"

"하….."

거의 동시에 더운 신음이 터져 나왔다. 가쁘게 쌕쌕대는 아델에게 체사레는 계속해서 입을 맞췄다.

"아델 비비. 아델…. 내…."

떨리는 속삭임이 마치 신을 향한 감사 기도처럼 들렸다. 어느 순간부터는 아무 생각도 나지 않았다. 정수리 끝까지 전류와도 같은 쾌감이 흘렀다. 치받는 동작에 호흡이 막혀 고개를 젖히면, 체사레는 젖은 목울대에 키스할지언정 속도를 늦추지는 않았다.

아델은 내내 울었다. 뭐가 그리도 서러운지는 스스로도 알 수 없었다. 다만 이제야 자신이 이 흙 위에 갓 태어난 것처럼 느꼈다. 망막한 불안이 체사레에게도 전해진 듯했다. 그는 굵은 팔로 아델을 껴안고서 망설이다 물었다.

"아델, 혹시나 해서 묻는 건데…."

그는 한참을 침묵한 끝에 말했다.

"에즈라랑…."

정신을 반쯤 놓아 가고 있던 아델은 말라붙은 목으로 겨우 입을 열었다.

"그냥, 브랜디만, 마셨…."

"……."

이후 체사레는 뭔가를 놓아 버린 듯 움직였다.

"아…! 아! 아흑!"

시간을 두지 않고 내리꽂히는 쾌락에 아델은 우는 것도 잊고 몸서리쳤다. 자신의 감각에 휩쓸리기 바빠 확신할 수 없었으나, 아마 체사레도 몇 번이고 절정에 오른 듯했다. 그녀를 터뜨릴 것처럼 끌어안고 근육을 팽창시켰던 적이 있었다. 미간을 좁히며 촘촘한 속눈썹을 바르르 떠는 모습이 선정적이기 짝이 없었다. 어쩐지 그를 이겼다는 저열한 쾌감이 들기도 했다. 그러나 체사레가 내리깔았던 눈을 뜨면, 아델은 또다시 그가 밀어붙이는 힘에 속수무책으로 끌려다녔다. 말릴 수가 없었다. 이쯤 하면 되었다고 입을 열라치면 키스해 오는 통에, 달이 차듯 쾌락이 차올라 거듭 휩쓸리기 바빴다. 그의 신경이 오로지 자신에게 쏠려 있다는 게 피부로 느껴질 정도였다. 작은 신음 하나, 몸짓 하나, 호흡 하나도 체사레는 놓치지 않았다.

그는 아델을 여왕으로 추앙했고, 아델은 그 아래서 흐느꼈다. 자존심을 내버렸으나 비참하지는 않은 밤이 그렇게 지나갔다. 마침내 피로에 잠들기 직전, 아델은 자신의 얼굴을 감싸는 뜨겁고 경건한 손길을 느꼈다.

"아델…. 아델. 아델. 아델…."

체사레는 숭앙하듯 그녀의 뺨 위에 입을 맞춰 왔다. 뜨거운 것이 뺨 위로 뚝 떨어졌다. 떨리는 속삭임이 뒤를 이었다.

"…랑해."

아델은 늘 귓가에 울리던 파도 소리가 잦아드는 것을 느끼며 잠이 들었다.

싫어! 싫어…! 고요해야 할 부오나파르테 내궁에 여자의 처절한 비명이 울려 퍼졌을 때, 지지는 그야말로 온몸의 솜털이 곤두섰다. 다른 마차로 바로 체사레를 따라온 그는 재빨리 에른스트에게 물었다.

"에른스트 씨, 대체 무슨 일입니까?"

"그게…."

에른스트는 말끝을 흐리며 대답하지 못했다.

"…주변에 사람을 물리라고 하셨습니다."

지지는 당황해 침실 쪽을 바라보았다. 비명은 멈출 생각이 없어 보였다.

'별문제… 없겠지? 그냥 대화가 좀 거친 거겠지? 설마 좋아하는 여자를 함부로 할 정도로… 쓰레기는 아니겠지?'

체사레가 선은 넘지 않을 거라고 믿지만, 또 모르는 일이다. 지지가 초조하게 머리카락을 헝클어뜨렸다. 사실 어느 정도 두 사람을 붙여 놓고 싶었다. 아델 역시도 체사레에게 마음이 있다고 생각했고. 살롱 지노블에서 돌아온 두 사람이 새벽까지 왈츠를 추는 모습을 보았다면 누구라도 그렇게 생각했을 것이다.

'하지만 만약 틀렸다면….'

지금이라도 말려야 하지 않나? 지지가 눈을 질끈 감았을 때였다. 귓가에 빠른 발걸음 소리가 들리더니, 에기르가 복도 끝에서 모습을 드러냈다.

'좆됐네.'

울고 싶어졌다. 에기르는 검을 뽑아 들고 있었다. 그는 사람을 죽일 때와 같은 얼굴을 하고서 다가왔다.

"비명이 들렸습니다."

"에기르 씨…."

지지가 힘겹게 입을 열었다.

"…아가씨가 맞긴 합니다만, 지금 단주님과 같이 계십시다."

"……."

에기르는 바보가 아니다. 그는 지지의 말뜻을 깨닫고는 칼 든 귀신처럼 굳었다. 다음 순간 그가 빠르게 방으로 향하기에 지지는 냅다 그를 막아섰다. 주머니 속의 손으로는 기사들을 호출하는 마법 도구를 눌렀다.

"에기르 씨, 안 됩니다. 에기르 씨!"

"막아야 합니다."

에기르가 푸른 눈을 부릅뜨고서 말했다.

"이건 강간입니다."

"그건, 젠장, 그렇게 보이기야 하겠지만, 그러니까…. 아오! 아무튼 안 됩니다! 단주님 일입니다! 두 사람 일이라고요!"

"저건 강간입니다!"

지지는 아예 팔다리를 뻗어 복도를 가로막았다.

"미안하지만 못 갑니다!"

하지만 에기르는 지지의 멱살을 잡고 단숨에 바닥으로 내팽개쳤다.

"크헉!"

지지는 바닥에 나동그라지면서도 에기르의 다리를 붙잡았다.

"당신 그런 사람 아니잖습니까! 눈멀어서 이상한 선택 하지 마시라고요! 단주님은 아가씨를 좋아하는 게 맞아요!"

"좋아한다는 이유만으로 동의도 없이 저러는 게 옳은 일이라는 겁니까?"

"옳진 않지만 단주님이 설마 그렇게까지 막 나가시겠습니까! 그리고 당신이 여기서 나서면 에포니 씨는요!"

때마침 기사들이 들이닥쳤다. 에기르는 분전했으나 열댓 명의 기사들에게 잡혀 바닥에 꿇려졌다. 에기르는 바닥에 처박힌 채로도 계속해서 몸부림쳤다. 푸른 눈에 분노와 절망감이 서려 있었다. 지지는 코를 문지르며 자리에서 일어나다 축축한 감각에 손을 내려다보았다. 코피가 흐르고 있었다.

'젠장.'

지지가 일그러진 얼굴로 코피를 닦아 냈다.

"아침까지 가둬 두세요. 허튼 사고 치지 않게…."

잠에서 깬 체사레는 가장 먼저 녹색 물결 같은 머리카락을 보았다. 다음엔 팔 안의 매끄러운 온기를 느꼈다.

"……."

천국에 있는 듯한 기분이 들어 그는 묘한 심정이 되었다. 그러나 꿈이 아니다. 옆으로 누운 아델 비비가 그의 품에서 새근새근 잠들어 있었다. 흰 피부 위에는 여기저기 깨물린 자국과 울혈이 남아 있었다. 투명하게 말라붙은 정사의 흔적도 보였다. 체사레는 아델이 깨지 않게끔 천천히 상체를 일으켰다. 인어처럼 아름다운 여자는 새벽까지 몰아붙인 정사에 지쳤는지 움찔하지도 않았다.

비는 어느새 그쳐 있었다. 곧 다시 내릴 듯 먹구름이 무성하였으나 해가 빼꼼 고개를 내밀고 있었다. 햇살 한 줄기가 아델의 눈가에 주저앉자 아델이 미세하게 눈을 찌푸렸다. 체사레는 가만히 손을 뻗어 그늘을 만들어 주었다. 아델의 미간도 그제야 풀렸다.

"……."

그저 그뿐인데, 가슴이 먹먹해졌다. 하염없이 먼 길을 걷다 이제야 진정으로 원하던 곳에 도달한 기분이었다. 체사레는 천천히 상체를 숙여 아델의 이마에 입 맞추었다.

"모든 걸 줄게."

내가 가진 모든 영광을. 왕관을. 더는 누구도 그녀를 천시할 수 없을 것이고, 더는 누구도 그녀를 절망시킬 수 없을 것이다. 그가 그렇게 만들 테니까. 하지만 그 전에 해야 할 일이 있었다. 체사레는 아델에게 꼼꼼하게 이불을 덮어 준 뒤, 발소리도 내지 않고 침실에서 나왔다. 서둘러 몸을 씻고, 누구의 손도 빌리지 않고 외출복을 챙겨 입었다. 그러나 방에서 나온 그는 문 앞에서 곧장 에바와 마주쳤다.

"……!"

분노와 절망, 슬픔이 뒤엉킨 얼굴을 한 노인 뒤에서는 밤을 꼴딱 새운 듯한 지지가 죄지은 사람처럼 고개를 수그리고 있었다. 말리지 못했나 보군. 지지의 잘못은 아니다. 체사레가 에바 앞에 다가갔다. 그 즉시 에바는 체사레의 뺨을 쳤다.

"……."

체사레는 뺨을 맞은 자세 그대로 있다가, 반대쪽 뺨을 내밀었다.

"아직 한쪽 남았습니다만."

에바는 망설이지 않고 반대쪽 뺨도 올려붙였다. 파찰음이 울려 퍼졌다. 조모는 입술을 지그시 깨물고 있었다. 손자의 무도함에 절망한 것이리라. 납득할 수 있었다. 그가 생각하기에도 그는 몹쓸 짓을 하려 했으므로. 그러나 아무래도 좋았다. 결국 아델 비비는 그를 끌어안아 주었다.

"결혼할 겁니다. 최대한 빨리."

에바의 동작이 멎었다. 이내 그녀의 주름투성이 얼굴이 비명을 지르듯 변했다.

"……!"

에바는 힘없는 주먹으로 체사레를 내려치다가 이내 옷자락을 쥐어뜯기 시작했다. 체사레는 잠자코 그것을 받아 주다, 그녀의 기력이 다했을 때쯤 뒤에 서 있던 시녀 마이에게 에바를 넘겼다.

"잘 보살펴 드리고. 당분간 계속 요양하시는 게 좋겠군."

"알겠습니다."

마이가 딱딱하게 답했다. 용납할 수 없는 일을 벌인 도련님에게 취할 수 있는 가장 냉담한 태도였다. 그럼에도 아무래도 좋았다. 그의 침실에 아델 비비가 있었고, 그녀는 어젯밤 그의 이름을 불러 주었다.

체사레는 외궁으로 나가 놀란 얼굴의 에른스트에게 말했다.

"마차 준비해. 해저 금고로 간다."

에바는 마이의 부축을 받으며 방으로 돌아왔다. 참담한 심정에 온몸이 떨렸다.

'진작 그 아이를 내보냈어야 했는데….'

북받쳐 오르는 감정에 가슴을 퍽퍽 쳤다. 체사레 역시도 한번 꽂히면 뒤를 보지 않는 성정임은 알았다. 하지만 싫다는 여자를 강제로 취할 줄은 몰랐다. 에바의 눈에서 눈물이 흘렀다. 한참을 흐느끼던 그녀는 주먹을 쥐고 결심을 다졌다.

'그 아이를 구해야 해. 이제라도….'

그녀는 비틀거리며 일어나 서재로 향했다. 떨리는 손으로 서랍장의 희고 도톰한 편지지를 꺼내고, 펜을 잉크병에 찍었다. 펜은 휘청이면서도 정갈한 글씨를 그려 나갔다. 이 일을 가장 완벽하게, 가장 잡음 없이 해결할 수 있는 사람에게.

로완, 그리고 카타리나에게.

아델은 체사레가 떠난 지 얼마 안 되어서 눈을 떴다. 구두닦이 시절의 버릇 때문이다. 반사적으로 옆자리를 보았으나 체사레는 없었다. 괜히 공허한 기분이 드는 것이 이상해, 아델은 더 태연히 상체를 일으켰다. 이불로 몸을 감싸고 방의 전경을 살폈다. 창을 통해 들어오는 아침 햇살로 방 전체가 희끄무레하게 빛나고 있었다.

"윽…."

뒤늦게 신음이 흘렀다. 온몸이 몸살에 걸린 듯 아파 왔다. 허벅지는 쥐어짜인 것처럼 힘이 없었다.

'진짜로… 했구나.'

생각했던 것만큼 불결하지도, 아프지도, 수치스럽지도 않았다. 비참해 죽을 것 같지도 않았다. 멍하니 앉아 있던 아델은 문득 늘 귓전을 채우고 있던 파도 소리가 사라졌음을 깨달았다. 빈자리를 창밖의 새소리가 채웠다. 이상하고 간지러운 기분에 아델이 몸을 부르르 떨었을 때였다.

"아가씨."

낮은 목소리와 함께 노크 소리가 들렸다. 아델은 흠칫해 재빨리 이불로 온몸을 꽁꽁 감쌌다. 들어선 사람은 에기르였다. 얼굴과 몸 여기저기에 맞은 흔적이 있었다.

"에기르 경?"

아델은 곤혹으로 굳었다.

'이런 꼴로 마주치고 싶진 않은데….'

그러나 에기르는 침대 앞까지 다가와 멈춰 섰다. 아침인데도 그의 얼굴엔 어둠이 깔려 있었다.

"……?"

아델이 옅은 불길함을 느낄 찰나, 그가 뭔가를 침대에 던졌다. 무거운 금속 소리와 함께 열린 염낭 입구로 누런 금화가 튀어나왔다.

"떠나시라는 명입니다."

아델은 잠시 에기르의 말을 이해하지 못했다.

"네?"

"잠시 출타하셨으니, 돌아오기 전에 떠나시라는 명입니다."

"……."

머리가 멍해지고, 숨이 가빠 왔다. 여전히 이해할 수 없었다.

'하지만 분명….'

사랑한다고 말하려는 것 같았는데. 말뿐이 아니라 그의 모든 행동이 같은 감정을 가리켰다. 그녀의 온몸을 터뜨리고 싶은 것처럼 끌어안던 팔과, 연신 이름을 부르던 신음 섞인 목소리 같은 것들이.

"왜…."

이유를 물으려던 아델의 목소리가 흩어졌다. 아니, 물을 필요가 없구나….

"사람에겐 각자 자신에게 맞는 위치가 있는 법입니다."

위치가 다르다.

"그러니까 나랑 자. 에즈라와 결혼하기 전까지 몇 번 정도면 풀릴 것 같으니까."

그리고 그는 원하던 것을 이뤘다. 아델의 눈이 느리게 깜빡였다.

'그렇네. 나는 또 속은 거구나.'

시선이 천천히 떨어졌다. 입가에 모양이 이상한 미소가 걸렸다. 다행히 차분한 목소리가 흘러나왔다.

"…옷만 갈아입고 나갈 테니 조금만 기다려 주세요."

"나오시면 안내해 드리겠습니다."

에기르는 침대 위에 잘 개킨 옷가지를 내려놓고 물러났다. 방문 닫히는 소리가 천둥처럼 났다. 그 소리에 온몸이 부서지길 바랐으나 그런 일은 일어나지 않았다. 아델은 텅 빈 머리로 잠시 침대에 앉아 있었다. 내리쬐는 아침 햇살이 칼날처럼 느껴졌다. 그녀는 더듬더듬 이불을 내리고 몸을 살폈다. 몸에는 수많은 흔적이 남아 있었다. 영역 표시를 넘어 도착증에 가까울 정도다. 다리 사이는 화끈거렸고, 비에 젖은 채로 남자와 엉켜 있다가 잠든 대가로 온몸이 축축하고 끈적거렸다.

'씻을 시간은… 없겠지.'

아델은 더러운 몸 위에 속옷과 옷을 꿰어 입고 타바로를 둘렀다. 모자를 깊게 눌러쓰자 그제야 조금 숨통이 트였다. 마지막으로 방을 나서기 전, 에기르가 던져 준 염낭을 일별했다.

"……."

잠시 고민했으나, 떨리는 손을 뻗어 그것을 주머니에 쑤셔 넣었다.

'구질구질해.'

다행히 눈가가 뜨거워지는 데에 그쳤다. 방을 나서자 에기르가 있었다.

"따라오십시오."

그는 조용히 뒷문으로 향했다. 내궁을 넘어, 아름다운 정원을 지나 아침에 잠긴 높은 담이 드러났다. 경비병이 이미 문을 열어 놓고 있었다. 그가 아델을 흘깃하고는 에기르에게 물었다.

"에기르 경, 어제 가주님이 직접 데려오신 것으로 아는데….”
"신분이 드러났기에 이용 가치가 없어졌다고 하셨습니다."
에기르가 그러면서 뭔가를 보여 주었다. 아마 부오나파르테의 일을 하면서 모든 절차를 무시하는 통행증처럼 보였다. 체사레의 신뢰의 상징이었다.
아델이 외궁의 문 앞에 섰다. 뒤를 돌아보지는 않았다. 대신 자신의 발을 보았다. 기모라에는 어울리지 않는 비단 구두가 보였다.
"…신발을."
아델이 까끌거리는 목으로 말했다.
"나막신을 하나 구할 수 있을까요."
에기르는 솜씨 좋게 어딘가에서 나막신을 구해 와 그녀 앞에 무릎을 꿇었다.
"괜찮….”
만류하려던 아델은 하반신의 통증에 말을 삼켰다. 그리고 에기르는 경애와 슬픔에 찬 동작으로 아델에게 딱딱한 나막신을 신겨 주었다. 마지막 갈랑트리를 마친 그가 자리에서 일어나 조용히 말했다.
"…이제 자유로워지시길 바랍니다.”
아델은 대답하지 않았다. 모든 걸 잃었으니 자유라면 자유일 것이다.
"어디로… 가십니까?”
에기르의 망설임 섞인 물음에 아델은 먹구름 가득한 하늘을 멍하니 바라보다 답했다.
"일단은 배를 탈까 합니다."
"……."
에기르가 길 잃은 아이처럼 그녀를 보았다. 그의 손이 아델의 손을 잡고 싶다는 듯 움찔거렸다.

"저는… 같이 갈 수 없습니까?"

아델이 잠시 침묵했다.

"에기르 님."

"경이라 부르셔도 됩니다."

"그럼 에기르 경."

그녀는 차분하게 말했다.

"경에게 어울리는 사람은 따로 있을 거예요. 그리고 그건 결코 제가 아닐 겁니다. 왜냐하면 경은…."

"……."

"움직이지 않거든요."

에기르는 이해할 수 없다는 얼굴이었다. 설명해 줄 이유가 없었기에 아델은 그저 한 걸음 앞으로 나섰다. 고작 걸음 하나에 그녀는 부오나파르테에서 벗어났다. 그제야 아델은 몸을 돌려, 기모라 출신의 구두닦이답게 깊게 허리를 숙였다.

"신세 많이 졌습니다."

아델은 아침을 맞이하는 거리를 홀로 걸었다. 고급 주택이 모여 있는 세포 시 거리를 지나, 시청과 관공서가 몰려 있는 산타크로체 거리를 지나고, 계속해서 걸었다. 오랜만에 신은 나막신에 뒤꿈치가 까지고 물집이 잡혔다.

'아파.'

발이 아파서 절로 눈물이 났다. 타바로 덕에 무표정으로 우는 이상한 여자가 되는 꼴은 면했으나, 어느 순간부터는 무표정마저 깨졌다. 번드르르

한 포석이 깔린 거리를 벗어난 순간부터였다. 그녀는 어깨를 들썩이며, 목젖이 보일 정도로 입을 크게 벌리고 울었다. "앙앙앙앙. 엉엉엉엉."

지나가던 행인들이 놀라 쳐다보았지만 신경 쓰지 않았다. 발이 너무 아팠다. 그러나 기모라 거리에 다다랐을 때, 그녀는 놀라 잠깐 울음을 멈춰야만 했다. 거리가 통째로 사라져 있었다. 공사 중인지 집들이 사라지고 길 대신 진흙탕이 가득했다.

'이젠 정말 갈 곳이 없구나.'

아델은 다시 목 놓아 울었다. 그때 머리 위에서 나무 덧창이 열리는 소리가 났다.

"미친년이 왜 여기서 울고 지랄이야!"

고함과 함께 뜨끈하고 축축한 것이 아델의 머리 위로 떨어졌다.

"……."

아델은 손을 들어 얼굴에 튄 것을 확인했다. 삭힌 음식물 쓰레기였다. 그녀는 아주 오래 멈춰 서서 그것을 바라보다가, 점차 어깨를 들썩였다.

"으흐…. 흐하하. 아하하하!"

아델은 썩은 내가 나는 음식물 쓰레기를 뒤집어쓴 채 배를 잡고 웃었다. 그것도 잠시, 그녀는 웃음마저 그치고 나막신을 딸각거리며 어디론가 걸어 나갔다.

체사레가 돌아온 것은 그로부터 조금 뒤였다. 그쳤던 비는 어느새 다시 내리고 있었다. 계절에 맞지 않는 폭풍이 몰아치려는 조짐이 보였다. 일찍 감치 바다에 다녀오길 잘한 성싶었다.

체사레는 마차에서 내리자마자 반쯤 나는 듯한 걸음걸이로 침실로 향했다. 그러나 그곳에 아델은 없었다.

"떠나셨습니다."

에기르가 말했다. 체사레는 빈 침대를 앞에 두고 멈춰 섰다. 다시 침대를 본다. 아델의 모습은 보이지 않았다.

"떠났다고?"

"예."

"아델 비비가?"

"예."

"그럴 리가."

"……."

대답하지 않는 에기르를 두고 체사레는 성큼성큼 집무실로 향했다. 금으로 된 종을 거칠게 울리고, 마법으로 된 푸른 구슬을 부쉈다. 부오나파르테의 모든 주요 인사들을 소집하는 물건이다. 가장 먼저 달려온 것은 눈 밑이 퀭한 지지였다.

"단주님! 죄송합니다, 깜빡 졸아 버려서…."

"아델을 찾아."

"예?"

"아델을 찾아."

체사레가 무표정으로 말한 뒤, 웃음을 터뜨리며 덧붙였다.

"나랑 숨바꼭질을 하고 싶은가 본데, 제대로 응해 줘야지."

"그게 무슨…."

그때 침실 쪽에서 나온 에기르가 보다 단호하게 말했다.

"떠나셨습니다."

지지의 얼굴이 굳고, 체사레는 한순간 이를 악물었다. 그러나 이내 유쾌한 듯 미소를 지었다.

"그럴 리가 없으니까 잘 찾아봐. 원래 조금… 잘 숨던데. 어쩌면 내 말을 너무… 잘 들었을 수도 있고."

적당히 영악하게 굴고, 이용하라는 말. 어디 숨었다가 나타나면서 깜짝 놀라게 할 생각인지도 모른다. 명령을 그렇게나 잘 듣던 여자니까…. 체사레보다 얼굴이 굳은 건 지지였다. 그는 발빠르게 소집된 이들에게 명령을 하달했다.

"아가씨를 찾아요. 기사단과 상단 인력을 모두 써도 좋습니다."

수십 마리의 전서응이 부오나파르테에서 날아올랐다. 종탑이 울리고, 외궁의 깃대에는 푸른 별이 그려진 깃발이 올라갔다. 부오나파르테의 1급 경보 '아쿠아 알타[15]' 신호다.

후문을 지키는 문지기의 증언이 바로 나왔다.

"에기르 님이 곁에 계시기에 가주님의 명령인 줄 알았습니다. 원래도 극비 임무를 주로 수행하시니까…."

체사레의 고개가 돌아갔고, 지지가 눈썹을 꿈틀했다. 집무실 구석의 그림자에 잠겨 있던 에기르가 한 걸음 걸어 나왔다.

"죄송합니다. 떠나겠다고 하시기에 주인님의 명령인 줄로만 알았습니다."

체사레가 에기르의 멱살을 잡고 벽으로 밀쳤다.

"그걸 안 말렸다고?"

서릿발 같은 목소리였으나, 에기르의 푸른 눈은 고요했다.

"죄송합니다. 이전에도 숙녀분들과 밤을 보내고 아침에 내보내신 적이

---

15 Aqua alta.

있으시니 이번에도 그런 줄로만 알았습니다."

"……!"

차가운 말에 체사레가 이를 악물었다. 그랬지. 수차례 그랬다. 에기르는 담담하게 덧붙였다.

"대가를 지불하는 동침 제의도 하셨던 것으로 알기에."

"…….'

감정이 목구멍을 틀어막았다. 체사레가 제가 듣기에도 이상한 목소리로 말했다.

"자기 입으로… 떠나겠다고 했다고."

"예."

"…….'

팔에서 힘이 빠졌다. 그가 물러나자 에기르는 태연히 옷을 탁탁 털었다. 지지는 그 모든 광경을 어두운 눈으로 지켜보다 에기르를 향해 말했다.

"에기르 씨, 당분간 지하에 내려가 계시는 게 좋겠습니다."

"…….'

"이유는 아실 거고."

에기르는 고개를 끄덕이곤 물러났다. 그사이 체사레는 느리게 탁자에 걸터앉았다. 그는 떨리는 손으로 마른세수하려다 문득 자신의 손에 들린 것을 내려다보았다. 작은 벨벳 상자였다. 그것을 본 순간, 남자는 모든 체면과 자존심을 내려놓은 채 묻고야 말았다.

"…왜?"

지지가 그를 돌아보았다. 그 역시도 복잡다단한 낯이었다. 체사레가 떨리는 웃음을 터뜨렸다.

"이봐, 나는, 나는 말이야. 아침에…."

그는 상자를 움켜쥔 채, 눈에 힘을 주었다 풀기를 반복했다.

"일어나서 옆에 누운 여자를 보고 결혼해야겠다고 생각한 건 처음이었단 말이야. 그래서 달려가서 해저 금고를 뒤집어엎었는데…."

말하다 목이 메었다. 상자를 쥔 손에 힘이 들어갔다. 금고에서 가져온 '인어의 심장'. 부오나파르테에 대대로 내려오는 45캐럿의 블루 다이아몬드 반지다. 그는 부오나파르테를 주고 싶었다. 그가 가진 모든 것을.

"그래서 나름대로, 최대한 빨리…."

체사레는 몇 번이고 입을 벌렸다가, 다물었다가, 속절없이 다시 웃음을 터뜨렸다. 묻고 싶었다. 그렇게 싫었어? 얼굴도 안 보여 주고 도망갈 만큼? 눈시울이 뜨거워지고 턱에 힘이 들어갔다. 꿈결 같던 지난밤이 떠올랐다.

나는… 나는 진짜 좋았는데. 날아갈 것 같았고, 목덜미를 감싸 안는 팔이 좋았고, 낮게 부르는 이름이 좋았고…. 그런데 왜.

괘씸하고 서러운 마음이 들면서도 이미 답을 알고 있었다. 모른 척하기엔 너무 많은 잘못이 있었다. 무시했고, 매도했고, 짓밟았다. 아델 비비가 자신에게 매달리길 바랐다. 다른 여자들처럼 자신을 원하고, 자신에게 웃어 주고, 자신에게… 관심을 보여 주길 바랐다. 그가 그러하듯이. 그때 집무실 바깥에서 파발 한 명이 급하게 소식을 전달했다. 쪽지를 전달받은 지지의 낯빛이 굳었다.

"단주님, 아가씨의 동선을 찾았습니다만… 상황이 좋지 않습니다. 포르토 아페르타에 있던 '아델호'를 타셨다고 합니다."

그 순간 체사레는 온몸의 피가 얼어붙는 감각을 느꼈다.

"그걸 아델이 어떻게 알아."

"관리소장 말로는 '아델라이데호' 진수식 때 들르셨다고 합니다. 에기르 씨와 함께였고, 상부에 보고하지 말라는 명령을 받았다고 합니다."

"……."
"그보다 지금 파도가 높습니다. 한시가 급합니다. 함선의 명령권은 단주님에게만 있으니 단주님이 나서 주셔야…. 단주님?"
지지의 목소리가 점점 멀어졌다.

"그럼 이제 절 죽이실 건가요?"
"못 죽이지."

대답과 함께 아델의 눈에서 빛이 꺼졌던 것이 기억이 났다. 떨리는 손이 입매를 가렸다. 벨벳 상자가 떨어지고 다이아몬드 반지가 바닥을 굴렀다.
"아." 체사레가 얼굴을 덮은 채 신음했다. 한 문장만 더 붙였으면 되는 거였다. 그 앞에 딱 한 문장만. 내가 너를 사랑하여 더는 너를 죽일 수 없노라고. 그 한 문장이면 되었는데….

04.
Un dì, felice, eterea

어느 행복한 날에

(베르디의 오페라 『La Traviata 라 트라비아타』 중)

Solo amistade io v'offro:
Amar non so, né soffro.

나는 사랑을 모르는 여자입니다
그런 감정을 나는 몰라요

아델은 파도 소리에 눈을 떴다. 욱신거리는 몸을 일으키자 새하얀 백사장이 보였다.

'여긴…?'

아델이 기억을 더듬었다. 부오나파르테에서 쫓겨난 뒤 가장 먼저 향한 곳은 항구였다. 오르퀘니나로 갈 생각이었다. 종전으로 어수선하다고는 하나 더는 포르나티에 있고 싶지 않았다.

"뭐야? 웬 거지 새끼가…. 냄새나니까 저리 꺼져!"

그러나 더러운 옷차림 탓인지 돈을 보여 주기도 전에 쫓겨났다.

"자네, 배를 타려고 하는가? 지금 파도가 높아지고 있어서 무리야. 나중에 다시 오게."

친절한 노인 한 명이 지나가다 그렇게 말해 주었다.

'그래도 가야 해.'

파도가 친다면 더 좋다. 선착장에 서서 아델은 수평선을 바라보았다.

'배가 필요해….'

그녀는 홀린 듯이 포르토 아페르타의 물양장으로 향했다. 다행히 관리 소장 덴투소가 아델의 얼굴을 기억하고 있었다.

"아가씨?"

"아델호를 타고 가야겠어. 마법석을 모조리 가져와."

"대체 무슨 말씀을…."

"부오나파르테의 명령이야."

처음으로 '부오나파르테'의 이름을 써서 남에게 명령을 내렸다. 체사레가 참으로 대단하긴 했다. 그의 여동생이라는 이유만으로 깐깐해 보이는 관리소장이 마법석을 내왔다. 아니면 체사레의 설명 없는 명령에 그도 익숙한 것이거나.

아델은 에기르가 준 주머니를 통째로 관리소장에게 넘겼다.

"고맙네. 이거 가지게. 난 이제 필요 없으니."

"아가씨! 파도가 높습니다! 지금 출항하시면…!"

아델은 홀로 바다로 향했다. 이후의 기억은 희미했다. 꽤 멀리 나가긴 했다. 그러나 어느 순간 파도가 구름 높이까지 치솟았다. 갤리선이 뒤집혔고, 물에 빠졌고, 폐가 불타는 것 같았다. 그리고….

'뭔가 반짝이는 걸 본 것 같은데….'

떠올리려고 하자 두통이 밀려들었다. 아델이 미간을 좁힌 순간이었다.

"여긴 개인 해변인데, 어떻게 들어왔니?"

사박, 모래를 밟는 소리가 났다. 아델이 고개를 들었다. 역광에 잠시 눈을 찌푸렸다가 뜨자 몹시도 아름다운 중년 여인이 보였다.

"아니면 산트나르 사람들이 말하는 인어인가?"

여자는 은빛 단발에 붉은 눈을 갖고 있었다. 단출한 차림새에 반해 범상치 않은 기백이 느껴졌다. 희미한 불안감에 심장이 요동치기 시작했다.

"…인어는, 콜록, 아닙니다."

아델이 목을 가다듬고 답했다.

"실례지만 여기가 어딘가요?"

"솔라레 근처의 섬이란다. 사유지고."

심장이 선득해졌다.

"…혹시 섬 이름이."

"카폴로."

몸에 힘이 쭉 빠지고 쓴웃음이 나왔다.

'차라리 죽는 게 나았을걸.'

그때 주변에 널브러진 배의 잔해를 발견한 여자가 말했다.

"정말로 인어는 아닌가 보구나. 난파당했니?"

"…그런 듯합니다."

"어디에서 왔니?"

"……."

"과묵한 조난자로구나."

여자가 힘있게 웃었다.

"이렇게 만난 것도 인연인데 일단 우리 집으로 오렴. 거기서 계속 그러고 있을 게 아니라면 말이야."

"…괜찮습니다. 신경 써 주셔서 감사합니다."

아델이 비틀거리며 자리에서 일어났다. 여자는 혀를 차며 팔짱을 꼈다.

"말했잖니? 여긴 사유지야. 인가라곤 우리 집밖에 없고, 배도 사흘에 한 번씩만 온단다."

"……."

04. Un dì, felice, eterea

"걸을 수는 있나 보구나. 따라오렴."

여자는 대답도 듣지 않고 몸을 돌렸다. 아델이 망설이다 그녀를 따랐다. 고개를 들자 융단처럼 펼쳐진 숲 사이로 저택 하나가 보였다. 여자는 저택으로 향하는 길목에 들어서며 말했다.

"참. 난 카타리나라고 한단다."

그날, 카타리나는 아델을 부르지 않았다. 대신 나이 든 여자 하인 한 명을 보내 아델의 시중을 들게 했다.

"아이고. 난파당하셨다고요? 주인마님이 발견하셔서 천만다행이네요. 이 근방은 여기 빼곤 전부 무인도거든요. 주인마님이 오늘은 푹 쉬시라고 하셨어요."

식사도 방에서 하게 해 주었으며, 의원까지 보내 주었다. 섬에 상주하는 늙은 그리말디 의원이었다.

"다행히 몸에는 이상이 없습니다. 며칠 푹 요양하시면 되겠습니다."

"고마워. 아니…. 고마워요."

그 몇 달 거들먹거렸다고 하대가 입에 붙다니. 착잡한 심정의 아델을 향해 의원은 빙그레 미소만 지은 뒤 방을 나갔다. 조용하고 싱그러운 저택이었다. 소음이라곤 새 소리가 전부였다. 저녁이 되자 창가는 낙조로 온통 핏빛이었다. 아델은 침대에 앉아 창밖을 바라보았다. 녹색 벨벳 같은 숲과 동그란 태양이 속도 모르고 찬란했다.

'왜 살아난 걸까.'

그녀가 천천히 무릎을 끌어안았다. 삶이란 참 고약하구나. 부서지고 깨진 채로도 살아가야 한다니.

'돈은 관리소장에게 줘 버렸고, 내 손으로 죽을 용기는 없어….'

무기력이 아델을 감쌌다. 감정에 할애할 힘마저 고갈된 느낌이었다. 늘 귓전을 채우고 있던 파도 소리가 사라진 것도 외로움을 부추겼다. 아델은 웅크린 채 잠들었다. 깨어나면 저 깊은 바닷속이길 바라며.

다음 날 느지막이 잠에서 깼다. 정말로 피로가 쌓이긴 한 모양이었다. 그녀가 일어난 것을 기가 막히게 알아챈 늙은 하인이 잽싸게 방에 들어와 커튼을 열었다.

"아가씨, 일어나셨군요? 주인마님께서 함께 점심을 들자고 하시네요."

"응, 아니, 네…."

"편하게 말씀하셔요."

하인은 인심 좋은 미소를 지으며 소세를 챙겨 주었다. 그 뒤, 아델은 저택의 뒤뜰로 안내되었다.

"아델!"

동그란 테이블에 앉아 있던 카타리나가 먼저 인사했다. 시원한 미소였다. 그 아들만큼이나 또렷한 이목구비에 눈이 부실 지경이었다.

"와서 앉으렴. 요리사에게 신경 좀 쓰라고 했는데 입에 맞을지 모르겠네."

"감사합니다."

아델은 맞은편에 앉으며 슬쩍 주변을 살폈다. 사람은 카타리나와 늙은 시종 한 명뿐이다.

"부군께 인사를 드리지 않아도 될까요?"

아델이 조심스레 묻자 카타리나가 소년처럼 웃으며 손을 내저었다.

"그이는 잠깐 섬이나 둘러보라고 하고 내보냈어. 내 손님이니 내가 대접해야지. 그보다 어서 들렴! 배고플 텐데."

그 말에 아델은 잠자코 식사를 시작했다. 그녀로서는 오히려 좋았다. 별로 체사레와 닮은 얼굴을 보고 싶지 않았다.

'이대로 내 정체를 모른 채 넘어가 주면 좋을 텐데.'

입맛이 돌지 않아 익힌 병아리콩 몇 개만 겨우 넘겼을 때였다.

"체사레는 잘 지내니?"

먹던 콩이 도로 튀어나올 뻔했다. 살짝 기침하는 아델에게 카타리나가 냅킨을 건네주었다.

"어떻게…."

"나도 신문은 읽는단다."

카타리나가 나이프로 익힌 연어살을 가르며 말했다.

"내 딸이 그렇게 미인이라지 뭐야? 물결 모양의 암녹색 머리카락에, 호박 같은 눈동자라더니. 몰라볼 수가 없더구나."

답할 말이 없다. 아델이 눈을 내리깔았다.

'내가 황손으로 행세한 것에 화가 났을까.'

하지만 카타리나의 얼굴에는 여전히 시원시원한 미소뿐이었다.

"그런데 넌 왜 여기 있니? 델라 발레와 결혼하는 거 아니었어?"

"…중간에 계획이 틀어졌습니다."

카타리나의 한쪽 눈썹이 올라갔다. 그녀의 눈빛이 묘해지더니 침묵이 길어졌다.

"잤니?"

쨍그랑. 아델이 그릇 위에 식기를 떨어뜨렸다. 이번엔 정말로 놀랐다. 바짝 굳은 아델을 향해 카타리나가 딱하다는 듯이 혀를 찼다.

"잤구나, 이런…. 체사레가 여자를 좀 막 만나고 다니는 것 같긴 하더니만."

"……."

어미의 감이란 걸까. 진심으로 당황스러웠다. 카타리나는 뭔가를 골똘히 생각하더니 대뜸 이렇게 물었다.

"피임은 했지?"

"네?"

그 질문이 너무나도 생각지도 못한 부분이어서 아델은 일순 머릿속을 꽉 채운 잡념들이 날아가는 느낌마저 받았다. 빈자리를 채운 것은 그날의 기억이었다. 그녀를 끌어안은 채 물결치던 단단한 등과, 나중에 가선 넘쳐흐르던 새하얀 흔적들.

'그렇구나. 에즈라가 아이 이야기를 꺼낼 때 잊고 있던 게 이거였어.'

아델이 더듬거리며 말했다.

"아뇨, 피임은… 안 했습니다만…."

"안 했다고?"

"네, 하지만 아마… 괜찮을 겁니다. 원래 월경을 하지 않습니다."

카타리나가 찡그리듯 미소 지었다.

"월경을 안 해? 건강에 문제라도 있는 거 아니야?"

"아마 아닐 거예요. 그냥… 한번도 해 본 적이 없습니다."

카타리나는 심각한 얼굴로 입을 다물었다. 아델도 자연히 조용해졌다. 카타리나의 생각을 방해해선 안 될 것 같았다. 그녀에겐 그런 종류의 위엄이 있었다.

'체사레처럼.'

자연스레 떠오른 남자의 모습에 아델이 저도 모르게 어금니를 악문 순간이었다.

"아델, 앞으로 어떻게 할 생각이지?"

카타리나가 지금까지와는 달리 날카롭게 물었다. 아델은 차분하게 아침까지의 생각을 답했다.

"염치없지만 카타리나 님께 돈을 약간 빌릴 생각이었습니다."

"빌려서?"

"오르퀘니나로 가서 일자리를 구해 갚고자 했습니다."

"똑똑하구나. 혹시 있을지 모르는 '뒤처리'를 피하려면 그게 낫긴 하지."

말과 다르게 카타리나는 눈살을 찌푸린 채 탁자를 톡톡 두드렸다. 뭔가가 개운치 않다는 얼굴이다. 이윽고 그녀가 말했다.

"돈은 그냥 주마. 대신 두 달만 여기 있으렴."

"……."

아델이 조용히 그녀를 응시하다 말했다.

"임신 가능성 때문이신가요."

"그래."

카타리나가 고개를 끄덕였다.

"너는 월경을 하지 않는다고 말했지만, 혹시 모르는 일이잖니. 두 달 정도면 확실해질 테니 그동안만 여기 있으렴."

"설령 임신한다 한들 지울 생각이라고 하더라도요?"

"그러면 더더욱 여기에 있는 게 나을 거야. 성치 않은 몸으로 뭘 어쩌려고? 어느 쪽이든 체사레에게는 알리지 않으마. 널 협박하려는 것도 아니란다."

담담하게 말하는 카타리나를 아델은 빤히 쳐다보았다.

'배려도… 분명 섞여는 있겠지만.'

황족인 그녀가 그렇게 단순하게 사고할 리 없다. 사라진 여자, 몇 년 뒤에 돌아온 사생아…. 충분히 있을 수 있는 일이다.

'협박이 아니라고는 했지만 애초에 카타리나의 도움이 없으면 여기서 나갈 수도 없고.'

어차피 삶의 목적을 잃은 상황이다. 의욕이 없어서인지 딱히 거부감도 들지 않았다. 다만…. 아델이 치맛자락을 움켜쥐었다. 멀쩡하게 말하려고 했으나 잘 되지 않았다.

"제가 여기 있다는 걸 그 사람에게… 알리지 않으실 거라고 확답해 주실 수 있으신가요."

얼굴이 일그러졌다. 울 것 같이 보였을 것이다. 그런 아델을 가만히 지켜보던 카타리나는 별다른 소견 없이 엄숙하게 말했다.

"카타리나 슈뢰더의 이름을 걸고 약속하지."

"……."

시선을 미끄러뜨린 아델이 고개를 끄덕였다.

"신세 지겠습니다. 모쪼록 잘 부탁드립니다."

그렇게 말하며 아델은 속으로 냉소했다. 신세 지고, 또 신세 지고. 참으로 볼품없는 인생이로구나, 아델 비비.

포르나티에의 델라 발레 저택. 루크레치아는 투구꽃과 수선화, 디지탈리스가 무성한 뒤뜰의 꽃밭에 앉아 있었다. 그녀는 보랏빛 꽃봉오리를 쓰다듬으며 생각에 잠겼다.

'어떻게 해도 아델 비비의 출생과 관련된 사람을 찾을 수는 없었어.'

아델 비비는 마치 바다에서 걸어 올라온 사람처럼 어느 순간 포르나티에에 나타났다.

'어떻게 그럴 수가 있지?'

루크레치아의 미간이 좁아졌다. 소금기 남은 피부처럼 찝찔한 감각이었다. 씻어 내릴 방도가 없다는 점에서 더욱 거북스러웠다.

"하아…."

루크레치아는 불편한 심정으로 자리에서 일어났다. 그녀의 걸음이 방으로 향하자 멀찍이 서 있던 시녀 엘로디와 시종 기사 아를도 루크레치아를 따라 움직였다.

'남은 방법은… 두 가지.'

첫째, 사람을 사서 아델 비비의 친모로 위장하는 것.

'이건 어려워.'

믿을 만한 사람을 구하기엔 시일이 촉박하다. 슬슬 가문의 재정난도 영향을 끼치고 있었다. 무엇보다….

"루크레치아 님!"

뒤에서 들려오는 목소리에 루크레치아가 눈을 지그시 감았다. 요즘 그녀를 가장 짜증 나게 하는 인물이 다가오고 있었다. 루크레치아가 몸을 돌리자, 천박한 걸음걸이로 뛰어오는 클라리체 도나티가 보였다.

"루크레치아 님! 딜라일라 님께 들었어요! 내일 '살롱 벨루치'가 열린다면서요!"

"네, 초대장이 오긴 했어요."

"와! 기대된다! 저 이번에는 복숭아색 드레스를 입고 가고 싶어요!"

천진하다 못해 명청한 발언에 루크레치아가 한숨을 삼켰다. 눈앞의 여자는 밑 빠진 독이었다. 가문에 들어온 뒤로 미친 듯이 돈을 쓰고 있었다. 써 봤자 얼마나 쓰겠냐는 계산은 그야말로 오산이었다. 하지만 루크레치아도, 델라 발레의 그 누구도 기모라의 천민 따위에게 자금이 줄고 있다는 말을 하고 싶지 않았다.

"이번에 전 불참할 거예요."

"네? 안 가시는 거예요?"

"바빠서요. 혼자 가도록 해요."

이렇게 말하면 좀 눈치를 보고 방 안에 처박힐 거라 생각했으나, 클라리체는 눈을 크게 뜨고는 고개를 주억거렸다.

"네! 혼자 다녀올게요."

"……."

루크레치아가 주먹을 쥐었다. 하지만 이미 내뱉은 말은 어쩔 수 없다.

"…그래요. 다녀와요. 해야 할 일은 확실히 해 주고요."

클라리체가 입을 삐죽 내밀었다.

"아직도 그런 얘기세요? 진짜 질려."

"……."

루크레치아가 심호흡했다. 그것도 모르고 클라리체는 이해가 안 간다는 듯이 말했다.

"'아쿠아 알타'가 울렸다면서요. 아델이 없어졌다고 오레스테 님이 그러셨잖아요. 오레스테 님은 체사레 공이 더 일이 커지기 전에 아델을 처리한 거라고 하셨는걸요?"

멍청한 계집애. 그걸 지금 믿는 건가. 확실히 '아쿠아 알타'가 울리긴 했다. 아델이 사라진 것도 맞는 듯했다.

'하지만 만약 아델이 제 발로 나간 게 아니라면?'

부오나파르테에는 세작을 심을 수 없기에 내부 상황을 알 수 없다.

'최악을 대비해야 해. 나중에 돌아왔을 때 서 있을 곳마저 없애 버려야 해.'

루크레치아가 클라리체를 돌아보며 말했다.

"당신 의견은 됐으니 계속 말하고 돌아다녀요. 아델 양이 얼마나 더러운 곳에서 살았는지."

"……."

멈칫한 클라리체가 심드렁히 웃어 보였다.

"그런데 제가 혼자 살롱에 가면 사람들이 말도 잘 안 걸어 주는걸요! 그러니까 좀 도와주세요!"

"뭘 어떻게…."

"루크레치아 님의 진주 귀걸이를 주시면 안 돼요? 저번에 주신 건 이미 끼고 가서요!"

"……."

클라리체가 눈을 번들번들 빛내며 손을 내밀었다. 루크레치아는 혐오를 감추지 못하고 말했다.

"…가져가요."

"감사합니다!"

더럽고 천한 제 출신에 그린 듯이 어울리는 여자. 뛰어가는 그녀의 뒷모습을 지켜보며 루크레치아는 분노를 다스렸다.

'됐어. 패물 따위야 얼마든지 써도 좋아…. 체사레 공만 내게로 온다면.'

아마 체사레는 진심으로 아델을 찾기 위해 '아쿠아 알타'를 울렸을 것이다. 그리고 체사레가 원하는 건 반드시 이루어진다. 아델 비비도 언젠가 다시 포르나티에로 돌아오게 되리란 뜻이다. 그렇게 되기 전에 모든 걸 끝내 놔야 했다.

'그렇다면 역시 남은 건 카타리나 님뿐인가?'

체사레 부오나파르테의 친모인 카타리나 슈뢰더.

'그녀에게서 아델라이데를 낳지 않았다는 증언만 얻을 수 있다면….'
루카와 오레스테도 감히 이 일을 덮지 못하리라.
방으로 들어선 루크레치아는 응접실 소파에 앉아 엘로디에게 말했다.
"차를 내오렴."
"예, 아가씨."
엘로디가 조용히 나갔다. 루크레치아는 소파 등받이 깊숙이 몸을 기댔다.
'일단 카타리나에게 연락만 닿으면 증언을 얻어 내기는 쉬울 거야.'
그녀는 카타리나가 이 일에 전혀 협조하지 않았으며, 알았다면 불같이 화를 냈으리라고 확신했다. 무려 황족 사칭이었다. 그것도 구두닦이 따위가! 게다가 루크레치아는 카타리나를 두고 자신의 어머니와 나눴던 대화를 기억하고 있었다.

"카타리나 님 말인가요? 황족답게 위엄이 몸에 밴 사람이었죠. 우린 딱히 그녀를 싫어하지 않았어요. 황족은 명예로운 신분이니까요. 하나… 그녀는 부오나파르테와 혼인했고, 따님도 알겠지만 너무 강한 빛은 시기를 부르는 법이지요."

루크레치아의 눈이 빛났다.
"아를 경."
"예."
잿빛 머리의 과묵한 시종 기사가 앞으로 나섰다.
'엘로디는 안 돼. 상대는 황족이니까 신중할 필요가 있어.'
수년간 쓸모없어진 시녀들의 '처리'를 맡아 준 시종 기사다. 아를이라면 믿을 수 있었다.

"아주 중요한 명령이에요."

"예."

"부오나파르테에서 빠져나가는 연락책을 감시해 줘요. 분명 에바 의장이 카타리나 님과 연락을 취하고 있을 거예요."

그녀는 편지 하나를 써서 아를에게 건네주었다.

"그리고 이걸 카타리나 님께 전해 주세요."

아를의 잿빛 눈이 깊어졌다.

"예."

사흘에 한 번, 카타리나와 로완이 머무는 섬에는 스텔로네 상단의 배가 들른다. 물자를 전하기 위해서다. 편지가 있다면 이때 같이 전해진다. 그렇다곤 해도 편지가 오는 일은 적었다. 보통은 몇 달에 한 번씩 에바가 안부를 묻는 정도였다. 그렇기에 두 통의 편지를 받아든 카타리나는 약간 놀란 얼굴을 했다.

"두 통?"

"예."

스텔로네 상단의 중년 파발꾼이 고개를 끄덕였다.

"하나는 항구에서 마주친 한 기사가 남긴 편지입니다. 섬에 들여보내 달라는 걸 안 된다고 거절했더니, 그러면 허락이라도 요청해 보겠다고…."

"기사?"

"델라 발레의 기사로 보였습니다. 보라색 봉투를 들고 있었으니 말입니다."

"델라 발레가 왜?"

"글쎄요…. 대신 전해 드리겠다고도 해 보았는데, 꼭 직접 전해야 한다더군요."

카타리나가 눈살을 찌푸렸다.

"자네, 응접실에서 잠깐 기다리게."

카타리나는 편지를 들고 서재로 올라갔다. 가장 먼저 파란색 봉투를 뜯었다. 예상대로 에바가 보낸 편지였다.

> 로완. 그리고 카타리나.
>
> 어려운 부탁을 하고 싶구나. 너희도 신문은 볼 테니 사정을 모르진 않겠지.
>
> 아델 비비라는 아이가 있단다. 체사레가 찾고 있는 아이지.
>
> 그 아이를 너희의 진짜 딸로 인정해 다오. 물론 오르퀘니나의 협조도 필요하겠지. 그쪽에는 내가 연락을 넣어 보마.
>
> 네겐 갑작스러운 일이라는 거 안다. 하지만 나는 꼭 그 아이를 부오나파르테로서 다른 좋은 곳으로 보내 줄 생각이란다. 그게 그 아이의 상처에 조금이라도 위로가 되길 바랄 뿐이야….
>
> 카타리나. 슬픈 일이지만 체사레는 그 아이에게….

이어진 내용을 읽어 내려가던 카타리나의 미간이 좁아졌다.

"이런. 상황이 생각보다…."

혀를 찬 그녀가 다른 편지도 펼쳤다. 급하게 썼는지 글씨체가 엉망진창이었다.

> 루크레치아 델라 발레 님의 시종 기사인 아를 골도니라고 합니다. 아가씨의 명으로 급하게 전해 드릴 편지가 있습니다.

편지를 쥔 카타리나의 손가락이 움찔했다.

'아를 골도니…. 아를?'

곰곰이 뭔가를 생각하던 카타리나의 눈이 일순 번득였다. 그녀는 즉각 서재에서 나와 외쳤다.

"로완을 불러 와. 지금 당장!"

그날의 해가 넘어가기 전에 카타리나는 아델을 서재로 불러들였다. 전조 없는 부름에도 아델은 차분히 서재에 들어서 인사했다.

"부르셨나요?"

카타리나는 저도 모르게 조금 미소 지었다. 예의 바르고 예쁜 아가씨였다. 그녀는 아델이 제법 마음에 들었다. 따라서 별로 안 좋은 추억을 들추고 싶지는 않았으나, 확인해야 하는 것이 있었다.

"내게 말 안 한 게 있지?"

아델은 잠깐 놀란 듯했으나 이내 차분해졌다.

"어떤 걸 말씀하시는지 모르겠습니다."

"체사레가 너를 찾고 있다는구나."

"……."

아름다운 처녀의 얼굴이 새파랗게 질렸다. 그 낯에 떠오른 것은 명백히 배신감이었다.

'…배신감?'

생각지 못한 반응에 카타리나가 한쪽 눈썹을 끌어 올렸다. 그러나 아델은 빠르게 표정을 가다듬었다.

"약속은 지켜 주실 줄 믿습니다."

"그래, 그건 걱정하지 않아도 좋은데…."

카타리나가 말끝을 흐렸다.

'석연치가 않아.'

카타리나는 아델과 하룻밤을 보낸 체사레가 그녀에게 흥미를 잃어 내보냈다고 생각했다. 아델의 반응을 보아도 그랬다.

'그런데 스텔로네 상단의 범선을 모조리 풀어 아델을 찾고 있다고.'

본인이 내보냈다면 말이 안 되지 않나.

"솔직하게 답해 보렴, 아델. 혹시 체사레가 너를 강제했기 때문에 도망친 건 아니니?"

아델은 숨을 들이켜더니 차분히 말했다.

"…아니요. 도망친 것도 아니고, 강제당한 것도 아닙니다."

"아니라고?"

"네, 받아들인 것은… 제 뜻이었습니다. 너무 큰 의미를 둔 것도 제 잘못이었고요."

"……."

카타리나가 멈칫했다.

'에바와 말이 다르다.'

그녀의 손가락이 빠르게 의자 팔걸이를 두드렸다.

"그래서 그다음엔?"

"하룻밤만큼의 대가를 받았습니다. 그래서 떠났을 뿐입니다."

'대가?' 카타리나의 미간이 좁아졌다.

"마지막으로 하나만 더 묻지. 그 '이거 먹고 떨어지'란 소린 체사레 본인에게서 들은 거니?"

멍하니 선 아델이 뒤늦게 고개를 저었다.

"아니요. 심복으로부터 전해 들었습니다. 그런 일에 일일이 시간을 쏟기엔 다망하신 분일 테니까요."

뼈가 있는 말로 답한 아델은 그대로 방을 나갔다. 카타리나는 서재에 홀로 남았다. 상황은 명백했다. 그녀의 입에서 웃음기 섞인 중얼거림이 흘러나왔다.

"자… 그럼 이걸 어쩐다?"

시즌이 끝났기에 포르나티에 사교계에서는 소규모의 살롱만 열렸다. 그것이 클라리체는 못내 불만스러웠다.

'쓸 만한 남자가 너무 없어!'

겉보기엔 번드르르한 것 같아도 막상 까 보면 차남이거나 이렇다 할 수 입원이 없는 이들이 많다. 아니면 못생겼거나. 오늘도 허탕이었다. 사벨리 부인의 살롱에 참석한 클라리체는 복도로 나와 짜증 섞인 한숨을 내쉬었다.

'내가 델라 발레에 얹혀살 수 있는 기간도 얼마 남지 않았어. 그 전에 빨리 한 놈 잡아야 한단 말이야….'

안 그래도 자신을 바라보는 루크레치아의 눈빛이 나날이 섬뜩해져 가고 있었다. 클라리체가 초조하게 손톱을 깨물며 모퉁이를 돌려던 때였다.

"세상에나! 사벨리 부인, 알고 계셨나요?"

루도비카 부인의 목소리가 들려왔다. 클라리체는 저도 모르게 인기척을 죽였다.

"뭘요, 루도비카 부인?"

"방금 제 시종이 전해 준 소식이에요! 요즈음 스텔로네 상단의 범선이 바다를 뒤지던 것, 아시죠?"

"네, 물론이죠?"

"그게 글쎄 아델라이데 양의 시체를 찾던 거래요!"

"어머!"

기둥 뒤에 선 클라리체는 깜짝 놀라 숨을 죽였다.

'아델의 시체? 아델이 죽었단 뜻이야?'

하지만 사벨리 부인은 클라리체와는 다른 의미에서 놀란 것 같았다.

"역시 그렇게 됐군요. '아쿠아 알타'는 눈속임이고, 체사레 공이 그냥 다 없애서 이번 사태를 덮기로 하셨나 보네요."

"그런가 봐요, 배를 움직이신 거야 찾는 척일 테니, 천출이란 건 진짜였던 모양이에요!"

"그러고 보니 델라 발레가 그걸 숨겨 주는 대신 거액을 요구했다는 소문

04. Un dì, felice, eterea

이 알음알음 돌고 있었죠. 그거 때문인가 보네."

"스포르차 공이 어떻게 나올까요?"

"어쩌겠어요? 당사자는 사라졌고, 신분을 위조했다는 증거도 없는데. 필경 묻히겠죠…."

부인들의 목소리가 낮아졌다. 클라리체는 긴장감과 두려움으로 귀를 기울였지만 그 이후는 제대로 들을 수 없었다. 가까스로 마지막의 짧은 대화만 들을 수 있었다.

"청소 당할 사람이 또 누가 남았죠?"

"글쎄요. 이 일에 엮인 건 델라 발레를 제외하면… 아."

부인들의 대화가 멎었다.

발걸음 소리가 들리자 클라리체는 재빨리 몇 걸음 물러나 이제 막 모퉁이에 도착한 척했다.

"사벨리 부인!"

마침 방에서 나오던 사벨리 부인과 마주친 클라리체가 애써 웃었다.

"아, 아까 하던 이야기를 계속해 드릴까 해서…."

"아, 도나티 양."

그러나 클라리체를 내려다보는 사벨리 부인의 눈빛은 싸늘했다.

"어서 와요, 클라리체 양. 우리에게 또 재밌는 이야기를 해 줄 거죠?"

몇 시간 전까지만 해도 사근사근하게 미소 짓던 사벨리 부인이 차가운 낯으로 말했다.

"미안하지만 돌아가 줬으면 좋겠네요. 지금 당장이요."

지지가 내궁의 집무실 앞에서 잠시 심호흡했다.

"단주님, 지지입니다."

노크 없이 들어서자 호두나무 책상 앞에 앉아 있는 인영이 보였다. 지지가 멈칫했다. 유난히 파란 하늘을 배경으로 검푸른 머리카락의 사내는 마치 고대의 신처럼 보였다. 내리깐 눈에 표정은 없다. 아름답고 위엄 있으며 너무 오래 풍화된 것처럼 스산한 분위기가 흘렀다. 서류를 살피던 금빛 눈이 살며시 지지에게 향했다. 지지는 침을 삼킨 뒤 말했다.

"…아직 발견되지 않았습니다."

체사레는 대답하지 않았다. 오래된 금화 같은 묵직한 눈이 지지를 응시하다, 다시 서류로 향했을 뿐이다. 사각. 사각. 펜이 규칙적으로 종이를 긁는 소리가 울려 퍼졌다.

'차라리 길길이 날뛰는 게 낫지, 이건 뭐….'

공기가 목을 조르는 듯한 감각에 지지는 괜히 목깃을 풀어냈다.

"아가씨가 사라졌다는 사실이 알려졌습니다. '아쿠아 알타'도 있고, 사람을 워낙 많이 풀어서 입단속이 안 되더군요. 사람들 사이에서는…."

지지는 잠시 머뭇거린 뒤 말했다.

"단주님이 아가씨를 '처리'했다는 이야기가 나오고 있습니다. 배를 풀어 찾는 건 시늉이라고요."

펜이 움직이는 소리가 멎었다. 소름 끼치는 정적이었다.

"…델라 발레에서는!"

지지가 급하게 말을 이었다.

"합의금을 줄여 주겠다는 서신을 보내왔습니다. 아가씨가 사라졌으니 단주님이 제안을 받아들일 이유가 없다고 생각한 모양입니다….”

다시 펜이 사각대기 시작했다. 말은 여전히 없었다.

“…또한 에바 의장님 쪽에서 오르퀘니나와 접촉을 시도하셨습니다만, 아가씨가 실종됐다는 소식 이후로는 움직임이 없습니다.”

지지가 보고를 마치자 경쾌한 새소리만이 방에 울려 퍼졌다. 그가 내뱉은 그 어떤 말도 체사레에겐 중요하지 않은 것 같았다.

“…단주님.”

지지가 떨리는 목소리로 속삭였다.

“살아 있기 어렵습니다.”

그 순간 종이를 찢는 파찰음과 함께 펜이 뚝 멈췄다. 차고 까끌한 목소리가 말했다.

“그럼 시체라도 가져와.”

봄이 다가오는 계절이라지만 섬의 밤은 쌀쌀하다. 테라스의 긴 의자에 앉아 밤바다를 바라보는 아델에게 카타리나가 다가왔다.

“혼자 있는 걸 좋아하니?”

그녀는 들고 있던 스푸만테 잔 두 개 중 하나를 내밀었다.

“아뇨, 그렇지는 않습니다.”

아델이 잔을 받자, 카타리나가 옆의 의자에 앉았다. 한동안은 말이 없었다. 먼저 입을 연 것은 카타리나였다.

“넌 내게 이것저것 묻지 않는구나.”

“죄송합니다.”

"죄송할 것까지야. 나도 그런 예법에 질려 오르퀘니나를 뛰쳐나온 사람인데."

카타리나가 피식 웃으며 술을 머금었다.

"체사레에 관해 궁금한 건 없니?"

아델은 대답을 미루고 잔을 내려다보았다. 기포가 올라오는 황금빛 액체에서 체사레의 눈동자가 떠올랐다.

"…그다지 없습니다."

"흠. 애 아빠가 될지도 모르는 사람인데?"

"그럴 일은 없을 겁니다."

아델이 딱 잘라 답했다. 카타리나는 미소 지을 뿐 반박하지 않았다. 대신 그녀는 다른 이야기를 시작했다.

"내가 체사레를 버리고 떠났다고 탓하는 말 정도는 할 줄 알았지."

"……."

처음으로 아델의 고개가 돌아갔다. 그녀가 망설이다 물었다.

"왜 부오나파르테를 떠나셨나요?"

카타리나는 술을 홀짝이며 우아하게 웃었다.

"내가 황녀였던 건 알지?"

"네."

"난 오르퀘니나가 싫었단다. 그래서 산트나르로 뛰쳐나왔지. 그런데 포르나티에도 같더구나? 아니, 더 심했지. 왕정복고에 낭만이라도 있는지, 우러르면서도 시기했지."

그녀가 나른한 한숨을 쉬었다.

"진력이 났고, 떠나고 싶었어."

"데리고 가셨어도…."

"말도 안 돼. 그 끼를 내가 어떻게 감당해? 슈뢰더 황가에도 그런 애는 없었어."

카타리나가 소녀처럼 까르르 웃었다.

"보면 알잖니. 이런 데에 묻혀 있을 애가 아니야. 데리고 왔다면 그거야말로 그 애를 망치는 길이지."

"……"

"체사레도 고작 '부모가 없다'는 이유로 서러웠던 적은 없었을 테고."

외국인이라서일까. 가족주의가 강한 산트나르 사람으로서는 이해할 수 없는 말이었다. 하지만 그간 체사레에게서 그런 쪽의 결핍이 있다고 느껴 보지 못한 것은 사실이었다.

'아니, 생각해서 뭐 하게.'

아델이 미간을 좁히며 괜히 술을 들이켰다. 그사이 잔을 완전히 비운 카타리나는 좀 더 푸근해진 태도로 말을 이었다.

"어차피 이 나라 사람들은 사랑에 살고 사랑에 죽는걸. 뱃사람답지. 로완과 에바 부인을 보렴."

그녀가 별안간 웃음을 터뜨렸다.

"'에바 부인'이라니! 깜짝하지 않으니? '부오나파르테의 원로공'이나 '시뇨리아의 의장'보다는 '애티커스 부인'이 좋다는 거야."

아델이 살짝 놀란 얼굴을 했다.

"그런 의미였나요?"

"그래, 이 얼마나 낭만적이야!"

카타리나는 자리에서 벌떡 일어나 숄을 날개처럼 나풀거리며 잔을 들었다.

"사랑이 우리를 자유롭게 하리라!"

그리고 그녀는 흥에 겨워 춤을 추기 시작했다. 술주정으로 보이지 않을 만큼 맵시 있는 몸놀림이었다. 그때 옆으로 누군가 불쑥 나타났다.

'체사레?'

아델이 일순 숨을 멈췄다. 그러나 그가 아니었다. 검푸른 머리카락과 금빛 눈은 같았지만, 좀 더 부드러운 인상의 중년 남자였다.

"아…."

"앉아 있어요."

엉거주춤 일어나려는 아델에게 로완은 자상하게 미소 지으며 잔 하나를 건넸다. 뜨거운 브랜디였다.

"다 마시면 들어가요. 아직 밤이 추우니까."

"……."

체사레와 닮은 얼굴로 그토록 살갑게 웃는 게 이상하여 아델은 제때 대답하지 못했다. 부오나파르테의 전 가주는 손님 대접을 마치기 무섭게 카타리나에게 향했다.

"부인, 이만 들어갈까요."

그는 그렇게 말하고서 카타리나를 안아 들었다. 두 사람은 마지막 눈인사를 남기고 저택 안으로 사라졌다. 눈이 부실 정도로 아름다운 광경이 아주 짧게 휙 지나간 느낌이었다.

'저거구나.'

체사레가 가지지 못한 것. 갖고 싶어 한 것.

'그리고 내게서도 찾지 못한 것.'

잠자코 앉아 있던 아델은 브랜디를 단숨에 입에 털어 넣었다.

다음 날, 섬에 배 한 척이 들어왔다. 스텔로네 상단의 배였다. 카타리나는 로완 부오나파르테와 함께 서재에 앉아 있었다. 그런 그녀의 앞에 로브를 쓴 무표정의 기사 한 명이 섰다.

"루크레치아 델라 발레 님의 시종 기사인 아를 골도니라고 합니다."

로완이 그를 빤히 바라보다 카타리나에게 속삭였다.

"맞는 것 같군요."

"역시?"

카타리나가 한쪽 눈썹을 끌어 올렸다.

"에바 부인의 영향인가? 내 아들이지만 참…."

카타리나는 투덜대며 시종 기사의 편지를 받아 들었다. 연보랏빛 종이 위에는 정갈한 글씨체가 쓰여 있었다.

> 오르퀘니나의 지고한 달을 품은 분께.
> 루크레치아 델라 발레라 합니다.
> 사교계의 소란을 뒤로하고 떠나신 분께 이리 복잡다단한 사정을 알리게 되어 송구하다는 말씀을 가장 먼저 올립니다.
> 그러나 현재 포르나티에 사교계에서는 카타리나 님께서 아셔야 할 일이 벌어지고 있습니다.

> 최근 거리에서 구두를 닦으며 살아가던 한 불민한 이가 과분한 기회를 잡게 되었습니다.
> 그녀의 이름은 '아델 비비'로, 체사레 공의 상황을 이용해 그분을 속이고, 그분의 여동생으로 행세하는 중입니다.
> 다시 말해, 그 여자는 본인이 황족이신 카타리나 님의 딸이며, 이름은 '아델라이데 부오나파르테'라고 주장하고 있습니다.
> 저는 카타리나 님께서 작금의 사태를 올바른 방향으로 되돌릴 수 있도록 작은 도움을 주셨으면 합니다.
> 이는 결코 체사레 공의 명예에 누가 되지 않을 것이며, 모든 과는 오로지 그 구두닦이에게….

"내 딸은 벌써 사교계에서 적도 만들었나 보네. 장래가 밝아."

카타리나가 중얼거리고서 편지를 로완에게 넘겼다. 그녀는 손짓으로 시종 기사를 내보내고서 물었다.

"어떻게 생각해요, 로완?"

그녀의 남편은 허허롭게 웃었다.

"간만에 포르나티에 구경을 하는 것도 좋겠다는 생각을 했죠."

"체사레가 들으면 서운해하겠어."

"부오나파르테는 알아서 잘 큽니다, 부인. 그렇다곤 해도 슬슬 우리가 부모 노릇을 할 때가 온 것 같긴 하군요."

"후후. 꼭 우리 젊을 때 보는 것 같네."

카타리나는 자리에서 일어나 책상으로 다가갔다. 종이를 꺼내고 펜을 들었다.

"그럼 역시 이쪽이겠죠? 딸 하나 만들어 달라는 에바 부인에게는 좀 미안하지만…."

> 루크레치아 델라 발레 양에게.
>
> 솔라레에서 이토록 놀라운 소식을 들으리라고는 상상도 하지 못했어. 연락 고맙네.
>
> 확실하게 말해 주지. 아델 비비는 내 딸이 아니며, 귀족도 아니네.
>
> 그리고 나는 이 안건이 의회에 회부되어야 한다고 생각하네.

"오늘은 내 손님이 올 거니 저택 밖에 있으렴. 해안가 산책이라도 하든가."

아델은 카타리나의 말을 듣고 아침 일찍 저택을 나왔다. 모래를 밟고, 산책하고, 한참 동안 해안가를 걷다 보니 어느새 선착장이었다. 부우우…. 뱃고동 소리가 울려 퍼졌다. 물살을 가르고 움직이기 시작한 범선이 보였다. 돛에 푸른 별이 그려진 스텔로네 상단의 배였다.

'거리가 머니까 들키진 않겠지만….'

혹시 몰라 아델이 몸을 돌리려던 때였다. 바쁘게 움직이는 선원들과 달리 갑판에 우뚝 선 누군가와 아델의 눈이 마주쳤다.

'누구지? 낯이 익은데….'

아델이 눈을 게슴츠레 떴다. 반면 남자는 귀신이라도 본 것처럼 눈을 부릅떴다. 그제야 아델도 그의 정체를 떠올렸다. 루크레치아 뒤에 그림자처럼 서 있던 과묵한 시종 기사였다.

'루크레치아의 시종 기사가 왜 여기에?'

의아해하는 사이 배는 빠르게 멀어졌다. 남자는 작은 점이 되어서도 끝끝내 갑판에서 움직이지 않고 아델을 응시했다.

부오나파르테 내궁을 지지의 고함이 뒤흔들었다.

"단주님! 단주님!"

시종들은 미친 듯이 복도를 뛰어가는 지지의 모습에 눈을 커다랗게 떴다. 지지는 아랑곳하지 않고 체사레의 집무실로 뛰쳐 들어왔다. 체사레에게 보고는 용건만 간단히. 지지가 고함쳤다.

"아가씨가 현재 솔라레에 계신답니다!"

석상처럼 앉아 있던 체사레가 가타부타하지 않고 자리에서 일어났다.

"인근 함선 전부 솔라레로 불러 모으고 항구 감시해. 병력 보내고 현지에도 인원 요청해. 가용할 수 있는 제일 빠른 배는?"

"'아델라이데호'입니다."

"준비시켜."

체사레가 즉각 집무실을 나섰다.

※

아델은 착잡한 마음으로 저택으로 돌아갔다. 카타리나는 로완과 응접실에서 차를 마시고 있었다.

"아델! 이리 오렴. 질 좋은 백모단이 들어왔단다."

아델은 문지방에 서서 그 모습을 바라보다 조용히 다가가 물었다.

"카타리나 님, 혹… 손님이 델라 발레의 기사였는지요."

두 손으로 찻잔을 들어 올리던 카타리나가 씩 웃었다.

"그런데?"

탐색하는 듯한 붉은 눈을 아델은 담담히 마주했다.

"그는 제 얼굴을 알고 있고, 그와 눈이 마주쳤습니다. 소란을 일으키기 전에 제가 떠나는 게 좋겠습니다."

"흐으응."

카타리나가 차를 한 모금 마셨다.

"내가 일부러 불렀다고 의심하진 않니?"

"포르나티에를 떠난 분이 굳이 그런 번거로운 행동을요."

카타리나의 눈이 동그래졌다. 이내 그녀가 까르르 웃기 시작했다.

"정말 딸 삼고 싶어지는 말을 하는구나!"

그녀는 곧 무언가를 서랍에서 꺼내 내밀었다.

"읽어 보렴. 그 기사가 가져온 거란다."

아델은 편지를 읽어 내렸다. 루크레치아가 아주 달필이라는 것을 제외하면 새로 알게 된 내용은 없었다.

'카타리나의 증언을 얻어서 나를 확실히 포르나티에서 퇴출시킬 생각이었구나.'

아마도 그 전에 체사레가 자신을 내치리라고는 예상하지 못한 듯했지만 말이다.

'보통 사람이라면 내쳐졌으니 끝이라고 생각할 테지만, 루크레치아라면….'

그때 카타리나가 말했다.

"말해 보렴, 아델. 내가 어떻게 해 줄까?"

고개를 들자 카타리나가 은근히 미소 짓고 있었다. 지배자의 위엄이 깃든 목소리였다.

"네가 내 딸이라고 말해 줄 수도 있어. 그러면 너는 부오나파르테가 되어 떵떵거리며 살 수 있겠지."

"……."

아델은 편지를 다시 곱게 접어 탁자 위에 올려놓았다.

"그런 것은 바라지 않습니다. 저는 그저 포르나티에를 떠나 조용히 살고 싶을 뿐입니다."

"그 얼굴로 조용히 살겠다고?"

"그럼 시끄럽게 죽겠죠."

카타리나의 눈썹이 올라갔다. 아델이 쓴웃음을 지었다.

"진담입니다. 어떻게 살고 어떻게 죽든, 산트나르에는 있고 싶지 않습니다."

카타리나의 얼굴에서 웃음기가 사라졌다.

"체사레가 있어서?"

"……."

04. Un dì, felice, eterea

아델이 눈을 내리깔았다.

"…그게 아니더라도, 그가 절 죽이지 않으리란 보장도 없고요."

에두른 대답에 카타리나가 움찔했다.

"그거 말이다, 아델…."

그녀는 어쩐지 눈치를 보는 듯한 태도로 말했다.

"뭔가 오해가 있던 건 아닐까? 체사레에게 직접 들은 건 아니잖니."

"제 정체를 아는 다섯 명의 심복 중 하나였습니다."

"독단일 수도 있잖아."

아델이 그녀를 물끄러미 쳐다보다 말했다.

"혹 에기르 경을 아십니까?"

"만나 보진 못했지만, 혹시 에포니의 아들인가?"

"예, 매우 충성스러운 성격으로 보였습니다. 그래서 부오나파르테의 온갖 뒤처리도 믿고 맡긴 것일 테고요."

"그것도 말이다, 사실 그 뒤처리는…."

그때 옆에 앉아 있던 로완이 카타리나의 손등을 톡톡 두드렸다. 푸근한 미소를 짓고 있던 중년의 미남이 희미하게 고개를 저었다. 카타리나는 한숨을 쉬며 말을 바꿨다.

"…됐다, 됐어. 체사레가 단단히도 미움을 샀네."

"배를 탈 수 있게 도와주십시오. 부탁드립니다."

카타리나가 내키지 않는다는 듯이 볼멘소리했다.

"아직 두 달이 지나지 않았잖니."

"루크레치아라면 항구에 사람을 대기시켜서 확실하게 저를 죽일 것입니다. 이곳에서 나가는 즉시요. 지금밖에 기회가 없습니다."

아델이 망설이다 덧붙였다.

"…델라 발레에 제가 살아 있다는 정보가 들어가면 그 사람도 알게 되겠죠. 그럼 부오나파르테에서도 사람을 보낼 테고요."

잠시 침묵이 오갔다. 질 좋다는 백모단은 어느새 식어 김도 오르지 않았다. 카타리나는 착잡한 얼굴로 관자놀이를 문질렀다.

"아델, 나는 네게 두 달을 여기에 머무르라고 했지. 그 대가로 널 도와주겠다고 했고. 그게 내 이름을 걸고 한 약속이야."

"……."

"그런데 넌 지금 떠나겠다고 하니, 이유가 뭐든 널 도울 순 없겠구나. 미안하다."

그녀가 그렇게 말하고서 매정하게 몸을 일으켰다.

"함께 지낸 정이 있으니 체사레에게 네가 여기 있다고 알리지는 않으마."

카타리나는 새침한 태도로 방을 나섰다. 뾰로통한 얼굴에도 불구하고 이별을 아쉬워하는 기색이 엿보였기에 그녀가 밉진 않았다.

'헤엄이라도 쳐야 하나.'

아델이 멍하니 생각했다.

'당연히 육지까지 닿진 못하겠지만, 바다에 빠져 죽는다면 그것도 그리 나쁘진 않을지도….'

어차피 죽을 거라면 차라리 '닫힌 바다' 너머에 있다는 신대륙으로 향하는 것도 괜찮을 것이다. 그런 생각을 하는 와중, 로완이 아델을 불렀다.

"아델 양, 잠깐 날 따라와요."

로완은 말없이 서재로 향했다. 그는 서재의 긴 탁자 앞에 서서, 둘둘 말린 독피지 하나를 펼쳤다. 포르톨라노 해도[16]였다.

---

16 Portolano chart. 32방위를 이용한 해도. 16세기까지 이용되었다.

"원래 어디로 갈 생각이었습니까?"

산뜻한 물음에 아델이 조금 얼떨떨해졌다.

"오르퀘니나로…."

"별로 추천하고 싶진 않지만 그렇다면야."

로완이 손가락으로 해도 위를 짚었다.

"다음 배를 타고 '포르토 솔라레'로 가요. 솔라레에서는 '포르토 마리아'로. 그다음은 오르퀘니나 직항을 타면 되겠군요. 여비는 이걸 사용하고요."

그가 묵직한 주머니를 내밀었다. 금화 소리가 들렸다. 체사레와 비슷한 얼굴이 또다시 돈을 내민다. 아델이 저도 모르게 입술을 깨물었다.

"…왜 도와주시는 건가요?"

"내 부인이 그러고 싶어 하는 것 같아서."

"하지만 돕지 않으시겠다고…."

"본인 이름을 걸었으니 직접 돕지는 못할 거예요. 하지만 내가 돕는 건 상관이 없죠."

"……."

그게 그렇게 되나. 물끄러미 그를 바라보자 로완이 다정하게 그녀를 마주 보았다.

'체사레는… 카타리나를 더 닮았구나.'

분명 처진 눈이나 이목구비는 로완을 더 닮았는데 분위기는 딴판이다. 아델이 괜히 멋쩍어 시선을 내릴 무렵 로완이 말했다.

"아델 양, 내 어머니, 에바 부인은 내가 카타리나와 떠나겠다고 말했을 때 군말 없이 나를 보내 줬어요. 부오나파르테의 가주 직을 다시 맡아 줬고요."

로완이 부드럽게 미소 지었다.

"이젠 내 차례일 뿐이에요."

✦

순식간에 이틀이 지나갔다. 생필품을 실은 배가 선착장에 도착했다. 아델은 로브를 눌러쓰고서 로완과 함께 선착장으로 향했다.

"부인의 손님이니 '포르토 솔라레'까지 조심히 모시게."

로완은 선장에게 따로 부탁까지 해 주었다. 아델은 마지막으로 그를 돌아보며 저택 쪽으로 시선을 주었다.

'카타리나와 인사하고 싶었는데.'

그를 알아챈 로완이 온화하게 말했다.

"부인은 나오지 않을 거예요. 뱉은 말은 지키는 성격이라."

"그렇군요…."

"그래도 분명 보고 있을 테니 손은 흔들어 줘요. 저택에서는 배가 출항하는 게 잘 보이거든요."

아델이 고개를 끄덕였다. 뭐가 됐건 그들에게는 신세를 졌다.

"감사했다고 전해 주세요. 로완 님께도 감사했습니다."

로완이 일순 나이에 안 맞게 헤벌쭉 웃었다.

"나도 고마워요. 아델 양이 말벗이 되어 줘서 내 부인이 아주 즐거워했어요."

아델이 기어이 웃음을 터뜨렸다. 정말 자기 부인밖에 모르는 남자였다. 그 모습이 어쩐지 싫지 않았다. 어째서 에바 부인이 그들을 말없이 보내 주었는지, 체사레가 부모를 원망하지 않는지도 알 것 같았다.

아델이 배에 올라타자 곧 배가 출발했다. 그 순간 로완이 목청을 높이며 말했다.

"다음엔 포르나티에서 만나요."

"네?"

"잘 도망치고요. 잡히겠지만."

"…네?"

더 묻기도 전에 선원들이 돛을 당기는 소리, 바다가 출렁이는 소리, 선장이 명령하는 소리가 사방을 에워쌌다. 로완은 큰소리로 웃으며 외쳤다.

"나하고는 내 아들한테 말하지 말라는 약속, 한 적 없잖아요?"

"아델 비비가 그곳에 있었다고요?"

돌아온 아들의 보고를 받은 루크레치아가 의아하게 눈을 깜빡였다.

'왜 거기에? 연이라도 있던 건가? 아니면 뭔가 계략이….'

생각을 이어가기도 전에 아들이 푸른 편지를 내밀었다.

"카타리나 부오나파르테 님께서 이것을 보내셨습니다."

"……!"

루크레치아는 당장 그것을 낚아채 봉인을 뜯었다.

> 확실하게 말해 주지. 아델 비비는 내 딸이 아니며, 귀족도 아니네.

'역시!'

그녀의 얼굴에 희열이 깃들었다. 계략이고 뭐고, 딸로 인정해 달라고 사정이라도 하러 간 모양이었다. 그러나 아들까지 버리고 떠난 외국 여자가 구두닦이 따위를 도울 거라고 생각했다니.

"아하하, 아하하하!" 루크레치아가 소리 높여 웃기 시작했다.

'이것만 있으면!'

천민인 아델 비비는 상류 사회로 기어 올라오지 못한다. 체사레는 효율을 따지는 사람이니 그녀를 내칠 것이다.

'…내치겠지?'

문득 루크레치아는 묘한 불안감에 휩싸여 이를 악물었다.

'내칠 거야. 내칠 거라고!'

체사레는 수많은 여자와 만났지만 단 한 번도 평민과는 만난 적이 없었다. 귀찮은 일을 피하기 위해서라는 것쯤은 명백했다. 그런 남자가 굳이 상류층 여자들을, 자신을 내버려 두고 천민과 사랑에 빠질 리가.

"그는 그렇게 멍청하지 않은걸…."

그래서 내가 그를 사랑하는 거고. 루크레치아가 꿈꾸듯 달콤한 미소를 지으며 고개를 들었다.

"아를 경, 고생했어요. 역시 내가 믿을 건 경밖에 없어요."

아를이 겸손하게 고개를 까딱였다.

"임무를 수행했을 뿐입니다."

"먼 길 왔는데 미안해요. 하나만 더 부탁할게요."

"괜찮습니다. 명령하십시오."

"고마워요. 지금 당장 '포르토 솔라레'로 가 줘요. 그 여자가 생각이 있다면 당장 섬에서 나올 테니 그때…."

04. Un dì, felice, eterea

루크레치아가 눈을 부릅뜨고 웃었다.
"죽여 줘요. 며칠이 걸려도 좋으니, 확실하게."

'당했다….'
'포르토 솔라레'의 모습이 보이기 시작했을 때부터 아델은 아찔함에 한숨을 쉬었다. 항구 전체에 기사들이 진을 치고 있었다. 몇 명은 푸른 별이 그려진 깃발을 들고 있었다. 부오나파르테의 기사들이다. 항구의 상태를 보고 선장도 어리둥절한 얼굴이었다.
"이게 다 무슨 일이지?"
"스텔로네 상단의 배네요. 저건 트레베레움으로 갔어야 할 밴데…?"
선장과 항해사의 대화를 엿들으며 아델이 타바로를 눌러썼다. 마른 몸은 조용히 양하를 기다리는 화물 사이로 숨었다. 곧 배가 선착장에 도착했다. 선장은 어리둥절한 얼굴로 기사에게 다가갔다.
"이게 다 무슨 일입니까? 나는 스텔로네 상단에서 일하는 사람입니다만…."
"가주님의 명령입니다. 혹시 여자 한 명을 태우지 않았습니까?"
"여자요?"
"아주 미인이고, 머리카락이…."
선장이 기사와 이야기하는 동안 선원 몇이 남 일이라는 듯 화물을 내리기 시작했다. 아델은 크레인을 타고 배에서 내려, 재빨리 선착장의 다른 화물 뒤로 숨었다.
"단장님, 배에는 보이지 않습니다."
"선장, 탑승객은 더 없습니까?"

"그야… 아! 카타리나 님의 손님이 한 분 타셨습니다만…. 이봐, 그분 데려와. …뭐? 없다고?"

"찾아! 가주님이 곧 오신다!"

아델은 숨을 고른 뒤 다시 발을 움직였다. 태연히. 그저 잠깐 항구에 들렀을 뿐인 '뒷골목' 사람처럼.

선적과 양하가 이루어지는 선착장을 지나고, 물고기 비늘이 널브러진 가판대를 지났다. 몇 사람인가가 아델을 보았지만 누구도 그녀를 의심하지 않았다. 어쩐지 웃음이 나왔다.

'그렇게 숙녀를 흉내 내도 내가 진짜 속한 곳은 여기인 걸까.'

아델은 가장 가까이 있는 가게의 포렴 뒤로 몸을 숨겼다. 겨우 한숨을 몰아쉬었을 때, 항구 쪽에서 소란이 일었다.

"……?"

지금까지와는 결이 다른 웅성거림에 아델도 슬쩍 고개를 내밀었다. 잘 빠진 갈레온선 하나가 위풍당당하게 미끄러져 들어오고 있었다. '아델라이데호'였다.

"거짓말이지…."

아델의 눈이 떨렸다.

'정말로 본인이 왔다고?'

손이 저도 모르게 배를 쓸었다.

'…임신 가능성 때문에?'

아마 그간 지독하게 철저했던 모양이다. 하룻밤의 실수도 보아 넘기지 못하는 것을 보면. 아델은 입술을 깨물고 잠시 심호흡했다. 다행히 비린내와 오수 냄새에 금세 안정을 되찾았다.

'이제 어쩌지?'

04. Un dì, felice, eterea

그때, 아델의 눈에 뭔가가 들어왔다.

체사레는 시가를 문 채 선착장에 내려섰다. 항구에는 갈매기가 울고 있었고, 그의 손가락은 희미하게 떨리고 있었다. 입술 새로 헛웃음이 삐져나왔다. 이게 뭐라고 긴장씩이나 하나. 하지만 체사레는 시가를 더 강하게 쥐었다. 이미 조바심이 극에 달해 있었다.

"단주님, 제3 기사단 단장입니다."

눈치 빠른 지지가 사람을 데려왔다. 단장은 경례한 뒤 부관을 시켜 지도를 펼쳤다.

"표시된 부분 위주로 수색했으나 아직 발견이…."

"병신이야?"

"예?"

지지가 재빨리 나섰다.

"이런 곳에 숨을 리가 없으니 보다 은신하기 좋은 골목을 수색하라고 하십니다."

"기사란 게 머리에 든 게 없나? 내가 지금 장난하자는 거로 보여?"

체사레가 즉각 이어 말했기에 별로 대변한 소득은 없었다. 그는 생각 없는 기사단장을 무시하고 물었다.

"선장은."

오는 내내 전서응으로 소식을 주고받았다. 지지가 재빨리 후덕한 체구의 선장을 눈앞에 대령했다. 선장은 시가를 꼬나문 체사레를 보고 당장 외쳤다.

"정말로 배에 계셨습니다! 그분이 아델라이데 님이신 줄 알았다면 절대…."
"도착이 언제야?"
"예? 그, 10분쯤 된 듯합니다…."
10분. 체사레의 눈이 서늘하게 빛났다. 멀리 가지 못했을 시간이다. 체사레는 시가를 입에 물었다가 멈칫했다. 잠깐 살피는 사이 시가의 불이 꺼져 있었다.
"씨발." 욕을 읊조리며 시가를 내던졌다. 그는 어깨에 얹은 외투를 팔락이며 걸음을 옮겼다. 더는 기다릴 수 없었다. 무표정으로 치뜬 눈이 골목골목을 훑었다. 반듯한 포석과 왁자지껄한 활기가 맴도는 거리가 보였다.
"…저런 곳이 아니지."
체사레가 중얼거렸다. 아델은 '밝은 곳'에는 자신의 자리가 없다고 생각하는 사람이었다. 내가 아델이라면. 체사레가 걸음을 옮겼다. 내가 부오나파르테의 가주에게서 도망치려 한다면. 좀 더 지저분하고, 더럽고, 냄새나는….
"……."
문득 시선이 한곳으로 향했다. 늙은 어부가 말도 없이 직접 끄는 짐차가 어시장 뒤편의 골목으로 향하고 있었다. 짐차에는 커다란 나무통이 여러 개 실려 있었다. 열린 뚜껑 사이로 버려진 생선 내장이 출렁였다. 기사들은 생선 비린내와 쓰레기 냄새에 코를 잡으며 피했다. 누구도 그 모습에 관심을 주지 않았다.
"저건?"
체사레만 제외하고. 그를 따라온 지지가 같은 곳을 바라본 뒤 말했다.
"서덜로도 못 쓸 것들을 실은 짐차입니다. 보통 삭혀서 비료로 쓰죠."
"……."

체사레가 홀린 듯이 그쪽으로 다가갔다. 갈수록 걸음이 빨라졌다. 스스로 생각하기에도 미친 사람 같았다. 그러나 확신이 있었다. 아델 비비는 분명 가장 낮고 냄새나는 곳으로 숨었을 것이다. 그녀의 생각 속에서 자신은 '빛나는 곳'에 있으니, 그런 자신이 절대 손대지 않을 만한 곳에.

"멈춰 봐."

늙은 어부는 황소 같은 눈을 굴리며 멈춰 섰다.

"무, 무슨 일이라도…."

"뚜껑 좀 열어 보지."

"예? 예! 바로 열어 드리겠습니다!"

늙은 어부가 짐차 위로 올라서는 모습을 지켜보던 체사레는 문득 기이함을 느꼈다. 아델을 찾는 것은 나인데 저자는 왜 저러고 있는가? 나는 왜 당연하게 저자를 손끝으로 부리고 있는가?

"…내가 하지."

체사레가 단번에 짐차 위로 올라타 어부를 내려가게 했다.

"예? 나리!"

"비켜."

체사레는 말리는 기사들을 무시하고 서덜을 실은 나무통의 뚜껑을 열어젖혔다.

"가주님, 저희가 하겠습니다!"

나무통을 뒤집을 때마다 생선 내장이 주르르 쏟아졌다. 없었다. 재차 다른 통을 뒤집었다. 값비싼 외투에 냄새나는 즙이 스며들고 바지에는 비린내가 뱄다. 손이 더러워지고 얼굴에 내장이 튀었다. 그래도 체사레는 나무통을 뒤집었다. 그리고 마지막 통을 열고 썩은 생선 내장을 헤쳤을 때, 그는 저도 모르게 팔을 떨어뜨렸다.

"…하."

"……."

아델 비비가 그곳에 있었다. 머리에는 생선 대가리를 매달고, 온몸에서 썩은 오물 냄새를 풀풀 풍기며. 두 손으로 입과 코를 막고, 슬픈 눈으로 웅크린 채.

체사레가 저도 모르게 설운 웃음을 터뜨렸다.

"…꼴이 그게 뭐야."

아델 비비는 그의 손을 잡지 않았다. 홀로 나무통에서 빠져나오려 애쓰던 그녀는 물고기 내장을 밟고 중심을 잃었다. 그것을 체사레가 잡아챘다.

"……."

"……."

비린내 사이에서도 달콤한 체향이 훅 끼쳐 왔다. 아랫도리가 때와 장소도 구분하지 못하고 욱신거리기 시작했다. 작게 읊조린 욕지거리에 아델이 움찔했다. 체사레가 뒤늦게 변명하듯 말했다.

"너한테 한 욕 아니야."

"……."

믿지 않는 듯했다. 고단하고 텅 빈 눈에는 생기라곤 없었다. 속이 뒤집히는 듯했다. 도망쳤으면 멀쩡하게 살기나 할 것이지. 아니면 돈이라도 가져갈 것이지. '항로의 방'에 얼마나 값나가는 게 많은데, 그거라도 털어 갈 것이지.

정신을 차렸을 때 아델 비비가 아무것도 챙기지 않은 것을 보고 그는 조금 무서워졌다. 신변이 걱정되기도 했거니와, 그 지독한 외곬의 마음이 자신을 내치기로 결정한 거라면 더는 뭘 어떡해야 할지 알 수 없었다. 지금이 그랬다. 인어가 벗어 놓은 허물 같은 아델을 붙잡은 채, 체사레는 이제 뭘 어떻게 해야 할지 갈피를 잡을 수 없었다. 그래도 살아 있어 다행이었다. 만에 하나 찾지 못했더라면, 그는 필경 그녀를 찾아 바닷속으로 향했을 터였다.

"…아델."

체사레가 겨우 이름을 불렀다. 살아 있는 아델에게 뭐부터 말해야 할지 알 수 없었다. 변명이 먼저일지, 죽으려던 게 아니었다고 말하는 게 우선일지, 에즈라는 여전히 잊지 못했는지.

…그날의 경험이 어지간히 끔찍했던 것인지.

모든 게 궁금했고 아무것도 물을 수 없었다. 그때 지지가 끼어들었다.

"단주님, 일단 이동해서 이야기하시죠. 보는 눈이 너무 많습니다."

그의 말에 체사레가 뒤늦게 정신을 차렸다. 바로 외투를 벗어 아델에게 뒤집어씌웠다.

"찾은 건 비밀로 하고 계속 수색하는 척해. 광대와 계속 연락하고."

"예, 마차에 오르시죠."

밋밋한 검은 마차가 옆에 다가왔다. 체사레가 아델의 손을 잡아끌었다.

"타지."

"……."

그 순간 아델이 처음으로 약하게 저항했다. 흐린 눈이 주변을 경계 중인 기사들을 살폈다. 그 사소한 동작에 심장 근처가 서늘해졌다. 또 도망치려고.

"타."

"……."

조금 강하게 손을 잡아당긴 모양인지 아델이 몇 걸음 끌려왔다. 그녀는 붙잡힌 손을 내려다보다가 조용히 마차에 올랐다. 체사레는 뒤늦게 자신이 심히 명령조로 말했다는 것을 깨닫고는 머리카락을 쓸어 넘겼다. 모든 게 엉망진창이었다.

마차에 올라 눈앞에 앉은 아델을 보자 속이 더욱 울렁거렸다. 그녀는 오물 묻은 로브를 움켜쥐고서 작은 새처럼 웅크리고 있었다. 고요한 호박색 눈이 제 몸에서 떨어지는 구정물만을 응시했다. 넋이 나간 듯한 모습이 점차 두려워졌다. 보다 못한 체사레가 한마디 했다.

"편하게… 좀 앉아. 누가 물어내래?"

"……."

아델은 대답 없이 좀 더 몸을 웅크렸다. 그와는 눈도 마주치지 않았다. 악몽에서 깨려는 사람처럼 가끔 눈을 질끈 감았다 뜰 뿐이었다. 그것을 지켜보며 습관처럼 심술궂은 말을 내뱉는 자신을 죽이고 싶어졌다. 동시에 어깨를 붙잡고 고함이라도 치고 싶은 심정이었다. 사랑한다고 했잖아. 못 죽인다고 했잖아. 왜 내 말은 하나도 안 믿어 줘? 왜….

아델 비비가 그리된 것이 제 잘못인 줄 알면서도, 그냥 지금 당장 아델 비비가 눈조차 마주치지 않는 모습이 인내심을 갉아먹었다. 한숨으로 꾸역꾸역 초조감을 삭였다. 씻기고 입히고, 조용한 곳에서 제대로 설명하면 될 것이다. '아델호'는 그냥 옛날에 준비해 놓고 잊어버렸을 뿐이라고. 나는 그날 네게 청혼하려 했다고….

이동한 곳은 솔라레에 있는 부오나파르테의 별장이었다. 보안을 위해 사용인 대부분은 잠시 내보낸 상태였다. 체사레는 매너를 무시하고 아델의 손을 꽉 움켜쥔 채 마차에서 내렸다. 그리고 그대로 방으로 올라갔다. 방문을 잠그고 나서야 조금 숨통이 트였다.

"일단 씻고 이야기하지."

"…네."

 조막만 한 대답이 되돌아왔다. 그러고도 한참을 두 사람은 움직이지 않았다. 희미한 기대감이 고개를 들 무렵, 체사레는 뒤늦게 아델의 시선이 맞잡은 손에 향해 있음을 깨달았다.

"…미안하군."

 체사레는 그제야 손을 놓고서 양손을 들어 보였다. 손안의 작은 온기가 사라지자 급속도로 불안이 치밀었다. 도저히 웃음이 나오지 않아 무표정으로 그가 욕실을 가리켰다.

"씻고 나와. 여기 있을 테니까."

"……."

 아델은 고개를 끄덕이고는 조용히 욕실로 향했다. 문이 닫히자, 체사레는 재빨리 창문을 잠그고 커튼을 쳤다. 앞으로 이틀은 이곳에 있어야 했다. 창문에는 못이라도 박아 놓는 것이 좋을 것이다. 욕실에 다른 출입구가 없는 것은 이미 알고 있었다. 창문이 작으니 창으로 드나들지도 못할 것이다. 그럼에도 체사레는 아델이 씻는 내내 똥개처럼 욕실 문 앞을 서성였다. 작게 들리는 물소리를 듣고 나서야 조금이나마 마음이 놓였.

 그는 초조하게 문이 열리길 기다리는 제 꼴에 조소했다. 그래 봐야 아델은 에즈라에게 버림받고 홧김에 자신과 잤을 뿐인데. 그도 그것을 알고 있었다. 하지만 일단 곁에 두면, 마음은 언젠가 돌릴 수 있으리라 생각했다. 그게 아델이 떠나기 직전까지 그의 생각이었다. 아델이 떠나고 나서는 두려워졌다. 단순히 죽는 게 두려워서 떠난 게 아니라면? 그냥 자신과 보낸 밤을 후회해서 떠난 거라면…. 그러한 가능성을 떠올리는 것만으로도 목이 메어 왔다. 다시 만난 아델의 공허한 낯을 보았을 때 이미 그 대답을 들은 듯한 기분이었으나, 체사레는 애써 그것을 외면했다. '직접 듣지 않았으니까. 지쳤을 테니까.' 하며.

"단주님, 지지입니다."

때마침 지지가 노크했기에 체사레가 아주 조금 문을 열었다.

"지지, 식사를 준비해."

"예?"

"아델이 배고플지도 모르니까."

"그보다 말씀드려야 하는 게…."

"오르퀘니나?"

"그것도, 예, 아딜로트 황제가 제안을 승낙했습니다. 곧 족보가 도착할…."

"그럼 됐어. 다른 건 임의로 처리하고, 중요한 건 나중에 얘기하지."

"단주…."

체사레는 지지의 말이 더 이어지기도 전에 문을 닫았다. 부오나파르테를 떠날 때 아델은 에기르를 통해 당당히 후문으로 나섰다고 했다. 지지도 그런 식으로 쓰일 수 있었다. 더럽게 예쁘니까. 그녀가 부탁하면 들어줄 수밖에 없겠지. 그 꼴을 두 번은 볼 수 없었다. 때마침 욕실 문이 열렸다. 아델이 증기 속에서 목욕 가운을 입고 나타났다. 뽀얀 얼굴을 하고서 맨발로 차박차박 걸어 나온 여자와 눈이 마주쳤다. 반사적으로, 지극히 어쩔 수 없이 몸에 반응이 올라왔다. 개같이 정직한 몸뚱어리 같으니.

체사레는 태연히 뒤로 돌아 다리를 꼬고 앉았다.

"앉아, 아니, 앉…."

"……."

"…앉지."

다행히 아델은 스르르 걸어와 그를 바라보았다. 말갛고 물기 어린 낯을

04. Un dì, felice, eterea

마주하니 속이 심란해져서, 그는 괜히 태연한 척 턱을 괴었다. 그러다 제 몸에 묻은 서덜을 보았다. 치명적으로 지저분했기에 절로 아델의 눈치가 보였다. 그러나 체사레는 뻔뻔하게 말했다.

"좀 더럽겠지만 참아. 나라고 좋아서 이러고 있는 건 아니니까."

정말은 그녀를 혼자 두고 씻으러 들어갈 수 없었을 뿐이지만, 괜히 허세를 부렸다. 아델 비비는 조용히 그를 응시하다가 눈을 내리깔았다.

"죄송합니다."

체사레는 그제야 자신의 말이 그녀를 탓하는 것처럼 들릴 수 있음을 깨달았다. 해명해야 하는데. 그러나 그가 뭔가 더 말하기도 전에 아델 비비가 바닥에 무릎을 꿇고 앉았다.

"……."

잠시 숨을 멈춘 체사레가 심호흡 후에 말했다.

"의자에 앉으라는 뜻이었어, 아델 비비."

그러나 여자는 더욱 겸손하게 두 손을 모으고, 아예 절하듯 이마를 바닥에 댔다.

"……."

"선생님."

지친 듯 쉰 목소리에, 돌고 돌아 다시 '선생님'이었다. 그들이 처음 만났을 때처럼. 속이 어지러워졌다. 그는 부러 아무렇지도 않은 척 유쾌하게 말했다.

"그날 밤엔 잘만 체사레라고 부르더니."

"죄송합니다. 제가 과히 주제넘었습니다."

"……."

단 한마디에 뜨거운 것이 목구멍을 막았다. 그날 밤의 열기에 진실로 아무 감정도 섞이지 않았으며, 그저 한순간의 치기였음을 방증하는 말이었다. 주먹을 움켜쥐고 속을 다스리는 그를 대신해 아델 비비가 말을 이었다.

"선생님, 저는 아이를 낳을 생각은 전혀 없습니다."

이어진 말도 그의 뒤통수를 때렸다.

"제가 잘못 기억하고 있는 것이 아니라면, 그날 피임을 하지 않으셨지요."

잠시 체사레의 말문이 막혔다. 이것은 명백히 그의 잘못이었다. 심지어 그는 그날 밤 속에서 피어난 저열하고 미묘한 욕망을 인지하고 있었다. 아이가 생기면 여자는 쉽사리 떠나기 어려워진다. 그런 계산이 과연 없었을까. 체사레는 대답할 수 없는 질문을 스스로에게 던지며 말문을 뗐다.

"아델 비비, 일단 그건 미안하게…."

"그러니 제가 사생아를 데리고 나타날까 봐 걱정하셨겠지요. 그래서 저를 찾으셨을 테고요."

"……."

"하지만 선생님. 생각하시는 일은 절대 없을 겁니다. 만에 하나 선생님의 아이를 뱄어도 지울 생각이었습니다."

빛 한 줄기 들어오지 않는 방에 정적이 무겁게 깔렸다. 마음에서 부풀던 온갖 감정과 욕심도 한순간에 말라 버렸다. 그러기를 약 3분가량.

"…왜?"

체사레가 건조하게 물었다. 팔걸이를 박살 내고 싶은 사람처럼 움켜쥔 채 그는 웃음을 터뜨렸다.

"…에즈라의 아이가 아니라서?"

"살고 싶으니까요."

"난 너 안 죽여. 안 죽인다고. 네가 설령 아이를 가졌어도."

체사레가 잠시 말을 끊었다.

"…물론 내키는 일은 아니지만, 죽일 생각 없어."

그는 당연히 아델 비비가 아이를 가지기를 원하지 않았다. 임신이 여자의 몸을 얼마나 상하게 하던가. 또 한 가지 질 낮은 이유가 있었다. 그는 아직 아델의 몸에 갈증이 났다. 좀 더 보고 싶고, 좀 더 만지고 싶었다. 아델 비비가 들으면 진저리를 치겠지만, 지금 이 순간에도 그랬다. 입 밖에 내기에는 지나치게 저열했다.

"……."

그러나 착각일까. 동작에는 아무 변화가 없는데도 아델을 둘러싼 분위기가 더욱 가라앉은 듯했다. 조바심이 들솟았다. 체사레는 최대한 숙녀들이 좋아하는 나긋한 어조로 설명했다.

"물론 죽일 생각이었지. 하지만 그건 널 알기 전이고, 준비도 그때 해 놨을 뿐이야."

엎드린 채 주먹을 움켜쥔 아델이 서서히 고개를 들었다. 샛노란 눈이 그를 쳐다보았다.

"그럼 왜 저를 찾으셨습니까?"

그 간단한 질문에 체사레의 손아귀에서는 땀이 배어나기 시작했다. 중요한 순간이었다. 그가 느끼기엔 그랬다.

"그야 내가…."

입을 떼려던 체사레는 뒤늦게 두 사람의 구도를 깨닫고는 소파에서 내려왔다. 아델 앞에 한쪽 무릎을 꿇고 앉자 그녀는 눈썹이 미세하게 들썩였으나 그뿐이었다. '그보다 반지가… 없군.' 반사적으로 품을 뒤지던 체사레가 인상을 쓰며 한숨을 내쉬었다. 고백의 순간에 맨손이라니. 꼴사납기 짝이 없다. 하지만 빛나는 황금빛 눈이 그를 기다리고 있었고, 그는 더는 미룰 수 없었다.

"아델 비비, 그야 내가 널…."

"……."

그때와 달리 아델은 그의 말을 막지 않았다. 들어 주겠다는 걸까. 체사레는 열세 살 소년처럼 뛰는 심장을 느끼며 조용히 말했다.

"내가 널… 사랑하니까."

"……."

말했다. 잠시 숨조차 쉬지 못했다. 시계의 초침이 움직이는 소리마저 들렸다.

말했다. 제대로. 놀랍게도 그는 조금 벅차올랐다. 아무런 거짓도 섞이지 않은 사랑을 말할 대상이 있음이 감사했다. 이번엔 비꼬지도 않았고 웃지도 않았다. 돌려 말하지도 않았다. 그는 우스울 정도로 바짝 눈에 힘을 준 채 아델을 바라보았다.

"그건…."

이윽고 아델이 차분히 말했다.

"한 번 더 자자는 뜻인가요."

"뭐?"

예상치 못한 말에 체사레가 저도 모르게 반문했다.

"몇 번이면 되나요?"

아연해진 그를 두고 아델이 또다시 물었다. 그녀는 참으로 차분하여 표정 변화 하나 없었다.

"저택도 보상도 필요 없습니다. 이번엔 정말로 풀어 주시는 건가요?"

"……."

체사레의 입에서 헛웃음이 새어 나왔다. 그는 조금 이를 악물고 말했다.

"…아델 비비, 난 방금 너한테 고백했어."

"그렇군요."

"……."

"지금까지 몇 명에게 하셨나요?"

무표정하던 아델의 낯에 번거롭다는 듯한 표정이 떠올랐다.

"얼마나 많은 잠자리에서 얼마나 많은 숙녀분께 그렇게 속삭이셨나요?"

"……."

"이번 시험은 통과인가요? 제가 충분히 숙녀답게 대답했나요?"

"이봐, 아델 비비…."

"처음이 세포시 거리의 저택이었고, 저번엔 금화 주머니였죠. 이번엔 얼마를 제안하실 건가요?"

"아델 비비, 무슨 말인지…."

"제 어디가 그렇게 쉬워 보였는지, 오라면 오고 가라면 가는 사람처럼 보였는지 잘은 모르겠습니다. 하지만 이제 그런 것쯤 아무 상관 없다는 생각이 드네요. 원하는 대로 자 드릴 테니 제발 저를…."

"아델 비비!"

기어이 체사레가 고함쳤다. 흔들림 하나 없는 음색이 머릿속을 뒤죽박죽으로 엉켜 놓고 난도질하는 듯했다. 체사레가 저도 모르게 손을 뻗어 아델의 양어깨를 잡았다. 표정은 자신이 느끼기에도 이상했다.

"…아델 비비."

"…네."

"내가 널… 사랑한다니까."

아델이 실소했다.

"그러시군요."

"……."

일순 눈가가 뜨거워진 까닭에 체사레는 별안간 인상을 쓰고 큰 웃음을 터뜨렸다. 반사적인 행동이었다.

"…이봐, 아델 비비, 내 말 잘 들어. 내가 아무에게나 이런 말을 하는 줄 알아?"

"관심 없습니다."

"그럼 만들어!"

체사레가 사납게 윽박질렀다. 아델은 말간 무표정으로 되물었다.

"제가 왜요."

체사레는 입을 벌린 채 아연해졌다가, 겨우 기가 찬다는 듯 웃었다.

"하."

"죽이려거든 죽이세요. 하지만 선생님의 정부로 살진 않을 겁니다."

"누가 널 정부로…."

결국 말 대신 욕이 나올 것 같은 기분에 체사레가 벌떡 자리에서 일어났다. 머리카락을 쓸어 넘기며 화를 참아 보려 했으나, 온몸의 혈관이 미치광이처럼 펄떡펄떡 뛰었다.

"……!"

결국 분을 못 이겨 책상 위의 유리로 된 조명을 내던졌다. 조명은 시끄러운 소리를 내며 산산조각 났다. 그는 조명이 깨지는 소리에 이성이 돌아와 아델을 돌아보았다.

"미안. 내가 지금 제정신이…."

체사레가 말을 멈췄다. 아델은 어느새 벽까지 기어가 몸을 웅크리고 있었다. 호흡을 멈추고 그를 주시하는 태도가 마치 작은 짐승이 털을 곤두세운 듯한 모습이었다. 창백한 안색과 죽은 물고기처럼 초점 잃은 눈. 그렇겠지. 수차례 맞고, 몰매 맞고, 인간 이하의 취급을 받으며 살아왔겠지. 이네 눈엔 나도 그들과 다를 바 없겠지….

"아델."

"네."

"난 너 사랑해."

아델이 눈을 굴렸다.

"…네."

체사레가 팔을 늘어뜨렸다. 그는 마침내 진짜 지옥에 도착했다.

아델은 온몸의 피가 마르는 기분을 느꼈다. 체사레와 다시 만난 그 순간부터였다. 체사레는 단 한 순간도 그녀 곁에서 떠나지 않았다. 씻으러 가지도, 뭔가를 먹지도 않았다. 방에 사람을 들이지도 않았다. 낯선 공간. 감시망. 할 수 있는 게 없었다. 아델은 죽은 듯 누워 잠만 잤다. 간혹 손길이 느껴지기도 했다. 크고 따뜻한 손은 대체로 그녀에게 이불을 더 꼼꼼히 덮어 주거나, 손가락 끝이나 머리카락 끝을 살짝씩 어루만지고는 했다. 비참할 정도로 애틋해서 증오마저 샘솟았다. 그렇게 사람을 무참히 버려 놓고 대체 왜.

"사랑해."

그날 밤, 잠결에 들었던 속삭임을 떠올릴 때마다 번번이 울컥했다.

"내가 널… 사랑한다니까."

그는 잘도 그런 거짓말을 한다. 그렇게 말한 다음 날 자신에게 금화를 던져 주며 내쫓았으면서, 그걸 믿으라고. 그러나 마디진 손가락은 불현듯 기대고 싶어질 만큼 뜨겁고 단단했다. 치욕스럽게도.

하여 아델은 체사레의 손이 닿으면 귀찮다는 듯 몸을 웅크렸다. 그러면 남자는 더는 그녀에게 손대지 않았다. 침대 건너편에 앉아 가만히 그녀를 지켜보는 듯했다. 어떤 표정인지는 알 길이 없었다. 방에는 내내 두꺼운 커튼이 쳐져 있어 낮인지, 밤인지 구분할 수 없었다. 체사레에게 잡힌 뒤로 시간이 얼마나 흘렀는지조차 파악하기 어려웠다. 잠에도 한계가 있었다. 체사레는 언제나 깨어 있었으므로, 결국 아델은 그가 잠들길 기다리는 것을 포기하고 침대에서 일어났다.

"일어났나?"

인기척이 나기 무섭게 어둠 속에서 목소리가 들려왔다. 황금빛 안광이 유령처럼 빛나고 있었다. 서류를 보는 모양이지. 그는 평소보다 조금 날카롭고 수척해 보였다. 그러면서도 끔찍하리만치 유쾌한 웃음을 지으며 말을 걸어왔다.

"공판이 열린다는군. 루크레치아가 네 신분이 위조된 것이라고 주장하는 중이야. 공정성을 위해 배심원에는 귀족만 두고."

아델은 그제야 그가 반쯤 접은 노랗고 빳빳한 종이를 발견했다. 공문서에 쓰는 종이다.

"제가 피고석에 서겠군요. 그래서 저를 찾으신 건가요?"

체사레가 멈칫하더니 나른한 눈으로 그녀를 일별했다.

"그 말은 내가 네게 이 모든 사태를 뒤집어씌우려고 너를 찾았다는 뜻인가?"

"제 추론으로는요."

"그럴 생각 따위 추호도 없지. 왜인 줄 알아? 흠, 이런. 아델 비비는 이런 건 궁금하지 않으시던가?"

미친 사람처럼 쉴 새 없이 말하던 체사레가 돌연 교태롭게 미소 지었다.

"사랑하니까."

아무리 들어도 익숙해지지 않는 말에 아델이 멈칫했다. 그러자 체사레의 미소에 냉랭함이 섞였다.

"왜, 듣기 좆같아?"

"……."

"좆같아도 좀 참지. 내가 틀린 말 하는 것도 아닌데."

"네, 참겠습니다."

"……."

날 선 정적이 방에 감돌았다. 그것도 잠시, 체사레가 눈물점이 도드라질 정도로 달콤한 미소를 지으며 말했다.

"식사나 하지."

알 수 없지만 당분간 솔라레에 있어야 하는 이유가 있는 모양이었다. 체사레는 방에서 내도록 바빴다. 가끔 오르퀘나 말인 드넹어를 사용해 수정구로 누군가 대화하기도 했다.

'외가가 황가니까, 친척하고 이야기라도 하는 건가….'

낮고 조곤조곤한 대화는 거의 아델이 잠들었을 때만 이루어졌다.

"신분을…."

—정말로 전액 변제가….

잠결에 몇몇 단어가 스쳐 지나갔지만 깨면 기억나지 않았다. 애초에 아델의 관심사 밖이었다. 갈수록 체사레가 앉은 책상 위에는 에스프레소 잔이 쌓였다. 설마설마했는데 정말로 한숨도 자고 있지 않았던 모양이다. 그는 피로한 듯이 콧대를 꾹꾹 누르다가도, 아델이 인기척을 내면 예의 유쾌하고 싱그러운 미소를 지으며 빈정댔다.

"이게 누구야. 내 말은 한마디도 안 믿는 아델 비비가 일어나셨어."

"……."

아델은 혼란스럽고, 답답해졌다. 그가 원하는 게 뭔지 알 수 없었다. 체사레는 심지어 잠자리를 요구하지도, 임신인지 검사해 보자고 하지도 않았다. 다만 가끔 와닿는 눈빛이 이상할 정도로 서글퍼서, 아델은 그게 못내 신경이 쓰였다. 그렇게 시선을 피해 하루에도 몇 번씩 욕조에 몸을 담그기를 수차례.

'역시 이렇게 있을 수는 없어. 제대로 이야기를 하는 수밖에.'

아델은 굳은 결심을 하고서 욕실을 나왔다. 그리고 문득 방의 분위기가 느슨해진 것을 깨달았다.

"체사레?"

저도 모르게 이름을 부른 뒤 멈칫한다.

'이름은 한번 입에 붙으면 떼기가 어렵구나.'

걸음을 조금 옮기자, 체사레가 긴 소파에 다리를 뻗고 잠든 모습이 보였다. 흰 셔츠 깃 사이로 가슴이 고르게 오르락내리락하고 있었다. 낯빛은 좋지 않았다. 선이 뚜렷한 얼굴에 짙은 피로감이 묻어났다. 주변엔 어질러진 서류가 가득했다. 탁자 위에는 에스프레소 잔이 셀 수도 없었다.

'…조금은 자게 둘까.'

아델은 소리 없이 문을 열고 방을 나왔다. 저택은 조용했다. 산책이라도 할까 싶은 마음에 발걸음이 정문으로 향했다. 그리고 그녀는 덜컥 지지와

04. Un dì, felice, eterea

마주쳤다.

"아가씨? 어떻게 나오셨습니까?"

엄청난 양의 서류를 들고 있던 지지가 눈을 휘둥그레 떴다. 아델은 그가 든 서류의 탑을 훑어 내렸다.

"잘요. 바쁜가 봐요?"

"보시다시피? 그런데 드디어 주무시나 보군요?"

지지가 맥이 탁 풀린 듯 말했다. 체사레 이야기였다.

"역시 안 자는 게 맞았군요."

"뭐, 눈을 뗀 사이에 사라지셨으니까요. 불안하실 만도 하죠."

"……."

아무래도 지지는 체사레의 질 낮은 농담에 동조하는 쪽인 모양이다.

"…그보다 공판이 열릴 거라고 들었어요."

아델이 화제를 바꿨다.

"아, 단주님이 말씀하셨습니까?"

"네, 자세한 내용은 듣지 못했지만요."

"곧 말해 주실 겁니다. 아가씨의 협조가 필요한 일은 아니지만, 알아 두면 좋을 테니까요."

"그럼 하루빨리 돌아가야 하는 거 아닌가요?"

왜 굳이 솔라레에 계속 있는지 의문이었던 아델이 넌지시 물었다. 그 말에 지지가 서류를 근처의 콘솔 위에 내려놓았다.

"음. 뭐라고 할까요. 누굴 좀 기다리고 있습니다."

"에기르 경이요?"

"아뇨, 다른 사람입니다. 아무래도 단주님이 드디어 숙적을 해치울 결심이 선 모양이라…. 그런데 아무래도 중요한 패는 마지막까지 숨겨 둬야 하는 법이라서요."

 아직은 들킬 때가 아니라며 지지가 짐짓 사악하게 중얼거렸다.

 반도 알아들을 수 없었지만 요즘 두 사람이 바쁜 이유와 관련되어 있다는 것쯤은 명백했다.

 "끝나면 저는 어떻게 될까요?"

 지지가 심드렁히 웃었다.

 "천재 보좌관 지지의 의견은 저번에 말씀드렸을 텐데?"

 "그럼 이제 제가 뽀뽀는 안 했지만 키스는 했고, 그다음 날 쫓겨났다는 이야기를 할 차례인가요?"

 지지는 일순 코가 막힌 소리를 냈다. 그리고 매우 망설이다가 입을 열었다.

 "그거 말입니다만."

 "네."

 "제가 원래 이런 일에는 안 끼어드는데."

 "네."

 지지가 깊게 심호흡했다.

 "…에기르 경의 일로 할 말이 있…."

 "아델!"

 그때 방 쪽에서 고함이 들려왔다. 두려움이 섞인 외침에 아델이 깜짝 놀라 고개를 돌렸다. 그 즉시 체사레가 방에서 뛰쳐나왔다.

 "지지! 아델을 찾…."

 그는 복도 너머에서 지지와 서 있는 아델을 보고는 우뚝 멈춰 섰다. 유령이라도 본 듯 딱딱하게 굳은 얼굴이었다. 아델은 얼음으로 빚어 불꽃으로 정련한 것 같은 아름다운 얼굴이 절망에서 안도로 변하는 것을 똑똑히 보았다. 마치 울 듯한…. 그러나 그 낯은 순식간에 손바닥으로 가려졌다.

"······."

체사레는 토해 냈던 모든 감정을 추스르듯 제자리에서 느리게 호흡했다. 당황한 아델이 저도 모르게 체사레에게 걸음을 옮겼다. 그가 미운 것과는 별개로 그대로 놔뒀다가는 죽을 것 같은 모습이었다.

"그냥 지지와 이야기를 좀 했을 뿐이에요."

"······."

"자는 줄 알아서···."

아니, 내가 왜 변명하고 있지. 약간 억울해진 아델이 지지를 돌아보았다. 그러나 지지는 매우 잘하고 있다는 듯이 엄지를 치켜세웠다. 그리고 서류를 들고 홀랑 사라져 버렸다. 믿을 놈이 없다. 괜히 죄지은 것 같은 심정으로 아델이 체사레를 흘끗했다. 마침 체사레가 불안정한 숨을 내쉬며 손을 내렸다. 이마에 식은땀까지 맺혀 있었다.

"···산책?"

"······."

아델이 고개를 끄덕였다.

"그래, 산책···."

그는 제 꼴이 우습다는 듯이 헛웃음을 흘렸다. 밝은 곳에서 보니 얼굴이 상한 게 더 눈에 띄었다. 원래도 매서운 인상이 더 차가워졌다. 아델은 형형한 금빛 시선이 자신에게로 향하자마자 대뜸 말했다.

"끝났으니 들어가려고요."

아델은 그의 심기를 거스르기 전에 다시 방으로 들어섰고, 체사레는 조용히 뒤를 따랐다. 그는 방에 들어선 뒤 곧장 에스프레소가 담긴 유리 포트를 집어 들었다. 아델이 알기로 오늘만 거의 스무 잔째였다. 침대로 향하려던 아델이 보다 못해 한마디 했다.

"안 도망갈 테니까 좀 자는 게 낫지 않을까요."

잔을 들던 체사레가 멈칫했다. 잠을 못 자서인지 목소리가 쉬어 있었다.

"내가 널 어떻게 믿어."

그런 주제에 그는 태연한 척 보조개를 보이며 웃었다. 저놈의 허세는 죽을 때까지 못 버리려는 모양이었다.

"지지가 신경을 많이 쓰던데요."

"지지랑은 또 언제 친해졌고."

"원래 친했어요."

체사레가 무표정이 되었다. 어둠 속에서 빛나는 금빛 안광이 진지했다. 되레 무서워진 아델이 황급히 둘러댔다.

"농담이에요. 당신이 잠을 안 자더란 이야기를 했을 뿐이에요."

그 순간 체사레의 표정이 멍해졌다.

"…'당신'."

아차. 뒤늦게 아델이 입술을 깨물었다. 방이 조용해지고, 분위기가 서먹해졌다. 언젠가 같은 실수를 한 적이 있었다.

"그런데 지금껏 속으로는 나를 '당신'이라고 불렀어?"

'…그땐 제법 사이가 좋았던 것 같은데.'

그런 생각을 할 찰나 체사레가 말했다.

"…자면 되나?"

"……?"

체사레는 의외로 순순히 침대로 가서 누웠다. 직전까지 아델이 누워 있던 자리였다.

"안 도망간다고 한 거 잊지 마. 내가 사람 찾는 재주가 얼마나 뛰어난지 알고 싶다면 또 도망가 보든가."

말하는 싸가지는 여전했다.

"꼭 도망쳐야겠네요. 당신이 또 생선 내장 뒤집어쓴 꼴을 보려면."

아델이 저도 모르게 받아친 뒤 흠칫했다.

'또 심술부리려나.'

그러나 체사레는 흰 베개에 얼굴을 묻은 채 쌕 웃었다. 놀랍도록 하얗고 천진한 미소였다.

"'당신'."

"……."

"좋네. 앞으로도 그렇게… 불러."

그는 그렇게 중얼거리고서 그대로 잠들어 버렸다.

아델은 마법의 단어를 알아냈다. '당신' 혹은 '체사레'. 체사레는 그 단어를 들을 때마다 미세하게 온순해졌다.

"체사레, 창문을 열고 싶은데요."

"……."

그는 아델의 말이 끝나기 무섭게 자리에서 일어나 손수 창문을 열었다.

'들키면 안 된다며 창문도 못 열게 하더니….'

그는 심지어 근래 모습을 보지 못한 지지까지 방에 들였다. 예의 보고를 받을 시간이었다.

"공판이 열릴 겁니다."

지지가 서류 한 장을 아델에게 건네주며 말했다.

"아델 님은 오르퀘니나의 황족이 되실 겁니다."

"네?"

"이름하여…."

그가 목을 가다듬었다.

"아델 브륄 슈뢰더. 아가씨의 새 이름입니다."

아델이 서류를 보았다. '아델 브륄 슈뢰더'가 황가의 일원이 맞다는 내용이었다. 그 밑에 찍힌 붉은 사자 모양 인장에 아델은 조금 경악했다.

"위조인가요?"

"설마 타국 황제의 인장을 위조했겠습니까? 정당히 받아 낸 인장입니다."

지지가 손가락을 마법 지팡이처럼 흔들며 말했다.

"오르퀘니나의 황제가 단주님의 사촌인 건 아시지요?"

"체사레가 그의 옹립을 도왔다고 들었어요."

아델이 슬쩍 체사레를 일별하며 말했다. 체사레는 멀리 떨어진 창가에 앉아 관심 없다는 듯이 시가를 피우고 있었다. 피우기 전엔 아델에게 허락까지 구했다. 대체 왜.

"엄청 도왔죠. 돈을 퍼다 날랐으니까요. 아딜로트 황자는 지지 기반도, 돈도 없었거든요. 황제가 되면 차근차근 갚기로 했죠."

"저를 황족으로 만드는 대신에 그 돈을 탕감해 주겠다고 한 거군요."

"바로 맞혔습니다!"

아델이 손으로 입을 가렸다.

'한두 푼이 아니었을 텐데?'

아딜로트 황자는 라지푸트와의 전쟁에서 승리해서 황제가 되었다. 그 군자금을 부오나파르테가 댄 거라면 천문학적 금액이 들었을 것이다.

04. Un dì, felice, eterea

"…왜 그렇게까지?"

지지가 어깨를 으쓱했다.

"왜냐는데요."

체사레는 시가를 문 채 심드렁히 답했다.

"여동생이랑은 결혼을 못 하잖아."

"……."

"……."

"…전혀 통하지 않는군요. 이야, 자포자기…."

"입 닥쳐."

"아무튼 아델 님은 아무것도 속이실 필요가 없습니다. 어릴 때 기억은 없다고만 하시면 됩니다! 과거는 저희가 적당히 날조해 드릴 테니까요!"

그때 아델이 입을 열었다.

"그럼 제가 이 일에 협조하면 저는 자유인가요?"

시가를 든 체사레의 손이 멈칫했다. 아델을 돌아본 그의 눈빛이 흐리고 어두웠다.

"…너."

"여기서 중대 발표가 있겠습니다."

그 순간 지지가 난데없이 손을 들었다.

"두 분은 돌아가서, 공판 전에, 에기르 씨와 셋이서 손잡고, 이야기를 나누십쇼."

지지가 뜬구름 잡는 소리를 몹시 근엄하게 말했다.

"……?"

"꼭 손을 잡아야 합니다. 칼부림 나는 꼴은 안 보고 싶으니까."

"지지, 내가 일을 너무 많이 시켰나?"

"그러긴 했죠. 근데 미친 건 아니고, 아무튼 꼭 그렇게 하세요. 안 그러면 저 사표 쓸 겁니다."

체사레는 조금 놀란 표정을 지었다.

"진담이야?"

"제가 이런 농담하는 거 본 적 있으십니까?"

지지가 고개를 절레절레 저었다.

"원래는 정말 중요한 할 얘기가 있었는데, 제가 말해 봤자 들을 것 같지가 않아서요."

"저번에 말하다 만 그건가?"

체사레가 입에서 시가를 떼고 물었다. 아델도 비슷한 것을 떠올렸다. 지지가 뭔가 말하려다 만 것이 있었다.

"…에기르 경의 일로 할 말이 있…."

지지는 함박웃음을 짓고는 능수능란하게 화제를 바꿨다.

"그래서 말인데, 제게 5분만 주시겠습니까? 5분 안에 아델 님이 이 계획에 협조할 이유를 설명드리죠!"

"……."

체사레가 멈칫했다. 그는 시가를 손가락 사이에 낀 채 지지를 돌아보았다. 웃음기 없는 얼굴이 냉혹하다. 최근 살이 빠져서인지 더 예리해 보였다. 보기만 해도 살 떨릴 지경이건만 지지는 태연히 웃었다.

"걱정하지 마시죠. 저는 에기르 씨가 아닙니다."

지지가 아델을 데리고 방 밖으로 나왔다. 멀리 가지는 않았다. 벽돌색 카펫이 깔린 복도 끝까지 이동했을 뿐이다.

"아델 씨."

조각상이 놓인 코너 앞에 다다르자마자 지지가 말했다.

"당하고만 살 겁니까?"

"네?"

"기모라에서 살아남았으니 못 볼 꼴도 많이 봤겠죠. 뭐, 사람을 죽여 봤을 수도 있고요. 그 악착같은 근성, 다 어디 갔습니까?"

"……."

"당하면 복수해야죠. 거시기를 물어뜯어서라도."

"절대 상대가 되지 않을 사람에게 덤비라는 건가요."

"그게 해결된다는 거예요."

지지가 한 걸음 다가오며 목소리를 낮췄다.

"황족!"

눈빛이 꼭 개구쟁이 악마 같았다.

"황족이 되면 합법적으로 단주님을 깔아뭉갤 수 있다고요. 뭐, 외부에서만이겠지만, 단주님이 바깥일을 끌고 들어올 성격도 아니잖아요?"

그런 것치곤 지금까지 제법 사람을 알차게 괴롭혔는데…. 아델의 눈빛을 눈치챘는지 지지가 큼큼, 목을 가다듬었다.

"꼴도 보기 싫은 마음은 이해합니다. 하지만 어차피 당장은 도망치려고 해도 방법이 없잖아요? 차갑게 들리겠지만, 만약 당신이 임신이라도 했다면 더더욱 불가능하고요."

'맞다, 임신….' 아델이 저도 모르게 손으로 배를 쓸었다. 아무 느낌도 없어서 잊어버리고 있었다. 지지가 그 모습을 흘끗했다.

"돌아가면 의원에게 진료받으실 수 있게 해 놓겠습니다. 그러니 일단 돌아가서, 명분을 휘두르면서 틈을 보는 겁니다."

지지가 한 걸음 더 다가서며 새끼 악마처럼 속삭였다.

"기회를 잡아요. 당신이 지금까지 당한 걸 배로 돌려주는 거예요!"

"…하지만."

"아델 씨."

그때 지지가 목소리를 내리깔았다.

"그냥 죽고 싶다는 말은 하지 맙시다. 정말 죽을 거였다면 벌써 포르나티에 앞바다에서 시체로 썩어 가고 있겠죠."

"……."

얼핏 지탄처럼 들리는 말이었지만 아델이 듣기에는 달랐다. 흐릿한 비애 섞인 지지의 눈빛은 공감을 말하고 있었다. '그 기모라에서도 죽지 않고 살아남았잖아. 더 살아 봐. 그랬으면 좋겠어.'

"……."

"……."

두 사람의 눈이 잠시 허공에서 마주쳤다. 그것은 같은 슬픔을 경험한 사람이 아니라면 결코 이해할 수 없는 유대였다. 아델이 눈을 내리깔고 지금까지의 지지를 떠올렸다.

"그러고 보면 지지에겐 늘 도움만 받았네요."

"크, 알아주면 저야 고맙고요."

아델이 고개를 돌렸다.

"그래요. 나도 가끔은 '그 길로는 가지 마.' 하고 말하고 싶을 때가 있으니까….”

“…….”

아델의 중얼거림에 지지의 낯에서 표정이 사라졌다. 검은 눈이 커지더니 당혹을 그렸다. 그러나 지지는 이내 뒷머리를 벅벅 긁으며 말했다.

“에이, 역시 이런 건 낯간지러워서.”

아델이 웃었다. 오랜만의 웃음이었다.

“할게요, 그 황족 흉내라는 거.”

포르나티에로 돌아가는 날 새벽이었다. 아델은 문득 들려온 나직한 말소리에 잠을 깼다.

“광대가 찾아왔습니다.”

“나가지.”

몹시 작은 목소리였으나 반쯤은 가수면 상태였던 아델의 귀에는 또렷이 들렸다.

'광대?'

체사레가 일어서는 소리가 들리더니 잠시 주변이 조용해졌다. 아델을 돌아보는 듯했다. 그녀는 자는 척 숨을 죽였다. 이윽고 문이 닫히는 소리가 들렸다. 아델은 소리가 완전히 사라지고 나서야 몸을 일으켰다. 최근 옆에 딱 붙어서 움직이지 않던 체사레가 몸소 나섰다.

'지지가 말한 그 사람이구나.'

자신과 아주 관련이 없지는 않으리란 감이 왔다.

'방을 나가서 쫓아갈까, 아니면….'

아델이 침대에서 내려섰을 때였다. 문득 창가 너머로 검은 인영이 일렁였다. 몸을 황급히 커튼 뒤로 숨겼다.

'체사레?'

맵시 있는 역삼각형의 몸매와 큰 키. 날렵한 걸음걸이. 체사레가 정원으로 나서고 있었다. 그 걸음의 끝, 담장의 안쪽에 로브를 쓴 누군가가 서 있었다. 어둠에 섞여 거의 보이지 않았다.

'느낌이 낯설지 않은데….'

체사레는 로브의 남자와 이야기를 시작했다.

'에기르인가? 아니야, 달라.'

닮았다고 느낀 것은 그의 자세 때문이다. 허리춤에 단 검집에 손을 얹은 기사들 특유의 자세. 그때 불현듯 타바로로 몸을 감싼 남자의 시선이 아델이 있는 창으로 향했다.

"……!"

아델은 잽싸게 창문 옆으로 숨었다. 그녀는 다시 내다볼 생각도 하지 못하고 눈을 깜빡였다.

'무슨 일이 일어나고 있는 거지?'

영문을 알 수 없는 아델의 머릿속에 떠오른 것은 지지의 말이었다.

"아무래도 단주님이 드디어 숙적을 해치울 결심이 선 모양이라…."

부오나파르테 외궁 정문에는 에포니가 나와 있었다.

"아가씨!"

"에포니."

에포니는 아델을 보자마자 달음박질치더니 놀랍게도 그녀를 덥석 끌어안았다.

"에포니?"

"말도 없이 떠나서서 얼마나 놀랐는지 모릅니다!"

그녀가 어린아이를 혼내듯 말했다. 그러나 말에는 약한 울음기가 섞여 있었다.

"다음엔 꼭 제게도 말씀해 주십시오. 아시겠지요…?"

"……."

아델은 어떤 반응을 보여야 할지 몰라서 머뭇거렸다. 어색하게 에포니의 등을 토닥였을 뿐이다. 체사레의 명령이었으니까 바로 납득하고 마음에서 치워 버렸을 줄 알았는데, 그새 정을 붙인 모양이다.

"…그럴게. 걱정해 줘서 고마워."

몸을 떼어 낸 에포니가 빙긋이 웃었다. 그녀는 뒤늦게 체사레를 향해 인사했다.

"잘 돌아오셨습니다, 도련님."

아델을 대하던 것과 달리 적이 쌀쌀맞은 태도였다. 아델은 당황했으나 체사레는 태연하게 걸음을 옮겼다.

"이야기는 들어가서 하지."

연한 푸른색의 방과 기퓌르 레이스 커튼. 그리고 호두나무 책상. 체사레의 집무실에 체사레, 아델, 지지, 에포니와 에른스트가 자리를 잡았다.

'에기르는?'

물어보기엔 아무도 설명해 주지 않는다. 그리고 분위기가 심상치 않았다. 아델은 얌전히 입을 다무는 것을 택했다.

"대국민 사기극의 판을 좀 키워 보자고."

유난히 흥이 오른 듯한 체사레가 또렷한 목소리로 말했다.

"상대는 공판 배심원들과 프리오리. 더불어 포르나티에 시민과 오르퀘니나 국민."

그리 말하는 체사레의 눈이 신화 속 황금 사과처럼 생기 넘쳤다.

'…엄청 신났네.'

확실히 그는 계략을 짤 때, 남을 골탕 먹일 때 신나 보인다.

"길거리를 전전하던 구두닦이가 알고 보니 황족 출신이었다니, 호사가들이 좋아할 만한 이야깃거리지?"

"아무렴 황족 족보를 돈으로 샀으리라곤 생각 못 할 테니까요."

못지않게 심술궂은 웃음을 터뜨리며 지지가 답했다.

"단주님 사촌과 이웃 나라 재상이 실리주의적이라 통한 방법이죠."

"아니었으면 그날로 전쟁이지. 아무튼 루크레치아는 클라리체 도나티를 내세우겠지. 아델 브륄 슈뢰더 양의 말을 들어 보자면 내 어머니에게 당신 딸이 아니라는 증언도 확보한 듯하고."

아델이 고개를 끄덕였다.

"루크레치아는 지금쯤 아델 비비를 내쫓을 수 있을 거라고 기대하고 있을 테니…."

체사레가 유쾌하고 사납게 웃었다.

"그럼 우린 루크레치아가 아주 싫어할 만한 일을 해 보자고."

"죽이지 못했다고요?"

루크레치아가 눈살을 찌푸렸다. 솔라레까지 다녀온 시종 기사는 묵묵히 고개를 끄덕였다.

"부오나파르테의 감시가 삼엄했습니다. 제가 솔라레에 도착했을 무렵, 체사레 부오나파르테가 아델 비비를 확보한 모양입니다."

"……!"

"죄송합니다."

"…아니에요, 경의 잘못은 아니죠."

비틀거리며 소파에 주저앉은 루크레치아가 심호흡했다. 손톱이 소파의 천을 긁으며 파고들었다.

'그 말은, 체사레 공이 솔라레로 향한 이유가 아델 비비 때문이라는 뜻….'

재정난 때문에 델라 발레의 정보원이 크게 줄었다. 덕분에 그가 떠났다는 소식을 뒤늦게서야 접했다.

'…정말 붙어먹은 거야? 정말 눈이 먼 거야? 그 더러운 년 때문에?'

뿌득. 기어이 루크레치아의 손톱에 걸린 소파의 천이 찢겨 나갔다. 손톱이 들려 피가 났으나 루크레치아는 무표정으로 눈도 깜빡이지 않았다.

"아델 비비…."

제 발로 떠났거나 쫓겨난 줄 알았더니 솔라레에 있질 않나, 다시 부오나파르테로 돌아오질 않나. 카타리나의 답신을 보면 그녀의 도움을 얻지 못한 것은 확실했다. 비빌 곳이 없어 다시 돌아온 모양이었다.

체사레와 카타리나가 공조해 수작을 부렸을 가능성은 애초에 생각하지 않았다. 그 모자의 사이가 안 좋은 것은 온 포르나티에 사람이 다 알고 있다.

'이렇게 된 이상 클라리체를 최대한 써먹어야 해. 이쪽엔 카타리나의 편지가 있으니 재판에서 질 일은 없겠지만….'

연보랏빛 눈동자가 형형하게 빛났다.

'만약을 위해 준비는 해 놔야겠지.'

그때 문 두드리는 소리가 울려 퍼졌다.

"루크레치아 님?"

클라리체가 문을 열고 고개를 빼꼼 내밀었다. 루크레치아는 그녀의 무례를 지적하는 대신 맞은편의 소파를 가리켰다.

"클라리체 양, 잘 왔어요. 마침 할 말이 있었어요."

두 사람이 응접실 소파에 마주 보고 앉았다. 아를은 익숙하게 벽의 그림자 속으로 들어가 섰다. 루크레치아가 느리게 차를 마셨다. 클라리체는 자신 앞에 아무것도 놓이지 않자 조금 뚱한 얼굴이었다.

"하실 말씀이?"

그녀가 뾰족하게 말했다.

"아델 비비가 돌아왔다고 해요."

"……!"

클라리체의 동공이 크게 부풀었다.

"살아 있대요?"

"네, 용케도…."

루크레치아가 미소 지으며 찻잔을 내려놓았다.

"클라리체 양은 좋은 가문에 들어가는 것이 목표죠? 그런데 아델 비비를 험담했으니, 둘 중 하나는 사교계에서 사라져야겠네요."

그녀의 말에 클라리체가 흠칫했다. 그러나 곧 입술이 간교한 미소를 그렸다.

04. Un dì, felice, eterea

"그건 루크레치아 님도 마찬가지시죠. 아델을 치워 버리고 싶어 하셨잖아요?"

"……."

루크레치아의 눈매가 날카로워졌으나, 빠르게 침착을 되찾았다.

"공판이 열릴 거예요. 제가 기소했고요."

"들었어요. 그것 때문에 오레스테 님이랑 싸우셨죠? 그걸로 돈을 뜯어내야 했는데 망했다면서…."

말투는 여전히 천박했다.

"클라리체 양은 공판에서 아델 비비의 신분이 천민이라는 사실을 증언해 주었으면 해요."

클라리체는 방만하게 다리를 꼬더니 말했다.

"조건이 있어요. 계약서를 써 주세요."

"물증을 남기는 어리석은 짓을 하고 싶다고요?"

"말만 믿는 거야말로 어리석은 짓이죠!"

클라리체가 신경질적으로 외쳤다. 다소 초조한 기색이었다.

"아델이 죽었다는 얘기가 돌고 나서부터 아무도 저를 살롱에 초대해 주지 않아요. 남자를 만날 기회 자체가 없다고요! 저를 데려가 주셔야 할 루크레치아 님은 방에서 나오지도 못하고 계시고…."

루크레치아는 감흥 없는 눈으로 클라리체를 바라보았다. 아델 비비가 천민이었다는 사실을 덮는 대신 돈을 뜯어낼 계획이었던 루카와 오레스테는 루크레치아의 기소에 격분했다.

"너 때문에 부오나파르테에서 돈을 뜯어낼 구실이 없어지지 않았느냐!"

덕분에 루크레치아는 루카의 명으로 방에서 자숙해야만 했다. 그것은 그녀가 데려온 클라리체도 마찬가지였다.

"너무 불안하다고요. 제가 증언을 할 테니까, 아가씨는 저를 꼭 돈 많은 남자와 혼인시켜 주겠다는 계약서를 써 주세요!"

"클라리체 양, 내가 할 수 있는 건 당신을 살롱에 데려가는 것뿐이에요. 그 이상을 약속하기엔, 미안한 말이지만…."

루크레치아가 안타깝다는 듯이 클라리체의 위아래를 훑었다. 네가 그 정도로 매력적인 신붓감은 아니란 시선이었다. 클라리체의 얼굴이 붉으락푸르락해졌다.

"그, 그럼 제가 적당한 봉을 잡을 때까지 살롱이나 무도회에 데려가 주는 거로 해요!"

"……."

"그냥은 물러나지 않을 거예요. 전 이제 무서울 게 없다고요…."

희번덕거리는 눈을 마주하던 루크레치아가 이내 고개를 끄덕였다.

'굳이 자극할 필요는 없겠지.'

본인도 찔리는 게 있을 테니 남한테 밝히진 않을 테고.

"알았어요. 계약서를 써 주죠. 대신 당신은 아델 비비가 죽을 때까지 내게 협조해야 해요."

"바라던 바예요!"

그때였다.

와장창!

"힉…!"

방 입구 쪽에서 요란한 소리가 났다. 루크레치아와 클라리체의 고개가 동시에 돌아갔다. 그곳에는 시녀인 엘로디가 물병을 떨어뜨린 채 덜덜 떨고 있었다.

"엘로디, 들었니?"

"……!"

엘로디의 이가 딱딱 부딪쳤다.

'들었구나, 불쌍하게도….'

루크레치아는 딱한 마음에 다정한 미소를 지었다.

"괜찮아. 들어가 보렴. 치우는 건 나중에 하고."

"아, 아가씨…."

"걱정하지 말고."

그녀가 싱긋 웃었다. 엘로디는 얼굴에서 불안과 의아함을 감추지 못하고 물러났다. 클라리체는 안절부절못했다.

"저, 저렇게 보내도 돼요? 아무리 시녀라지만 우리 약속을 들었는데…."

"그러게요…."

루크레치아가 슬픈 목소리로 말했다.

"아를 경, 엘로디가 너무 많은 이야기를 들었다고 생각하지 않나요?"

"……."

그 말에 아를이 조용히 그림자 속에서 걸어 나왔다. 루크레치아는 빙긋 웃으며 찻잔을 들었다.

"나쁜 일이 없어야 할 텐데요. 그렇죠, 아를 경?"

아를이 고개를 끄덕이며 루크레치아를 내려다보았다. 무심한 눈이었다.

"같은 생각입니다."

아델은 에포니와 함께 방으로 돌아왔다. 지지가 그리말디가의 의원 한 명을 바로 보내 주었다. 조토가 아니라 허리가 굽은 할머니였다. 이름은 마리사 그리말디. 그녀는 아델의 맥을 짚더니 고개를 갸웃했다.
 "맥은 안 잡히는군요. 합방일에서 얼마나 지났습니까?"
 "일주일 좀 넘었네."
 "한 달까진 두고 보는 게 좋겠습니다. 그래도 혹시 모르니 거동을 조심하시고, 자극적인 음식은 피하시고…."
 의원은 친절하게 조언한 뒤 덧붙였다.
 "보고도 드려야 하니, 가주님께 주의 사항은 제가 전달하겠습니다."
 "…임신이 아니라고 말해 줄 순 없나?"
 "그럴 순 없지요, 의원인데."
 의원은 가뿐하게 그녀의 요청을 무시한 뒤 방을 나섰다.
 '어차피 지울 텐데.'
 아델이 한숨을 쉬는 것을 본 에포니는 그녀를 몹시 소중한 것 다루듯 장의자에 앉혔다.
 "그럼… 이제 아가씨는 황족이시군요?"
 "응, 그렇게 됐네."
 아델이 조금 긴장한 상태로 답했다. 에포니는 포폴로 신분이다. 구두닦이가 난데없이 황족 행세를 하겠다는 것이 불편할 수도 있었다. 그러나 에포니는 따뜻한 손으로 아델의 손을 맞잡았다.
 "잘 해내실 겁니다."
 "……."

가슴속에서 생크림이 몽글몽글 만들어지는 기분이다.

'어색해….'

아델이 쑥스러움에 시선을 피하려던 때였다.

"아가씨."

에포니가 갑자기 아델의 손을 꽉 움켜쥐었다. 그녀의 얼굴은 광대뼈까지 덜덜 떨리고 있었다.

"그날 일은…."

"……."

"…막지 못해서 죄송합니다. 제가 도련님을… 잘못 키웠습니다. 이미 깊은 상처를 입으셨으니 의미 없는 사죄겠지만…."

에포니의 말을 들으며 아델은 뒤늦게 그녀가 무슨 오해를 하고 있는지 깨달았다.

"저는 도련님 대신 아가씨께 용서를 구하고자 합니다. 앞으로라도 도련님이 아니라 아가씨를 위해…."

"잠깐만, 에포니."

아델이 에포니의 말을 가로막았다.

"생각하는 게 뭔지는 알겠는데, 그런 게 아니었어."

"…네?"

아델이 잠시 혀로 입술을 축였다. 이런 일을 남과 이야기하는 것은 처음이다. 귀 끝이 달아오르는 게 느껴졌다.

"물론 처음에 좀 강압적이긴 했지만… 받아들인 것 자체는 내 선택이었어."

에포니의 얼굴이 멍해지더니, 푸른 눈이 느리게 깜빡였다. 한참 뒤 그녀가 확인하듯 물었다.

"강제가 아니었단 말씀이십니까?"

"…응."

"하지만 비명을…."

"그땐 강제였고."

"…아가씨, 정말로 솔직하게 말씀해 주셔도 됩니다."

"아니, 아니야. 그런 게 아니야, 에포니. 중간에 대화를 했어."

완전히 듣지는 않았지만. 그리고 여전히 그게 헛소리라고 생각하지만…. 어쨌건 아델은 그 순간에는 진심이었다.

"내가 결정한 거야. 체사레 공이랑… 밤을 보내기로."

"……."

직접적인 단어에 에포니의 뺨도 살짝 달아올랐다. 그녀가 손으로 부채질을 하며 분위기를 추슬렀다.

"실례지만 그럼 어째서 떠나신 건가요? 저는 영락없이 도련님이 잘못하신 줄 알고…."

아델의 얼굴에 씁쓸함이 떠올랐다. 그가 아직 에포니에게는 말하지 않은 모양이다.

"다음 날 에기르 경이 배웅을 나왔어."

"배웅이요?"

"응, 돈을 좀 받았고…. 자세한 건 체사레 공에게 듣는 게 좋겠어."

아델이 시선을 피했다.

"…알겠습니다."

에포니는 의아한 눈치였으나 고개를 끄덕였다.

공판을 기다리며 며칠이 흘렀다. 그러던 와중 체사레가 그녀를 찾았다.

"아델 브륄 슈뢰더 양, 누가 찾아왔는데."

문지방에 나타난 그가 말했다. 어깨에 걸친 외투와 풀어 헤친 셔츠. 약간 삐딱한 자세. 저택으로 돌아와 운동을 새로 시작했는지 잠깐 날렵해졌던 몸에 다시 각이 잡혀 있었다.

"저를요?"

아델의 반문에 체사레가 조용히 미소 지었다. 아델이 정정했다.

"나를요?"

"주느비에브 말라테스타가 만나고 싶다더군. 아는 거 있나?"

"없습니다만…."

주느비에브와는 일전에 체사레와의 뜬소문을 전달받은 뒤로 만난 적이 없다. 편지는 몇 번 주고받았지만, 신분과 관련해 논란이 생긴 뒤로는 연락이 끊겼다.

"무슨 일일까요?"

"쫓아내 줄까?"

"아뇨, 이야기는 들어 봐야죠."

아델이 자리에서 일어났다. 어차피 심심풀이 삼아 책이나 읽던 참이었으니. 그때 체사레가 혼잣말하듯 중얼거렸다.

"초기엔 스트레스받으면 안 되지 않나?"

"……."

아델의 시선이 그에게 향했다. 괴상한 말을 내뱉은 남자는 턱을 매만지며 딴청을 부리는 중이었다. 지금 설마 눈치를 보는 건가.

"그렇게 생각하는 사람이 시가를 피우고, 조명을 던지고…."

"미안하군. 안 그래도 마리사에게 혼났어. 주의하지."

안 그렇게 생겨서는 사과가 빠른 남자다. 아델은 또다시 그에게 휘말려 들어갈 것을 경계하며 한 걸음 뒤로 물러섰다.

"안 미안해해도 돼요. 당신 애 안 뱄고, 뱄어도 지울 거니까."

"……."

체사레가 멈칫하더니 말없이 아델을 응시했다. 매서운 금빛 눈을 마주하는 것만으로도 살짝 몸이 긴장했다. 그러나 체사레는 난데없이 눈을 찡그리며 웃더니 아델에게 어깨동무했다.

"…그래도 지금은 내 옆에 있잖아. 그렇지?"

정말로 태연하다기보다 태연하려 노력한 듯한 어조였다. 상대를 자극하지 않으려는 기색이 엿보였다.

"네가 설령 아이를 가졌어도, 물론 내키는 일은 아니지만."

그렇게 말한 주제에 의외로 아이를 지울 생각은 없는 걸까. 문득 그가 아버지가 되면 어떨까 하는 데까지 생각이 미쳤다. 의외로 괜찮은 아빠가 될 것 같아서 살짝 웃음이 나왔다.

"왜 웃어? 내가 잘생겨서?"

"꿈 깨시죠."

응접실에는 주느비에브가 멍하니 앉아 있었다.

"주느비에브 양."

"…아델 양."

그녀는 응접실로 들어서는 아델을 발견하고는 오묘한 표정을 지었다. 집사 에른스트가 차를 내오고도 한참 동안 대화가 없었다. 그러다 그녀가 툭 던지듯 물었다.

"날 속였나요?"

"……."

아델이 찻잔을 들다 말고 그녀를 바라보았다. 주느비에브의 미간에는 혼란스러운 심경을 대변하듯 주름이 져 있었다.

"계속 묻고 싶었는데 참았어요. 당신이 죽었다가 살아 돌아왔다는 이야길 듣고, 더는 기다릴 수 없어서 찾아왔어요."

"그런가요."

"당신은… 정말로 누군가요?"

아델이 찻잔을 내려놓았다.

"미안해요. 아무것도 말해 줄 수 없어요."

주느비에브가 입을 꾹 다물었다.

"…우린 진짜 '친구'는 아니었던 거죠?"

아델은 대답 대신 주느비에브를 가만히 바라보았다. 그녀가 화내리라고 생각하면서. 다행히 차는 냉차였다. 에른스트도 노련한 집사답게 찻물이 오갈 수도 있다는 걸 짐작한 모양이었다. 그러나 다음 순간 주느비에브는 뭔가를 꾹 삼키는 듯하더니 외쳤다.

"솔직하게 말하자면 난 처음에 당신을 금줄 정도로만 생각했어요!"

…의아한 고해였다.

"네?"

"그러니까…."

주느비에브가 우물쭈물하며 시선을 떨어뜨렸다.

"서로 속인 거로 해요."

"……."

아델의 눈이 살짝 커졌다. 주느비에브는 정적을 견디지 못하고 주섬주섬 허리춤에서 뭔가를 꺼냈다. 작은 비단 주머니였다. 주머니는 움직일 때마다 동전 소리가 났다.

"레, 레이스를 팔아서 돈을 좀 마련했어요. 혹시 부오나파르테에서 나올 일이 있다면 써요…. 그리고 그땐 꼭 나한테도 찾아오고요!"

주느비에브는 주머니를 든 채 망설였다. 어떻게 전해야 상대가 기분 나쁘지 않을지 고민하는 기색이 엿보였다. 아델은 조심스레 탁자 위에 올라간 주머니를 바라보다 대뜸 물었다.

"왜요?"

"네?"

"사람들이 내가 구두닦이라고 하지 않던가요? 주느비에브 양은 귀족이잖아요."

그녀의 말에 주느비에브는 입을 다물었다. 다시 입을 뗀 그녀는 전보다 한결 차분한 목소리로 말했다.

"물론 저도 처음엔 편견을 가졌어요. 귀족들 사이에서 기모라 사람들은 피막으로 된 날개라도 달린 것처럼 취급받거든요."

"그런가 보더군요."

"그렇지만 당신이 내게 보여 준 태도는 숙녀 중의 숙녀라는 루크레치아보다 더 사려 깊었어요."

주느비에브의 주홍색 눈빛이 일순 부드러워졌다.

"그런 걸 생각하니까, 신분이 무슨 의미가 있나 싶고…. 또 말라테스타 가는 그리 힘 있는 가문이 아니거든요. 여기저기서 무시도 자주 당해요. 남한테 비비고 아양을 떤다고요. 하지만 그건 제 생존 전략이에요."

"이해해요."

"그렇지요? 아마 당신은 나보다 더 많은 노력이 필요했을 테고요. 그렇게 생각하니까…."

말끝이 깊은숨에 가려 흩어졌다. 더 듣지 않아도 그녀가 아주 많이 고민했음을 알 수 있었다. 주느비에브는 멋쩍게 아델의 눈치를 보았다.

"도, 동정이라고 느껴져서 싫은 거라면…."

"아니에요."

아델이 고개를 저었다. 입가에 부드러운 미소가 걸렸다. 진심에서 우러나온 미소였다.

"…그렇게 말해 줘서 고마워요, 주느비에브 양."

주느비에브는 아델의 웃는 얼굴을 보고는 입을 헤 벌린 채 눈도 깜빡이지 않았다. 그러다 뒤늦게 표정을 수습하며 얼굴을 매만졌다.

"그, 그런데 체사레 공은 어쩌신대요? 혹시 몰라서 돈을 좀 가져오긴 했는데 쫓아내진 않으시겠죠?"

"글쎄요. 그건 잘…."

"애초에 쫓아낼 거면 기모라를 그렇게 뒤집어엎지도 않으셨을 거고…."

아델이 주느비에브의 말에 귀를 기울였다.

"뒤집어엎다뇨?"

"못 들으셨어요? 기모라의 재개발이요. 부오나파르테에서 추진하고 있거든요!"

그러고 보니 부오나파르테에서 쫓겨나 기모라로 향했을 때 거리가 전부 뒤집어져 있었다. 그땐 그냥 무슨 일이 있었나 보다 생각했는데.

"재개발이었군요. 신문에서 짧게 그런 일이 있다는 소식만 들었어요. 최근 일인가 봐요?"

"아뇨! 그렇진 않아요. 두 달도 더 전이에요. 귀족들이 반대해서 미뤄지다가, 부오나파르테가 자금을 전부 대기로 하니까 그제야 승인이 난걸요."

아델은 그녀의 말을 들으며 멍하니 눈을 깜빡였다.

"…왜 그런 짓을?"

불현듯 흘러나온 중얼거림에 주느비에브는 고개를 갸웃했다가 진정 작은 카나리아처럼 웃었다.

"글쎄요! 주느비에브와 같은 마음 아니었을까요?"

주느비에브를 배웅한 뒤, 아델은 홀로 '물의 정원'으로 향했다. 언젠가 루크레치아와 만났던 곳이다. 머리 위에서 낮게 깔린 구름이 가끔 오래 배곯은 듯한 소리를 내는 것을 제외하면 정원은 조용했다.

아델은 물 풍금 분수의 가장자리에 앉아 흐르는 물에 손을 집어넣었다.

"기모라 사람이라고 무시할 수 없고, 그래서는 안 된다고 주장하셨어요. 시뇨리아 회의에서요. 자신도 미처 신경 쓰지 않고 있었지만, 제 실수이며 이제라도 고치고 싶다고요."

주느비에브의 말에 따르면 기모라의 재개발은 두 달도 더 전의 일이다. 아델이 숙녀가 되기 위해 애쓸 때였다. 그 무렵이면 아델은 데뷔하기도 전이다. 체사레에게 '쓸모'를 보이기 전이었다는 뜻이다.

체사레의 그런 주장이 데뷔 후였다면 그다지 이상한 일도 아니었다. 아델이 생각하기에도 그녀는 매우 훌륭하게 숙녀 흉내를 해냈으므로. 하지만 결과를 보기도 전이었는데. 그가 본 건 그저 아델이 악착같이 노력하는 모습뿐이었을 텐데….

"당신 같은 사람이 기모라 출신이라니요."

에즈라 델라 발레와 얼마나 다른지. 아델이 답답한 마음에 턱이 무릎에 닿을 정도로 몸을 수그렸다. 그때였다.

"아델 비비!"

고함이 들리더니 누군가 그녀의 어깨를 부드럽게 움켜쥐었다. 체사레였다. 고개를 들자 남자가 심각한 얼굴을 하고 있었다.

"어디 아파?"

"……."

아델은 생각 속에서 빠져나온 듯한 체사레의 모습에 당황하여 바로 대답하지 못했다. 그러자 체사레는 아델의 상태가 매우 위중하다고 오해한 듯했다.

"궁으로 가지. 마리사가 대기 중이야. 포르나티에서 제일 잘생긴 남자의 얼굴이라도 보면서 조금만 참아 봐."

농담을 섞었어도 말에는 조바심이 묻어났다. 당장 무릎 밑으로 팔을 넣으려는 체사레를 아델이 조용히 만류했다.

"아픈 거 아니에요."

때마침 흐린 하늘에서 비가 한 방울씩 떨어지기 시작했다. 빗방울은 금세 소나기가 되었다. 순식간에 옷이 젖어 들어갔다.

"그냥 좀 생각할 게 있었을 뿐이에요."

뺨에 달라붙는 머리카락을 넘기며 아델이 중얼거리듯 말했다. 체사레는 그 모습을 뚫어지게 바라보다 한쪽 눈썹을 끌어 올렸다.

"그놈의 생각이 뭔진 모르겠지만 안전한 곳에서 하지?"

"정원이 꽤 위험한 장소긴 하죠."

"많이 위험하지. 누구는 정원에서 웬 놈들한테 안 좋은 꼴까지 당할 뻔했는데."

"그러면 웬 놈 말고 다른 놈이 구해 주겠죠."

"……."

체사레가 눈살을 찡그리며 미소 지었다. 말문이 막힌 듯했다.

"…지나가는 비 같으니 잠시 피하지."

그가 손을 내밀었고, 아델은 망설이다 그 손을 잡았다. 봄비라지만 오래 맞기엔 추울 성싶었다. 멀리 갈 필요는 없었다. 돌을 깎아 만든 물 풍금 뒤에 가제 보 같은 것이 있었다.

아델은 말없이 목덜미의 물기를 쓸었고, 체사레도 외투를 벗어 성의 없이 탁탁 털었다. 체사레는 의외로 아무 말도 하지 않았다. 주머니에 손을 꽂은 채 정면만 주시하는 모습이었다. 아델은 그의 매끈한 턱을 타고 흐르는 빗물을 지켜보다 입을 열었다.

"기모라 재개발 이야기를 들었어요."

체사레의 시선이 잠시 아델에게 닿았다. 그러나 빠르게 다시 정면으로 향했다.

"그랬나?"

"왜 그랬어요?"

"프리오리가 도시를 신경 쓰는 게 그렇게 이상한 일은 아닌데."
"원래는 신경 안 썼잖아요."
"체사레가 잘못했네. 그래서 노력 중이라고 하니 봐주지 그래."
"……."

쏴아아. 빗소리가 아델의 대답 대신 울려 퍼졌다. 그녀가 원하는 대답이 아니란 건 체사레 본인도 알고 있을 것이다. 한숨과 함께 그가 젖은 머리카락을 쓸어 넘겼다.

"어느 구두닦이가 좀 열심히 살더라고."
"……."
"난 돈도 있고, 힘도 있지. 더 낫게 만들 수 있다면 그러지 않을 이유가 있나?"

아델은 먹먹한 기분에 잠시 숨 쉬는 것조차 잊었다.

고생이라곤 해 본 적도 없는, 귀족 사회의 정점에 있는 남자. 그가 짐작할 수 있는 어둠의 깊이는 매우 얕다. 신고식 때의 일을 보면 안다. 하지만 달리 보자면, 그가 상상할 수 있는 빛의 범위는 아델의 생각보다 크고 넓다. 환하고 강하기까지 하다.

너무나 당연하게 자신이 더 가졌으니 자신이 더 내놓을 뿐이라고 말하는 남자를 보며, 아델은 어쩐지 가슴이 크게 트이고 목이 메는 심정이었다.

"당신은…."

아델이 목을 가다듬었다. 건조하게 말하고 싶었으나 소나기 때문인지 젖은 듯한 목소리가 나왔다.

"지도자로서는 정말 괜찮은 남자예요."

체사레가 멈칫했다가 장난스럽게 물었다.

"남자로서는?"

"별로죠."

"심한데!"

그가 작은 웃음을 터뜨렸다. 그대로 넘길 줄 의외로 화제가 그대로 이어졌다.

"이참에 말해 봐. 아델 비비 눈에는 내가 뭐가 그렇게 모자라나? 포르나티에서 나보다 잘난 놈은 없을 텐데."

"그렇긴 하죠."

"그런데 왜 에즈라야?"

마지막 질문은 득달같이, 그리고 아마도 체사레가 의도했던 것보다 날카롭게 튀어나왔다. 남자도 그것을 느꼈는지 입을 꾹 다물었다. 올라가 있던 입꼬리가 굳었다. 체사레는 몸을 돌려 처음으로 아델을 보았다.

"…아직도 마음이 남았나?"

"……."

아델은 흰 셔츠가 달라붙은 그의 가슴팍에도, 언제나 진심인 것처럼 느껴지는 황금색 눈에도 시선을 주지 못하고 풍경으로 시선을 돌렸다.

"…애초에 없었으니 남은 것도 없죠."

"전엔 사랑한다며."

"거짓말에 잘 속으시나 보네요."

"말했잖아."

시야 바깥에서 체사레의 손이 올라갔다. 이 찬 공기 속에서도 뜨거운 손가락이 아델의 뺨을 건드렸다.

"눈 가리고 아웅 하는 시늉이라도 하면 내가 알아서 속을 거라고."

저도 모르게 눈이 질끈 감겼다. 손가락은 그녀의 뺨을 타고 내려가다 귓불로 향했다. 귓가와 목덜미에 어지러이 붙어 있던 머리카락이 그의 손길

04. Un dì, felice, eterea

에 가지런히 정리되었다.

"아델 비비."

신경을 톡톡 건드리는 듯한 손가락과 다르게 무거운 목소리였다.

"한번만 내게 거짓말해 봐."

"……."

"특별히 속아 넘어가 줄 생각이거든. 아무 때나 오는 기회가 아니야. 알아들어?"

시커먼 시야 속에서 체사레의 나직한 웃음소리가 들려오다가 잦아들었다. 이후 조용해졌다. 열 오른 손가락도 떨어져 나갔다. 본능이 속삭였다. 눈을 뜨지 말라고. 그의 얼굴을, 그 눈을 보지 말라고.

하지만 아델은 눈을 떴고, 앞에 선 체사레를 보았다. 넓은 어깨로 반듯하게 선 남자는 주머니에 손을 꽂은 채 아델을 내려다보고 있었다. 그러나 당당한 태도와 달리 찡그린 눈매와 꽉 다문 입에서는 감정이 휘몰아쳤다. 그녀의 몸 위에 올라타 박살 난 자존심을 토해 내려던 그때와 같았다. 아니, 그때보다 더 불안해 보였다.

"……."

체사레는 아델과 눈이 마주치자 고개를 돌렸다. 큰 손이 턱에서부터 얼굴을 쓸고 올라가더니 머리카락을 넘겼다.

"…한마디를 안 해 주는군. 흠, 잔인도 해라."

손바닥이 지나간 자리에 관성 같은 미소가 남았다. 목소리에도 장난기가 스몄다. 그러면서도 아델이 뭔가 말해 주길 기다리는 듯 더는 말이 없었다. 아델은 크게 숨을 들이마셨다. 귓가에 아직도 에기르를 통해 던져진 금화 소리가 울리는 듯했다.

'멍청하게 또 넘어가라고.'

때마침 비가 잦아들고 있었다.

"안 속아요."

아델은 그렇게 말한 뒤 뒤도 돌아보지 않고 정원으로 나아갔다. 체사레는 따라오지 않았다.

"안 속아요."

체사레는 가제 보 아래에 우두커니 서서 아델의 말을 곱씹었다. 안 속는단다. 주머니를 더듬어 시가 케이스를 꺼냈다. 시가의 끝을 자르고, 점화석을 꺼냈다.

불을 붙이려는데 시가와 점화석을 든 손이 희미하게 떨리고 있었다. "하." 다음 순간 시가와 점화석을 세차게 내던졌다. 그는 입을 꾹 다문 채 손으로 눈가를 덮었다. 비가 와서 다행이었다. 체사레는 한참을 서서 호흡을 골랐다. 꽤 시간이 들었다. 부오나파르테의 가주다운 여유를 가장하고 나서야 그는 내궁으로 걸음을 옮겼다. 내궁의 후문이 보일 때쯤, 그는 자리에 멈춰 섰다. 정원과 이어진 문 앞에 에기르가 서 있었다.

최근 에기르는 지하의 옥에서 자체적으로 자숙 중이었다. 체사레가 시킨 건 아니었다. 본인이 원하는 듯하여 그러라 했을 뿐. 명령이 아니었으니 출입은 자유다. 오랜만에 얼굴을 보인 부하는 무거운 광석 같은 눈으로 그를 응시했다.

"……."

체사레가 다시 걸음을 옮겼다. 그대로 에기르를 지나쳤다. 에기르가 뒤를 돌아보는 소리가 들렸다.

"에기르 씨는 잠시 직위 해제해 두는 게 좋겠습니다."

지지의 판단이 빨랐군. 개가 주인을 바꾼 모양이다.
전조는 있었다. 그걸 내버려 둔 것은 어느 정도 아량을 보이고 싶어서였다. 에기르도 에포니도 오랜 기간 잘해 주었다. 뭔가 일을 친 거라면 자신이 바쁠 때 도망가길 바랐다. 하지만 이제 아델은 그의 옆에 있고, 그녀에게 어울리는 환경을 조성할 시간이었다. 체사레가 천천히 셔츠를 벗어 떨어뜨렸다. 안 그래도 내내 걸리긴 했다.

"처음이 세포시 거리의 저택이었고, 저번엔 금화 주머니였죠. 이번엔 얼마를 제안하실 건가요?"

금화 주머니라니. 그렇게 좀스러운 보상을 언제 제안했다고? 체사레의 얼굴에서 웃음기가 사라졌다.

"아델라이데 아가씨가 돌아왔다고 합니다."
마이가 보고했다. 소파에 앉아 있던 에바는 팔걸이를 꽉 움켜쥐었다.
"듣기로는 솔라레에서 잡혔다고 합니다."
에바가 재빨리 수첩에 글자를 휘갈겼다.
[솔라레? 카타리나를 만났다니?]

"그것은 잘…. 가주님 쪽에서 정보가 도통 흘러나오지 않고 있어서요."

[카타리나에게서 편지는?]

마이가 고개를 저었다. 에바는 탄식과 함께 등받이에 몸을 기댔다.

'아델을 부오나파르테로 인정하려면 카타리나의 증언이 필요한데….'

아델이 카타리나를 만났건, 만나지 않았건, 체사레가 직접 솔라레로 향한 이상 그쪽으로의 연락은 더는 기대할 수 없었다. 에바의 머리가 맹렬히 회전했다.

[마이, 저번에 아델이 어떻게 나갔다고 했지?]

"후문의 문지기 말로는 에기르 군을 대동해서 의심 없이 문을 열어 주었다고 했지요."

에바는 손톱으로 팔걸이를 두드리며 깊게 고뇌했다. 내궁에 아델 비비의 절규가 울려 퍼진 그날. 체사레는 그녀와 결혼하겠다고 했다.

'진심인 것 같았어.'

에기르 코레르는 체사레의 심복이다. 그의 뜻을 모를 리가 없었다.

'그런데도 아델 비비가 부오나파르테에서 도망치는 걸 도왔다는 건….'

딱. 따닥. 팔걸이를 두드리던 에바의 손이 멈췄다. 그녀가 마이에게 명령했다.

[에기르 군을 데려와. 협조를 얻어야겠어.]

비를 맞은 아델의 모습을 보고 에포니가 몹시 화를 냈기에 아델은 일찍 잠이 들었다. 그 탓인지 잠이 얕았다. 아델은 한밤중에 잠에서 깼다. 그리고 누군가가 방 한복판에 서 있는 것을 눈치챘다. 아델은 조용히 놀라 눈을 크게 떴다. 상대의 정체를 파악하고 나서야 조금 진정이 되었다.

"에기르 경?"

깜짝 놀랄 만큼 살이 빠진 모습이었다. 에기르는 아델이 일어나자 놀란 듯했으나, 이내 미끄러지듯 다가왔다.

"…살아 계셨군요."

밤이라서인지 그의 목소리는 유난히 포근하게 들렸다. 오랜만에 얼굴을 보니 기분이 나쁘지 않아 아델이 미소 지었다.

"운 좋게도 그렇게 됐어요."

"……."

반면 에기르는 착잡한 듯했다. 원래도 과묵한 사내였으나 안색이 어두웠다. 아델은 상체를 일으킨 뒤 그를 바라보았고, 에기르는 한참 뒤 조용히 말했다.

"저는… 후회했습니다. 바다로 나가셨단 말을 듣고…."

에기르가 잠시 말을 끊었다. 푸른 눈이 서글픈 빛을 띠고 있었다.

"…제가 같이 갔어야 했는데."

"……."

이래서야 모르는 척할 수도 없다. 그렇다고 그를 받아 줄 수도 없다. 아델은 달래듯 차분하게 말했다.

"에기르 경, 그건 체사레 공의 명령이었잖아요."

"……."

"경은 경의 역할을 다했습니다. 경이 제게 그래야 할 의무는 어디에도 없어요."

푸른 눈이 흔들리며 아델을 보았다. 슬픔이 맺혀 있었다.

"의무가 아니라 제가 원합니다."

"경의 주인은 체사레 공입니다."

"저는 그에게 종속되어 있지 않습니다. 언제든 떠날 수 있습니다."

"하지만 저는 경의 주인이 될 생각이 없는데요."

에기르의 몸이 굳었다. 차가운 말임을 안다. 하지만 말해야 했다.

"에기르 경, 여자도 좀 만나 보고…. 그러는 건 어때요?"

"……."

에기르는 대답하지 않고 한 걸음 물러나 어둠 속으로 몸을 숨겼다. 검은 타바로 때문인지 마치 그림자가 말하는 듯한 모습이 되었다.

"…공판 때문에 돌아오셨습니까?"

"네."

"끝나면… 떠나십니까?"

아델이 대답을 망설였다. 누구도 그녀에게 묻지 않은 말이었다. 아직 스스로도 답을 알 수 없었다. 그러나 아델은 선선히 고개를 끄덕였다.

"일단은 그럴 생각이에요. 무사히 풀어 줄지는 모르겠지만."

에기르는 그녀의 말을 받지 않았다. 풀벌레 우는 소리만이 울려 퍼졌다. 이윽고 어둠 속에서 그가 느리게 말했다.

"…이번에야말로 돕겠습니다."

공판이 열리는 날이 되었다. 아델은 모르드가 전당으로 향하기 위해 채비했다. 에포니는 그녀에게 간소한 장식의 검붉은 드레스를 입혔다.

"너무 화려하지 않아?"

"붉은색은 슈뢰더 황가의 상징이죠. 의미가 있답니다."

에포니가 아델의 얼굴 앞에 베일을 내려 주며 말했다.

"안색이 안 좋으십니다. 어디가 편찮으신가요?"

아닌 게 아니라 아델의 고운 아미가 미세하게 찡그려져 있었다. 베일 너머에서 장밋빛 입술이 오물거렸다.

"모르겠어. 몸이 좀 무겁네."

"몸이요?"

에포니의 움직임이 덜컥 멎었다.

"아닐 거야."

아델이 단호하게 말했다. 에포니는 조심스레 손을 내리며 물러났다.

"…그래도 혹시 모르니 의원을 대동하시는 것이 좋겠습니다. 짐작이 틀리더라도 다른 이유일 수 있으니까요. 괜찮을까요?"

에포니는 아델이 고개를 끄덕이는 것을 확인하고서 빠르게 방을 나섰다.

'마리사 님을 불러야겠어.'

그때 복도 끝에서 에바의 시녀 마이가 스르르 모습을 드러냈다.

"에포니 양, 잠깐 이야기 좀 할 수 있을까?"

마이는 에포니가 카타리나를 모실 적에도 에바의 시녀였다. 시녀로서는 까마득한 선배인 셈이다.

"마이 님, 얼마든지요. 하지만 아가씨가 곧 출발하셔야 해서 오래는….'

"괜찮네. 잠깐이면 돼."

에포니는 잠시 아델의 방을 흘끗하고는 마이의 뒤를 따랐다. 마이는 인적이 드문 복도 한 귀퉁이에 다다라서야 입을 열었다.

"에포니 양, 의장님은 아델 양을 구하고 싶어 하시네."

몹시도 경직된 얼굴이었다.

"구하다니요?"

"자네도 그날 내궁에 있었지?"

"……."

의도를 알 수 없는 질문이었기에 에포니는 입을 다물었다.

"의장님은 그때의 일을 자신의 책임으로 여기고 계시네. 인두겁을 쓰고 할 짓이 아니었다고. 그래서 아가씨를 오르퀘나나로 탈출시키고자 하시네."

"아가씨를 외국으로 보내겠단 말씀이십니까?"

"당연히 저택도, 금전적 지원도 마련해 놓았네. 준비는 다 끝났어. 에기르 군도 협조하기로 했고."

"에기르가요?"

에포니의 언성이 놀람으로 높아졌다.

"그래, 에기르 군도 도리를 아는 게지."

한숨인지 감탄인지 모를 숨을 내뱉는 에포니를 향해 마이가 속삭였다.

"공판이 끝나면 가주님은 프리오리들과 이야기하느라 잠시 정신이 없으시겠지. 그 틈을 타 거행할 생각이네."

그때 에포니가 침착하게 말했다.

"마이 님, 민감한 이야기라 말씀드리기 저어되지만…."

"말해 보게."

"저도 한때 그리 생각했습니다. 도련님이 아가씨를 강제하셨다고 말입니다. 하지만 사실이 아닙니다."

마이의 한쪽 눈썹이 의아한 듯 들썩였다.

"아니라고?"

"아가씨께서 부인하셨습니다."

"……."

믿을 수 없다는 듯한 침묵이었다. 에포니가 재차 설명했다.

04. Un dì, felice, eterea

"운신을 제약하긴 했지만, 강압적으로 관계를 맺진 않았다고 하셨습니다."

"하지만…. 허어!"

마이가 당황한 듯 탄식했다.

"하지만 그게 사실이라면 어찌하여 도망쳤는가?"

에포니가 망설이다 답했다.

"에기르가 도련님의 명령을 받고 돈을 건넨 듯했습니다. 도련님이 설명 없이 명령을 내리는 게 그다지 드문 일은 아니지요. 뭔가 이유가 있던 게 아닐까요?"

마이의 얼굴이 굳었다.

"하! 이게 무슨 불명예인지…."

델라 발레 저택의 포티코. 모르드가 전당으로 향하기 전, 옷깃을 매만지며 루카 델라 발레는 혀를 찼다. 안경으로 가려진 가느다란 시선이 못마땅한 듯이 뒤에 선 루크레치아에게 향했다.

"쯔…."

그는 마지막으로 혀를 찬 뒤 마차에 올랐다. 오레스테 역시도 마차에 오르기 전 루크레치아를 돌아보았다.

"루크레치아, 똑바로 행동하도록 해. 우리 가문의 위상과 실리, 모두 네게 달렸다."

하얀 옷을 입고 정결한 신관처럼 서 있던 루크레치아는 부드러운 미소를 지었다.

"아무렴요, 오라버니."

델라 발레는 아델 비비의 신분을 덮어 주는 대신 거액을 부오나파르테에 요구했다. 그러나 루크레치아가 이에 관한 공개 재판을 청구했다. 더는 사소한 오해라고 덮을 수 없었다. 루카와 오레스테는 신문으로 소식을 접하고 대노했다.

"루크레치아! 이렇게 판을 키우면 돈을 뜯어낼 수가 없잖느냐! 무슨 생각으로 그딴 짓을 한 거야!"
"있어야 할 것을 있어야 하는 곳으로 되돌리려 했을 뿐이에요. 무슨 문제라도 있나요?"

무를 수는 없었다. 이슬라 스포르차. 남섬의 프리오리이자 질서의 수호자라 불리며, 체사레 이전 최연소 프리오리였던 그녀가 칼을 뽑아 들었다.

"공판을 열도록 하죠."

델라 발레로서는 도리가 없었다. 가장 간사한 오레스테가 가장 먼저 살 궁리를 했다.

"아버지, 이렇게 된 이상 어쩔 수 없습니다."
"그럼 어쩌란 말이냐! 정말로 더는 돈이 없단 말이다!"
"애초에 저희 가문이 위태로워진 건 아델라이데가 저희 저택에서 죽을 뻔해서잖습니까? 그년이 부오나파르테의 일원이 아니라면, 그 일도 무마할 수 있을지 모릅니다."

루카는 손쉽게 흔들렸다.

"그리 생각하느냐?"
"게다가 아델라이데는 아직 에즈라와 혼인 약속을 맺은 상태입니다! 파혼하지 않았단 뜻이죠. 아델의 신분이 천민인 것이 드러나면, 결혼 빙자 사기로 부오나파르테에서 돈을 받아 낼 수도 있을 겁니다."
"하지만 기모라 출신 창녀의 말만 듣고 부오나파르테에게 덤비기엔…."

그때 루크레치아가 카타리나 슈뢰더에게 받은 편지를 내놓았다.

"여기, 아델 비비가 그녀의 딸이 아니라는 친필 편지예요. 인장도 확실하게 찍혀 있으니 증거로서 모자람이 없죠."
"……!"

'이거라면.' 그리 생각하는 것이 루크레치아의 눈에는 보였다.

"아버지, 이렇게 된 이상 확실하게 재판에서 이겨야 합니다."

모두가 참으로 루크레치아의 뜻대로 움직여 주었다.
'그러게, 돈에 눈이 멀어 아델 비비의 참람한 짓거리를 덮어 줄 생각을 말았어야지.'
모자란 아비와 형제를 둔 죄가 너무 컸다.

"하아…."

와중에 에즈라는 여전히 이러한 상황이 내키지 않는지 얕은 한숨을 쉬었다. 루크레치아는 그의 우유부단함을 좋아하는 편이었기에 그것을 무시하고 오레스테를 향해 미소 지었다.

"걱정할 건 아무것도 없어요."

루크레치아가 뒤를 돌아보았다. 거적을 뒤집어쓴 늙은 여자가 불안하게 눈을 굴리고 있었다.

"준비도 철저하게 했는걸요."

모르드가 전당에 프리오리 전원이 모였다. 본디 의장이 앉아 있어야 했을 중앙에는 스포르차 가주가 앉아 있었다.

'이슬라 스포르차.'

백금발에 연둣빛 눈을 가진 그녀는 엄정히 아델을 내려다보다가 시선을 거두었다. 체사레의 생일날 무도회장에서 인사했을 때와 달리 굉장한 압박감이었다. 부채꼴의 회장은 사람들로 북적거렸다. 자격이 되는 수많은 귀족이 배심원으로 참석했다. 오르퀘니나와 트레베레움의 외교관, 일부 포폴로, 아르떼의 장들도 방청석에 자리를 잡았다. 포르나티에의 날고 기는 인물들 모두가 이 일의 귀추를 주목하는 중이었다.

'긴장하지 말자.'

회장에 들어선 아델이 조용히 심호흡했다.

"긴장했어?"

체사레는 프리오리석에 가지 않고 피고석 옆에 태평하게 서서 물었다.

가슴을 반쯤 까는 평소와 달리 목 끝까지 단추를 채운 금욕적인 옷차림이었다. 색은 잘 익은 포도주 빛깔이다.

'슈뢰더의 빨간색과 부오나파르테의 파란색이구나.'

옷차림까지도 다분히 정치적이다. 그에게도 중요한 무대이긴 한 모양이다.

"조금요."

아델이 시선을 돌리고 저도 모르게 허리를 톡톡 두드렸다.

'마차에서 너무 긴장했나?'

허리가 조금 욱신거렸다. 아랫배가 찌릿한 듯도 했다. 체사레가 기민하게 그녀의 작은 동작을 눈치채고는 물었다.

"왜 그래?"

"……."

하복부가 이상하다고 하면 분명 난리를 치겠지.

"아무것도 아니에요."

"무슨 일 있으면 바로 얘기하고."

아델이 힘없는 미소를 흘렸다.

"얘기하면요?"

그 말에 체사레가 잠시 주변을 훑었다. 수많은 귀족이 곁눈질로 아델을 훑고 있었다. 날 것의 시선들 속에서 아델은 반사적으로 신고식 때의 일을 떠올렸다. 몸이 움츠러들 찰나 체사레가 낮게 말했다.

"지켜 줘야지."

"……."

"무슨 일이 있어도."

아델의 눈이 느리게 커졌다. 고개를 들자, 체사레가 황금 같은 눈을 접으며 쌕 웃고 있었다.

"그래도 웬만하면 울진 말지? 네가 울면 기분이 개 같아지거든."

못된 말투에 어울리지 않는 무겁고 다정한 시선. 당황한 아델을 두고 체사례가 멀어져 갔다. 사람들은 자연히 그에게 길을 비켜 주었다. 왕이 걷는 모습 같았다. 이윽고 공판이 시작되었다.

산트나르는 공화정이나 일부 귀족에 의한 과두정 체제이기도 하다. 따라서 재판의 과정이 이웃 국가들과는 판이하다. 프리오리 가문이 연루된 경우가 특히 그렇다. 프리오리는 전원 재판에 참석해야 하며, 불참 시 직위를 내려놓는 것으로 간주한다. 재판 내내 프리오리는 발언할 수 없다. 따라서 보통은 대신 발언할 사람을 대동한다. 산트나르에서 배심원을 사는 일은 그리 드물지 않은 편이나, 프리오리 가문끼리의 싸움에서는 그러한 일이 극히 드물다. 이유는 지극히 간단하다. 재판이 대귀족을 휘두를 수 있는 몹시 즐거운 놀이처럼 여겨지기 때문이다.

"피고는 일체의 진술을 거부할 수 있고, 개개의 질문에도 답하지 않을 수 있으며…."

이슬라 스포르차가 찬 목소리로 진술 거부권을 읊어 나갔다.

"피고의 이름이 '아델라이데 부오나파르테'가 맞습니까?"

이슬라의 질문에 아델이 숨을 들이마셨다. 그리고 천천히 모자를 벗었다. 베일이 걷히자 배심원석과 여기저기서 탄성이 흘러나왔다.

"당장 말씀드릴 수 있는 것은, 제 이름이 '아델'이라는 사실뿐입니다."

"피고의 진술은 재판에 불리하게 작용할 수 있습니다. 이 점을 이해하고 있습니까?"

"네."

"알겠습니다. 넘어가죠."

이슬라의 시선이 루크레치아에게 향했다.

"루크레치아 델라 발레 양, 진술을 시작하세요."

위엄 서린 명령에 루크레치아가 자리에서 일어나 중앙으로 나왔다. 그녀의 연보를 모두가 주목했다. 부드럽게 떨어지는 순백색 드레스와 하늘하늘한 숄, 그리고 걸음에 따라 흔들리는 풍접초 장식. 태어난 뒤로 거짓이라곤 눈에도 대지 않아 본 양 깨끗한 모습이었다.

"여신의 안녕을. 포르나티에의 시민 여러분."

연단 중앙에 나선 루크레치아는 사슴같이 그윽한 눈으로 주변을 훑었다.

"루크레치아 델라 발레입니다. 저는 이 자리에서 '아델라이데 부오나파르테'를 고발하고자 합니다."

나긋하고 발음이 분명한 목소리가 울려 퍼졌다.

"'아델라이데 부오나파르테', 아니, '아델 비비'는 기모라 출신의 구두닦이이며 결코 '부오나파르테'의 일원이 아닙니다. 이는 위조된 신분이며, 저는 이것이 그녀의 욕심으로 벌어진 일이라고 생각해요."

루크레치아가 그렇게 말하며 양팔을 펼쳤다. 서글픈 미소가 입가에 떠올랐다.

"생각해 보세요. 저토록 아름다운 여인이 접근해 오는데, 어느 사내가 속아 넘어가지 않겠어요?"

이슬라가 물었다.

"관련하여 증거가 있습니까?"

"네, 그녀의 오랜 벗, 클라리체 도나티가 그 증인입니다."

증인석에 금발의 아름다운 여자 한 명이 나타났다.

"여신의 안녕을! 클라리체 도나티라고 합니다. 저는 아주 어릴 때, 그러니까, 열 살보다 어릴 때부터 아델과 함께 지냈어요! 그때 저희는…."

클라리체는 언젠가 그녀가 신문 기자에게 했던 말을 반복했다. 이야기 내내 클라리체는 눈물이 그렁그렁 맺힌 채 아델을 흘끔거렸다. 지금이라도 진실을 밝히는 게 어떻냐는 듯이. 그런 클라리체를 아델은 물끄러미 바라만 보았다. 클라리체의 증언이 끝나자, 이슬라가 말했다.

"루크레치아 양, 다른 참고할 만한 증거나 증인이 있나요?"

배심원들과 방청객들은 이슬라의 질문에 자기들끼리 쑥덕였다.

"증거가 더는 없겠죠?"

"설마 그럴까 싶지만, 다른 증거가 있었다면 진작 풍문이 돌지 않았을까 싶군요."

그 가운데 루크레치아가 한 걸음 나섰다.

"네, 가장 중요한 증거가 남아 있어요, 스포르차 공, 그리고 배심원 여러분."

루크레치아는 겸연쩍은 미소를 지으며 자리로 돌아간 클라리체와 시선을 교환했다.

"물론 클라리체 도나티 양은 매우 신뢰할 만한 숙녀지만, 이것은 한 귀족의 명예와 관련된 일입니다. 신중에 신중을 기해도 모자람이 없지요."

"요점이 뭡니까?"

"가장 확실한 분의 증언이 필요하다고 생각했습니다."

루크레치아는 품에서 편지 봉투를 하나 꺼냈다. 흰 봉투는 평범했다. 그러나 그 중앙에 찍힌 밀랍 인장을 본 사람들은 눈을 의심했다.

"……!"

별 모양의 인장은 부오나파르테의 것이었으나, 색이 달랐다. 자줏빛. 부오나파르테에서 저러한 색을 인장으로 쓰는 이는 단 한 명뿐이다.

"델라 발레 양, 그 편지는 설마…."

"네, 카타리나 님의 편지입니다."

루크레치아가 싱긋 미소 지었다.

04. Un dì, felice, eterea

"그분이 친히 답을 주셨습니다. '아델라이데 부오나파르테'는 그분의 딸이 아니라고요."

[그게 무슨 말이야?]

"강간이 아니었다고 합니다."

마이가 자신도 영문을 모르겠다는 듯이 말했다. 에바가 눈살을 찌푸린 채 펜을 휘갈겼다.

[그 비명이 어떻게 합의된 관계였단 거니?]

"그게…."

마이가 에포니에게 전해 들은 자초지종을 설명했다. 에바는 당황하여 할 말을 잃었다.

'강간이 아니었다고?'

그날, 에바는 아델의 절규를 들었다. 짐승이 우는 소리 같았다. 당연히 체사레가 그녀를 강제로 취했으리라고 생각했다. 그런데 아니라니.

'하지만 그럼 대체 왜 부오나파르테를 나간 거지?'

에포니의 추측대로 말 못 할 사정이 있었다? 그럴 리가.

"결혼할 겁니다. 최대한 빨리."

그 말을 한 뒤 바로 해저 금고로 향한 것을 보면 청혼을 위해 반지를 구하러 간 게 분명했다. 적어도 체사레의 계획에 아델의 도주는 없었다는 의미다. 이마의 주름이 깊어질 정도로 고뇌하던 에바는 어느 순간 눈을 예리하게 치떴다.

[마이, 에기르 군을 불러. 이게 대체 어찌 된 일인지 확인해 봐야겠어.]

얼마 안 있어 에기르가 에바의 방으로 불려왔다. 그는 방에 좀처럼 들어오지 못하고 망설였다. 숨겨진 공간에서 에바를 상시 호위하고 있는 비밀 수행원들에게 고립되는 것이 내키지 않는 듯했다.

"에기르 경?"

"……."

마이의 은근한 재촉에 에기르는 겨우 무거운 발을 뗐다. 맞은편 소파에 앉은 그를 향해 에바는 옅은 미소를 지으며 글자를 써 보였다.

[여신의 안녕을. 오랜만이야, 에기르 군. 계획에 관해서는 잘 숙지하고 있지?]

"예."

[한데 거사에 앞서 너를 믿을 수 있을지 확인을 해야겠더구나. 이해해 주면 좋겠어.]

"예."

에기르의 답변은 빠르고 깔끔했다. 그는 확실히 명령받는 것에 익숙한 남자였다.

[일전에 아델이 부오나파르테에서 도망쳤을 때, 혹시 네가 도와준 게 맞아?]

하지만 에바의 질문에 에기르는 잠시 대답을 보류하고 그녀를 물끄러미 바라보았다. 적인지 아군인지 가늠하는 듯한 시선이었다.

'…확실히 어리구나.'

에바는 젊은이의 시선을 피하지 않고서 말간 우려만을 드러냈다. 이윽고 에기르가 조용히 고개를 끄덕였다.

"…예."

[어떻게?]

"주인님께서는 일부 최측근에게 절대적인 신임을 보내고 계십니다. 가끔 기밀 명령도 수행하기에, 부오나파르테의 사용인들은 저를 잡지 않습니다."

말을 마친 에기르가 덧붙였다.

"…이젠 어렵습니다."

[왜? 체사레가 알고 있니?]

"지지 만프레디는 확실히 알고 있습니다. 그가 제 직위 해제를 요청한 듯합니다. 주인님이 알고 계시는지는 확실치 않습니다."

에바는 물 흐르듯이 자연스럽게 질문을 이어 갔다.

[왜 아델을 도왔니?]

에기르의 시선이 스르르 내려갔다. 한번도 생각해 본 적이 없는 눈치였다. 호수처럼 푸른 눈이 깜빡이더니 망설임 섞인 음성이 들려왔다.

"두고 볼 수가… 없었습니다."

"……."

에기르의 낯을 주의 깊게 살피던 에바가 느리게 글자를 썼다.

[아델을 사랑하니?]

수첩을 본 에기르의 표정이 멍해졌다.

"저는…."

그가 입술을 달싹거렸으나, 대답은 선뜻 나오지 않았다. 혼란스러워 보였다. 자신도 확신할 수 없는 감정에 몸을 던지다니. 순진한 아이구나. 에바가 안타까움을 느꼈다. 에포니의 아들. 태어날 때부터 부오나파르테에서 지냈고, 아무 의심도 없이 명령을 따른다. 이 아이는 제대로 자기 생각대로, 자기 인생을 살고 있는 걸까?

'어쩌면 아델을 내보낸 게 이 아이 최초의 반항이었겠구나.'
에바가 탄식과 함께 펜을 움직였다.
[에기르, 아델은….]

캐랙선 한 대가 항구에 도착했다. 배에서 내린 중년 여인은 가슴을 젖히며 공기를 들이켰다.
"으음, 도시 냄새! 언제 봐도 아름다운 도시야. 그렇죠, 로완?"
카타리나가 경쾌하게 미소 지었다. 로완이 그녀의 뒤에 서며 부드러운 표정을 지었다.
"난 우리 집이 더 아름다운 것 같은데요."
"그렇긴 하지. 그래도 오랜만의 고향이잖아요?"
"시간이 많이 흐르긴 했군요. 건물이 많이 올라갔어요."
다정하게 답한 남편의 주의는 곧장 다시 그의 부인에게로 돌아갔다.
"벨라스텔라 거리부터 갈까요? 나는 부인께 줄 선물을 사고 싶은데요."
"아하하! 그것도 좋지만 일단 해야 할 일을 해야죠, 로완."
카타리나가 손을 흔들었다. 거리에서 일하는 소년이 다가왔다.
"안녕하세요, 부인. 짐을 날라 드릴까요?"
"그래, 마차도 한 대 불러 주렴."
"네, 어디로 가실 거예요?"
카타리나가 시원하게 웃었다.
"모르드가 전당으로!"

이슬라 스포르차가 편지를 들여다보였다. 다른 프리오리들도 편지를 확인하고는 미묘한 감탄사를 흘렸다.

> 확실하게 말해 주지. 아델 비비는 내 딸이 아니며…

"카타리나 님의 인장이 맞군요."

사람들이 저도 모르게 체사레를 보았다. 보랏빛 예복을 입은 그는 팔짱을 낀 채 몹시 흥미롭다는 얼굴을 하고 있었다.

"이런 중차대한 일을 속일 수야 없지요."

루크레치아가 겸손한 태도로 가슴 위에 손을 얹었다. 이슬라의 시선이 아델에게 향했다.

"아델라이데 부오나파르테 양, 이에 대해 할 말이 있습니까?"

"……."

"묵비권이군요. 알겠습니다."

"아직 끝나지 않았습니다, 스포르차 공."

루크레치아가 한 걸음 더 앞으로 나섰다.

"한때 아델 비비 양과 에즈라 오라버니가 혼인할 뻔했지요. 하여 저희 가문에서는 이 사태를 해결하고자 많은 노력을 쏟았습니다. 그리고 공들여 수색한 결과, 아델 비비의 친모를 찾을 수 있었습니다."

"친모?"

곧 낡고 더러운 옷을 입은 여자 한 명이 연단으로 걸어 나왔다. 여자가 머리에 둘러쓴 천을 내리자 방청객 사이에서 감탄사가 일었다.

"아델의 어미, 노바입니다…."

여자의 머리카락은 물미역처럼 푸른 빛깔이었다. 검은 바탕에 공작색 반사광을 가진 아델라이데의 머리 색과 제법 흡사했다. 게다가 꾀죄죄한 차림과 피하지 못한 세월에도 불구하고 여인은 꽤 아름다웠다. 사람들은 여자와 아델을 번갈아 보았다. 아델은 덤덤하게 여자를 쳐다보았다.

'사람을 샀구나.'

충분히 예상 가능한 일이었다.

"당신이 아델라이데 부오나파르테 양의 친모라고요?"

이슬라는 갑작스러운 친모의 등장에도 침착하게 물었다.

"네…."

"혹 제가 모르는 부오나파르테의 일원입니까?"

"아, 아니요. 저는 내내 기모라에서 살았습니다. 그런 대단한 가문 출신이 아니에요."

"그렇군요. 델라 발레에서 당신을 찾아냈다고요?"

"예, 저는 기모라에서 동냥하며 사는데, 어느 날 귀하신 분들이 찾아와서는 제 잃어버린 딸을 찾았다고…."

"아델 양이 당신의 잃어버린 딸이란 말입니까?"

"네, 결혼하지 않은 몸으로 아이를 낳았는데, 제 몸 하나 건사하기 어려워서 그만…. 흑!"

여자는 갑작스레 울음을 터뜨리며 두 손에 얼굴을 묻었다.

"하, 하지만 계속 후회했습니다. 버린 곳으로 다시 돌아갔지만 아델을 찾을 수는 없었어요….”

"딸이라고는 어떻게 확신합니까?"

"그야 아델은 태어났을 때부터 몸에 점이 하나도 없었고….”

여자의 말은 클라리체의 증언과 다른 점이 없었다. 이슬라가 미세하게 고개를 갸웃했다.

"갓 태어난 아기의 몸에 점이 있는지를 확인했단 뜻입니까?"

여자가 눈을 굴렸다.

"…예!"

"…일단 알겠습니다. 달리 말하면 친모라는 증거는 없다는 뜻이군요.”

"아니라는 증거도 없지요."

루크레치아가 끼어들었다.

"아시다시피 기모라는 법과 질서가 통하지 않는 거리예요. 그곳에서 무슨 일이 일어나는지 누구도 확실히 알지 못하죠.”

"……."

루크레치아와 이슬라 스포르차의 시선이 허공에서 부딪쳤다. 심상치 않은 분위기에 여자가 당황하더니 아델을 향해 팔을 펼쳤다.

"아델, 엄마야…!"

아델은 호응하지 않았다.

"아, 아델! 엄마라니까! 이리 온, 내 아가…!"

여자의 외침이 절박한 호소에 가까워졌을 때였다. 무겁게 닫힌 회장의 문밖에서 무시하기 어려운 소란이 일었다. 이윽고 치안 대장이 갑옷 소리를 내며 다급하게 이슬라에게 다가갔다.

"스포르차 공, 지금 밖에….”

귀엣말로 무언가를 전해 들은 이슬라의 눈이 찌푸려졌다. 그 순간 회장의 문이 열렸다. 중앙으로 느리게 걸어 들어온 침입자는 하얗게 센 머리카락의 노인이었다.

"의장님?"

"에바 의장이 여긴 왜…?"

당황한 사람들 앞에 선 에바는 커다란 스케치북을 들어 보였다.

> 존경하는 포르나티에의 시민 여러분,
> 잠시 휴정을 요청합니다.

갑작스럽게 난입한 에바 부오나파르테는 아델과의 독대를 요청했다. 볼기를 치고 내쫓을 일이었다. 상대가 에바가 아니었다면 말이다. 그녀는 공명정대함으로 시민들에게 존경과 신뢰를 받고 있는 인물이었다. 그런 에바가 난입이라니! 뭔가 큰일이 나도 단단히 난 것이라고 사람들은 생각했다. 이슬라 스포르차마저 그렇게 생각했다.

"절대 안 되지."

유일하게 반발한 것은 체사레였다.

"이슬라 스포르차, 일 이따위로 할 건가?"

"한마디라도 더 하는 순간 내쫓을 줄 아십시오."

체사레와 이슬라가 신경전을 벌이는 사이 아델은 에바에게 집중했다. 에바는 숫제 울 것 같았다. 빤히 그녀를 바라보던 아델이 말했다.

"체사레 공, 나는 이야기를 나눠 보고 싶은데요."

그 순간 체사레가 고개를 홱 돌렸다. 곤란하다. 이쪽은 약간 화난 얼굴이었다. 그는 프리오리석에서 내려와 성큼성큼 아델에게 다가왔다. 목소리가 큰 짐승의 목울음처럼 낮고 서늘했다.

"솔직히 말해 봐. 둘이 작당했어? 독대한다고 해 놓고 도망가는 상황인가?"

"자기 조모에게 작당이라뇨."

"난 원래 위아래가 없어."

그렇긴 하지.

"뭔가 전할 말이 있을지도 모르잖아요."

"상황은 전부 내가 조절하고 있어."

"전부?"

아델의 시선이 다시 에바에게 닿았다. 에바가 간절한 눈빛을 보내왔다.

"아닌 것 같은데요. 잠깐 얘기하고 올게요."

체사레가 입을 꾹 다물었다. 다부진 체격에 큰 키, 질린다는 듯 찡그린 표정. 그러나 금빛 눈은 속절없이 서럽게 흔들리고 있었다.

"…정말 다시 올 거야?"

"……."

그가 이럴 때마다 그녀는 조금 말문이 막힌다. 체사레는 신경질적으로 제 머리카락을 흐트러뜨리더니 품에서 무언가를 꺼냈다.

"이거 가져가."

"이게 뭔데요?"

아델이 무심결에 그것을 받았다. 동그란 청금석 위에 금으로 별을 조각한 메달이었다.

"스텔로네 은행에서 부오나파르테의 이름으로 얼마든지 꺼내 쓸 수 있는 메달."

"내가 이걸 왜 가져가요?"

당황해서 도로 내밀었지만 체사레는 도리어 한 걸음 물러났다.

"조언 하나 해 주자면, 출금할 땐 포르나티에 은행에서 하는 게 좋아. 내가 하도 개같이 굴어 놔서 상명하복에 익숙하거든."

아델이 멈칫했다.

"…그건 도망가면 풀어 준다는 뜻인가요?"

"찾아냈을 때 또 음식물 쓰레기 속에 숨어 있으면 가만 안 두겠단 뜻이야. 걸려도 호텔 최상층에서 금화로 수영하다가 잡히란 말이야. 알겠어?"

"……."

멍하니 선 아델을 보고 체사레가 쓴웃음을 터뜨렸다.

"…그래도 웬만하면 가지 마."

눈매와 입꼬리는 웃는데, 불안과 조바심이 날 것으로 드러난 눈이었다. 불현듯 아델은 깨닫고 말았다. 그의 저런 눈을 보기 시작한 지가 꽤 되었다는 걸.

모르드가 전당의 작은 방. 에바 부오나파르테는 아델과 마주 앉았다.

[부탁해.]

그녀가 스케치북을 보였다. 손이 잘게 떨리고 있었다.

[내가 묻는 말에 최대한 솔직하게 대답해 다오. 곧 죽을 노인의 청이라고 생각하고, 한 번만 그리해 다오.]

"……."

무슨 질문일지도 모르는데 그러겠다고 대답할 순 없다. 무표정한 아델의 모습에 에바의 두 눈이 흐려졌다. 정치가다운 여유는 어디 갔는지 심란한 속이 그대로 드러났다.

[아델, 정말로 그날, 체사레가 네게 관계를 강제하지 않았니?]

"……?"

예상하지 못한 질문에 아델이 잠깐 눈을 크게 떴으나, 이내 이해했다.

'에포니로부터 전해 들은 모양이네.'

이 정도면 부오나파르테의 모두가 그날의 일을 겁간이었다고 확신하고 있는 듯했다. 사실상 얼렁뚱땅 넘겨도 되는 지극히 사적인 화제였다.

[아델, 제발….]

하지만 에바의 눈에 어느새 맑은 눈물이 그렁그렁 맺혀 있었다. 아델이 한숨과 함께 말했다.

"강제는 아니었습니다. 제 선택이었어요."

에바는 잠시 숨이 멎는 듯했다가 부랴부랴 글자를 써 내려갔다.

[정말로? 네가 무슨 말을 하든 내가 지켜 줄 수 있다. 네가 도망치는 걸 도와줄 수도 있어. 난 그저 네 진심을 원할 뿐이야.]

진심이라. 아델이 저도 모르게 냉소를 머금었다. 손자고 조모고 반드시 남의 마음속 밑바닥을 긁고 싶은가 보지.

"…정말 다시 올 거야?"

"……."

아델의 주먹에 힘이 들어갔다. 그녀의 얼굴이 여러 감정으로 얼룩지자 에바는 급하게 펜을 다시 휘갈겼다.

[여긴 아무도 없고, 우리 둘뿐이야. 나는 살날이 많지 않고, 여기서 네가 한 말은 누구에게도 옮기지 않으마. 내 이름을 걸고 약속해.]

아델은 쓴웃음을 흘렸다. 에바가 그렇게까지 할 필요도 없는 일이었다. 어차피 체면이랄 것도 없었고, 가진 건 자존심뿐이었으니. 그냥 말을 꺼내는 것만으로도 그 자존심이 무참히 박살 날 뿐이다. 사실은 자신도 내내 스스로에게 묻고 있었다.

'나는 대체 체사레를 어떻게 생각하는 걸까.'

에바는 간절한 마음으로 아델을 바라보았다. 아델은 그녀를 무시하고 작은 창으로 시선을 옮겼고, 스테인드글라스 사이로 드는 오색 빛깔 햇빛이 물결치는 것을 빤히 바라보았다. 이윽고 아델의 입술이 열렸다.

"…어리석은 착각을 했습니다."

에바에게 말한다기보다 자기 자신을 향한 독백 같았다.

"남들 다 하는 착각이요."

초상화 속의 여인처럼 바르고 우아하게 앉아 있던 아델의 입가에 쓸쓸한 냉소가 떠올랐다.

"나한테만은 다를지도 모른다고…."

담담한 어조와 달리 낱말마다 후회와 배신감, 원망이 올올이 스며들어 있었다. 아델이 허공으로 시선을 옮겼다. 금빛 벨벳 같은 눈이 희미하게 흔들렸다. 처연한 떨림이 아니었다. 그녀의 두 눈은 여기에는 없는 체사레를 있는 힘껏 노려보는 듯했다. 마치 불타오르는 유성 같았다.

에바가 홀린 듯이 손을 움직였다.

[체사레를 사랑해?]

아델은 오만한 눈으로 짧은 문장을 내려다보았다. 점차로 그녀의 아름다운 얼굴에 차가운 증오가 번져 나갔다.

"이게 사랑인가요?"

억울하다는 듯, 기가 찬다는 듯이 웃음을 토해 낸다.

"짜증 나기만 할 뿐인데."

하지만 정말로 아무 감정이 없다면 짜증조차 나지 않았을 터다.

[체사레를 생각하면 짜증이 나?]

아델이 잠깐 입을 다물었다가 재차 사나운 웃음을 터뜨렸다.

"진실을 말하자면 당신 손자는 정말 재수가 없어요."

거리의 말투에 숙녀의 억양이 섞인 오묘한 말씨로 아델이 말을 이어 나갔다.

"부오나파르테 저택에서 일하는 모든 이가 그를 좋아하더군요. 아랫사람에게 공정하다는 뜻이죠. 그는 자기 영향력을 알고, 자기 말 한마디와 행동 하나가 어떤 파급을 일으키는지 너무나 잘 알아요."

그것은 에바도 알고 있는 사실이었다. 그리하도록 가르쳤으며, 가르치지 않아도 해내던 것이 체사레였다.

"그런 주제에 내게는 왜 그따위였나요?"

아델이 비소했다.

"처음부터 그랬습니다. 꽃밭에 핀 잡초 취급하지 못해 안달이었어요. 같은 기모라 출신인 지지 씨에게는 그러지 않았다는 걸 알아요. 그렇게 사람을 내도록 무시하고…."

아델의 눈가가 젖어 들었다. 자존심 센 기모라 처녀는 울지 않고 눈을 부릅떴다. 그러나 목소리의 여린 떨림만은 그녀도 숨길 수 없었다.

"…그런데 왜 지금 나는 여기 있죠?"

"……."

"왜 그 남자의 귀를 물어뜯고, 눈알을 파낸 다음 도망치지 않았을까요?"

[…그건 참아 줘서 조모로서 고맙구나.]

"나는 망가진 건가요? 부유하고 오만한 사내를 구원할 수 있다는 어리석은 환상에 빠진 건가요? 다른 여자들처럼?"

에바가 약하게 고개를 저었다. 아델이 경계하던 것이 무엇인지 알 것 같았다.

"아니면 그냥 그 남자가 가진 황금과 그 요사스러운 눈웃음에 홀린 건가요?"

다시 한번, 에바가 고개를 저었다. 아델은 온몸을 분노와 슬픔으로 덜덜 떨었다.

"그게 아니라면 그 남자가 나를 내쫓았을 때 나는 왜 절망한 건가요."

마침내 드러난 감정의 실마리에 에바는 작게 탄식했다.

'닮았구나, 체사레와.'

이 아이는 용납할 수 없는 것이다. 자기 앞에 복종하지 않는 이에게 눈길 두는 자기 자신을. 오만하고 고집 센 둘이 맞붙었으니 기름에 불붙인 양 타올랐을밖에.

[아델, 너는 어리석은 게 아니야. 너는 그저 진실을 보았을 뿐이란다.]

"……."

[모든 숙녀와 사용인에게 공정하게 구는 체사레가 네게만 그러지 못하는 이유를 본능적으로 알았던 거야.]

"헛소리예요."

에바의 입에서 푸시시 웃음이 흘러나왔다. 헛소리 취급해도 별수 없다. 그것은 체사레의 과오다. 얼마나 못되게 굴었으면 이 정도로 분노했겠나. 그녀는 이윽고 시원하게 웃음을 터뜨렸다. 이렇게나 단순했던 걸. 이렇게나 진작 이어져 있던 걸.

[미안하다. 내가 좀 더 빨리 알아차렸어야 했는데.]

"……?"

아델은 의아한 듯이 물기 어린 눈을 치떴다. 그마저 어여뻤다. 체사레가 반할 만했다.

[솔직하게 말해 줘서 고마워. 더는 내가 체사레를 걱정하지 않아도 되겠구나.]

에바는 그윽하게 아델을 바라보았다.

'네가 체사레의 짝이었구나.'

오랜 세월 에바의 마음에 짐 덩이처럼 얹혀 있던 것이 드디어 쓸려 나간 듯했다. 체사레가 아주 어릴 적, 에바는 어린 손자에게 조언한 적이 있다.

"체사레, 모두가 그런 사랑을 받을 수 있는 건 아니야. 그런 일은 아무에게나 일어나지 않아."

그저 체사레가 너무 상처받지 않길 바랐을 뿐이다. 그러나 그날을 기점으로 틈만 나면 방긋거리던 아이의 미소가 급격하게 줄어들었다. 다행히 어느 순간 홀로 방황을 끝낸 듯했지만….

'그게 바닷가에서 실종되었다 돌아왔을 때던가?'

뭐가 됐건 에바의 한마디는 체사레를 변하게 했다. 내내 부채감을 가지고 있었고, 그렇기에 체사레가 진정으로 사랑받길 바랐다. 하여 한때 루크레치아와의 만남을 주선하기도 하였으나, 노인의 오지랖이었던 모양이다. 이렇게 알아서 제 짝을 잘 찾아낼 것이었는데.

> 가주와 다시 이야기해 보는 것이 좋겠소, 의장.

에바는 저택을 나오기 전 급하게 전달받은 오르퀘니나의 서신을 떠올렸다.
'아마 체사레는 오르퀘니나와 이미 이야기를 마쳤겠지.'
신분은 해결된다. 아델은 무사하다. 그렇다 한들 신분을 위조했다는 죄는 사라지지 않는다…. 에바가 환하게 미소 지었다.
[이젠 내게 맡기렴.]

공판이 재개되었다. 에바는 아델과 함께 회장에 들어섰다. 그 모습을 본 체사레는 등받이에 몸을 묻었다. 태연하고 방만한 자세였다. 팔짱 낀 손이 팔뚝을 파고 들어간 것은 아무도 보지 못했다. 공판이 재개되었는데도 에바는 계속 연단 중앙에 있었다. 그녀는 심지어 아델의 손을 애틋하게 어루만지다가 마지못해 피고석으로 보냈다. 이슬라가 헛기침했다.
"에바 의장, 자리를 잘못 찾은 것은 아닙니까?"
에바는 아련한 눈으로 차분히 글자를 써 내려갔다.

> 잘못 찾았지요. 원래는 피고석에 있어야 하는 게 저이니 말입니다.

"그게 무슨 말입니까?"

> 포르나티에 시민 여러분. 이 에바 부오나파르테, 여러분 앞에서 밝혀야 하는 것이 있습니다.

에바의 스케치북이 이슬라와 프리오리석을 향해 있었기에 일등 서기관 한 명이 나와 그녀의 필담을 읽기 시작했다.

"아델라이데는 오르…. 헉."

서기관은 에바의 글을 읽다가 턱을 떨어뜨렸다. 프리오리들도 마찬가지였다. 지금껏 관조자의 입장을 취하던 이들이 모두 몸을 내밀고 눈을 부릅떴다.

"아, 아델라이데는… 오르퀘니나 황가 슈뢰더의 일원입니다?"

서기관의 말이 끝나기 무섭게 사위가 단숨에 술렁였다.

"황족…?"

"뭐라고요?"

반면 에바는 달관한 듯한 미소를 지으며 체사레를 바라보았다.

"……."

짧은 순간 체사레와 에바가 시선을 교환했다. 다음 순간 체사레가 턱짓했고, 방청석에 있던 지지가 자리에서 일어났다.

"큼큼. 잠시 주목해 주십시오."

수많은 서류가 든 커다란 가죽 가방을 뒤적인 그는 곧 둘둘 말린 황금빛 종이를 꺼냈다.

"이것은 오르퀘니나의 지고한 달, 아딜로트 겐첸 슈뢰더 황제의 공증입니다. 내용은 짐작하시다시피…."

두루마리를 묶고 있던 금줄이 풀리고, 종이가 주르르 펼쳐졌다.

"'아델 브륄 슈뢰더'가 황가의 일원임을 보장한다는 것입니다. 아, 방계지만요."

"……!"

사람들이 눈을 부릅뜨거나 몸을 내밀었다. 두루마리 가장 아래 찍힌 것은 사자의 얼굴이 그려진 붉은 밀랍. 오르퀘니나의 황제 아딜로트 겐첸 슈뢰더의 직인이다.

가장 크게 놀란 것이 델라 발레 일가였다. 무표정한 루크레치아는 낯빛이 하얗게 질렸다. 루카와 오레스테도 마찬가지였다. 재판 내내 이러한 싸움이 환멸 난다는 듯 인상을 쓰고 있던 에즈라는 아예 턱을 떨어뜨렸다.

"아델 양이 황족이라고…?"

지지는 연단으로 나가 두루마리를 이슬라에게 넘겼다.

"확인해 보시면 알 겁니다. 여기 계신 '아델라이데 부오나파르테' 양의 본명은 '아델 브륄 슈뢰더'이며, 오르퀘니나 황가의 일원이라는 걸요."

두루마리를 살핀 이슬라가 당황 섞인 어조로 말했다.

"…이건 진짜군요."

경악으로 질려 있던 루크레치아가 뒤늦게 정신을 차리고 외쳤다.

"하지만 카타리나 님이!"

"나 불렀어?"

그 순간 호쾌한 웃음소리가 회장에 울려 퍼졌다. 챙이 넓은 모자를 쓴 중년 여인이 구두를 또각거리며 나섰다.

"난입해서 미안해요, 시민 여러분. 간만에 인사 올립니다. 내 이름은 카타리나 슈뢰더."

그녀는 나이에 어울리지 않는 활기찬 동작으로 모자를 벗었다.

"거기 있는 우리 아델의 친척 되겠어요."

싱긋 웃는 그녀의 뒤에는 로완 부오나파르테가 서 있었다. 솔라레에 칩거하는 것으로 알려진 두 대귀족의 등장에 상당수의 귀족이 당황했다. 새하얗게 질린 얼굴의 루크레치아는 경악해 외쳤다.

"카타리나 님! 아델 비비가 딸이 아니라고 하셨잖아요!"

"그렇지. 딸이 아닌데 딸이라고 할 수는 없잖아?"

"귀족도 아니라고…!"

"귀족도 아니지."

카타리나가 나른한 위엄을 보이며 말했다.

"황족이니까."

"……!"

"델라 발레 양, 자네에겐 미안하군. 내가 뒷부분을 빼먹었지? 외교 문제로 비화될까 봐 말하기 어렵더라고."

루크레치아가 이를 악물었다.

"그런데 말이지."

다음 순간 카타리나가 창끝처럼 예리한 붉은 눈으로 노바를 쳐다보았다.

"전해 듣자 하니 자네가 아델의 친모라고?"

"……!"

갑작스러운 지목에 노바가 심하게 몸을 떨었다.

"그렇다면 자네가 슈뢰더 황가의 방계란 뜻인데…. 내가 모르는 황족이 있었다니, 놀랄 일이야."

카타리나가 비웃음을 흘리며 방청석 쪽을 돌아보았다.

"어떻게 생각하나?"

드넹어를 사용한 물음이었다. 시선을 받은 오르퀘니나의 외교관들이 바로 엄정한 낯빛을 했다.

"폐하의 공중을 의심할 수는 없지요. 그러니 '아델 브륄 슈뢰더' 양의 친모라 주장한 저 여자는 황족이어야 사리에 맞습니다."

외교관 중 한 명이 노바를 흘끗했다.

"그러나 만약 슈뢰더의 이름을 사칭한 것이라면…."

외교관의 시선은 마지막으로 이슬라에게 향했다.

"이는 결코 쉽게 넘어갈 문제가 아님을 알아 두셔야겠습니다."

이슬라는 가까스로 한숨을 쉬지 않은 듯 보였다.

"…프리오리로서 그러한 일이 없기만을 바라는 바입니다."

"그 말, 믿겠습니다."

대화를 들으며 카타리나가 싱긋 웃었다. 그녀는 자연스레 방청석으로 향했고, 위엄에 기가 죽은 귀족 몇이 자리를 비켜 주었다. 졸지에 외교 문제, 그것도 산트나르 최대의 교역국과의 문제를 떠맡은 이슬라의 표정은 더욱 냉엄해졌다.

"우선 이게 대체 무슨 일인지부터 들어 보아야겠습니다. 에바 의장?"

에바가 기다렸다는 듯이 이야기를 적어 내렸다.

저와 카타리나가 아직 포르나티에에 있을 적의 일입니다. 아시다시피 오르퀘니나는 라지푸트전으로 국내 상황이 심상치 않았습니다. 그러던 중, 당시 시뇨리아의 의장이었던 제게 비밀스럽게 연락이 왔습니다.

"무슨 내용이었나요?"

황가의 방계 중 부모를 잃은 어린아이가 한 명 있는데, 그 아이가 자랄 때까지만 신병을 맡아 달라는 요청이었습니다.

"그게 아델 양이었습니까?"

예, 하나 아이는 부오나파르테까지 오지 못했습니다. 저는 아이가 죽었다고 생각했습니다만….

에바가 아델을 보았다.

> 아니었지요. 아이는 자신의 뿌리가 어디에 있는지도 모른 채, 포르나티에 거리에서 살아남았던 겁니다.

이야기를 들으며 아델은 감탄했다.

'어떻게 입술에 침도 안 바르고 저런 거짓말을….'

아델의 가장 오래된 기억은 새하얀 모래사장에 쓰러져 있던 것이다. 그녀는 눈을 뜨자마자 자신을 발견한 노부부에게 물었다.

"여기가 어디죠?"

공용어였다. 드넹어가 아니라. 그러므로 에바 의장의 말은 결코 사실일 수 없었으나, 모르고 들으면 얼추 앞뒤가 맞긴 했다. 잠시 고민한 이슬라가 물었다.

"그렇다는 건, 슈뢰더 황가에서는 이쪽의 '아델라이데 부오나파르테' 양이 실종된 '아델 브륄 슈뢰더' 양이 맞는다는 검증을 이미 마친 겁니까?"

이슬라의 질문에는 지지가 대답했다.

"예! 슈뢰더 황가에서는 충분한 검증을 마친 뒤 공증을 발급하였습니다. 아델 님은 슈뢰더 황가의 일원이 확실합니다."

당연히 아델은 그런 것은 받지 않았다. 자신을 빼고 흘러가는 자신의 이야기를 들을수록 아델의 머릿속에 떠오르는 생각은 하나뿐이었다.

'체사레가 돈을 정말 어마어마하게 먹였나 보구나.'

전 대륙에서 가장 활발하게 이용되며 가장 신뢰도가 높은 스텔로네 은행. 그 주인의 자금력이란 게 이런 건가.

"거짓말!"

그때 루크레치아가 새된 목소리로 외쳤다.

"분명 금전 거래가 오간…!"

"큼! 크흐흠!"

오르퀘니나 외교관이 즉각 헛기침했다.

"루크레치아 델라 발레 양, 그 말은 우리 폐하께서 고작 금전적 이득을 위해 신성한 황가의 족보를 사고파는 짓을 했다 이겁니까?"

"……!"

루크레치아가 입술을 꽉 깨물었다.

'절대 그렇다고 대답할 수 없겠지. 설령 의심이 간다 해도 말이야.'

그리고 보통은 의심조차 하지 않을 터였다. 오르퀘니나는 산트나르와 달리 절대 왕정 체제다. 황제를 중심으로 한 공고한 신분제 사회에서 황족의 자리를 사고팔 리 없다.

…상식적으로는 말이다.

'체사레의 사촌이라고 생각하면 어쩐지 이해가 되기도 하고….'

이슬라가 급하게 나섰다.

"루크레치아 델라 발레 양, 발언에 주의하십시오."

루크레치아는 입술을 짓씹으며 물러날 수밖에 없었다.

"상황을 정리할 필요가 있겠군요."

이슬라가 미뤄 두었던 한숨을 쉬며 말했다.

"우선 체사레 부오나파르테 공에게 걸린 혐의는 사사로이 신분을 위조했다는 점입니다."

지지가 슬쩍 서류 하나를 더 올렸다.

"과거에 오르퀘나나에서 황족의 신변 보호를 요청했다는 서류입니다. 일단 '사사로이'는 아니라는 뜻입니다."

"위조겠죠!"

루크레치아가 지치지도 않고 외쳤다. 그녀는 더는 참한 요조숙녀처럼 굴지 않았다.

"루크레치아 양, 증거가 있습니까?"

루크레치아의 말문은 이슬라의 추궁에 손쉽게 막혀 버렸다.

"양이 말하고자 하는 바를 압니다. 에바 부오나파르테는 가주 직을 내려놓은 이후에도 계속해서 시뇨리아의 의장으로 자리했습니다. 분명 위조가 가능한 부분입니다. 하지만 이것."

이슬라가 황제의 공중을 들어 보였다.

"이것만은 위조가 불가능합니다."

"……."

루크레치아는 반박하지 못하고 이만 갈았다.

"그러므로, 그래요. '사사로이'는 제외되었군요. …하나."

이슬라의 연둣빛 눈동자가 싸늘해졌다.

"체사레 부오나파르테 공이 부오나파르테 가주의 권한으로 아델 브륄슈뢰더 양의 신분을 위조한 것은 사실입니다."

예리한 칼날 같은 시선이 체사레에게 향했다. 프리오리석의 체사레는 흥미롭다는 듯이 턱을 괴었을 뿐이지만.

"실종된 타국 황족의 신병을 다시 확보했다면 밝혔으면 그만입니다. 굳이 범법을 저질러 가며 부오나파르테에 입적시킨 것은 명백하게 잘못된 일입니다."

그때 에바 의장이 스케치북을 들었다.

> 밝혀야 하는 것이 하나 더 있습니다, 스포르차 공.

체사레와 에바가 다시 한번 시선을 교환했다. 에바는 잠깐의 머뭇거림도 없이 펜을 움직였다.

> 그리하라 지시한 것이 접니다.

"말도 안 됩니다!"

이번엔 이슬라가 경악했다.

> 그것은 사적인 판단입니다, 스포르차 공.

"…하지만 의장이 그럴 이유가 없습니다!"

아델은 뒤늦게 이슬라 스포르차가 에바 의장의 공정함을 매우 존경하더란 논평을 읽은 기억을 떠올렸다.

> 맡아 주겠다 확언한 핏덩이가 사라졌습니다, 스포르차 공. 그게 제 일평생 마음의 짐이었습니다.

"……"

> 오르퀘니나의 내정이 불안정한 것을 알기에 돌려보낼 수는 없었습니다. 언제 어떤 위협이 있을지 모르니 신분을 밝히기에도 곤혹스러웠습니다. 하지만 제게는 아델이 지금껏 누리지 못했던 것을 누리게 해 줘야 할 책임이 있었습니다.

에바의 책임감이 얼마나 강한지 아는 이들은 침묵했다.

> 하여 '아델라이데 부오나파르테'의 이름으로 누이 삼으라 명령한 것이 접니다.

그 말에 내내 잠자코 있던 프리오리, 자카리 무도가 의아한 듯 물었다.
"체사레 공이 그런 요청을 들어주었다고?"

> 모두가 아시다시피 제 손자는 제게 막듯하고, 하나 남은 가족인 저를 외면하지 못했습니다.

"흠."
무도를 비롯해 몇 프리오리는 여전히 납득되지 않는다는 얼굴이었으나 별말은 하지 않았다. 끼어든 것은 루카 델라 발레였다.
"그, 그럼 체사레 공은 아델 양이 황족이라는 걸 알고 있었단 말이오?"

> 아니요. 그것은 체사레에게도 말하지 않았습니다. 그

> 래서 귀 가문과의 약혼식에 그러한 난장을 피운 듯합니다. 위조된 신분으로 혼인을 하려 하다니 아니 될 일이니까요.

"허…!"

루카는 말이 안 된다고 외치려 했으나, 약혼식을 망치며 체사레가 했던 말을 떠올렸다.

"고맙다는 인사는 들은 걸로 하겠습니다."

사정을 알고 들으니 갑자기 이해가 가는 말이었다. 실제로 체사레가 난장을 피우고, 아델이 구두닦이였다는 게 밝혀진 뒤 얼마나 안심했던가?

'하지만 황족이었다니!'

암초를 피해 갔다고 생각했는데 잠든 보물선이었다. 루카의 얼굴은 흙빛이 되었다. 그사이 에바가 방청석을 돌아보았다.

> 시민 여러분, 모두 제가 부덕하여 이루어진 일이고, 체사레는 억지로 제 명령을 따랐을 뿐입니다. 그러니 부디 죄는 제게만 물어 주십시오.

그녀는 그대로 든 것을 내려놓고 깊이 허리를 숙였다. 사위가 당황으로 조용해졌다. 허점이 많은 이야기였으나 발언자가 에바였다. 그녀는 일평생 공직자였으며, 중립적인 태도와 공정한 일 처리로 칭송받았다. 의장이 되고도 그 기질은 변하지 않아 독주하는 부오나파르테를 제지하는 칼날이 되기도 했다.

이슬라가 믿을 수 없다는 듯 물었다.

"의장, 그 말이 전부 사실입니까?"

"……."

에바는 대답하지 않고 허리만 더 깊숙이 숙였다. 이슬라가 탄식하며 이번에는 카타리나에게 물었다.

"카타리나 부오나파르테 님, 사실입니까?"

카타리나는 아델을 응시하다가 빙긋 웃으며 답했다.

"사실입니다."

"아델 브륄 슈뢰더 양, 이 말이 사실입니까?"

아델은 허리 숙인 노인의 옆얼굴이 지독하리만치 담담한 것을 확인한 뒤 말했다.

"사실입니다."

드넹어로 답하자 오르퀘나나 외교관들 사이에서 만족스러운 감탄사가 나왔다. 잠시간 아무도 입을 열지 않았다. 정적을 깬 것은 프리오리, 파멜라 이브레아였다.

"일단 아델 양을 피고석에 두는 건 옳지 못한 듯하군요. 타국의 황족에게는 외교관 면책 특권이 인정됩니다."

"하지만 그녀는 위조된 신분으로 수혜를 받았습니다!"

루크레치아가 허겁지겁 외쳤으나 리비 로시가 딱딱하게 답했다.

"루크레치아 양, 황족이 귀족이 된 것을 수혜라 할 수 있을지 우선 생각해 봐야 할 것 같소만."

"게다가 수혜받은 게 있긴 한가? 졸지에 엄마가 둘이 됐는데."

자카리 무도가 퉁명스럽게 끼어들었다. 그는 프리오리 중 가장 불의를 참지 못한다고 평가받는 자였다.

"이제 보니 그냥 델라 발레가 부오나파르테에서 돈을 뜯어내려고 작정하고 벌인 일 같군그래."

옆에 있던 루카의 얼굴이 벌겋게 물들었다.

"지금 말 다 했소?"

"내가 틀린 말 했나? 내 친척에게도 큰돈을 빌렸던데?"

프리오리 사이에서 소란이 일었고, 방청객들도 자기들끼리 떠들기 시작했다. 수라장이었지만 아델은 느낄 수 있었다. 이제 누구도 자신을 경멸 섞인 눈으로 보지 않고 있음을. 도리어 '황족'의 이름이 붙자마자 다른 속삭임이 들려왔다.

"역시 출신이 고귀하니 그만치로 빠르게 숙녀의 자태를⋯."

웃음이 나올 뻔해서 아델은 손으로 뺨을 매만지는 척하며 입을 가렸다. 그리고 문득 손에 배어 나온 물기를 느꼈다.

'식은땀?'

갑작스레 배에서 고통이 퍼져 나갔다. 재판 내내 은은하게 쿡쿡 찌르는 느낌이었는데 그것이 순식간에 격통이 되었다.

"윽⋯."

내장을 쥐어짜는 듯한 감각에 아델이 비틀거리다 주저앉았다. 다리 사이에서 뭔가 흘러내리는 느낌이 들더니 드레스 자락에 점점이 붉은 것이 묻어났다.

04. Un dì, felice, eterea

'피?'

그 순간 체사레의 목소리가 들려왔다.

"아델?"

그의 목소리는 기본적으로 주목도가 높다. 사람들이 자연스럽게 아델을 바라보았다.

"저기 봐요! 아델 양의 드레스에 피가…!"

누군가가 외치기 무섭게 요란한 소리가 나더니 큰 손이 아델의 어깨를 감쌌다.

"아델, 왜 그래? 뭐가 문제야?"

체사레였다. 문득 신고식 때의 그가 겹쳐 보였다. 그땐 마치 지옥의 왕처럼 서서 자신을 내려다보았는데. 그런 남자가 지금은 자신을 품에 안고 어쩔 줄 몰라 하고 있었다. 어깨가 넓고 품이 단단했다. 다소 높게 느껴지는 체온이 경계심을 녹였다. 아델은 오한과 식은땀, 복통에 저도 모르게 신음했다.

"체사레, 배가…."

"뭐?"

정신을 잃을 정도는 아니지만 겪어 본 적 없는 고통이다.

"으…."

"마리사!"

체사레가 고함쳤다.

아델은 눈을 질끈 감고 고통을 흘려보내느라 정신을 차릴 수 없었다. 이슬라와 체사레, 지지의 목소리가 뒤엉켜서 웅웅거렸다.

"체사레 공, 무슨 일입니까?"

"지지! 마리사를…!"

"지금 불렀습니다!"

"체사레 공! 설명하십시오!"

그 순간 체사레가 다급하게 외쳤다.

"젠장, 내 애를 가졌다고!"

격한 외침이 파도가 펼쳐지듯 회장을 천천히 덮어 나갔다. 그 뒤를 방청객의 멍한 표정과 조용한 경악이 뒤따랐다.

"애…?"

누군가의 중얼거림, 그 이후 소란이 잘 익은 열매처럼 터지기 직전, 이슬라가 외쳤다.

"휴정합니다! 의원을 불러오세요!"

늙은 그리말디 의원이 다가와 아델을 살피더니 체사레에게 눈짓했다. 체사레는 즉각 아델을 안아 들고 회장을 빠져나갔다. 그 모습을 루크레치아는 멍청히 지켜보았다.

"…아이?"

그녀의 입에서 떨리는 속삭임이 흘러나왔다. 곧 얼굴이 처참하게 구겨졌다.

"아이라고? 아델 비비가… 체사레 공의 아이를 가졌다고?"

눈앞이 캄캄해졌다. 심장이 쥐어짜이는 듯했다.

'왜? 어째서? 체사레 공과 나는 분명 운명일 텐데, 어째서!'

그때 누군가 옆에 다가왔다.

"루크레치아 델라 발레 양."

치안 대장을 대동한 이슬라 스포르차였다. 그 옆에는 오르퀘니나의 외교관들이, 뒤에는 노바가 새파랗게 질린 얼굴로 포박당해 있었다.

"조사에 협조해 줘야겠네."

루크레치아의 얼굴이 하얗게 질렸다.

"월경입니다."

마리사가 아델의 방에서 나오며 말했다. 복도를 서성이던 체사레는 커다란 숨을 겨우 토해 냈다.

"월경?"

"네, 듣기로는 첫 월경이라 하는데, 몸에는 이상이 없는 듯합니다. 일주일 정도 격한 운동만 삼가면 됩니다."

"…유산이 아니야?"

마리사는 멍청이를 바라보듯 미소 지었다.

"가주님, 유산은 아이가 있을 때 하는 것입니다. 마님은 수태하지 않으셨으니 월경이지요."

"임신이 아니라고?"

"아닙니다."

체사레가 손으로 얼굴을 덮었다.

"하…."

깊은 안도의 한숨이 새어 나왔다. 눈이 질끈 감겼다.

"…그럼 안 위험해지겠네."

마리사는 그 모습을 다정한 눈빛으로 바라보다 말했다.

"그래도 후계는 보셔야죠."

"입양하면 되지. 낳다가 다치면 어떡해."

"어이구."

마리사가 '벌써부터 염병하네.' 같은 얼굴로 호응했다.

"진통제를 처방해 드렸으니 괜찮을 겁니다. 심신이 불안정하실 테지만, 숙녀분을 돌보는 거야 가주님이 제일 잘하실 테니 따로 잔소리하지 않겠습니다."

체사레가 피식 웃었다.

"고생했어."

"천만에요."

마리사가 물러났다. 체사레는 목을 가다듬고, 조용히 노크했다.

"아델."

들어오란 말은 없다. 체사레가 한 번 더 노크했다.

"들어갈게."

문을 열자 새하얀 침대에 아델이 앉아 있었다. 표정은 조금 새침하고 뾰로통하다. 체사레는 불현듯 멈춰 섰다. 마음이 급해 아델을 가주의 배우자가 쓰는 방으로 데려왔다. 부오나파르테에서 가장 고귀한 숙녀를 위한 방. 그 방의 침대에 아델이 심드렁한 얼굴로 앉아 있는 모습이 어쩐지 몹시 흡족했다. 입가가 풀어지려 하는 것을 느끼며 체사레가 침대로 다가갔다.

"먹고 싶은 건 없어?"

"재판은 어떻게 됐어요?"

아델이 까칠하게 물었다. 역시 그의 숙녀는 호락호락하지가 않다. 체사레가 기어이 웃음을 참지 못하고 답했다.

"휴정이지만 더는 네 신분이 거론될 일은 없겠지. 내가 의회에 가서 마무리는 해야겠지만."

아델은 왜 웃냐는 듯이 눈살을 찌푸리며 그를 올려다보았다. 고운 이마가 조금 찌푸려져 있었다. 짜증을 내지 않으려 참는 듯한 기색이다. 그냥 짜증 내도 되는데. 평정심을 잃는 게 그렇게 지양할 일인가 싶다가도, 그랬다간 어느 칼에 맞아 죽을지 몰랐을 테니 이해가 가기도 했다.

"그냥 예뻐서 웃었어."

"……."

아델이 개소리 하지 말라는 듯한 얼굴을 했다. 체사레는 다시 한번 웃음을 터뜨렸다. 매일 월경이면 좋겠네. 그럼 매일 이렇게 솔직할 테니.

"그래서, 먹고 싶은 건 없나? 이따 산책할까? 당분간은 좀 쉬는 게 좋겠어. 방은 여기로 옮기고…."

"임신이 아니어서 안심했겠어요."

가위로 대화를 잘라 내듯 아델이 말했다. 뾰족한 말투였지만 싫지 않았다. 늘 무심한 아델 비비만 보다가 날을 세운 모습을 보니 새롭고 짜릿하고 귀엽고 섹스하고 싶었다. 체사레가 사근사근한 미소를 지었다.

"안심했지. 다친 게 아니라서."

"……."

아델의 눈이 살짝 커졌다. 체사레는 어깨를 으쓱하며 쌕 웃었다.

"그보다 이번 일로 처리해야 하는 문제가 있는데, 잠깐 혼자 있을 수 있지?"

"……."

"역시 혼자는 외로운가?"

"나가요."

체사레는 물끄러미 그녀를 쳐다보다 의자를 끌고 와 앉았다.

"낌새가 수상해. 분명 나갔다 들어오면 아델 비비는 또 온데간데없을 게 뻔하군."

"그야 누가 돈 던지고 나가라고 하시면야 당연히 나가 드려야겠죠."

날카로운 대답이 돌아왔다. 체사레가 멈칫했다. 창밖에서 쨱쨱대는 새소리가 이어진 뒤, 그가 조심스레 입을 열었다.

"…그 돈 얘기 말인데."

"첫 월경 축하해!"

순간 우렁찬 노크 소리가 들렸다. 그리고 문이 벌컥 열리더니 노란 미모사 꽃다발이 걸어 들어왔다.

"아델! 이제 체사레를 발끝으로 부릴 합법적인 권리가 생겼단다!"

꽃다발 뒤에서 싱글벙글 웃는 카타리나의 얼굴이 드러났다. 체사레는 불편한 마음으로 한쪽 눈썹을 끌어 올렸다. 의회에 들렀다 오는 김에 꽃집을 털어 오려던 계획이 물거품이 됐다.

"카타리나 부인, 솔라레로는 안 돌아가시는지?"

싱긋 웃으며 건넨 말에 카타리나도 싱긋 웃었다.

"아드님, 내가 증언을 도운 게 바로 몇 시간 전이라는 건 잊었나?"

"애초에 도움이 필요 없었다는 건 모르시고."

"그럼 시뇨리아로 쳐들어가서 다 거짓말이었다고 말해 볼까?"

체사레가 앓는 소리를 흘렸다. 패배한 아들을 향해 카타리나가 손을 휘저었다.

"넌 가서 일이나 하렴. 여자들 얘기에 끼지 말고. 아델도 너 안 좋아할걸?"

카타리나는 그렇게 말하고서 아델의 품에 미모사 꽃다발을 안겨 주었다.

"아델, 걱정했단다."

"감사해요."

체사레는 아델이 저를 맞이할 때와 달리 미소 짓는 것을 보고는 심란한 마음으로 자리에서 일어났다. 조금 억울했다. 데려온 건 난데, 안고 뛴 것도 난데. 근데 구박한 것도 나지…. 체사레는 조용히 방을 나와 목덜미를 매만졌다.

'그래도 도망칠 것 같진 않으니.'

다시 고개를 치켜든 그의 눈빛은 차갑게 가라앉아 있었다. 마지막 남은 일을 처리할 시간이었다.

지지는 비밀 수행원들이 에기르를 무릎 꿇리는 모습을 무심하게 지켜보았다. 에기르가 분전했으나 수행원의 수가 더 많았다. 검은 고무 몽둥이를 이용한 구타가 짧게 이어졌다. 안쓰럽지만 그가 벌인 일의 대가다. 체사레는 의자에 앉아 다리를 꼰 채로 시가를 피웠다. 눈앞에서 자신의 명령으로 이루어지는 폭력에는 그다지 관심이 없어 보였다.

"컥!"

마지막 신음과 함께 에기르가 저항을 멈췄다. 때마침 지하실에 딱 하나 있는 철문을 누군가가 두드렸다.

"도련님? 부르셨다고…."

곧 에포니가 방에 들어섰다. 그녀는 눈앞의 광경에 소스라치게 놀랐다.

"에기르!"

"알아서 나가 주길 바랐는데 그럴 생각이 도통 없어 보여서."

"예? 도련님, 이게 무슨, 왜…?"

"에포니는 관련 없는 거 아니까 거기 서 있어. 나서지는 말고."

명령이 내려지기 무섭게 검은 옷의 수행원들이 에포니의 동선을 가로막았다. 에포니는 겁먹은 채 숨을 헐떡였다. 지하실이 조용해졌다. 주인의 눈치를 보듯이. 체사레는 시가를 손가락에 끼운 채 피곤한 듯이 눈가를 매만졌다.

"에기르."

"……."

"그날 내 이름을 댔나?"

에기르와 에포니가 동시에 멈칫했다. 체사레의 목소리는 더욱 낮고 살벌해졌다.

"내 이름을 대고, 돈을 던지고서, 아델에게 나가라고 말했어?"

맹금처럼 난폭한 두 눈이 당장이라도 에기르를 찔러 죽일 듯이 빛났다. 에포니가 비틀거렸다.

"에기르, 정말이니?"

"……."

에기르는 답하지 않았지만 느리게 고개를 들었다. 붉은 머리카락 아래 푸른 눈에 희미하게 체사레를 향한 적대감이 떠올라 있었다. 체사레가 골치 아프다는 듯이 이를 악물었다.

"에바 부인이 그러더군. 원래 공판 도중 네가 아델을 데리고 도망갈 생각이었다고. 그런데 겁간이 아니란 걸 알고 계획을 취소했다고."

"……."

"알고서도 마차를 준비하고 있었지. 더는 실수라고 볼 수도 없어."

체사레가 다시 시가를 뻐끔거렸다. 긴 연기와 함께 질문이 나왔다.

"이유는?"

"……."

"'사랑하니까' 같은 말도 못 하나? 병신 같은 새끼."

"도련님!"

그 순간 에포니가 냅다 바닥에 무릎을 꿇었다.

"에기르를… 살려 주십시오."

그녀는 입술까지 새하얗게 질린 채로 벌벌 떨며 말했다.

"염치없는 청인 줄 압니다. 카타리나 님을 모시겠다 떠난 주제에, 아비 없는 아들을 데리고 온 저를 받아 주신 것만으로도 갚을 수 없는 은혜를 입었다는 것을 압니다."

"……."

"하지만 제발… 그간의 정을 봐서라도…."

기어이 에포니의 눈에서 눈물이 뚝뚝 흘렀다.

아주 오랜 정적이 있었다. 이윽고 체사레가 입을 열었다.

"이 시간부로 에기르 코레르를 부오나파르테에서 추방한다. 단, 또 내 눈에 띄는 날에는 바다에 던져 버릴 줄 알아."

차가운 말에도 에포니의 안색이 눈에 띄게 밝아졌다.

"감사합니다! 절대 얼씬도…."

"에포니는 부오나파르테에 남아."

"네?"

체사레가 외투의 옷깃을 정돈하며 자리에서 일어났다.

"언제까지 다 자란 사내놈 끼고 살 거야? 아빠 없이 자랐다고 옥이야 금이야 할 나이는 지났지."

"……."

"물론 떠나도 되고. 알아서 해."

에포니는 눈치가 없지 않다. 체사레의 방금 그 말이 단순히 심술 때문에 나온 게 아니라는 사실도 눈치챈 듯했다. 그녀가 씁쓸하게 미소 지었다.

"…생각해 보겠습니다. 은혜에 감사드립니다."

에포니가 깊이 허리를 숙였다.

지하실에서 올라오자마자 체사레는 새 시가를 꺼냈다. 별말 없이 정원이 보이는 의자에 앉아 시가만 뻑뻑 피워 댔다. 지지는 그 뒤에 서서 똑같이 정원을 바라보았다.

'단주님이 에기르 씨랑 같이 지낸 지가 20년이 넘었댔나?'

그 정도면 가족이라 할 만했다. 체사레도 어느 정도는 에기르를 단순한 피고용인이 아니라 남동생 같은 존재로 대우하는 것이 보였다.

'그게 아니고서야 검 같은 걸 가르쳐 줄 리 없지. 사범까지 붙여 가면서.'

하지만 오늘의 모습을 보면 에기르의 생각은 좀 달랐던 모양이다. 마지막에 멍청히 바닥만 내려다보고 있던 에기르의 눈빛이 떠올랐다.

'허튼 생각만 안 하면 좋겠는데….'

그때 갑자기 체사레가 입을 열었다.

"아델에게 호위…."

그는 중간에 뭔가를 깨닫고는 말을 바꿨다.

"아니, 며칠은 비밀 수행원으로 하지. 신경 쓰일지도 모르니까."

"알겠습니다. 그런데 하나 잊고 계신 게 있는 것 같은데요."

"잊고 있는 거?"

"저 사표 씁니까?"

체사레가 멈칫하고는 건조한 웃음을 흘렸다.

"좀 봐주지 그래. 너까지 없어지면 내가 너무 지치는데."

"……"

참 낯 뜨거운 말을 잘도 하는 사람이다. 지지가 헛기침했다.

"아가씨에게 설명해 드린 뒤에 내보내는 게 낫지 않았을까요?"

체사레가 시가를 드로우하려다 멈칫했다. 그새 불이 꺼져 있었다. 그가 시가를 내던졌다.

"감이 안 좋아서. 아델 옆에 안 두는 게 나을 것 같더군."

체사레의 감은 대체로 매섭다. 지지가 고개를 끄덕였다.

"그런 것치곤 너무 무르십니다."

"나도 알아."

체사레가 다시 새 시가를 입에 물었다. 내리깐 눈은 무심했지만 그게 가주라는 왕관 때문임을 안다. 지지의 눈으로 보았을 때, 그는 생각만큼 냉정한 사람이 아니었다. 그는 정말로 원한 것은 갖지 못했기에, 그와 유사한 것이라도 갖길 원했다. 체사레의 원 안에 든 사람들은 어떤 형태로든 그것을 채워 준 사람이었다.

루크레치아와 이어 줘서라도 체사레가 행복하길 바랐던 에바. 한 번 체사레를 버렸지만 그 탓에 도리어 그를 아들처럼 키운 에포니. 부오나파르테의 담장 안에서 체사레의 말을 온전히 따르며 자란 에기르. 충직한 집사 에른스트와 그에게 구원받은 기모라 출신 보좌관.

'이렇게나 많은 이들에게 무른데 사람들은 그걸 모르지.'

체사레는 다만 바랐을 뿐이다. 거짓이 아닌 진짜를. 자신에게는 낯간지러운, 그러나 그에게는 너무나 당연한 그 사랑이라는 것을.

'이러니 도련님이라니까.'

지지는 실소하며 점화석으로 시가에 불을 붙여 주었다.

"그게 단주님 매력이지만요."

"징그러워. 꺼져."

"……."

체사레가 나간 뒤, 카타리나가 여전히 호쾌한 미소를 지으며 말했다.

"민망할까 봐 로완은 떼어 놓고 왔단다. 잘했지?"

"감사합니다."

아델도 미소를 지어 보였다.

"그런데 원로공께서는…."

"에바 부인? 자진해서 구금당하셨어. 아무래도 자수한 꼴이니까."

아델의 안색이 어두워졌다. 아무래도 둘이 나눈 그 대화 때문인 것 같았다.

'부담스러워.'

한숨 쉬는 아델 옆에 카타리나가 앉았다.

"너무 걱정하지 말렴. 의장직에선 내려와야겠지만, 오르퀘니나 눈치도 봐야 할 테니 포르나티에 추방 정도에 그칠 거야."

"체사레와 합의된 것 같지는 않았는데, 맞나요?"

"그런 것 같더구나. 오르퀘니나 쪽은 아마 에바 부인이 독자적으로 접촉했거나 추론했겠지? 나한테도 너를 내 딸로 인정해 달라고 편지한 적이 있거든."

카타리나의 말에 아델이 눈을 깜빡였다.

"거절하셨군요."

"남매는 결혼을 못 하잖니."

카타리나가 깔끔하게 답했다.

"그렇지만 협의만 안 했을 뿐이고, 체사레의 계획과 달라지진 않았을 거야."

"네?"

"위조죄 말이야. 어차피 에바 부인에게 떠넘길 계획이었을걸?"

아델은 말문을 잃었다. 그런 아델을 보며 카타리나가 미소 지었다.

"이상하게 들리니?"

"…조금 그렇습니다. 보통 포르나티에 사람에게 가족은 아주 중요하니까요."

"가족이 소중하니까 그런 선택을 하는 거야. 여기 사람들은 후대를 지키는 걸 숭고하게 여기더라고. 서로 다 양해하고 있는 것 같으니까 신경 쓰지 말렴."

"그래도…."

"그보다 신문 좀 볼래?"

카타리나가 뒤늦게 주섬주섬 신문을 내밀었다. 호외였다. 대문짝만한 글씨가 오늘의 공판에 대해 말하고 있었다.

"거리의 구두닦이가 사실은 황족!"

카타리나가 호쾌하게 웃었다.

"사람들이 좋아하는 이야기지. 포르나티에가 지금 네 이름으로 들썩이고 있단다."

기분이 묘했다. 신문에 쓰인 '차기 부오나파르테 부인'이라는 단어를 보니 더더욱. 아델은 애써 신문에서 시선을 떼어 냈다.

"그러고 보니 오르퀘니나와는 이야기가 다 끝난 건가요?"

"그렇겠지? 슈레더의 먼 방계니까 황위 계승권은 없고, 외친으로써의 역할도 기대할 수 없겠지만…."

말을 이어 가던 카타리나가 가늘게 눈웃음쳤다.

"어쨌든 부오나파르테랑 결혼은 가능하지."

"……."

아까부터 신경 쓰이는 단어가 이따금씩 튀어나오고 있었다. 아델은 애써 그것을 무시했다.

"그럼 이제 모든 게 끝난 거군요."

슬슬 떠날 시기를 재도 되는 걸까.

"무슨 소리니, 아델?"

그러나 카타리나의 붉은 눈이 번득였다.

"진짜 재밌는 건 지금부터 시작인데. 감히 부오나파르테를 우습게 안 죗값을 치르게 해야지."

시뇨리아 회의가 열리는 '8인의 방'에 여섯 명의 프리오리가 모였다. 로시, 토를로냐, 지노블, 스포르차, 무도와 이브레아.

표정은 제각각이었다. 특별히 주목할 만한 이는 팔미나 지노블로, 그녀는 마치 구국의 결단이라도 내릴 기세였다. 옆에 앉은 자카리 무도가 투덜거렸다.

"거, 콧김 좀 그만 내뿜으시오."

"내가 언제 그랬다는 겁니까?"

"내내 그러지 않았소. 그렇게 멧돼지처럼 씩씩대지 않아도 타국 황족을 죽일 뻔했다고 추궁하진 않을 테니 진정 좀 하시오."

일전에 아델에게 청부업자를 보냈다는 혐의를 받고 있던 팔미나의 얼굴이 벌게졌다.

"내가 언제 그런 걱정을…!"

"오르퀘니나에서 공식적으로 항의가 들어왔습니다."

이어지려는 잡말을 이슬라 스포르차가 잘라 냈다.

"아딜로트 황제는 이번 사태에 대해 심각한 유감을 표했으며, 적절한 조치가 취해지길 원한다고 전해 왔습니다."

"곤란하군. 오르퀘니나는 산트나르 최대의 교역국이라 사이가 멀어지면 몹시 곤란해."

파멜라 이브레아가 중얼거리듯 말했다. 늘 차분한 그녀지만 사안이 사안인지라 조금 긴장된 어조였다.

"하지만 이번 황제는 실리주의적이라 들었습니다. 설마 수출입에까지 제한을 걸까요?"

"제한까지도 필요 없겠지. 최남단의 포레발트 항만 사용 못 하게 하더라도 나누친에서의 곡물 수입에 난항이 생기니."

"황제는 체사레 공의 사촌이지 않소. 거 좀 봐 달라 하면 안 되겠소?"

"델라 발레 때문에 벌어진 일인데 그렇게까지 해 줄 마음이 들겠소? 보니까 아델 양과 체사레 공이 보통 사이가 아닌 것 같던데."

리비 로시의 말을 끝으로 잠시 대화가 끊겼다. 모두 같은 장면을 떠올리고 있었다. 모르드가 전당에서 피 흘리는 아델 브륄 슈뢰더를 들쳐 안고 뛰쳐나가는 체사레의 모습을.

팔미나 지노블이 불안한 듯이 속삭였다.

"이번 일로 유산이라도 하면…."

"불길하게 그딴 소리 좀 하지 마시오!"

"만약을 생각하자는 걸세! 체사레 그놈 성질머리는 여기 있는 모두가 다 알지 않나!"

팔미나의 외침에 아무도 대답하지 못했다.

"지랄 맞긴 하지."

리비 로시가 중얼거렸다. 답이 나오지 않는 문제였기에 이슬라는 손을 내저어 다음 안건으로 넘어가자는 신호를 보냈다.

"에바 의장에 관한 이야기를 하죠. 현재는 계속 구금 상태입니다."

"아델 브륄 슈뢰더를 보호하려 한 행동이었으니 중벌을 내리기에도 곤란하군."

"시민들의 신임도 고려해야 합니다. 지금 아델 브륄 슈뢰더는 무고한 피해자가 되었어요. 에바 의장의 처우에도 사람들은 관심을 가질 겁니다."

"알고 자백했겠지. 끝까지 영리한 할망구야."

"의장직은 자진 사퇴 처리에, 포르나티에서 추방하는 정도가 어떻겠습니까?"

"괜찮군요."

그때 루시 토를로냐가 물었다.

"스포르차 공, 노바란 여인은?"

이슬라가 냉소를 흘렸다.

"심문하자마자 자백했습니다. 친모 행세를 하는 대신 돈을 받기로 했다더군요. 묻는 건 전부 대답할 테니 사형만 면해 달라고 합니다."

모두가 침음을 흘렸다.

"명백하군, 전부 델라 발레의 소행이라는 게."

"그럼… 이제 델라 발레는?"

고개가 일제히 돌아갔다. 비어 있는 델라 발레의 자리를 향해. 이슬라가 싸늘하게 말했다.

"이 일을 책임져야 하겠지요."

델라 발레가의 집사가 흰 봉투 하나를 은 쟁반에 들고 서재로 들어섰다. 봉투 겉면에는 산트나르의 상징인 천칭 문양이 찍혀 있었다.

"가주님… 의회에서 보냈습니다."

"젠장!"

루카가 주먹으로 책상을 내리쳤다. 그는 너무 분노한 나머지 동공마저 풀려 있었다. 그를 대신해 오레스테가 의회의 서신을 뜯었다. 곧 안색이 어두워졌다.

"의회 출두 명령입니다."

"대체 이제 어떻게 고개를 들고 다니란 말이야! 루크레치아는!"

"조사를 마치고 돌아온 뒤 방에 틀어박혀 있습니다."

"뭐라고 발설했다더냐?"

"아무 말 안 한 모양입니다."

"그나마 머리는 있군!"

루카는 더는 점잖은 모습을 보이지 않았다. 그는 안경을 벗고 콧대를 문지르다, 다시 주먹으로 책상을 내리쳤다.

"다 끝이야. 델라 발레의 역사가 내 대에서 끝나다니…."

오레스테는 실성 직전인 듯한 아비를 지켜보다 고개를 돌렸다. 소파에 에즈라가 멍한 얼굴로 앉아 있었다. 아델 비비가 황족이라는 사실이 밝혀진 이후로 내내 그런 얼굴이었다. 오레스테는 그것을 탓하지 않고 냉랭한 시선으로 지켜보다 루카에게 말했다.

"아버지, 이제 답은 하나입니다."

"답이 있긴 하느냐?"

"있습니다. 루크레치아가 단독으로 벌인 일로 해야 합니다. 루크레치아는 버리는 수밖에 없습니다. 클라리체라는 그 창부도요."

오레스테가 손수건을 꺼내더니 품속을 뒤졌다. 손안에서 작은 병 하나가 나왔다.

"루크레치아가 기르는 투구꽃 독입니다. 서랍 안에 있더군요."

"방을 뒤졌느냐? 들키면 어쩌려고…."

"들킬 리가 없죠. 또 시녀를 내보냈으니까요. 내보낸 게 아니라 처리한 거겠지만."

"잠깐만요. 두 사람 다 대체 무슨 말을 하는 겁니까?"

멍하니 앉아 있던 에즈라가 뒤늦게 대화에 끼어들었다. 하지만 오레스테는 냉랭했다.

"끼어들지 말고 영원히 모르는 척이나 하고 있어라, 에즈라. 그게 우리도 편하니까. …이걸 그 창부에게 먹이는 겁니다. 중요한 증인 중 한 명이 죽었으니 수사가 시작되겠죠. 독을 갖고 있던 것은 루크레치아고, 창부를 데려온 것도 루크레치아입니다. 전부 루크레치아가 체사레와 결혼하고 싶어서 벌인 짓이 되는 겁니다."

"사람들이 그걸 믿을 것 같으냐?"

"안 믿겠죠. 하지만 어쩌겠습니까? 우린 그거라도 해야 합니다. 가문 전체가 이 일을 책임질 수는 없습니다."

그때 에즈라가 살짝 눈썹을 찌푸리며 다시 한번 끼어들었다.

"형님, 지금 사람을 죽이겠단 말씀입니까? 그리고 루크레치아를 제물로 던져 주겠다고요?"

"이거 말고 방법이 있느냐? 기모라의 창부가 오메르타를 지키기나 할 것 같아?"

"……."

"아버지와 저는 루크레치아의 허물을 알면서도 가족이기에 숨겨 주려 했으나, 더는 그 악행을 좌시할 수 없었던 겁니다."

루카가 얼굴을 찡그렸다.

"…하지만 루크레치아가 잡혀가면 세베리노 무도에게 받은 대출은? 그에겐 이미 루크레치아와의 결혼을 대가로 돈을 빌렸단 말이다."

"그것도 다 생각이 있습니다."

오레스테가 몸을 돌리더니 음산한 목소리로 말했다.

"에즈라."

"네?"

에즈라가 퍼뜩 고개를 들었다. 오레스테가 그에게 천천히 다가갔다.

"어떠냐. 이제 너도 우리 가족의 어두운 면을 직접 보게 되었다. 떠나고 싶지 않으냐? 질리지? 환멸 나지? 넌 '좋은 사람'이잖으냐."

"…형님?"

"그리고 넌 체사레 다음으로 훌륭한 신랑감이지."

"대체 무슨 말씀을 하려고 그러십니까!"

오레스테가 에즈라의 양어깨를 내리누르며 광기 어린 눈으로 웃었다.

"내가 좋은 혼처를 찾아 주마."

클라리체가 복도를 뛰었다.

'개새끼들!'

그녀는 방으로 돌아와 방금 엿들은 델라 발레 일가의 대화를 더듬었다.

'망할 놈들! 날 죽이겠다고?'

그녀의 눈에서 불이 튀었다. 동정을 살피러 가길 천만다행이었다. 루크 레치아가 거나하게 망했으니 자신의 처지도 위험할 거란 생각이 들어맞았다. 클라리체는 서랍을 뒤져 소중히 간직하고 있던 계약서를 내팽개쳤다.

"이깟 게 무슨 소용이 있다고!"

한참을 씩씩거리던 그녀는 곧 불안감에 어쩔 줄 몰라 하며 방 안을 서성였다.

"어떡하지? 어떻게 해야…!"

아무리 고민해도 방법은 나오지 않았다.

'일단 저택에서 도망이라도 가야겠어.'

움직이려던 클라리체의 눈에 내팽개쳐진 계약서가 눈에 띄었다.

'혹시 모르니까….'

클라리체가 계약서를 최대한 작게 접어 가슴골 사이에 집어넣었을 때였다.

"클라리체 도나티!"

문이 벌컥 열리더니 델라 발레의 하인이 나타났다. 그들은 우격다짐으로 클라리체의 팔다리를 잡아끌고 갔다.

"놔! 아아악!"

그들이 클라리체를 데리고 간 곳은 저택 지하에 있는 작은 감옥이었다. 그새 푹신한 침대에 익숙해진 클라리체가 경악했다.

"나, 나더러 여기서 자라고?"

하인이 피식 웃었다.

"아직도 자기가 아가씨인 줄 아나 보지? 들어가!"

"악! 밀지 마!"

막무가내로 밀어 대는 통에 클라리체는 넘어지며 무릎을 찧었다. 하인들은 웃음소리와 함께 멀어져 갔다.
'개새끼들…!'
클라리체는 훌쩍이며 몸을 웅크렸다. 어떻게든 탈출해야 하는데 방법이 떠오르지 않았다.

저녁이 깊어졌을 무렵, 철문 아래쪽의 배식구가 열렸다.
"배식이다. 이거 먹어라."
식판 하나가 불쑥 들어왔다. 메뉴는 마른 빵과 멀건 수프.

"루크레치아가 기르는 투구꽃 독입니다."

클라리체가 울컥해 식판을 뒤엎었다.
"누가 이깟 거 먹을 줄 알고!"
식판이 요란한 소리를 내며 엎어진 순간이었다. 클라리체의 눈에 무언가가 보였다.
"……?"
클라리체는 엉금엉금 기어가 빵을 살폈다. 빵 사이에 작은 종이 하나가 끼워져 있었다.

> 델리 발레에게 협박당했다고 증언한다면 빼내 주겠다. 조건에 응하려거든 종이배를 접어 자정 전에 창틀 위에 올려놓을 것.

잠시 멍해졌던 클라리체의 얼굴이 환해졌다.

'부오나파르테구나!'

지금 이런 증언을 요구할 곳은 부오나파르테밖에 없다. 당장 종이배를 접으려던 클라리체가 멈칫했다.

'그런데 고작 살려 주는 정도로 퉁치는 거야?'

자신이 이번 일로 본 손해가 얼마나 큰데! 이대로는 아무 이득도 없이 시간만 날린 셈이다. 루크레치아의 돈으로 산 패물도 챙기지 못했다.

'…살아 나간 다음에 요구하자!'

클라리체는 쪽지를 종이배 모양으로 접어 반달 모양의 창틀에 올려놓았다. 깜빡 잠이 들었다 깼을 때, 종이배는 어느새 사라져 있었다.

그리고 새벽 무렵. 신경을 곤두세운 클라리체의 귀에만 들릴 정도로 작은 발소리가 들렸다. 이윽고 감옥 창살 앞에 그림자가 드리워졌다. 나타난 이를 본 클라리체의 눈이 커졌다.

"당신은….."

"에기르, 엄마는 여기서 아델 그 아이를 돌보려고 해."

그 말을 들었을 때, 에기르는 별다른 서운함 없이 고개를 끄덕였다. 에기르에게는 부오나파르테가 집이었으며, 모친이 집에 남는 건 당연한 일이었다. 다만 이해할 수 없었다.

"너는 아주 어릴 적부터 부오나파르테의 담장 안에서만 자랐지.

04. Un dì, felice, eterea

자연스럽게 도련님을 모시게 됐고. 우리 두 사람이 살아남기 위한 선택이었지만, 그게 도리어 네 세계를 좁게 만들었을 수도 있다고 생각하니…."

에포니는 착잡해 보였으나, 에기르는 자신의 세계가 좁다고 느껴 본 적이 없었다.

"이제 네가 하고 싶은 걸 해 보렴."

하고 싶은 것도 딱히 없었다. 에기르는 부오나파르테를 나오자마자 갈 곳을 잃었다. 광대 무리가 쫓아오는 기색도 없었다. 체사레가 정말로 그를 풀어 준 듯했다. 죽이지 않고서. 에기르는 가끔 외부로 뒤처리를 하러 나올 때 묵는 여관에 방을 잡고 가만히 앉아만 있었다.
'하고 싶은 게 뭐지.'
여전히 떠오르는 게 없었다. 다만 딱 하나 마음에 응어리진 것은 있었다.
"아가씨…."
에기르가 중얼거렸다.
지키라고 명령받았다. 그러나 정작 체사레에게서는 지키지 못했다. 그렇다고 함께하지도 못했다. 같이 가 달라는 부탁이나 명령을 받지도 않았으니까.

"경은 움직이지 않거든요."

에기르는 가만히 침대에 앉아 밤이 다 가도록 아델의 말을 곱씹었다. 하고 싶은 걸 하라고 했다. 그러니 그는 움직여야 했다. 아델을 지켜야 했다.

'아델이 그랬단다. 겁간이 아니라고⋯.'

에기르는 그 말을 믿을 뻔했다. 사실 거의 믿었다. 그러나 에포니가 한 배웅의 말을 듣고 생각이 달라졌다.

'내가 부오나파르테에서만 지냈기 때문에 명령에 익숙해진 거라면, 아가씨도 그런 게 아닐까?'

체사레는 아델을 괴롭혔다. 아델도 분명 체사레를 싫어했다. 거기에 익숙해진 건 아닐까. 그 모진 말이 당연한 것인 줄 알고.

생각이 깊어지는 사이 창밖에는 어느새 동이 트고 있었다. 에기르는 자리에서 일어나 창문을 열었다. 새벽과 봄의 공기가 밀려들었다. 보이지 않는 부오나파르테의 정문을 찾는 에기르의 눈은 차고 파랗게 빛났다.

다음 날 이른 새벽. 의회에는 뜻밖의 인물이 찾아왔다.

"절 보호해 주세요! 모두 델라 발레의 짓이에요!"

클라리체 도나티였다. 시뇨리아 공관에 머물던 이슬라가 소식을 전해 듣고 급하게 나왔다.

"클라리체 도나티 양?"

"절 살려 주세요!"

클라리체는 냅다 그녀 앞에 몸을 던졌다. 최대한 불쌍해 보이도록 흐느끼는 것도 잊지 않았다.

"전부 델라 발레의 짓이에요! 저는 협박을 받았어요. 아델 비비를 깎아내리라고…!"

"그게 무슨 말이죠?"

"흑…. 제 증언은 모두 사실이긴 해요. 하지만 전 그런 증언을 하고 싶지 않았어요! 그저 멀리서 응원만 했는데, 델라 발레가 어느 날 갑자기 찾아와서는…!"

서기관을 통해 클라리체의 말을 기록하던 이슬라가 무심하게 끼어들었다.

"그런 것치고는 수많은 살롱에서 적극적으로 아델 브륄 슈뢰더 양을 흉봤더군요."

"그렇지 않으면 목숨이 위험했다니까요!"

"이상하군요. 조사한 바로는 당신은 이미 한 번 아델 비비와 '아꼬르 호텔'에서 접선한 적이 있습니다. 당신 말이 사실이라면, 그때 구조를 요청했어야 하지 않습니까?"

"그, 그건."

클라리체의 말문이 막혔다. 별명이 철의 여인 아니랄까 봐 예리하다.

'요청했는데 무시당했다고 거짓말하면… 부오나파르테한테 보복당하려나?'

그러나 클라리체의 빠르게 생각을 바꿨다.

'아니지. 어차피 난 이미 빠져나왔잖아?'

게다가 약속대로 증언도 마쳤다. 체사레가 의외로 아랫사람들에게 자비롭다는 사실도 이미 유명하다.

'아주 약간 물고 늘어지는 정도는 이해해 줄 거야. 나를 계속 살려 두면 쓸모 있는 증언을 할 텐데 쉽게 죽일 리가 없지…!'

몹시 빠른 시간 내에 이루어진 생각이었다. 클라리체는 즉각 눈물을 흘렸다.

"사실 부오나파르테에 도와 달라고 요청했는데, 그쪽에서 저한테 델라 발레의 동태를 살펴 달라고 하더라고요! 그래서 어쩔 수 없이…."

이슬라에게 가짜 눈물을 들키지 않기 위해 클라리체가 고개를 숙였다.

'실제로 내부에 간자가 있긴 하니까 이상하게 들리진 않겠지.'

그녀는 적당히 흐느낀 다음 잽싸게 가슴골 사이를 더듬었다.

"여기, 델라 발레가 아델을 일부러 깎아내리려 했다는 증거예요!"

클라리체가 내민 것은 마지막에 챙긴 계약서였다. 엄한 곳까지는 몸수색하지 않았기에 챙겨 올 수 있었다. 이슬라가 즉각 그것을 살폈다. 그러더니 엄정한 눈빛으로 클라리체를 쳐다보았다.

"역시 당신도 협조한 것으로 보입니다만."

"저, 저는 하층민이라고요! 목에 칼 들이밀고 요구하는데 어떻게 거절할 수 있겠어요? 그, 그 정도라도 요구해야…."

"그럼 어떻게 탈출했죠?"

"미, 미인계로…."

"……."

'좀 넘어가자, 이년아!' 클라리체가 이를 악물고 품을 뒤졌다.

"그, 그리고 델라 발레 사람들이 날 죽이려고 했어요!"

그녀의 품에서 나온 것은 수프에 적신 빵이었다. 델라 발레에서 빠져나올 때 혹시 몰라 챙긴 것이었다.

"나를 감옥에 가두고, 독을 넣은 음식을 먹이자고 하는 걸 엿들었어요!"

이번에는 이슬라도 심히 놀란 표정을 지었다.

"델라 발레 일가가 당신을 독살하려 했단 말입니까?"

"그래요! 억지로 감옥에 가두고! 이 멍을 봐요! 내가 그럼 자해라도 했단 거예요?"

클라리체가 멍든 팔을 보이며 외쳤다.

"…일단은 검식해 보겠습니다. 그사이 치료를 받는 게 좋겠어요."

'됐다!' 클라리체가 속으로 환호했다.

얼마 안 있어 실제로 수프에 아코니틴이라는 독이 들어 있음이 확인되었다. 추측만 하던 것이 실제였음이 드러나자 클라리체의 얼굴이 구겨졌다. 이슬라의 낯도 딱딱하게 굳었다.

"델라 발레로 치안대를 출동시켜. 혹시 모르니 스포르차 기사단도 함께 한다."

이슬라는 그렇게 명령한 뒤 부드러운 태도로 클라리체에게 말했다.

"자세한 이야기는 조사관에게 해 주십시오. 당신의 말이 사실이라면, 당신에게 해가 갈 일은 없을 겁니다."

"네! 정말 감사해요…!"

마지막으로 흐느끼는 시늉 한번 해 주고. 이슬라가 사라진 뒤 클라리체는 환하게 웃었다.

'망하려거든 혼자 망하라고, 썩을 델라 발레 새끼들!'

루카와 오레스테는 새벽부터 저택 주변을 포위한 치안대와 스포르차 기사단의 모습에 소스라치게 놀랐다. 클라리체 도나티가 도망쳐 증언했다는 이야기를 들은 루카가 고함쳤다.

"그 창녀가!"

책상을 쾅쾅 내려치던 루카가 외쳤다.

"루크레치아를 끌고 와! 루크레치아한테 자기 입으로 혼자 벌인 일이라고 증언하게끔…."

그러나 그 순간에 루크레치아의 시종 기사가 모습을 드러냈다. 늘 목각 인형처럼 무표정인 그가 드물게도 당황한 빛을 띠고 있었다.

"혹시 아가씨가 여기에 계십니까?"

"…그게 무슨 말이지?"

"방에 계시지 않습니다. 따로 아가씨를 도망치게 하셨습니까?"

"뭐?"

채 다 놀라기도 전에 집사가 방문을 두드렸다.

"에즈라 도련님을 모시러 갔습니다만, 방에 계시지 않습니다!"

"……!"

"이 새끼가…! 도망을 쳐?"

오레스테가 노발대발하기 무섭게 창밖에서 시끄러운 쇳소리가 들렸다. 유예를 주었음에도 나오지 않자 기사단이 돌입한 것이다. 루카와 오레스테의 얼굴이 참담하게 일그러졌다.

아침이라기보다 새벽에 가까운 시간, 에즈라가 아델을 찾았다.

"아델 양."

외궁의 정문 밖으로 나선 아델을 에즈라는 애틋한 시선으로 바라보았.

'30분을 기다리게 했는데도 태연하네.'

체사레는 일 때문에 의회에 나가 있었다. 그 대신 카타리나가 예의도 없고 버릇도 없다며 길길이 날뛰었으나 아델은 에즈라를 만나 보기로 했다.

일단 뭐라고 지껄일지가 심히 궁금했다.

"나를 찾았다고요."

"예."

대답하며 에즈라는 자연스레 담 안쪽으로 이동했다. 그러나 아델은 자리에 심드렁히 서서 움직이지 않았고, 덕분에 에즈라도 엉거주춤하게 멈춰야 했다. 그제야 에즈라가 조금 불편한 미소를 지었다.

"몸은 괜찮으십니까?"

"괜찮아요."

에즈라가 머뭇거리다 물었다.

"정말로 체사레 공의 아이를…."

"별로 말하고 싶지 않은 주제입니다."

"아…."

말끝을 흐린 에즈라의 안색이 어두워졌다.

"죄송합니다. 그냥 걱정되었을 뿐입니다. 혹시 그가 양을 함부로 다루었을까 봐…."

참으로 성의 없는 변명이었다. 부오나파르테의 탕아가?

'함부로는커녕….'

잠시 망측한 기억을 떠올린 아델이 침착하게 헛기침했다.

"용건이 뭔가요?"

"공판 결과를 들었습니다. …오르퀘니나의 황족이시더군요."

"몰랐는데 그랬나 봅니다."

에즈라가 쓸쓸하게 미소 지었다.

"…아델 양, 제가 어리석었습니다."

예상한 말이었기에 아델은 표정 변화 없이 그를 바라보았다. 그래도 너는 말할 때 비는 안 오는구나. 운 좋은 새끼….

"양은 제게 깨달음을 주셨습니다. 신분의 귀천은 결코 중요하지 않다는 깨달음 말입니다. 선민사상에 호도되어 있던 제 잘못도 그제야 바로 보였습니다."

"……."

"이제라도 잘못된 것을 바로잡고 싶습니다."

촉촉하게 젖은 연보랏빛 눈이 시선을 마주쳐 왔다.

"…다시 시작할 수 없을까요?"

그가 천천히 다가와 손으로 아델의 뺨을 감싸려는 순간이었다.

"가문에 돈이 없나 봐요?"

"…예?"

아델의 속삭임에 에즈라가 한 대 맞은 듯한 얼굴을 했다. 그를 두고 아델이 뒤로 한 걸음 물러났다. 당장이라도 달려들 듯 움찔거리는 문지기들에게 손짓해 진정시키는 것도 잊지 않았다.

"아주 낭만적인 개소리였어요. 인상적이었습니다. 신분의 귀천은 결코 중요하지 않다고요…."

에즈라가 뒤늦게 정신을 차리곤 수습하듯 나섰다.

"물론입니다. 이제야 알 것 같습니다. 신분의 귀천으로 사람을 판단하기엔 너무 많은 변수가…."

"이보세요, 에즈라 경."

아델이 눈썹을 찡그리며 웃음을 터뜨렸다.

"다 똑같이 먹고 자고 싸기 바쁜 네발짐승 사이에 귀천이 어딨습니까?"

에즈라의 낯에 아차 하면서도 의아해하는 기색이 떠올랐다.

'이젠 황족이니 자기 생각에 동의해 줄 줄 알았나 보지.'

04. Un dì, felice, eterea

그러나 남자는 뻔뻔하게도 시무룩한 투로 말했다.

"죄송합니다, 양. 제가 또 양의 심기를 상하게 했군요. 아직 지혜가 부족해서 벌어진 일입니다."

"부족한 줄 알면 염병 떨지 말고 들어가서 얌전히 빚 독촉장이나 기다리세요."

에즈라는 난생처음 들은 험한 말에 정신이 혼미해진 듯했다. 황족이라는 터무니없는 현판이 좋긴 했다. 추후 장기적으로 인생이 불만족스럽길 바라는 상대에게 이렇게나 기모라 식으로 쏘아붙일 수 있으니.

에즈라는 생각보다 금방 정신을 차렸다.

"아델 양, 하지만 그것은 양께서 슈뢰더 황가의 일원으로서 경험한 바가 없기에 그리 말씀하시는 것입니다."

"아하."

"양이 기모라 거리에서 불우한 어린 시절을 보냈으면서도 이토록 훌륭한 숙녀로 자라신 건, 애초에 양의 태생이 그토록 고귀하기 때문이 아니겠습니까?"

아델이 한쪽 눈썹을 찌푸리며 웃음을 터뜨렸다. 체사레를 흉내 낸 것인데 효과가 좋았는지 에즈라의 얼굴이 살짝 굳었다.

"말마따나 사람이 우연히 어떤 집안에 태어났느냐에 따라 귀천이 정해진다고 치죠."

그녀가 팔짱을 끼고 하늘을 보았다. 역시 비가 올 기미는 보이지 않는다. 참 운 좋은 새끼다.

"그럼 그렇게 귀한 제가 경이랑 왜 만나야 하나요?"

에즈라의 얼굴에서 표정이 사라지는 것을 아델은 즐거운 마음으로 관찰했다.

"전 황족인걸요. 적어도 비슷한 급은 되어야 하지 않습니까?"

"…급이라고요?"

"네, 경에게는 뭐가 있습니까? 프리오리 가문이라고는 하나 후계자도 아니고, 차남에, 재산도 없으며, 요직에 있지도 않은데."

에즈라의 목이 아래서부터 천천히 붉게 물들기 시작했다.

"돈입니까?"

그가 분노 서린 목소리로 말했다.

"네?"

"결국 돈에 넘어간 겁니까?"

허.

"그렇다 한들 경이 저를 어쩌진 못할 것 같습니다만."

에즈라가 입에서 불을 뿜으려는 것을 본 아델이 새치기하듯 말했다.

"체사레 공이 말입니다."

꼴에 신사인 척한다고 숙녀가 말하자 에즈라의 입이 다물렸다.

"재수는 좀 없는데, 돈도 많고 신분도 높고 권력도 있고 일 처리도 야무지고…."

아델이 에즈라를 위아래로 훑어보며 속삭였다.

"여자를 함부로 다루지 않더라고요."

에둘러 말했지만 알아들었는지 에즈라는 이마까지 새빨개졌다. 더 우월한 남성에 의해 도태되는 것. 열등 종자들의 가장 큰 두려움이다.

"고작 그런 것에 넘어갔단 뜻입니까?"

"'고작'이라고 하기엔 경은 그중 하나도 안 갖고 있습니다만."

"말씀이 지나치십니다!"

그가 기어이 아델에게 호통치며 한 걸음 다가섰다. 반사적으로 움찔했으나 뒤에서 인기척이 느껴졌다. 어느새 부오나파르테의 기사들이 열을 지어 사나운 눈빛으로 에즈라를 주시 중이었다. 그 뒤로는 하얗고 거대한 부오나파르테의 정문이 그녀를 내려다보고 있었다.

왕들의 왕, 군주들의 군주. 언젠가 그녀를 압도했던 글귀가 이제는 그녀의 등을 떠받치고 있었다. 아델이 물러서지 않고 말했다.

"말해 봐요. 경에게 특별히 제가 모르는 엄청난 가치가 있다면 선택해 드릴 수도 있어요."

"난 세속적인 가치를 좇지 않습니다!"

"그야 세속적으로 가진 게 없으니까요. 축하드려요. 집에 돌아가서 자기 열등감 두 조각을 잘 썰어 드시길 바랍니다."

"아델 양!"

"함부로 부르지 말아 주시겠어요? 그리고 생각이란 걸 좀 하시길 바랍니다. 황족인 제가 당신처럼 가진 것 없는 이와 결혼하게 되면 사회에 무슨 파장을 일으킬지를요."

"하! 하하… 하!"

에즈라가 기가 찬다는 듯이 성난 황소처럼 날숨을 뱉어 냈다. 그러나 뒤에 선 기사들 때문인지 노려보는 것을 제외하면 아무 행동도 하지 못했다.

"…망할!"

그는 어느 순간 고함을 왁 지르더니 인사 한마디 없이 몸을 돌렸다. 아델은 그 등에 대고 하하하 웃어 주었다.

다시 외궁으로 들어선 뒤, 아델은 잠시 몸을 돌려 떠나는 에즈라의 뒷모습을 바라보았다. 에즈라는 양초를 문질러 기름을 먹인 방수 타바로 차림새였다. 말에도 짐이 꽤 많았다.

"……."

면면을 살피던 아델이 문지기에게 말했다.

"혹시 포르나티에 치안대와 바로 연락할 수 있을까?"

"예, 가능합니다. 긴급 사태를 대비해 연락책을 두고 있습니다."

"그럼 바로 연락해서 이번 사태의 중요 참고인 한 명이 포르나티에를 빠져나가려는 것 같다고 말해 줘. 의회의 연락이 좀 늦게 닿을 수도 있을 것 같네."

"알겠습니다."

오레스테는 지하 감옥에 구금되었고, 증언을 위해 루카가 불려 갔다. 양손에 수갑을 찬 굴욕스러운 몰골이었다. 새벽부터 델라 발레의 처분을 위해 모인 프리오리들의 얼굴엔 피로와 짜증이 배어 있었다.

"클라리체 도나티가 전부 실토했네. 그녀를 협박한 데다 죽이려고 했다고?"

'그 계집이!'

일순 입술이 일그러졌으나 루카는 재빨리 머리를 굴려 억울하다는 듯이 말했다.

"난 모르는 일이오! 이게 대체 무슨 짓이란 말이오!"

때마침 범인으로 몰려고 했던 루크레치아는 사라진 상태였다.

"클라리체 도나티에게 배급된 음식에서 독이 발견되었습니다. 그게 공의 짓이 아니라고요?"

"아니오! 분명 투구꽃 독이겠지. 루크레치아의 짓이오! 정원을 관리하던 건 루크레치아란 말이오!"

그때 심문실의 문이 열렸다.

"열심히 변명 중이신가?"

체사레가 능청스레 미소 지으며 나타났다. 새벽인데도 완벽하게 차려입은 매무새였다.

"저저 연애하나 본데."

자카리 무도가 중얼거렸다. 이슬라는 체사레의 옷차림도, 자카리의 중얼거림도 싹 무시하고 말했다.

"체사레 공, 일부러 소집하지 않았습니다만."

"나랏돈 타 먹는 사람이 놀면 안 되지."

"그야 그렇습니다만, 아델 양의 상태가 심상치 않으니까요."

"그래, 아델 양은 좀 어떻지?"

파멜라 이브레아가 물었다. 체사레가 살갑게 미소 지었다.

"나쁘진 않습니다."

"나중에 좋은 허브를 보낼 테니 아가씨 드리게."

"흠. 우리 이브레아 공의 빼어난 인품을 사람들이 좀 본받아야 할 텐데."

체사레가 장난스럽게 파멜라의 뺨에 입을 맞췄다. 육십 대 노부인은 피식 웃고 말았다.

"그래서 무슨 얘기 중이었습니까?"

"클라리체 도나티가 이른 새벽에 찾아왔습니다. 그녀가 이런 것을 내밀었고요."

이슬라가 체사레에게 루크레치아와 클라리체 사이의 계약서를 건넸다. 그것을 살피는 체사레의 입가에 잔잔하고 차가운 미소가 떠올랐다.

"뭐, 그럴 것 같았지."

"또한 그녀는 델라 발레 일가가 합심하여 자신을 죽이려 했다고 주장하고 있습니다. 실제로 독극물이 검출되었고요. 하나 델라 발레 공은 이 모든 사태가 루크레치아 양의 단독 범행이라고 주장 중입니다."

"하!"

체사레가 눈살을 찌푸리며 유쾌하게 웃었다.

"그럼 이건 어느 델라 발레의 서명인가?"

곧이어 체사레의 품에서 서류와 함께 편지 한 통이 튀어나왔다.

> '아델 비비'의 신분이 이 이상 사람들의 입에 거론되면 공에게도 좋지 않으리라 보오. 예컨대 아직까지는 이 이야기가 평민 한 명의 말실수로 넘길 수 있는 상황이라는 뜻이오. 귀 가문과의 오래된 약조 역시 선의로 해소해 줄 의향도 있소. 물론 우리가 들인 시간과 재화를 생각하자면 약간의 보상은 필요하겠으나….

"……!"

아뿔싸. 완전히 잊고 있던 편지의 등장에 루카의 낯이 붉으락푸르락해졌다.

"그, 그러니까… 그 계집을 데려온 게 루크레치아라서…."

"델라 발레 공!"

편지를 읽은 이슬라 스포르차가 노성을 질렀다.

"정말 납득할 수 없는 짓을 저지르셨습니다!"

"내가 아니오!"

"이 인장을 두고도 그런 말씀을 하십니까! 에즈라 경과 루크레치아 양은 어디에 숨겼습니까?"

"나도 모른다니까!"

루카가 억울함에 울부짖었다.

'아델 그년이 황족만 아니었어도 아무 문제없이 넘어가는 건데!'

프리오리들의 시선은 싸늘했다. 루카의 넓은 이마에 식은땀이 흘렀다. 결국 그는 눈을 질끈 감고 체사레에게 말했다.

"부탁하오, 체사레 공…. 사촌이니 황제에게 말 좀 해 주시오…."

체사레는 다리를 꼰 채 애교스러운 미소를 지었다.

"외교 관계는 본인이 파탄 내 놓고 뒤처리는 나보고 하라니. 공의 양심은 어느 떡갈나무에 매달려 있습니까?"

"내, 내가 처리할 수 있는 문제가 아니지 않소…. 프리오리라고는 해도 우리 가문은 학회에 많이 포진해 있을 뿐이란 거 알잖소…."

"그게 내 알 바입니까."

차갑게 빈정대는 얼굴을 한 대 후려치고 싶은 욕구가 들끓었으나 끝내 루카는 아무 말도 하지 못했다. 이슬라가 상황을 중재하며 나섰다.

"체사레 공, 공은 산트나르의 프리오리입니다. 정인이 모욕당해 심기가 상한 줄은 알지만…."

그때 체사레의 고개가 휙 돌아갔다.

"정인?"

"아닙니까?"

주춤한 이슬라를 무시하고 체사레는 수상할 정도로 입가를 매만지며 고개를 주억거렸다.

"흠. 뭐, 그렇게 보일 수밖에 없지. 아무래도 그렇게 보이겠지. 그렇게까지 말한다면야."

"썩을 놈, 결국 자기가 해결할 거면서 귀찮게 오라 가라는."

상황이 진정될 기미가 보이자 자카리 무도가 하품하며 투덜댔다.

"오라 가라 한 건 내가 아닌데 노인네가 벌써 망령이 들었나."

무례한 발언에도 체사레는 보조개를 보이며 유쾌하게 웃었다. 부오나파르테의 가주를 어릴 적부터 보아 왔기에 할 수 있는 애정 어린 반말인 탓이다.

"망령 든 줄 알면 째깍째깍 처리 좀 하게."

"…어느 정도는 공감하는 바요."

리비 로시가 중얼거렸다. 그 역시도 이어진 회의에 고단함이 쌓인 듯 보였다.

"델라 발레에게 받을 건 받고, 죗값을 물리는 건 법령 준수청에 맡기는 게 좋겠소만."

"죽을 때가 다 된 영감님들하고는 같이 일을 못 하겠어."

"이놈! 누가 죽을 때가…."

체사레가 손가락을 튕겼다. 뒤에서 지지가 서류 몇 장을 가져왔다.

"이건 아델과 에즈라의 파혼에 동의하고 가문 간의 약조를 해소하겠다는 서류."

서류들이 팔랑팔랑 수갑을 찬 루카의 손 위로 떨어졌다.

"그리고 이번 일로 심히 명예를 모욕당한 부오나파르테에 보일 약간의 성의."

서류에 쓰인 돈을 본 루카의 얼굴이 일그러졌다. 정확히 그가 부오나파르테에 요구했던 금액과 같았다.

"이런 돈은 마련할 수 없네!"

"그럼 이제 오르퀘니나에서 들어오는 외교 압박도 좀 받아 보고, 입국 금지도 당해 보고, 성난 상단들로부터 항의도 한번 받아 보시죠. 생각이 달라질 테니."

"아무리 황족이라지만 방계를 위해 그렇게까지 하겠소!"

체사레가 낮게 웃으며 말했다.

"하게 만들면 되지. 내가 누구라고 생각하는 건지 모르겠군."

루카의 온몸이 바들바들 떨렸다.

"하지만 정말로 돈을 마련할 수가…."

그때 치안 대장이 갑자기 들어섰다.

"의원님들, 포르나티에 외곽 검문소에서 에즈라 델라 발레 님을 발견했습니다. 현재 이쪽으로 이송 중입니다."

"……!"

루카가 고개를 번쩍 들었다.

"또한 짐에서 값나가는 패물과 여러 증서를 발견했습니다. 도주하려 한 듯합니다."

"…….'

"병신이 도망도 못 가네."

체사레가 중얼거렸고, 루카는 파리한 안색으로 기묘하게 연보랏빛 눈만을 빛냈다. 이윽고 그는 다소 차분한 태도로 펜을 들었다.

"…돈을 마련할 때까지 조금만 기다려 줄 수 있소? 그리고 내 생각엔 우리가 좀 더 깊은 이야기를 할 필요가 있을 듯하오만."

그런 루카를 내려다보며 체사레는 뭔가를 짐작하고는 씩 미소 지었다.

"얼마든지. 왠지 내 마음에 쏙 드는 방식일 것 같거든."

지지가 체사레의 뒤를 따라 시뇨리아 공관을 나섰을 때였다. 하늘에서 매 울음소리가 길게 났다. 급하게 팔에 보호구를 차자마자 매 한 마리가 날아들었다. 다리에 달린 쪽지를 읽은 지지가 속삭였다.

"대상을 찾을 수 없다고 합니다."

품에서 시가를 꺼내던 체사레가 멈칫했다. 역시 이쪽은 에즈라와 달리 만만치가 않다.

"계속 찾으라고 해. 아델 보호하는 거 잊지 말고. 그동안 기다려 온 숙녀 분들께도 연락 돌리고."

"예."

체사레가 시가를 입에 물었다. 나른하게 빛나는 금색 눈이 하늘을 올려다보았다. 그래서 어디에 숨었을까?

어둡고 컴컴한 공간. 루크레치아는 행여나 숨소리라도 들킬까 숨을 죽였다. 눈물은 마르지 않았다. 출신도 불분명한 여자를 내궁에 들이긴 했지만 그저 변덕이리라고, 언제고 정신을 차리리라고 생각했다.

'그런데 아이라니.'

루크레치아는 서럽게 울며 계속해서 눈가를 닦았다. 마음이 몇 번이고 무너졌다가, 재건되었다가, 다시 절망에 산산조각 났다. 어둠 속에서 그녀는 기도하고 또 기도했다. 그리고 마침내 한줄기 깨달음을 얻었다.
'체사레 공이 실수했을 리 없어. 아델 비비가 임신했다고 속인 게 분명해.'
루크레치아가 손톱을 씹으며 중얼거렸다.
"하지만 나한테는 안 통해…. 내가 다 간파했다고…. 우린 운명이란 말이야…."
루크레치아가 체사레를 처음 만났을 적. 그녀는 고작 다섯 살, 체사레는 아홉 살이었다. 아마 체사레는 그 순간을 기억하지 못할 것이다. 아주 짧은 만남이었으니까.
본디 저택에서 나오지 않는 나이이나 특별히 체사레가 에바를 따라 나온 날이었다. 그때 아직 건강하던 루크레치아의 모친도 다른 귀부인들에게 루크레치아를 소개하기 위해 특별히 그녀를 데리고 외출했다. 그 또한 운명이었으리라. 그 시절의 체사레는 말수가 적었다. 에바가 볼 땐 방긋거렸지만, 그녀가 사라지면 곧잘 차가운 얼굴을 했다.

"부모가 버리고 갔는데도 의젓하네요."

귀부인들이 그렇게 속닥였지만, 루크레치아는 다르게 생각했다.
'아니야, 저건… 외로워하고 있는 거야.'
자신만이 알아보았다. 고귀한 소년의 어둠을.
다음에 만났을 때 체사레는 좀 더 화려한 미소를 짓고 있었다. 누가 보아도 장래가 기대되는 모습이었다. 마음이 급해진 루크레치아는 그와 인사할 순간이 오자마자 이렇게 말하고 말았다.

"미래에 저와 결혼해요. 저는 군이 느끼는 빈자리를 채워 줄 수 있어요."

그 순간 어떤 전류가 흐른 듯했다. 그들의 운명이 엮이고 있다는 감각이 휘몰아쳤다. 루크레치아는 눈을 크게 떴고, 체사레도 묘한 눈빛으로 그녀를 바라보았다.

"부오나파르테에 도움이 될 사람이 아니면 필요 없어."

계시였다.
'함께 부오나파르테를 일궈 나가자는 거구나.'
그를 믿었다. 숱하게 많은 여자를 만나도, 언젠가 그때의 소년으로 돌아와 자신과의 약속을 기억해 줄 거라고….
'그런데 아델 비비가 그를 망쳐 놨어.'
분노와 슬픔이 루크레치아의 눈물을 그치게 했다. 체사레에게 어울리는 숙녀가 되기 위해 가문의 이름을 높이려 했다. 흠 없이 그에게 가기 위해서. 그러나 이제 더는 쓸 수 있는 패가 없었다. 사랑하는 이를 위해 자신의 손에 직접 진흙과 피를 묻힐 때였다. 천천히 품을 더듬은 그녀의 손에 단도 한 자루가 잡혀 나왔다.
"배 속에 아무것도 없다는 걸 알려 주면 되잖아…?"
루크레치아가 초점 나간 눈으로 중얼거렸다.

아델이 마차에서 내려 의회 건물을 바라보았다.

[아델에게 할 말이 있습니다. 한 번만 면회할 수 있을까요?]

에바의 면회 요청 때문이었다. 반대가 있으리란 생각과 달리 선뜻 절차가 진행되었다. 아무래도 의회는 외교 문제를 홀로 뒤집어쓴 전 의장의 처리에 골치를 썩고 있는 듯했다. 덕분에 아델은 정말 오랜만에 홀로 외출했다.

에포니는 무슨 일인지 건강이 좋지 않다며 휴가를 낸 참이었다. 호위가 붙으려나 싶었는데 체사레 본인이 따라붙으려 했다.

"오늘은 처리할 게 있어. 조금만 기다렸다 나랑 가지 그래?"

하지만 아델은 그냥 혼자 나와 버렸다. 월경이란 것이 아주 지독했다. 마리사가 처방해 준 진통제 덕에 아프지는 않았지만, 기분이 바다 날씨처럼 오락가락했다. 비단 그뿐만은 아니었다.

'너무 노골적이라서 불편해….'

재판, 정확히는 에바와의 대담 이후 아델은 체사레가 불편해졌다. 그가 불같은 성정이라는 건 알고 있었지만 정도가 있는 법이다. 그런데 이제 체사레는 매 순간 아델을 예의 뜨겁고 갈망하는 눈길로 보곤 했다. 덕분에 아델은 눈이 마주치면 곧잘 시선을 피하게 되었다. 같은 공간에 있게 될라치면 카타리나를 찾아 자리를 떴다. 그러자 처음엔 그럭저럭 여유롭게 대처하던 체사레도 슬슬 눈빛이 가라앉고 있었다. 아델은 한숨만 내쉬며 시뇨리아 공관에 들어섰다.

"아델 브륄 슈뢰더라 하네. 에바 부인과 면회가 있어."

그녀를 알아본 치안대원은 곧 지하 감옥으로 아델을 안내했다. 에바는 좁은 1인실에 갇혀 있었다. 아델을 발견한 그녀가 환하게 미소 지었다.

[아델, 와 줬구나.]

아델은 약간 놀랐다.

'아무리 그래도 전 의장이니 숙박 시설쯤은 될 줄 알았는데.'

돌바닥에 이끼 낀 벽, 돌로 된 침상과 나무껍질을 뭉쳐 만든 깔개까지. 칠십 대 노인이 머물기엔 가혹한 환경이다. 에바는 아델의 시선을 눈치챘는지 연필을 슥슥 움직였다.

[내가 거절했어. 죄를 지었는데 편히 지내면 안 되지.]

정말로 자기 죄도 아니면서.

[추방되기 전까지니까 괜찮아. 나도 이제 은퇴할 때가 됐지. 그보다 몸은 어떠니?]

아델은 묵묵히 창살 맞은편의 나무 의자에 앉았다. 그녀와의 대담이 불편하면서도 찾아온 것은, 어쨌든 자신을 도운 이의 요청이니 거절하기 어려웠기 때문이다.

"임신은 아닙니다."

에바는 어쩐지 아쉽다는 얼굴을 했다. 영악한 노인네 같으니.

[그래도 다행이야. 네가 건강해야 체사레도 행복할 거야.]

"……."

답할 말이 없어 침묵했고, 에바는 원래 남의 대답을 살필 위치에 있는 사람은 아니었다.

[오늘 와 달라고 한 건 에기르 군 때문이란다.]

미처 생각하지 않았던 이름이 튀어나왔다.

'마지막으로 본 게 공판 날이었지.'

그날 에기르는 모르드가 전당 밖에서 마차를 세우고 대기 중이었다. 그리고 체사레에게 안겨 나온 아델을 본 뒤 깜짝 놀랐다.

"무슨 일입니까?"
"부오나파르테로!"

체사레는 아델을 끌어안고 마차에 올랐고, 에기르는 급하게 부오나파르테로 마차를 몰았다. 그 뒤로는 본 적이 없었다.

[사실 내가 에기르 군에게 협조를 구한 상태였어. 너를 부오나파르테에서 빼내는 것을 도와 달라고.]

"에기르 경에게요?"

[군이 너를 도우려 했거든. 나처럼 체사레가 너를 겁간했다고 오해하고 있었어.]

"아…."

하기야 에기르도 그날의 소리를 들었을 것이다. 아델의 뺨이 살짝 달아올랐다. 이쯤 되면 산살리나 광장의 비둘기도 제가 체사레와 잔 것을 알 성싶었다.

[에기르 군도 사정은 알 거야. 다만 제대로 전달이 되었을지는 모르겠구나. 그래서 말인데, 네가 부오나파르테에 남을 생각이라는 것 정도는 얘기해 줘도 괜찮지 않을까?]

에바가 말갛고 온순한 눈으로 간청하듯 말했다.

[남아 줄 거지?]

아델이 저도 모르게 힘겨운 날숨을 내뱉었다. 머릿속이 다시 헝클어졌다. 이 노파와 대화할 때면 늘 이렇다.

"제가 정할 수 있는 문제인가요?"

[네가 정할 문제지. 이제 모르는 척은 그만하렴.]

"……."

[화를 내든 욕을 하든 좋으니까 체사레와 제대로 이야기해 봐. 떠나는 건 그 이후에. 알겠지?]

아델은 찡그린 얼굴로 대답하지 않았다.

[그리고 당분간은 부오나파르테에 있어. 주변이 조용해질 때까지만이라도. 이건 널 위한 거야. 알았지?]

에바가 창살 사이로 손을 내밀어 아델의 손을 토닥였다. 이상하게도 그것은 꼭 핑계를 마련해 주려는 것처럼 느껴졌다. 더 이상한 것은 단박에 거절하지 않는 자신이다.

"…네."

아델이 고개를 끄덕였다. 더는 어떤 얼굴로 체사레의 얼굴을 보아야 할지 알 수 없었다.

의회 건물에서 나왔을 땐 아침 햇살이 내리쬐고 있었다. 아델은 양산을 펼 생각도 않고 가만히 거리를 바라보았다. 돌아가서 체사레와 마주칠 생각을 하니 도무지 발걸음이 떨어지지 않았다. 사랑하기엔 모멸당한 기억이 발목을 잡고, 미워하기엔 명백히 이성적인 매력을 느끼고 있다.

최근 들어 그는 더욱 혼란스럽게 굴었다. 깨진 달걀을 주워 담을 수는 없다. 그걸 모르지 않을 텐데도 체사레는 바닥에 주저앉아 열심히 부서진 달걀 껍데기를 모으고 있었다. 그 모습을 볼 때마다 자기가 부숴 놓고 어쩌자는 거냐고 외치고 싶었다. 현기증이 일었다. 아델이 비틀거린 순간이었다.

"아가씨, 마차를 잡아 드릴까요?"

의회에서 나온 등이 굽은 여자 한 명이 가까이 다가와 물었다. 봄에 가까워진 이 계절에 두꺼운 타바로를 두른 여자였다.

"아니, 괜찮아."

그녀가 건물 안에서 나왔기에 당연히 의회에서 일하는 사환이라고 생각한 아델이 답했다.

"그러지 말고 타시지요."

"괜찮다니…."

재차 거절하려던 때였다. 여자가 번개같이 다가와 아델의 허리를 끌어안았다. 예리한 것이 허리춤에 와 닿았다.

"괜찮긴. 안 괜찮아야지."

타바로 아래에서 미성이 웃었다. 일순 온몸의 솜털이 곤두섰다.

'루크레치아!'

아델이 타바로 아래의 얼굴을 살폈다. 여전히 아름다웠지만 핏기가 없었고 끼니를 굶었는지 뺨이 홀쭉했다.

"소리치지 마. 소리치는 순간 찌를 거야."

레이스 아르떼의 소모공들이 지급받는 평퍼짐한 타바로 사이로 칼날이 가려졌다. 루크레치아는 그대로 아델과 사이좋은 자매처럼 걸음을 옮겼다.

"……!"

거부하려 했으나 칼날이 정말로 살갗을 파고들었다. 본능이 아델의 저항을 멈춰 세웠다.

"내가 우습게 보여? 난 진짜로 찌를 수 있어."

루크레치아가 억양 없는 어조로 속삭였다. 흡사 미친 사람이었다.

"네 배 속에 아무것도 없다는 것도 밝힐 수 있단 말이야. 바로 여기서라도…."

그녀는 어깨를 들썩이며 웃더니, 다시금 무표정으로 말했다.

"이대로 부오나파르테로 가. 얌전히 체사레 공께 나를 안내해."

뒤늦게 두려움을 거둬 낸 아델이 입을 열었다.

"…의회 건물 안에 숨어 있었나?"

"등잔 밑이 어두운 법이야. 언젠가 네가 의장을 보러 올 거라고 생각했지."

"귀족가의 숙녀는 숨바꼭질에도 소양이 있어야 하나 보지."

"내가 지금껏 괜히 웃으면서 팔미나 지노블 같은 졸부를 따라다닌 줄 알아?"

"그래 봐야 잡힐걸."

루크레치아가 짧게 웃음을 터뜨렸다가 바로 무표정이 되었다.

"순교란 그런 거야, 아델 비비. 주데카에서 구덩이에 기어 올라온 너는 모르겠지만."

두 사람은 그대로 거리를 걸었다. 활기로 넘치던 거리가 스산하게 느껴졌다. 기분 탓인지 인적도 더 드물어진 느낌이었다. 걷는 동작 사이에 슬쩍 루크레치아를 밀어내 보려 했으나, 다시 한번 칼날이 옷자락을 뚫고 파고들었다.

"수작 부리지 마."

루크레치아가 깜빡임 하나 없는 눈으로 속삭였다. 걸음은 허정허정하지만 아귀힘이 억셌다. 행여라도 자신이 힘으로 밀린다면 즉각 찌를 심산으로 보였다.

'괜히 자극하지 않는 게 좋겠어.'

의회가 있는 산타크로체 거리는 세포시 거리와 그다지 멀지 않다. 두 사람은 얼마 뒤 부오나파르테 정문의 웅장한 외관을 볼 수 있었다. 아래에서 평소보다 많은 수의 문지기가 대기 중이었다. 루크레치아가 속삭였다.

"허튼소리 하면 바로 찌를 거야."

문지기들은 어쩐지 굳은 얼굴로 아델을 맞이했다.

"아가씨? 옆에 계신 분은 루크레치아 델라 발레 양이 맞으십니까?"

"응, 오다가 만났어. 괜찮아."

"그렇습니까."

문지기들이 무뚝뚝하게 답하고는 물러났다. 그들의 시선은 꽤 오래 이쪽을 향했다. 외궁의 홀에서는 총집사 에른스트와 마주쳤다. 그 역시도 무표정이었다.

"아가씨, 외출은 잘 다녀오셨습니까?"

"응, 체사레 공과 잠깐 이야기할 게 있어. 집무실에 있나?"

에른스트의 시선이 루크레치아를 스쳐 지나갔다.

"예, 안내해 드릴까요?"

칼날이 아델의 허리를 얕게 찔렀다.

"괜찮아. 내가 안내하지."

외궁을 그렇게 지나쳤다. 외궁과 내궁을 잇는 대리석 주랑을 건너며 루크레치아가 속삭였다.

"너 역시 그냥 구두닦이지?"

"……?"

"귀족들은 긴급 상황에 사용하는 비언어가 있어. 아무도 네게 가르쳐 주지 않았고, 너도 배우지 못했겠지."

루크레치아가 기묘한 웃음을 터뜨렸다.

"역시 넌 체사레 공의 짝으로는 모자라…."

곧 집무실의 문이 드러났다. 네 마리의 인어와 별이 부조된, 조각가 자베르의 떡갈나무 문. 아델이 심호흡한 뒤, 집무실 문을 세 번 두드렸다.

"체사레 공, 아델입니다."

안쪽에서는 아무 소리도 들려오지 않았다. 무언가 몸을 낮추고 도사린 듯한 정적이었다.

'알아챌 거야.'

루크레치아와 마찬가지로 아델도 신경을 곤두세우고 숨을 죽였다.

"약속은 없지만 할 말이 있어서요."

체사레. 지지. 혹은 아무나 좋다.

'…알아채 줘.'

좀처럼 답이 돌아오지 않자 루크레치아의 동공이 점점 확장되었다. 날카로운 검 끝도 아델의 허리를 파고들기 시작했다. 피가 배어나는 것이 느껴졌다.

"들어와."

그때 안에서 체사레의 목소리가 들렸다. 루크레치아가 문을 열라는 듯이 눈짓했다. 그녀는 이제 막 복수의 쾌락에 눈뜨려는 얼굴을 하고 있었다. 그러면서도 연보랏빛 눈에 체사레를 향한 광열과 환희가 차오르는 것이 참으로 아이러니했다. 아델이 심호흡한 뒤 문을 밀었다. 거대한 떡갈나무 문이 소리도 없이 열렸다. 체사레의 방 입구에는 작은 로비가 있고, 굵은 기둥이 세워진 코너가 있다. 그곳을 꺾어야만 체사레의 호두나무 책상이 보인다.

한 걸음, 또 한 걸음이 영원과도 같았다. 마침내 책상에 앉은 체사레의 모습이 드러난 때였다. 다음 순간 모든 게 너무나 빠르게 일어났다. 통로 양옆으로 두껍게 난 기둥이 스르르 열렸다. 너무나 자연스럽고 긴박함 하나 없이 이루어진 일이었다. 열린 기둥에서 나타난 것은 검은 옷을 입고 볼토 가면을 쓴 사내 둘이었다. 그들은 물 흐르듯이, 루크레치아의 팔과 어깨를 동시에 몽둥이로 내리쳤다.

"꺄아아아아악!"

비명과 함께 조여져 있던 긴장감이 터져 나갔다.

"아델!"

체사레가 책상을 뛰어넘어 달려왔고, 루크레치아는 용케도 칼을 떨어뜨리지 않고 내질렀다. 그러나 이미 반대쪽의 기사가 아델을 끌어안고 물러난 뒤였다. 루크레치아의 단도는 허무하게 허공을 갈랐다.

"아델 비비!"

루크레치아가 목청을 다해 한 맺힌 절규를 내질렀다. 그러나 다음 순간 기사에게 어깨를 한 대 더 얻어맞고는 뼈가 부러지는 소리를 내며 쓰러졌다. 그때쯤 도착한 체사레가 아델의 어깨를 덥석 끌어안았다.

"다친 곳은!"

아델은 방금 일어난 일에 놀라 제대로 반응하지도 못하고 눈만 깜빡였다. 손발이 떨리고 있었다. 체사레가 얼굴을 심하게 굳히며 외쳤다.

"지지! 조토와 마리사를 불러와!"

"옙, 정신없으시겠지만 가는 김에 치안대도 불러오겠습니다."

탁자 밑에 숨어 있던 지지가 재빨리 기어 나와 방을 뛰쳐나갔다.

"…아니에요. 괜찮아요."

아델이 뒤늦게 정신을 차리고 답했다. 꽉 붙들린 어깨와 뜨거운 몸이 뒤늦게 불편했다.

"생채기만 좀… 났을 뿐이에요."

"어디 봐!"

당황이랑은 제일 거리가 멀 것 같은 남자가 허둥지둥하며 아델을 빙그르르 돌렸다.

"피가 나잖아!"

체사레가 외쳤다. 내려다보니 허리춤에서 손톱 크기의 핏물이 번지고 있었다. 아델이 아직 정돈되지 않은 숨을 헐떡이며 답했다.

"잘려 나간 것도 아닌데요, 뭐."

"뭐?"

체사레가 화병이 난다는 듯한 웃음을 터뜨렸다. 그사이 볼토 가면을 쓴 기사가 어느새 루크레치아의 몸을 동여맸다.

"주인님."

체사레가 그제야 루크레치아를 돌아보았다.

"상태는?"

"요골과 빗장뼈 골절입니다."

"잘했어."

그리고 그는 다시 잘생긴 얼굴을 찡그린 채 아델을 쳐다보았다.

"신호는 어떻게 알았어?"

"예전에 눈치로요."

아델이 슬쩍 덧붙였다.

"눈치챌 거라고 생각해서 데리고 온 거예요. 딱히 위험해지라는 생각은 아니었…."

"아! 이 헛똑똑이 같으니! 누가 그런 걸 신경이나 쓴대!"

체사레가 아델의 양 뺨을 붙잡고 살짝 흔들었다. 어린아이의 철없는 행동에 답답해하는 듯한 행동이었다. 묘하게도 싫은 느낌은 아니었다.

"…내버려 둬요."

입술이 마르는 감각에 아델이 부러 차갑게 체사레를 밀어냈다. 그러나 남자는 아델을 놓아줄 생각이 전혀 없어 보였다. 일그러진 황금색 눈이 일렁이고 있었다.

"마리사에게 꼭 진찰받아."

"……."

"미안하군. 이건 내 잘못이야. 리로이가 아니라 제대로 여자 호위를 붙였어야 했는데, 네가 불편해할까 봐…."

그런 걸 붙여 놨었구나. 어쩐지 자유롭게 출입하게 두더라니. 아델이 고개를 끄덕이려다 물었다.

"에기르 경은요?"

"나갔어."

"네?"

체사레는 대답하지 않고 수행원들에게 턱짓했다. 수행원이 루크레치아의 타바로를 벗겼다. 가려져 있던 그녀의 행색이 바로 보였다. 검은 비단 같던 머리카락은 헝클어졌고, 입술은 가뭄 든 땅처럼 말라붙어 있었다. 그녀는 고통으로 일그러진 눈으로 아델을 노려보았다.

"너 때문에…."

아델이 저도 모르게 한 걸음 물러났다. 이미 사랑이라고도 할 수 없는 비이성적인 광기였다. 체사레가 자연스럽게 그 앞을 가렸다.

"왜 그게 아델 때문이야? 너 때문이지. 아직도 정신을 못 차렸나?"

체사레가 끼어들자 루크레치아의 시선은 또 휙 바뀌었다.

"체사레 공…."

그녀가 시뻘겋게 충혈된 눈으로 흐느꼈다.

"눈을 떠요. 이건 아니에요…. 제발 공의 눈을 가린 음욕을 걷어 내요…."

"한 번밖에 못 잤는데 어떻게 이게 음욕이야."

"체사레 공!"

루크레치아가 듣기 싫다는 듯이 악다구니를 썼다. 그녀는 온몸이 묶인 채 낚싯줄에 걸린 물고기처럼 몸을 비틀어 댔다.

"제가… 제가 저 계집애보다 더 도움이 되었잖아요! 내가 당신을 더 사랑해 줄 수 있는데…! 내가 더 유능하고, 내가 더 당신에게 완벽하게 어울리는데!"

"……."

체사레의 대답이 없자 루크레치아는 치아를 딱 소리 나게 부딪치더니 금세 애련한 표정을 지었다.

"사랑해요…."

"……."

"사랑해요. 사랑해요, 사랑한다고요. 사랑해요. 사랑해요! 사랑한다고요! 사랑해요! 내가… 사랑한다잖아!"

아델이 귀를 막았다. 저것은 독이었다. 보통 사람이라면 질식되고 말 것이다. 그러나 체사레는 태연하고 냉랭하게, 저 하늘의 태양처럼 오만하게 루크레치아를 내려다볼 뿐이었다.

"루크레치아 델라 발레 양, 치안대 불렀으니 법령 준수청에서 보지. 안 그래도 여러 가지 퇴치법을 고민 중이었는데 덕분에 편하게 가겠어."

"체사레 공!"

"열렬한 고백 전혀 고맙지 않다는 말도 좀 해야겠군. 문제가 뭔지 아나?

내가 널 안 사랑해."

루크레치아의 눈에서 눈물이 방울졌다.

"왜죠…?"

진심으로 이해할 수 없다는 듯한 얼굴이었다.

"평생을 당신을 위해 살았어요…. 당신 옆에 서기 위해서…. 어울리는 숙녀가 되기 위해서!"

끝에 가선 울음보단 웃음에 가까워졌다. 지켜보는 아델이 도리어 그 맹목적인 감정의 강요에 짓눌리는 기분이었다. 하지만 체사레는 무관심이 고스란히 드러난 어조로 말했다.

"네가 날 사랑한다고 내가 그걸 받아 줘야 할 이유는 없지."

"난…!"

"그리고 넌 나를 사랑하는 게 아니거든."

루크레치아의 연보랏빛 눈이 커졌다.

"내가 당신을 사랑하지 않는다고요…?"

루크레치아가 일그러진 웃음을 터뜨렸다.

"내가 당신을 사랑하지 않는다고요! 당신을 위해 저 계집을 찢어 죽일 각오까지 했는데! 아직도 내 각오가 부족하다고요!"

루크레치아의 절규를 들으며 아델도 의구심이 들었다. 체사레에게 사랑이란 뭘까. 그가 원하는 게 사랑이라면 루크레치아를 마다할 이유가 없을 텐데. 그는 왜 루크레치아를 거절했을까?

체사레는 차갑게 말했다.

"넌 그냥 내가 잘생기고, 빛나고, 능력 있고, 뛰어나서 좋아하는 거니까. 그게 사랑인가?"

"그게 달라요…?"

루크레치아가 이해할 수 없다는 듯이 울며 웃었다.

"당신이 그 자리에서 내려올 리 없잖아요. 당신이 그걸 잃을 리 없고!"

"그렇긴 하지만 그건 내 기준과는 달라. 네가 사랑하는 건 '귀하고 값진 것'이지 내가 아니야. 본인 안목이 너무 높은 탓이니 나 말고 스스로를 원망하도록."

루크레치아가 재차 서러운 웃음을 터뜨렸다.

"내가 맞출게요. 다 맞출 수 있어요. 전부 다 당신에게 맞출 수 있다고요…. 지금까지 그래 왔잖아요!"

그 말에 체사레가 물끄러미 루크레치아를 바라보다가 말했다.

"그럼 루크레치아 델라 발레 양, 만약 어느 날 내가 마차 사고가 나서 다리를 절고, 보증을 잘못 서서 부오나파르테를 말아먹고, 치매에 걸려서 대소변도 못 가리게 되었다고 쳐 보지. 그때도 네가 나를 사랑할 수 있을까?"

"……."

루크레치아가 눈물 흘리던 그대로 눈을 떨었다. 무슨 소릴 하는 거야? 하고 묻는 듯했다. 체사레가 미소 지었다.

"알잖아. 불가능해."

루크레치아가 헐떡였다.

"그럼 저 계집은요…?"

아델이 저도 모르게 움찔했다.

"저 계집은 당신을 그 정도로 사랑한다고요?"

"그 반대지."

물 흐르듯이 대답한 체사레의 눈이 커졌다. 잠시 뒤 그는 스스로도 놀랍다는 듯이 중얼거렸다.

"…내가 아델을 그 정도로 사랑하는 거지."

그 말을 하며, 체사레는 아델을 쳐다보지 않았다. 멍한 옆모습은 마치 이렇게 생각하고 있는 듯했다. 그렇구나. 나는 그 정도로 아델을 사랑하고 있구나.

체사레의 눈에 황금, 레몬, 윤슬 같은 반짝임이 서서히 깃들었다. 알 수 없는 빛을 두 눈에 품은 그는 그대로 입을 다물었다. 그 순간만큼은 루크레치아마저도 발악하지 않았다. 그저 뒤통수를 한 대 맞은 듯이 굳어 있을 뿐.

아델은 그 이유를 알 것 같았다. 원래 뭔가가 차오르는 동안에는 고요해질 수밖에 없다. 물이든 감정이든, 차오르고 있는 사람이든 그걸 지켜보는 사람이든. 문득, 체사레의 손이 잡고 싶어졌다. 악기를 잘 다룰 것 같던 손의 감촉을 느끼고, 그 열기를 느끼면, 속을 헤집는 이 불가사의한 감정을 확실히 할 수 있을 것 같았다.

[체사레를 사랑해?]

느긋이 걷던 심장이 종종걸음 치기 시작했다. 그러나 다행히 그 미친 짓을 실행에 옮기기 전에 루크레치아가 울먹였다.

"그래서 지금 한순간의 감정에 눈이 멀어서 구두나 닦던 여자와 결혼하겠다고요?"

아델이 아무 동작 없이 움찔했다. 귀족 별거 아니지. 그리 생각하면서도 조금은 마음이 움츠러들었다. 그러나 체사레는 고개를 기울이고는 말했다.

"네가 하던 일은 뭔데?"

"네?"

"앉아서 고미술품에 쌓인 먼지 털어 대는 거랑 뭐가 다르지?"

"당연히 예술과 학문의 가치가…!"

루크레치아의 반박을 듣지 않고 체사레가 손을 휙 내저었다. 수행원들이 곧장 루크레치아의 입에 재갈을 물렸다.

"읍…! 으읍!"

"아델."

그가 아델을 돌아보았다.

"치안대가 올 때까지 시간이 좀 있는데, 원하는 사적 제재라도?"

"……!"

루크레치아의 눈이 흔들렸다. 미친 여자답게 두려움은 보이지 않았으나 긴장은 한 듯했다. 아델이 잠시 자신의 허리를 내려다보았다. 옷에 밴 핏자국이 갈색으로 말라붙어 가고 있었다.

'지금은 이 정도지만 전엔 죽을 뻔했지.'

고민하던 아델이 차분히 말했다.

"관둘게요."

체사레는 몹시 서운하다는 얼굴로 팔짱을 꼈다.

"들켜도 별일 없을 거야. 내가 보증하지."

"그런 문제가 아닙니다. 그보다는 공이 어떤 성대한 결말을 짜 놓았을지 궁금해서요."

"…….."

체사레가 멈칫하더니 벨벳처럼 부드럽게 눈웃음쳤다. 찬란한 금빛 눈이 냉혹했다.

"분명 끝까지 가면 아주 만족할 거야."

"호외요!"
사건이 교묘하게 뒤틀렸다. 체사레의 의도대로였다.

"죽을 뻔한 건 나로 하는 게 낫겠어. 이 이상 일이 커지면 내 사촌도 '유감' 정도로 넘어갈 수 없으니까."

시민들은 너도나도 약간의 향신료가 가미된 호외를 붙들고 혀를 내둘렀다.
"자네 들었나? 루크레치아가 체사레에게 칼부림했다던데?"
"하이고. 내가 그거 일낼 줄 알았지. 그 구두닦이 황족 때문이지?"
"그런가 보더군. 체사레 애를 뱄다고 하니…."
루크레치아가 체사레를 연모하는 것은 산트나르 시골 양어장의 잡어도 아는 사실이다. 설득력은 충분했다.
"차라리 같이 죽자 뭐 그런 거 아니었겠어? 피라모스와 티스베[17] 같은 느낌으로 말일세."
"그거야 둘이 연인이었고 이건 완전히 그냥 살인 미수지. 미쳤다고 그 지랄을 해?"
이야기는 시민들의 입을 거쳐 가며 점점 진노가 섞였다. 어느 고명한 학자가 내놓은 '체사레가 사망 시 산트나르 경제에 미치는 영향'이라는 제목의 평론이 특히나 한몫했다.

---

[17] 『로미오와 줄리엣』의 원형. 죽음으로써 맺어진 연인의 이야기.

"산트나르는 시민이 주권을 가진 공화국이지. 이들 대다수가 상업에 종사하고 있으니, 오르퀘니나에 밉보인 델라 발레를 얼마나 떼어 내고 싶겠어."

의회에서도 같은 결론을 내렸다.
"에바 부오나파르테는 신분을 위조했습니다."
며칠 뒤, 이슬라 스포르차가 시뇨리아와 평민회의 의견을 규합하여 판결을 내렸다.
"하나, 그 목적이 사리사욕에 있지 않고 외교적 분쟁을 해결하기 위함이었던 점, 그녀가 산트나르에 이바지한 점을 참작하여 포르나티에서 무기한 추방하는 것으로 마무리 짓겠습니다."
부채꼴의 탁자 앞에 앉은 그녀의 얼굴은 엄정했으나 약간의 착잡함이 서려 있었다. 반면 맞은편의 죄수용 의자에 앉은 에바는 깊은 바다처럼 고요한 낯으로 판결을 받아들였다.

고맙습니다.

에바는 그 문장을 끝으로 치안대원의 구속, 혹은 호위를 받으며 재판장을 나갔다. 이후엔 델라 발레 일가가 무릎 꿇렸다. 모두 옥살이로 초췌해진 얼굴이었다.
"델라 발레 일가는 사리사욕을 위해 사기 행각을 벌이고 이로 인해 타국의 황족을 위험에 빠뜨렸으며….”

줄줄이 이어진 델라 발레의 만행 끝에 이슬라가 말했다.

“…하여 루카 델라 발레의 프리오리직을 박탈하고, 델라 발레 가문에 4백만 금의 벌금을 부과합니다. 또한 루크레치아를 제외한 델라 발레 일가는 향후 5년간 '카네바 감옥'에 수감됩니다.”

판결이 내려지자마자 에즈라가 절망적으로 외쳤다.

“난 정말 아무 잘못 없단 말입니다! 이건 모함입니다!”

“제기랄!”

“……”

억울함을 호소하는 두 아들과 달리 루카는 일견 담담했다. 그는 심드렁히 저를 쳐다보는 체사레와 눈을 마주치고는 살짝 고개를 까딱였다. 체사레 역시도 고개를 까딱이고는 아예 관심이 끊긴 듯 등받이에 몸을 기댔다.

“마지막으로 루크레치아 델라 발레는….”

프리오리와 노빌리, 포폴로와 아르떼의 장들, 기자들, 그저 구경 온 시민들 사이에서 이슬라의 시선은 마지막으로 루크레치아에게 향했다. 넋이 나간 듯 삼백안을 뜬 여자는 제 이름을 부르는데도 움찔하지도 않았다.

“체사레…. 체사레…. 사랑해요. 체사레….”

이슬라가 그녀에게 선고를 내렸다.

“향후 30년간 '르 데지르'에 수감될 것입니다. 이상.”

시뇨리아 공관의 지하 감옥. 최하층은 국사범을 가두는 곳이다. 그곳의 독방에 각각 갇힌 델라 발레 일가는 문을 사이에 두고 배식구를 통해 거위처럼 꽥꽥거렸다.

"이제 대체 어쩔 겁니까! 제가 왜 아버지와 형님의 음침하기 짝이 없는 계획에 피해를 봐야 합니까!"

에즈라의 외침에 반대편 옥에 갇힌 오레스테가 응수했다.

"지랄하고 있네! 내내 번드르르한 얼굴로 착한 척이나 하고 있던 놈이 뭐라고 지껄이는 거야? 네가 하기 싫어한 더러운 일을 지금껏 누가 했는데!"

"그 말 그대로입니다! 저는 계속 더러운 방식은 쓰고 싶지 않아 했습니다! 그걸 강요한 건 형님과 아버지였고요!"

"네가 정말 우릴 말리고 싶었다면 그런 이야기가 나올 때마다 자리를 뜨지 않았겠지! 은근슬쩍 우리가 처리해 주길 바라던 걸 누가 모를 것 같으냐!"

에즈라와 오레스테가 악다구니를 쓰며 싸우는 가운데 루카는 침묵만 지켰다. 그들의 싸움을 들으며 간수는 고상한 귀족들의 민낯에 혀를 내둘렀다. 그때 작은 웃음소리가 벽에 반사되며 울려 퍼졌다.

"아하하하하…."

가장 깊은 방에 갇힌 루크레치아였다. 그녀는 벽에 머리를 기댄 채 실실 웃기만 했다.

'병신들. 지금 그게 중요한 게 아닌데.'

그렇잖은가. 30년?

'그리 길지도 않아.'

30년만 버티면 되는 것이다. 그때쯤이면 아델 비비는 세월을 이기지 못하고 늙고 초라해졌을 것이다. 그걸로 체사레가 정신을 차린다면 좋겠지만, 이젠 그렇지 않더라도 상관없었다.

'피라모스와 티스베. 나쁘지 않아.'

한날한시에 죽는 것도 운명이라. 자신의 이름은 체사레와 죽음을 함께

한 자로 역사서에 적힐 것이다.

"아하, 아하하…!"

"애초에 형님이 약혼을 깨려고 들지만 않았어도…!"

"구두닦이와 결혼하기 싫다고 대문에서부터 그년을 내쫓은 건 너잖아!"

"……."

축축하고 야단살풍경한 지하 감옥에서 간수만이 고개를 절레절레 저었다.

아델은 첫 월경을 끝냈다. 소감은 간결했다.

'개 같아.'

그나마 체사레가 뒤처리로 바빠 신경을 거스르지 않는 게 다행이었다. 최근 들어 그의 얼굴을 보기가 불편했는데 핑계가 되어 다행이었다. 그 핑계도 이제 끝났지만 말이다. 아델은 황족이 되었고, 모든 계획은 완벽하게 성공했다. 약간의 수습만 남은 차였다.

'…그런데도 여기에 있네.'

아델이 멍하니 창가에 앉아 봄바람을 맞으며 생각했다. 정원엔 어느새 봄꽃이 서서히 꽃봉오리를 틔우고 있었다. 며칠 전의 봄비가 제 역할을 톡톡히 한 듯했다. 온화하고 평화로운 풍경이었다.

'이상하지.'

아델이 무릎을 당겨 안으며 새싹 돋는 나무들을 바라보았다.

'분명 이건 에즈라와 결혼한 후로 기대했던 상황인데, 그게 부오나파르테에서 이루어졌네….'

생각이 거기까지 미치자 에기르를 찾으러 갈 의욕이 났다.

'뭔가 오해 중이라면 직접 풀어야지. 그동안 에기르가 내게 잘해 준 것도 있으니까….'

아델이 드레스를 추스르며 일어나려던 때였다. 똑, 똑똑. 경쾌한 노크와 함께 카타리나가 들어섰다.

"아델! 무도회 참석할 거지?"

여전히 호걸의 기세를 내뿜으며 카타리나가 말했다.

"무도회요?"

"오르퀘니나의 황족으로 인정받았잖니. 남들 눈도 있으니 대사들은 한 번 만나 봐야지."

폭포수처럼 말을 쏟아 내던 카타리나가 멈칫했다.

"아니면 혹시 바로 떠날 생각이니?"

아델은 에바의 당부를 떠올리곤 고개를 저었다.

"그렇진 않습니다. 해야 할 일도 하나 남아 있고요."

"다행이구나."

호쾌하게 웃은 카타리나가 아델의 팔짱을 꼈다.

"갈 때 가더라도 내가 포르나티에를 떠나기 전까지는 나랑 놀아 주지 않으련?"

"돌아가시나요?"

"가야지! 로완이 질투해. 자기랑 안 놀아 준다고."

카타리나가 까르르 웃었다.

"하지만 벨라스텔라 거리는 같은 여자끼리 가는 게 훨씬 재밌는걸. 그리 고급은 아니지만 내가 좋아하는 가게도 있단다! '세크레툼'이라고…."

"갈게요."

이번엔 카타리나가 멈칫했다. 맑고 투명한 붉은 눈이 지그시 아델을 쳐다보았다. 이윽고 그녀가 검버섯이 별처럼 찍힌 팔을 뻗어 아델의 머리를 살짝 쓰다듬었다.

"가고 싶은 가게였구나? 눈에 별이 박혔어. 귀엽기도 해라."

아델의 뺨이 살짝 달아올랐다.

"그냥…."

"괜찮아. 낭만이란 그런 거지."

카타리나가 화사하게 미소 지었다.

"나랑 재밌게 놀자꾸나."

카타리나는 아델을 데리고 '세크레툼'으로 향했다. 당연하다는 듯이 푸른 마차를 꺼내 쓰는 모습이 마치 아델의 추억 속 숙녀들처럼 세련되어 보였다. 심장이 벌렁거리는 건 자신뿐인 듯했다.

"아델, 뭐 하니? 타렴."

카타리나가 마차에 올라탄 채 눈짓했다. 아델은 풋맨의 에스코트를 받아 마차에 올랐다. 문이 닫히자 카타리나는 부드럽게 미소 지었다.

"마차는 마차야. 탈것 그 이상도 이하도 아니지. 너무 많은 의미를 부여하는 건 좋지 않아."

아마 카타리나도 푸른 마차의 상징성에 대해 알고 있을 테지만, 어쨌든 그녀의 배려는 아델의 마음을 편안하게 만들었다.

마차는 벨라스텔라 거리로 향했다. '세크레툼' 앞에 멈춰 서자 심장이 두방망이질 쳤다. 가게 외관을 장식한 노란색 간판과 둥글게 말려 올라가는 덩굴 장식. 거리에 들어서지 못하고 서성이며 보았던 바로 그 가게였다.

카타리나가 문 앞에 서자 흰옷을 입은 풋맨이 문을 열어 주었다.

"어서 오십시오. '세크레툼'입니다."

발레리나 모양 종이 딸랑 울렸다. 아델은 멍한 상태로 가게에 들어섰다. 부드러운 말씨를 가진 점원들이 요정 대모처럼 상냥하게 인사했다.

"드디어 찾아 주셨군요. 기다리고 있었습니다."

"응?"

점주로 보이는 여자가 미소 지었다.

"스텔로네 상단에서 '세크레툼'을 인수했습니다. 살펴보러 오신 게 아닌가요?"

카타리나가 놀랐는지 중얼거렸다.

"그 애 취향은 아니라고 생각했는데, 의외구나."

"……"

아델은 입술을 오므린 채 아무 말도 하지 않았으나, 카타리나는 어느새 아델의 표정을 보고는 빙긋이 웃었다.

"구경할까, 아델? 안 그래도 네게 뭘 선물하고 싶었거든. 진주가 있으면 좋겠는데 요즘은 진주 크기가 다 클 때라…."

카타리나는 친근하게 아델의 손을 잡고 그녀를 이끌었다.

'세크레툼'은 산트나르의 주요 수출품인 고급 공예품을 파는 가게였다. 점내는 노랗고 환했으며 반짝거렸다. 곧 봄이었기에 모든 장식이 가볍고 산뜻했다. 응고된 우유색의 실크가 풍성한 리본 모양으로 부풀어 하늘거렸다. 앞서 가게를 구경 중이던 숙녀들이 아델을 알아본 듯했으나, 신분이 낮은 모양인지 말을 거는 일은 없었다. 그녀들은 박쥐 모양 에나멜 브로치에 대해 소곤거리기 바빴다. 아델에게는 그토록 아름답다는 부오나파르테의 볼룸보다 이곳이 더 꿈속 같았다.

04. Un dì, felice, eterea

"아델, 이거 어떠니? 선물해 줄게."

카타리나는 푸른 아게이트 카메오에 커다란 진주가 달린 브로치를 골라 아델에게 내밀었다.

"자택으로 배송해 드릴까요? 아니면….."

"들고 갈게요."

점주의 물음에 아델이 저도 모르게 말했다.

5분 뒤, 아델은 '세크레툼'의 문 앞에서 작고 노란 상자를 들고 있었다.

"다시 방문해 주시기를 기다리고 있겠습니다."

"……."

아델은 풋맨의 배웅을 들으며 멍하니 손에 든 상자를 내려다보았다. 구두닦이 시절, 아델은 숙녀들이 이 작은 상자를 마치 행복이라도 나눠 받은 양 소중하게 품에 안고 마차에 오르는 모습을 멀리서 지켜보았다.

'어쩐지 좀… 울 것 같다.'

마음 한 귀퉁이에 단단히 묶여 있던 매듭이 비로소 풀린 기분이었다. 뒤따라 나온 카타리나는 그런 아델을 빤히 보다가 꼭 끌어안았다.

"아유, 귀여워. 젤라토 먹으러 갈까?"

"…네."

"그래, 두 개든 세 개든 다 시키렴. 돈은 아드님이 낼 테니까."

아델이 그제야 웃음을 터뜨렸다.

쇼핑이 생각보다 오래 걸렸다. 솔라레에서 나온 지 간만이라 카타리나 본인도 간만에 물욕이 들끓은 탓이다.

'너무 데리고 다녔나?'

마차에 올라 아델을 흘끗했으나 아델의 표정은 차분하고 태연했다. 힘든 기색은 없었다. 무릎 위에는 여전히 노란 상자를 소중하게 올려놓은 채였다.

'솔직하고 숨길 줄 모르는 아이구나.'

체사레가 좋아하는 이유를 조금 알 것 같았다. 그때 마차 창 너머를 바라보던 아델이 말했다.

"카타리나 님, 혹시 길을 좀 돌아갈 수 있을까요?"

"문제없지. 어디로 가게?"

"기모라 거리 쪽으로 돌아갈 수 있을까 합니다."

카타리나가 멈칫했다. 그녀는 마부에게 명령해 노선을 바꿨고, 푸른 마차는 늦은 오후의 햇빛을 받으며 기모라 거리로 향했다.

기모라 거리는 공사로 여념이 없었다. 푸른 마차를 본 인부들이 체사레가 왔나 싶어 고개를 홍학처럼 뺐다가, 마차가 멈추지 않자 다시 일에 집중하는 것이 보였다. 카타리나는 무관심하게 창밖을 보다가 말했다.

"도서관을 먼저 지었나 보구나. 특이하네."

"……."

꽤 번듯하게 지은 도서관에 들어서는 젊은 청년의 뒷모습이 보였다. 옷차림을 보니 항해에서 갓 돌아온 선원인 듯했다. 아델은 쭈뼛대며 도서관에 들어서는 청년의 뒷모습을 형언할 수 없이 깊은 눈으로 지켜보았다. 그 모습에 카타리나조차 감히 입을 열 수 없었다.

'…고생하며 살았구나.'

마차가 느린 속도로 기모라 거리를 지나쳤다. 거리가 끝날 때쯤엔 공사의 모든 책임을 스텔로네 상단이 진다는 표지판이 꽂혀 있었다. 아델의 금빛 시선은 표지판에 그려진 푸른 별에 잠시 머물렀다. 그런 아델에게 카타리나가 조용히 미소 지으며 말했다.

"이제 집으로 돌아가자, 아델."

아델이 말없이 고개를 끄덕였다.

"'세크레툼'에 다녀왔다며?"

저녁나절 체사레가 아델의 방에 찾아가 물었다.

"네, 카타리나 님이 데려가 주셨어요."

담담하게 말하는 아델의 두 뺨에 아마 본인도 모를 생기가 흘렀다. 체사레의 시선이 미끄러져 내려갔다. 탁자 위에는 리본도 풀지 않은 노란 상자가 있었다. 몹시 아끼는 기색이 풀풀 났다. 그는 깊은 한숨을 삼키며 미소 지었다.

"재밌었나 보네."

"그보다 의회에 다녀왔죠? 루크레치아는요?"

아델이 무표정으로 물었다. 시선에서 상자를 가리려는 듯 손으로 가로막기까지 했다. 심술이 도져 아무 말 않으려다가, 그래 봤자 아델은 제 목소리를 안 들어도 되니 기뻐할 거란 데까지 생각이 미쳤다. 체사레가 얕은 한숨과 함께 말했다.

"오늘 '르 데지르'로 이송됐어."

르 데지르. 중범죄자와 무기 징역수를 가두는 감옥이다. 섬 자체가 통째로 감옥이기에 탈출조차 불가능하다.

"못 나오겠군요."

"이론상으로는."

"뭔가 준비했군요?"

아델이 덤덤하게 물었다. 참 눈치는 빠른데, 여전히 그의 말은 믿지 않는 듯하다.

"…루크레치아와는 연이 질기지."

체사레가 팔짱을 끼며 말을 이었다. 어쨌든 아델에게도 전달해 둬야 할 이야기였다.

"루크레치아가 내게 청혼한 뒤, 가장 먼저 취한 행동이 뭔지 아나?"

"뭔가요?"

"부오나파르테에 사람을 심는 거였어."

"그녀다운 행동이네요."

"나중에 가선 노선을 틀어서 협력하는 방향을 택한 모양이지만, 그렇다고 사람을 심는 걸 멈추진 않더군."

"그렇게 말하는 걸 보니 성공은 못 한 모양이네요."

체사레가 미소 지었다.

"당연히 실패했지. 부오나파르테의 사용인 자리는 자주 나지 않으니까."

눈치 빠른 기모라 처녀는 다음 말을 이미 예상한 듯했다.

"반대로 델라 발레는 사람을 자주 갈아 끼우지."

"그 말은?"

체사레가 어깨를 으쓱했다.

"루크레치아는 본인이 한 대로 돌려받게 될 거야."

'르 데지르'의 창문도 없는 독방에서 루크레치아는 기도하는 자세로 앉아 있었다. 감옥으로 이송당하는 과정에서 사람들은 그녀에게 돌을 던지며 외쳤다.

"델라 발레의 악녀 같으니!"

딱히 억울하거나 화가 나지는 않았다. 먹이를 따라 뻐끔거리는 것밖에 하지 못하는 멍청한 이들이 뭐라고 하든 루크레치아는 관심이 없었다. 자신은 사랑을 하고 있다. 누구도 그걸 부인할 수 없고, 30년의 고행쯤은 일도 아니다.

'두고 봐, 끝에 가서 누가 진정한 사랑을 쟁취하는지.'

하층민들이 이 숭고함을 이해나 할 수 있을까. 루크레치아는 그렇게 생각하지 않았다. 사람에겐 주어진 자리가, 그리고 한계가 있는 법이다.

'그러니 나는 그저 순교자의 마음으로 버틸 뿐….'

그때였다. 음습한 복도 멀리서 옥의 입구가 열리는 소리가 났다.

'…간수인가?'

이윽고 루크레치아의 독방 문이 무거운 쇳소리를 내며 열렸다. 다음 순간 나타난 인물을 보고 루크레치아는 소스라치게 놀랐다.

"…아를 경?"

그녀의 시종 기사 아를이었다. 아를은 손가락을 세워 입에 가져다 댄 뒤 목소리를 낮췄다.

"탈출하시죠. 체사레 공이 아가씨를 구출하고자 제게 접선해 왔습니다."

"……!"

온몸에 벼락이 친 듯했다.

"아가씨가 '르 데지르'에 들어가고 난 뒤에야 스스로의 어리석음을 깨달았다고 합니다. 진정한 사랑의 가치를 알려 준 아가씨를 배필로 맞이하고 싶다고 하셨습니다. 증거로 이것을….″

아를이 내민 것은 가장자리에 푸른 별을 수놓은 흰 손수건이었다. 루크레치아는 떨리는 손으로 손수건을 받아 깊숙이 향을 들이마셨다. 체취는 나지 않았으나 마음만은 느낄 수 있었다.

"체사레 공, 체사레 공…!"

루크레치아가 흐느꼈다. 그런 루크레치아를 가만히 내려다보던 아를이 말했다.

"가시죠."

루크레치아는 눈물을 닦아 내며 웃었다.

"네, 가요…!"

차가운 감옥을 떠나며 아주 잠깐이지만 루크레치아의 머릿속에는 기묘한 불안감이 스쳤다.

'그런데… 이렇게 갑자기?'

그러나 루크레치아는 앞서 걷는 아를의 뒷모습을 바라보며 의심을 지워 냈다.

'10년도 넘게 나를 모신 호위 기사잖아. 적어도 그를 포섭하진 못했을 거야.'

기모라에 보냈던 시녀들도 전부 아를이 처리했다. 능력도 출중했고, 입도 무거웠으며, 연고도 없었다. 부름 자체가 함정일 가능성도 물론 있었다. 하지만 그도 나쁘지 않다. 아를을 던져 줘서 도망친 뒤, 어떻게든 살아

남아 재기를 노리면 그만이다.

기실 루크레치아에게도 이 이상은 힘에 부쳤다. 부실한 식사와 더러운 침소, 박대와 조롱. 모든 것이 힘겨웠다.

'드디어 마음이 통한 거야. 르 데지르가 체사레 공의 마지막 시험이었던 거지.'

'르 데지르'를 나가는 길에 몇 명의 간수와 마주쳤지만 모두 보지 못한 척 두 사람을 지나쳤다. 당연하지. 푸른 별은 포르나티에서 그 무엇보다 지엄하다. 가슴속에서 해방감과 벅참이 솟아올랐다. 이제 자신은 그 푸른 별의 꼭대기에서 체사레와 함께 빛날 것이다.

루크레치아는 아를과 함께 작은 조각배를 타고 섬을 빠져나왔다.

"부오나파르테 저택에서 기다리고 계십니다."

뭍에 오르자 아를이 말했다. 그들은 미리 준비된 마차에 올라타 부오나파르테로 향했다. 하루를 꼬박 넘게 달려 포르나티에 도착했을 땐 어느새 다시 한밤중이었다.

"로브를."

"고마워요."

루크레치아는 아를에게서 로브를 받은 뒤 미소 지었다.

"아를 경에게는 충분한 보상을 줄게요. 그간 도와줘서 고마웠어요."

"……."

아를이 멈칫했다가 고개를 꾸벅 숙였다. 그 모습에 루크레치아가 빙긋 웃었다.

'거짓말이지만.'

그녀의 어두운 면을 알고 있는 사람을 굳이 데려갈 이유가 없다. 새 술은 새 부대에.

'부오나파르테에 들어가게 되면 처리해야겠어.'

루크레치아가 로브를 쓰고 거리에 내려섰다. 아를이 길을 안내했다. 그는 세포시 거리 중앙의 코시모 광장에서 멈췄다. 중앙에는 베르첼리가 만든 「진노하는 천사」 상이 있고, 주변으로 저택의 높은 담장이 성벽처럼 세워진 곳이었다.

"아를 경?"

루크레치아가 주변을 두리번거렸다.

"부오나파르테 저택으로 가야 하지 않나요?"

"거짓말입니다."

"네?"

반문하기 무섭게 골목 저편에서부터 로브 쓴 무리가 스르르 모습을 드러냈다. 체구가 작았기에 모두 여자라는 것을 바로 알 수 있었다. 그들은 로브 아래로 하얀 턱만을 드러내고선 쌀알 굴러가듯 작은 목소리로 소곤거렸다.

"여기서 할까?"

"좀 더 깊숙한 곳으로 데려가자."

"아니야. 여기가 좋아. 상징적이잖아."

"얘기도 들어 봐야 하는데…."

묘한 불안감을 느끼던 루크레치아가 멈칫했다.

'…왜 들어 본 목소리 같지?'

머리가 굴러가기도 전에 뒤쪽에서도 다른 인영이 나타났다. 루크레치아가 점차 천사상 쪽으로 걸음을 옮겼다.

"아를 경? 아를 경!"

"……."

급히 외쳤으나 아를은 응답하지 않고 물끄러미 그런 루크레치아를 지켜만 보았다. 여자들이 아를을 지나쳐 다가왔다. 이윽고 가장 앞에 선 여자가 로브를 벗었다.

"아가씨, 잘 지내셨어요?"

여자의 얼굴을 본 루크레치아의 눈이 서서히 커졌다.

"…엘로디?"

자신이 멍청하다고 생각해 본 적이 없는 루크레치아지만, 그 순간만큼은 하나의 생각밖에 들지 않았다.

"왜 살아 있냐고요?"

"……!"

자신의 생각을 그대로 뱉어 낸 말에 루크레치아가 흠칫했다. 루크레치아의 전 시녀 엘로디는 무표정으로 어깨를 으쓱했다.

"그러게요. 아를 경을 시켜서 죽이라고 했는데, 저는 왜 살아 있을까요?"

그때 옆에서 다른 여자가 로브를 벗었다.

"저는 기억하세요?"

잿빛 머리에 알이 두꺼운 안경. 그녀 역시 루크레치아의 시녀였다.

"…아네세."

"그럼 저도 기억하시겠네요,"

주근깨투성이 얼굴에 개암나무 색 양 갈래머리 소녀. 아델 비비를 탑에서 밀어 버리라고 명령한 시녀다.

"헤이즐까지…?"

이어서 다른 여자들 모두가 로브를 벗었다. 공통점은 하나였다. 루크레치아의 전 시녀이자, 아를에게 '뒤처리'를 당한 이들. 루크레치아 고개가 뻣뻣이 돌아갔다.

"…아를 경?"

"……."

"설마 당신…!"

"기분이 어때요? 죽이라고 명령한 사람들이 살아 있는데?"

헤이즐이 빈정거리며 말했다.

"체사레 공이 당신의 처분을 우리에게 맡겼어요. 만에 하나 우리가 당신을 살려 주고 싶어 한다면 건드리지 않겠다고 하시면서요."

루크레치아는 뒤늦게 상황을 파악하고는 조금 마음을 놓았다.

'체사레 공, 정말 순진하기도 하시지. 그런 점도 사랑하지만….'

사람이, 콕 집어 얘기하자면 배우지 못한 노동자 계급이 얼마나 순종에 길들여 있는지 루크레치아는 아주 잘 알고 있었다. 그들은 웬만해서는 싸우지 않고, 반항하지 않는다. 타인을 짓밟고서라도 위로 올라서겠다는 목적의식도 없으며, 대부분은 생각 자체가 없다.

"얘들아."

루크레치아가 목소리를 떨며 말했다.

"…미안해."

어둠을 연약한 흐느낌이 가른다.

"내가 밉지? 이해해. …그런데 난 정말 이기적인 여자인가 봐. 이런 상황인데도… 너희가 살아 있어서 기쁜 마음이 앞서."

당황인지 놀람인지 말이 없는 시녀들을 주변에 두고 루크레치아는 어렵지 않게 눈물을 한 방울 떨구었다.

"이번 일로 깨달은 게 많거든. 너희에 대해서도 계속 후회했어…. 그러지 말았어야 했는데 하고….."

루크레치아는 초췌한 뺨이 더 잘 보이도록 고개를 쳐들었다.

'슬슬 반응이 올 때가….'

그러나 고개를 내렸을 때, 시녀들은 망설이기는커녕 서로 손에 뭔가를 나눠 들고 있었다. 길고 뭉툭한 나무 몽둥이였다.

"손이 미끄러질 것 같아."

"장갑 꼈으면 괜찮아."

"조금 무겁네."

속닥이는 말 어디에도 루크레치아를 향한 동정은 없었다. 루크레치아는 발끝에서부터 서서히 피가 차갑게 얼어붙는 기분을 느꼈다.

"…얘들아?"

속삭이던 시녀들의 시선이 그녀에게로 꽂혔다. 그 눈을 마주했을 때, 루크레치아는 깨달았다. 이들은 이미 결심했다.

"…난 너희에게 잘해 줬잖아!"

루크레치아가 저도 모르게 외쳤다. 엘로디가 덤덤하게 고개를 돌렸다.

"잘해 줬다고요?"

"어느 가문도 시녀에게 그런 식으로 대해 주지 않아! 다른 귀족들은 나보다 시녀에게 잘해 주지 않았고!"

시녀들이 시선을 교환하더니, 헤이즐이 심드렁히 말했다.

"맞아요. 아가씨는 특별히 심술을 부리진 않았죠."

"그런데 왜…!"

"하지만 쉽게 죽이려 했잖아요. 다리가 부러진 소를 도축하듯이. 아가씨의 친절함도 그냥 기르는 가축을 향한 정 정도였고요."

"……!"

'평민인데 그 정도면 되잖아.' 가장 먼저 떠오르는 생각을 삼키고 루크레치아가 입술을 깨물었다.

"미안해. 그렇게 느꼈다니 내가 실수했어. 절대 그러려던 건…!"

"아가씨, 아직도 눈치를 못 채셨네."

헤이즐이 킬킬 웃더니 말했다.

"그거 말이에요. 지금 그 태도. 그게 티가 안 날 것 같아요?"

"…뭐?"

"'대충 어르고 달래면 금방 잊어버리겠지.', '눈 가리고 아웅 하면 속아 넘어가겠지.' 하고 생각하는 거. 모를 것 같냐고요."

루크레치아가 눈을 크게 떴다. 그녀는 입술을 달싹이다, 도무지 이해할 수 없는 것을 맞닥뜨린 사람처럼 온 얼굴을 일그러뜨렸다.

"…대체 무슨 소리를 하는 거야? 그럼 너희를 무슨 귀빈 대우라도 해 달라는 거니?"

"……."

대답하지 않는 여자들을 보며 루크레치아는 저도 모르게 튀어나온 진심에 한숨을 쉬었다.

"…얘들아, 이쯤 물러나렴. 살아 있는 건 모른 척해 줄게. 이 이상 일을 키우고도 너희가 무사할 줄…."

"시간 없어. 그냥 쳐."

그때 뒤에서 누군가 루크레치아의 어깨를 내리쳤다.

"……!"

이미 한번 부상당했던 부위였기에 상상 이상의 고통이 찾아왔다. 루크레치아가 비명을 지르려던 순간 입에 더러운 천이 불쑥 들어왔다. 다른 여자들도 더욱 가까이 몰려들었다.

'…싫어!'

체사레를 위해서라면 아무것도 두렵지 않지만 이건 다르다. 이런 개죽

04. Un dì, felice, eterea

음, 이런 천민들에게 맞아 죽는 무의미한 죽음은 그녀가 원하던 것이 아니었다.

"으읍, 윽! 컥!"

하지만 그녀를 내려치는 몽둥이에는 명백한 살의가 느껴졌다. 저도 모르게 루크레치아가 울기 시작했다.

'정말 내가 이렇게 죽는다고?'

루크레치아는 마지막 구원을 바라듯 아를에게 손을 뻗었다. 그러나 아를은 기다렸다는 듯이 목을 가다듬고 말했다.

"체사레 님의 전언입니다."

"……!"

"'병신도 아니고 그걸 믿네.'"

루크레치아의 얼굴이 절망과 죽음의 공포로 일그러졌다.

'싫어! 적어도 교수형으로, 적어도 번듯하게…!'

여자들이 본격적으로 몽둥이를 내려치기 시작했다. 이윽고 하얀 대리석 천사가 내려다보는 가운데 루크레치아의 머리가 설탕처럼 부서졌다.

"체사레 공께 감사 인사를 전해 주세요."

작업이 끝난 뒤 여자들이 아를에게 다가와 허리를 숙였다.

"덕분에 살았다고요. 도움이 될진 모르겠지만, 저희 힘이 필요하면 언제든지 불러 주세요."

여자들은 피 묻은 로브를 갈아입고 순박한 소녀의 얼굴로 돌아갔다. 그들은 이제 뿔뿔이 흩어져 고향으로 돌아가거나, 새 도시에 정착할 것이다.

그리고 주인의 찻잔에 비소를 섞을 수 있으면서도 인자함을 베풀어 그들을 참아 주리라.

여자들을 보낸 뒤 아를은 루크레치아의 시체를 돌아보았다.

"……."

임무 때문이라고는 하나 오랫동안 모신 주인인데도 감흥은 없었다. 루크레치아는 그녀가 행한 것을 되돌려 받았을 뿐이다. 아를은 수화를 이용해 떨어져 있는 비밀 수행원들에게 신호를 보냈다. 이제 은밀하게 차단되었던 거리의 통행이 풀릴 것이다. 아를이 천천히 어둠 속으로 몸을 숨겼다. 얼마 안 있어 술에 취해 귀가하는 듯한 행인의 발걸음 소리가 들렸다.

"응? 이게 뭐… 으아악!"

행인의 비명을 들은 뒤에야 아를이 걸음을 옮겼다. 그는 도시 외곽에 이르러 손가락으로 휘파람을 불었다. 얼마 안 있어 매 한 마리가 날아왔다. 매가 준비해 놓은 생닭을 먹는 동안, 그는 작은 종이에 펜을 끼적였다.

"부오나파르테로."

그것을 매의 다리에 묶어 날려 보냈다.

아를레키노18. 대상 사망 확인.

---

18 Arlecchino. 광대.

매의 다리에 묶은 쪽지를 확인한 지지가 말했다.

"광대입니다. 끝났다고 합니다."

그 말에 체사레가 시가를 빨다가 중얼거렸다.

"돌아오면 이름을 돌려줘야겠군."

"이야, 명예퇴직입니까?"

부오나파르테의 가주와 최측근만 아는 사실. 부오나파르테는 '뒤처리' 담당은 두 부대로 나뉘어 있다. 하나는 에기르가 속한 부대. 이들은 늘 대외적으로 드러나는 것을 염두에 두고 활동한다. 다른 하나는 정말로 음지에서 활동하는 이들. 이들은 모두 원래의 이름을 버리고 코메디아 델라르테[19]의 역할로 활동한다.

그중 가장 은밀하게 활동하는 것이 아를레키노, 두 주인을 섬기는 광대다. 아를레키노는 전통적으로 부오나파르테의 정적 가문에 파고든다.

"아를 씨를 델라 발레에 심은 게 어디 보자…. 10년이 넘었죠?"

"그렇지."

"주인을 옮겨 탈 법도 했는데, 아를 씨도 대단하시네."

체사레는 연기를 후 불며 낮게 웃었다.

"아를은 귀족가에서 매 맞는 시동이었어. 병에 걸려 버려진 걸 내가 데려왔지. 델라 발레와는 태생적으로 안 맞아."

"아하."

그런 사람이라면야 뼛속까지 선민사상이 밴 델라 발레와는 영원히 맞지

---

19 Commedia dell'arte.

않을 것이다. 루크레치아가 물밑에서 하는 짓을 보며 혐오만 더 심해졌을 테고.

"어쨌건 아를 씨가 진짜 고생했네요. 아델 님이 카타리나 님 댁에 있단 걸 알린 것도 아를 씨였고."

"성과급을 제대로 줘야겠어."

체사레가 시가를 내려놓았다.

"그보다 여름 항해 준비에 슬슬 들어가야 할 듯합니다."

"소륵에 보낼 학자들은?"

"양성이 끝났습니다. 루크레치아 님의 도움이 없어도 이젠 괜찮습니다."

지지가 어깨를 으쓱했다.

"그간 공짜라서 좋았는데 말이에요!"

05.

Nessun dorma

아무도 잠들지 말라

(푸치니의 오페라 『Turandot 투란도트』 중)

Nessun dorma,
Tu pure, o Principessa,
Nella tua fredda stanza,
Guardi le stelle
Che tremano d'amore
E di speranza!

아무도 잠들지 말라
당신도, 공주여
그대의 차가운 방에서
별을 바라보시오
사랑과 희망에 전율하는 별을!

> 루크레치아 델라 발레, 참혹한 시체로 발견돼….

신문을 읽은 귀족들은 너 나 할 것 없이 크게 놀랐다. 그들은 약속이라도 한 듯이 가족끼리만 모여 속닥거렸다.

"부오나파르테의 짓이겠죠?"

"하지만 그 루크레치아 양이잖아요? '르 데지르'에서 빠져나올 수를 써놨을지도 몰라요."

"한두 명의 짓이 아닌 것 같다고 합니다. 살인에 익숙한 사람도 아니라고 했고요. 범인은 평민 무리라고 보는 게 합당하겠군요."

"있을 수 없는 일이에요. 이건 마치…."

무리 지어 토끼를 사냥하는 것 같잖아요. 어느 귀부인의 속삭임을 끝으로 다들 입을 다물었다. 이슬라 스포르차가 분전했으나 범인은 끝끝내 잡히지 않았다. 아델도 신문을 읽었다. 마치 관심 없는 연극의 평론 읽듯 한 차례 훑어 내리는 것에 그쳤지만. 그녀는 기사를 읽은 뒤, 신문을 네모나게 접어 탁자 위에 내려놓았다. 그리고 그 위에 손을 얹은 채, 창밖을 바라보며 상념에 잠겼다.

"아가씨?"

그 모습에 에포니가 이유 없이 아델을 불렀다. 아델은 담담한 낯 그대로 고개를 돌렸다.

"에포니, 에기르 경은?"

"…외부 업무로 잠시 저택을 비웠습니다."

"그래?"

아델은 고개를 끄덕이고는 다시 창밖을 바라보며 생각에 빠졌다. 호박색 눈에 아무도 모르는 감정들이 차오르고 있었다.

"무도회가 열린다고 들었어요."

아델이 체사레의 집무실에 찾아왔다. 체사레는 즉시 물고 있던 시가를 옆으로 던졌고, 지지가 그것을 받아 잽싸게 창밖으로 던져 버렸다. 밖에서는 수행원들이 알아서 할 것이다. 아델은 그 야단법석을 무시하고 차분하게 말했다.

"오르퀘니나의 대사들이 참석한다고요. 그리고 저도 한 번쯤은 얼굴을 비추는 게 좋다던데요."

"누가?"

"카타리나 님이요."

"잊어버려. 그런 거 안 해도 돼."

"난 가고 싶어요."

체사레와 지지가 동시에 멈칫했다. 지지는 소리 없이 한 걸음 물러나 인기척을 죽였다. 체사레가 나른한 동작으로 턱을 괴더니 무심하게 물었다.

"왜?"

얼핏 취조 같은 물음이었지만, 지지는 알았다. 지금 체사레의 심장이 날

뛰는 말보다 빠르게 달음박질치고 있으리란 것을.

아델이 심드렁히 어깨를 으쓱했다.

"그건 비밀이에요."

담담한 어조도, 동작도, 전부 세련된 포르나티에 귀족처럼 보였다. 그리고 오만했다. 그녀는 마치 체사레를 심판대에 올려놓은 단죄의 천사 같았다.

"드레스가 필요해요. 새 보석도요. 벨라스텔라 거리에 갈 거예요."

사치와 향락을 시처럼 노래하던 아델이 덧붙였다.

"그리고 포르나티에서 제일 잘생긴 브라치에레도 하나 필요한데요."

체사레가 멈칫했다. 금빛 눈에 소년 같은 기대감이 깃들었다.

"언제 갈 건데?"

"지금."

그 즉시 체사레가 자리에서 일어나 외투를 챙겼다.

"지지, 일하고 있어."

"예? 단주님, 여름 항해 준비가 아직…."

"맡기고 간다."

"단…!"

쾅. 문이 닫혔다.

"여름… 항해…."

남겨진 지지가 서류를 움켜쥔 채 훌쩍거렸다.

"그러고 보니 곧 봄 시즌이군."

벨라스텔라 거리 초입에 들어섰을 때 체사레가 중얼거렸다. 창밖의 가게

들은 이미 봄 시즌을 대비하는 장식에 열을 올리고 있었다.

"갖고 싶은 건?"

체사레는 신이 나서 건너편에 앉은 아델을 향해 환하게 웃었다. 멍하니 있던 아델이 고개를 저었다.

"딱히 없습니다. 저번에 카타리나 님과 꽤 많이 사서요."

"……."

"그런데 카타리나 님이 최신 유행은 공이 더 잘 알 거라고 하시더군요."

뜻밖의 지원에 체사레가 눈을 빛냈다.

"이번 시즌은 내가 신경을 못 쓰긴 했지만 여전히 소름 풍이 강세지."

"잘 아네요."

"스텔로네의 가장 큰 수출품은 명반[20]이니까."

체사레는 그렇게 대답하며 마차 벽을 주먹으로 쳤다. 마차는 기다렸다는 듯이 고급 의류 매장을 순회했다.

체사레는 아델에게 모자를 씌워 주고, 자신도 챙 넓은 여성용 모자를 써 보고, 아델에게 뜻밖의 찬사를 받고, 웃지도 울지도 못 할 기분이 되어 그것을 다시 내려놓고, 마차에 오르는 아델의 손을 잡아 주기를 반복했다. 또다시 마차에서 내리며 자신에게 무게를 싣는 아델을 보며, 체사레는 묘한 깨달음을 얻었다. 전부 그의 아버지가 그의 어머니에게, 그의 조부가 그의 조모에게 하던 행동이었다.

"……."

갑자기 정신이 아득해지고 가쁜 감정이 차올랐다. 그는 저도 모르게 손을 꽉 쥐었다.

---

20   전통적인 매염제의 일종.

"체사레?"

그의 손을 잡고 마차에서 내리던 아델이 물었다. 그녀는 바로 선 뒤, 호박색 눈으로 그를 똑바로 올려다보았다. 불쑥 불안감이 치밀었다. 역시 떠나야겠다고 하면 어떡하지. 아델이 지금 자신을 관찰하고 있다는 것을 안다. 그녀는 결단을 위한 정보를 모으고 있다. 그 결단의 끝에서, 내쳐지면 어떡하지.

"……."

"체사레 공, 무슨 일이 있나요?"

"…아무것도 아니야."

체사레는 쌕 미소 지으며 화제를 넘겨 버렸다.

"어서 오십시오, '보테가 디베시오'입니다."

점주인 리사 자노티가 미소 띤 얼굴로 두 사람을 맞이했다. 체사레는 부드럽게 말했다.

"다 가져와."

"예?"

"다."

"…전부 다요?"

"그래, 문자 그대로 다."

그때 마차에서 내린 순간부터 체사레를 유심히 보고 있던 아델이 말했다.

"뭐가 그렇게 초조해요?"

"……."

체사레가 멈칫했다. 적잖이 놀란 상태였다. 내가 초조했다고?

"얼굴에 다 보여서."

아델이 제 뺨을 톡톡 두드리고는 픽 웃었다.

05. Nessun dorma

"내가 고를 거예요. 포르나티에서 제일 잘생긴 브라치에레는 조언이나 해 줘요."

"……."

체사레는 홀린 듯 아델의 뒤를 따랐다. 적당히 물건을 전부 살폈을 무렵, 리사가 말했다.

"그러고 보니 저번에 구매하신 뒤에 수령하지 않으신 물건이 있습니다만…."

리사가 그렇게 말하며 함 하나를 가져왔다. 함이 열리자 물방울 모양의 17캐럿짜리 진주 귀걸이가 드러났다. 체사레가 눈썹을 찌푸리며 미소 지었다.

"…그건 됐으니 다시 판매해."

그는 보지도 않고 손을 내저었다. 에즈라가 준 귀걸이도 안 한 여자가, 내가 준 걸 할 리가. 그때였다. 아델이 말했다.

"뚫을게요."

체사레는 놀라 반문했다.

"진심이야?"

"그게 뭐 대수라고."

바위를 베개 삼고 밤바람을 이불 삼았던 경력 탓인지 아델의 말씨는 때로 매우 거칠다.

"그럼 바늘을 가져오겠습니다."

리사가 눈치 빠르게 준비를 마쳤다. 아델은 소독한 바늘을 보고는 체사레를 올려다보았다.

"뚫어 줄래요?"

"……."

멍하니 선 체사레의 손에 리사가 재빨리 바늘을 들려 주었다.

"그리고 보니 창고 청소가 있었지! 얘들아, 따라오렴. 죄송하지만 응대는 조금 미뤄 두겠습니다. 필요하시면 종을 울려 주세요."

리사는 그대로 모든 점원을 데리고 물러났다. 아델은 그것을 막지 않았다. 빤히 체사레를 쳐다볼 뿐이었다. '보테가 디베시오'의 반짝이는 보석 정원에는 곧 체사레와 아델, 단둘만이 남았다.

아델이 천천히 손을 올려 머리카락을 모았다. 암녹색 물결이 한쪽 어깨를 타고 흘러내렸다. 살짝 들린 고개가 비스듬히 기울어지고, 둥근 귀와 흰 피부가 고스란히 드러났다. 체사레가 느리게 호흡을 들이켰다. 물러나야 하는 건지, 자신의 인내심을 시험 중인 건지 알 수 없었다. 그러나 생각에 앞서 손이 이미 움직이고 있었다. 남들보다 체온이 높은 그의 손끝이 아델의 목덜미에 닿았다. 아델이 살짝 피부를 떨었다. 언젠가의 밤에 그녀의 몸 어딘가를 쓰다듬었을 때와 같은 반응이었다.

"체, 홋, 체사레…. 너무…."

체사레는 느리게 목덜미를 쓸어 올리다 아델의 귓불을 매만졌다. 말랑하고 도톰한 감촉에 짧게 힘을 주자 아델의 가슴이 살짝 들썩였다. 바늘이 순식간에 아델의 귓불을 찔렀다.

"아." 아델이 짧게 목을 울렸다.

"아윽, 흐…아. 잠, 깐만요, 너무, 이상…."

바늘이 다시 뽑힐 때 아델이 재차 흠칫했다. 산홋빛 입술에 약한 힘이 들어가는 것이 보였다.

"시, 싫어요. 거기… 이상해서, 힉."

 소독약 묻힌 솜으로 귓불을 문지르며 체사레는 낮은 웃음을 터뜨렸다. 머릿속은 이미 제정신이 아니었다.
 "뭘까, 이게."
 어느새 두 사람 사이에는 여백이라곤 없었다. 몰아붙이듯 아델을 장식장과 제 몸 사이에 끼운 체사레가 손가락으로 귓바퀴 위를 덧그리듯 움직였다.
 "기분이 아주 끝내주는데… 동시에 더럽게 불안해지는데."
 작게 뚫린 구멍에 진주 귀걸이를 꽂아 주는 손길에도 그녀는 태연했다.
 "겁이 많군요."
 "대답은 안 해 주나?"
 아델은 대답 대신 고개를 비틀며 머리카락을 반대쪽으로 모았다. 체사레는 짧게 침음을 흘리며 바늘을 들었다.
 "죽을 것 같아."
 "그렇다고 터지진 않겠죠."
 "하."
 체사레가 헛웃음을 터뜨리곤 반대쪽 귓불에 바늘을 찔렀다. 아델도 이번에는 좀 더 수월하게 고통을 참는 듯했다. 바늘이 뽑히고, 체사레가 소독용 솜을 귓불에 가져다 댔을 때였다.
 "시가 말인데요."
 혹시라도 상처가 덧날라 꼼꼼하게 살피는 그의 귓가에 아델이 속삭였다.
 "그냥 피워요."

"싫어하는 거 아니었나?"

"당신이 가까이 올 때…."

아델이 갑작스레 고개를 쳐들었다. 그녀의 키가 제법 컸기에 고개를 숙이고 있던 체사레와 순식간에 얼굴이 가까워졌다.

"아몬드 향기가 나는 건 좋았거든요."

체사레의 정신에 짧은 섬광이 일었다.

'여신이시여, 고자 새끼도 아니고 이 상황에서 어떻게 참습니까?'

귓불을 쥐고 있던 손이 순식간에 목덜미로 흘렀다. 그러나 체사레가 손을 뻗은 순간, 아델은 예상했다는 듯이 날래게 그의 품에서 빠져나갔다. 체사레가 텅 빈 팔을 내려다보며 헛웃음을 흘렸다.

"너무한 거 아냐? 아니, 젠장. 너무한 짓은 내가 더 많이 하긴 했지만."

억울한 한숨이 터져 나왔다.

"그래도 이건 아니지. 그러고도 사람이야?"

"난 아무 짓도 안 했어요."

"내 다리 사이나 보고 말해. 이 꼴로 어떻게 돌아가란 거야?"

"마차 타고요."

"걸어갈 건데? 걸어가면서 아델 비비가 나를 이 꼴로 만들어 놓고 모른 척했다고 사방팔방에 알릴 건데?"

"아, 지금까지 만난 숙녀들한테는 그런 적이 없나 보죠."

체사레는 다시 발언권을 잃어버렸다. 아랫도리를 함부로 휘두르고 다닌 죄업이 이렇게 크다. 그는 슬픈 눈으로 성가를 되뇌며 스스로를 진정시켰다.

"…그래서 뭔데?"

"네?"

"내 몸에 점이 몇 개가 있는지 궁금한 건 아니었을 테고."

체사레가 다가오라 손짓하며 말했다. 아델이 스르르 그에게 다가갔다. 체사레는 아델의 반대쪽 귀에 나머지 진주 귀걸이를 꽂아 주었다.

"장난이야?"

"그렇다면요?"

"그러지 마. 난 장난 아니니까."

"……."

진심을 담아 말했는데 반응이 없다. 아델은 그저 속을 알 수 없는 눈으로 그를 물끄러미 바라보았다. 꿀이 몽글몽글 맺힌 듯한 두 눈을 보고 있으려니 문득 궁금해졌다. 그날, 에기르가 수작을 부리지 않았다면 어땠을까. 아델이 자신의 진심을 오해하지 않고, 조금쯤은 되돌려 주는 일도… 가능했을까?

"…아델."

체사레가 망설이다 입을 열었다.

"그날 말인데…."

딸랑.

"어머? 체사레 공?"

"……."

무슨 농간인지 때마침 숙녀 한 무리가 가게에 들어섰다. 남의 업장이라는 걸 잊었다. 체사레가 한숨 쉬며 종을 울렸다.

"부르셨습니까, 체사레 님?"

리사가 재빨리 나타났다. 그녀는 말끔하고 구겨진 곳 없는 두 사람의 옷차림을 보고는 신뢰를 회복한 듯이 미소 지었다.

"귀걸이랑 아까 물건들 전부 부오나파르테로 보내."

"알겠습니다."

체사레가 아델을 돌아보았다. 그녀는 어느새 다시 차분하고 담담한 모습으로 돌아와 있었다. 열 받을 정도로 태연한 모습이었다. 그는 갈증 이는 목으로 건침을 넘기며 머리카락을 쓸어 넘겼다. 시계를 보니 때가 되었다.

"연극이 시작할 시간이야. 가지."

✦

'카네바 감옥'에서 홀로 시뇨리아 공관에 호출된 에즈라는 얼떨떨한 상태였다. 조금의 설명이라도 듣고 싶었으나 서류철과 함께 나타난 사무관은 인사도 없이 본론부터 꺼냈다.

"주변으로부터 에즈라 님이 이번 살인 사태에 대해 전혀 알지 못했다는 증언을 확보했습니다. 사실입니까?"

멍하니 앉아 있던 에즈라의 연보랏빛 눈에 천천히 불이 들어왔다.

"예! 제 말이 바로 그것입니다. 저는 절대 이 일에 연루되지 않았고, 모두 아버지와 형님과 루크레치아가 한 짓이며…!"

"알겠습니다. 그럼 바로 나올 수 있도록 처리해 드리겠습니다."

사무관이 이상하리만치 흔쾌히 고개를 끄덕였다. 에즈라의 얼굴이 환해졌다.

"시뇨리아의 결정입니까? 역시 지성을 갖춘 분들이시군요."

"의원님들보다는 평민회의 결정이 컸습니다만…. 그보다 어떡하시겠습니까?"

"예?"

"델라 발레의 가주직을 승계하시겠습니까?"

사무관의 물음에 에즈라는 정신이 번쩍 들었다. 생각해 보니 아버지와 형은 옥에 갇혔고 여동생은 죽었다. 남은 델라 발레는 자신뿐이다.

'내가… 가주?'

잠시 멍했으나 이윽고 밀물이 차오르듯 흥분이 밀려들기 시작했다. 일찍이 가문을 물려받았던 체사레와 달리 늘 뒤에 달라붙던 '차남'이라는 꼬리표를 떼어 낼 기회였다.

'하지만 함부로 생각할 문제가 아니다.'

이마에 주름이 팰 정도로 신중한 태도로 에즈라가 물었다.

"혹 지금 당장 결정해야 하는 문제인가?"

"그렇진 않습니다만 공관을 나가기 전에 결정하시는 걸 추천합니다."

"어째서?"

"부오나파르테가 채권 추심 업자를 고용했는데 썩 질이 좋은 곳이 아닙니다. 작정한 모양입니다."

역겨운 체사레 부오나파르테 같으니. 에즈라가 표정을 굳혔다.

"보통 이럴 땐 어떻게들 했는지 알 수 있나? 내 잘못도 없는데 빚까지 상속받아야 한다니, 언어도단이네."

"제일 만만한 건 파산 신청입니다."

"파산 신청?"

에즈라가 헛숨을 내뱉었다. 파산을 신청한 귀족은 사교계에서 사실상 퇴출된다. 그런 이들은 대개 시즌이 한참 지난 옷을 입고 등장해, 여기저기 돈을 구걸하여 눈살을 찌푸리게 하기 때문이다.

"아니면 성을 파는 방법도 있습니다. 델라 발레는 명문가니까 비싸게 팔리겠죠. 이 경우 평민이 되시겠습니다."

에즈라는 욱하는 마음을 누르고서 엄숙히 말했다.

"조상 대대로 물려받은 이름이네. 귀족이라는 사실이 특별할 것은 없지만, 선조의 유지는 지켜야지. 내가 그럴 일은 없을 거네."

"그렇습니까."

사무관이 시큰둥하게 호응했다. 사무관은 더 말하지 않았지만 에즈라는 세 번째 방법이 있다는 걸 알았다. 결혼이었다.

'사교계엔 나를 도와줄 정도로 덕성이 넘치는 숙녀가 반드시 있을 테니까.'

생활은 학회의 연금으로 가능할 테고, 영지와 값나가는 물건들을 처분한 뒤 부인 될 사람의 돈을 빌리면 빚도 그럭저럭 변제할 수 있을 것이다. 마침내 에즈라가 고개를 끄덕였다.

"결정했네. 델라 발레를 내가 책임지지."

"그럼 이쪽 서류에 서명 부탁드립니다."

수많은 종잇장이 밀려들었다. 에즈라는 드디어 이 지긋지긋한 곳에서 벗어난다는 해방감과 가주라는 단어가 주는 기대감에 부풀어 대충 마지막 장에 서명을 마쳤다.

에즈라가 범죄자의 낙인을 벗어던지고 공관에서 나오자마자 기자들이 몰려들었다.

"루크레치아 양이 처참하게 살해된 채로 발견되었는데 심정이 어떠십니까?"

"정말로 루카 공이 벌인 짓에 대해서는 모르셨습니까?"

"앞으로 어떡하실 계획인가요?"

뼈다귀를 찾는 들개 같은 태도에 에즈라가 잠시 눈살을 찌푸렸다. 그러나 멀찍이 상황을 구경하는 귀족들을 발견하고는 호소력 있는 목소리로 말했다.

"루크레치아의 참변을 전해 듣고는 슬픔을 어찌할 길이 없었습니다. 그 아이가 죄를 짓긴 했으나 그렇게 끔찍한 일을 당할 이유는 없습니다. 포르나티에 치안대는 총력을 다해 범인을 잡아야 할 것입니다."

"클라리체 도나티 양을 죽이려 했던 것과 부랑자를 고용해 황족의 모친으로 사칭한 일에 대해서는 정말로 아무것도 모르셨습니까?"

"물론입니다. 하지만 델라 발레의 일원으로서 책임을 느끼고 있습니다."

"그 말씀은?"

에즈라가 목소리를 가다듬었다.

"이제 제가 델라 발레의 가주입니다. 비록 좋지 않은 출발이 되었지만 노력하여 곧 델라 발레의 이름을 다시 빛낼 것입니다."

기자들이 웅성거리기 시작했다.

"루카 공의 이름으로 행해진 일들을 책임지겠다는 뜻입니까?"

"체사레 공은 에바 의장과는 선을 그었습니다만."

체사레의 이름에 에즈라의 눈썹이 꿈틀했다.

"혈육의 부덕 또한 제 일부입니다. 제가 짊어지고 가야 할 일입니다. 체사레 공은 그 부분을 잘 이해하지 못하고 있는 듯합니다만."

기자들이 묘한 감탄사를 흘렸다.

"그럼 전대 가주의 뜻대로 라디치아 부인과 혼인하시겠군요."

"…예?"

에즈라는 잠시 기자의 말을 이해하지 못했다.

"…라디치아 부인이 지금 왜 나오는 거지?"

그녀는 한때 몹시 덕망 높은 귀부인이었으나 어느 날 광증이 도져 라디치아 가문의 골칫거리가 되었다. 전 라디치아 공은 어떻게든 그녀를 치료하려 하였으나 재산만 까먹고 이렇다 할 성과를 보지 못한 채 세상을 떴다. 이제는 일흔이 넘은 노인이 된 라디치아 부인을 늙고 귀가 먹은 하인 한 명이 겨우 돌보고 있었다.

기자 한 명이 어리둥절하게 말했다.

"모르셨습니까? 루카 공이 에즈라 님과 라디치아 부인의 혼인 서류에 서명하셨습니다."

"뭐라고?"

에즈라가 눈을 대접처럼 크게 떴다.

"나는 그런 이야기를 들은 적이 없네만, 대체 언제 그런 이야기가 오갔다는 건가?"

"구속된 상태에서 죄를 뉘우치고 사회에 봉사하는 마음으로 그리 결정했다고 합니다."

기자가 펜을 손가락 사이로 굴리며 말했다.

"꼭 같은 말씀을 하셨다고 하더군요. 혈육의 부덕은 안고 가야 하는 법이라고. 품행 방정한 차남이라면 기꺼이 이해해 줄 것이라고요."

에즈라가 비틀거렸다. 사교계에서 적당한 신붓감을 찾아 함께 고난을 이겨 내겠다는 계획이 수립한 지 5분 만에 물거품이 되었다.

"그, 그럼 내 빚은?"

사실상 부친과 형님은 감옥에 갇혀 두 다리를 뻗고 지내고, 자신만 빚을 갚느라 허덕여야 하는 상황 아닌가! 에즈라가 급하게 다시 공관으로 달려 들어가 사무관을 찾았다.

"델라 발레의 이름을 포기하겠네!"

다급히 외쳤으나 사무관은 무심한 태도로 말했다.

"죄송하지만 이미 서류가 수리되었습니다. 그리고 이미 달마다 일정 금액을 변제하겠다는 서류에 서명하셔서, 성을 포기하더라도 빚은 갚으셔야 합니다."

"그런 법이 대체 어디 있나!"

"그러게 서류를 잘 살피셨어야죠."

"……!"

에즈라의 눈앞이 노랗게 물들었다.

에즈라가 사무관의 멱살을 잡고 날뛰었다. 신문사의 삽화가들이 빠르게 그 모습을 그려 냈다. 체사레는 카페테리아의 야외 테라스에 앉아 아델과 함께 그 모습을 구경했다. 손에는 나란히 젤라토가 들려 있었다. 옆을 흘끗했으나 에즈라가 식은땀을 흘리며 울먹이는 모습에도 아델은 그다지 통쾌해하지 않았다.

"성에 안 차나?"

체사레가 박하 맛 아이스크림을 예의상 한 입 맛본 뒤 물었다.

"성에 차고 말고 하기 이전에 애초에 그다지 관심도 없었는걸요."

아델이 초콜릿, 딸기, 바닐라 맛 젤라토를 야무지게 먹으며 답했다. 체사레가 넌지시 말했다.

"사랑했다며."

"그걸 아직도 믿나요."

…믿었다.

"그럼 왜 그렇게 말했는데?"

"누가 자꾸 에즈라를 물고 늘어져서요."

"둘이 약혼했으니까."

"공이 시켰고요."

…그랬지.

"내 입으로 이런 말을 하려니 썩 기분은 별로지만, 그래도 둘이 제법 장단이 맞지 않았나?"

"장단이라…."

아델이 중얼거렸다.

"장단이 맞는다고 사랑에 빠지는 건 아닌가 봅니다."

어느새 그녀는 또다시 딱딱한 말투로 되돌아갔다. 혼잣말인지 체사레가 답하지 않았는데도 말이 이어졌다.

"사랑이 뭘까요."

아델이 느리게 고개를 돌려 건조한 눈으로 체사레를 쳐다보았다.

"장단이 맞는데도 사랑하지 않았는데, 역겹다는 소리를 듣고도 사랑하는 건 가능한 일일까요."

체사레가 멈칫했다. 어느새 젤라토가 녹아내리며 손을 찐득하게 덮고 있었지만 그는 떨리는 눈을 아델에게서 떼지 못했다.

"…이봐, 내가 그때 그렇게 말한 건…."

"갈까요. 연극도 끝난 것 같은데."

아델은 젤라토를 삼킨 뒤 산뜻하게 돌아섰다.

재판 이후 아델은 체사레가 조금 불편해졌다. 내면에서 뭔가가 바뀐 것을 스스로도 눈치채고 있었다. 딱히 피하지는 않았고, 도리어 다가가 보기도 했다. 그때마다 뚝딱거리는 모습을 보고 있으면 가슴이 일렁이다가도 금세 차갑게 식곤 했다.

"너랑 있으면 항상 기분이 더러워지는군."

그녀는 자신이 그토록 과거에 연연하는 사람인 줄은 처음 알았다. 그러나 어쨌거나 그게 자신이었고, 체사레는 재촉하지 않았다.

'그리고 에기르 경은 아마 곧….'

창밖을 보며 그런 생각을 할 때쯤 누군가 아델을 불렀다.

"아델, 준비 다 됐니?"

"네, 카타리나 님."

아델의 대답에 카타리나가 생긋 웃었다. 오늘은 오르퀘나나 대사들과 포르나티에의 고위 관료들을 만나는 무도회 날이었다.

"나야 너랑 입장하는 게 좋긴 하다만, 체사레는?"

"생각하고 싶은 게 있어서요."

카타리나는 멈칫했다가 부드럽게 미소 지었다.

"어느 쪽이든 널 응원해."

아델도 마주 미소 지었다. 곧 '아리아의 방'이 열리고, 호명관이 외쳤다.

"카타리나 부오나파르테 님, 아델 브릴 슈뢰더 님 드십니다!"

입장과 함께 무수히 많은 관심이 쏟아졌다. 카타리나는 아델에게 오르퀘나나의 대사들을 소개해 주었다. 그들은 아델이 선보이는 약간의 드넹어로도 매우 흡족해했다. 체사레는 이쪽을 신경 쓰는 듯했으나 그게 전부였다. 그가 다가오려 할 때마다 카타리나가 요령 좋게 아델을 이리저리 끌고 다녀 준 덕에 아예 포기한 듯했다. 그런 카타리나가 잠시 바람을 쐬어야겠다며 자리를 비웠을 때, 아델은 몹시 반가운 인물을 발견했다. 갈색 머리카락을 깔끔하게 넘긴 유쾌한 인상의 신사, 쥬드 로시였다.

"여신의 안녕을. 격조했어요, 쥬드 경."

"이젠 로시 공입니다, 아델 양."

눈을 찡긋한 쥬드가 예를 갖춰 인사했다.

"여신의 안녕을. 제 처를 소개하려고 합니다."

"여신의 안녕을. 오틸리에 네무르라고 합니다."

쥬드 옆에 서 있던 여자가 말을 받았다. 아델은 연속된 놀라운 소식에 살짝 감탄사를 흘렸다.

"식이 열린다는 소식을 제가 놓쳤나요?"

"조촐하게 둘이서만 올렸습니다. 부인도 그러길 원했고요. 물론 로시가의 가주가 바뀌었다는 소식을 접하기 어려울 정도로 바쁘시기도 했지만요. 축하 선물은 안 받겠습니다."

쥬드가 눈을 찡긋했다.

"그렇게 넘어갈 순 없죠. 공께 도움받은 게 많은걸요."

"그러시다면 언제고 제 부인을 살롱에 초대해 주시겠습니까?"

살롱이라니. 열어 본 적도 없고 떠날지도 모르는 사람한테. 당황하여 쥬드를 바라보았으나 그는 어깨를 으쓱했다. 아델이 픽 웃었다.

"얼마든지요. 오히려 저야말로 부인과 친분을 나누고 싶은걸요."

"영광입니다. 언제든 초대해 주시면 기쁜 마음으로 응하겠습니다."

오틸리에 네무르는 모난 데 없이 세련된 태도로 무릎을 살짝 굽혔다. 그녀는 곧 프리잔테를 마시고 싶은 기분이라며 자리를 옮겼다. 말은 그렇게 하였으나 아델이 쥬드와 편히 대화를 나눌 수 있도록 자리를 피해 준 기색이었다. 아델이 그녀의 뒷모습을 보며 말했다.

"좋은 분 같네요."

"야망도 있고 깔끔하지."

붉은 머리칼에 붉은 눈. 하얀 백합 같던 실비아와 닮은 곳이라고는 전혀 없었다. 하지만 그편이 쥬드에겐 더 나을 것이다.

"그나저나 아가씨는 정말 깜짝 놀랄 만한 일만 벌이는 것 같네."

오틸리에가 사라지자 쥬드가 친근하게 말을 붙여 왔다. 반말이었으나 도리어 기꺼웠다.

"어쩌다 보니 그렇게 됐습니다."

"원래 도망칠 생각 아니었어? 아니면 내가 모르는 사이에 벌써 체사레랑 이어진 건가?"

"아뇨."

아델이 지나가는 하인에게서 스푸만테 잔 하나를 받아들며 말했다.

"기다리는 사람이 있어요."

"기다리는 사람?"

쌕 미소 짓자 쥬드는 더 묻지 않고 콧김만 뿜었다.

무도회가 이어질수록 분위기가 무르익었다. 원래 무도회의 주인공이었던 아델을 향한 관심도 슬슬 가라앉았다. 계속 아델을 신경 쓰던 체사레도 이젠 다른 손님들에게 둘러싸여 보이지 않았다. 어지간히 인기 많은 남자다. 아델은 인기척을 죽이고 '아리아의 방'을 나섰다.

루크레치아의 습격 이후, 체사레는 위급 상황에 쓸 수 있는 많은 수신호를 알려 주었다. 그걸로도 부족했는지 부오나파르테 궁에 숨겨진 수많은 비밀 통로를 외우게 했다.

"비밀 수행원이나 호위 기사가 함께라면 여기, 여기, 여기를 이용하는 게 좋아. 그들도 알고 있는 통로거든."

아델은 머릿속으로 비밀 통로의 구조를 떠올리며 궁의 옥상으로 향했다. 일전에 루크레치아의 하녀가 꾀어낸 장소다. 아무도 없이 아직은 차가운 밤바람만 불고 있는 옥상을 아델은 한 바퀴 빙 돌았다.

'…올 거라고 생각했는데. 내가 지레짐작했나?'

그리 생각하며 탑을 등지고 몸을 돌렸을 때였다.

"아델 님."

등 뒤에서 목소리에 아델이 다시 뒤를 돌아보았다. 어느새 인영 하나가 탑으로 향하는 문을 열고 걸어 나오고 있었다.

"모시러 왔습니다."

붉은 머리카락을 흩날리며 에기르가 말했다.

아델을 본 에기르는 살짝 놀랐다. 무도회를 대비해 한껏 꾸민 그녀는 그가 본 누구보다도 아름다웠다. 딱히 사람의 미추에 관심이 없는 그조차 감탄할 정도였다. 그녀는 비명조차 지르지 않은 채 여왕처럼 서서, 동그란 꿀방울 같은 눈으로 그를 살피더니 말했다.

"체사레가 제게 비밀 수행원을 붙여 놓았다고 하던데 별로 소용은 없었나 보네요."

"원래 사냥꾼이 더 유리한 법이라 한 명씩 상대하면 그다지 어렵지는…."

저도 모르게 답하던 에기르가 멈칫했다.

"제가 올 것을 단주님이 알고 계셨습니까?"

"제가 알았죠. 잘 지냈나요?"

온화한 물음에 에기르의 마음속 한구석이 간지럽고, 또 어딘지 사무쳤다. 에기르가 가까스로 답했다.

"…예."

"안색이 안 좋은데요. 잠을 못 자고 있는 건 아니고요?"

05. Nessun dorma

"…그러긴 했지만 문제는 없습니다."

"그래도 건강이 얼마나 중요한데요."

"……."

답할 말이 없었다. 그는 이런 대화에는 소질이 없었다. 에기르가 뒤늦게 고개를 조금 흔들었다.

"…함께 가셔야 합니다."

아델이 애매하게 미소 지었다.

"에기르 경, 원로공께 들었습니다. 공판 날, 저 때문에 위험을 감수하려 했다고요."

"……."

"사실 이 이야기를 하고 싶어서 따로 나온 거예요. 에기르 경…."

그녀가 심호흡 후에 말했다.

"그날 체사레와 잔 건 제 결심이 맞아요. 그러니 경이 죄책감 느끼지 않으셔도 됩니다."

"……."

에기르는 자신이 평소에 말수가 적어 다행이라고 생각했다. 아델의 말을 듣자마자 꾹 하고 심장이 눌리는 듯했다. 대답을 제대로 할 수 없었다.

"…죄책감 말입니까."

"아무리 그래도 사람을 금화 주머니 하나 던져 주고 쫓아낸 게 좋은 행동은 아니니까요. 그래서 에바 원로공의 요청에 협조한 거 아닌가요?"

"……."

"경이 나를 지키라고 체사레 공에게 명령받은 것을 압니다. 하지만 이제 괜찮아요. 그날 일도 경이 아니라 체사레 공 잘못이고요."

"그럼 이대로 주인님 옆에 계시겠단 뜻입니까? 당신과 자고 금화를 던진 남자의 옆에?"

에기르가 쏘아붙이듯 말했다. 일평생 처음 있는 일이었다. 게다가 그것은 거짓말이다. 체사레는 그런 명령을 내린 적이 없었다. 돌이킬 수 없다는 것을 알면서도, 언젠가는 들키리란 것을 알면서도 에기르는 입을 멈출 수 없었다.

"아델 님은 그 남자에게 영혼을 도난당하고 있습니다."

세게 말한 만큼 화낼지도 모른다고 생각했다. 그러나 아델은 재밌다는 듯이 미소 지었다.

"경, 그 말은, 경은 내가 체사레 공에게 하도 욕을 먹어서 판단력을 잃어버린 상태라고 생각하는 거군요."

"그럴 수밖에 없는 상황이었…."

"왜 멋대로 내게 그 정도의 판단력이 없다고 단정 짓습니까?"

'그야….' 에기르의 안에서 사유가 헝클어졌다. 예리한 낱말로 그것을 주워다 엮은 것은 아델이었다.

"당신은 어떤 면에서는 체사레보다 도련님이군요. 이보세요, 기사 나리. 그 정도 깎아내리는 말에 자아를 잃을 정도였으면 애초에 기모라에서 살아남지도 못했어요."

정답이었다. 에기르가 저도 모르게 상체를 물렸다. 두려웠다. 겁에 질렸다. 아델이 자신과 가길 바랐으나, 손을 내밀 자신은 없었다. 모든 게 이상했고 울음이 터져 나올 것 같았으나, 에기르는 명령을 수행했다.

"…더 실랑이할 시간이 없습니다. 가셔야 합니다."

"지금까지 제 말을 듣고도 저를 데려가겠다고요?"

"주인님은… 주인님은 아가씨에게 옳지 않은 짓만 골라 했습니다. 폭언을 일삼고, 물리적으로도 위협하고, 강제하고, 심지어 마지막엔 돈을 주고 당신을 샀습니다….."

'아가씨'와 '당신'이 섞인 모호함을 에기르는 눈치채지 못했다. 다만 그는 죄책감에 범벅이 되어 아델과 눈을 마주치지 못했다. 지금 자신은 주인을 배신했다. 체사레가 그간 자신에게, 에포니에게 얼마나 잘해 주었는지 모르지 않으면서…. 어쩌면 지금 당장이라도 '금화를 내민 건 자신'이라고 고해하는 게 나을지도 몰랐다. 하지만 그래서는 아델이 그를 따라오지 않을 터였다.

[아델을 사랑하니?]

생각하기를 강요하는 에바의 문구를 뿌리치듯 고개를 저으며 에기르가 아델의 팔을 붙잡았다. 아델이 흠칫하며 뿌리치려 했지만, 당연하게도 그녀는 뿌리칠 수 없었다. 반면 가는 팔을 손안에 쥔 에기르는 기묘한 만족감을 느끼며 말했다.

"피해자가 가해자에게 애착이나 온정을 느끼는 것은 드문 일이 아닙니다. 아가씨는… 주인님과 떨어져 계셔야 합니다."

"에기르 경, 그 이상은 경이 아니라 제가 체사레와 이야기할…."

그 순간 주변에 검은 옷을 입은 사람들이 천장에서 떨어져 내려앉았다.

"……!"

"에기르 코레르, 아가씨로부터 물러나라."

에기르는 단숨에 놀란 아델을 끌어안았다.

"맞습니다. 저는… 끼어들 여지가 없습니다."

남자의 몸이 빠르게 바닥을 박차고 창밖으로 향했다. 허리춤에서 와이어가 당겨지고, 밤바람이 불어닥쳤다. 그는 난생처음 부오나파르테에서 뛰어내렸다.

"그러니 이건 온전히 제 선택입니다."

종이 울렸다. 악기를 연주하던 악사들이 저도 모르게 활을 멈출 정도로 크고 웅장한 소리였다. 춤추던 이들이 멈추었고, 모두의 대화가 끊겼다. 이미 한 차례 울린 적 있는 종이었다. 부오나파르테의 1급 경보 '아쿠아 알타[21]'. 울리는 순간은, 가주나 직계 존속, 혹은 그에 준하는 인물이 위험에 처했을 때.

"…아델!"

체사레가 즉각 볼룸을 헤집기 시작했다. 그리고 똑같이 창백한 얼굴로 볼룸을 헤매던 카타리나와 마주쳤다.

"체사레!"

얼굴이 흰빛으로 질린 카타리나가 체사레를 보고는 몸을 떨었다.

"그럼 역시 아델이…!"

그때 지지가 빠르게 다가와 속삭였다.

"단주님, 에기르 씨입니다."

"……."

체사레의 감정이 단숨에 칼날처럼 벼려졌다. 그는 치고 올라오려는 분노를 빠르게 억눌렀다.

"사람들 내보내. 어머니도 모셔 가고."

---

21 Aqua alta.

곧 부오나파르테의 하인들이 나타나 사람들을 적절히 통제하며 내보냈다.

"나가야 한다고요?"

"그 종소리랑 관계있는 건가요?"

몇몇이 불만을 터뜨렸으나 대다수는 침착하게 볼룸을 빠져나갔다. 최근에야 아델의 실종 때문에 울렸다지만 원래 '아쿠아 알타'는 그렇게 자주 울리는 신호가 아니었다. 마지막으로 울린 게 아주 오래전 체사레가 바다에서 실종되었을 때일 정도니.

'아리아의 방'이 텅 비자, 천장에서 검은 옷을 입은 사람 한 명이 뚝 떨어졌다.

"에기르 코레르가 종탑을 통해 침입했습니다. 그가 아델 님을 인질로 잡고 소동을 벌였고, 그대로 납치했습니다."

"아델이 종탑을 왜."

"이유는 모르겠지만 아델 님께서 스스로 종탑으로 이동하셨다고 합니다."

체사레가 멈칫했다.

"…에기르가 납치할 때 아델이 저항하던가?"

수행원이 미세하게 주저하다가 답했다.

"저항 의사는 보이지 않았습니다."

체사레는 침묵했다. 이제 자신이 어떤 얼굴을 하고 있는지조차 알기 어려웠다. 오늘 유독 인어처럼 아름다웠던 여자를 떠올린다. 입장 이후 내내 그녀를 시선으로 좇았다. 아델은 눈길 한번 주지 않았지만. 무정이 서러워 괜히 아무렇지도 않은 척 시선을 떼어 냈다. 그사이 아델은 에기르에게 향했다. 그때 이미 결정을 내렸던 걸까.

"주인님."

호흡이 막히려던 순간 수행원이 그를 불렀다. 체사레는 콧대를 누르는 척하며 얼굴을 가렸다.

"추적은?"

"기모라 거리로 향했습니다."

때마침 카타리나를 로완에게 인계한 지지가 돌아왔다.

"지지, 항구와 관문 봉쇄하고 암살조 대기시켜. 나도 바로 출발하지."

체사레가 곧장 걸음을 옮기며 덧붙였다.

"그리고 클라리체 도나티를 불러와."

의회에서 증언한 뒤로 클라리체는 계속 부오나파르테에서 지냈다. 체사레도 아델도 그녀를 찾지 않았다. 자신의 처분을 고민하는 듯했다. 뭐가 됐든 클라리체로서는 괜찮았다. 감시인이 붙긴 했지만 식사도, 방도 훌륭했다. 그런데 갑자기 크고 아름다운 종소리가 울려 퍼졌다.

"따라오십시오."

그리고 검은 옷을 입은 사람들이 몰려와 그녀를 끌고 갔다.

"어, 어디 가는 거예요?"

아무도 대답해 주지 않았다. 그들은 클라리체의 머리에 두건을 씌우고 마차에 태웠다.

마차에서 내린 순간 클라리체는 코를 찌르는 시궁창 냄새를 맡았다.

'기모라잖아! 설마 나를 죽이려는 거야?'

몸부림쳤으나 소용없었다. 클라리체는 시야가 가려지고 포박된 채 낡은 건물로 들어섰다.

"살려 주세요. 제발 살려….'"

최대한 애처롭게 들리도록 훌쩍이며 비는 순간, 두건이 벗겨졌다. 그리고 눈앞에 나른하고 냉혹한 인상의 남자가 나타났다. 체사레는 눈을 내리깐 채 시가를 피우고 있었다. 더러운 방에서도 그는 숨겨지지 않는 귀티가 흘렀으며 묘하게 관능적이었다. 곧 무릎 꿇은 클라리체에게 누군가 다가왔다.

"일어나게. 잠시 몸수색을 하겠네."

적동색 머리카락의 귀부인이었다. 미인이었으나 낯빛이 다소 창백했다. 그녀는 클라리체의 몸 이곳저곳을 더듬다가 체사레와 눈을 마주치곤 고개를 끄덕였다. 귀부인이 물러나자 체사레가 자세를 고쳐 앉았다.

"클라리체 도나티."

클라리체가 흠칫했다. 아마 타고난 듯한 야한 목소리였다.

"나를 좀 도와줘야겠어."

"……?"

클라리체는 뒤늦게 머리를 굴리다가 조심스레 물었다.

"제가 기모라에서 뭘 해 드리면 되나요?"

"기모라 출신인 게 중요한 건 아니고."

체사레가 시가 연기를 내뿜으며 조용히 말했다.

"여기서 조금 떨어진 곳에 아델이 있다. 시종 기사 한 명과 함께. 가서 이야기를 듣고 와."

"도망간 건가요?"

저도 모르게 물은 클라리체가 숨을 들이켰다.

'이놈의 입!'

그러나 체사레는 고저 없는 목소리로 말했다.

"그걸 확인하고 오는 게 네 역할이야. 아델의 상태가 어떤지, 부상은 없는지, 에기르와 떠날 생각인지."

정말로 용건은 그뿐인 듯했다. 흐릿한 싸구려 촛불 때문인지 체사레의 황금빛 눈은 다소 혼탁해 보였다.

'…뭐가 됐건 기회다!'

입술에 침을 바르며 클라리체가 눈을 빛냈다.

"할게요. 그렇지만 부탁드릴 게 있어요."

체사레가 말해 보라는 듯 눈짓했다.

"무사히 다녀오면… 돈을 주세요. 1만 금…, 아니, 10만 금이요!"

클라리체가 외쳤다. 심장이 거세게 뛰었다.

'날 돈에 미친 여자로 본대도 상관없어!'

체사레는 뜻밖에도 차분하고 투명한 눈으로 클라리체를 쳐다보았다. 처음으로 그와 제대로 눈이 마주친 느낌이었다.

"두 배를 주지."

경멸도 동정도 없는 담담한 말. 기이하게도 그의 야성적인 눈초리와 다부진 턱 선보다 그 한마디에 심장에 야릇한 진동이 일었다. 이런 남자를 잡다니. 아델, 이 배부른 년!

순간 여러 생각을 마친 클라리체의 모습을 체사레의 보좌관인 지지 만프레디가 가만히 바라보고 있었으나, 클라리체는 그것을 눈치채지 못하고 화사하게 웃었다.

"알았어요. 뭘 하면 될까요?"

종탑의 비밀 통로가 이어진 곳은 기모라의 가장자리였다. 에기르는 아델을 낡은 건물로 데리고 갔다.

'방이 두 개. 창문은 없고, 출구는 하나.'

반지하라고는 하지만 방이 두 개라니. 기모라에선 고급 저택이다.

"이런 곳을 잘도 알고 있군요."

"기모라에는 외부 임무가 있을 때 종종 들렀습니다."

에기르가 아델의 드레스 자락에 묻은 먼지를 무릎까지 꿇고 털어 주며 말했다.

"여긴 중계지입니다. 곧 오르퀘나나로 향하는 밀항선의 선장과 접선할 예정입니다."

"포위당했을 것 같은데요."

"비밀 통로가 따로 있습니다."

생각보다 꼼꼼하군. 아델이 한숨을 쉬었다.

"에기르 경, 눈치챘겠지만, 그대로 싸우면 경이 무사할 것 같지 않아서 저항하지 않았을 뿐입니다."

"저는 거기서 죽어도 상관없었습니다."

"세간에서는 그걸 개죽음이라고 합니다."

에기르가 그러냐는 눈으로 아델을 보았다. 별로 타격이 없는 모양이다. 아델이 에기르의 손에서 치맛자락을 빼내 침대에 앉았다. 낡은 면포가 깔린 딱딱한 침대다. 이만도 못한 나무판자에 누워 자던 주제에, 거위 털 이불에 익숙해졌다고 그새 불편하게 느껴졌다.

"아직도 제가 체사레 때문에 자존감이 깎여 나갔다고 생각하나요."

"…아니라고 하셨지만, 원래 호도된 상태에서는 자신을 제대로 볼 수 없는 법이 아닙니까. 게다가…."

에기르가 머뭇거리다 말했다.

"아시잖습니까. 같이 잔… 여자에게 금화를… 주는 행동이 멀쩡한 남자에게서 나올 리 없습니다."

그 말에는 아델도 공감하는 바였다.

'체사레랑 안 어울리는 행동이긴 하지.'

그는 오페라 극장 앞에서 어떤 영애에게 "너랑 결혼을 왜 해?"라고 말해서 뺨을 맞은 적도 있는 남자다. 그런 남자가 금화라니. 그 남자는 그렇게 통이 작지 않다.

"그래서 어쩌자는 건가요?"

"조금이라도 체사레 님에게서 떨어져 계셨으면 좋겠습니다. 몇 달 만이라도…."

"그러면 정신이 돌아오든가 더 확실해지든가 할 테니까요?"

"예."

"그동안 당신과 함께 있고요."

에기르의 목소리가 급격하게 작아졌다.

"예…."

아델이 무심히 그 모습을 지켜보다 말했다.

"경이 포폴로 출신이긴 하군요. 명분에 집착하는 걸 보면."

"……."

에기르가 숨을 들이켰다. 아델이 보기에 그것은 수치심이었다. 한참을 가만히 서 있던 에기르는 다음 순간 처음 분노를 배운 아이처럼 더듬거리며 말했다.

"…어째서입니까?"

"뭐가요."

"원래 체사레 님을 싫어하셨던 것으로 기억합니다…. 그리고, 체사레 님은 수많은 숙녀를 만났습니다. 이번에도 진심이 아닐지도 모릅니다…."

타인의 치부를 들먹인 것은 처음인 듯했다. 부끄러움과 혼란스러움이 푸른 눈에 고스란히 떠올라 있었다. 참 신기한 일이었다. 예전엔 저 말을 들으면 당연히 그렇겠거니 했건만, 이제는 그렇지가 않았다. 자신이 가까이 다가가면, 체사레는 동작을 멈춘다. 촘촘하고 검은 속눈썹이 미세하게 떨리고 동공이 커진다. 보기 좋게 각진 어깨에도 조금 힘이 들어간다. 마치 끌어안을 듯이.

"…내가 아델을 그 정도로 사랑하는 거지."

이제는 안다. 체사레는 자신을 진실로 사랑한다. 하지만 잊을 수 없는 것. 동시에 그는 아델을 '샀다'. 무시했고, 경멸했으며, 모멸했고, 혐오했다. 실상은 그렇지 않더라도 적어도 그렇게 보이게끔 행동했다.

사랑하지 않을 때 했던 행동을 사랑한다는 이유만으로 하지 않는다면, 그건 어느 쪽이 진짜일까? 아니, 애초에 자신은 그가 어느 쪽이길 바라는 걸까?

'머리 아파.'

어느 쪽이든 당장은 산트나르를 떠날 게 아니었다.

"에기르 경, 일단…."

그때였다. 노크 소리가 들려왔다.

아델과 에기르가 묵고 있다는 반지하 방문이 열리자마자 클라리체가 외쳤다.

"아무것도 없어요! 맨몸이에요! 그냥 얘기하라고 보냈어요!"

문이 열리자마자 클라리체가 외쳤다. 현명한 선택이었다. 눈에 보이지도 않는 속도로 목에 칼이 들이밀어져 있었다.

"……."

무표정으로 그녀를 쏘아보는 빨간 머리 기사 뒤로 아델이 나타났다.

"클라리체?"

"아델! 체사레 님이 너랑 얘기하라고 나를 보냈어…."

클라리체가 겁에 질려 말을 더듬었다.

"이, 일단 이 칼 좀 치우라고 하면 안 돼? 나 정말 그냥 전령이야…."

그 말에 아델이 에기르를 바라보았고, 에기르는 못마땅한 듯이 말했다.

"몸수색을 해야 합니다."

"한 번 만질 때 50금이에요."

"……."

"…농담인데."

매서운 눈초리에 클라리체가 불만스럽게 웅얼거렸다.

기사는 정말로 50금을 냈다. 엉거주춤 몸을 뒤지는 모양새가 여자에게 익숙하지 않은 듯 보였다.

'그냥 처리반인 줄 알았는데 기사는 맞나 보네.'

그는 몸수색을 마친 뒤 안쪽 방을 내어 주었다.

"문밖에 있겠습니다. 이야기가 끝나면 문을 두드려 주시고, 위험한 상황이면 소리쳐 주십시오."

그가 나간 문을 쳐다보며 클라리체가 중얼거렸다.

"귀여운 기사네. 키는 좀 작지만. 나이도 살짝 어린가? 돈은 없어 보이고."

대답이 돌아오지 않았다. 고개를 돌리자 아델이 그녀를 무표정으로 바라보고 있었다.

'또 저 표정.'

클라리체가 주먹을 쥐었다.

'사람 무시하는 듯한….'

목소리가 빈정거리듯 나왔다.

"저 기사랑 도망갈 거야?"

아델은 잠시 먼 곳을 보았다가 답했다.

"아니."

"왜? 잘 어울리는데."

아니지, 이런 말투는 안 돼. 클라리체가 재빨리 어조를 바꿨다.

"결국 진정한 사랑을 찾은 거 아냐? 짜증 나지만 멋있다고 생각해. 난 찬성이야."

클라리체가 금발을 어깨 뒤로 휙 넘기며 말했다.

'그러니까 그 기사 데리고 도망이나 가. 체사레는 내가 홀랑 먹어 버릴 테니까.'

클라리체는 아델을 자극하기 위해 느린 걸음으로 아델 주위를 둥글게 돌기 시작했다.

"넌 예전부터 똑똑해서 재수가 없었지. 그렇지만 확실히 네 선택이 맞아. 체사레는 대단한 남자지만, 그가 천민에게 진심일 리 없잖아?"

"할 말은 그것뿐이야?"

아델은 일절 감정을 드러내지 않고 말했다. 클라리체는 비틀리는 입술을 죄책감으로 가장하며 시선을 내렸다.

"…네겐 할 말이 없어. 전부 내 잘못이 맞으니까. 내가 잠깐 어떻게 됐나 봐."

"그래, 너 좀 어떻게 된 모양이더라."

"……."

짜증 나는 계집애.

"그래서 이제 네 행복을 바라려고. 끝에 가서 조금 문제가 생기긴 했지만 우린 아주 오랜 친구였잖아?"

아델이 약하게 코웃음 쳤다.

"네가 정말 날 친구라고 생각했다면 니노 영감에게 내가 여자라는 걸 밝히진 않았겠지."

잠시 침묵한 클라리체의 목소리가 낮게 가라앉았다. 역시 이런 건 성질에 맞지 않는다.

"미안하다고 했잖아. 지난 일인데 나더러 어쩌라고?"

"네가 어쩔 건 없어."

아델이 부드럽게 속삭였다.

"기모라에서 배신의 대가가 뭔지 너도 알잖아."

그 말에 클라리체의 눈이 희번덕거렸다.

"내가 죽길 바란다는 뜻이야?"

아델은 재밌다는 듯이 맑은 웃음을 터뜨렸다. 그러다 고운 눈매를 찡그리고는, 무엇을 떠올렸는지 혼잣말하듯 중얼거렸다.

"…죽길 바라는 건 아니야."

"그럼 떠나기라도 하라고?"

"그것도 아니야."

"그럼 그냥 내버려 둬! 지나간 일이잖아! 네가 조금만 외면해 주면 '모두가 행복하게 잘 살았습니다'로 끝날 텐데 굳이 들춰내야겠어?"

오래된 금화 같은 두 눈이 클라리체를 빤히 보았다.

"클라리체, 네가 지금 억만금을 가졌다고 해서, 동전 한 닢이 없어 빌어먹던 기억이 사라질까?"

"……."

클라리체의 말문이 막혔다. 저것이 지금 자신의 처우와 무슨 관계가 있나 싶으면서도, 그녀가 든 예시가 아프게 가슴을 찔러 왔다.

"…그래도 만약 내가 지금 억만금을 가졌다면 과거 따윈 묻어 둘 거야."

"왜?"

"그야 먹고살 수만 있다면 그걸로 충분하니까. 우리 같은 사람들한텐 그게 삶의 가장 큰 목표니까."

대화가 그대로 끊겼다. 아델은 눈을 내리깔았고, 클라리체는 고개를 돌렸다.

"…이래서 네가 싫었어, 아델. 똑같은 처지면서 혼자 특별한 척이나 하고…. 마치 자긴 무슨 세상의 중요한 진리라도 추구하는 것처럼…."

말하면서 점점 화가 치밀었다. 지금도 그녀는 자신에 대해 전혀 생각하는 것 같지 않았다.

'정말로 날 생각해 줬다면, 이렇게 될 줄 알고 몇 번이고 도서관에 가자고 권해 줬어야지! 외국어를 배우자고 해 주고, 공부를 시켜 줬어야지!'

돈도 자기보다 못 버는 주제에 도서관에 드나드는 모습이 참 꼴같잖았다. 그런 얼굴과 몸을 갖고 그렇게 비참하게 살고 있다는 게 더더욱 기만으로 느껴졌다. 생각할수록 괘씸함이 더해져 클라리체의 얼굴도 붉어졌다.

"어디 한번 잘해 봐!"

결국 클라리체의 목청이 높아졌다.

"체사레 정도 되는 남자가 과연 네게 질리지 않을지 보라고! 천민 주제에 자존심만 세운다고 언젠가는 분명 버림받을걸!"

클라리체는 그대로 문을 발로 차 열어젖혔다.

클라리체가 나가자마자 에기르는 초조한 기색을 보였다. 시간이 어느 정도 흐르자 그는 방바닥 한구석의 판자를 들어 올렸다.

"접선할 때가 됐습니다."

아델이 물끄러미 그런 에기르를 바라보았다. '체사레의 명령으로' 밖을 돌아다니고, 오로지 부오나파르테 내에서, 최측근 에포니라는 강력한 지원군을 등에 업고 아무 욕심도 없이 자란 천진한 남자. 아이러니하게도 그는 부오나파르테라는 별빛 안에서만 살았기에 그 별빛이 얼마나 찬란한지 모르는 듯했다.

'…직접 보는 게 낫겠네.'

아델이 침대에서 일어났다.

"좋아요. 가요."

클라리체가 건물에서 멀어지자마자 부오나파르테의 수행원이 달라붙었다. 다시 두건을 쓴 채 이동 당하는 동안 클라리체는 연신 입술을 깨물었다.

'망했다, 망했어! 살살 구슬려서 둘 다 보내 버리는 게 최고였는데.'

항상 인내심이 부족해서 탈이었다. 아델이 도서관에 가자고 했을 때도, 드넹어를 배우자고 했을 때도….

'…같이 했다면 뭔가 달라졌을까?'

멈칫한 사이 어느새 그녀는 계단을 올라가고 있었다. 똑같이 조용한 방에 들어섰고, 똑같이 무릎을 꿇었고, 두건이 벗겨졌다. 클라리체는 가장 익숙한 선택을 했다.

'내가 무슨 대화를 했는지는 모르잖아. 자존심 센 아델이라면 절대 체사레를 직접 찾아가진 않을 거야.'

클라리체가 정면에 앉은 체사레를 쳐다보았다. 오래된 청동상처럼 부드러운 푸른 빛깔 머리카락을 가진 남자가 눈을 마주쳐 왔다. 동정도 멸시도 없이 그저 타고난 오만만이 깔린 눈. 불현듯 아델이 그를 사랑하는 이유를 알 수 있었다. 그는 아마 사람을 사람으로 대우해 줄 것이다. 자신도 그렇게 대우받고 싶었다. 자존심도 챙겨 보고, 꿈도 꿔 보고, 할 말도 하면서….

'…그러기 위해선 역시 아델이 없어져야 해.'

입술이 저도 모르게 열렸다.

"배를 한 척 달라고 했어요!"

체사레가 시가를 문 채 되물었다.

"배?"

"역시 안 되겠대요. 에, 에기르라는 그 기사가 좋대요! 같이 떠날 거니까 제발 막지 말아 달라고…."

일단 한번 거짓말을 내뱉자 다음은 쉬웠다.

"대신 저를 감시인으로 써도 좋대요. 체사레 님에 대해서는, 당분간은 보고 싶지 않다고 했어요…."

클라리체가 말을 마친 뒤 속으로 쾌재를 불렀다.
'이제 시간을 번 다음에 어떻게든 아델을 처리하면 돼!'
그런데 체사레의 반응이 이상했다. 그는 시가를 문 채 한숨을 쉬었고, 뒤에 있던 보좌관은 비소를 날렸다.
"……?"
"꼭 자기 발로 기회를 걷어찬다니까."
어리둥절한 클라리체에게 보좌관이 성큼성큼 걸어왔다. 그는 허리를 숙이더니, 클라리체의 목깃을 매만졌다. 그의 손에서 곧 작은 돌 같은 것이 들려 나왔다.
"마법석입니다. 보통은 축음기에 곡을 녹음하는 데에나 쓰입니다만."
"……!"
그제야 클라리체의 몸이 딱딱하게 굳었다. 살얼음 같은 정적 속에서 아델과의 대화가 재생되었다.

―클라리체, 네가 지금 억만금을 가졌다고 해서, 동전 한 닢이 없어 빌어먹던 기억이 사라질까?
―그야 먹고살 수만 있다면 그걸로 충분하니까. 우리 같은 사람들한텐 그게 삶의 가장 큰 목표니까.

목소리가 끝났을 때 체사레는 때마침 부서져 내리는 시가의 재를 재떨이에 문질렀다. 굳은 얼굴이었다. 한참을 그대로 허공을 보던 그는, 공기 중에 떠다니는 먼지의 존재를 뒤늦게 인지한 것처럼 클라리체에게 말했다.
"유감이군."
"나리! 제가 잘못했…!"

말이 끝나기도 전에 두건이 씌워졌다. 클라리체는 그대로 억센 손에 붙잡혀 방에서 끌려 나갔다.

아델과 에기르가 비밀 통로를 통해 포르토 니로의 선착장에 도착했을 때, 그들을 기다리고 있던 것은 밀항선이 아닌 부오나파르테의 함선들이었다.

"……!"

그 앞에 선 검은 옷의 사람들을 보고 에기르가 즉각 검을 뽑아 들었다. '어떻게?'라는 얼굴이다. 반면 아델은 전혀 놀라지 않았다.

'바다에서 부오나파르테의 눈을 피하는 게 가능할 리가.'

부오나파르테는 명실공히 바다의 패자. 밀항선마저도 부오나파르테가 어느 정도 눈감아 주고 있기에 가능하다. 그걸 정말로 몰랐다면, 사실상 체사레는 에기르를 고용한 게 아니라 보호하고 있던 셈이다. 아델은 앞에 선 에기르의 등이 수많은 수행원 앞에서 도리어 호흡을 뱉어 내고 고요해지는 것을 보았다.

"…뒤에 계십시오."

그리 오래지 않은 시간이 지났다. 에기르는 분전했다. 잘 싸웠다. 그러나 역부족이었다. 그는 혼자였고, 부오나파르테의 수행원들은 별보다 많았다.

다행스럽게도 기사 중 누구도 피 묻고 상처 난 에기르를 비웃지 않았다.

그랬다면 아델이 더 화가 났을 것이다. 체사레는 그중 가장 선두에 서서, 바다에 잠기기 직전의 태양 같은 눈으로 아델만을 쳐다보았다. 마침내 에기르의 무릎이 꺾였다.

"크…."

아델은 그의 등을 한 번, 체사레를 한 번, 떠오르는 먼동을 한 번 보고는 에기르 옆에 다가갔다.

"에기르 경."

"……! 뒤에, 계십…."

"아뇨, 이제 끝입니다."

에기르가 먼지 묻은 얼굴을 쳐들었다. 호소하듯 간절한 눈이었다.

"아닙니다. 더 할 수…!"

"경은 힘내 줬어요. 하지만 이제 괜찮습니다."

"……!"

에기르가 울 것 같은 얼굴로 계속해서 고개만 저었다. 어린아이 같은 모습이었다. 그 표현이 과히 다르진 않을 것이다. 그는 부오나파르테가 낳은 어린아이였다.

"고마웠어요."

아델은 그에게 목례한 뒤, 체사레를 향해 걸음을 옮겼다. 그러나 채 한 발자국도 가지 못한 채 멈췄다.

"안… 됩니다."

에기르가 칼로 아델의 드레스 자락을 바닥에 찍었다.

"안 돼요…."

"에기르 경."

"안 됩니다…."

에기르의 눈시울이 붉어졌다.

"제발 가지 말아 주세요…."

한쪽 무릎을 꿇고 차마 고개도 들지 못한 채 에기르가 흐느끼듯 말했다.

"저는, 제가…."

"……."

"이제야… 제가 당신을…."

"좋아했으면 나랑 멱살 잡고 결투라도 벌였어야지."

갑자기 옆에 나타난 것은 체사레였다. 그는 에기르가 짚고 있던 칼을 힘껏 발로 차 버렸다. 카가강! 칼이 금속성을 내며 어디론가 날아갔다. 지지대를 잃은 에기르는 바닥으로 무너졌다.

"남의 이름 빌려서 몸도 못 추스른 여자 쫓아낼 게 아니라."

"……."

체사레의 차가운 말에 아델의 눈이 커졌다. 그것을 아는지 모르는지, 그는 에기르만 보며 말을 이었다.

"차라리 따라갔어야지. 아델이 무슨 말을 하든, 어디로 가든, 옆에 있게만 해 달라고 빌었어야지. 그 꼴로 혼자 내보내?"

바닥에서 헐떡이던 에기르가 주먹을 꾹 쥐었다. 피부가 찢겨 피가 묻어 나왔지만 괴로움은 느끼지도 못하는 듯했다.

"하지만…."

"변명이 남았나?"

"…지키라는 명령밖에… 듣지 못해서."

에기르가 헐떡였다.

"같이 가도 되는지… 알 수가, 없어서."

"병신 새끼."

체사레의 일갈에 에기르가 입을 닫아 버렸다. 에기르 본인의 말을 빌리자면, 영혼이 도난당한 사람 같았다. 그런 와중에도 아델의 드레스 자락을 꼭 잡은 손이 떨리고 있었다. 아델은 한숨과 함께 시가를 무는 체사레와 고개를 떨군 에기르를 번갈아 보다가 입을 열었다.

"나가라고 한 게 당신이 아니었군요."

"……."

체사레가 시가를 문 채 흠칫했다. 그리고 답하지 않았다. 아델이 에기르를 보았다.

"…경이었어요?"

"……."

에기르는 침묵하다 고개를 끄덕였다. 아델의 입에서 헛웃음이 튀어나왔다. 그날의 치욕스러움, 수치심, 절망감이 아직도 손에 잡힐 듯 선명했다.

"어떻게…."

그때 에기르가 비틀거리며 자리에서 일어났다.

"…그럼 어떻게 합니까?"

그의 얼굴은 멍했다. 풀린 동공에서 기어이 혼란이 방울져 떨어지고 있었다.

"저는 아무것도 가진 것도 없고, 그런 반면 주인님은 모든 걸 다 갖고 있는데…."

"내가 그걸 다 갖고서도 개같이 구르는 꼴을 못 봤나?"

"전엔 이런 걸 신경 써 본 적도 없는데, 아가씨가 나타나셔서…."

눈물로 얼룩진 에기르의 눈매 언저리가 발갛게 물들기 시작했다.

"이게 뭔지… 도무지 모르겠는데."

"……."

"그런데 당신이 체사레 님 옆에 있는 건, 보고 싶지 않아서….”
듣고 있던 아델의 몸에서 힘이 풀렸다.
“그렇다고 사람을 그렇게 쫓아내요? 거짓말까지 하면서?”
“저는, 방법이….”
“내가 그때 얼마나…!”
“…….”
무표정으로 눈물 흘리는 에기르. 주먹을 쥔 채 말이 없는 체사레. 그 사이에서 아델이 말끝을 흐렸다. 그녀의 눈이 점차 커지고, 깨달음이 둔기처럼 찾아왔다.
“얼마나….”
배신감을 느꼈는데. 몇 번이고 들어왔던 질문이 이제야 몇 겹의 자존심을 뚫고 심장에 박혔다.

[체사레를 사랑해?]

아델은 그대로 말뚝처럼 굳었다.
“아델?”
체사레가 당황해 손을 뻗었다가, 차마 그녀를 건드리지 못하고 얼굴만 들여다보았다.
“아델, 대신 사죄하지. 절대 내 뜻이 아니었어.”
“…….”
“아델, 들어 봐. 절대로 내가….”
“…왜 당신이 사과해요?”
“뭐?”

아델의 얼굴이 점차 일그러졌다. 그저 냉혹한 분노가 드러난 낯과 달리 언성은 떨리고 높아졌다.

"당신이 나를 쫓아낸 것도 아니라면서요."

체사레가 멍한 얼굴을 하더니 당연하다는 듯 답했다.

"내 부하니까."

"당신이 시킨 것도 아니라면서요!"

고함친 아델이 분을 삭이려 두 손으로 얼굴을 가렸다. 이제 두 남자가 아델의 반응에 어쩔 줄 몰라 쩔쩔매고 있었으나, 아델은 그저 억울하고 서러웠다.

[체사레를 사랑해?]

길거리 아낙의 바구니 안 달걀이 깨져도 길의 정비가 허술했다며 책임을 느낄 남자. 실에 진주가 엮이듯 그의 모든 궤적이 그려졌다.

시찰을 나가는 체사레를 향해 모자를 벗어 보이던 시민들. 그의 문란함을 미워하면서도 그를 사랑하지 않을 수는 없던 숙녀들. 세작이라곤 끼어들 틈도 없던 부오나파르테의 사용인들. 그리고 그가 진심으로 행복하길 바라던, 기모라 출신의 악마 같은 보좌관. 더하여.

"…랑해."

언제부턴가 그를 사랑하고 말았던 구두닦이. 아델은 그 말이 진심이길 바랐다. 몸에 닿는 열기와 손끝의 애정이 거짓이 아니라 믿었다. 믿었기에 배신당했고, 주머니에 든 금화가 서러웠다. 그 모든 낙망이 허구였음을 깨닫자마자 손바닥 위로 굵은 눈물이 뚝 떨어졌다.

아델이 고개를 쳐들자 남자 둘이 동시에 아연했다가, 이러지도 저러지도 못하고 손과 눈을 떨었다.

"아델, 제발…. 내가 다 잘못했으니까, 일단 이유라도 말해 주면…."

"시끄러워요."

아델은 눈물이 퐁퐁 솟아 나오는 눈매를 비볐다. 눈물은 멈추지 않았다. 여전히 인정하고 싶지 않았으므로. 그러나 눈앞에 그 큰 덩치로 쩔쩔매며 말라붙는 입술만 사리물고 있는 남자가 있었다. 눈물점 매달린 눈시울이 교태 없이 붉었다. 자신이 운다고 제가 또 따라 애탈 이유는 뭔가. 뭐긴 뭐야? 사랑이겠지. 자신이 금화 몇 푼에 팔린 걸 알고도 미적대며 떠나지 못했던 것도, 이미 사랑이었겠지. 울음이 터져 나왔다. 그간 자신을 지탱했던, 그러나 이젠 따뜻하고 어리석은 것에게 자리를 내어 줘야 하는 자존심을 향한 애도의 눈물이었다. 더하여, 그럼에도 불구하고.

'말해야 해.'

아델이 눈물과 함께 입을 열었다.

"배를 하나 준비해 줘요. 오르퀘니나까지 갈 수 있는 것으로."

체사레는 주검처럼 희게 질린 낯으로 아델의 요청을 들어주었다. 그러면서도 한마디를 하지 못했다. 아델은 체사레를 두고 에기르의 손을 잡고 그를 배로 끌어당겼다. 에기르를 선착장 앞에 세우고 바다를 보았다. 여행하기 좋은 날씨였다.

"에기르 경."

"……."

먼지투성이 에기르가 얼굴 가득 아침 햇살을 받으며 고개를 들었다. 희미한 기대감이 엿보였다.

"떠나세요."

이어진 말에 그의 푸른 눈에 다시 눈물이 차올랐다. 기사의 호흡이 거칠어지고, 넋 나간 사람처럼 고개를 저으며 반걸음 뒤로 물러났다.

"싫습니다…."

"가는 게 좋아요."

"가고 싶지 않습니다…."

"가지 않더라도 상관없어요. 하지만 제가 경 옆에 있을 수는 없습니다."

결코 남의 명령 없이 움직여 본 적이 없는 남자. 에기르는 좋은 사람이지만, 아델이 원하는 사람은 아니다. 에기르는 무표정으로 눈물만 뚝뚝 흘렸다.

"…어째서입니까?"

왜 체사레를 사랑하느냐고. 그렇게 묻는 것임을 아델은 알아차렸다. 아델이 바다로 고개를 돌렸다. 어머니 바다 위로 태양이 이미 높게 솟아 있었다.

"과거에 사로잡히고 싶지 않아서요."

가난했으면 좀 어떻고, 구두닦이였으면 좀 어떠랴. 그 지옥을 건너온 것만으로도 충분히 잘했다 소리를 들을 만한 것을. 체사레는 그 말을 해 줄 수 있는 사람이었다.

"사람은 결국 정신적인 뭔가를 채우고 싶어 할 수밖에 없나 봐요."

"……."

"경이 체사레의 명령을 벗어나 저를 좋아하게 된 것처럼요."

호수처럼 푸른 눈이 조용히 커졌다. 갓난아기 같은 맑은 눈물은 멈추지 않았으나, 이내 그는 처음 보는 쓴웃음을 지었다. 어른의 미소였다.

"…그건, 그런 것, 같습니다."

아델이 미소 지었다. 적동색 머리카락의 브라치에레를 두고 한 걸음씩 발이 물러났다. 잡고 있던 손가락도 하나씩 떨어져, 마침내 손이 놓였다.

"그간 지켜 줘서 고맙습니다. 경이 있어서 든든했어요."

배가 거대한 몸체에 어울리지 않게 조용히 물살을 갈랐다. 에기르는 후미에 서서 하염없이 항구만을 바라보았다. 아델은 선착장에 서서 이쪽을 바라보고 있었다. 그런 아델에게 다가서는 체사레의 모습이 보였다. 두 사람은 아마 행복해질 것이다.

"구두닦이를 지켜."

명령은 끝났다. 자신은 그녀를 지켰다. 하지만….

"……."

저도 모르게 흐른 눈물이 에기르의 뺨을 타고 흘렀다. 온통 후회뿐이었다. 자신이 조금만 더 성숙했더라면. 제 감정을 더 일찍 알아챘더라면. 체사레보다 어른스러웠더라면. 좀 더 늦게 아델을 만났더라면….

아델이 사라지고 너른 수평선이 시야를 채울 때까지도 에기르는 자리에 서서 움직이지 않았다.

아델은 동으로 하얗게 물든 바다를 말없이 바라보았다. 체사레는 망설이다 그 옆에 가서 섰다.

"에기르는?"

"떠났어요."

아델이 차분하게 답했다. 수평선을 바라보던 시선이 그에게로 향했다. 무서울 정도로 고요한 눈이었다. 결단이 선 모양이다. 선연히 느껴지는 무정함에 쉽사리 입술이 떨어지지 않았다.

"좀 걸을까요?"

그녀가 대신 말했다. 체사레는 말없이 팔을 내밀었다. 아델이 픽 웃더니 손을 잡았다.

"당신은 손이 크고 예뻐서 좋아요. 따뜻해서 좋고요."

그녀가 하는 모든 말들이 이별을 아름답게 장식하는 말처럼 느껴져 입이 말라 갔다. 그러나 체사레는 아델이 그것을 느끼지 못하도록 부러 유쾌하게 미소 지었다.

"너무 순순해서 수상한데."

"좀 솔직해져 보기로 했을 뿐이에요."

두 사람은 손을 잡고 선착장을 걸었다. 포르토 니로. 포르나티에서 가장 더러운 항구다. 그러나 항구와 떠 있는 배들을 바라보는 아델의 눈빛은 얼핏 다정하기까지 했다. 그런 그녀의 귓불 아래에서 아침 햇살을 받은 진주 귀걸이가 뽀얗게 빛났다.

"역시 진주가 잘 어울려."

체사레가 불쑥 말했다. 사실은 어젯밤 무도회에서부터 말하고 싶었다.

카타리나의 방해 때문에 시간이 나지 않았지만.
아델이 묘한 웃음을 흘렸다.
"그렇겠죠."
그녀는 사뿐히 걸어 모래사장으로 들어섰다. 손을 놓고, 흰 구두를 벗어 모래를 밟는다. 관리된 해변이 아니기에 모래사장에는 유리 조각이며 쓰레기가 나뒹굴고 있었으나 아델은 전혀 개의치 않았다. 발이 다친다고 만류해야 하는데, 어쩐지 말이 나오지 않았다. 옅은 미소를 띤 채 바닷물에 발을 담근 여자의 모습이 이유 없이 사무쳤다. 대신 그는 다른 질문을 했다.
"…왜 에기르와 떠나지 않았지?"
드레스 자락을 들고 가볍게 물장구치던 아델이 답했다.
"그럴 이유가 없으니까요."
"왜?"
"그를 사랑하지 않으니까."
"……."
그럼 나는?
되묻고 싶은 것을 참았다. 아델의 부동심이 떠나는 자의 홀가분함일까 두려웠다. 대신 체사레는 구둣발 그대로 첨벙거리며 바닷물로 들어갔다. 아델의 손을 조심스레 움켜쥐자, 그녀가 젖어 드는 바짓단을 보았다.
"지금 내 눈앞에서 2천 금이 날아가고 있어요."
"5천 금이야. 구두가 좀 비싼 거라."
작게 웃은 아델이 고개를 들어 그를 보았다. 시선이 마주쳤다. 침묵 속에 점차로 그녀의 웃음이 혼탁해졌다.
"…우리가 처음 만났을 때 말이에요."
"응."

"왜 그렇게 못되게 굴었어요?"

체사레가 아델의 손을 꽉 쥐었다. 온몸의 피가 순식간에 차갑게 식었다. 어느새 그의 손은 아델보다 싸늘해져 있었다.

"발로 밟을 필요까지는 없었잖아요."

"…없었지."

"제 잘못이었나요?"

"아니."

"그럼 왜 그랬나요?"

체사레가 힘겹게 답했다.

"…계획이 틀어진 게 짜증이 나서."

실로 교만한 대답에 아델은 웃지도, 비난하지도 않았다.

"말로 해도 알아들었으리란 거 알고 있었죠."

"…알고 있었어."

"사람 면전에 대고 '역겹다'느니, '기분이 더럽다'느니 하면 안 돼요. 알고 있죠?"

"알고 있어."

"보통은 자고 싶다는 이유로 금품을 제안하지 않아요. 그것도 알고 있었죠."

"…그래."

차분하게 말을 잇던 아델의 눈이 단숨에 젖어 들었다.

"그럼 왜 그렇게 나를 비참하게 만들었어요?"

슬프게도 그녀의 표정만큼은 변하지 않았다. 체사레는 그게 아팠다. 감정을 감출 만한 이유가 있었다는 뜻이니까.

"왜 고작 살고자 했던 나를 돈에 미친 사람 취급했어요?"

떨리는 목소리에 맞춰 굵은 눈물이 떨어져 내렸다. 체사레는, 제가 더 울고 싶어졌다. 아델이 우는 게 보기 싫어서 속이 끓는 것 같았다.

"왜 나를 창부 취급했어요? 왜 그렇게 못된 말만 하고, 차갑게 굴었어요?"

"……."

대답하지 못하는 체사레를 두고 아델이 웃음소리와 함께 말했다.

"내가 말해 볼까요?"

그녀가 잡혔던 손을 매몰차게 빼냈다.

"그래도 되니까."

바다를 등진 채, 늘 침착하던 여자가 마침내 뜨거운 산창을 터뜨렸다.

"당신이 얼마나 무례하게 행동한대도 아무도 뭐라고 하지 못할 테니까. 오히려 당신이 작은 선의라도 보이면 놀라며 이렇게 말했겠죠. '체사레가 오만한 건 어쩔 수 없지. 그는 부오나파르테의 가주잖아? 그래도 그 정도면 귀족치고는 아주 점잖은 편이야.'"

체사레는 온몸으로 울부짖는 것 같은 여자에게 수치도 모르고 손을 뻗었다.

"아델, 내가…."

"내가 정말 화나는 건."

아델이 그의 손을 피해 뒷걸음쳤다. 태양을 머리 위에 두고 그녀는 얼굴을 일그러뜨렸다.

"…나조차도 그렇게 생각했다는 거예요."

체사레가 다가가는 것을 멈추자 아델도 멈췄다. 그녀는 어느새 허벅지까지 바다에 잠겨 있었다.

"'아! 저 대단한 남자가 이렇게까지 하고 있네! 비록 답답하다고 램프를 던졌지만, 적어도 나한테 던지진 않았잖아! 그의 환경을 생각하면 이 정도 배려심도 훌륭하지!'"

 신랄해서 마음이 아팠다. 자신이 명백히 그러한 의도로 움직였던 적은 없다. 그러나 암중 배어 있었을 것이고, 아델의 말대로 누구도 그걸 지적하지 않았다. 그녀의 말대로, 그는 부오나파르테니까.

 아델이 돌연 침묵했다. 노란 눈이 슬프게 그를 응시했다.

 "…하지만 정말 그런가요? 당신의 신분을 제외하고도 그건 '훌륭한 배려심'인가요?"

 아닐 것이다. 그대로 바다에 빠져 버릴 듯한 여자를 두고 체사레는 떨리는 손을 내렸다. 더 듣지 않아도 알 수 있었다. 아델이 그를 떠나기로 마음먹었다는 것을. 그 얼마나 지독한 관계였는지.

 체사레는 자신의 오만을 단 한 번도 숨겨 본 적이 없었고, 이제 그 죗값을 받는 중이었다. 그러니 겸허히 받아들여야 할 텐데, 주제넘게도 그걸 인정할 수가 없어서. 아델 비비가 떠날 마음을 먹었다는 사실을 받아들일 수가 없어서. 그래서 그는 그 와중에도 약점을 보이지 않겠노라 한 손으로는 눈가를 덮고 입꼬리를 올렸다.

 "…그럼 내가 어떻게 해야 되는데."

 어차피 떠날 여자라면, 그는 더는 에둘러 말하고 싶지 않았다.

 "내가 너한테 좆같이 굴긴 했지. 인정해. 안 믿기겠지만 미안하기도 하고."

 말하고 난 뒤 체사레가 저 혼자 웃었다. 병신 같은 말이었다. 사과처럼 들리지도 않았다. 하지만 지금 이 순간, 그에게는 다른 무엇도 중요하지 않았다.

 "…그래서 내가 어떻게 하면 넌 날 안 떠날 건데?"

 대답은 들려오지 않았다. 체사레가 가렸던 손을 내리며 충혈된 눈으로 웃음을 터뜨렸다.

"좆같이 굴어서 미안하고, 네가 울고 있어서 짜증 나고, 그런데 울린 게 나라서 뭘 어떻게 할 수도 없고, 그런데 나는 이 상황에도 그냥, 네가 안 떠났으면 좋겠어."

잠시 숨을 멈춘 체사레가 재차 웃으며 얼굴을 일그러뜨렸다.

"미안."

"……."

"그런데 한 번만 용서해 주면 안 돼?"

피가 안 통할 정도로 꽉 쥔 주먹을 주머니에 꽂고, 눈을 부릅뜬 채 체사레가 말했다.

"내가 개새끼인 거 나도 알아. 이해하란 게 아니야. 고치겠다는 거지. 네가 날 사랑하지 않아도 내가 널 사랑하니까 괜찮아. 그러니까 그냥, 한 번만…."

한 번만 날 사랑해 주면 안….

"……."

그 순간 기어이 자제력이 끊어졌다. 체사레가 눈가를 가리고 고개를 돌렸다. 절망적이고 꼴불견이다. 그의 모든 말이 진심인데 제가 듣기에도 생떼처럼 들렸다. 기대가 무너지고, 아델이 없는 미래가 그에게 쏟아지고 있었다. 서러움이 밀려들었다. 뭘 더 어떻게 해야 하는지도 알 수 없었고, 그저 몸만 큰 소년처럼 쩔쩔매는 꼴이 수치스럽기만 했다.

"체사레, 모두가 그런 사랑을 받을 수 있는 건 아니야. 그런 일은 아무에게나 일어나지 않아."

조모가 옳았다. 그리 생각한 순간이었다.

"헛똑똑이 같으니."

물살을 가르는 소리와 함께, 연약한 팔이 그의 가슴을 감싸 안았다.

"지금 나는 당신이 그 정도로 나쁜 놈인데도 당신을 사랑하고 있다는 말을 하는 거예요."

아델이 그렇게 말한 순간, 체사레는 태엽이 다 돌아간 자동인형처럼 덜 걱거렸다. 그 가슴에 이마를 기댔다. 심장이 점점 빠르게 뛰고 있었다.

"…사랑한다고?"

거친 목소리가 머리 위에서 들려왔다.

"네."

"나를?"

"네."

"…왜?"

아델이 지그시 눈을 감았다.

"고칠 거라면서요."

체사레가 눈을 깜빡였다. 믿을 수 없다는 눈길이다.

"…그걸 믿어?"

말투는 좀 교정해야겠다.

"믿어요. 당신 그렇게 나쁜 사람 아닌 거 아니까."

다 그렇지 않던가. 어차피 완벽하게 선한 사람은 없다. 선해지려고 하는 사람만 있을 뿐이다. 그렇다면 아델은 햇볕 아래, 아니, 태양 그 자체인 남자를 택할 것이다. 적어도 그녀에게 손 내밀 줄 알고, 자신의 잘못을 시인할 줄 아는 남자를 말이다. 체사레가 한 손으로 그녀의 등을 끌어안았다. 조심스러운 동작으로 그녀를 떼어 냈다. 얼굴이 이상했다. 물고기가 네발로 걷는 걸 목격한 사람 같았다.

"…안 믿기는데. 그걸로 넘어가 준다고?"

"물론 이걸로 넘어가진 않겠죠. 당신이 또 개짓거리 하면 말도 없이 떠나 버릴 거니까."

"제발 그렇게 극단적인 말 좀 안 하면 안 되나? 꼭 그렇게 나 없이도 살 수 있다는 티를 내야겠어?"

"이게 마음에 안 든다면 지금 깔끔하게 작별하죠."

물론 그럴 각오도 하고 내뱉은 말이었다. 그는 부오나파르테의 가주니까. 그 말에 체사레는 갑자기 입을 일자로 꽉 다물었다. 눈가가 발갛게 물든 금빛 눈에 그늘이 졌다.

"…아델 비비, 이리 와 봐."

그는 그렇게 말하고서 아델을 바다에서 끌고 나왔다. 그리고 물보라가 겨우 닿는 모래사장에 앉아, 아델을 다리 사이에 놓고 부둥켜안았다. 잠시 그렇게 떠오르는 아침 해를 바라보고 있던 체사레가 말했다.

"우선… 미안하군."

"……."

"네 말이 맞아. 너를 사랑해서가 아니라, 사람으로서 사과하지."

아델이 대답 대신 체사레의 두툼한 어깨에 뺨을 기댔다. 체사레는 몇 번이고 그녀의 머리에 입을 맞췄다.

"하지만 아델 비비, 너도 그런 말은 안 했으면 좋겠어."

"네?"

"날 사랑한다며. 전혀 그렇게 안 보이지만 그러면 나와 작별하면 너도 티끌만큼은 힘들지 않겠어?"

"그렇겠죠."

티끌보다는 더 힘들 것이다. 우쭐해할 것 같아서 굳이 말하진 않았다. 체사레는 그보다 더 단호할 수 없게, 그러나 나긋하게 말했다.

"아델 비비, 여긴 기모라가 아니야. 세상엔 꼭 선택지가 두 개만 있는 것도 아니고."

이어진 말에 아델이 멈칫했다.

"너는 너무 만사에 비장해. 좋든가 싫든가, 살든가 죽든가, 떠나든가 참든가. 앞으로는 그 사이에 선택지 하나를 더 만드는 거야. 더 속상해지기 전에 체사레에게 투덜댄다."

"…그러다 싸우면요."

"그럼 싸우는 거지. 싸운다고 끝이야? 잔인한 여자 같으니. 좀 토라졌다가 다시 안아 줄 순 없나?"

"내가 안아야 하나요?"

"나는 분명 옆에서 똥개처럼 빌고 있을 테니까 네가 안아 줘야지."

…헛웃음이 나왔다. 아델이 말없이 정면을 보았다. 아침 햇살이 정통으로 얼굴을 때려 눈이 부셨다.

햇살 같은 말이다. 가난하니까. 잘못된 선택을 돌이킬 기회 따윈 없었다. 매사에 신중해야 했다. 그런데 이 남자는 지금 그녀에게 수많은 기회가 있음을 예고하고 있었다.

"……."

체사레의 어깨에 얼굴을 묻자 그가 부드럽게 머리카락을 매만져왔다.

"사람이잖아. 실수도 하고 잘못도 하는 거 아닌가? 그때마다 그렇게 비장해질 거야?"

"그렇게 살아왔는데요."

"안 그랬으면 좋겠군."

아이 어르듯 몸을 감싼 손이 어깨를 토닥였다.

"너무 애쓸 필요 없어."

05. Nessun dorma

"……."

뭔가가 속에서 울컥했다. 기이하게도 자존심은 상하지 않았다.

"당신이 나를 더는 사랑하지 않게 되면요?"

"그럴 일은 없어. 그러니까 그냥 날 떠나지만 않으면 돼."

"아직 당신이 미워요."

"욕을 해. 신랄하게. 잘하잖아?"

아델이 웃음을 터뜨렸다. 그러다 터져 나오는 눈물방울에 입과 턱에 힘을 주었다. 체사레가 그런 그녀를 뒤에서 힘있게 끌어안았다.

"그리고 역시 난 네가 울면 기분이 더러워."

모난 말투에 서린 애정이 뜨겁고 무겁다. 아델이 점차 목놓아 울기 시작했다. 하늘 높은 줄 모르는 남자의 말에 위로받는 자신이 우스웠다. 하지만 그런 남자이기에 할 수 있는 말이었다. 그가 무심결에, 아무렇지도 않게 건네는 여유가 아델이 평생을 바라던 것이어서.

"…나는 사실 욕심이 많아요."

평평 울던 아델이 몸을 홱 돌렸다. 무릎으로 몸을 세운 채, 체사레의 어깨에 손을 얹었다.

"자존심도 강하고 고집도 세요. 사랑한다는 이유만으로는 당신의 오만을 참아 줄 수 없을 정도로요."

눈을 부릅뜨고, 이를 갈며 말한다. 결코 사랑을 고백하는 여자의 모습이 아니다. 하지만 자신도 그도 그런 사람이다. 가지지 못한 것이 서러워 자존심을 세워 버텨 냈다. 서로를 이해할 수밖에 없다. 미상불 체사레는 태양처럼 빛나는 눈으로 그녀를 올려다보다가 말했다.

"하지만 떠나지 않을 거지?"

"당신의 모든 걸 내게 준다면."

"흠, 나만 좋은 제안 같은데. 교섭엔 소질이 없으시군."

"내가 당신에 대한 미움을 잊고 당신이 주는 사랑만 느낄 수 있게 해 줘요."

그 말에 체사레가 멈칫했다. 그의 두 눈이 별의 마지막 모습처럼 황홀하게 불타오르는 듯했다. 체사레는 갑자기 품을 더듬기 시작했다. 곧 잘생긴 콧날 위로 맵시 있는 주름이 졌다.

"…또 놓고 왔어."

한숨과 함께 체사레가 시가 케이스를 꺼냈다. 반드르르한 은빛 상자를 열자 피아노 건반처럼 가지런히 놓인 시가들이 모습을 드러냈다. 그는 시가 한 개비를 꺼내 거기에 감긴 원통형의 종이 레이블을 조심스레 빼냈다. 그리고 아직 영문을 모르는 아델의 왼손을 가져와 들었다. 그제야 아델이 한쪽 눈썹을 끌어 올렸다. 설마.

"어쨌든 약지에 끼울 수만 있으면 반지야."

무슨 논리야. 아델이 울다 말고 헛웃음을 흘렸다.

"들어 봐. 내가 반지 챙기러 가면 분명 아델 비비는 또 어디론가 사라져 있을 거란 말이지."

"그날 그랬어요?"

고개를 끄덕인 체사레가 아델의 손가락을 꾹 잡았다.

"난생처음으로…."

"……."

"죽고 싶다는 게 뭔지 알 것 같더라고."

무거운 말과 쓸쓸해 보이는 표정이었다. 말문이 막힌 아델을 보고 체사레가 이내 웃음을 터뜨렸다.

"하지만 이젠 내 옆에 있잖아."

휘어진 눈 아래로 눈물주머니가 봉긋 솟아오르고 눈물점이 사르르 떨렸다. 아델이 본 그 어떤 미소보다 아름다운 모습이었다. 이윽고 마디진 손가락이 아델의 약지를 훑었다. 아몬드 향기가 나는 종이 반지가 손톱 끝에 와닿는다.

"나는 아델 비비를 나의 배우자로 맞이하여."

체사레는 머리카락이 흘러내려 속눈썹을 건드리는데도 전혀 아랑곳하지 않고 아델의 약지만을 쳐다보았다.

"기쁠 때나 괴로울 때나, 건강할 때나… 아플 때나."

그의 목소리가 조금 쉬고, 가끔 목이 메는 것을 아델은 모른 척했다.

"…항상 당신에게 충실하고, 평생 당신만을 사랑하고 존경할 것을 맹세합니다."

맹세를 마친 체사레가 고개를 들었다. 매력적인 큰 입을 끌어당겨 쌕 웃는 모습이었으나 눈은 떨리고 있었다. 이 와중에도 혹시 거절당할까 긴장한 모습이 귀여워서 아델이 웃음을 터뜨렸다.

"맹세합니다."

"……."

체사레는 갑자기 눈썹을 찡그리며 눈에 힘을 주었다. 그대로 숨을 고르고 한참 뒤에야 아델의 약지에 시가 레이블을 밀어 넣었다. 덩치는 말만 한 남자가 심각한 얼굴로 종이가 구겨지지 않게 애쓰는 모습에 아델은 다시 한번 웃었다.

마침내 네 번째 손가락에 빨간 시가 레이블이 끼워졌다. 어쩐지 우습고, 재밌고, 이 남자는 청혼도 이렇게나 비범하구나 싶어 아델은 연신 웃기만 했다. 그걸 어찌 해석했는지 체사레가 볼멘소리를 했다.

"자존심 상하는군. 돌아가면 제대로 된 게 있을 거야."

"이것도 좋은데요."

"맞아, 생각보다 나쁘지 않을걸. 이제 손가락에서 아몬드 향기가 날 거라고."

"손가락에서 아몬드 향기가 나면 뭐가 좋은데요."

"혼자 즐거울 때도 나랑 즐기는 느낌일 거 아냐."

아델이 진심을 담아 체사레의 정강이를 발로 찼다. 체사레는 눈살을 찌푸리며 얕게 신음했고, 억울한 듯이 눈을 마주쳐 왔고, 그다음엔 누가 먼저랄 것도 없이 입술이 마주쳤다. 웃음소리와 함께였다.

"오늘만큼은 제발 잘 풀렸으면 좋겠는데 말입니다."

마차에 앉은 지지가 중얼거렸다. 건너편에는 두건으로 얼굴이 가려진 채 손발이 묶인 클라리체가 앉아 있었다. 별로 대답을 바라고 한 말은 아니었기에 지지는 무성의하게 말을 이었다.

"그거 압니까? 단주님은 생각보다 자비롭습니다. 한 번 실수했다고 팽하지도 않죠. 나 같으면 플라비아 로레단도 다시 쓰지 않았을 텐데, 참 보기보다 무른 사람이라니까."

클라리체가 두건 너머에서 이를 딱딱거렸다.

"제발… 제발 살려 주세요…. 제가 잘못했으니까…."

"기회를 줄 때 잘했어야죠. 걷어찬 건 당신입니다."

"제발요. 뭐든 할게요. 자라면 잘게요. 제발…."

"에이, 너무 겁먹었다. 걱정하지 마십쇼. 어떻게 안 할 거니까."

"……?"

클라리체가 고개를 들었다.

"우리 단주님이 싸가지는 없는데 확실히 도련님이거든요. 마음에 안 들어도 웬만하면 상어 밥으로 끝내거든."

지지가 킬킬 웃었다.

"근데 난 그걸로는 만족 못 하지. 기모라 사람들이 그렇잖아요? 복수할 거면 제대로 해야지."

"…당신 기모라 출신이야?"

클라리체의 얼굴이 순식간에 하얗게 질렸다. 그녀는 이전까지와는 다르게 더 거세게 저항하기 시작했다.

"살려 주세요! 제발요! 한 번만 더…!"

그런 클라리체를 지지는 무정한 눈으로 내려다보았다.

"부오나파르테는 당신한테 손끝 하나 대지 않을 겁니다. 다만 당신을 원래 당신이 있던 자리로 돌려놓을 뿐이죠."

"거기로 돌아가면 난 죽어!"

클라리체가 절규했다. 지지는 우렁찬 웃음을 터뜨렸다.

"맞아요. 당신이 그 작당에 끼어든 지가 지금 한 달이 넘었으니까, 보호비가 지금쯤, 꽤?"

그 순간 마차가 멈췄다. 클라리체는 거위처럼 울부짖었고, 지지가 그런 클라리체의 뒷덜미를 붙잡고서 마차 문을 열었다.

"나도 웬만하면 동향 출신은 봐주고 싶은데, 그것도 아델 씨처럼 열심히나 해야 그러고 싶은 거지."

지지는 킬킬 웃으며 클라리체를 거리로 내던졌다.

"아아악!"

"가난 좆같은 거 나도 알지. 근데 그렇다고 인성까지 좆같진 말았어야죠."

"아아아아악! 살려 줘, 제발! 이, 이거라도 풀어 줘!"

마차 문이 닫히고, 마차가 다시 출발했다. 울부짖으며 바닥에서 꿈틀거리는 클라리체의 귓가에 걸걸한 목소리가 들려왔다.

"클라리체, 오랜만이네?"

"……!"

도박장을 관리하며 '보호비'를 수금하는 조장의 목소리였다. 클라리체의 세상이 끝나는 소리이기도 했다.

Celeste Aida

청아한 아이다

(베르디의 오페라 『Aida 아이다』 중)

Celeste Aida, forma divina
Mistico raggio di luce e fior
Del mio pensiero tu sei regina
Tu di mia vita sei lo splendor

거룩한 아이다, 신성한 그 모습
빛과 꽃의 신비한 광선
그대는 내 생각을 관장하는 여왕
그대는 내 목숨의 눈부신 빛

Il tuo bel cielo vorrei ridarti,
Le dolci brezze del patrio suol;
Un regal serto sul crin posarti,
Ergerti un trono vicino al sol

그대 고향 땅의 아름다운 하늘,
조상 땅의 부드러운 미풍을 돌려주고 싶소
왕가의 화관을 그대 머리에 얹고
태양 곁에 옥좌를 마련해 주고 싶소

Un trono vicino al sol,
Un trono vicino al sol!

태양 곁에 옥좌를
태양 곁에 옥좌를!

아델은 햇살에 잠에서 깼다. 바스락거리는 하얀 이불과 선선한 공기와 황금 비늘 같은 빛줄기. 등 뒤에는 체사레가 누워 있었다. 굵은 팔이 허리를 끌어안은 채였다.

'그대로 했지, 참.'

포르토 니로의 더러운 해변에서의 고백. 이후 체사레가 그녀를 안아 부오나파르테 저택까지 데려왔다. 남의 손을 빌리지 않고 몸을 씻겨 주었고, 은근슬쩍 네 번째 손가락에 블루 다이아몬드 반지를 끼워 넣었다.

반지를 내려다보던 두 쌍의 눈이 허공에서 마주쳤다. 누가 먼저랄 것도 없이 서로의 몸을 끌어안았다. 모자란 공백을 맞추듯 다급했다. 체사레는 처음과 달리 다소 난폭했다.

"…젠장."

혀를 차며 움직임을 멈췄다가, 재차 치받았다. 남자는 위에서 그녀를 내려다보며 땀을 흘리다가도 갑작스레 몰아붙이듯 키스했다. 아델은 열락 속에서 그가 하는 대로 몸을 맡길 뿐이었다.

'엄청 깨물었던 것 같은데….'

몸을 살피려 팔을 든 순간이었다. 굵은 팔이 사이로 쑥 들어오더니 위쪽을 더듬기 시작했다.

"뭐 하는 거예요."

"잘 있나 보려고."

체사레가 잠에서 덜 깬 목소리로 중얼거렸다.

"내내 이 큰 걸 달고 다니면 안 무겁나 싶었지…."

"당신도 만만찮게 크거든요."

"그래서 내가 자주 의자에 앉잖아."

"그 부위가 아니…. 참나."

아델이 기가 막혀 하는 동안 체사레가 어깨에 얼굴을 묻었다.

"일어나기 싫다."

나른하게 웅얼거리는 목소리의 색채가 따스했다. 몸을 돌려 얼굴을 보자 긴 속눈썹 그늘에 가려진 황금빛 눈이 좁은 틈으로 흐릿하게 보였다.

'새삼 정말 잘생겼네.'

아델이 저도 모르게 살짝 웃었다.

"그래도 일어나야죠. 지지가 기다릴 텐데. 다른 사람들한테 설명도 해야 하고."

"해야지…."

말은 긍정인데 몸은 아델을 꽉 끌어안고 재차 이불 속으로 파고들었다. 어젯밤의 그 남자라고는 상상도 가지 않는 어리광이다.

"빨리 애 키워서 은퇴해야겠어…."

남자가 한술 더 떠서 중얼거렸다.

"낳는 건 난데요."

"넌 낳지 마."

"어디서 낳아 오게요."

체사레가 질린다는 듯이 아델의 머리를 끌어안았다.

"내가 낳아 오긴 어디서 낳아 와? 입양한다는 뜻이지. 애 낳다가 죽는 일도 있는데 임신하게 둘 것 같아?"

그럼 저번에도 그런 의미였던 걸까…. 정말 오해받기 좋은 말투로 말하는 남자다. 아델이 픽 웃으며 체사레의 가슴을 밀어냈다.

"그만 일어나요."

"이대로가 좋은데."

"배고파요."

"그건 안 되지."

아득바득 침대에서 뭉개고 있던 체사레가 벌떡 몸을 일으켰다. 시트가 흘러내리자 근육질의 맨몸이 드러났다.

"카푸치노?"

"카푸치노."

체사레는 아델의 뺨에 가볍게 입 맞춘 뒤, 매끈한 나신을 뽐내듯 하며 토일레트 룸으로 향했다. 정말 남사스럽다.

"옷 좀 입을래요?"

"난 하나만 입고 자."

"그럼 그걸 입어요."

"아침부터 향수는 좀 그렇지?"

어떻게 저렇게 말끝마다 교태투성이지…. 아델이 바람 빠지는 소리를 냈다.

곧 토일레트 룸에서 작은 종소리가 났다. 체사레가 제인과 올리버를 부르는 소리다. 사람이 움직이는 작고 귀여운 소리를 들으며 아델은 다시 이불 위에 누웠다. 사각거리는 이불에서 체사레의 향기가 났다.

"…델?"

스르르 눈이 감겼다. 나직한 웃음소리와 함께 뺨이 지그시 눌렸다.

"…랑해."

06. Celeste Aida

여름으로 향하는 계절의 길목이 시작되고 있었다.

※

체사레와 함께 내궁의 응접실로 나가자 로완과 카타리나, 에포니가 있었다.

"아델!"

로완의 품에 안겨 있던 카타리나가 아델을 발견하자마자 달려왔다.

"오, 애야, 네게 무슨 일이 있는 줄로만 알았단다!"

"걱정 끼쳐서 죄송합니다."

"별일은 없는 거지? 에기르 군이 그럴 줄이야."

카타리나는 착잡한 얼굴이었다. 그 뒤로 안색이 창백한 에포니가 다가왔다.

"아델 님, 다치신 곳은 없으십니까?"

"없어. 괜찮아."

에포니가 떨리는 안도의 숨을 내쉬었다.

"저, 에기르는…."

"오르퀘니나로 갔어."

답한 것은 체사레였다. 산뜻한 표정을 하고 있었지만 눈빛이 매서웠다.

"더는 산트나르에 있을 생각은 안 하는 게 좋고."

얼핏 매정한 말에도 에포니는 감격한 듯이 고개를 숙였다.

"감사합니다, 도련님…. 평생에 걸쳐 갚겠습니다. 아델 님을 모시게 해 주십시오."

그 말을 들으며 아델에게는 아주 갑작스러운 깨달음이 찾아왔다.

'그러고 보면 체사레는 에바랑 사이가 좋지 않으면서도 그녀에게 물렀지….'

 방향이 잘못됐더라도, 완벽하게 자신이 바라는 게 아니더라도 어쨌든 애정은 애정. 그래서 에바의 명령에 충실했고, 에포니의 아들을 죽이지 못했다. 알면 알수록 이보다 더 순일한 남자가 없다. 체사레를 빤히 올려다보자 그가 한쪽 눈썹을 끌어 올렸다.

 "왜? 에포니가 마음에 안 드나?"

 "아뇨, 당신이 좀 귀여워서요."

 그 말에 체사레가 눈 뜨고 못 봐줄 정도로 으스대며 웃었다.

 "귀여우면 끝난 거라던데 어쩌나? 이제 나한테 껌뻑 죽겠어."

 "그러게요."

 부정하지 않자 체사레가 도리어 당황했다. 딴청을 부리기 시작하는 그를 두고 아델이 에포니의 손을 잡았다.

 "잘 부탁해."

 "그래서 얘들아, 연애하는 거 보면 일은 잘 풀린 거지?"

 카타리나가 슬쩍 끼어들었다. 정신을 차린 체사레가 아델의 어깨를 끌어안으며 말했다.

 "결혼할 건데 반대하실 거면 지금 나가 주셨으면 합니다."

 "네가 내게 그렇게 말해도 될까?"

 카타리나가 괘씸하다는 듯이 말했다.

 "곧 결혼할 텐데, 부인들 손 없이 아델을 제대로 챙겨 줄 수나 있겠어? 에포니로는 부족할걸?"

 체사레가 멈칫하더니, 일말의 망설임도 없이 살짝 고개를 굽혔다.

 "부탁드립니다."

"…재미없어라. 꼭 우리 그이가 젊을 때 같네. 그렇죠, 로완?"

"부오나파르테니까요, 부인."

아델과 모두에게 다정한 눈빛만 보내던 로완이 그제야 입을 열었다. 그는 근사하게 주름진 얼굴로 빙긋이 웃으며 체사레에게 말했다.

"결혼 축하한다. 포르나티에서 할 거니?"

"아델 뜻대로 할 생각입니다."

"그렇겠지."

로완이 만족스럽다는 듯이 웃었다. 체사레도 픽 웃었다. 이상한 부자의 이상한 대화였다. 아델의 생각을 눈치챘는지 카타리나는 까르르 웃었다.

"부오나파르테가 원래 그래. 그보다 에바 부인에게 편지를 써야겠는걸. 포르나티에서 추방되신 김에 아도르의 별장에서 지내시기로 했단다."

"아, 부인께 저도 전할 말씀이 있어요."

"같이 쓰러 갈까? 부오나파르테 부인으로서 앞으로 해야 할 일도 있을 테니 가르쳐 줄 겸."

체사레가 약간 못마땅한 듯이 끼어들었다.

"아델은 그런 거 안 해도…."

"하고 싶어요."

"예산을 따로 마련해 주지."

말 한마디에 태도를 바꾸는 남자의 모습에 모두가 웃어 버렸다.

> 결혼 축하해. 너희라면 잘 이겨 낼 거라고 믿고 있었어. 에기르 군을 잘 달래 준 것도 고마워. 가장 현명한 해결책이었던 것 같구나.
> 나는 아도르에서 잘 지내고 있단다. 시뇨리아에서 포르나티에 추방 정도로 편의를 봐준 덕이지. 너희 결혼식에 참석할 수 있다면 좋겠지만, 포르나티에서 많은 사람의 축복을 받으며 결혼하길 바라.

에바의 편지를 읽어 내리는 아델의 귓가에 노크 소리가 났다.

"에바 부인이니?"

고개를 들자 카타리나가 방으로 들어서고 있었다.

"네, 산책은 끝나셨나요?"

"그래, 가자꾸나."

로완과의 산책이 개운했는지 카타리나가 환하게 웃으며 말했다.

부오나파르테에 돌아온 이후 아델은 계속해서 카타리나에게 가르침을 받았다. 사용인들의 인사를 받고, 서열을 배우고, 모든 방을 점검했다. 그간 들어가지 못했던 지하 감옥이나 해저 금고까지도.

"네가 바깥일을 하고 싶다면 그렇게 하렴. 하지만 너는 활동적인 걸 좋아할 성격으로 보이진 않으니 가문을 돌보는 게 맞을지도 모르겠구나."

포르나티에는 여름이 이르다. 코앞으로 닥쳐온 사교 시즌을 맞이해 카타리나는 수십 권의 카탈로그를 주문했다.

"부오나파르테는 전 대륙의 유행을 주도한단다. 당연히 시즌마다 새로운 양식을 창조해 내야 하지. 분기별로 카탈로그를 받아서 실내 장식을 바꾸렴. 이번에는 내가 도와주마."

두꺼운 책을 쌓아 놓고 옷감과 장식, 레이스, 뜨개 단추와 최신식 날염 패턴에 관해 공부했다. 공부는 좋아한다. 정신은 없어도 무언가를 배운다는 것 자체가 기뻤다.

일을 마칠 때쯤엔 늘 체사레가 찾아왔다.

"가주인 나보다 바쁜 건 문제가 있어."

계절이 따뜻해져 반쯤 가슴을 드러낸 셔츠 바람으로 돌아온 그가 못마땅한 듯이 웃었다.

"그래도 재밌어요."

"……."

아델이 그리 대답하면 체사레는 그녀를 물끄러미 내려다보다, 은근슬쩍 사람이 없는 방으로 끌고 가려 들었다. 아델은 지나치게 건강한 예비 남편을 피하는 기술이 늘었다.

어느 날은 지지와 함께 부오나파르테 당주와 그 부인에게만 전해지는 기밀 사항을 전달받았다.

"저쪽 외곽에 붙은 건물이 비밀 수행원들이 사용하는 건물입니다. 전통적으로 비밀 수행원들은 코메디아 델라르테의 역할을 하나씩 맡는데 각각 이름이 아를레키노, 풀치넬라, 도토레…."

그때 건물에서 누군가가 인기척도 없이 나왔다. 남자의 얼굴을 살핀 아델이 깜짝 놀랐다.

'루크레치아의 시종 기사?'

잿빛 머리카락에 무거운 인상. 간편한 평상복을 입고 자세가 바른 남자가 아델에게 꾸벅 인사했다. 그는 지지와 눈인사하고는 아무렇지도 않게 걸어가기 시작했다. 어안이 벙벙한 아델을 두고 지지가 태연하게 말했다.

"은퇴한 '아를레키노'입니다. 그는 최근 장기 임무 하나를 끝내서 이제 노모를 모시고 시골에서 편히 살 예정입니다."

"루크레치아의 시종 기사 아니었어?"

"그랬죠?"

아델의 얼굴이 묘해졌다. 생각해 보면 체사레가 솔라레에 도착한 시점이 너무 일렀다.

"…내가 솔라레에 있다는 걸 알려 준 게 아를 경이었구나."

지지가 멈칫했다. 아델은 계속해서 중얼거렸다.

"루크레치아의 상황을 염탐 중이었다는 건, 내 신분을 폭로하려는 계획을 체사레도 미리 알고 있었다는…."

"하하!"

급기야 지지가 어색한 휘파람을 불기 시작했다. 아델은 기가 차서 웃어 버렸다.

"클라리체가 루크레치아에게 붙은 것도 둘은 이미 알고 있었지?"

지지가 결국 어깨를 으쓱했다.

"제가 왜 단주님이 아델 님을 좋아한다고 확신했겠습니까?"

…어쩐지 클라리체의 동향을 눈치 못 챈 게 이상하더라니. 불신의 눈길을 보내자 지지가 머쓱하게 뒤통수를 긁었다.

"노파심에 말씀드리는데, 기분 나빠 하실 일은 아닙니다. 단주님도 구체적인 계획을 세우고 클라리체 양을 살려 두신 건 아니거든요. 처음엔 죽이려고도 하셨다니까요? 제가 말렸지만.”

지지의 말에 도리어 아델이 한쪽 눈썹을 끌어 올렸다.

“일부러 살린 거잖아.”

“예?”

“그러고 보면 지지는 초반부터 내가 체사레와 이어지길 바랐지. 내 신분을 폭로할 사람이 필요해서 클라리체를 살린 거 아니야?”

“……”

자칭 천재 보좌관 지지가 말없이 씩 웃었다. 아델은 혀를 내둘렀다.

“부오나파르테에서 제일 무서운 사람은 지지인 게 분명해.”

“과분한 말씀을.”

야회가 열렸다. 아델의 사교계 기반을 마련하기 위한 자리였다. 부오나파르테 외궁의 정원을 조명으로 화려하게 밝히고 때 이른 장미꽃과 수국, 물매화를 장식했다. 성의 없는 듯 보여도 잘 계산된 위치에 놓인 장의자 하나를 차지하고 앉아, 체사레는 야회 내내 시가를 피웠다.

“태도하고는.”

어느샌가 쥬드 로시가 웃으며 다가와 옆 의자에 앉았다. 오랜 친구는 스푸만테 잔을 홀짝이며 인파를 둘러보았다.

“아름다운 예비 부인이 사람들한테 인기가 많으면 기뻐해야지. 너무 불만스러운 티를 내는군!”

쥬드의 지적에 체사레가 몇 개비째인지 기억도 나지 않는 시가를 물었다. 태연한 척하지만 시선은 아델에게로 이끌려 들어갔다. 아델 비비는 주느비에브 말라테스타, 오틸리에 네무르와 함께 사람들과 이야기를 나누는 중이었다. 수많은 사람 중에서도 아델이 단연 아름다웠다.

"아가씨가 참 보기 좋군."

"보지 마. 닳아."

"그럴 거였으면 꼭꼭 숨겨 놨어야지."

"누군들 안 그러고 싶은 줄 아나."

체사레가 시가를 깊게 빨아들였다. 몇 번째인지도 모를 시가처럼 몇 번째인지 모를 사내 한 명이 또다시 아델에게 다가서고 있었다. 이번 사내는 때깔이 그럭저럭 좋았다. 그는 정중하게 아델의 손등에 입을 맞추었다. 순간 움찔한 체사레의 귓가에 쥬드의 목소리가 들렸다.

"체사레, 부인의 사교 활동을 방해하면 안 되지."

"알아."

짜증스레 대답한 체사레가 일어나려다 말고 도로 자리에 앉았다. 산트나르에서 남편은 부인의 사교를 방해해서는 안 된다. 도리어 그녀들의 사교 활동을 적극적으로 지원하는 것이 남편의 미덕이다. 알지. 아는데. 마음을 다스리기 무섭게 또 한 명의 사내가 아델에게 접근했다. 체사레가 인상을 찌푸렸다.

"누구야?"

"나누친 쪽 오리존 아카데미 유학생이라고 하더군. 자네가 초대한 거 아닌가?"

"이번 초대장은 어머니가 발송했어."

일부러 젊은 사내들을 잔뜩 초대한 게 틀림없었다. 그것도 포르나티에에 연고가 없는 이로만.

"딸 같은 아이가 아랫도리 함부로 놀리고 다니던 놈과 결혼한다는데 가만둘 수 있겠니? 세상에 좋은 남자가 얼마나 많은데."

짓궂게 말하던 카타리나의 모습이 떠올랐다. '아랫도리 함부로 놀리고 다니던 놈'이라는 호칭에는 할 말도 없었다. 그렇게 말한 카타리나 쪽이 더 적극적으로 결혼식을 준비해 주고 있으니 장난이란 것은 안다. 그러나 그 장난조차 불안했다. 그녀를 사랑하고 그녀가 자신을 사랑하는 것과 별개로 그가 아델에게 지은 죄는 여전히 남아 있다.

아델 역시도 완벽하게 그것을 용서하지는 않았다. 말하지 않아도 느낄 수 있었다. 자신이 뭔가 잘못하는 순간, 아델은 그대로 마음을 접고 떠나리란 것을. 그녀의 고고함은 인간이 매어 둘 수 없다. 더는 아델 비비 없이 살 수 없는 자신과 달리.

지금 이 순간에마저 그녀에게서 눈을 떼지 못하는 자신과 다르게 아델은 사내에게 비쥬를 받으며 은근한 미소만 지을 뿐이었다. 그녀가 들리지 않는 뭔가를 속삭이자 젊은 유학생의 눈이 열망으로 뜨거워졌다. 다행히 체사레가 정말로 자리에서 일어나기 전에 주느비에브 말라테스타가 사내를 쫓아냈다.

"그보다 자네, 에즈라 소식은 들었나?"

"들었지."

에즈라는 결국 제대로 된 반항 한번 못 하고 라디치아 부인과 혼인했다. 짓궂은 포르나티에 사교계 사람들이 한 건 했다고 볼 수 있었다.

"라디치아 부인을 보살펴 주시겠다니! 역시 에즈라 경이에요. 아니, 이제 델라 발레 공이시죠?"

"정말이지 신사의 귀감이라니까요? 호호."

"그런 듯한 인품이군요. 존경받아 마땅한 분입니다. 필시 델라 발레도 얼마 안 있어 다시 부흥하겠지요."

체면을 중시하는 에즈라는 그리 부추기는 달콤한 말들을 외면할 수 없었다. 제 발로 나락으로 기어 들어간 것이다. 그는 이제 진흙탕에 직접 발을 담그는 수밖에 없었다.

"나중에 아델에게 알려 줘야겠군."

기분이 좋아진 체사레에게 쥬드가 말했다.

"사실 최근에 에즈라를 만났다네. 아가씨에 관해 묻던데?"

좋던 기분이 그대로 추락했다.

"아델에 관해?"

"혹 아가씨가 치치스베오를 구하거든 말해 줄 수 없겠냐고 하더군."

"하."

체사레가 저도 모르게 소리를 높여 코웃음 쳤다.

"설마하니 아델의 치치스베오가 되어서 돈이라도 타 보겠다는 건가."

"그렇지 않을까?"

쥬드가 남 일이라는 듯이 싱글싱글 웃었다.

"그래서 어떨 것 같아?"

"뭐가."

"부인에게 치치스베오나 브라치에레를 붙여 드리는 건 남편의 미덕이야. 만에 하나 아가씨가 정말로 에즈라를 치치스베오로 두고 싶어 할 수도 있잖나."

"아델이 그런 미친 짓을 한다고?"

"싫은 만큼 무릎 꿇리고 싶을 수도 있지. 자네에게 그랬듯이."

체사레가 멈칫했다가 시가를 물었다.

"아델은 그런 가학적인 성향은 없어."

"모르는 거야, 체사레. 모르는 거라고. 피학은 가학과 닿아 있는 법 아니겠나?"

"피학은 또 어디서 나온 헛소리야?"

"자네 옆에 남기로 결정했으면 그게 피학이지."

"……."

반박할 계제가 아니었다.

"그래서 그게 마음에 안 드나 보지?"

체사레가 짜증스럽게 말하자 쥬드가 빙그레 웃었다. 녹색 눈빛은 장난스럽지만 부드러웠다.

"그럴 리가. 난 누구보다 자네를 응원하는걸. 사랑하는 사람과 함께할 수 있다면 그만한 기쁨이 세상에 어디 있겠나?"

두 사람은 잠시 말없이 정원에 펼쳐진 부유한 웃음과 기름진 대화를 감상했다. 체사레가 조용히 물었다.

"요즘도 실비아의 묘에 가나?"

"늦봄이니까. 온갖 꽃이 제철이거든."

쥬드가 한 점 부끄러움 없이 애틋하게 말했다. 봄꽃이 제철이라고 말하는 남자는 여름에는 여름꽃을 가지고, 겨울에는 정원에서 고이 기른 꽃을 가지고 실비아의 묘에 갈 것이다. 아델이 죽는다면 저 역시 그리했을 줄을 알아, 체사레는 그저 눈썹 뼈만 매만졌다.

"그래도 오틸리에 네무르에게는 처신 똑바로 해."

"자네나 제대로 하게. 내가 보니까 아가씨 강단이 보통이 아니야. 자네가 전처럼 뻗댔다간 자존심 세워 보기도 전에 차일걸."

체사레는 가타부타 대답 없이 인파 속의 아델을 쳐다보았다. 진주처럼 하얀 치아와 밤의 촛불처럼 빛나는 두 눈이 인파 속에서도 반짝였다. 그녀는 어디에서든 그물 속의 인어처럼 눈에 띈다. 주변의 사내들은 이미 맛이 가 있었다. 주느비에브 말라테스타가 쳐 내는 것도 더는 역부족이었다. 체사레가 자리에서 일어났다.

"세울 자존심도 없지, 이젠."

"아무래도 명반 광산이…."
"아델."

초대객과 함께 이야기를 나누고 있던 아델의 귀에 낮은 목소리가 들려왔다. 고개를 돌리자 체사레가 심드렁한 얼굴로 서 있었다. 자세는 삐딱하고 손은 주머니에 넣은 채다.

'기분이 별로 안 좋아 보이네.'

왜일까. 그는 파티를 좋아하는 것으로 알고 있는데. 멍하니 서 있다 눈이 마주쳤다. 체사레는 눈썹을 꿈틀하더니 진한 미소를 지었다.

"이야기 중이야?"

고막이 녹아 흐를 정도로 달콤한 목소리였다. 체사레가 능숙하게 사람들 사이를 가로질러 아델의 어깨를 끌어당겼다. 품에서 아몬드 향기가 났다.

"체사레?"

오늘은 사교계 기반을 넓히라며 맘껏 놀아 보라고 하더니. 그때 주변에 몰려들어 있던 초대객 중 아카데미 유학생이라던 남자가 애매한 얼굴로 물었다.

"실례지만 부오나파르테 공과는 어떤 관계이신…?"

"몰랐나 보군. 곧 결혼할 거야."

체사레가 의외로 산뜻하게 답하며 아델의 뺨에 입 맞추었다. 투기 같은 건 느껴지지 않았다.

'본인이 좀 놀아 본 사람이라 그런가.'

어쩐지 좀 묘한 기분이다. 뺨을 매만지고 있으려니 대화 중이던 사람들이 부리나케 자리를 떴다.

"하하…. 이거 실례했습니다…."

그 모습을 지켜보며 로시 부인인 오틸리에 네무르가 중얼거렸다.

"남자들의 서열 문화란."

하지만 제가 남자여도 체사레 옆에 서고 싶진 않을 것이다. 장대한 어깨에 쭉 뻗은 팔다리, 종마 같은 허벅지와 상큼 솟은 콧대. 날 때부터 쥐고 태어난 권세 때문이 아니더라도 그는 우월하다. 체사레는 아델의 시선을 눈치채고는 까닭 모르게 눈썹을 꿈틀거렸다. 그러더니 아델 옆에 선 주느비에브에게 말했다.

"여신의 안녕을."

눈꼬리가 예쁘게 접히는 눈웃음과 함께였다. 주느비에브는 순식간에 마음의 성이 함락당한 듯했다.

"여, 여, 여신의 안녕을!"

지켜보던 아델은 묘한 얼굴을 했다. 원래의 체사레라면 말라테스타 가문은 무시했을 것 같은데….

"그래도 되니까."

그 나름대로 신경을 쓰고 있기는 한 모양이다. 체사레가 아델을 흘끗하더니 말을 더했다.

"주느비에브 양, 사는 덴 지장 없나?"

"…예?"

…말본새는 여전하지만.

"나중에 말라테스타 공과 사업 이야기를 나누고 싶은데 자리 좀 마련해 주지."

"네, 네?"

"뇌물이야, 내 부인하고 잘 지내 달라는."

체사레가 관능적인 미소를 흘렸다. 그 미소에 주느비에브는 도리어 눈을 동그랗게 떴다가 또박또박 말했다.

"주느비에브에게 좋은 제안 주서서 감사해요! 하지만 뇌물이라면 괜찮습니다! 그런 게 아니어도 아델 양과는 친하게 지내고 싶으니까요!"

당차게 말한 주느비에브가 체사레를 두고 아델의 눈치를 보았다.

"그, 그렇죠. 아델 양?"

아델이 픽 웃으며 주느비에브의 손을 잡았다.

"그럼요."

체사레가 한심한 결정이라는 듯이 한쪽 눈썹을 끌어 올렸지만, 그거야말로 주느비에브의 평가가 올라가고 있다는 신호였다.

"꼭 그러고 싶다면야 말리진 않겠지만."

"헤헤."

주느비에브는 그저 귀엽게 웃었다. 체사레는 아마 정말로 말라테스타와 관계를 틀 것이다. 변변찮은 가문 출신이라며 이번 야회에서도 쉽게 무시당하던 주느비에브의 모습이 떠올랐다.

'잘됐어.'

미소 짓던 아델이 곧 체사레를 쳐다보았다.

'그런데 웬일이지. 기분이 좋아 보이진 않았는데.'

빤히 보고 있으려니 체사레와 눈이 마주쳤다. 그는 멈칫하더니 이번엔 싱그러운 미소를 지으며 오틸리에 네무르를 돌아보았다.

"부인과는 아까 인사를 나눴고."

장미꽃으로 장식한 부채를 펼치며 오틸리에가 여유롭게 미소 지었다.

"그런데도 오신 건 아마 인어를 데리고 가고 싶으신 모양이지요."

"잘 아는군. 그래도 되나?"

"호스트가 자리를 떠도 되나요?"

"원래는….'"

오틸리에가 슬쩍 옆을 보더니 부드럽게 말을 바꿨다.

"가능하죠."

"됐지? 가자."

어쩐지 석연찮은데. 의심의 눈초리를 했지만 오틸리에와 주느비에브는 벌써 작별 인사를 하고 있었다.

아델은 체사레와 손깍지를 끼고서 자리를 옮겼다. 체사레가 향하는 곳은 노송나무 정원인 듯했다. 걸어갈수록 떠들썩한 야회가 멀어지고, 사방에는 귀뚜라미 소리가 울려 퍼졌다. 어느새 밤이었다. 달이 꽉 찬 날이라 주변이 밝았다. 아델이 옆의 체사레를 흘끗했다. 달빛 아래 남자는 조각상 같았다. 밤의 풍취 덕인지 평소보다 덜 냉혹해 보였고, 비단결처럼 촘촘한 속눈썹과 끝이 살짝 올라간 소년 같은 입매가 두드러졌다. 그러다 불쑥 체사레가 고개를 내리자 눈이 마주쳤다.

"왜. 새삼 잘생겼나?"

남자가 유쾌하게 웃었다. 말은 잘난 척이지만 눈이 말한다. 너를 사랑한다고. 아델이 희미하게 미소 지었다.

"딱히 나한테 먹히는 얼굴은 아닌데요."

"내 부인께는 돈도 미인계도 안 통하니 부오나파르테의 장래가 아주 밝군."

픽 웃으며 말한 체사레와 함께 정원으로 들어섰다. 곧 베르첼리의 「봄의 여신」이 보였다. 불을 밝힌 분수대에서 금빛 물이 투명한 옷감처럼 매끄럽게 뿜어져 나오고 있었다.

"그래서 무슨 일이에요? 진지한 안건인가요?"

"흠."

체사레는 등을 보이며 분수대로 다가갔다. 장난치듯 분수 물에 손을 담근 그가 미묘한 침묵 뒤에 말했다.

"별건 아니고, 치치스베오나 브라치에레로 점찍어 둔 사람이 있다면 말하라고."

아델이 멈칫했다. 치치스베오. 일전에 에기르가 말한 적이 있다.

"치치스베오는 많은 것을 숙녀와 함께합니다. 사교 활동뿐만 아니라 정치, 경제적 활동에도요. 따라서 치치스베오는 어느 정도 권력과 재산이 있지 않으면 안 됩니다."

"브라치에레는 굳이 말하자면 고급 하인입니다. 숙녀 한 분만을 모시며, 브라치에레 역시 상류 계급이어야 합니다."

부인들은 치치스베오나 브라치에레를 한 명씩 둔다고. 루크레치아가 아를을 두었던 것처럼 말이다. 여권이 높은 산트나르에서 그들은 숙녀들의 장식품으로 쓰인다. 당연하지만 그들은 때때로 숙녀들의 불륜 상대가 되기도 한다.

'별로 내키진 않지만 나도 하나 두는 게 관습에 맞겠지….'

불륜 같은 건 생각도 안 하지만 한 명 정도는 두어야 체사레도 부끄럽지 않을 것이다.

"황족인 건 알겠는데, 어쨌든 구두닦이였던 것도 사실인 거잖아요."
"실제로 체사레 공이 그녀와 결혼한다고 이득을 볼 수 있는 것도 아니고요. 이미 오르퀘나 황가와는 혈연 관계니까요."

오늘 스쳐 지나가듯이 들었던 작은 속삭임들이다. 현재 남들에게 자신은 부오나파르테 부인이 되기 위한 최소한의 자격만 갖춘 셈이다. 신경 쓰이는 건 아니다. 남들의 인정도 필요 없다. 그건 아마 체사레도 그럴 테다.

'하지만 체사레가 나쁜 소리를 듣지 않았으면 좋겠어.'

좋아하니까.

"……."

간지러운 이유가 쑥스러워 입술이 괜히 뾰족해졌다. 아델이 감정을 숨기려 되레 태연하게 고개를 끄덕였다.

"아직은 없지만 괜찮아 보이는 사람이 있다면 말할게요."

그런데 이 남자는 그렇게 독점욕이 강해 보였는데도 자신이 남자 하인을 두는 건 괜찮은 걸까? 아델이 슬쩍 체사레를 보았다. 체사레는 이상할 정도로 느리게 몸을 돌렸다. 그리고 얼굴을 보기도 전에 아델을 살짝 안았다.

"그래, 네가 원하는 거라면 뭐든."

꼭 끌어안은 몸이 뜨겁다.

'괜찮은가 보네. 정말로 생각해 봐야겠다….'

아델이 크게 빗나간 오해를 하며 그 등을 토닥였다.

아델 브륄 슈뢰더, 곧 부오나파르테의 안주인이 될 여자가 치치스베오를 찾는다는 소식이 포르나티에에 빠르게 퍼졌다. 돈도 권력도 없지만 가문만은 그럭저럭 괜찮은 차남들의 마음에도 불이 붙었다. 쥬드는 신문을 보고 즉각 부오나파르테로 달려와, 체사레의 집무실에 들어앉아 헛웃음 쳤다.
"자네 바본가?"
서류의 산에 파묻힌 체사레가 머리카락을 쓸어 넘겼다. 진한 눈썹이 짜증스럽게 꿈틀댔다.
"아델이 갖고 싶어 하는 것 같았어. 내가 그걸 어떻게 말려?"
"자네 잘하는 걸 했어야지. 달콤하게 속삭이면서 나만 보라고 한다든가."
"……."
"아하, 자기는 실컷 놀아 놓고 아가씨를 말리는 게 양심에 찔리긴 했나 보지?"
"꺼져."
체사레가 잉크병을 던졌으나 쥬드는 휙 피해 버렸다.
"여름 항해 시즌이잖나. 챙길 것도 많은데 아가씨 일까지 신경 쓸 정신이 있겠어?"
"둘 다 신경 쓸 일이 생기면 당연히 아델이 먼저야."
"어이쿠, 사랑꾼 납셨군. 근데 치치스베오를 두겠다고 한 걸 보면 아가씨는 안 그런가 본데."
또다시 잉크병이 날아왔다. 지지가 킬킬 웃으며 그것을 피했다.

'그 아가씨와 체사레 성격이면 뭐, 오해가 있던 거겠지만.'

아델 비비가 놀라운 조련술을 발휘해 체사레가 고분고분해지긴 했다. 하지만 그뿐. 타고난 오만이 어디 가는 건 아니다. 쥬드가 체사레의 수행비서인 지지 만프레디에게 눈짓했다. 어깨를 으쓱하는 걸 보니 자세한 사정은 모르는 눈치다.

'어디 보자. 마침 티타임 시간이니….'

쥬드가 자리에서 일어났다. 명반 채굴량과 수출량을 조절하느라 골머리를 썩이는지 체사레는 인사도 하지 않았다. 주변에 물어 아델이 있는 곳으로 향했다. 예상대로 아델은 정원에서 차를 마시고 있었다.

"아가씨!"

"'양'이라 불러 주십시오, 로시 님."

옆에 선 에포니가 단호하게 말했다.

"이런, 실례. 여기서 뵙는군요, 아델 양!"

"괜찮아요. 함께 차라도?"

"초대 감사히 받지요."

쥬드가 씩 웃으며 자리에 앉았다. 그는 바로 본론을 꺼냈다.

"치치스베오를 구한다길래 신기해서 와 봤습니다."

"네, 필요한가 보더라고요."

"아델 님."

"필요한가 보더군요."

아델이 말씨를 정정했다. 쥬드가 찻잔을 들며 슬쩍 물었다.

"보통 귀부인들은 한 명씩 데리고 다니긴 하지요. 그런데 어쩌다 그런 걸 떠올렸습니까?"

체사레가 말하진 않았을 것 같은데.

"체사레가 말했어요."

쥬드가 찻물을 살짝 뱉었다. 대충 예상이 됐다. 야회에서 자신이 한 말을 듣고 안절부절못하다가 자수하는 심정으로 털어놓아 버린 게 분명했다. '잠깐만. 그럼 내 탓인가?' 잠시 침묵한 쥬드가 괜히 밝게 웃었다.

"하하! 그래서 마땅한 인물은 정했습니까?"

"아는 분이 적어서요. 정 없으면 체사레나 쥬드 공께 소개를 받으려 했습니다."

우아, 제발 참아 주세요…. 그런 짓을 했다간 체사레의 기분이 영하로 떨어진다. 필경 아델 본인에게는 아무 말도 못 하고 저와 아랫사람들만 쥐잡듯 잡을 것이다.

"하, 하…. 그런데 꼭 그래야 할까요? 요즘엔 치치스베오를 안 두는 것도 유행인데 말입니다."

"그래도 두는 게 보편적이라면 둘까 합니다. 안 그래도 출신 문제로 소란이 많았는데 굳이 거기다 장작을 더하고 싶지는 않고요."

아델이 입을 다물었다 지나가듯이 덧붙였다.

"체사레도 피곤할 테고."

바람결에 얹었다 수준의 작은 중얼거림이지만 이쪽이 본심인 듯했다. 조용히 내리깐 꿀색 눈은 아마 부끄러움을 삼키는 것이리라. 지켜보는 쥬드의 속이 괜히 더 간지러워졌다.

'체사레 자식, 복은 많아서….'

잘되길 바라긴 했지만 이 정도까지 잘되길 바라진 않았다. 슬슬 배알이 꼴린다. 이유도 없이 체사레가 괘씸해진 쥬드가 찻잔을 내려놓으며 웃었다.

"그럼 이건 어떠십니까?"

06. Celeste Aida

아델은 한밤중에 체사레의 집무실을 찾았다. 그는 오늘도 철야였다. 요근래 체사레는 정말 바빴다. 상단에 가장 중요한 시기인 탓이다. 서류 작업과 시찰, 물품 검수, 각국의 상단주와 만나거나 혹은 원수들과 회담을 갖기도 한다. 그러면서도 새벽같이 일어나 운동을 하고, 매끼 손바닥만 한 고깃덩이를 먹는다. 오로지 자신이 건강하지 않으면 부오나파르테가 흔들린다는 책임감 때문에. 새삼 그가 대륙 정세를 논할 때 거론될 만한 거물임을 실감했다.

"일은 해도 되고, 안 해도 돼. 넌 그냥 너 하고 싶은 거 해."

체사레는 그렇게 말했지만, 아델은 하루빨리 부오나파르테의 안주인으로서 소양을 갖추고 싶었다.
'그러면 좀… 같이 있을 시간도 날 테고.'
아델이 괜히 헛기침하며 집무실에 들어섰다.
"체사레."
무표정으로 서류를 처리하고 있던 남자가 고개를 들었다.
"아델?"
금빛 눈에 생기가 돌고, 얼굴이 반짝임이 자르르 흐른다. 마냥 기쁜 얼굴을 했다가 체면을 생각하는지 나른하고 요염하게 눈웃음치는 것도 꼭 그답다. 아델이 재차 헛기침했다.
"말할 게 있어서요. 토를로냐 공이 주최하는 무도회에 갈까 해요."
"언제지?"

"다음 주요."

"지지, 일정을…."

아델이 황급히 덧붙였다.

"이번엔 그냥 쥬드 공과 가려고요."

체사레의 한쪽 눈썹이 올라갔다.

"쥬드랑?"

"네, 당신은 여름 항해를 준비하느라 바쁘잖아요. 지지가 연중 제일 바쁠 때라고 하던데요."

"별거 아냐."

"정말요?"

"……."

체사레가 입을 다물었다. 불만 많은 소년처럼 심드렁한 낯이지만 거짓말은 하지 않는다.

'요즘은 빤히 쳐다보면 얌전해지네.'

뭘까. 조금 귀엽다.

"걱정하지 말아요. 잘하고 올게요. 부오나파르테의 명예에 누가 되지 않게."

"그런 걱정 하는 게 아니잖아. 난 이제 네가 볼룸 한복판에서 공중제비를 넘는다고 해도 상관없어."

"공중제비하기 전에 쥬드 공이 말려 주겠죠. 게다가 쥬드 공이라면 저보다는 보는 눈이 있을 테고."

아델은 자신이 그 말을 꺼내기 무섭게 지지가 검은 눈을 휘리릭 굴려 체사레의 안색을 살피는 것을 보았다. 최근 깨달은 것인데 지지는 남의 일, 재밌는 일, 특히 체사레의 재밌는 일에 환장한다. 하지만 이건 재밌을 일은 아닌데?

체사레가 묘하게 침묵하다가 물었다.

"설마 치치스베오를 구하러 가는 건가?"

"네, 둘러보려고."

체사레의 고개가 스르르 내려갔다. 갑자기 서류를 읽는 듯했다. 그는 한참 뒤 낮게 말했다.

"잘… 다녀오고."

아델이 하얗게 웃었다. 도움이 되려는 마음이 전해졌을까.

"네."

지지도 옆에서 소리 없이 웃었다.

쥬드는 성실한 동행인이었다.

"저 젊은이는 트레베레움의 윌리엄 아치볼드입니다. 아치볼드 백작가는 상단을 운영하고 있는데, 이번에 스텔로네에 줄을 대기 위해 방문한 모양이더군요."

"저쪽의 검은 머리는요?"

"소륵의 대사인 겨울한 대사인데, 성격이 대쪽 같고…."

그는 정말로 친절하게 아델이 치치스베오로 삼을 만한 젊은이들의 소개를 도맡아 주었다. 역시 딱히 끌리는 사람은 없었다. 하지만 그래서야 영원히 포르나티에 상류 사회에서 이단아 취급을 받을 뿐이다.

"어느 쪽이 체사레에게 도움이 될까요?"

반쯤 포기한 아델이 쥬드에게 물었다. 쥬드가 애매한 미소를 지었다.

"아가씨, 내가 체사레라면 아가씨가 그런 이유로 치치스베오를 고르길 바라진 않을 거야."

"그렇지만 치치스베오를 둔다는 것 자체가…."

그때 아델의 옆으로 몸집이 작은 사람 한 명이 느리게 다가왔다.

"여신의 안녕을. 체사레의 짝이지요?"

아델이 인사를 받고 화들짝 놀라 답했다.

"여신의 안녕을. 예, 아델 브륄 슈뢰더라 합니다."

다가온 이는 키가 작고 머리가 하얗게 세어 작은 요정처럼 보이는 토를로냐 원로공이었다. 그녀는 노인답게 하얗게 센 속눈썹 아래로 눈을 깜빡이더니, 아델에게 뭔가를 내밀었다.

"레몬 사탕이에요. 먹어요."

"감사합니다…."

장소에 어울리지 않는 귀여운 선물에 아델이 미소 지었다. 그때 토를로냐 원로공을 부축하고 있는 귀부인이 입 모양으로 말했다.

'치매를 앓고 계세요.'

아델이 고개를 끄덕였을 때, 토를로냐 원로공이 말했다.

"에바는 내 오랜 친구예요. 편지로 에바가 그러더군요. 손자가 드디어 행복해져서 여한이 없다고요. 잘 살아요. 체사레 그 아이가 심성이 나쁜 아이는 아니에요."

그러고 보면 체사레는 어른들에게 꽤 예쁨받는 것 같았지…. 한마디 하려고 온 것이려니, 하고 경청의 자세를 취하자마자 토를로냐 원로공이 후후 웃었다.

"그렇다고 너무 참지는 말고요. 편들어 줄 사람이 필요하면 내 이름을 대요."

"……."

예상 밖의 말에 아델이 멈칫했다. 노인은 오래된 나무뿌리처럼 핏줄이 도드라진 손으로 아델을 토닥였다. 그러고는 이번에는 쥬드를 쳐다보았다.

"로시 공이 되었군요."

"예, 원로공."

"다 지나갈 거예요."

쥬드가 쓴웃음을 지었다.

"예."

토를로냐 원로공은 귀부인의 부축을 받아 떠나갔다. 그녀가 떠나가자 쥬드가 휘파람을 불었다.

"노부인들은 정말 무섭다니까."

"…공감해요."

그때였다. 멀리서 호명관이 외쳤다.

"에즈라 델라 발레 님 드십니다!"

아주 오랜만에 에즈라를 본 아델은 깜짝 놀랐다. 에즈라는 놀라울 정도로 마른 상태였다. 그러자 가뭄에 강바닥이 드러나듯 기회주의적이고 야비한 일면이 얼굴에 나타나기 시작했다. 마치 그의 아비처럼 말이다.

비단 안색뿐만이 달라진 것은 아니었다. 체사레만큼은 아니더라도 늘 단정한 차림새였던 그가, 지금은 약간 조화롭지 못한 옷차림을 하고 있었다. 당당히 벌어져 있던 어깨는 움츠러들었고 자상한 미소는 자취를 감추었다. 아예 다른 사람 같았다.

"델라 발레가 진 빚 때문에 아주 곤란한 상황이라고 합니다."

옆에서 쥬드가 귀띔했다. 그 잘난 사내가 단지 재화의 소실 때문에 이토록 허름해지다니.

'환경이 아니라 태어난 신분에 의해 사람의 자질과 인성이 결정된다고 하

더니, 이젠 어떻게 말할지 궁금하네.'

아델은 주변의 눈치를 보며 들어서는 에즈라를 지켜보았다. 에즈라는 면식이 있는 귀족들에게 말을 거는 듯하다가 냉대를 받고는 표정을 굳혔다. 그리고 우연히 아델과 시선이 마주쳤다.

"……!"

그의 얼굴에 영문 모를 반가움이 떠올랐다. 걸음을 재게 놀린 에즈라가 다가왔다.

"아델 양!"

"델라 발레 공, 공이 먼저 인사할 입장은 아니지."

에즈라가 말을 걸자마자 쥬드가 단호하게 그를 쳐냈다. 드물게 정색하는 것은 체사레에게 저를 부탁받았기 때문이리라.

'신분상 같은 가주지만 로시 가와 델라 발레가의 위상은 이젠 결코 같지 않지.'

그것은 귀족인 에즈라가 더 잘 알 테다. 에즈라는 익힌 갑각류처럼 불긋하게 물든 얼굴로 콧잔등을 찡그릴 뿐 아무 말도 하지 않았다.

"괜찮아요, 쥬드 공."

아델이 쥬드를 만류하고는 에즈라를 돌아보았다.

"여신의 안녕을. 격조했습니다."

"…여신의 안녕을."

에즈라는 아델이 먼저 인사한 것이 불만스러운 듯했다. 그러나 곧장 본론으로 들어섰다.

"아델 양, 테라스에서 잠깐 얘기를 나누고 싶습니다."

"죄송합니다. 약혼자가 있는 몸이라 오해받을 만한 일은 하고 싶지 않습니다."

체사레가 들었으면 공중제비를 넘었겠어. 옆에서 쥬드가 중얼거렸다.
"제가 설마 도리에 어긋난 행동을 할 거라고 생각하시는 겁니까?"
"굳이 테라스까지 가서 오붓하게 대화를 나눌 사이가 아니라고 생각했을 뿐입니다."
"그저 대화를 청했을 뿐인데 이리 박대하시는 걸 보니 전에 있던 일을 신경 쓰시는 거군요."
"전에 있던 일이요?"
에즈라가 연보랏빛 눈을 그윽하게 뜨고서 아델을 응시했다. 아델은 뒤늦게 일전에 그가 발코니에서 자신의 목덜미에 입을 맞춘 적이 있다는 것을 떠올렸다. 갑자기 속이 거북해졌다.
"아뇨, 잊고 있었습니다만."
"알겠습니다."
에즈라의 미소가 싱그러웠다. '그런 거로 해 줄게' 하는 얼굴이다.
"용건은 별게 아니었습니다. 양께서도 이제 명백히 상류 사회의 숙녀가 되셨으니 보필할 이가 필요한 줄로 압니다."
심상치 않은 개소리가 시작될 조짐이 보였다. 쥬드 역시 흥미로웠는지 나서지 않았다.
"하지만 부오나파르테는 워낙 강대한 가문이니 아첨하는 이들로 주변이 인산인해겠지요. 하여 양께 제대로 간언할 수 있는 이가 얼마 되지 않을 것입니다."
"그래서요?"
"한때나마 양과 마음을 나누었던 사이로서, 그런 양을 돕고 싶습니다."
아델이 무표정으로 잠시 입을 다물었다.
"제 치치스베오가 되고 싶다는 뜻입니까?"

"어쩌면 제 미련 때문일지도 모르겠지만요."

에즈라가 아련하게 웃었다. 약간 야비한 인상이 되서도 여전히 준수한 얼굴이긴 했다.

'그렇긴 한데 대가리가 얼마나 꽃밭인 거지….'

'가주쯤 되려면 뻔뻔함이 기본 소양인가?' 하고 있으려니 갑자기 주변에 사람들이 몰려들었다.

"어머나, 델라 발레 공 아니세요. 라디치아 부인은 잘 지내시지요?"

그들은 펭귄 한 마리를 발견한 범고래처럼 에즈라를 향해 부채를 펼쳤다.

"부인께서 건강이 좀 나아지셔야 할 텐데!"

"여신께서 델라 발레 공의 정성에 응답하셨으면 좋겠네요. 공은 정말 멋진 분이세요. 이런 귀족들이 많아야 사회가 올바르게 돌아가는 것이지요."

"그럼요. 상류 계급답게 솔선수범하여 거동이 불편한 라디치아 부인을 돌봐 주시는 모습이라니! 심지어 혼인까지 하면서 말이에요!"

"전 델라 발레 공이 정하신 것이라고는 하나 관습은 지엄하니까요!"

갑작스러운 주목에 에즈라는 웃음도 짓지 못했다. 그때 부인 중 한 명이 요란하게 말했다.

"그래요, 이럴 게 아니라 다음엔 꼭 좀 연회를 열어 주시겠어요?"

"…연회 말입니까?"

"네! 라디치아 부인도 뵙고, 교류도 나누고 싶어서요. 델라 발레의 부흥을 위해서는 아무래도 사람들과의 만남이 필요하지 않겠어요?"

부인이 부채를 팔랑이며 말했다. 말이 쉽지, 연회를 한 번 여는 데에는 엄청난 돈이 든다. 사용인도 다수 필요하다. 현재의 델라 발레에는 연회를 열 여력이 없다.

'하지만 에즈라 성격엔….'

흐린 낯을 했던 에즈라가 애써 미소 지었다.

"알겠습니다. 자리를 마련해 보겠습니다."

그렇게 나오시겠지. 그와의 약혼 시절, 델라 발레가 곤궁한데도 돈 얘기라고는 비늘 한 장 한 적이 없으니.

"아! 정말이지 기대되는군요. 마침 시즌이니까요. 초대장을 기다리고 있을게요."

귀부인들과 신사들은 모두 아델에게 눈짓하고는 멀어져 갔다.

'체사레의 입김이 닿은 사람들이구나.'

에즈라는 아마 죽을 때까지 체사레가 만들어 낸 가상의 체면에 끌려다닐 것이다. 사람들이 물러가자 에즈라가 진이 빠진 듯이 어깨를 늘어뜨렸다. 일단 대답하긴 했으나 어떻게 연회를 열어야 할지 엄두가 안 나는 듯했다.

"아델 양, 혹시…."

그는 머뭇거리다가 몹시 자존심이 상한다는 듯이 말했다.

"돈을 빌릴 수 없을지…."

아델이 픽 웃었다.

"구두닦이한테요?"

"……!"

"사람에겐 주어진 자리가 있다고 했죠. 구두닦이였던 저도 여기까지 올라왔으니, 자질이 뛰어난 에즈라 공이라면 훨씬 더 잘할 겁니다. 스스로의 힘으로 해내 보세요."

에즈라의 목이 새빨갛게 달아올랐다.

"그래 봐야 양이 이룬 건 아무것도 없지 않습니까. 양은 결코 부오나파르테에 도움이 되는 존재가 아닙니다."

"이보게, 에즈라 공."

쥬드가 눈살을 찌푸렸으나 아델은 태연하게 웃었다.

"공의 가문은 공이 이룬 건가요? 그렇다면 지금 델라 발레는 왜 궁지에 몰려 있나요? 공은 델라 발레에 도움이 되고 있긴 합니까?"

"……!"

에즈라는 눈으로 분노를 불태우며 주먹을 쥐었다.

'그러고 보니 생각보다 다혈질이었던가.'

쥬드가 굳은 얼굴로 아델 앞으로 나섰고, 인파 속에서도 몇몇이 이쪽을 주시하기 시작했다. 비밀 수행원이었다. 하지만 에즈라는 결국 주먹을 올리지 않았다. 대신 고개를 빳빳이 세웠다.

"더는….

"대화할 가치를 못 느끼겠다고요. 네, 가시죠. 연회에는 저도 꼭 초대해 주시고요. 설마 코스가 세 가지도 안 나오진 않을 테고, 식기도 당연히 은 식기겠죠? 소륵의 자연주의가 확산되고 있으니 실내 장식도 아주 볼거리가 많겠네요. 기대할게요."

"……."

에즈라가 터질 듯한 얼굴로 몸을 홱 돌렸다. 그의 재정 상황으로는 코스 하나조차 감당하기 버거울 게 뻔했다.

"사채라도 쓸 얼굴이야."

쥬드가 어깨를 으쓱했다.

"설마 그 정도까지 체면에 목을 맬까 싶지만요."

"모르지. 다른 귀족들에게 돈을 빌리고 다니는 일이 잦아서 요즘엔 초대도 뜸해지는 것 같더군."

"몰락 귀족다운 최후네요. 그럴 바에야 이름을 팔면 될 텐데."

"귀족이 아니게 되면 죽는 줄 알잖나."

쥬드의 중얼거림을 들으며 아델은 에즈라의 말을 되새겼다.

"양은 결코 부오나파르테에 도움이 되는 존재가 아닙니다."

'틀린 말은 아니지.'

체사레는 결코 그런 티를 내지 않았지만, 자신과 결혼해서 결코 이득을 얻을 수 없는 것도 사실이다.

'도움이 되고 싶은데….'

문득 볼룸의 열린 창으로 바람이 들어왔다. 짠 냄새를 맡은 아델이 중얼거렸다.

"날이 많이 따뜻해졌네요."

"곧 여름 시즌이니까. 체사레와 어디 가진 않고?"

"가긴 가야겠죠. 도와줄지는 모르겠지만."

"응?"

아델이 빙긋이 미소 지었다.

"바다 말이에요."

―아델 님이 출발하셨습니다.

수행원의 보고를 받은 체사레가 벌떡 자리에서 일어났다. 종을 울린 뒤 토일레트 룸으로 향했다. 제인과 올리버가 커넥팅 룸을 통해 방에 들어섰다.

"머리랑 옷만 간단히."

"나가십니까?"

"아델 마중."

제인과 올리버가 함지박 같은 미소를 짓고서 움직였다. 빠르게 씻고 나온 체사레가 셔츠를 걸쳤다. 문득 가슴팍에 작고 빨간 상처가 보였다. 어젯밤 아델이 손톱으로 긁어 놓은 자국이었다.

"체사레, 너무… 깊어요…."

허리가 붙잡힌 채 흐느끼던 모습을 떠올리자마자 중심이 섰다. 빌어먹게 예쁜 여자 같으니. 심호흡하는 사이 제인이 재빨리 머리를 만져 주었다.
"원래 배웅은 그냥 하시지 않았나요?"
체사레가 미간을 좁혔다.
"치치스베오를 데려올지도 몰라."
"최선을 다해 꾸며드리겠습니다."
제인은 비장해졌다. 곧 체사레는 2천3백 금짜리 연한 회색의 소그드 실크 재킷까지 차려입고서 외궁으로 향했다. 설마 진짜 치치스베오를 데려오진 않았겠지. 처음 보러 갔을 뿐이니까.

포티코에 서 있자니 곧 마차가 들어왔다. 체사레의 안색이 밝아지다가 멈칫했다. 쥬드는 어디 가고 마차에서 낯선 사내가 내렸다. 꼴이 제법 번드르르한 것이 아직 어린놈이었다.

젊은 놈이 마차에서 내려 손을 내밀었고, 그 손을 잡고 아델이 내렸다. 그 순간 아델이 발을 헛디뎠는지 비틀거렸다. 사내가 넘어지려는 아델을 부둥켜안았다. 둥그런 가슴의 선이 사내의 팔에 닿아 뭉그러지는 것이 똑똑히 보였다. 아델은 적잖이 당황한 듯했다. 젊은 놈은 아무 일도 없던 척 미소 지었지만, 그게 안 느껴질 리가. 저 큰 게. 저 부드러운 게. 저 무거운 게. 저게 얼마나 달콤한데.

체사레가 무표정으로 그 광경을 지켜보았다. 사내놈이 뭔가를 지껄이기 전에 체사레가 성큼성큼 나섰다.

"아델."

일부러 목소리를 낮추자 아델이 흠칫했다.

"체사레?"

돌아본 얼굴에 희미한 긴장감이 떠올라 있었다. 그게 성적 긴장감이라는 걸 아는 건 자신뿐이다.

"기다렸잖아."

아델이 청각에 예민하다는 사실을 아는 것 역시도, 자신뿐이다. 체사레가 눈웃음치며 아델 앞까지 다가갔다. 차가운 눈이 어린놈을 위아래로 훑었다.

"어, 저…."

"여신의 안녕을."

"아. 여신의 안녕을!"

어린놈의 정체는 나누친의 귀족인 안야 세그독이었다. 그랜드 투어를 왔다던가. 체사레는 애송이 티가 나는 붉은 금발에 붉은 눈까지 확인한 뒤 아델의 허리를 감싸 안았다.

"왜 이렇게 늦었어?"

"무슨 일 있어요?"

"이유를 꼭 말로 들어야 아나."

체사레가 은근히 아델에게 몸을 붙였다. 그의 욕망이 아델의 배꼽 근처에 닿았다. 사실 마차에서 내리는 모습을 보자마자 반응했다.

"체사레, 일단 인사를 먼저…."

"내 부인을 에스코트해 줘서 고맙군. 조심히 돌아가도록."

굳이 앞으로 조금 나서며 말한 보람이 있게도 애송이가 움찔거렸다. 남자란 본능적으로 신체의 우월성에 따라 서열을 매기는 집단이다. 그런 면에서 안야 세그독은 체사레의 상대도 되지 못했다. 하지만 패기는 제법 있는 모양이었다.

"…저, 다시 만날 약속을 잡을 수 있을까요?"

아델을 향한 열망 어린 눈에 체사레의 낯에서 웃음기가 가셨다. 한 대만 칠까? 그런데 아델이 화내면 어떡해.

고민하는 사이 아델이 그린 듯한 미소를 지어 보였다.

"인연이 닿는다면…."

"아델."

그 순간 체사레가 아델의 뺨을 그러쥐었다.

"내가 오늘 좀 오래 참았어."

잡아먹을 듯한 눈으로 낮게 속삭이자 아델이 움찔했다. 그녀는 당황으로 눈을 깜빡이다가, 안야 세그독에게 고개를 돌렸다.

"…에스코트 고마워. 경의 밤을 바다 여신께서 굽어살피길."

"아… 예. 아쉽지만…."

안야 세그독이 애써 패배감을 감추고 미소 지었다. 체사레의 기분이 금세 좋아졌다.

"갈까."

체사레가 팔로 아델의 허리를 휘감았다. 외궁으로 들어서서 하인들의 인사를 받고, 내궁으로 건너가며 넌지시 운을 띄웠다.

"치치스베오로 삼기엔 너무 세상 물정을 모르지 않나? 게다가 나누친으로 돌아갈 텐데."

06. Celeste Aida

"그냥 에스코트해 줬을 뿐이에요. 쥬드 공이 급한 일이 생겼다길래."

"쥬드가 그 말 하면서 웃고 있었지."

"네."

"하."

급한 일은 무슨, 그냥 그편이 재밌을 것 같아서겠지. 체사레가 아니꼬운 눈으로 아델을 내려다보았다. 조금만 덜 예뻐도 되는데. 아니, 치치스베오 따윈 없어도 되는데.

"너무 급하게 정하진 말고."

"당신 눈에 들 만한 사람이 있을까 걱정되긴 해요."

아델이 진지하게 말했다.

그렇게나 치치스베오가 갖고 싶은 건가? 약간 기운이 빠졌다. 제인이 머리도 신경 써 줬는데. 2천3백 금짜리 외투인데. 분명 자신은 포르나티에서 제일 잘생겼는데. 심술이 목젖까지 차올랐다.

"…네 안목이라면 누굴 데려오든 괜찮겠지. 일단 신랑 고르는 솜씨가 일품 아니겠어."

하지만 결국 나오진 않는다. 아델이 눈을 동그랗게 떴다가 옅게 웃었다.

"그렇긴 하네요."

미소 짓는 아델이 예뻐서 체사레는 다시금 욕심을 삼켰다.

체사레는 결혼식을 하루빨리 하고 싶어 했지만 상황이 여의치 않았다. 포르나티에는 4월부터 6월까지 봄 사교 시즌이다. 날씨는 약간 덥고, 그늘에서나 겨우 선선함을 느낄 정도. 소륵으로의 항해도 이때 서서히 시작된다. 배들은 사치품과 향신료를 싣고서 편서풍을 우군 삼아 북으로 나아간다. 항구와 상업 거류지가 활기를 띠는 만큼 부오나파르테도 바빠졌다.

"단주님! 산업재 목록 끝났습니다!"

"불러 봐."

"명반, 백연, 진사, 밀랍, 유향 수지, 고무, 웅황, 인디고⋯."

"백연은 이번에 시뇨리아에서 수출 제한을 걸었으니 빼."

"악!"

체사레도 손에서 잉크 마를 날이 없었다. 집무실에서 가신들과 함께 방대한 서류를 처리하는 데에 하루가 전부 쓰였다.

"직물류는 아직인가?"

"됐습니다! 원면, 사라사, 듀베틴, 태피터, 바다 실크⋯."

"너무 적어. 라지푸트전이 끝났으니 사치품 수요가 늘어날 거라고 했잖아. 반영한 수치 맞아?"

"아⋯."

"원면도 3분의 2로 줄여. 원재료를 그대로 퍼다 주는 미친 새끼가 누구야?"

"저인가 봅니다⋯."

"다음, 식료품."

"밀과 쌀, 꿀, 설탕, 건포도, 아몬드, 리오나 콩, 버터⋯."

"열대 과일 좀 실어. 뇌제가 좋아해. 향신료는?"

"긴 후추, 생강, 계피, 육계, 정향, 갈랑가, 육두구, 마이스⋯."

"문제없고. 수입 품목은?"

"여기 다 정리했습니다!"

서류를 살핀 체사레가 고개를 끄덕였다.

"잘했어."

그는 펜을 내려놓고 콧대를 매만졌다.

"그럼 남은 문제는 하나인가."

간부들이 긴장했다. 시발, 어떤 새끼가 실수했어? 모두가 비장의 각오를 한 순간, 체사레의 입술 사이로 한숨이 새어 나왔다.

"아델은 왜 치치스베오를 두려고 하지?"

"……."

부오나파르테의 가신, 스텔로네 상단의 간부, 은행의 임원들이 일시에 침묵했다. 그리고 은은한 미소를 띤 채, 다시 서류로 시선을 돌렸다. 이런 상담역을 맡을 사람은 따로 있었다.

"즐기고 싶으신 거 아니겠습니까? 애인은 단주님이 처음 같던데."

연이은 야근으로 눈 밑이 퀭해진 지지가 말했다.

'꼭 두고 싶어 하는 것 같진 않더만.'

그런 생각이 들었지만 굳이 말하진 않았다. 돈을 아무리 많이 줘도 고용주가 미워 보이는 시기였다.

"나면 됐지, 더 필요한가?"

"사람이 어떻게 쌀만 먹고 살겠습니까."

"쌀만 먹어."

아니, 저한테 그렇게 말씀하셔도….

"가서 말씀하시죠?"

체사레가 난데없이 침묵했다.

"…아델이 질려하면 어떡해."

지지가 헛웃음을 흘렸다. 제가 생각해도 어이가 없는지 체사레는 어느새 다시 펜을 쥐고 있었다.

"그래도 명분은 이쪽에 있지 않습니까. 관습상 귀부인과 치치스베오의 사이가 좋을 순 있겠지만 간통 자체는 불법이니까요."

"감정을 규율로 제한하자고? 멍청한 소리군. 국부께서 무덤 밑에서 비웃으시겠어."

"아니죠. 저라면 이럴 줄 모르고 아랫도리를 풍차처럼 돌리고 다닌 후손을 비웃…. 죄송합니다."

지지가 체사레의 손에 들린 잉크병을 보고 빠르게 사죄했다. 다행히 체사레는 심드렁히 펜촉에 잉크를 찍고서 서류를 획획 넘겼다.

"결혼식 준비는?"

"카타리나 님과 로완 님이 계셔서 천만다행으로 진행은 되고 있습니다. 아도르에서 전 의장님도 힘써 주고 계시고요."

"손주 결혼하는 모습을 보려면 당연히 일하셔야지."

하여튼 패륜아도 이런 패륜아가 없다. 지지가 고개를 절레절레 저었을 때, 체사레가 자리에서 일어났다.

"일하고 있어. 잠깐 어디 다녀올 테니."

"예? 일은요!"

체사레가 멸시하는 눈으로 책상을 흘끗했다. 시선을 따라가자 깔끔하게 정리된 서류와 책상이 보였다. 아니, 언제 다 했냐고. 체사레가 최종 승인을 마쳤으니 이제 잡무는 부관인 자신의 몫이다. 지지가 울상을 지었다.

"다녀오십시오…."

아델은 에포니와 함께 크고 흰 문 앞에 섰다. 카타리나가 부른다는 곳이었다.

"여기가 '하얀 방'입니다."

물끄러미 문을 올려다보았다. 이전에 에포니가 저택을 안내해 줄 때도 소개받은 적 없던 방이었다.

"어떤 의미에선 '항로의 방'보다 귀중한 물건이 있는 곳입니다."

부오나파르테의 모든 수집품이 모여 있다는 '항로의 방'보다 귀중한 물건이라니. 그런 게 있는 방에는 가고 싶지도 않았다.

'그런 데 초대를 받다니 세상사 요지경이야….'

고민하는 사이 에포니가 문을 열었다. 가장 먼저 보인 것은 포근한 오후의 빛줄기였다. 다음으로는 햇살을 받으며 곱게 마네킹에 씌워진 새하얀 면사포가 보였다. 그것이 마치 언젠가 사연 있는 명화로 소개될 법한 장면이라 아델은 저도 모르게 숨을 멈췄다.

"아델 왔니?"

마네킹 옆에 서 있던 카타리나가 고개를 돌리며 웃었다. 표정이 그윽했다.

"이걸 보여 주고 싶어서 불렀단다. 곧 결혼할 테니까."

아델이 조심스레 면사포 가까이 다가갔다.

"이건…."

"나와 에바 부인이 결혼할 때 썼던 면사포야. 포르나티에는 행복한 부부의 면사포를 받다 쓰면 행복해진다는 미신이 있잖니."

"……."

카타리나의 설명을 들으며 아델은 손끝으로 면사포를 쓸어내렸다. 척 보아도 예사 물건이 아니었다. 작고 투명한 보석이 알알이 꿰여 긴 레이스 전체를 장식하고 있었다. 그야말로 이대로 5백 년쯤 지나면 박물관에서나 볼 법한 물건이었다.

"…이런 귀한 걸 제가 써도 될까요?"

"부오나파르테의 부인들을 위한 물건이야. 네가 누구든 상관없지."

아델의 생각을 짐작이라도 한 듯이 카타리나가 말했다.

"그보다 이쪽으로 서 보렴. 웨딩드레스를 주문해야 하니까, 길이도 잴 겸 한번 써 보는 게 좋겠다."

어어 하는 사이에 아델은 에포니와 카타리나의 손에 이끌려 작은 원형 단상에 섰다. 에포니가 신묘한 손놀림으로 아델의 머리 위에 면사포를 씌워 주었다. 작은 핀으로 머리카락에 고정하고 나니 베일로 시야가 하얗게 가렸다. 카타리나가 베일 너머에서 함박웃음을 지었다.

"최고야! 내가 본 신부 중에서 가장 아름답구나! 내 아들이지만 눈이 너무 높네."

"그렇네요. 제가 본 신부 중 으뜸으로 아름다우십니다."

에포니도 부드럽게 미소 지었다. 봄볕을 받은 먼지가 떠다니는 부드러운 공간 때문인지, 그들의 다정한 말 때문인지. 어쩐지 코가 가려워 아무 말도 할 수 없었다. 그때였다. 노크도 없이 방문이 열렸다.

"…아델?"

나타난 것은 뜻밖에도 체사레였다. 그는 셔츠 차림이었고, 방에 사람이 있는 것을 보고 잠자코 놀란 눈치였다.

"왜… 아니, 면사포 때문이군."

"웨딩드레스를 맞출 때가 됐잖니. 넌 일하는 중이 아니었니?"

카타리나의 질문에 체사레가 눈매를 찡그리며 뒷덜미만 매만졌다.

'약속한 게 아닌가?'

그때 문득 방구석에 놓인 굽은 다리 소파가 눈에 띄었다. 빈방에 쓸데없이 놓이기엔 고급스럽고, 면사포가 걸린 마네킹으로 정면으로 보고 있는.

"……."

아델은 어쩐지 체사레가 그곳에 앉아 면사포를 물끄러미 바라보는 모습을 너무나 쉽게 상상할 수 있었다.

'성질은 분명 개망나니인데….'

그때 에포니와 카타리나가 빠르게 시선을 교환했다.

"도련님, 오신 김에 신부 앞에 서 주시는 게 어떨까요?"

"그래, 체사레. 온 김에 서 보렴. 드레스 길이도 봐야 하고, 어차피 신랑 키랑도 맞춰야 하니까."

팔짱 낀 채 문지방에 기대어 서 있던 체사레가 바로 섰다. 미심쩍다는 얼굴이다.

"결혼식 당일에 봐야 하는 거 아닌가?"

"면사포뿐인데 뭐 어때."

"속는 기분인데."

"속아서 손해 볼 게 있니?"

체사레가 아델을 보았다.

"없긴 하군."

어쩐지 눈빛이 뜨거워 아델이 고개를 푹 숙였다. 체사레가 슬렁슬렁 걸어와 아델 앞에 서자, 카타리나와 에포니가 부산스럽게 떠들기 시작했다.

"다행히 둘 다 키가 크니까 굽은 높지 않아도 될 것 같습니다."

"음, 그런데 오르퀘니나 황족이니까 드레스는 길게 빼야 해. 그쪽 복식을 좀 참고하라고 해야겠는걸."

"레이스는 알랑송으로 할까요?"

"지루해 보이진 않을까? 나누친식 짜임이 유행하는 것 같던데 카탈로그가 있나….”

그 가운데 아델과 체사레는 아무 말도 하지 않았다. 햇빛이 들이치던 시야는 체사레가 앞에 서자 순식간에 어두컴컴해졌다. 코앞에는 체사레의 가슴이 보였다. 또 앞섶을 깐 셔츠 바람이었다. 아델이 슬그머니 시선을 피했을 때, 카타리나가 체사레의 허리를 쿡 찔렀다.

"체사레, 좀 더 가까이 서 보렴."

체사레는 말없이 반걸음 앞으로 나섰다.

'어쩐지 좀….'

기분이 이상하다. 그 순간 면사포 밑단의 균형을 맞추던 에포니가 레이스를 살짝 당겼다. 핀으로 고정되어 있던 아델의 머리카락도 덩달아 흐트러졌다.

"아….”

아델이 머리를 만지기 위해 손을 들려던 때였다. 체사레의 두 손이 그녀보다 먼저 움직였다. 그는 아무 말도 없이, 아델의 턱 아래에서 흔들리는 면사포 끝단을 쥐었다. 아델이 저도 모르게 고개를 들자 눈이 마주쳤다.

"…….”

"…….”

등 뒤로 휘몰아치는 햇빛 속에서 남자가 흔들리는 눈으로 그녀를 응시하고 있었다. 둘 중 어느 누구도 눈을 떼지 못한 채, 멈췄던 체사레의 손이 천천히 움직이기 시작했다. 이윽고 면사포가 아델의 입술을 지나쳐 얼굴을 드러내려던 때였다.

"체사레, 우리 아직 있다?"

명랑한 목소리가 사위를 갈랐다. 잠시 후, 체사레는 아무 일도 없었다는 듯이 면사포를 내려놓았다.

"눈치가 이렇게 없으셔야."

"아델은 우리가 먼저 예약했단다?"

체사레가 아델을 돌아보았다.

"언제 끝나?"

"…잘 모르겠습니다."

"흠."

체사레가 천천히 주머니에 손을 꽂았다. 그는 지긋이 아델을 바라보다가 조용히 미소 지었다.

"침실에 있을게."

"……."

안주인을 위한 방이 있는데도 아델이 거기서 잠드는 일은 무척 드물었다. 탕아의 호칭을 받을 때부터 알아봤어야 하는 건데.

"아…!"

허리를 붙잡은 손은 도무지 아델을 놓아줄 생각이 없어 보였다. 숨 쉬는 것조차 벅찼다.

"침실…도… 아닌데…!"

"그러게 누가 애태우랬나."

흐느끼는 아델과 달리 체사레는 태연했다. 장소는 침실로 향하는 복도의 벽감 안이었다. 아델은 벽감의 튀어나온 석조 꽃병에 매달려 겨우 서 있는 중이었다.

"사람…."

"내궁엔 잘, 안 오지."

꼭 말하다 말고 심술을 부리는 남자였다. 아델이 자지러지자 체사레가 그녀의 몸을 끌어안고 목덜미를 물었다.

"아델."

"으, 아…."

"아델, 하…."

"수, 숨…."

아델이 도리질 쳤다. 몸이 뻥 터져 버릴 것 같은 느낌에 흐느끼자 체사레의 눈빛이 더 짙어졌다. 이윽고 체사레가 그녀를 터뜨리고 싶은 것처럼 움켜쥐었다.

"……!"

아델도 소리 없는 비명을 참으며 눈을 감았다. 얼마 뒤, 체사레가 팔에서 힘을 풀었다.

"후…."

그는 바들바들 떠는 아델을 번쩍 안아 들었다. 아델이 팔을 목에 감자 능숙하게 욕실로 걸음을 옮긴다. 도자기 욕조에는 이미 물이 채워져 있었다. 항상 채워 놓는 듯했다.

'하기야 너무 왕성해….'

체사레가 능숙하게 그녀의 옷을 벗기고 욕조에 담갔다. 지친 아델이 몸을 늘어뜨렸다. 대충 씻겨 주고 가려니 한 것과 달리, 그는 저 역시도 훌렁훌렁 벗어 던지고선 욕조 안으로 들어왔다.

"일하러 가야 하지 않아요?"

뒤편에 앉은 체사레가 양팔로 그녀를 끌어안고 얼굴을 비볐다.

"가기 싫어."

"……."

이럴 땐 솔직히 좀 귀엽다. 덩치는 말만 하고 다른 곳도 말만 한 주제에.

'일이 많이 바쁜가.'

아델이 손으로 체사레의 머리카락을 헤집었다. 부드러운 진청색 곱슬머리가 손가락에 감겨들었다. 체사레는 어리광 부리듯 아델의 손에 더 머리를 비볐다. 매달리는 듯한 몸짓이다.

"괜찮아요?"

"안 괜찮을 건 또 뭐야."

유쾌한 웃음이지만 왠지 초조한 기색이다. 평소의 그와 달리 여유도 없었다.

"무리하진 말고요."

"무리하라고 있는 자리지."

"그건 그렇죠."

"매정하군."

근육이 예쁘게 잡힌 팔이 아델의 허리를 당겼다. 증기 너머에서 남자가 어쩐지 머뭇거리다 물었다.

"…치치스베오는 정했어?"

"아직요."

"천천히 골라. 천천히."

머리카락에 물을 묻혀 주며 체사레가 말했다.

"꼭 고르지 않아도 되고. 내 어머니도, 에바 부인도 치치스베오를 굳이 두진 않았으니까."

"음."

아델도 이에 관해 카타리나에게 조언을 구하긴 했다.

"치치스베오? 나야 마차를 탈 때마다 그이가 따라왔으니 따로 두진 않았지."

하지만 카타리나는 이렇게도 덧붙였다.

"그래도 아델은 꼭 두면 좋겠구나…. 모두를 위해 말이야!"

매우 열렬한 눈이었다. 고 플라비아 부인만큼이나 훌륭한 가르침을 주고 있는 그녀의 조언을 받아들이지 않을 이유가 없었다.
"아니에요. 잘 골라 볼 테니 이쪽 문제는 신경 쓰지 않아도 돼요."
"……."
대답이 없다. 못 들었나?
"적당한 신사분으로 고를…."
그 순간 체사레가 다시금 아델의 어깨를 물었다.
"체, 흐읍…."
물장구는 어느새 다시 달뜬 신음 소리에 먹혀 버렸다.
'왜 좀, 불안해하는, 듯한….'
모르겠다. 머리가 멍해. 아델은 다시 체사레의 몸에 매달려 울었다.

카타리나의 조언은 확실히 여러모로 도움이 되었다. 본인이 그것을 귀찮아하는 것과 별개로 그녀는 노련하고 능숙했다.

"체사레는 너를 고생시키고 싶지 않은 모양이더구나. 하지만 네가 부오나파르테 부인으로서 역할을 다하고 싶다면, 넌 필수적으로 사교계를 장악해야 해."

무도회, 살롱, 야회와 클럽. 낮보다 밤이 바빠졌다. 호위는 체사레가 새로 붙여 준 기사가 맡았다. 갈색 피부의 여자 기사였다.

"라즈 베마리입니다. 베마리라고 불러 주십시오."

듣기로는 라지푸트의 소수 민족인 핏불의 기사라고 했다. 체사레는 확실히 특이한 이들을 수하로 모으는 취미가 있는 모양이었다. 동행은 주로 주느비에브가 맡았다. 가십을 좋아하는 주느비에브는 사교계를 잘 모르는 아델에게 큰 도움이 되었다.

차기 부오나파르테 부인에게 줄을 대려는 사람도 많았지만, 아닌 사람도 있었다. 그중 하나가 샬롯 이브레아였다. 프리오리인 이브레아 공의 사랑받는 막내딸.

"아델 양!"

그녀는 무도회에서 아델을 보자마자 빠른 걸음으로 다가왔다. 곱슬곱슬한 자줏빛 머리카락을 틀어 올린 그녀는 그야말로 볼룸의 여왕처럼 보였다.

"샬롯 양."

"여기저기 다니면 만날 줄 알았죠! 내가 얼마나 양을 궁금해했는지 아나요?"

샬롯이 아델을 보자마자 도톰한 입술로 씨익 웃었다.

"그땐 여동생이었는데 말이죠."

적의 없이 하는 말인 줄을 알아 아델이 그저 웃었다.

"봄 시즌 때문에 올라온 건가요?"

"그것도 있고, 여름 항해 때문에요."

"아아. 이브레아도 스텔로네 상단을 이용하죠?"

"소륙과의 교역은 어쩔 수 없으니까요."

소륙은 오로지 스텔로네 상단과 교역하고 있다. 자원은 많지만 기술력은 다소 부족한 소륙인지라 거래량이 어마어마하다. 경제와 관련된 화제가 나오자 주변의 권력깨나 가진 숙녀들과 귀부인들이 순식간에 몰려들었다.

"그래도 소륙이 언제까지 스텔로네 상단하고만 거래하진 않겠죠?"

"세계가 팽창하고 있으니까요."

누군가의 질문에 아델이 온화하게 답했다. 이제 이 정도 질문은 문제없이 답할 수 있었다. 체사레는 청혼 직후 부오나파르테의 모든 극비 정보를 내어 주었다. 활용에도 제한을 두지 않았다.

자신이 함부로 발설하면, 유출하면, 실수하면…. 수많은 불안과 걱정에 체사레는 그저 픽 웃으며 한마디 했다.

"이봐, 아델 비비. 내가 그것도 감당 못 할 만큼 형편없어 보이나?"

사람 콧대가 어떻게 이렇게 높담. 하지만 그런 남자라서 좋았다. 덕분에 아델도 무리 없이 대화에 끼어들 수 있었다.

"오르퀘니나도 전쟁이 끝났으니 바다로 눈을 돌릴 테고요."

"대항해 시대가 오겠군요."

샬롯이 어깨를 으쓱했다.

"체사레 공이 더 중요해질 수밖에 없네요."

"조선 기술과 항해 기술이 탐날 테니까요…."

"부오나파르테가 장인을 뺏길 리가 없는데 말이에요. 그렇죠, 아델 양?"

아델이 말없이 미소 짓자 숙녀들은 알아서 눈치껏 화제의 흐름을 바꿨다.

"역시 바다가 '닫혀 있는' 게 문제네요."

"최근 국공 해적단의 필요성이 대두된 이유가 있는 거지요. 제한된 바다를 선점해야 하니까."

"신대륙으로의 항해는 역시 불가피한 걸까요?"

"하지만 무풍지대와 '우리의 바다' 끝의 해류를 넘지 못하면…."

한창 본격적인 토론이 이어지려던 때였다. 한 무리의 여자들이 이쪽으로 접근했다. 그들의 얼굴을 살핀 주느비에브가 재빨리 아델에게 속삭였다.

"체사레 공이 전에 만나던 분들이에요."

그러고 보니 화려한 금발을 가진 여자가 보였다. 언젠가 정원에서 그녀가 체사레에게 가슴을 비비던 모습을 본 기억이 있다. 함께한 다른 여자들도 모두 아름다웠고, 눈빛이 매서웠다.

'아. 설마.'

아델 앞에 다다른 금발 여자가 물었다.

"상냥하시죠?"

"네?"

아델이 저도 모르게 반문했다. 금발 여자가 픽 웃었다.

"체사레 공 말이에요. 밤에 잘해 주시죠?"

아델이 입을 다물었다. 금발의 여자는 냉소를 흘렸다.

"알아요. 누구보다 상냥하죠. 그분은 여자들을 왕처럼 떠받들어 주니까요."

"……."

입을 닫고, 그저 바라본다. 덤덤한 무표정에 금발의 여자가 살짝 움찔했다. 반응 없는 상대에게 혼자 떠들기가 어려운 모양이다. 하지만 그녀는 꿋꿋이 조소를 띤 채 말을 이었다.

"저는 그분의 점이 좋았어요. 아시죠? 하의로 아슬아슬하게 가려지는 곳에 점이 하나 있잖아요. 등에요. 저도 비슷한 곳에 점이 있거든요. 그래선지 그분도 거기 키스해 주는 걸 좋아했고요."

분위기가 싸늘해졌다. 연주자들도 이쪽에 귀를 기울이는지 연주 소리마저 작아졌다. 옆에서는 주느비에브가 약간의 신호만 주면 당장이라도 나설 기세로 얼굴을 붉히고 있었다. 여자도 그걸 바라는 눈치였다.

'내가 체사레의 문란함에 화내고 알아서 떨어져 나가기를 바라는 건가.'

아델은 나른한 숨을 내뱉으며 오만하게 턱을 치켜들었다. 다 알고 만나는 건데 뭘.

"그래요. 좋은 추억으로 간직해요."

여자의 입술이 모욕감으로 비틀렸다.

"제 말을 제대로 들은 것 맞나요?"

"맞는데요."

오르퀘니나식 드레스로 꽉 조인 여자의 가슴이 들썩였다.

"저는, 정직하게 고백하자면 이해할 수 없어요. 당신은 고귀한 태생이지만, 어쨌든 구두를 닦으며 살아온 것은 맞잖아요."

"그래서요."

"내가… 우리가 더 그분의 도움이 될 수 있어요."

"도움이 되고 말고는 누군가를 좋아하는 것과는 관계없는 이야기 같은데요."

"정녕 관계가 없다고 생각하세요? 자신에게 도움이 되는 이를 만나는 것이야말로 관계의 궁극적인 지향점이에요!"

"아, 그럼 양이 체사레를 좋아하는 건 체사레가 양에게 도움이 되어서군요."
여자는 가슴까지 벌게졌다.
"그런 말이 아니잖아요! 나는 귀족으로서의 기본적인 숙명에 대해 말하는 거예요! 그럼 당신은 체사레 공에게 아무 도움도 되지 않는 자기 자신에게 당당하신가요?"
"정작 자기가 좋아하는 남자에겐 아무 말 못 하는 사람보다는 당당한 것 같은데요."
"못 하는 게 아니에요!"
여자가 빽 외치더니 눈에 눈물을 그렁그렁 매달았다. 다른 여자들이 그녀의 어깨를 토닥였다. 모두 아주 안쓰럽다는 얼굴이었다.
"체사레 공은, 흑, 아무리 말해도, 들어주지 않아서…."
아델도 똑같이 아주 안쓰럽다는 얼굴을 했다.
"체사레 귓구멍이 막힌 게 내 잘못은 아니지 않아요? 왜 여기 와서 이러는 건지 잘 모르겠네요."
"큽."
옆에서 샬롯 이브레아가 이상한 웃음보를 흘렸다. 참다가 튀어나온 모양이었다. 금발 여자는 망연히 아델을 바라보다 눈매를 사납게 바꿨다.
"사랑을 알기나 해요?"
"무언가를 안다고 자신하는 것만큼이나 어리석은 일은 없죠."
"어떻게 그렇게 말할 수 있죠? 당신은 쇠로 된 심장을 가진 게 분명해요!"
"그건 의학계에 보고할 일 같군요."
"지금은 체사레 공의 정염이 당신을 뜨겁게 달구었겠죠! 하지만 기다려 봐요. 그분은 누구에게나 상냥하세요! 당신이 침대에서 들은 모든 말은 우리도 다 들었던 말이라고요!"

금발 여자가 샬롯에게 휙 고개를 돌렸다.

"내 말이 틀렸나요, 샬롯 이브레아 양?"

숨죽여 웃던 샬롯이 갑작스러운 봉변에 눈을 동그랗게 떴다.

"아니, 나는…."

"양도 체사레 공과 꽤 오붓한 사이였잖아요. 물론 정말 즐기는 정도였던 것 같지만."

샬롯의 눈초리가 날카로워졌다. 당장이라도 자신을 끌어들인 여자의 머리채를 쥐어뜯을 기세였다. 그러나 샬롯은 그보다 더 중한 것이 있다고 판단한 모양이었다. 그녀가 급하게 아델에게 말했다.

"들어 봐요, 아델 양. 그건 양이 없었을 때고…."

"그럼 왜 숨기시는 거예요? 샬롯 양도 자유분방하게 즐기셨잖아요?"

점점 양측의 언성이 높아졌다. 사이에서 아델은 침묵했다. 솔직히 아무 생각도 없었다. 여자관계가 복잡한 남자라는 건 알고 만났다. 하지만 그게 여자들이 찾아와 별 개소리를 짖어 대는 게 괜찮다는 뜻은 아니었다.

"모두 조용히 좀 할래요."

고저 없는 목소리로 아델이 말했다.

"지금 이 순간부터 나한테 체사레의 여자관계에 대해 단 한마디라도 하는 사람이 있다면, 부오나파르테는 즉각 해당 가문과 연을 끊을 것입니다."

그 즉시 왈왈대던 여자들과 샬롯이 입을 다물었다. 금발의 여자와 그 무리는 납득하지 못한 얼굴이었다. 입술이 여전히 움찔거리고 있었다. 그녀를 향해 아델이 빙긋이 웃었다.

"궁금하면 한번 말해 봐요. 체사레가 내 말을 들어줄지, 안 들어줄지."

더는 누구도 아무 말도 하지 못했다.

> 무도회에서 소란이…

여신이시여. 지지로부터 전서응의 쪽지를 넘겨받은 체사레는 눈을 감아 버렸다. 집무실에서 일하고 있는 다른 가신들은 모두 심각한 침묵을 지켰다. 본디 전서응은 아주 중한 일에만 사용되기 때문이다. 하지만 무도회에서 아델이 여자들과 마주쳤다는 것보다 무서운 사건이 어디 있단 말인가? 소륵이 갑자기 대륙을 상대로 전쟁을 선포해도 이보다는 덜 두려울 것이다.

"…모두 일들 하고 있어."

체사레가 긴장된 목소리로 말하며 자리에서 일어났다. 가신들은 걱정스럽게 고개를 끄덕였고, 지지는 웃음이 터지려는 걸 참는지 볼을 부풀린 채 몸을 떨었다. 한 대 때려 줄 시간도 없었다. 아델이 곧 돌아올 것이다. 걸음이 제비처럼 내궁의 토일레트 룸으로 향했다.

"제인! 올리버!"

급하게 종을 울리자 제인과 올리버가 나타났다.

"최대한 멋있게 꾸며."

"아델 님의 마중인가요?"

"그래, 그런데 상황이 좀 심각하니까 제대로, 빨리, 최대한… 아델 취향으로."

제인과 올리버는 영문도 모르고 부랴부랴 수발을 들었다. 머릿기름으로 앞머리도 넘기고, 가주로 즉위할 때나 입었던 예복을 차려입었다.

"좀 볼만한가?"

"눈이 부십니다."

"평소대로잖아."

하지만 시간이 없다. 거리를 계산한 체사레가 빠르게 외궁으로 향했다. 때마침 마차가 들어서고 있었다. 마차 문이 열리자마자 그는 있는 힘껏 눈웃음쳤다.

"왔어?"

새로 붙여 준 호위 기사의 손을 잡고 내리던 아델이 멈칫했다. 표정은 문제없고. 체사레가 재빨리 베마리에게서 아델의 손을 넘겨받았다.

"오늘 무도회는 어땠어?"

아델의 잠깐의 침묵 뒤에 답했다.

"부이용이 맛있었어요."

"또?"

"젤리에 체리가 정말 많이 들어 있었어요."

"그랬어?"

귀여워 죽겠네. 다행이다. 평소대로의 아델이다. 하지만 방심하지 않고 부드럽게 물었다.

"그거 말고는?"

"별일 없었어요. 주느비에브 양과 재밌게 놀고 왔어요."

"아…. 그래."

이쯤 되자 체사레가 도리어 허무해졌다. 아니, 아무렇지도 않아? 질투라든가, 토라진다든가…. 그제야 체사레는 자신이 난처해하면서도 동시에 기뻐하고 있었다는 걸 깨달았다. 어쩐지 기분이 가라앉을 찰나, 아델이 심드렁히 물었다.

"점에 키스하는 게 좋아요?"

"……."

체사레가 눈을 감았다. 무릎을 꿇을까? 아, 이미 꿇은 적이 있구나? 병신 새끼.

"안 좋아해."

"나는 몸에 점이 없어서 아쉽겠어요."

"안 아쉬워. 아델, 나는….."

"털도 없고."

"그건 더 꼴, 매력적이지."

"그거 다행이네요."

"……."

등골이 서늘해졌다. 질투는 무슨. 필요가 없어지면 상대를 한순간에 인생에서 도려낼 수 있을 단호한 여자라는 게 뒤늦게 떠올랐다.

"아델, 무슨 얘기를."

"뭐, 많이 자고 다닌 걸 모른 건 아니지만요."

말투도 표정도 냉랭하기는커녕 무감정하다. 되레 무섭다. 체사레는 최대한 나긋하게 미소 지었다.

"아닌데? 아무랑도 안 잤는데? 네가 처음인데?"

"……."

아델이 어이가 없다는 듯이 그를 보았지만 체사레는 꿋꿋했다.

"밤새 국제 정세와 관련된 토론을 했을 뿐이야."

"그걸 밤에, 방에서요."

"그럴 수 있지. 젊은 남녀 둘이 한 방에 있었지만 브랜디만 마셨을 수도 있는 것처럼."

"……."

아델의 침묵에 체사레가 뒤늦게 아차 했다.

"아델, 의심한 게 아니라…."

"그보다 아도르에 가고 싶어요. 좀 살펴볼 게 있어요."

"……."

덤덤한 말을 듣자마자 심장을 누군가 움켜쥔 듯했다. 태연함을 유지하기 위해 발끝에서부터 힘을 그러모았다. 침실로 향하던 걸음이 멈췄다. 아델은 그런 그를 덤덤하게 응시하기만 했다.

"그건…."

체사레가 가까스로 입을 열었다.

"거리를 두자는 뜻인가?"

아델의 입매가 그린 듯한 호선을 그렸다.

"당신은 바쁘니까 쥬드 공이 골라 준 치치스베오 후보들을 데리고 갈게요. 잘됐죠?"

아도르로 떠나기 전, 아델은 마지막으로 기모라에 들렀다. 부오나파르테가 맡은 기모라 재개발의 총괄을 아델이 맡고 있었다. 잘 아는 분야부터 손대 보라는 체사레의 배려였다.

'도로랑 가로등 정비는 끝났고….'

아델이 양산을 쓴 채 거리를 둘러보았다. 거리는 활기가 넘쳤다. 얼굴을 아는 이들이 몇몇 보이기도 했다. 거리 구석에서 돼지죽 같은 음식을 팔던 노인은 번듯한 식당을 냈고, 전당포를 하던 중년 여인은 단정한 옷을 입고 거리를 청소 중이었다. 미소가 지어진다.

부오나파르테는 의욕 있는 이들에게는 기술을 알려 주고, 특별히 성취가 뛰어난 이들에겐 전문 교육을 베풀었다. 대출 상환 의지가 있는 이들에게는 저렴한 가격에 집을 빌려주었다.

'이론으로나 가능한 일인 줄 알았는데.'

아델이 전날의 체사레를 떠올리곤 픽 웃었다. 터무니없는 정책을 실현시킬 힘도 능력도 있는 대단한 남자가 그런 얼굴이라니. 표정이 차츰 사라지는 모습이 안타깝다가도, 금발 여자의 말을 떠올리면 갑자기 다시 얄미워졌다.

'그래도 결혼식 전까지는 용서해 줘야겠지.'

그때였다. 인상이 좋고 키가 작은 중년 여인 한 명이 아델의 근처를 스쳐 지나가며 말했다.

"그쪽은 위험합니다."

아주 작은 목소리였다. 고개를 들자 어느새 재개발 구역 끝자락에 와 있었다. 새로 정비된 돌바닥이 아닌 거친 흙바닥. 저 끝은 기모라의 어둠이 고인 곳이다.

"한꺼번에 없애면 탈이 나니까. 세력은 천천히 줄이면 그만이야."

체사레가 시가를 피우며 했던 말을 떠올렸다. 아델도 동의하는 바였기에 더 다가갈 생각도 들지 않았다.

'다시 돌아갈까.'

그대로 몸을 돌리려던 때였다. 문득 골목에서 사내 한 명이 걸어 나오는 것이 보였다. 사내는 위풍당당하게 어깨를 벌리고 있었지만 빠른 잰걸음이 사내의 노력을 헛수고로 만들고 있었다. 그런 사내의 얼굴을 본 아델의 눈이 커졌다.

"델라 발레 공?"

"……!"

부드러운 헤이즐넛 색 머리카락에 연보랏빛 눈동자. 사내는 에즈라였다. 아델을 알아본 에즈라의 얼굴이 흙빛으로 질렸다.

"아델 양? 여긴 왜….”

"기모라를 둘러보려고요. 관련 사업을 제가 인계받았거든요."

"아, 기모라…. 그렇습니까."

그의 눈에 희미하게 경멸이 스쳐 지나갔다. 그 기모라의 냄새를 옷에 묻히고서도 변하지 않은 모양이다.

"에즈라 공은요?"

에즈라의 얼굴에 낭패감이 서렸다.

"…저희가 그런 걸 물을 사이는 아니지 않습니까?"

"그건 그렇네요."

아델이 슬쩍 에즈라가 나온 골목을 살폈다. 골목 끝 그늘진 곳에 창백한 얼굴의 사내 몇이 이쪽을 바라보며 서 있었다. 아델은 그중 얼굴에 긴 자상이 나 있는 남자를 알아보았다.

'스캠 놈들이네.'

'스캠'은 트레베레움 출신의 폭력단. 기모라에 정착해서 주로 사채업을 하고 있다.

'정말로 사채까지 손을 댔나. 그깟 연회를 위해.'

기가 찬다. 책을 그렇게 읽어 놓고. 하기야 똑똑하다고 꼭 현명한 것은 아니다.

"그럼 전 이만…."

에즈라는 아델이 뭐라 더 말하기도 전에 급하게 걸음을 옮겼다. 수치심을 등에 지고 뛰어가는 뒷모습을 지켜보던 아델도 몸을 돌렸다.

아델은 에포니, 베마리와 함께 아도르로 향했다.

[아델, 오랜만이야.]

오랜만에 만난 에바가 스텔로네 리조트의 문 앞까지 나와 있었다. 전에도 인상이 좋았던 그녀지만 지금은 거의 당장 천국으로 향해도 이상할 게 없을 정도로 미소가 선했다.

"오랜만에 뵙습니다."

에바 앞에서는 어쩐지 숙녀 흉내가 잘되지 않는다. 이 노인에게는 그런 게 소용없다는 걸 알기 때문인지도 모른다. 딱딱하고 약간은 퉁명스러운 듯한 말투에도 에바는 그저 안절부절못했다.

[결혼식을 아도르에서 한다며. 나 때문이니?]

"그 이유도 없진 않아요."

아델이 정직하게 답했다. 어쨌거나 체사레를 그렇게나 아꼈던 에바다. 아델이 마음을 인정하게 만든 것도 에바였다. 가족이 없는 아델이니 결혼식은 어디서 하든 상관없었고, 그렇다면 체사레의 가족이 있는 곳에서 하는 게 마땅했다.

[난 괜찮은데. 곧 죽을 노인네가 뭐 그리 중요하다고….]

"결혼식은 가족과 함께해야죠."

에바가 감동한 듯이 미소 지었다.

[고마워.]

아델도 웃었다.

"저도 결혼식 뒤엔 가족이 있는 곳에 갈까 하고요."

에바가 눈을 휘둥그레 뜨더니 펜을 휘갈겼다.

[기억이 없는 거 아니었어?]

"조금 떠오른 게 있어서요."

아델이 등 뒤의 바다를 바라보았다. 이제 소리는 들리지 않는다. 하지만 역시 아델은 잊을 수 없었다. 위험할 때마다, 체사레가 잘못된 방향으로 갈 때마다 차라리 돌아오라고 말하던 슬픈 목소리들을.

잠자코 바다를 살피던 아델은 뒤늦게 에바의 기대 어린 시선을 눈치채고는 고개를 저었다.

"그보다 생각보다 잘 지내고 계신 것 같아서 다행이에요."

[이슬라가 많이 배려해 주었지. 다른 의원들도 그렇고.]

에바가 아델을 안쪽으로 안내했다. 걸음이 휘청거리는 듯하여 아델이 반사적으로 부축하자, 그녀가 새하얗게 웃었다. 아델마저도 약간 숨이 막힐 정도로 행복에 가득 찬 미소였다.

2층의 탁 트인 테라스에 앉자 노인이 한결 편안하게 펜을 잡았다.

[아델, 그 아이가 늙은이의 노망 난 말대로 되지 않아서 내가 얼마나 기쁜지 너는 모를 거야.]

"노망 난 말이요?"

에바의 금빛 눈이 살짝 커졌다.

[체사레가 말을 안 했나 보네. 그 아이가 어릴 적에…. 카타리나가 떠났을 때, 내가 심한 말을 한 적이 있어. 그 아이를 위한 말이었지만, 아마도

그게 도리어 족쇄가 된 듯했지.]

그녀는 망설이다가 글을 이었다.

[그 이후로 3년 정도는 체사레를 보고 있기 힘들었단다. 내가 부오나파르테의 영혼을 우습게 본 거지. 그 영특한 아이가 일찌감치 절망할 줄 누가 알았겠어.]

"…어떤 말이었길래요?"

에바가 곤란한 듯이 미소 지었다가, 펜을 움직였다.

짐을 정리하는 사용인들을 두고 해변으로 나왔다. 에포니와 베마리만 곁에 두었다. 포르토 니로의 백사장과 달리 둥근 자갈이 깔린 해변이었다. 가만히 신을 벗고, 바닷물에 발을 담근다. 아델은 발끝으로 자갈을 굴리며 에바의 고해를 되새겼다.

"체사레, 모두가 그런 사랑을 받을 수 있는 건 아니야. 그건… 아주 특별한 경우란다. 흔치 않지. 그런 일은 아무에게나 일어나지 않아…."

노인네 나름대로는 위로한답시고 한 말인 듯했다. 그녀의 처지를 이해한다. 체사레도 아마 이성적으로는 이해할 것이다. 하지만 둘은 처지가 너무 달랐다.

'이제야 좀 알 것 같네. 왜 그렇게 고백을 힘들어했는지….'

순간 물결에 밀려온 해조류가 아델의 발에 감겼다. 입가에 미소가 지어졌다. 확실히 포르나티에보다 바다가 맑다. 깊은 대양이 더 가깝다는 게 느껴졌다.

'역시 출발한다면 아도르가 좋겠어.'

그때 물장구치는 아델을 지켜보던 에포니가 말했다.

"바다를 좋아하십니까?"

잠시 고민한 아델이 살짝 미소 지었다.

"응."

"그럼 사람을 시켜 배를 띄우게 할까요?"

"배?"

"요트도 있고 조각배도 있답니다. 근처에 물이 푸르게 빛나는 동굴이 있어서 많이들 놀러 가십니다."

잠시 고민하던 아델이 제안을 거절했다.

"뭘 타는 건 역시 어색해서."

그래도 온 김에 항구는 구경하기로 했다. 일렬로 늘어선 배들을 바라보는 에포니의 푸른 눈에는 어쩐지 애수가 떠올라 있었다.

"어릴 때 도련님이 홀로 요트를 타러 나갔다가 실종되신 적이 있습니다."

드물게도 그녀가 먼저 이야기를 시작했다.

"그때 이후로 의장님… 원로공께서 요트를 금지하셨지만, 고집을 부리시더군요. 꼭 타야 한다고."

"어릴 때부터 고집이 셌어?"

"말도 마세요."

에포니가 혀를 내둘렀다.

"그래도 다정한 분이십니다."

"그건 알아."

06. Celeste Aida

아델의 대답에 에포니가 옅은 미소로 화답했다. 사람의 진면모는 아랫사람에게 어떻게 대하느냐에 드러나는 법이다. 부오나파르테의 하인들은 점잖지만 활기차고, 그만두는 이도 거의 없다. 모두가 체사레를 좋아하고, 진심으로 따르고 있다. 양산을 들고 선착장을 걷자 에포니의 말이 이어졌다.

"아시겠지만 저는 원래 카타리나 님의 시녀였습니다. 도련님이 일곱 살이실 때까지 도련님을 보살폈죠."

"그 이후엔?"

"카타리나 님이 떠나실 적에 같이 떠났습니다."

"떠났었다고?"

처음 듣는 이야기다.

"예, 어떻게 아셨는지 떠나기 전날, 도련님이 제게 찾아오셨습니다."

에포니가 잠시 물끄러미 바다를 보았다.

"남아 달라고 하시더군요. 저는 알겠다고 했습니다. 그리고 다음 날 카타리나 님을 따라 떠났습니다."

아델은 평가를 내리는 대신 그저 에포니의 얼굴을 바라보았다. 에포니가 찡그리듯 웃었다.

"어려서 괜찮을 거라고 생각했습니다."

"……."

"그때만 해도 카타리나 님이 솔라레에 정착하신 건 아니었습니다. 저는 카타리나 님을 따라다니다가 질 나쁜 남자에게 걸려 에기르를 낳았습니다. 카타리나 님께 말했다면 좋았을 텐데, 그러지 않았지요."

"에포니도 어렸구나."

에포니는 호응하지 않았다. 자신의 잘못과 실수를 나이로 변명하고 싶지 않은 듯했다.

"몇 년을 홀로 버텼지만, 애 딸린 미혼모가 할 수 있는 건 많지 않더군요. 파렴치하게도 저는 다시 부오나파르테로 돌아왔습니다. 도련님이 열 살 때의 일입니다."

이쯤 아델도 궁금해졌다. 체사레의 반응이.

"도련님은…."

에포니가 추억을 더듬듯 푸른 눈을 느리게 깜빡이며 말했다.

"그런 저를 다시 받아 주셨습니다. 에기르도 함께요."

"체사레답네."

"예, 도련님답지요."

실소하는 두 여자 사이로 바닷바람이 휭 하고 불었다. 포근하고 그리운 감각이었다. 아델이 머리카락을 넘기며 먼바다를 보았다.

"좀 얼은 있어도 이 정도면 사윗감으로 나쁘지 않잖아요?"

그때 에포니가 점점 안절부절못하며 말했다.

"아델 님, 이처럼 저는 도련님께 받은 게 많아 도련님의 사생활을… 말리지 못했습니다. 하지만 도련님은 그 점을 제외하면 정말로 기질은 선한 분이시고…."

그제야 그녀가 이런 감성적인 이야기를 꺼낸 이유를 그제야 알 것 같았다. 아델이 풋 웃었다.

"딱히 화나진 않았어."

몰랐다면 모를까, 알고 만났으니까. 중요한 것은 늘 현재다.

"그냥 확인해 볼 게 있어서 와 봤을 뿐이야. 처신 하나 똑바로 안 해서 이상한 여자들이 몰려오게 하는 것에 짜증도 좀 나고. 화가 났다거나 질투가 난다거나 하는 것 아니니 안심해."

"…실례지만 그럼 예의 무도회 전까진 괜찮으셨던 건가요?"

"그야 체사레가 잘해 주니까."

"…저, 아델 님, 그건…."

"응?"

"…아무것도 아닙니다."

헛기침한 에포니가 말했다.

"어쨌건 저는 이제 아델 님 편입니다. 도련님도 슬슬 버르장머리를 고치실 때가 됐지요."

결혼식을 준비한다는 핑계로 아델은 이 주를 아도르에서 지냈다. 물론 미리 비밀 수행원들을 불러 모아 선언했다.

"체사레에게 내 일거수일투족을 보고하고 있지?"

"……."

"당분간은 하지 마."

비밀 수행원들이 잠자코 고개를 끄덕였다.

'들어줄 줄 알았지.'

살펴보건대 체사레의 명령은 '아델 비비의 신변에 관련한 문제에서만 타협하지 말고 보고할 것'인 듯했다. 당장 달려올 줄 알았던 체사레는 의외로 얌전히 포르나티에 남았다. 그리고 하루가 멀다고 편지를 보내기 시작했다.

나의 아델에게.
나의 구원을 위해 저 지옥 속에
발자취를 남기는 괴로움을 겪은 줄 아니
보아 왔던 그 많고도 많은 것들을
너의 힘이며 너의 선에서 나온
은혜와 덕스러움으로 이제 받아들이려 하는데
이를 허락한다면
부디 네가 건강히 치유해 준 나의 영혼이 **너의**
뜻에 따라 포르나티에서 풀려나게 하기를.[22]

너의 체사레 부오나파르테.

두란테까지 썼지만 요는 '잘못했으니까 거기 가게 해 줘'였다. 망설임이 있었는지 조금 굵게 그려진 '너의'라는 단어가 마냥 귀엽기만 하다. 하지만 여전히 괘씸하긴 하여, 괜히 심술을 부렸다.

에즈라 경은 직접 그린 풍경화도 보내 줬는데.

---

22 알리기에리 단테, 『신곡』, 한형곤 옮김, 서해문집(2005), 「천국편」 31곡, 80-90행.

다음 날부터 당장 그럴듯한 풍경화가 하나씩 날아왔다. 망할 남자. 그림도 잘 그리네.

> 나의 아델에게.
> 지존한 금지 앞에 나 여기 힘을 잃었고
> 그러매 이미 나의 열망과 의지는
> 같은 방향으로 움직이는 바퀴와 같이
> 해와 다른 별들을 움직이는 사랑이 돌리고 있으며
> 그것이 바로 그대임을 알아주길 바라며.[23]
>
> 너의 체사레 부오나파르테.

그렇게 매일 날아드는 연애편지를 장미 문양 자카르로 감싼 함에 모았다. 에포니가 그 모습을 보고 옅게 웃었다.

"도련님이 좋아하시겠습니다."

"우쭐해질 것 같으니까 비밀이야."

"아무렴요."

2주쯤 더 지나자 카타리나가 찾아왔다. 포르나티에서 가장 유명하다는 양장사, 레미냥 프뤼게가 함께였다.

---

[23] 알리기에리 단테, 앞의 책, 「천국편」 33곡, 142-145행.

"드레스가 완성됐단다!"

정말로 카타리나가 있어서 다행이었다. 자신이 너무 아무것도 몰라서 미안할 지경이었지만, 카타리나는 결혼식 준비가 즐거운 모양이었다. 그녀를 따라 많은 수의 숙녀와 귀부인들이 아도르를 찾았다. 아도르는 순식간에 활기가 넘쳐흘렀다.

"다들 미리 아델 님께 눈도장을 찍어 놓고 싶은 거예요. 결혼식이 취소될 기미가 안 보이니까요."

주느비에브가 넌지시 알려 주었다. 그녀의 말대로 어딜 가든 다들 은근히 자신의 곁을 배회하는 것이 느껴졌다. 아델은 사양하지 않고 시선을 받으며 많은 이들과 만남을 가졌다. 개중에는 치치스베오나 브라치에레로 삼을 만한 사내들도 많았다.

아델의 일상은 귀족들을 통해 체사레에게 전해지는 듯했다. 편지가 점점 간결해졌다.

내가 다 잘못했으니까 얼굴이라도 보고 얘기하면 안 되나?

슬슬 제멋대로 할 줄 알았는데, 정말로 부를 때까지 참으려나.

'귀여우니까 놔두자.'

체사레의 기우와 달리 일과는 별게 없었다. 기껏해야 아도르에서 가장 풍광이 좋은 노천카페에 앉아 숙녀들과 차를 마시는 게 전부였다. 흥미로운 소문도 들을 수 있었다.

"아델 양, 델라 발레의 파티에 관해 들으셨나요?"

조금 늦게 아도르에 도착한 벨루치가의 차녀, 딜라일라 벨루치가 운을 띄웠다.

"델라 발레의 파티요?"

"네, 오셨다면 정말 재밌었을 거예요."

"아! 맞아요, 아주 엉망이었어요!"

언젠가 루크레치아의 소개로 만난 적 있던 빌마 페레티가 거들었다.

"델라 발레 저택이 경매로 넘어간 건 아델 양도 아시죠?"

"네, 체사레가 샀죠."

"저택…. 그걸 저택이라고 할 수는 없죠! 아무튼 저랑 벨루치 양도 초대를 받았어요! 신기하게도 코스를 세 종류로 갖추긴 했더라고요?"

"아아."

아델이 약한 감탄사를 흘렸다. 연회에는 육류, 어류, 가금류의 세 가지 코스를 준비하는 것이 정석이다. 당연히 돈이 많이 든다.

"그럴 여력이 되었나 보네요."

"아마 무리한 듯했어요. 실내 장식은 좀 형편없었거든요! 그런데 이게 중요한 게 아니에요. 그날 생선을 고른 사람들 전부가 식중독에 걸린 거예요!"

아델마저 할 말을 잃었다.

"이게 말이 돼요? 얼마나 싸구려 생선을 썼길래 식중독에 걸려요? 바다가 코앞인데!"

"저는 가금류를 골라서 살았죠."

"심지어 전 돼지고기를 골랐다구요! 광어 세비체를 조금 주워 먹었을 뿐인데 식중독이라니!"

빌마 페레티는 이후로도 온갖 불만을 늘어놓았다. 약간은 어리광이 섞인 투정이라 귀엽고 흥미롭기만 했다. 그녀는 단기 고용인 한 명이 카펫에 발이 걸려 방 한복판에 접시를 엎질렀다는 이야기까지 한 뒤 지쳐서 레모네이드를 주문했다. 이후 딜라일라가 부채를 흔들며 차분히 웃었다.

"물론 파티 자체도 엉망이었지만, 그것만이 문제는 아니더군요. 정말 문제는 에즈라 공이 그 야단법석에도 아무것도 하지 못했다는 거예요."

"정말이지 실망스러워요! 사용인을 엄격하게 혼내긴 했지만 거기서 끝이었어요. 가만히 서서 어쩔 줄 몰라 하더라고요. 보다 못한 부인 한 명이 하인을 부려서 치우라고 명령했다니까요."

레모네이드를 들이켠 빌마가 다시 칭얼거리는 것을 듣고 있는데, 에포니가 슬며시 다가와 뭔가를 내밀었다.

"도련님으로부터 급한 전보입니다."

아델이 양해의 눈빛을 보내고는 전보를 펼쳤다.

'슬슬 봐줘야겠네. 어쩐지 정말로 죽을 것 같으니까.'

편지를 덮으며 미소 짓는 것을 언제 보았는지 딜라일라가 짓궂게 물어왔다.

"체사레 공이신가 봐요. 표정이 확 달라지시네."

아델은 대충 웃음으로 얼버무리며 표정을 가다듬었다. 당사자인 체사레 앞에서는 표정 관리가 잘되는데 남들 앞에서는 조금 풀어지고 만다. 딜라일라가 후후 웃더니 해변 쪽으로 고개를 돌렸다.

"제일 달콤할 때네요. 부오나파르테니 당연히 백년해로하실 테고. 그런데 이래서야 신사분들이 너무 아쉬워하시겠는걸요."

"네? 아아."

아델이 고개를 돌려 해변을 보았다. 웃통을 벗고 수구 중이던 신사들이 기다렸다는 듯이 하얀 치아를 드러내며 웃었다. 윙크를 보내는 이도 있었다.

'흠. 체사레한테 윙크를 시켜 볼까….'

너무 능숙하게 할 것 같다. 저도 모르게 풋 웃고 말았다. 사내들이 턱과 공을 떨어뜨리는 것까지 보고 아델이 고개를 돌렸다.

"사실 정말은 치치스베오도 브라치에레도 생각이 없긴 합니다."

"그래도 하나쯤은 두시면 좋겠어요."

"다들 어쩐지 그걸 바라더군요. 왜인지는 모르겠지만."

"왜겠어요?"

딜라일라가 찻잔을 홀짝였다.

"체사레 공 때문에 눈물 뽑은 숙녀가 한둘이 아니니까요."

"아…."

아델이 조그맣게 웃었다.

"그렇다면야 긍정적으로 검토해 보겠습니다."

"부디요."

숙녀들이 킥킥 웃기 시작했다. 다음 그릇을 내올 눈치를 보던 사용인들이 그 틈을 타 빠르게 그릇을 날랐다. 새로이 테이블 위에 놓인 접시를 본 아델은 눈을 빛냈다.

'빙수!'

포르나티에는 겨울에도 눈이 잘 오지 않는다. 비가 자주 내리는 정도다. 그런데 얼음이라니. 빙수라니.

"그러고 보니 슬슬 열대 과일이 나올 철이네요."

아델이 들뜬 마음을 숨기고 작은 수저로 곱게 간 얼음을 폭 찔렀다. 연유와 묽은 체리 콩포트를 뿌린 얼음이 입에 머금자마자 사르르 녹았다.

'부드러워….'

뺨이 상기되었다. 체사레도, 에즈라도, 가십도 머리에서 전부 날아갔다.

'이건 과일인가?'

아델이 포크로 과일 하나를 폭 찔렀다. 자세히 보니 깍둑썬 과일을 마법으로 얇게 얼린 것이었다.

'엄청난 호사네.'

아델이 기쁜 마음으로 노란 과일을 물었을 때였다. 난데없는 쓰레기 냄새가 콧속을 강타했다. 아델이 저도 모르게 입을 가렸다.

"욱."

딸그랑. 포크가 바닥으로 떨어졌다. 모두의 놀란 눈이 아델에게 향했다.

봄 사교 시즌. 정원에, 호수에, 살롱에 삼삼오오 모인 귀족들은 모두 인사말을 마치기 무섭게 눈썹을 들썩였다.

"입덧했대요!"

"미쳤어!"

"한 달? 두 달?"

"시기를 따지자면 체사레 공이겠죠?"

"모르는 일이죠! 요즘 스텔로네 리조트에 출입하는 신사들은 전부 아델 양을 노리는 것 같던데요? 혹시 아니요. 그중 하나와 눈이 맞았을지….."

06. Celeste Aida

그날 즉시 부오나파르테에서 마차가 아도르로 출발했다.

"과일이래요."

아델이 덤덤하게 말했다. 장소는 스텔로네 리조트의 귀빈용 응접실. 맞은편에는 체사레가 비스듬히 앉아 있었다. 시선을 마주치지 않고 시가를 피우는 중이다.

'독한 냄새.'

아델이 그의 냉랭한 얼굴을 흘끗한 뒤 재차 말했다.

"이름은…."

"두리안."

"그거요."

체사레가 나른할 정도로 느릿한 동작으로 시가를 입에서 빼냈다.

"남섬 특산물이지. 시즌이라고 누가 가지고 올라온 모양이군."

"그런 게 특산물이라고요?"

"냄새는 좀 그래도 맛은 좋아."

"그런가요."

응접실이 다시 조용해졌다. 아델은 전날 새벽에 사람 하나쯤 마차에 실은 듯한 얼굴로 찾아왔던 체사레를 떠올렸다.

"아델."

묵직하게 깔린 목소리가 등골에 소름이 돋을 정도였다.

"내가 어떻게 하면 돼?"

짙은 눈썹 아래로 냉혹한 눈을 하고서, 그는 그렇게 말했다. 에즈라와의 약혼이 깨진 날, 제 약점을 드러내며 이를 악물던 모습이 겹쳐 보였다. 아니, 그보다 더 차분한 얼굴인데도 그보다 더 벼랑 끝에 몰린 사람 같았다. 오직 사랑만이 패배시킬 수 있고, 오직 사랑에만 패배하는 남자.

'어떻게 설명해야….'

그때 뒤에서 지지가 열심히 뭔가를 손짓했다. 아델은 일단 그대로 말했다.

"일단 자고 아침에 얘기해요."
"그래."

체사레는 별일도 아니라는 듯이 정말로 침실로 향했다. 잠이 들었는지는 알 수 없었지만, 아델의 방에 찾아오지는 않았다. 그것은 체념이며 순종이었다.

'아….'

아델은 체사레를 방에 보내 놓고 이마를 짚었다.

'저런 모습을 보려던 건 아니었는데.'

아침이 되어서도 체사레는 먼저 아델을 찾지 않았다. 하지만 아델이 그를 부르자 말끔하게 차려입은 상태로 즉각 응접실에 나왔다. 그리하여 지금 이 상황이었다. 해명을 듣고도 한참을 시가만 피우던 체사레는 담뱃재가 손가락 한 마디만큼 늘어지고 나서야 입을 열었다.

"입덧이 아니고 과일."
"네."

"……."

체사레가 턱을 괸 채 중얼거렸다.

"시체 치울 일은 없겠군."

아델은 몇 번 눈을 깜빡인 뒤 물었다.

"당신 아이일 수도…."

"피임 마법을 받고 있어."

아. 그러시구나…. 다시 대화가 사라졌다. 공기가 어색하다. 아델이 손가락을 꼼지락거릴 찰나, 다정한 목소리가 들려왔다.

"그보다 간만이야."

눈물점을 강조하며 애교와 교태를 부리는 탕아의 미소였다.

"멋대로 찾아온 걸 사과부터 하지."

아델이 멀뚱멀뚱 그를 쳐다보았다. 그럴 기분이 아닐 텐데. 너무 내 기분을 신경 쓰는 거 아닌가….

"안 물어요?"

"뭘?"

"자세한 정황이요. 당신이라면 물을 거라고 생각했어요."

"내가 왜?"

"날 사랑하니까."

체사레가 무표정이 되었다. 무관심보다는 약점을 내보이지 않으려는 반사적인 반응 같았다.

"궁금했던 거 아니에요? 혹시 다른 남자랑 했는지라든가."

"……."

체사레의 턱이 꿈틀거렸다. 그는 느리게 시가를 입에 물다가, 별안간 입매를 찡그린 채 웃음을 터뜨렸다.

"굳이 피해 가는 화제를 밟고 가는 이유가 뭐야? 나한테 고백해야 할 사정이라도 있나? 아니면, 막상 결혼을 앞두니 부오나파르테의 탕아는 영 성에 안 차?"

사정이라니. 이 남자, 생각보다 심각하게 오해하고 있는 모양이다.

"체사레."

"아델 비비."

체사레가 듣고 싶지 않다는 듯이 말을 끊었다.

"나한테도 무서운 건 있어."

아델이 멍하니 그를 바라보았다.

"내가 다른 남자를 사랑하는 거요?"

"네가 날 떠나는 거. 경멸하는 눈으로 보는 거. 무표정으로… 전처럼 남 보듯 하는 거."

"……."

"그것만 아니면 돼."

아델이 눈을 깜빡였다.

"가령 내가 당신을 사랑하지 않더라도 옆에만 있으면 된다고요?"

체사레가 눈썹을 들썩이며 실소를 흘렸다. 부정하지 않는 모습에 아델이 되레 당황했다.

"신기하네요. 하늘 아래 무서운 게 없는 부오나파르테의 개망나니인 줄 알았는데."

"남들한테는 아직 개망나니 맞아."

"혹시 당신이 언급을 피하는 이유가 에기르 경을 보낸 뒤에 한 대화 때문인가요?"

"……."

정곡인가 보다. 행동에 주의를 부탁한다는 말이 그에겐 경고처럼 들린 모양이다.

'실제로 치명적인 잘못을 하면 떠날 각오는 되어 있으니까 틀린 건 아니지만.'

아델이 차분하게 말했다.

"성격을 완전히 죽이라는 게 아니었어요. 그냥 당신이 어떤 행동을 할 때, 그게 오르퀘니나의 황제에게도 했을 만한 행동인지 생각해 달란 거였지. 당신 개망나니인 거야 이미 알고 있었고요."

침묵하던 체사레는 곧이어 칼날 같은 웃음을 터뜨렸다.

"했을 거라면?"

별안간 체사레가 자리에서 일어났다. 통유리를 통해 드리워진 아침 햇살 탓에 아델 위로 그의 그림자가 길게 드리워졌다.

"이봐, 난…."

체사레는 또다시 주머니에 손을 꽂은 채, 아델에게 허리를 굽혔다.

"네가 치치스베오 얘기를 꺼냈을 때부터 널 침실에 가둬 놓고 싶었어. 네가 바다 여신이건, 트레베레움의 왕비건 간에 말이야."

귓가를 어루만지는 숨결에 아델이 움찔했다. 얼굴이 보이지 않는 체사레는 잠시 말을 끊었다가 곧 이를 악물고 말했다.

"네가 나누친의 애송이를 데려왔을 땐 주먹질부터 하고 싶었지. 그리고 네가 나 없는 곳에서 임신했을지도 모른다는 말을 들었을 땐."

체사레가 팔을 뻗어 아델의 뒤편 등받이를 짚었다.

"…나쁜 생각을 했지."

무릎 하나가 아델의 오므린 다리를 가르고 소파에 얹혔다. 점점 몸을 움츠리는 아델에게 체사레가 낮게 말했다.

"네가 상상도 못 할 나쁜 생각."

솜털을 곤두세우는 목소리와 위험한 울림. 그러나 마주친 눈은 수면에 비치는 햇살처럼 아름다운 금빛으로 찰랑이고 있었다. 불안과 슬픔과 체념이 눈 안에서 맥동한다. 문득 에바의 말실수가 떠올랐다.

"체사…. 콜록."

입을 열려던 차에, 매캐한 시가 연기가 공기에 섞여 목구멍을 때렸다. 체사레는 즉각 굽혔던 몸을 세웠다. 물고 있던 시가도 어딘가로 던져 버렸다. 독한 시가를 피우는 정도의 작고 슬픈 반항도 끝났다. 아! 오만하고 나약한 남자 같으니.

체사레가 화제를 끝내려는 듯이 다시 교태로운 눈웃음을 흘렸다.

"그냥 그렇다는…."

"그래 봐야 도련님이면서."

그대로 물러나려는 체사레의 멱살을 아델이 잡아 끌어당겨 왔다.

"나쁜 짓이래 봐야 얼마나 나쁘다고 그래요."

멈칫한 체사레도 지지 않고 소파를 짚었다. 아델이 손쉽게 그의 양팔 안에 갇혔다.

"도련님은 수단이 많아. 마침 '임마두 데군다'와도 친분이 있지."

맹금 같은 눈이 아델을 서럽게 노려본다.

"라지푸트의 수장은 무슨 기발한 변태라도 된답니까?"

"기발하지. 부인이 열일곱이나 되니까."

…그건 좀. 오묘한 표정을 본 체사레가 찡그린 웃음을 지었다.

"하지만 내가 감히 그러겠어? 난 아직 네가 날 왜 사랑하는지조차 알 수 없는데."

아델의 눈이 동그래졌다. 어라, 내가 얘기를….

'안 했네.'

당황한 사이 체사레는 날카로운 낱말을 이어 갔다.

"돈? 돈일 리가. 권력일 리도 없고. 잘생겼다고 말은 하지만 외모 때문이었으면 진작 반했겠지. 섹스야 당연히 아닐 테고."

자해에 가까운 설명을 들으며 아델의 손에서 힘이 빠졌다. 이 남자, 그게 불안했던 거구나. 아델의 반응이 없자 체사레의 목울대가 꿀렁였다. 그는 조바심이 느껴지는 한숨을 내쉬고서 그녀의 어깨에 이마를 얹었다. 그마저 거부를 두려워하듯 조심스러웠다.

"…아델 비비."

"……."

"내가 널 사랑하는 만큼 날 사랑하지 않아도 괜찮아. 이유 따위 없는 치기여도 상관없어."

남자가 망설이다 묻는다.

"…날 사랑해?"

아. 아델의 입에서 탄식이 흘러나왔다. 여신이시여, 어머니시여. 비할 데 없이 오만하나 한낱 사랑에 무너지는 이 개망나니를 제가 어쩌면 좋을까요.

"체사레."

다음 순간 아델이 체사레의 목덜미를 꽉 끌어안았다.

"나는 당신이 생각하는 것보다 더 당신을 사랑하고 있어요."

체사레가 놀란 듯이 몸을 굳혔다. 그러다 굵은 팔로 그녀를 소중히 끌어안았다.

"그 말을 나더러 믿으란 건가?"

"안 믿으면 당신 손해예요."

"매정하군."

"알고 만났으면서."

"그래서 참잖아."

"안 참았으면 좋겠는데요. 그 나쁜 생각이란 것도."

아델이 조심스레 그의 몸을 떼어 냈다. 정면에서 눈을 마주 보고, 손을 끌어와 심장이 뛰는 자신의 가슴 위에 얹었다.

"체사레, 내 삶은 항상 외줄 타기 같았어요. 그래서 난 극단적이고, 과거는 돌아보지 않아요. 단념도 빠르고, 뭐든 혼자 생각하고 해결해요."

"난 그런 네가 좋아."

체사레가 눈매를 찡그리며 말했다. 비하 같은 말들이 내키지 않는 듯했다.

"나도 그래요. 당신이 무슨 과거가 있든, 얼마나 성격이 개차반이든."

아델이 담담하게 말했다.

"당신은 내게 기회를 줬어요. 미래를 줬고요. 나는 그런 당신에게 고마워요. 그런 기회를 준 당신의 재력이 아니라, 같이 '해결해 가자.' 하고 말해 준 당신에게요. 그게 얼마나 어렵고, 힘들고, 기적 같은 말인지 아마 당신 스스로는 모를 거예요."

아델이 입술을 들썩였다. 정말은 이 말을 하고 싶었다.

"의심하지 말아요. 당신은 사랑받을 자격이 있어요. 누구에게나. 그렇지만 특별히 나에게."

그 순간 5월의 태양 같은 금빛 눈이 차츰 커졌다. 열기와 감정이 그 안에서 찰랑인다. 이윽고 어찌할 도리가 없다는 듯이, 체사레가 눈매를 접으며 환한 웃음을 터뜨렸다.

"…영광인데!"

파도처럼, 햇빛처럼. 저항할 수 없는 재해 같은 웃음이 아델의 심장으로 밀려들어 왔다. 너무나 건강하고 찬란해서 빛으로 가득 찬 듯한 미소였다.

"……."

목도한 아델의 얼굴이 저도 모르게 새빨갛게 달아올랐다. 그녀의 변화를 눈치챘는지 체사레는 순식간에 자세를 바꿔 아델을 끌어안고 소파에 앉았다.

"왜, 새삼 반했어? 응?"

"……."

어쩐지 무표정이 잘되지 않는다. 아델은 뺨만 울긋불긋 붉힌 채 체사레의 얼굴을 밀어냈다. 체사레가 청량하게 웃으며 그 손가락을 잡아다 입을 맞추었다.

"…치치스베오는 두지 마. 팔색조 같은 남편을 둔 죄로 그런 놈들로는 만족을 못 할 테니."

대답 대신 고개를 끄덕였다. 체사레가 쌕, 설탕처럼 달콤하게 미소 지었다.

"고마워."

"……."

아, 진짜. 아델이 뛰는 심장을 가라앉히려 애쓰며 괜히 날카롭게 말했다.

"치치스베오는 나도 그냥 남들 눈 때문에 고민했을 뿐이에요."

"참 쓸데없는 걱정을 다 해. 그딴 걸 고민할 시간에 내 생각을 더 해 봐."

체사레가 그새 다시 몹쓸 말씨를 장착했다. 하지만 이편이 더 그답고, 그녀가 좋아하는 모습이었다. 결국 붉어지는 얼굴은 참을 수 없었다. 한숨을 내쉰 아델이 체사레의 머리를 끌어와 이마에 입 맞추었다.

"헛똑똑이 같으니."

"하지만 날 사랑하잖아."

"그렇게 됐네요."

"하하!" 하고 소리 내어 웃은 체사레가 아델을 꼭 끌어안았다. 어깨에 고개를 파묻은 그가 나직이 속삭였다.

"고마워."

다행히 여름 항해 준비는 어느 정도 마치고 아도르로 넘어온 참이었다. 체사레는 아직 불안하다는 핑계로 아델을 방에서 놓아주지 않았다. 실제로 여전히 조금쯤은 불안했다. 평생을 다져 온 생각을 변화시키는 게 그리 간단할 리 없다. 하지만 맞춰 가면 될 일이다. 겪어 본 적 없는 사정을 더듬더듬 헤아려 가며. 아델도 그걸 알았는지 거절하지 않았다. 그리하여 아델은 밤이 되자 완전히 지쳐 버렸다.

"팔도 못 들겠어요…."

축 처진 아델을 체사레가 품에 끌어안았다. 아델은 이리저리 몸을 뒤척이다 편한 자세를 찾았는지 작게 허밍을 시작했다. 이전에도 한밤중에 정원에서 들은 적이 있는 노래였다.

"어쩐지 귀에 익은데. 어디 노래야?"

가만히 허밍을 음미하던 체사레가 물었다. 아델이 약간 웃음기 어린 목소리로 답했다.

"고향이요."

"포르나티에가 고향 아니었나?"

"아니에요."

그러고 보니 아델의 출신이나 가족 관계는 끝끝내 나온 게 없었다. 정말로 바다에서 솟아난 것처럼. 가족이 보고 싶진 않으려나. 그런 생각을 하고 있을 때 아델이 말했다.

"참. 혹시 결혼식 이후로 같이 여행을 갈 수 있을까요? 한두 달 정도….”
체사레가 멈칫했다. 눈이 반짝였다. 드디어 자신이 얼마나 대단한 남자인지 뽐낼 기회였다.
"얼마든지. 어디로 가고 싶은데?”
"그건 비밀이에요. 정확히 어디일지는, 하…아아음, 나도 모르겠고요.”
아델이 자세를 고쳐 그의 목덜미에 고개를 누였다.
"음…. ‘아델라이데호’를 타요. 항해사도 태우고, 해도 그리는 사람도 필요해요. 선적물 없이…. 음. 포르나티에 특산품 정도라면 실어도 좋겠다….”
"신혼여행 맞아?”
"맞아요. 당신한테 선물을 주려고….”
목소리가 점점 웅얼거렸다. 잠이 오는 모양이다. 체사레가 아델을 따라 자장가를 흥얼거리자 아델의 입가에 부드러운 미소가 떠올랐다.
"그립네….”
중얼거림과 함께 아델이 잠들었다.

결혼식이 며칠 남지 않은 날, 에포니가 조심스레 방으로 찾아왔다. 아델은 콘솔 앞에 앉아 난생처음 물감을 만져 보는 중이었다. 체사레가 보내 준 그림에 보답하고 싶어서 몰래 연습 중인 것이었다.
"아델 님, 편지가 왔습니다만….”
아델이 붓을 든 채 고개를 들자 에포니의 조금은 착잡한 낯이 보였다.
"왜 그래?”
"…일단 한번 보시지요.”

에포니가 확답 대신 쟁반을 내밀었다. 붓을 내려놓고 쟁반 위의 편지를 확인하자마자 아델도 잠시 말을 잊었다.

잠시 고민한 아델이 에포니에게 미소 지었다.
"혼자 읽어 볼게."
"……."
에포니가 고개를 끄덕이곤 방을 나갔다. 아델은 조심스레 편지지를 뜯었다.

에기르의 글씨를 보는 건 처음이다. 주인을 닮아 어색하고 서투른 글씨였다.

> 저는 현재 오르퀘나나의 수도인 울름에 있습니다. 전쟁이 끝난 지 얼마 되지 않아 저 같은 외국인도 쉽게 받아 주는 듯합니다. 지금은 단기 용병으로 일하고 있습니다.

아델이 희미하게 미소 지었다. 용병이라니. 어울리지 않지만, 그래서 더 에기르에게 필요한 환경일지도 모른다.

> 처음엔 아무 생각도 없었습니다만, 점점 뭘 하고 싶은지 생각하게 되었습니다. 그래도 아직은 모르겠습니다. 하지만 잘 지내고 있습니다.

안심이 되는 문구 아래로 어쩐지 더 심하게 삐뚤빼뚤한 글씨가 쓰여 있었다.

> 결혼하신다는 이야기를 들었습니다.

아델이 눈이 그 자리에 멈췄다. 어쩐지 다음 문장을 읽기가 망설여졌다. 하지만 그도 변했으리라 믿으며, 시선을 미끄러뜨렸다. 다음 문장은 한참 뒤에 쓰였는지 잉크를 새로 찍은 티가 났다.

> 축하드립니다. 바다 여신의 축복이 아델 님의 삶에 함께하기를.
>
> 에기르 코레르.

편지는 그것으로 끝이었다. 아델이 편지를 덮었다. 답장은 하지 않을 것이다. 에기르도 그런 걸 바라지는 않았을 테니까. 잘 지낸다면 그걸로 충분하다.

아델이 자리에서 일어나 창가로 다가갔다. 에기르의 두 눈과 같은 물빛의 바다가 펼쳐져 있었다.

결혼식은 발라뒤르 클럽이 열리던 신전에서 치러졌다. 크기가 작았지만 어차피 가까운 사이만 초대했기에 상관없었다. 대귀족의 결혼이기에 주례는 포르나티에의 대신관이 섰다.

차오르는 여름의 어느 날, 그렇게 체사레는 검은색의 예복을 차려입고 웨딩 로드 앞에 섰다.

"신부, 입장하십시오."

대신관의 말이 끝나자 신전 입구에 두 사람의 그림자가 비쳤다. 아델이 로완의 팔짱을 끼고서 신전에 들어서고 있었다. 면사포를 쓴 여자의 모습을 보자마자 체사레의 눈가가 뜨거워졌다. 그는 이를 악물고 입매를 다잡았다.

길게 늘어진 머메이드 드레스 자락이 지나칠 때 하객들은 힘껏 갈채를 보냈다. 아델이 사뿐사뿐 걸어 체사레 앞에 다다르자, 로완이 부드럽게 말했다.

"축하한다."

"별말씀을."

체사레는 로완과 강하게 한번 악수한 뒤 아델에게 팔을 내밀었다. 레이스 장갑을 낀 여린 손이 그의 팔짱을 꼈다. 정숙해야 하는 걸 알지만 묻지 않을 수 없었다. 그녀도 자신과 같은 기분을 느끼고 있을까 싶어서.

"기분은?"

아델은 고개를 들더니 속삭였다.

"배고파요."

체사레는 웃음을 터뜨려 버렸다. 그거면 충분했다. 아니, 완벽했다.

"신랑과 신부는 드높은 곳의 여신 앞에서 영원을 맹세하십시오."

대신관의 주례에 따라 체사레와 아델이 마주 보았다. 반지를 교환할 땐 아델이 레이스 너머로 키득거렸다. 시가 레이블 모양으로 맞춘 반지가 우스운 듯했다. 당장 끌어안고 싶은 마음을 억누르고서 체사레가 말했다.

"나는 아델 브륄 슈뢰더를 나의 배우자로 맞이하여, 기쁠 때나 괴로울 때나, 건강할 때나 아플 때나, 항상 당신에게 충실하고, 평생 당신만을 사랑하고 존경할 것을 맹세합니다."

"나는 체사레 부오나파르테를 나의 배우자로 맞이하여, 기쁠 때나 괴로울 때나, 건강할 때나 아플 때나, 항상 당신에게 충실하고, 평생 당신만을 사랑하고 존경할 것을 맹세합니다."

"그럼 신랑과 신부는 맹세의 입맞춤을…."

대신관의 말이 끝나기도 전에 체사레가 아델을 끌어안았다. 그리고 대대로 내려온 면사포를 급하게 넘기고서, 아델의 허리가 젖혀질 정도로 깊게 입을 맞췄다. 깜짝 놀란 듯 굳었던 아델도 이내 그의 목에 팔을 감았다.

그는 이제야 완벽해졌다.

결혼식을 마친 아델과 체사레는 곧장 '아델라이데호'에 탔다. 사람들은 이상하게 여겼으나 그의 변덕스러운 성정 때문인지 그러려니 하는 듯했다.

부우우. 뱃고동이 울리고, 인어만큼 아름다운 여자의 축복을 받은 배가 항해를 시작했다. 배는 얼마 안 있어 더는 산트나르가 보이지 않는 곳까지 나왔다. 이제 사방이 드넓은 바다뿐이다.

"단주님, 방향키를 어떻게 잡을까요?"

늙은 선장이 물어 왔다. 진작 은퇴했으나 워낙 통솔력이 뛰어나 체사레가 억지로 '아델라이데호'의 선장직에 앉힌 사람이다. 그는 아마 이 원정을 신혼부부의 짧은 여행 정도로 생각하고 있는 듯했다. 아마 그건 아니겠지.

"그건 내 부인이 알려 줄 모양이더군."

"예?"

체사레의 말에 아델은 근처의 나무통에 앉아 발을 내밀었다. 흰 웨딩드레스 아래로 새틴 구두코가 아슬아슬하게 드러났다.

"구두를 벗겨 줄래요?"

체사레는 망설임 없이 한쪽 무릎을 꿇었다. 경배하듯, 그러나 은근히 종아리 안쪽을 문지르며 구두를 벗겼다. 아델이 간지럽다는 듯이 발을 뺐다.

"뭐 하는지 안 물어보네요."

"이유가 있겠지."

아델이 한쪽 눈썹을 끌어 올리며 웃었다. 처음에 만날 땐 저런 식으로 웃지 않았는데. 옮은 모양이다. 나쁘지 않은데. 정직하게 말하자면 웃는 모습마저 꼴린다.

체사레가 자리에서 일어나자 아델은 치맛자락을 주섬주섬 모아 쥐더니, 날렵하게 선체 가장자리를 밟고 뛰어올랐다.

"아델!"

"괜찮아요. 이제 조용한걸."

"뭐?"

그녀는 돛을 맨 밧줄로 몸을 지탱하며 점점 선수로 향했다. 하얀 발이 여신상을 밟고 올라섰다. 체사레는 선원들과 함께 멍하니 그 모습을 쳐다만 보았다.

본 적 없는 오연한 낯의 아델이 짙은 녹색의 머리카락을 흩날리며 먼바다를 응시하고 있었다. 하얀 드레스 자락은 물고기의 지느러미처럼 펄럭였다. 아름다움을 넘어 상서롭기까지 하다.

"잘 지내고 있다는 인사는 하는 게 맞으니까."

아델이 중얼거리더니 쥐고 있던 부케의 리본을 풀었다. 부케가 그대로 바다로 던져졌다. 때마침 돌풍이 불었다.

"아이구, 내 모자!"

늙은 선원의 모자와 함께 색색의 화려한 꽃이 돌풍을 타고 흩날렸다. 꽃

잎도 푸른 줄기도 아주 멀리 날아가, 짙푸른 수면 위에 사뿐히 얹혔다. 그것들은 곧 설탕이 녹아들듯 바닷속으로 가라앉았다. 아델이 알 수 없는 미소를 지었을 때였다.

"저기 봐! 돌고래야!"

선원 한 명이 외쳤다. 모두가 우르르 가장자리로 다가갔다.

"운이 좋은걸. 돌고래 떼를 보다니."

"근데 저놈은 색이 다른데?"

체사레도 사람들 틈에 섞여 바다를 바라보았다. 파도를 뛰어넘어 헤엄치는 매끈한 회색 돌고래들 사이로 선명한 분홍색 돌고래 한 마리가 있었다.

"민물에만 살 텐데…?"

나이 든 선장이 희한하다는 듯이 중얼거렸을 때였다.

"체사레, 신대륙을 발견하면 부오나파르테에 큰 이득이 되겠죠?"

아델이 여신상 위에서 물었다. 그녀는 돌고래 떼에도, 분홍색 돌고래의 등장에도 놀라지 않은 것처럼 보였다. '돌고래를 본 적이 있나? 하지만 아델은 바다 멀리 나간 적이 없을 텐데.' 게다가 라크리마강에는 분홍색 돌고래가 살지 않는다.

"…그렇겠지."

체사레가 묘한 기분을 느끼며 답했다. 아델이 희미하게 미소 짓더니 항해사에게 말했다.

"돌고래를 따라가. 좀 걸릴 거야. 해류와 별자리를 제대로 파악해서 기록해. 특히 무풍지대에서는 잠도 자지 말고. 걸리는 해조류나 부유물은 사람 손으로 걷어 내야 하니까."

"예?"

"아델의 말대로 해."

체사레가 덧붙였다. 선장과 항해사는 배와 앞서거니 뒤서거니 하며 뛰어노는 돌고래 떼를 한 번 보고는 더는 반론하지 않았다.

여러 밤낮이 지났을 때, 선장이 체사레에게 다가왔다.
"단주님, 곧 무풍지대에 들어서게 됩니다."
우려의 빛이 섞인 목소리였다. 무풍지대에는 바람이 불지 않는다. 오로지 해류와 노 젓는 힘, 마법석으로만 배를 운항해야 한다. 잘못 흘러 들어가 죽는 이도 다수다. 사람들은 자연히 이 지역을 '마레 클라우숨[24]'이라고 부르게 되었다.
지금껏 무풍지대를 넘어 항해한 배는 우연히 태풍에 휩쓸렸던 상선 딱 한 척뿐. 그들은 각고의 노력 끝에 돌아와 신대륙이 있었노라 말했지만, 다시 그곳으로 돌아갈 방도는 알아내지 못했다.
"그대로 가." 체사레가 시가를 물며 답했다.
"만약 잘못되면 모두 아사입니다. 식량이 충분하지 않습니다."
"'잘못되면'이잖나."
"하지만…."
"선장은 못 들어 봤나?"
"예?"
체사레가 연기를 뿜어내며 낮게 웃었다.
"인어는 바다 여신의 딸이라고들 하지. 별일 없을 거야."

---

24 Mare clausum. 닫힌 바다.

그로부터 며칠 뒤.

"선장님! 육지가 보입니다!"

장루[25]에서 망을 보던 선원의 외침에 모두가 선내에서 뛰쳐나왔다. 그들은 눈이 빠질세라 수평선 너머의 육지를 바라보았다.

"말도 안 돼. 진짜로 신대륙이라고…?"

"내 생애 이런 경험을….'

선장은 이마를 치고, 항해사는 흥분된 얼굴로 선원들을 호령했다. 선원들도 들뜬 기색으로 밧줄을 당겼다. 체사레는 갑판 한복판에서 새로운 대륙을 바라보며 품을 더듬었다. 시가가 필요했다. 너무 터무니없는 일이 벌어지고 있어서.

"이제 구두닭이 소리는 좀 들어가려나요?"

옆에서 목소리가 들려왔다. 돌아보니 편한 옷으로 갈아입고 머리카락을 높이 묶은 아델이었다. 체사레가 헛웃음을 흘렸다.

"앞으론 바다 여신 소리를 듣겠지만 구두닭이보다야 그게 낫겠지."

"맘에 드네요."

쌕 웃는 아델을 지켜보던 체사레가 물었다.

"그런데 정말 뭐야? 내가 인어랑 결혼하기라도 했나?"

아델은 체사레의 손을 잡으며 환하게 웃었다.

"글쎄요. 어떨까요?"

---

25 군함 따위의 돛대 위에 꾸며 놓은 대. 전망대나 포좌(砲座)로 쓴다.

Epilogue

"섬사람이니?"

소년이 눈을 떴을 때 가장 먼저 들은 목소리는 진주와 산호를 부딪쳐 내는 듯한 미성이었다.

"아니면 대륙 사람?"

"콜록, 콜록!"

질문이 갑자기 드넷어로 바뀌었다. 소년에게는 대답보다 바닷물을 뱉어 내는 게 먼저였다. 한참 뒤에야 젖은 고개를 들었다.

"…여긴 어디야?"

주변은 망망대해였다. 소년은 바다 한복판에 툭 튀어나온 바위섬에 누워 있었다.

"섬사람이구나."

소년이 그제야 내내 말을 걸던 존재를 돌아보았다.

"안녕."

"……."

"이 인사가 아니니?"

"아니…. 맞아."

"그렇구나. 그나저나 예쁜 눈이야. 수면에 비치는 태양의 색이네."

"네 비늘도 예뻐."

소년과 여자의 첫 만남이었다.

여자는 아는 것이 많았다.

"바다 너머? 큰 대륙이 있지. 해안선이 복잡하고 수심이 얕아서 물고기가 많아."

"정말로 새로운 대륙이 있어?"

"그래, 말은 다르지만."

여자는 몇 가지 말을 가르쳐 주었다. 소년이 처음 듣는 언어였다.

"어떻게 그런 걸 알아?"

"유실물을 줍는 게 취미거든. 난 너희 세상에 호기심이 있어. 너 이전에 주운 사람은 오르퀘나 사람이었지."

"그래서 드넹어를 할 줄 아는구나. 요즘은 잘 안 쓰는 말이야."

"그래? 시간이 오래 흐르긴 했지…."

여자가 보름달을 닮은 노란 눈으로 먼바다를 보았다. 소년이 물었다.

"외로워?"

"외로울 리가. 어머니가 늘 우리와 함께하시고, 언니들도 있는걸."

"난 외동이야."

"그렇다면 사실 네가 본 외로움은 네 것인 모양이로구나."

며칠이 지났다.

"할머니가 그러셨어. 나는 사랑받을 수 없대."

"저런. 안 됐다."

"왜 나는 안 되는 거야?"
"네가 요트에서 떨어진 데다 헤엄도 못 치는 멍청이라서가 아닐까?"
"…아직 배우는 중이었어."
"헤엄치는 법을 배우기씩이나 해야 한다니 정말 놀라워."

턱 밑에 있는 여자의 아가미가 뻐끔거렸다. 소년은 다리 사이에 얼굴을 묻었다.

"네가 날 사랑해 주면 안 돼?"
"난 널 잘 모르는걸."
"알아 가면 되지."
"너는 너무 조그매."
"난 10년만 지나면 아주 커질 거야. 아버지도 키가 크거든."
"차라리 네가 바다로 오는 건 어때?"
"난 바다에서 숨을 쉴 수 없어."
"무능력하구나."
"왜 자꾸 시비를 거는 거야?"
"시비가 아니라 사실이지."
"두고 봐. 나중에 내가 너무 대단해져서 물장구도 못 치게 해 줄 테니."
"기대할게."

여자가 웃었다.

밤에 눈을 뜨면 여자가 바위에 앉아 있는 게 보였다. 암녹색 물결 같은 곱슬머리가 달빛을 받아 진주처럼 반짝이는 모습이 마치 환상 같았다. 소년은 환상에서 깨고 싶지 않아 그대로 잠든 척했다. 여자는 그대로 소년을 등진 채, 달과 별을 바라보며 알 수 없는 노래를 흥얼거렸다. 눈물이 날 정도로 달콤한 목소리에 소년은 외로움도 잊고 다시 잠들 수 있었다.

"배들이 바다를 시끄럽게 하고 있어. 돛에 푸른 별이 그려져 있던데, 너를 찾는 배 아니야?"
"맞아, 하지만 가고 싶지 않아."
"넌 무능력한 데다가 책임감도 없구나."
"…넌 몰라."
"당연히 모르지. 내 눈에 너희는 참으로 이상해. 넌 이렇게 예쁜 눈을 갖고 있는데 네가 사랑받지 못한다니 믿기지 않아."
"……."
소년의 얼굴이 발갛게 물들었다. 소년은 용기를 내어 말했다.
"그럼 네가 날 사랑해 줄래?"
"내가?"
"네가 날 구해 줬잖아. 나를 주웠으니까 책임져."
"막무가내인 아이구나. 난 네게 아무것도 해 줄 수 없어. 실제로 너는 요 며칠 고작 굴 따위로 연명 중이지 않니?"
"난 그대로 죽어도 좋았어. 평생 굴만 먹는대도 그건 중요한 게 아니야."
"이해할 수 없구나. 누군가에게 사랑받는 게 그토록 중요해? 여신께서 너를 사랑해."
"나는 박애를 원하는 게 아니야. 내 손을 잡아 줄 수 있는 딱 한 사람을 원하는 거야."

난데없이 서러움이 몰려와 소년은 울기 시작했다. 조모 앞에서도 이렇게 아이처럼 울어 본 적이 없었다. 곧 어쩔 수 없다는 듯한 한숨이 들려오더니, 축축한 손이 머리를 쓰다듬었다.

"골치 아픈 아이구나. 알았어. 대신 너는 내게 모든 걸 줘야 해."

"모든 거?"

"너희들이 바라는 모든 것들. 아름다움, 부, 권력, 명성. 나는 바다를 포기하고 너를 선택하기로 한 거야. 이 아름다운 꼬리 대신 우스꽝스러운 다리를 달고 다녀야 하겠지. 몸은 비늘이 벗겨져 솜털투성이가 될 거야. 그러니 나는 응당 그것들을 받을 자격이 있어."

"그런 건 얼마든지 줄 수 있어. 난 부오나파르테를 이어받을 거니까."

여자가 부드럽게 미소 지었다.

"그럼 나는 돌아가서 드높은 곳의 어머니께 청을 올릴게. 너희 두발짐승이 되게 해 달라고."

"정말이지?"

"그래, 하지만 어머니는 아주 변덕스럽지. 그리고 이런 일들엔 대가가 필요한 법이야. 우린 뭔가를 잃어버릴지도 몰라."

"뭘?"

"그건 때에 따라 달라. 예전에 언니 중 한 명은 목소리를 잃어버렸대."

"네 목소리를 듣지 못하는 건 싫어. 그런 일이 없게 할게."

여자가 소리 내어 웃었다.

"그리고 어머니는 약속을 지키지 않는 사람을 싫어하셔. 네가 약속을 지키지 않으면 크게 노하실 거야."

소년이 여자의 손을 잡았다. 물갈퀴가 달린 손가락을 펼쳐 새끼손가락을 엮었다.

"이건 뭐야?"

"약속하는 거야, 네게 모든 걸 주겠다고…. 그러면 넌 날 사랑해 주는 거지?"

"그래."

"평생?"

"우리가 늙어 죽을 때까지. 기쁠 때나 괴로울 때나, 건강할 때나 아플 때나."

소년이 환하게 웃었다.

"기다리고 있을게."

―〈상류 사회〉 완결

SIDE STORY 01

 아델라이데호는 다른 배와 착각하려야 착각할 수 없을 만큼 위풍당당한 신식 범선이다. 먼바다에서 그 아델라이데호가 모습을 드러냈을 때부터 사람들이 스텔로네 상단에 소식을 넣은 모양이었다. 아델과 체사레가 아도르의 항구에 내리자마자 지지가 가장 먼저 그들을 맞이했다.
 "단주님!"
 지지는 안도의 눈빛을 하면서도 장난스럽게 웃었다.
 "크, 좀만 더 늦게 오셨으면 스텔로네 상단은 제가 꿀꺽하는 거였는데요."
 "전갱이가 고래를 삼키지."

체사레가 픽 웃었고, 곧 지지 뒤로 에포니가 발을 동동 구르며 다가왔다.

"가주님, 마님!"

늘 냉담한 에포니도 이번만큼은 걱정이 컸는지 표정에서 안심이 고스란히 드러나고 있었다.

"무슨 일이 생기신 건 아닐까 하고 걱정했습니다. 무사히 돌아오셔서 다행이에요."

아델은 바다에서 불어오는 바람에 머리카락을 넘기며 희미하게 미소 지었다.

"바다 여신께서 지켜보고 계시는데 무슨 일이 있으려고."

그때 지지가 아델라이데호에서 양하 중인 선적물을 넘겨다보며 고개를 빼꼼 내밀었다.

"그런데 단주님, 어째 짐이 갈 때 실었던 거랑은 좀 다릅니다?"

체사레의 시선이 지지를 따라가더니 금빛 눈에 재밌다는 기색이 떠올랐다.

"바다 건너 신대륙의 특산품이야. 표본으로 몇 점씩만 들여왔으니 목록 보고 얘기하도록 하지."

천재 보좌관 지지 만프레디도 체사레의 그 말에는 턱을 떨어뜨릴 수밖에 없던 모양이다.

"…신대륙이요?"

"그래."

"우연히 상선 하나가 흘러 들어갔다가 돌아왔지만 다시 찾아갈 방도는 찾지 못했던 그 신대륙?"

체사레가 픽 웃었다.

"그 신대륙."

지지가 벌어진 입을 하고서 눈을 몇 번 끔뻑였다.

"대체 어떻게…."

그는 그대로 아델에게 고개를 돌렸다.

"아니… 마님이군요?"

신혼여행을 다녀왔기 때문일까, 모두의 호칭이 '마님'이 되어 있었다. 아델은 덤덤히 고개를 끄덕였다.

"부오나파르테에 도움이 될까?"

"도움이요? 도움? 지금 아카데미에서 마님 이름을 교육하게 될지도 모르는 수준의 혁명을 일으키서 놓고 고작 도움?"

"그 정도야?"

"그 정도죠! 지금껏 신대륙에 관한 건 소륵만 알고 있었는데 그 정보가 공개된 거니까요! 이건 무조건 아카데미 교과서에 기록될 겁니다. 진짜요!"

지지가 흥분한 기색으로 입을 놀리더니 체사레를 돌아보았다.

"이거 아무래도 두 분이 결혼하서서 횡재한 건 단주님 쪽인 것 같습니다?"

"그건 원래 그랬고."

"도움이 되었으면 됐어요."

방방 뛰는 지지의 모습과 담담해서 더 낯 뜨거운 체사레의 대답에 아델은 사위로 시선을 옮겼다. 멀리서 그녀를 바라보고 있던 선장과 항해사, 선원들이 흠칫했다가 모자를 벗고는 허리를 굽혔다. 입가에 옅은 미소가 떠올랐다. 교과서니, 혁명이니. 그런 걸 노리고 출발한 여행은 아니었다. 뱃사람들은 누구보다 미신을 믿는 이들이다. 금번의 항해는 좋은 풍문의 시작이 되어 주리라. 아델이 고개를 돌렸다.

"이제 집으로 돌아가요."

아델은 체사레와 마차에 올라탔다. 익숙한 마차 등받이에 등을 기대며 한숨을 내쉬자 체사레가 당장 제 허벅지를 두드리며 쌕 웃었다.

"누워도 되는데."

"침대에 누울 거예요."

"흠, 아쉬운걸."

그러면서 은근한 눈빛을 하기에 조금 질려 버렸다. 배에서도 그렇게 못 살게 굴었으면서 아직도 부족한 걸까.

"밖에, 소리, 훗!"

"파도 소리겠거니 할 거야."

"아…!"

대체 그 마르지 않는 정력은 어디서 나온단 말인가. '역시 허벅지일까….' 하고 종마 같은 다리를 질린 눈으로 보고 있으려니 체사레가 슬금슬금 고개를 기울이기 시작했다.

"아델."

목소리가 교태롭다. 아델은 또 그의 눈물점과 보조개에 넘어가기 전에 반대편으로 옮겨 앉았다. 체사레는 시무룩한 얼굴로 연기하듯 어깨를 으쓱했다가 이내 태연하게 창밖으로 시선을 옮겼다.

아델이 잠시 그 모습을 감상했다. 잘 그을린 대리석을 깎아 낸 듯한 이목구비와 무표정일 때는 조금 차가운 인상, 산화한 청동 빛깔의 광택이 도는 머리카락까지. 이제 명실공히 제 남편이 된 남자의 얼굴을 가만히 바라보며 아델은 생각했다.

'뭐라도 물을 줄 알았는데.'

체사레는 아델에게 아무것도 묻지 않았다. 신대륙을 발견한 그날에조차 그는 배가 낯선 항구에 들어서는 모습을 지켜보다 휘파람을 불었을 뿐이다. 그러고는 놀라고 주눅 든 선원들을 다독이며 낯선 대륙에서 처음 보는 이들과의 만남을 주도했다. 말이 다르니 대화는 통하지 않았지만 손짓과 발짓만으로도 충분했다. 체사레의 호기심 넘치는 눈빛과 당당한 태도 때문인지 그의 신분을 모르는 이들조차 그에게 겸손했다. 개중 누군가는 체사레에게 물었다. 어디에서 왔느냐. 어떻게 바다를 건너왔느냐. 무풍지대를 건널 수 없는 것은 그들도 같았던 모양이다. 체사레는 쌕 웃을 뿐 아델에게 뭔가를 묻거나 그녀를 돌아보지 않았다.

'어떻게 그럴 수 있지.'

선원들은, 항해사와 선장은 많은 걸 묻고 싶은데 차마 물을 수 없다는 눈이었다. 돌고래 군대의 호위를 받으며 무풍지대를 행군할 수 있던 이유 따위를 말이다.

'분명 궁금할 텐데.'

빤히 그를 바라보고 있으려니 다시 눈이 마주쳤다. 체사레는 오랜 여행에도 피로감 하나 없이 싱그러운 미소를 지었다.

"역시 눈을 떼기엔 남편이 너무 잘생겼지?"

'그야 틀린 말은 아니지만.'

아델은 그를 물끄러미 쳐다보다가 물었다.

"안 묻네요."

"뭘?"

"여러 가지 것들이요."

체사레가 보조개가 팬 얼굴로 모르겠다는 듯이 고개를 갸웃했다. 다 알 텐데 모르는 척하는 이유는 뭘까. 별수 없이 일일이 짚어 주었다.

"꽃다발, 돌고래, 신대륙…."

그 말에 체사레는 낮게 웃더니 시가를 피우고 싶은 사람처럼 품을 더듬었다. 그러나 이내 그녀의 눈치를 보며 멈칫하고는 마차 창밖을 바라보았다.

"흠."

찡그린 웃음 뒤로 희미하게 불안한 기색이 보인다. 뜻밖에도 조금 망설이는 기색이다.

"…신화 속에서 인어들 취미가 물거품 되기 아닌가?"

그가 망설인 이유를 알게 되자 조금 웃고 싶어졌다.

"내가 물거품이라도 될 줄 알았어요?"

"동화에는 늘 그런 금기가 있는 법이지. 입을 잘못 놀렸다간, 행동을 잘못했다간… 뭐 그런 것들."

"이제 그럴 일은 없어요."

"'이제'."

"'이제'."

체사레는 한쪽 눈썹을 끌어 올리며 낮게 웃었다. 만족한 듯했다.

"그건 다행이군."

그의 중얼거림에서 진심을 느꼈기에 아델은 희미하게 미소 지어 보였다. 고개를 돌리자 어느새 멀리 스텔로네 리조트의 흰 건물이 모습을 보이고 있었다.

"곧 집이네요."

그렇게 내뱉은 아델은 제 말이 제가 듣기에도 신기하고 우스워 가만히 눈만 깜빡였다. 그녀의 인생에서 집이란 클라리체 도나티와 살던 판잣집이 전부였다. 그나마도 소유주는 니노 영감이었으니 그녀의 집도 아니었다. 그런데 이제 박물관을 닮은 집이 각지에 있고, 그 어떤 조각상보다 아름다운 남자가 손을 잡아 온다.

'이 정도면 지느러미를 벗은 값 정도는 되지.'

"뭐가 그렇게 좋아서 웃으시나, 아델 비비 양은?"

"그냥 옛날 생각이요."

체사레가 궁금하다는 듯이 고개를 갸우뚱했지만 말해 주지 않았다. 그들은 현재에 충실할 것이고 그는 미래를 약속했으니 과거는 더는 중요하지 않았다. 요트에서 떨어져 울던 소년은 약속을 지켰다. 아델은 체사레를 돌아보며 물었다.

"그래서 이젠 수영은 잘하나요?"

마차를 타고 리조트 언덕길을 올라 정문 앞에 내리자 세 사람이 그들을 맞이했다.

"오, 아델!"

"다녀왔니?"

카타리나와 로완 그리고 안도의 미소를 짓고 있는 부집사 홀트였다. 카타리나는 빠른 걸음으로 다가와 아델을 끌어안았다.

"난 또 네가 다시 한번 조난이라도 당한 줄 알았단다!"

아델은 웃고 말았다. 정말이지 그럴 일은 일어나지 않을 텐데, 모두 걱정이 해일만큼이나 크다.

"무사히 다녀왔어요. 소득도 있었고요."

"소득?"

신대륙에 관해 이야기하자 카타리나는 눈이 휘둥그레졌다. 그러더니 제 뺨을 매만지며 아델을 묘한 눈빛으로 바라보았다.

"…난 산트나르의 미신을 믿는 사람은 아니지만 널 보면 어쩐지 믿어야 할 것 같구나."

아델은 대답 없이 미소만 지었다. 카타리나는 그녀의 미소가 묘하다고 생각했는지 눈을 가늘게 떴다가 이내 팔짱을 꼈다.

"뭐 아무렴 어떻니. 인어든 바다 여신이든 지금은 내 예쁜 며느리 아니겠어?"

"물론이죠."

카타리나가 눈을 찡긋했다.

"그래도 네가 어떤 일을 했는지는 알아야 할 거야. 대륙이 요동치고 말 테니."

황족으로 태어나 고등 교육을 받은 카타리나의 말은 옳았다. 새로운 바닷길이 열렸다는 소식은 삽시간에 산트나르 전역에 퍼졌다. 그야 그럴 수밖에. 아델라이데호가 워낙 대규모 범선이었기에 두 사람의 신행에는 꽤 많은 선원이 동행했다. 그 모두가 한목소리로 같은 말을 외쳐 댔다.

"그 부오나파르테 마님이 그랬다니까! 돌고래를 따라가라고! 그랬더니 정말로 해류만 타고도 무풍지대를 지나는 게 아니겠소!"

몇십 개의 입이 일관성 있는 진술을 하기란 쉽지 않다. 그것이 진실이 아니고서야. 그 덕분에 사람들 사이에서는 부오나파르테의 새 안주인이 바다 여신의 축복을 받았다는, 소가 뒷걸음질 치다 쥐를 잡은 느낌의 풍문이 퍼지기 시작했다.

"돌고래랑 노래로 대화를 했대요! 선원이 그러더라고요."

"저는 그분이 동쪽을 가리키니까 길잡이 별이 떠올랐다고 들었습니다."

"애초에 오르퀘니나에서 산트나르로 넘어오다가 조난당했는데도 살아남았다고도 했잖아요? 바다 여신이 진짜로…."

아델 브륄 슈뢰더가 체사레 부오나파르테에게 도움이 되지 않는다는 둥 떠들던 소리는 쏙 들어갔다. 고맙게도, 그리고 예상했던 대로.

이번의 항해로 수익을 올린 것은 아니었으나 시장 조사를 시작했고, 이쪽과 문명 발전도는 비슷한 그들이어도 공예품과 사치품의 수준은 산트나르 쪽이 더 높다는 것이 파악되었다. 체사레의 수완이라면 신대륙의 시장을 장악하는 데에 얼마 걸리지도 않으리라. 그는 미지의 거래 상대가 생겼다는 사실에 적잖이 흥이 오른 듯했다. 아도르에 머물면서도 즉각 시뇨리아 회의를 소집해 신대륙의 정보를 알릴 정도였다. 부오나파르테는 시뇨리아에 신대륙과의 교역을 독점적으로 진행할 것임을 알렸다. 반발은 없었다. 불가능하다고 생각했던 항로가 뚫린 것이니 응당 그러하리라.

"제해권을 둔 싸움은 필연일 테지만 이제 산트나르는 더 번성하겠지. 부오나파르테는 그보다 더 번영할 테고."

밤늦게 침대에서 그녀의 어깨를 토닥이며 체사레는 낮의 일들을 말해 주었고, 그 말들에서 그의 즐거움이 느껴져 아델은 남몰래 미소만 지었다.

아델은 신행을 마치고 나서도 몇 주를 포르나티에가 아닌 아도르에 머무르기로 결정했다.

'바다가 가까워서 기분이 좋아.'

그녀가 정말로 땅 짐승이 되기 전, 그녀의 귓전에는 늘 파도 소리가 울렸다. 이제 파도 소리는 들리지 않지만 과거의 잔재는 남아 있는 모양이다. 바다가 이토록 기껍고 따뜻하게 느껴지는 것을 보면 말이다.

사교 모임을 주최하는 것에 조금은 익숙해졌기에 한창때의 아도르에 남은 것이기도 했다. 주느비에브 말라테스타와 오틸리에 네무르의 도움이 컸다.

"사람들이 다가오고 싶어서 안달이 났네요."

신행을 다녀온 후 첫 다과회에서 이제는 로시 부인이 된 오틸리에 네무르가 부채로 입을 가린 채 말했다. 직언을 잘하지만 예의가 바른 그녀는 아델에게 참고할 만한 부인의 모습을 보여 주었다. 아델은 똑같이 부채로 슬쩍 입을 가리고서 말했다.

"그냥 대놓고 물어봐도 될 텐데 말이에요."

"신항로와 관련된 일이니까요. 쉽게 묻기 어렵겠죠."

그때 옆에 앉아 있던 주느비에브가 살짝 손을 들었다.

"저, 부인, 혹시 그럼…."

그녀는 눈을 빛내며 아델에게 속닥여 왔다.

"정말로 돌고래랑 대화를 할 수 있으세요?"

아델은 멈칫했다가 조금 웃었다.

"그럴 리가요."

"아."

주느비에브는 제 질문이 부끄러웠는지 얼굴을 붉혔다.

"어, 얼토당토않은 질문 죄송해요. 사람들이 다들 그렇게 얘기하길래…."

"뭔가 와전된 모양이에요."

"하, 하지만 부인이 뱃길을 연 건 맞는 거죠?"

거짓말은 하고 싶지 않았기에 아델은 미소만 지었고, 그 미소에 주느비에브는 멋대로 상상의 나래를 펼치기 시작한 것 같았다. 아델은 그 모습을 귀엽게 바라보았다.

주느비에브의 가문인 말라테스타 가문은 최근 형편이 조금 나아졌다. 고서적과 고미술품에 매달리던 말라테스타 공이 체사레의 제안으로 현대 미술에도 눈을 돌리기 시작했고, 그것을 계기로 부오나파르테와 로시의 후원을 받게 된 것이다. 가문의 형편이 나아지자 주느비에브의 표정도 밝아졌고 더는 그녀가 다른 이들에게 빌붙듯이 처신하는 일도 없어졌다. 호사가들은 주느비에브가 이번엔 아델 브륄 슈뢰더에게 빌붙기 시작했노라 떠들었지만 아델도 주느비에브도 그것을 무시했다. 다른 이들이 어떻게 보든 주느비에브가 레이스를 판 돈을 들고 아델을 찾아온 순간부터 두 사람은 진짜 친구였다.

주느비에브와 달리 오틸리에는 흥미롭다는 듯이 아델을 바라보았으나 구체적인 사정을 캐묻지는 않았다. 그런 그녀의 거리감이 아델은 무척 마음에 들었다. 쥬드 로시의 부탁을 넘어 오틸리에와 사이 다붓하게 지내게 된 이유이기도 했다.

"그나저나 공들이 늦으시네요. 요트 경주라면 진작 끝났을 텐데."

오틸리에가 고개를 리조트 입구 쪽으로 돌리며 말했다. 아델 역시 같은 방향을 바라보았다.

"그러고 보니 로시 부인께서는 오늘 포르나티에로 올라가신다고 하셨죠."

아델의 말에 오틸리에가 담담히 고개를 끄덕였다.

"로시 공께서 들를 곳이 있다고 하셨거든요. 아마도 실비아 페롤 양의 묘에 들르시려는 것 같았어요."

아델은 조금 놀라 오틸리에를 응시했다. 오틸리에가 시선을 느끼고는 조금 미소를 지었다.

"제가 그녀에 대해 알고 있어서 놀라셨나요?"

"조금은요. 로시 공이 밝히셨나요?"

"알리는 게 도리일 것 같다고 하시더군요. 영혼을 다해 사랑했던 여인이 있다고요."

오틸리에가 다시 바다 쪽을 돌아보며 담담하게 말했다.

"괜찮다고 답했습니다. 애초에 사랑 없는 결혼이었으니까요. 배신 없이 서로에게 충실하기만 하다면요. 그런 면에서 로시 공은 의리 있는 분이시고요."

아델은 잠시 오틸리에의 감정이 이전에 자신이 에즈라와의 결혼을 다짐했을 때와 비슷하다는 느낌을 받았다. 전우애, 의리, 우정으로 다져진 결혼. 아델 비비는 그것을 받아들일 수 없었지만, 눈앞의 오틸리에 네무르와 자리에 없는 쥬드 로시에게는 그것이 적절한 타협안이었는지도 모를 일이다.

어쨌든 다행히 최근의 쥬드 로시는 생기를 어느 정도 되찾았다. 그의 가슴속에는 여전히 빈자리가 남아 있을 테지만, 오틸리에에게도 그것이 우정이든 뭐든 간에 좋은 감정을 갖고 있는 듯했다.

"행복하길 바라요, 로시 부인. 물론 로시 공도요."

아델의 말에 오틸리에가 미소 지었다.

"부인께서도 여신의 보살핌 속에서 늘 안녕하시길 빌고 있어요. 그야 물론 부오나파르테 공의 보살핌이 있으니 당연히 평안하시겠지만요."

때마침 리조트 입구 쪽에서 사내들의 웃음소리와 우는소리가 동시에 들려왔다.

"또 졌어!"

"아직도 이길 생각을 하고 있었다는 점이 놀라운걸."

"요트 차이야. 요트 차이라고!"

체사레와 쥬드 로시의 대화가 들리더니 두 사람이 모습을 드러냈다. 체사레는 리조트에 들어서자마자 아델을 찾아내더니 순식간에 안색을 밝혔다.

"아델!"

그 모습에 아델과 오틸리에는 서로를 바라보았다가 동시에 웃음을 터뜨렸다.

피서를 위해 각기 바닷가로 향했던 이들이 여름의 후퇴에 따라 포르나티에로 돌아왔다. 카타리나와 로완 역시 그들의 보금자리로 돌아갔다. 체사레는 조금 바빠졌다. 그는 포르나티에로 돌아오자마자 산트나르 전역에 신대륙에 대해 공식적으로 알렸다. 새 범선들이 속속들이 건조되기 시작했고, 선원과 항해사들이 고용되었고, 신대륙에 으스델 사치품들이 배에 실렸다. 체사레는 여름 항해가 끝났는데도 바빠서, 아델은 그를 아침과 저녁에만 볼 수 있게 되었다. 외롭지는 않았다. 아델이 원하면 그 모든 일정을 다 취소할 수도 있는 사람이었다, 체사레라는 남자는. 그것을 알기에 도리어 다녀오라고 말해 줄 수 있었다.

최근 골몰하는 취미 역시도 아델이 외로울 틈을 주지 않았다. 그림이었다.

'형태가 잘 안 잡히네….'

하루는 꽃병 하나를 앞에 두고 이젤 앞에 앉아 있으려니 드물게도 체사레가 화실의 문을 열었다.

"그림 그리고 있었어?"

막 의회에서 돌아왔는지 조금은 가라앉은 낯을 하고 있던 그는 아델을 보자마자 노란 금잔화가 피어나듯 예쁘게 웃었다.

"네, 잘 다녀왔어요?"

"오늘도 평소대로 스포르차랑 대거리하고 왔지."

가까이 다가온 체사레는 아델 앞에 놓인 캔버스를 보고는 소년처럼 눈을 빛냈다.

"이젠 제법 잘 그리는데!"

"……."

아델은 괜히 입술을 모았다. 조금 민망해져서이다. 자신은 아직 형태도 제대로 잡지 못한다. 그에 반해 체사레는 간단한 풍경화 정도라면 무리 없이 그려 내곤 했다. 수영을 못 해 바다에 빠졌던 꼬마라고는 생각도 되지 않는다. 아델이 가만히 멈추어 있자 체사레는 장난기가 돋아난 얼굴로 아델의 손을 잡았다. 그리고 연필을 그대로 캔버스에 가져다 댔다.

"갑자기 그림에 관심이 생긴 이유는 뭐야?"

사내의 손에 잡힌 아델의 연필이 화사하게 피어난 양귀비가 꽂힌 화병의 형태를 다듬기 시작했다.

"초상화를 그렇게 그려 대는데 생기지 않을 리가요."

아델이 등 뒤에서 남자의 체취를 느끼며 답했다. 최근 시가를 완벽하게 끊은 그에게서는 아몬드 향기가 사라졌는데, 기이하게도 보다 포근한 향기가 나기 시작했다. 그 점이 마음에 들어 잠든 체사레의 품에 파고들다가 들킨 적도 몇 번인가 있다.

"그럼 내 부인께서는 나중에 나도 그려 줄 생각인가?"

"화공이 그린 것도 아닌데 그걸 어디다 써요."

"액자에 끼워서 집무실에 걸어 놔야지. 우리 아델 비비가 팔미나 지노블에게 대승했던 카드 옆에."

능청스러운 대답에 아델이 헛웃음을 흘렸다.

"애초에 그 집무실 벽에 자리나 있고요?"

"흠. 그건 그렇군."

체사레는 한 달에 한 번꼴로 화가를 불러 아델의 초상화를 그리게 했다.

한 번 그릴 때마다 몇 시간을 앉아 있어야 해서 그리 내키는 시간은 아니었다. 그러나 완성된 초상화를 내려다보는 사내의 금빛 눈이 더할 나위 없는 기쁨으로 충만해, 결국 또 허락하고야 마는 것이다.

그 초상화들은 모두 체사레의 집무실에 걸렸다. 아주 작은 것은 그가 품에 넣고 다니기도 했다. 눈만을 그려 브로치에 달고 다니기 시작한 것은 아예 산트나르의 대국적인 유행이 될 정도였다.

어쨌거나 초상화는 핑계였다. 그냥 체사레가 가끔 그려 주는 풍경화의 답례로 저도 뭔가 그려 주고 싶었을 뿐이다.

'…그랬긴 하지만.'

아델이 슬쩍 위쪽을 흘끗했다. 사내는 즐기는 듯한 눈빛으로 캔버스를 바라보다가 즉각 아델을 향해 시선을 옮겼다. 이런 상황이면 그는 늘 눈꼬리를 접어 웃으며 관능을 뽐내곤 했기에 아델은 이번에도 그럴 줄 알았다. 그러나 뜻밖에 체사레는 그 조각상 같은 얼굴 가득 부드러운 빛을 띠고서 정말이지 온화하게 웃었다.

"왜?"

"……."

그 별거 아닌 장면에 까닭 모르게 심장이 쿵 하고 울렸다. 남들 앞에서는 그토록 냉담하고 오만하게 자신을 가장하는 남자가, 지금 이 순간엔 기쁨과 행복을 숨기지 않고서 어린아이처럼 무구하게 웃고 있었다. 연필을 쥔 아델의 손이 멈추었다. 당황으로 고개가 천천히 떨어졌다. 조금은 뺨이 붉어졌을지도 모른다. 체사레는 그제야 원래의 그로 돌아와 짓궂게 말했다.

"역시 가까이서 보기엔 조금 자극적이지?"

"…헛소리하지 말아요."

체사레는 웃음을 터뜨리더니 마지막으로 캔버스 위의 연필을 긁어내렸다.

"자, 끝."

그가 그렇게 말하며 손을 떼어 냈을 때, 어느새 캔버스에는 아델의 엉성한 밑그림 대신 섬세한 스케치가 그려져 있었다. 아델은 멍하니 캔버스를 바라보다가 다시 체사레를 올려다보았다. 체사레는 쌕 웃고서 아델의 이마에 입 맞춰 주었다.

"밤에 봅시다, 부인."

남자가 화실을 나간 뒤, 아델은 뜨겁게 느껴지는 이마를 괜히 매만지며 캔버스의 양귀비 화병을 바라보았다. 그녀는 한숨과 함께 연필을 내려놓았다. 아무래도 그림을 걸 만한 벽을 찾아보아야 할 성싶었다.

주느비에브는 최근 많은 다과회에 초대받고 있었다. 말라테스타 가문이 부흥하고 있기 때문이기도 했거니와, 부오나파르테 부인과의 긴밀한 관계 역시도 크게 그러한 정황에 크게 한몫하고 있었다. 그럴 수밖에. 아델 브릴 슈리더. 이젠 아델 부오나파르테라고 불리는 여자는 고고한 겉모습만큼이나 남에게 쉽게 곁을 내어 주지 않았다. 그래선지 사람들은 그녀의 관심사를 알아내거나 그녀에게 접근하기 위해 주느비에브를 이용하는 방식을 택하기 시작했다. 물론 예외는 있었다.

"생각했던 것보다 오래 버티시네요."

들으란 듯한 높은 목소리에 주느비에브의 고개가 돌아갔다. 목소리의 끝에는 황갈색 드레스를 입고 진주 목걸이를 두른 라벤나 부인이 있었다.

그녀는 분명히 주느비에브와 눈을 마주치고도 모른 척 옆에 앉은 부인과 대화를 이어 갔다.

"부오나파르테 공 말씀이시지요?"

"물론이에요."

옆에 앉은 부인은 주느비에브의 눈치를 보면서도 대화를 받았다. 주느비에브는 실례를 구하고서 하던 대화도 멈춘 뒤 라벤나 부인을 향해 눈을 부릅떴다. 하지만 라벤나 부인은 그 모습에 되레 코웃음을 치며 부채를 펼쳤다.

"누가 뭐래도 체사레 공 아니겠어요? 그분의 전적이 얼마나 화려한지 우리 모두가 알고 있죠."

함부로 왈가왈부할 수 없는 주제를 혀끝에 올린 라벤나 부인은 사람들의 침묵에도 괘념치 않고 거들먹거리듯이 턱을 들어 올렸다.

"그분의 밤은 늘 낮보다 길었지요. 그런 분이 이토록 오래 잠잠하시니… 얼마나 답답하실까?"

"하지만 이제 진정한 사랑을 찾으신 것 같던데요."

결국 주느비에브가 발끈하고 말았다. 테이블 몇 개를 건너뛰어 말을 쏘아붙이자 숙녀와 부인들은 화들짝 놀라며 몸을 물려 라벤나 부인과의 눈싸움에 길을 터 주었다.

"진정한 사랑이요!"

라벤나 부인은 과장된 웃음을 터뜨렸다.

"체사레 공은 냉정한 분이세요. 자유분방한 척하시지만 자신이 누구인지, 어떤 위치에 있는지 누구보다 잘 알고 계시죠. 방계라고는 하나 타국의 황족과 혼인하셨으니, 아무래도…."

"지금 체사레 공이 그 부인의 출신 때문에 외도를 못 하고 있을 뿐이라고 말씀하신 건가요?"

"어머, 저는 그렇게 말하지는 않았답니다?"

"거의 그렇게 말씀하신 것과 다르지 않은데요."

라벤나 부인은 느물거리며 주느비에브를 아래위로 훑어보았다.

"저런. 넘겨짚지 마세요, 주느비에브 양. 그랬다가 부오나파르테 부인께 미움이라도 사면 이번에는 정말로 비빌 곳이 없지 않나요?"

"……!"

주느비에브는 그대로 자리에서 일어날 뻔했다. 그것을 막은 것은 머릿속을 스쳐 지나간 아델의 모습이었다.

'아델 양을 봐. 그렇게나 침착하잖아. 그걸 조금만이라도 흉내 낼 수 있다면….'

그러자 주느비에브의 허리가 꼿꼿해졌고 활활 불타는 듯한 머리와 달리 목소리는 차가워졌다.

"그러네요. 진작 부오나파르테에 미움을 사서 비빌 곳이 없어진 부인을 따라가면 안 될 테니 말이에요."

"뭐… 뭐라고요?"

"제가 틀린 말이라도 했나요? 전에 베리시무스 클럽에서 아델 양과 설전을 주고받으신 뒤로 끈이 똑! 떨어지셨잖아요. 지노블에 붙어 계신가 했더니 지노블도 똑! 하고 프리오리에서 떨어졌고."

라벤나 부인의 얼굴이 칠면조의 목젖처럼 빨갛게 물들기 시작했다. 주느비에브가 속으로 혀를 내밀었다.

'흥! 아델 양처럼 우아하게 말하진 못한 것 같지만, 어쨌든 내가 이겼지?'

라벤나 부인은 자리에서 벌떡 일어나 외쳤다.

"정말 무례하군요, 주느비에브 양! 부오나파르테 부인의 총애를 좀 받는다고 해서 이런 경거망동을…!"

"애초에 그 총애받는 사람 앞에서 부오나파르테 부인과 체사레 공을 모욕하진 마셨어야죠."

"모욕이요? 주느비에브 양의 과대망상이겠지요!"

"그럼 우리 대화를 고스란히 체사레 공께 전달해 바쳐도 아무 문제 없으시겠네요?"

"……!"

라벤나 부인이 부채를 움켜쥐었다. 당황한 모습이었다.

"부인과 숙녀들 사이의 오메르타를 무시하겠다는 건가요?"

"애초에 제가 아델 부인에게 대화를 전달하면 체사레 공도 알게 되실 텐데요, 뭐."

주느비에브가 손을 살랑거리며 말했고, 라벤나 부인은 얼굴을 무섭게 굳힌 채 몸을 떨었다. 이내 무슨 생각을 했는지 그녀의 목소리가 음산해졌다.

"어깨에 아주 힘이 바짝 들어갔군요, 주느비에브 양. 하지만 그게 언제까지 갈까요?"

"또 이상한 소리를 하실 생각이시라면…."

"체사레 공은 여자를 갖고 놀 줄 아는 분이세요. 단 한 번도 한 여자에게 정착해 본 적이 없는 분이시고요. 그런 분이 정말로 평생 부오나파르테 부인께 맹목적일 거라고 생각하나요?"

"지금 체사레 공이 외도를 하실 거라고 대놓고 말씀하신 건가요?"

"왜 꼭 외도라고 생각하지요? 이혼이라는 합리적인 법률 제도가 있는데."

주느비에브가 헛웃음을 쳤다.

"아주 저주를 퍼부으시네요. 두 분이 언젠가 이혼하실 거라고요?"

"그럴지도 모른다는 거죠. 사내들이 다 그런 법 아니겠어요? 자기 사내만은 아닐 거라고 생각하는 게 어리석은 거지."

"아델 양은 어리석지 않아요. 적어도 라벤나 부인보다는 현명할걸요!"

Side Story 01.

"어디 한번 두고 보지요. 내 말이 맞다면 주느비에브 양은 평생 내 눈에 그 머리카락 한 올 비치지 말아야 할 거예요."

"이쪽이 할 소리!"

"…라는 대화가 있었다는데."

다채로운 표정과 손짓, 발짓이 곁들여진 쥬드 로시의 구구절절한 설명에 체사레는 한쪽 눈썹을 끌어 올리며 답했다.

"아델이 친구를 잘 뒀군."

"주느비에브 양이 부인들 사이의 얄궂은 이야기를 많이 밟아 준 것 같긴 해."

쥬드가 체사레의 건너편 의자에 앉으며 말했다. 그들이 있는 곳은 의회 건물의 휴게실. 프리오리 회의가 있고 난 뒤 모두가 빠져나가고 단둘이 남은 것이다. 쥬드는 문 쪽을 힐끗하며 덧붙였다.

"하지만 저런 얘기가 숙녀들 사이에서만 도는 건 아니야. 알고 있지, 체사레?"

체사레가 픽 웃었다. 모를 수가 있나. 부오나파르테에는 수많은 가신과 정보원이 있고, 그들을 빼고도 어떻게든 자신에게 줄을 대 보려고 정보를 알아서 갖다 바치는 사람들도 백사장의 모래알만큼이나 많다. 체사레는 눈매를 찡그리며 코웃음을 쳤다.

"흠. 다들 내게 몸이 달아서 안달이라니까."

"그러니까 그런 식으로 말하는 버릇은 좀 고치라니까…."

"문제라도 있나? 내 말투가 어떻든 포르나티에 사교계는 나를 벗겨 먹고 싶어 할 텐데."

"이제 사교계는 자네만 벗겨 먹고 싶어 하는 게 아니잖나."

체사레가 멈칫했다. 지금쯤 화실에서 눈을 빛내며 그림을 그리고 있을 여자가 떠올랐다. 그 광경을 지킬 수만 있다면 그는 정말이지 무슨 일이든 할 수 있었다.

"그렇기야 하지."

"어디선 아예 돈까지 걸기 시작했다더군. 자네나 아가씨가 언제 다른 상대를 찾기 시작할지를 두고 말이야."

체사레가 재차 웃음을 터뜨렸다.

"아르젠토를 보고도 정신을 못 차렸어."

쥬드가 즉각 정색했다.

"줄도산은 안 돼. 참아."

"그 정도 이성은 있어."

"이성이 있는 사람이 아르젠토를 그렇게…."

"아르젠토는 그럴 만했고."

언젠가 아델 앞에서 '점에 키스' 운운했던 여자의 가문은 딸이 입을 잘못 놀린 죄로 사교계에서 영영 떠나야만 했다. 사교계 입방아야 늘 그 모양이니 또 그렇게까지 할 생각은 없지만, 행여나 아델의 심기를 거스를까 봐 신경이 쓰인다. 그는 저택에서 귀엽게도 그림을 배우겠다고 애쓰고 있을 여자가 좋은 것만 보고 좋은 것만 듣기를 바랐다. 그가 그렇게 해 줄 것을 약속했다. 결혼식을 치렀을 때, 시가 레이블을 약지에 끼워 주며 청혼했을 때, 그리고 그 이전….

'이전?'

갑자기 튀어나온 영문 모를 단어에 체사레의 미간이 좁아졌다. 그것을 어찌 해석했는지 쥬드는 고개를 절레절레 저었다.

"그녀들도 반성하고 있을 테니 좀 내버려둬. 이젠 그런 식으로 나서는 사람도 줄었잖나?"

"당연히 그래야지."

체사레가 성의 없이 대꾸하며 관자놀이를 문질렀다.

'뭔가 잊고 있는 느낌이 드는데.'

그가 귓전에 울리는 자장가를 따라 머릿속에 낀 부연 안개 속으로 파고 들려던 찰나, 쥬드가 입을 열었다.

"그래도 자네랑 아가씨가 잘 지내는 것 같아서 다행이야. 그거 아나? 아가씨와 결혼하고 난 뒤 자네 꽤 달라진 거."

아델의 이야기가 나오자마자 체사레는 상념에서 빠져나왔다.

"내가?"

"그래. 여유가 생겼다고 해야 하나, 잔잔해졌다고 해야 하나. 좀 자네 아버님을 닮아 가는 것도 같고."

체사레가 한쪽 눈썹을 끌어 올렸다.

"그건 마음에 안 드는데."

"자네 마음에 들든 말든 사실이 그래."

쥬드가 매무새를 가다듬으며 자리에서 일어났다.

"다시 한번 말하지만 자네는 자네 과거를 알고도 자네를 받아 준 아가씨께 감사해야 해."

모자를 쓰고 떠나갈 채비를 하는 쥬드를 체사레가 물끄러미 바라보았다. 그러다 그는 툭 하고 말을 건넨다.

"넌?"

"나?"

쥬드 로시가 눈을 동그랗게 떴다. 체사레는 잠시 침묵했다가 말했다.

"로시 부인과 잘 지내는 것 같던데."

"아, 오틸리에. 좋은 여자지."

쥬드는 스스럼없이 대답하며 고개를 끄덕였다. 체사레가 그런 그를 말없이 바라보았다. 쥬드는 흔들림 없는 눈으로 그의 시선을 받다가, 이윽고 "하하." 하고 웃었다.

"난 자네가 나처럼 되지 않아서 정말 다행이라고 생각해."

그는 그 말만을 남기고 휴게실에서 떠나갔다.

아델과 결혼한 뒤 체사레는 굳이 무도회, 야회, 다과회, 모임에 참석할 이유를 찾지 못했다. 설령 아무것도 하지 않을지라도 아델 옆에 있을 때가 가장 즐거웠다. 그녀의 모든 표정과 행동이 좋았다. 장난을 쳤을 때 한심하다는 듯이 바라보는 눈빛이, 그러다가도 고개를 들이밀면 한숨 끝에 가만히 입 맞춰 주는 것이 좋았다. 그 뒤에 고요하고 잔잔한 눈빛으로 자신을 바라봐 줄 때는, 그의 모든 삶이 이 순간을 위해 존재한 게 아닌가 하는 착각마저 들었다.

"체사레, 모두가 그런 사랑을 받을 수 있는 건 아니야. 그런 일은 아무에게나 일어나지 않아."

언젠가 그의 조모가 한 말을 기억한다. 그녀의 말은 틀리지 않았다. 그는 누군가를 이토록이나 아낌없이 사랑할 수 있는 상황이 축복과도 같음을 알았다. 그가 느슨해지면, 잡은 손의 소중함을 잊게 되면 사라져 버릴 것을 알기에, 너무나도 잘 알기에 그는 매 순간 아델에게 충실했다. 그로써 그는 완벽해졌다. 물론 때때로 장벽은 있었다.

"월경이에요. 혼자 다녀와요."

토를로냐 주최의 야회가 열리는 날의 초저녁에 아델이 대뜸 찾아와 말했다. 월경은 정신적으로나 육체적으로나 두 사람의 장애물이었다. 다정하고 이성적인 아델은 달거리가 왔다고 그에게 허튼 짜증을 내거나 하지는 않았지만 기분이 몹시도 저조해지곤 했다. 체사레는 즉각 답했다.

"그럼 나도 안 갈…."

"오늘 무도회는 토를로냐 공이 주최하신 거잖아요. 다른 사람이라면 모를까 그런 곳에 불참할 순 없죠."

"그…."

"다녀와요."

아델이 가라앉은 목소리로 말하고서 고개를 돌렸다. 그의 아름다운 부인은 벌써 귀족식의 '그만 말하고 싶군요'를 익혔다. 더 떼를 쓰고 싶지만 안 그래도 힘들 여자에게 부담을 주고 싶진 않다. 체사레는 한숨을 내쉬며 아델의 뺨에 입 맞추었다.

"다녀올 테니 편히 쉬고 있어. 뭐든 필요한 게 있으면 에포니에게 말하고."

"그럴게요."

아델이 그제야 희미한 미소를 보였다. 별수 없이 체사레는 홀로 말에 올랐다. 포르나티에의 야회는 새벽이 되어서야 끝난다. 떠오르는 별들을 바라보며 그는 벌써부터 야회가 지루해졌다.

벨루치가의 차녀, 딜라일라 벨루치는 야회가 열리는 정원 입구에 체사레가 등장하자마자 그에게로 시선을 빼앗겼다. 남의 남자를 탐하려는 것은 아니었다. 그냥 체사레가 그렇게 태어났다. 어딜 가든 남들의 이목을 끌게끔. 그 증거로 그녀뿐만 아니라 모든 이들의 어깨와 고개가 움직였다. 그 모습이 먹이를 든 사람들의 손짓에 따라 움찔거리는 해안가 갈매기들 같아 딜라일라는 조금 웃음을 삼켰다.

"체사레 공, 오늘은 혼자 오셨네요."

딜라일라의 옆자리에 앉아 있던 시얼샤 포스카리가 부채 위에 입술을 숨긴 채 조용히 말했다. 아주 묘하다는 투였다.

"그러게 말이에요. 토를로냐 공의 야회라 두 분이 함께 참석하실 줄 알았는데…. 부인의 몸이라도 안 좋은 걸까요?"

딜라일라는 시얼샤 포스카리의 의도를 알면서도 온건한 답을 내놓았다. 시얼샤는 재미없다는 듯이 부채를 팔락였다.

"또 모르죠, 다른 이유일지도."

그녀가 또다시 예의 묘하다는 투로 말했고, 귀 얇은 빌마 페레티가 그것에 넘어갔다.

"다른 이유라니요?"

시얼샤가 기다렸다는 듯이 목소리를 낮추었다.

"제가 이런 말을 한다고 해서 그것이 사실이란 의미도, 그러길 바란다는 것도 아니에요. 다만, 아시지요? 체사레 공께서 원래 어떤 분이셨는지…."

이후 딜라일라가 보기에 거의 망상에 가까운 억측이 이어졌다. 골자는 '체사레가 드디어 자유를 꿈꾸게 되지 않았겠느냐'는 것이었다. 그러한 주장은 최근 라벤나 부인에게서 시작되어 암암리에 사교계 전역에 알려졌다. 안 그래도 남들의 주목을 받는 사내는 그러한 이유로 좀 더 노골적인 시선 세례를 받게 되었다.

'다들 보는 눈이 없나 봐.'

딜라일라는 그런 생각을 하며 토를로냐 공에게 다가가는 체사레를 일별했다. 체사레 부오나파르테가 오늘 혼자 야회에 참석한 이유가 무엇이건 간에, 딜라일라는 그것이 아델 부오나파르테의 뜻이리라 확신했다. 혼인한 뒤로 두 사람은 공식 석상에서 떨어져 다닌 적이 없으니 응당 그리 생각할 수밖에 없었다. 더불어 아델 부오나파르테를 바라보는 체사레의 눈빛을 보았다면, 시얼샤 포스카리의 추측이 얼마나 얼토당토않은 것인지 금세 눈치챌 수 있을 것이다. 아델 부오나파르테 옆에 있을 때 남자는 놀랍도록 생기가 넘쳤다. 소년다운 활기와 깊은 바다 같은 여유가 동시에 꽃을 피우자 사람들은 아델 부오나파르테가 그를 바꿔도 단단히 바꿔 놓았노라 떠들곤 했다.

'그게 맞긴 한 모양이지.'

딜라일라가 토를로냐 공 옆에서 미소 띤 채 잔을 든 체사레를 흘끗했다. 그는 웃는 낯을 하고 있었으나 활기는 없었고 넘쳐흐르던 생명력도 잠잠했다. 뚝뚝 흘리고 다니던 관능의 자리 역시 냉담함과 침착성이 채웠다. 달리 말하자면, 그는 굉장히 따분해 보였다.

"싸우신 걸까요?"

"그렇게 사이가 좋아 보였는데, 역시 오래가진…."

딜라일라는 귓가에서 들려오는 속삭임에 남몰래 코웃음을 쳤다. 그녀가 보기에 사람들의 숙덕공론은 그저 그들의 희망 사항에 불과했다. 부인이 있건 어쨌건 체사레 부오나파르테와 금단의 사랑을 나눌 수 있다면 거부할 수 있는 사람이 몇이나 되겠느냐는 말이다. 숙녀들과 부인들은 모두 자신이 그러한 희극의 주인공이 되기라도 하길 바라는 모양이었다.

그때 체사레와 이야기를 나누던 토를로냐 공이 잠시 자리를 뜨는 것이 보였다.

'이거 안 좋은데.'

딜라일라가 생각했다. 토를로냐 공은 점잖은 중년 여성으로, 조류처럼 급하고 변덕스러운 야회장의 분위기를 지그시 눌러 주고 있었다. 그런 이가 사라졌으니, 분명….

"저, 체사레 공…."

기다렸다는 듯이 누군가가 체사레에게 다가갔다. 딜라일라는 정원에 선 모두의 눈동자가 휘릭 움직이는 것까지 확인한 뒤 그 대열에 동참했다.

"…저예요, 모니카. 그간 잘… 지내셨어요?"

체사레에게 다가간 이는 모니카 에스테였다. 그녀는 탐스러운 다갈색 머리카락에 뺨에는 매력적인 점이 박혀 있는 숙녀로, 사교계에서도 굉장한 인기를 구가하고 있었다. 루크레치아가 '그렇게 된' 이후로 그녀의 인기는 더욱 높아졌다. 모니카가 등장하자마자 딜라일라는 굉장히 불길한 느낌을 받았다. 이유는 세 가지다.

첫째, 그녀는 한때 체사레의 여인이었다.

둘째, 그녀의 가문인 에스테 가문은 최근 자금난으로 휘청이고 있다.

셋째, 지금 그녀의 눈빛은 먹이를 노리는 맹금처럼 날카로웠다.

'여신이시여. 설마 체사레 공이 부인과 참석하지 않았다고 기회라고 생각한 건 아니겠지?'

긴장감 속에서 모니카와 체사레가 마주 섰다. 체사레는 묘하게 찬기 흐르는 침음을 흘렸다가 웃음기 없는 낯으로 답했다.

"잘 지냈지. 용건은?"

냉기가 뚝뚝 떨어지는 태도에 모니카의 어깨가 움츠러들었다. 지켜보는 딜라일라가 되레 초조해졌다. 체사레가 과거의 여인들에게 몹시 박정하게 굴고 있다는 것을 그녀도 알 텐데.

"용건은 따로 없어요. 그냥… 옛날 생각이 나서요."

하지만 모니카는 꿋꿋했다. 그녀의 큰 눈은 촉촉하게 젖어 반들반들하게 빛나고 있었다. 사내라면 조금쯤 구미가 동할 만도 했다. 하나 그 사내란 자가 보통 사내여야지.

"염병하지 말고 갈 길 가지."

체사레가 상큼하게 웃으며 내뱉은 말에 여기저기서 억눌린 웃음이 터져 나왔다. 모니카의 얼굴은 순식간에 달아올랐다.

"어떻게 그런 말씀을…!"

"내 말투가 이랬던 적이 하루 이틀인가? 어디 가서 체사레 부오나파르테가 영 재수 없다고 욕해도 넘어가 줄 테니 여기서 이만 작별하는 게 어때."

남자는 마지막 말을 내뱉으며 보조개가 폭 패는 천진한 미소를 지었다. 과연 전직 사교계의 개망나니다운 모습이다. 하지만 모니카는 인내심이 깊은 여자였다. 그녀는 잔인한 푸대접에도 표정을 애처롭게 가다듬고는 눈을 내리깔았다.

"부인과는… 잘 지내시나요?"

'아, 너무 흥미진진하긴 한데 제발 그만 말했으면 좋겠다.'

딜라일라는 그런 심정으로 화약고를 향해 돌진하는 불꽃 보듯이 모니카를 바라보았다.

"……."

체사레는 모니카의 질문에 대답하지 않았다. 어느새 그의 웃음기는 사라져 있었다. 그녀의 머리통을 내려다보는 금안은 지극히 싸늘했다. 이윽고 그가 냉소를 흘렸다.

"내 부인에게 언제부터 그렇게 관심이 많으셨을까."

"관심이 없을 수가 있을까요?"

모니카가 주먹을 움켜쥐었다. 돌연 그녀의 표정이 결연해졌고, 음성에는 숨길 수 없는 시샘이 스몄다.

"그렇잖아요. 이런 중요한 자리에 참석도 안 하시다니. 역시 품격이…."

"참 이상하단 말이야."

그 순간 체사레의 큰 손이 눈 깜짝할 사이에 뻗어 나가더니 모니카의 하관을 틀어쥐었다.

"……!"

손에 얼마나 힘이 들어갔는지 모니카의 얼굴이 짓이긴 라비올리처럼 뭉개졌다. 체사레는 온정이라고는 단 한 줌도 남아 있지 않은 차가운 눈으로 모니카를 내려다보았다.

"내가 그다지 인내심이 길지 않다는 걸 알면서도 왜들 내 앞에서 내 신경을 못 거슬러 안달이지?"

"체, 체사레 공…!"

"응? 말해 봐. 남편 앞에서 그 부인을, 그것도 몸이 안 좋아 불참한 부인을 욕하는 건 뭐 하자는 짓이냔 말이야."

"저, 저는 그냥 안부를 묻고자 했을…!"

"안부를 물을 거였다면 토를로냐 공처럼 아델의 몸은 괜찮으냐 물었어야지."

체사레가 날카로운 조소를 터뜨렸다.

"애초에 그게 아니지 않나? 마침 먹잇감이 혼자 참석했겠다, 운 좋으면 에스테가의 재정난을 해결할 수도 있겠다고 생각했겠지."

정답이라는 것을 자리의 모두가 알았다. 모니카의 안색이 살짝 파리해진 탓이다. 체사레는 손에 조금 더 힘을 주며 나른하고 교태롭게 고개를 기울였다.

"안됐네, 운이 나빠서."

순간 모니카 에스테의 두 눈이 불길처럼 타올랐다. 그녀는 체사레의 손을 쳐 내며 울먹였다.

"그래도 한때는 살 붙였던 사이인데 어떻게 그런 식으로 조롱하실 수 있으세요!"

'오, 저런.'

딜라일라가 보기에 모니카는 그 한마디로 자신의 가문을 해저 밑바닥으로 처박은 것과 다름없었다. 체사레는 일전에 아델 브릴 슈뢰더 앞에서 '체사레 부오나파르테가 점에 키스하는 걸 좋아한다.' 운운했던 이자벨라 아르젠토의 가문을 파산시킨 전적이 있다.

즉각 체사레의 얼굴이 굳었다. 사위가 무섭도록 고요해졌고 모두가 체사레의 다음 행동을 숨죽여 기다렸다. 딜라일라는 새삼 실감했다. 체사레의 미소는 그가 날 때부터 지니고 태어난 위압감을 상쇄하려는 위장에 불과하다는 것을.

곧 냉엄한 목소리가 들려왔다.

"밖에서 그렇게 떠들고 다니셨나? '내가 체사레 부오나파르테와 살 붙였던 여자'라고?"

모니카는 그제야 자신과 자신의 가문 앞에 진짜 거대한 위기가 닥쳐왔다는 것을 깨달은 듯했다. 그녀의 얼굴이 갓 단 돛처럼 새하얗게 질렸다.

"그, 그렇지는…."

"아니긴. 한두 번 지껄여 본 솜씨가 아닌데."

"체, 체사레 공…. 제, 제가 말실수를…."

"재밌네. 에스테가가 스텔로네 은행에서 융통해 간 금액을 생각하면 더 재밌고."

모니카의 낯빛이 하얗게 질렸다. 그녀는 벌벌 떨며 숨을 헐떡이더니 별안간 체사레 앞에 무릎을 꿇었다.

"죄송해요! 부인을 모욕하려는 생각은 없었어요! 전 그저 공께 도움을 청하고 싶었을…!"

"모니카 에스테 양."

체사레는 서릿발 같은 목소리로 딱 잘라 말했다.

"스텔로네의 도움 없이도 에스테 가문이 그 잘난 품격을 유지할 수 있을지 한번 보자고."

에스테 가문의 존망이 초읽기에 들어갔음을 선언하는 말이었다.

"아…."

모니카의 얼굴이 절망으로 물들었다. 사방에서 탄식이 터져 나왔다. 딜라일라는 한숨을 쉬며 고개를 돌렸다. 이렇게 또 하나의 가문이 어리석은 최후를 맞게 생겼다.

야회에서의 소식을 전달받은 아델은 숄을 두르고 정문이 보이는 정원으로 향했다.

'치웠다 싶으면 나타난단 말이지, 개미처럼.'

정원으로 나서자 물병을 든 인어가 물을 쏟아 내는 베르첼리의 조각상이 달빛을 받아 하얗게 빛났다. 아델은 분수대 가장자리에 조심스레 걸터앉았다. 시선은 인어의 꼬리로 향했다가 자연스러운 흐름으로 제 다리를 향했다. 이윽고 그녀가 픽 웃고는 분수대에 손을 넣고서 물장구를 쳤다. 부드러운 덩어리감이 손가락 사이를 지나쳐 간다. 그립기도 하지만 후회가 되지는 않았다. 그녀는 약속된 모든 것을 받았으므로.

한참을 그러고 있으려니 멀리서 정문이 열렸다. 말에 탄 사내가 저택에 들어서는 것이 보였다. 아델은 잠자코 그를 기다렸다. 사내는 말에서 내린 뒤 천천히 아델이 있는 분수까지 걸어왔다.

"아델."

거리가 가까워지자 체사레는 희미한 미소를 띤 채 그녀에게 인사했다. 아델은 고개를 들어 둥근 달을 배경으로 선 사내를 올려다보았다. 한 마리의 건강한 말처럼 탄탄하고 아름다운 사내가 눈을 마주쳐 왔다. 다른 누구도 아닌 자신의 남편이다. 세상엔 그걸 모르는 사람이 너무 많은 것 같지만.

"왔어요?"

"응."

"일찍 왔네요."

"보고 싶어서."

체사레가 그렇게 말하며 쌕 웃었다. 아델은 가타부타 말도 없이 가만히 체사레를 응시했다. 그러자 체사레의 낯에서 차츰 웃음기가 희미해졌다. 서서히 떨어지는 시선 너머로 많은 생각이 오가는 것이 보였다. 아델이 그런 그를 바라보다가 옆자리를 두드렸다.

"앉을래요?"

체사레는 맵시 있고 얌전하며 커다란 개처럼 다가와 그녀의 옆자리에 앉았다. 아델은 옆자리의 존재감을 느끼며 고개를 들어 달을 보았다. 보름달이었다. 토를로냐 공이 제때 야회를 연 것이다. 다음 보름달이 뜨는 날에는 이쪽에서 야회를 여는 것도 좋으리라. 그렇게 계속, 꾸준히 보여 주고 짓눌러 주면 개미들도 언젠가는 사라지겠지.

"미안."

불시에 체사레가 입을 열었다. 아델이 보고를 받았다는 사실을 그도 알 것이다. 아델은 달을 바라보며 답했다.

"그러게 적당히 방탕했어야죠."

허탈한 웃음이 들려왔다.

"그랬어야 했는데."

고개를 돌리자 하늘에 달이 뜬 줄도 모르는 듯한 사내가 앉아 있었다. 내리깐 금안이 얼핏 무심했으나, 아델은 그것이 꾸며 낸 것임을 안다. 겉보기로는 전혀 그렇지 않겠으나, 오직 사랑만이 패배시킬 수 있는 그와 같은 사내에겐 돌이킬 수 없는 자신의 과거가 진저리날 만도 했다. 그의 과거를 감싸 줄 생각은 없었다. 자유분방한 것이 죄는 아닐 터이나, 자유에는 늘 책임이 따르는 법이고 그는 그 책임을 지고 있을 뿐이었다. 하나 그렇다고 개미 하나 때문에 체사레가 그 불길 같은 생명력과 자신감을 잃어버리는 모습을 보고 싶지도 않았다.

"체사레."

"……."

"과거를 지울 순 없어요. 하지만 당신 미래는 과거와는 다를 거잖아요. 그러니까 무시해요."

체사레는 입술을 달싹이더니 찡그린 낯으로 머리카락을 쓸어 넘겼다.

"…화도 안 나나?"

"안 날 리가요."

"그럼 차라리 화를 내. 욕이라도 하든가."

"당신한테요?"

"나 때문이니까."

체사레가 입을 다물었다. 이어서 가라앉은 목소리가 흘러나왔다.

"네가 듣지 않아도 될 말들이었어."

"나한텐 아무런 타격도 없는데요. 이제 내 앞에서 그런 말을 하는 사람도 없고요."

"그래도 사람들이 너에 대해 떠드는 게 싫어. 사람들이…."

체사레는 잠시 말을 끊었다가 속이 복잡한 듯한 머리카락을 쓸어 넘겼다.

"…우리가 언제고 헤어질 것처럼 이야기할 것도 진절머리가 나."

아델이 물끄러미 체사레를 응시하다가 물었다.

"불안해요?"

"……."

"당신이 변할까 봐? 아니면…."

남자는 순간 눈매를 찡그리며 웃음을 터뜨렸다.

"이봐, 아델 비비, 늘 말하는 거지만 내가 변할 일은 없어. 나는 다만…."

체사레의 말끝이 흐려지고 두 눈에 많은 감정이 담겼다.

"…다만 네가 언제고 이런 상황에 질릴까 봐. 그래서 날 떠나기로 결심할까 봐."

아델의 눈이 깜빡였다. 아직도 그런 귀여운 걱정을 하고 있었다니. 어쩐지 웃음이 나올 것 같았지만 이쪽의 반응에 촉각을 곤두세우고 있는 남자가 상심할까 봐 삼켰다. 대신 그녀는 비스듬히 시선을 옮겨 하늘의 달을 바라보았다. 언젠가 바다 위의 작고 흰 섬에서 보았던 것과 같은 동그랗고 예쁜 달이다. 아델은 포근하게 내리쬐는 달빛 속에서 입을 열었다.

"글쎄요. 어떠려나."

남자의 심장이 철렁했음이 보지 않아도 느껴졌다. 그 큰 덩치가 움찔하는데 모를 리가. 결국 아델은 남자를 바라보며 미소 짓고 말했다.

"체사레, 물론 당신의 마음이 변한다면 내 마음 역시 변할 거예요. 하지만 그렇지 않을 거잖아요?"

"당연하지."

"그럼 대체 뭐가 걱정이에요?"

그제야 체사레의 눈빛이 그녀에게 닿았다. 길 잃은 어린아이처럼 흔들리는 눈빛에 저도 모르게 웃음이 나왔다. 사랑이란 참으로 묘한 감정이다. 말만 한 사내가 기세를 잃은 모습이 귀엽게 보일 수 있다니.

"나는 주변의 말은 믿지 않아요. 내가 보는 당신을 믿죠. 당신이 원래의 탕아로 되돌아갈 사람이었다면 애초에 당신은 나와 결혼하지도 않았을 거예요. 아니면 나를 만나기도 전에 진작 가문에 도움이 되는 다른 숙녀와 결혼했을 수도 있겠죠."

"……."

"하지만 당신은 아첨꾼과 거짓말쟁이, 협잡꾼과 강도들 사이에서도 당신이 가장 소중히 여기는 것 딱 하나만은 포기할 수 없었고, 그걸 내게 줬어요."

아델이 미소 띤 채 말했다.

"당신 마음이요."

체사레의 목울대가 꿀렁였다. 주먹에는 힘이 들어갔고, 눈매는 또렷해졌다. 그가 감정을 숨기는 방식이다.

'이제는 좀 더 솔직해도 될 것을.'

아델은 가만히 주먹 쥔 체사레의 손 위에 자신의 손을 얹었다.

"나는 그걸 손에 넣었고, 당신은 이제 내 거예요. 그리고 나는 악착같이 살아온 사람이라 내 손에 들어온 건 놓치지 않아요."

"……."

"그러니 걱정하지 말아요. 당신이 변하지 않는 이상 나 역시도 변하지 않아요."

남자는 한참 대답이 없었다. 그저 그녀를 떨리는 눈으로 바라볼 뿐. 오랜 뒤에야 그의 입술이 열렸다.

"…정말?"

언젠가의 소년처럼 천진한 물음에 아델의 입가에 미소가 번졌다.

"정말."

그녀의 대답을 듣고 나서야 남자는 어깨의 힘을 뺐다. 그리고 멍하니 손을 움직여 그녀의 손가락을 하나하나 매만지기 시작했다. 아주 소중한 무언가를 어루만지는 손길이다. 어느 순간 남자는 맞잡은 손에 힘을 주었고, 아델은 똑같이 그의 손을 잡았다.

"조만간 우리가 야회를 열어요. 그리고 보여 주면 되죠. 당신이 얼마나 나를…."

"사랑하는지."

남자가 그녀의 말을 받았다. 아델이 손을 바라보던 시선을 들어 남자의 눈을 들여다보았다. 맑고 간절하며 장난기 하나 없는 눈빛에 잠시 숨이 막혀 왔다. 그러나 그녀는 이내 똑똑히 답했다.

"네, 우리가 얼마나 서로를 사랑하는지."

아델의 말을 끝으로 여신의 손길 같은 밤바람이 느릿하게 그녀를, 또 체사레를 쓸고 지나갔다. 체사레는 그제야 조용히 고개를 들어 보름달을 눈에 담았다. 달빛을 받은 머리카락이 밝은 푸른빛으로 빛났고, 태양 같은 두 눈이 더욱 찬란해졌다. 그 모습이 아델의 가슴속에 잔잔한 파문을 일으

컸다. 어쩌면 자신은 계속 이 모습을 보고 싶었던 것 같다. 사내는 백금처럼 빛나는 달빛을 받으며 멍하니 앉아 있다가, 어느 순간 아델을 향해 고개를 돌렸다.

"…그때 가서 민망하다고 도망치지나 말지."

어느새 그 뺨에는 다시 천진난만한 보조개가 폭 패어 있었다. 역시 그는 이럴 때 가장 그답다. 아델도 따라 미소를 흘렸다.

"뭘 얼마나 하려고요."

"발등에 입이라도 맞춰야 하지 않겠어?"

"그걸로 되겠어요?"

"아니면…."

두 사람의 목소리가 한데 엉켜 밤공기를 채웠다. 조곤조곤하게, 끝없이.

여름 항해가 무사히 끝나자 포르나티에는 또다시 풍요로워졌다. 도시가 활기를 띠었고 물양장에는 상선들이 빽빽이 들어찼다. 사람들은 통통해진 배를 쓸어내리며 후퇴하는 여름을 사냥하듯 남쪽으로 향했다.

아델과 체사레 역시 잠시 하던 것을 접어 두고 토폴로로 향했다. 가을의 한낮에 방문한 토폴로는 아름다웠다. 낮은 주황색 지붕과 하얀 회벽을 넘나들며 가을 장미가 홍수를 이뤘다. 광장을 중심으로 거리마다 장미를 이용한 향수, 비누, 잼과 쿠키, 작은 공예품 등을 판매하는 가게들이 즐비했다.

"뭐든 사, 뭐든."

아델의 눈이 반짝이는 것을 본 체사레는 소비의 요정처럼 그녀를 부추겼다.

"하지만…."

"부오나파르테 정도 되면 내수를 위해서라도 소비해 줘야 하는 법이야."

 틀린 말은 아니었다. 이내 아델은 신중하게 저택에 있을 에포니와 에른스트와 다른 사람들을 위한 기념품을 고르기 시작했다. 사실 한번쯤 해 보고 싶었다. 여행을 가서 누군가를 위한 기념품을 사 오는 것. 이전의 아델에게 그것은 돈도 마음씨도 넉넉한 이들이나 하는 행동처럼 느껴졌다.

 결국 두 사람은 종이봉투를 잔뜩 들고서 토폴로에서 가장 유명하다는, 아주 오래되었다는 카페의 테라스에 앉았다. 부오나파르테의 하인에게 탑처럼 쌓인 종이봉투를 넘긴 체사레는 아델의 뺨이 조금 상기된 것을 보고는 몹시도 반짝거리는 미소를 지었다.

 "마음에 들어?"

 "네."

 아델이 즉답했다. 아닌 게 아니라 그녀는 조금 흥분해 있었다.

 "마을도 예쁘고 가게들도 귀여워요. 재밌어 보이는 것들도 많고…."

 "그랬어?"

 뭔가 더 말하려던 아델은 체사레의 부드러운 눈빛에 말을 잃고 입을 다물었다. 그가 저런 식으로 그녀를 바라볼 때면 정말이지 속이 간질거린다. 아델이 짐짓 태연한 척 거리 끝으로 시선을 돌린 그때였다. 황갈색 드레스를 입은 풍만한 체형의 누군가가 그녀의 시선 끝에 걸렸다. 그녀를 보자마자 들떠 있던 마음이 착 가라앉았다. 아델은 잠시 생각에 잠겼다가 옆자리를 돌아보았다.

 "체사레, 합석해도 될까요?"

 "합석?"

 체사레는 그녀의 시선을 따라간 뒤 의외라는 듯 눈썹을 들썩였으나 거절하지는 않았다. 아델은 자리에서 일어나 카페테리아를 향해 다가오는 누군가에게 다가섰다. 그 누군가는 불쑥 나타난 아델을 보고는 흠칫하더니 눈을 키웠다.

"부, 부오나파르테 부인?"

"라벤나 부인."

아델이 미소 지었다.

"시간 되시면 함께 커피라도 한잔 하시겠어요?"

루이사 라벤나. 통칭 라벤나 부인.

라벤나 가문은 포르나티에서 그다지 권세 높은 가문은 아니다. 본디 델라 발레의 가신 가문에서 출발하였으며, 당대에 이르러서는 노선을 바꿔 지노블에 붙었다가 지노블의 몰락을 계기로 발등에 불이 떨어진 상태였다. 곳간에서 여유가 나는 법이라 하였으니 그 곳간이 말라비틀어지고 있는 지금, 루이사 라벤나의 심기가 좋을 리 없었다.

그런 와중에 황족이라고는 하나 평민처럼 지내던 아델 부오나파르테는 일국의 여왕과도 같은 지위에 올라 승승장구했다. 진솔히 말하자면 꼴 보기가 싫었다. 젊고, 아름답고, 현명하며, 남자까지 잘 만난 그녀를 질투하는 이들은 포르나티에 차고도 넘쳤다.

루이사 라벤나의 행동은 그들과 그리 다르지 않았다. 대놓고는 떠들 수 없으니 그들 부오나파르테 부부가 없는 곳에서 그들, 정확히는 아델 부오나파르테를 깎아내리는 것이다. 그것이 옳지 못한 행동임은 알고 있었으나 모든 걸 다 가진 그 여자의 평판을 깎아내리다 보면 자신이 그녀를 별거 아닌 존재로 만든 듯하여 저열한 쾌감이 느껴지고는 했다. 중요한 것은 하나였다. 자리에 부오나파르테 부부가 없을 것. 물론 그 부오나파르테니, 자신이 사교계에서 무슨 말을 하고 다니는지 정도는 파악하고 있을 것이다. 하지만 현장에서 덜미를 잡힌 것도 아닌데 어쩌겠는가? 게다가 어차피 라벤나 가문은 이미 몰락하고 있었고, 초대장도 점점 줄어들고 있었다. 그녀에겐 더는 뒤가 없었다.

다행히 부오나파르테는 루이사의 악선전에 반응하지 않았다.

"급사를 부를까요?"

하여 아델 부오나파르테의 초대는 루이사에게 큰 당황을 불러일으켰다.

"아, 아니요. 괜찮습니다."

"그러시군요."

아델 부오나파르테가 싱긋 웃었다.

"이렇게 마주치다니 바다 여신께서 보우하셨네요. 안 그래도 이야기 나눠 보고 싶었거든요."

"이야기… 말이지요."

"네, 이야기."

루이사가 건침을 삼켰으나 이내 긴장감을 가다듬어 투지로 갈음했다. 상대는 사교계에 진입한 지 1년밖에 되지 않은 풋내기다. 그녀가 어떤 식으로 루이사를 압박하든 루이사는 회피할 자신이 있었다.

"음… 일단."

아델이 할 말을 고르는 듯 눈을 깜빡였다. 루이사는 그녀가 정중하게 상황을 비판하는 말을 찾지 못하고 있는 것이라 여겼다. 그러나 다음 순간 아델 부오나파르테는 그녀의 눈을 똑바로 들여다보며 말했다.

"뒤에서 저를 험담하는 것 좀 그만해 주셨으면 하는데요."

"……."

루이사의 생각이 멈추고 몸이 굳었다.

"뭐… 네?"

"그런다고 라벤나 가문의 사정이 나아지는 것도 아닌데 그런 비생산적인 활동에 왜 그렇게 열을 쏟으시는지."

"자, 잠깐만요. 부인, 제가 뭘 했다고…."

"험담이요. 이혼할 거라고 저주도 하셨고요."

루이사의 말문이 막힌 사이 체사레는 뭐가 그리도 즐거운지 엄청난 웃음을 터뜨리고서 배를 붙잡고 있었다. 얼굴에 잔뜩 열이 오른 루이사가 겨우 입을 열었다.

"제, 제가 언제…!"

"주느비에브 양과 크게 내기를 했다고 사교계에 소문이 자자하더군요."

루이사가 숨을 멈추고 콧바람을 들이켰다. 그런 건 모르는 척해 주는 게 관례 아니던가!

"주느비에브 양에게 무슨 말을 어떻게 전달받으셨는지는 모르겠지만! 저는 그냥 두 분의 미래를 제 일처럼 걱정하고 또 우려하여…!"

"그래서 저희가 이혼할 거라고요."

"제 말은, 그렇게 될지도 모르지만 그러지 않았으면 좋겠다는…."

"체사레, 나랑 이혼할 생각 있어요?"

그 말에 체사레 부오나파르테는 폭소하던 것을 멈추고 빙긋이 미소 지었다.

"차라리 죽지."

"그렇다는데요."

아델의 덤덤한 눈빛을 받은 루이사는 순간 발끈했다.

"두 분은 아직 신혼이셔서, 뭘 모르셔서 그래요! 세월이 흐르면…!"

"흠, 부인."

순간 체사레가 아델 부오나파르테의 어깨에 팔을 올리며 끼어들었다.

"라벤나 공이 진작 첩질 중이니 다른 남자도 다 그럴 거라고 자기 위안을 삼고 싶으신 마음은 알겠는데, 다른 부부가 다 부인처럼 불행하게 사는 건 아니거든."

루이사의 얼굴이 순식간에 하얗게 질리고 세상이 새까맣게 물들었다. 몇 초 뒤엔 다시 눈과 귀가 열리고 주변의 소음이 쏟아져 들어왔다. 사방에서 자신을 보며 비웃는 것 같았다.

"그, 그걸 어떻게…."

"사교계가 그런 것도 모를 거라고 생각했나? 부인도 참 순진하시군."

체사레는 그렇게 말하고서 천진하고 환한 웃음을 지었다.

"그냥 이 모든 일이 본인의 열등감에서 일어난 일임을 인정하고 잃어버린 양심과 인성을 되찾는 게 어떠신지?"

처음에는 머리를 맞은 사람처럼 멍하던 루이사가 점차 차오르는 분노에 이를 악물고 외쳤다.

"…어떻게 그런 심한 말을!"

"심하긴. 뒤에서 사람들이 다 쑥덕대던걸. 부인이 우리에 대해 떠들고 다니듯이 말이야. 난 부인의 미래를 내 일처럼 걱정하고 우려해서 말해 주었을 뿐이고."

"……!"

또다시 말문이 막힌 루이사를 보며 체사레의 미소는 점점 차가워져 갔다. 그는 몸을 조금 그녀에게 기울이고서 낮게 말했다.

"오늘 이후로 내가 부인을 주목할 일이 더는 없었으면 좋겠군. 알아듣지?"

"……."

"내가 최근에 신문사를 하나 샀는데, 그걸 어떻게 써먹는지 보고 싶으면 계속 떠들고 다니시고."

 루이사 라벤나의 심장이 쿵쾅쿵쾅 뛰었다. 그의 말은 사실이었다. 부오나파르테가 최근 산트나르에서 두 번째로 큰 신문사를 사들였다는 소식에 사람들은 감탄과 두려움으로 몸을 떨었다. 이제 체사레의 마음에 들지 않는 이를 포르나티에 사교계에서 내쫓는 것쯤은 일도 아니게 되었다.

 아니, 그 이전에도 가능하긴 했지. 좀 더 은밀한 방식으로. 결국 사채업자들에게 쫓겨 포르나티에서 도망치기까지 한 에즈라 델라 발레를 보라. 그 건실하던 청년이 그 정도로 무너질 줄을 누가 예상이라도 했느냐 말이다.

 루이사는 결국 식은땀을 뚝뚝 흘릴 뿐 아무 말도 할 수 없었다.

 "현명한 선택 하길 바라지."

 부오나파르테 부부는 그런 그녀만을 남기고서 조용히 자리를 떴다. 남겨진 루이사 라벤나는 주먹을 꾹 쥔 채 앉아 있다가 주변을 흘끗했다. 아닌 척 이쪽에 귀 기울이고 있던 사람들이 고개를 휙 돌리는 모습이 보였다. 그들이 속닥이는 모습이 마치 자신을 비웃는 것처럼 보였다. 루이사는 주먹을 꽉 쥔 채 자리에서 도망칠 수밖에 없었다.

 카페가 멀어지자 아델이 중얼거렸다.

 "내가 하려고 했는데."

 "내 부인이 그런 번거로운 일을 하게 둘 수야 없지."

 체사레가 웃으며 대답했다. 그 말 그대로, 그는 앞으로 좀 더 철저하게 남의 헛바닥을 단속해야겠다는 생각을 하는 중이었다. 더는 아델이 이런 지저분한 일을 하지 않아도 되게끔 말이다. 쏘아붙이는 말을 하는 것도, 사랑에 미쳐서 정신이 나갔다고 욕을 먹는 것도 모두 자신이 하면 된다.

체사레는 말없이 웃었고, 그의 생각을 모르는 아델은 고개를 돌려 그들이 지나쳐 온 거리를 흘끗했다.

"과연 그만둘까요?"

"제 버릇 개 못 주지. 뭐, 라벤나 부인이 생각을 고쳐먹든 아니든 우리가 대처하지 못할 일은 없으니 느긋하게 생각하면 그만이야."

"그건 그렇긴 하지만."

다행히 그의 아름다운 부인은 이성적이고 수긍이 빠르다. 체사레는 쌕 웃으며 그녀의 손을 잡아끌었다.

"이만 라벤나 부인에 대해서는 신경 끄고 즐거운 일만 생각해, 아델 비비. '오늘 산 장미 포푸리를 누구에게 줄까' 같은 일 말이야."

"……."

그의 말에 갑자기 아델의 입술이 오므라들었다.

'아, 부끄러워하는 얼굴이다. 귀여워.'

체사레는 짐짓 태연한 척하는 아델의 모습을 모르는 척해 주며 토폴로에서 아델이 보인 모습을 떠올렸다. 무표정으로 호박색 눈을 반짝반짝 빛내며 장미 포푸리 앞에서 고민하는 모습이 정말이지 끌어안고 싶을 만큼 예뻤다. 그녀의 상기된 뺨과 흥분한 듯 깜빡이는 두 눈이 곧 그의 행복이었다.

매일이 오늘 같기를 빌기엔 아델과 결혼한 뒤로 매일 새롭게 행복했다. 아침에 눈뜰 때마다 하늘과 바다에 감사했고, 저녁에는 자신의 품에 안겨 잠드는 여자에게 감사했다. 충만한 기쁨에 눈시울이 뜨거워진 적 역시 한두 번이 아니었다.

그는 확신했다. 사람들의 저주와 달리 그들은 행복할 것이다. 동화의 마지막처럼 영원히. 왜냐하면 그가 그렇게 만들 것이므로.

아델의 손을 꼭 잡고 마차로 돌아가는 길, 체사레는 나긋하게 허밍을 시작했고 어느 순간 아델이 그런 그를 올려다보았다. 묘한 표정이었다.

"왜?"

"그냥요."

"노래가 별로야?"

"그게 아니라…."

아델이 잔잔한 호박색 눈을 깜빡였다. 눈빛에 그리움이 떠올라 있었다.

"당신이 그 노래를 부르니까 뭔가 재밌고 이상해서요."

체사레가 멈칫했다. 재밌을 건 뭐고 이상할 건 또 뭐란 말인가. 아니, 이상할 건 하나 있지. 그는 이런 노래를 포르나티에서 단 한번도 들어 본 적이 없다. 어디서 들었는지조차 기억에 없다. 그러나 그런 노래를 아델은 한밤중에 정원에서 흥얼거렸고, 이제는 자신이 그러고 있었다.

"그러고 보니 어디 노래인지 모르겠군. 묘하게 익숙하긴 한데."

그의 중얼거림에 아델은 조용히 미소만 지었다. 그런 그녀를 지켜보던 체사레의 머릿속에 또다시 어떤 희붐한 안개가 떠올랐다. 무언가가 떠오를 듯 말 듯 하며 그를 괴롭혔다. 그가 살짝 눈살을 찌푸리려던 그때였다.

"체사레."

아델이 부드럽게 손을 맞잡아 왔다. 그녀는 곧고 맑은 시선을 마주쳐 오며 말했다.

"괜찮아요."

"……."

뭐가 괜찮다는 것인지 전혀 알 수 없었고 설명조차 없었다. 그러나 그 말 한마디에 그가 품고 있던 안개가 스르르 흩어졌고, 무언가를 잊고 있다는 불안감 역시도 녹아내렸다. 체사레의 시선이 맞잡은 손으로 향했다. 그는 중얼거렸다.

"괜찮아."

우린 결국 다시 만났어.

우린….

"우린 행복할 거예요."

"……."

아델의 확신에 찬 어조가 찬란한 햇살 한 조각처럼 체사레의 의식에 깃들었다. 결국 그는 웃음을 터뜨릴 수밖에 없었다.

"영광인데!"

SIDE STORY 02

여자의 가족은 대체로 수심이 얕은 곳으로 향하기를 꺼렸다. 아주 드물게 눈먼 그물에 낚이는 일이 있던 탓이다. 그렇게 낚인 가족이 바다의 품으로 돌아오는 일은 극히 드물었다.

그러나 여자는 호기심이 많았다. 얕은 물에는 비늘이 아름다운 물고기들이 살았고, 좀 더 먼 뭍 위에는 두 발 달린 짐승들이 살았다. 여자는 늘 그들이 궁금하여 얕은 물로 헤엄쳐 가곤 했다.

한번은 사람을 주운 적도 있었다. 운 좋게도 심성이 고운 이였고, 여자의 존재를 알게 되자 몹시도 놀랐지만 이내 친구가 될 수 있었다. 그이는 여자에게 많은 것을 알려 준 뒤 제 나라로 돌아갔다.
 여자의 취미를 알게 된 가족들은 큰 우려를 표했다.

 "언젠가 우리 가족 중 한 명이 인간을 사랑하여 물거품이 된 적이 있음을 너도 알지 않니?"

 물론 알고 있었다. 하지만 여자는 자신이 뭍짐승을 사랑할 일은 없다고 여겼으므로 뭍에 관심 가지는 일을 멈추지 않았다. 고난은 없었다. 여자는 사람들이 어디에, 어떻게, 무엇을 노리고 그물을 치는지 친구를 통해 알고 있었으므로 요령 있게 그것들을 피해 갈 수 있었다.
 그러던 어느 날, 여자는 갑작스러운 풍랑에 요트에서 작은 것이 흘러내리는 것을 똑똑히 보았다. 요트는 넘실대는 파도에 휘말려 먼 곳으로 떠내려갔고, 작은 것은 파도의 이불을 덮고서 공기 방울을 토해 냈다.
 작은 것은 먼바다 색의 머리카락을 가진 소년이었다. 소년은 눈을 질끈 감은 채 허우적거리고 있었다. 여자에게는 적잖이 한심한 모습이었다. 뭍짐승도 대개는 수영할 줄 안다고 들었다. 한데 저런 참혹한 발버둥이라니. 여자는 소년의 움직임이 멎을 때까지도 고민했다.
 '저것을 구할까, 말까.'
 여자의 육지 친구가 마지막으로 한 말이 떠오르지 않았다면 여자는 결코 움직이지 않았을 것이다.

 "그때 나를 구해 줘서 정말로 고마웠어. 너는 내 최고의 친구야."

 가족들은 육지 인간들이 포악하다며 꺼렸으나, 그렇지 않은 육지 인간도 있음을 여자는 알고 있었다. 그렇기에 여자는 물에 잠긴 소년을 바위섬으로 데려갔다.

신체 구조가 다르다는 것은 오르퀘니나의 친구에게 익했다. 여자는 소년의 배를 누르고 입에 숨을 불어넣었다. 얼마 지나지 않아 소년은 정신을 차렸다.

"콜록, 컥, 콜록!"

소년의 목소리는 어리고 맑았다. 여자는 혹시 모를 상황에 대비해 조금 멀찍한 곳에서 꼬리를 살랑이며 소년이 정신을 차리기를 기다렸다. 이윽고 소년의 헐떡임이 줄어들었을 때 여자가 입을 열었다.

"섬사람이니?"

소년이 떨어진 위치를 고려하자면 섬나라 사람일 확률이 높을 것이다. 그러나 소년의 눈빛은 아직 흐릿했고, 여자는 재차 물어야만 했다.

"아니면 대륙 사람?"

소년은 계속해서 속을 게워 낸 뒤 멍하니 주변을 둘러보았다.

"…여긴 어디야?"

"섬사람이구나."

여자는 자신의 추측이 맞았다는 사실이 뿌듯해 괜히 수면에 꼬리를 내리쳤다. 그 소리에 소년이 여자를 돌아보았고, 처음으로 눈이 마주쳤다. 여자는 조금 놀랐다. 소년의 두 눈이 아름다운 금빛이었던 탓이다. 바다의 윤슬만큼이나 반짝이는 눈이었다. 여자와 가족들은 아름다운 것을 사랑하였기에 여자는 경계심을 조금 누그러뜨리고 인사했다.

"안녕."

"……"

"이 인사가 아니니?"

소년은 멍하니 여자를 바라보며 눈을 깜빡이다가 이내 고개를 저었다.

"아니… 맞아."

"그렇구나. 그나저나 예쁜 눈이야. 수면에 비치는 태양의 색이네."

여자의 칭찬에 소년은 당황한 듯이 시선을 숙였다가 마침 시선 끝에 걸린 여자의 꼬리를 본 듯했다. 여자는 꼬리를 흔들었고, 소년은 멍한 눈빛으로 중얼거렸다.

"네 비늘도 예뻐."

여자와 소년의 첫 만남이었다.

소년은 끝없이 펼쳐진 수평선에 절망했으나 다행히 반대편 끝자락에는 섬이 보였다. 그렇게 먼 거리도 아닌 듯했다. 사람의 마음이란 참 간사하지. 그다지 멀지 않다는 것을 알게 되자 도리어 돌아가고 싶지 않아졌다. 사람들이, 조모가 자신을 찾고 있음을 알았으나 그게 무슨 의미가 있단 말인가?

"체사레, 모두가 그런 사랑을 받을 수 있는 건 아니야. 그런 일은 아무에게나 일어나지 않아."

조모는 그렇게 말했다. 그게 사실이라면 소년은 절대로 누군가에게 진정한 사랑을 받을 수 없었다. 부친과 모친처럼 다정하게 안부를 묻고 애정어린 눈빛을 교환할 상대 또한 만날 수 없을 것이다. 소년을 절망케 하기엔 충분한 사실이었다. 소년은 종일 바위섬에 앉아 하늘과 바다만 바라보았다. 여자는 그런 소년을 관찰하며 먹을 것을 가져다주었다. 해조류와 어패류가 주였다.

'왜 내가 죽게 내버려두지 않는 걸까. 날 사랑하는 것도 아니면서.'

그런 생각을 하면서도 소년은 여자가 주는 음식을 감사히 받아먹었다.

"…고마워."

소년이 인사할 때마다 여자는 희미하게 미소 지었고, 그 미소에 소년은 어쩐지 여자의 눈을 마주치기가 어려웠다. 사람 사이의 거리란 때때로 아무 대화 없이도 좁아지는 법이라, 그러는 동안 소년은 여자에게 친밀감을 느끼기 시작했다. 제 고민을 혼자 삭이는 법을 아직 익히지 못했던 소년은 무릎을 끌어안고 앉아 저도 모르게 말했다.

"…할머니가 그러셨어. 나는 사랑받을 수 없대."

"저런. 안됐다."

물가에서 상체만 바위섬에 기댄 여자가 별로 대수롭지 않다는 듯이 반응했다. 여자의 반응에 소년은 좀 더 우울해졌다.

"왜 나는 안 되는 거야?"

"네가 요트에서 떨어진 데다 헤엄도 못 치는 멍청이라서가 아닐까?"

소년은 조금 발끈했다.

"헤엄을 칠 줄 알았어도 그 파도에서는 꼼짝도 못 했을 거야!"

"글쎄. 나는 그렇지 않은걸."

여자가 꼬리를 흔들었다. 소년은 다시 그 꼬리 짓에 매혹당하다가 겨우 정신을 차렸다.

"…아무튼 수영은 아직 배우는 중이었어."

"헤엄치는 법을 배우기씩이나 해야 한다니, 정말 놀라워."

턱 밑에 있는 여자의 아가미가 뻐끔거렸다. 소년은 시무룩한 얼굴로 여자를 바라보았다. 여자는 피하지 않고서 눈을 마주쳐 왔다.

여자는 소년에게 눈이 아름답다고 말했으나, 소년은 반대로 생각했다. 아름다운 건 여자였다. 그녀의 머리카락은 가장 값비싼 흑진주처럼 청록색을 띠었고, 피부는 소금처럼 희었으며, 무엇보다 그녀의 두 눈은 빛이 들이치는 호박처럼 투명한 노란색이었다. 오팔처럼 반짝이는 비늘 달린 꼬리는 말할 것도 없었다. 길게 뻗은 지느러미 같은 귀 역시도 여자의 얼굴 옆에 달려 있으니 나비의 날개처럼 보였다. 이토록 아름다운 이라면 누구에게라도 사랑받을 것이다. 자신과 다르게 말이다.

소년은 차오르는 슬픔에 다리 사이에 얼굴을 묻었다. 저도 모르게 어리광이 튀어나왔다.

"…네가 날 사랑해 주면 안 돼?"

소년은 뒤늦게 아차 했다. 이런 약한 소리는 그가 배우고 있는 제왕학에 어긋나는 행동이었다. 그러나 여자는 담담히 답했다.

"난 널 잘 모르는걸."

여자의 대답은 소년에게 작은 용기를 주었다.

'그렇구나. 이곳에서 나는 부오나파르테의 후계자도 무엇도 아니구나. 이 여자에게 나는 그냥 나 자신이구나.'

소년은 심장이 떨려 오는 것을 느끼며 조심스럽게 말했다.

"알아 가면 되지."

"너는 너무 조그매."

"10년만 지나면 아주 커질 거야."

"그래도 내 친구보다는 작을걸."

"네 친구?"

소년의 물음에 여자가 입을 벌렸다. 소년은 깜짝 놀랐다. 여자의 입에서 높고 아름다운 노랫소리가 울려 퍼졌다. 음 자체는 뱃고동 소리처럼 길게 뻗어 나가는 방식이지만 목소리가 소년이 들어 본 그 어떤 악기보다 고왔다. 노래는 짧게 이어지다 그쳤다. 얼마 안 있어 근처의 수면에 돌고래의 등지느러미가 보이기 시작했다. 이번엔 소년의 입이 벌어졌다.

"지금 돌고래를 부른 거야?"

"친구니까. 같이 헤엄치면 재밌어."

그렇게 말한 여자가 문득 생각났다는 듯이 말했다.

"차라리 네가 바다로 오는 건 어때?"

"…난 바다에서 숨을 쉴 수 없어."

"무능력하구나."

소년은 울컥했다. 반박하고 싶었다. "내가 뭍에서는 그래도 부오나파르테의 후계자야!" 하고 외치고 싶기도 했다. 그러나 여자는 "그래서 그게 뭐?" 하고 담담하게 되물을 것이다. 소년은 자신에게 아무것도 없음을 실감했다. 소년은 무력감을 느꼈으나 반대로 고개를 쳐들고서 아무렇지도 않은 척 외쳤다.

"두고 봐, 나중에 엄청 대단해져서 물장구도 못 치게 해 줄 테니."

소년의 다짐은 진심이었다. 열심히 노력해서 모든 걸 이뤄 낸 뒤 다시 여자에게 당당하게 말하리라. 이제 나는 뭐든 할 수 있고 헤엄도 칠 수 있노라고. 그 순간 여자의 호박색 눈이 가느스름하게 휘어졌다.

"그래, 기대할게."

여자가 웃었고, 소년의 심장이 다시 한번 떨렸다.

소년이 식은땀을 흘리며 잠에서 깼을 때 여자는 노란 눈을 담담히 뜬 채 소년을 내려다보고 있었다. 소년은 멍하니 여자를 바라보다가 몸을 일으켰다. 온몸이 축축했고 으슬으슬했다. 바위섬에는 불이 없었고, 여름이라고는 하나 젖은 옷을 내내 입고 있었으니 감기에 걸려도 이상하지 않았다.
　"돌아갈 거니?"
　여자가 짐작했다는 듯이 물어 왔다. 달빛을 받은 여자는 낮보다 더 고혹적으로 보였다. 하지만 소년이 고개를 저은 것은 그 때문이 아니었다.
　"돌아가 봤자 의미가 없어."
　"왜?"
　"아무도 나를 사랑해 주지 않거든."
　"드높은 곳에 계신 여신께서 너를 사랑하셔."
　"여신이 내 손을 잡아 주진 않아. 나를 끌어안아 주지도 않고."
　여자는 이해할 수 없다는 듯이 비늘을 부딪쳐 소리를 냈다. 영롱한 소리에 소년의 고개가 들렸다. 소년은 여자를 가만히 바라보다가 물었다.
　"넌 외롭지 않아? 가족은 있어?"
　"물론 있지. 친구도 많아."
　"온 세상에서 너 하나만을 특별하게 바라봐 주는 사람은?"
　여자가 다시 한번 비늘 부딪치는 소리를 냈다. 소년은 희미하게 웃었다.
　"나는 그런 사람이 필요해."
　여자는 침묵했다가 물었다.
　"왜?"
　"왜냐면…."

소년은 시선을 옮겨 어두운 수평선을 바라보았다. 까마득했다. 무섭고, 이리 오라고 손짓하는 듯도 했다. 소년이 중얼거렸다.

"혼자는 외롭고 무서우니까…."

"……."

"그러니까 두 명이었으면 좋겠어. 누군가와 손을 잡고 싶어. 그러면 나는 절대 물러서지 않고 해일이든 폭풍이든 맞서 싸울 수 있겠지."

"바다와 싸우는 건 어리석은 짓이야."

"사랑하는 사람을 위해 무언가를 하는 게 어떻게 어리석을 수가 있어? 그건 아주 굉장한 일이야. 아무나 할 수 없는 일이기도 하고."

"네 말은 마치 네가 그 '사랑하는 사람'을 위해서라면 높은 곳의 어머니께 라도 대적하겠다는 뜻으로 들리는구나."

"맞아."

여자는 심기가 불편한 듯이 꼬리를 철썩였다.

"불경하고 미련한 짓이야."

"그래도 할 거야, 필요하다면."

"왜?"

"사랑하는 사람을 위해서니까."

거기까지 말한 소년은 이토록 솔직하게 속마음을 고백한 것이 짐짓 부끄러워져 헛기침했다.

"너는? 사랑하는 사람이 있어?"

여자는 입을 다물었다가 망설이며 답했다.

"네가 말한 그런 게 사랑이라면 나는 그런 건 몰라."

소년이 말끄러미 여자를 바라보다가 재차 물었다.

"외롭지 않아?"

"외롭다고 생각해 본 적은 없어. 하지만…."

여자가 수평선으로 시선을 돌렸다. 그녀는 오래도록 밤바람을 맞다가 속삭이듯 답했다.

"이상하네. 네 말은 아주 특별하게 들려. 생각해 본 적도 없는 것을 생각하게 해."

여자의 말에 소년의 심장이 요동쳤다. 소년이 뭔가를 더 말하려 했으나 순간 기침이 튀어나왔다. 여자가 다시 소년을 돌아보았고, 소년은 제 몸을 끌어안은 채 여자의 시선을 받았다. 여자는 망설이는 듯하더니 물었다.

"…내가 널 안아 주면 네가 좀 덜 외로워질까?"

소년의 눈이 커졌고 심장은 두방망이질 치기 시작했다. 소년은 머뭇대며 답했다.

"그래 주면 난 널 좋아하게 될지도 몰라."

"쉬운 남자네."

여자가 예의 시비를 거는 듯한 말투로 말했으나 소년은 자신도 그렇게 생각했기 때문에 웃을 수밖에 없었다.

"그러게. 너한테는 그런가 봐."

"……."

여자의 입술이 조개처럼 딱 다물렸다. 두 사람은 한동안 시선을 공유했고, 소년이 먼저 자리에서 일어나 물가로 다가갔다. 그리고 천천히 팔을 벌려 여자의 몸을 끌어안았다. 보드라울 거라는 생각과 달리 여자의 피부는 단단했다. 감촉 역시 매끈했고 체온도 그리 높지 않은 듯했다.

'정말 나와는 다른 거구나.'

소년은 까닭 모르게 실망감과 공허함을 느꼈다. 초조감도 찾아왔다. 만약 자신이 물로 돌아가 버리면 여자와는 그대로 작별인 걸까?

"…너는 포르나티에까지는 안 와?"

여자의 머릿결을 쓸어내리며 소년이 물었고, 여자는 귀 지느러미를 움직였다.

"포르나티에가 어디지?"

"음… 라크리마강은 알아?"

소년은 열심히 포르나티에와 라크리마강에 대해 설명했다. 다행히 여자가 알아들었다.

"그곳은 물이 너무 얕아. 사람도 너무 많지. 위험해서 우리 중 누구도 거기까지는 가지 않아."

"아…."

소년의 기분은 참담해졌다. 그러나 빠르게 답을 구하는 그의 이성은 어떻게든 여자를 만날 방법을 생각해 냈다. 포르나티에가 안 된다면 아도르로 가자. 말을 타고 아도르에 가서, 요트를 타고 먼바다로 나가는 것이다. 수영 역시 배워야 할 것이다. 그 정도로 노력하면 여자와 다시 만날 수 있지 않을까?

그러나 소년이 계획을 설명했을 때 여자는 덤덤한 반응을 보였다.

"왜 그렇게까지?"

"너는 내가 마음에 안 들어?"

"나는 너를 몰라."

"하지만 내 눈이 예쁘다고 했잖아."

"맞아. 네 눈은 정말로 예쁘지. 그렇다고 해서 우리가 다시 만나야 할 이유가 될 수는 없어."

"그럼 나를 돌려보낼 거야?"

"네가 원한다면."

여자는 아쉽지도 않은 모양이었다. 안달이 난 이는 소년뿐이었다. 소년은 더욱 강하게 여자를 끌어안았다.

"바다는 넓잖아. 너는 외롭지 않아?"

"말했잖아, 어머니가 우리를 사랑하신다고."

"그럼 내 손을 잡아 주지 않을 거야?"

"너는 어리광쟁이구나."

"어리광쟁이는 싫어?"

여자는 잠시 침묵했다가 처음으로 듣는 망설임 섞인 어조로 답했다.

"잘 모르겠어. 너 같은 사람을 만나 본 적이 없거든."

"싫다는 뜻이야?"

소년이 불안하게 물으며 몸을 떼어 냈다. 두 사람의 눈이 마주쳤다. 여자는 물끄러미 소년의 눈을 바라보다가 고개를 저었다.

"싫진 않은 것 같아."

"나도 네가 좋아."

여자가 고개를 갸웃하며 꼬리로 수면을 철썩 내리쳤다. 의아하다는 듯한 몸짓이다. 그것이 제법 귀엽게 느껴져 소년은 눈물도 잊고 웃어 버렸다.

"너는 아무것도 아닌 나를 구해 줬잖아. 푸른 별이 뭔지도 모르면서, 아무런 대가도 없이 말이야."

"호기심이었을 뿐이야."

"그래도 나는 네게 고마워. 내가 부오나파르테가 아니더라도 누군가의 도움을 받고, 누군가와 끌어안을 수 있다는 걸 알려 줬으니까."

"……."

여자가 가만히 소년을 쳐다보았다. 그 지긋한 시선에 소년은 갑작스레 쑥스러움을 느꼈다.

"그러니까…."

"……."

"…내 옆에 있어 줄래?"

"……."

여자는 대답이 없었다. 소년은 말이 없는 여자의 손을 살며시 붙잡았다. 여자는 여전히 대답하지 않았지만, 잡힌 손을 빼지는 않았다. 그저 속을 알 수 없는 노란 눈으로 가만히 맞잡은 두 손을 바라볼 뿐.

소년은 더는 춥지 않았다.

"기다리고 있을게."

소년과 약속한 뒤 여자는 바다를 가로질렀다. 바람이 불지 않는 바다의 한복판에는 작고 하얀 섬이 있다. 여자의 가족들은 그곳을 신성한 땅이라 불렀다. 여자는 홀로 그곳으로 향했다. 여자가 신성한 땅으로 향하려는 것을 눈치챈 가족들은 겁을 주고 애원하고 만류했다.

"넌 물거품이 되고 말 거야!"

여자도 언니 중 한 명이 결국 물거품이 되고 만 것을 알고 있었다. 자신이 왜 소년을 위해 이토록 아름다운 세계를 포기하려 드는 것인지도 정확히 알 수 없었다. 하지만 여자의 마음이 그리하라 말했고, 그렇기에 여자는 하얗고 작은 땅을 향해 헤엄쳐 나아갔다. 그러는 내내 여자는 소년에 대해 생각했다.

여자는 제법 오랜 시간을 존재해 왔고, 그러는 동안 누구도 여자에게 그런 식으로 생떼를 쓴 적이 없었다. 자연과 바다의 모든 것들에는 법칙이 있었고, 누구도 그것을 거스르려 하지 않았다. 백 년의 시간이 흘러도 바다는 아무것도 변하지 않는다.

소년은 달랐다. 태양 같은 두 눈을 가진 그 어린 것은 악착같이 모든 것을 거스르고 해내려 들었다. 소년은 심지어 그 바위섬에서 이를 갈고 수영을 연습하더니 이제는 어설프게나마 물장구를 칠 수 있게 되었다. 처음 만났을 때만 해도 물에 빠져 죽어 가던 그 소년이 말이다. 그러면서도 굴과 조개를 받을 땐 무구한 눈으로 감사를 표하지.

여자의 삶에서 그런 이는 처음이었다. 오르퀘나 출신의 첫 친구도 그런 성격은 아니었다. 소년을 보고 있노라면 문득 많은 것들이 궁금해졌다. 이런 소년을 만든 저 육지는 어떤 곳일까? 소년 같은 이들이 가득할까? 그곳에선 모두가 이토록 굳세고 또 외로울까? 그렇다면 소년은 육지로 돌아가 결국 외로움에 길들고 말까? 여자는 그 사실에 희미한 안타까움을 느꼈다. 여자는 소년이 그 악착같은 의지를, 태양의 빛을 잃지 않길 바랐다. 그것은 적이 아름다웠으므로.

그리하여 보름달이 뜬 날, 여자는 섬에 앉아 눈을 감고서 전승되어 오는 노래를 불렀다. 소년은 그것을 자장가라고 생각한 모양이지만. 남빛의 바다와 하늘 사이에서 높은 곳에 닿을 노랫소리가 길게 이어졌다. 주변에서는 간혹 여자를 말리려는 듯한 돌고래 울음소리가 들려왔다. 그래도 여자는 노래를 멈추지 않았다. 이윽고 노래가 끝났을 때 여자는 천천히 감았던 눈을 떴다. 시야 가득 태양처럼 크고 노란 보름달이 보였다.

"……."

여자는 작게 탄식하고서 다시 바다로 되돌아갔다. 마지막으로 만난 가족들의 눈에서는 진주가 방울방울 떨어져 내렸다.

"언제라도 돌아와. 그를 죽이면 너는 다시 우리 품으로 돌아올 수 있어."

여자는 고개를 끄덕였지만 그럴 일은 없으리란 것을 은연중에 깨닫고 있었다.

여자가 소년이 있는 섬으로 돌아갔을 때, 소년은 잠들어 있었다. 여자는 조심스럽게 소년을 끌어안고서 뭍으로 헤엄쳤다. 헤엄치는 내내 자장가를 흥얼거렸기 때문일까, 소년은 깨지도 않고서 가만히 물살을 맞았다.

여자는 소년을 모래사장에 얌전히 눕혔다. 다시 보아도 작고 어리다. 이런 소년이 약속을 지킬 수 있으리라는 생각이 전혀 들지 않았다. 하지만 그들은 새끼손가락을 걸었다.

"우린 모든 것을 잊게 될 거야. 그게 어머니의 뜻이니까."

여자가 잠든 소년에게 속삭였다.

"네가 나를 찾지 못하면 네 섬은 전부 파도에 파묻히고 말 거야. 그런 꼴을 보고 싶지 않다면 약속을 지키는 게 좋을걸."

협박 같은 말에도 소년은 곤히 잠들어 있을 뿐이었다. 여자는 소년을 물끄러미 바라보다가 실소를 흘렸다.

"너처럼 작고 어린 뭍짐승이 약속을 지킬 리가 없는데."

'하지만….'

여자는 가만히 제 새끼손가락을 내려다보았다. 소년의 뜨거운 손가락이 얽히던 감촉이 생생했다. 소년의 간절하고 당당한 목소리 역시 아직도 귓가에 선명했다.

"약속하는 거야, 네게 모든 걸 주겠다고."

여자는 빙그레 미소 짓고서, 천천히 소년의 이마에 입술을 맞추었다.
"기다리고 있을게."

꿈에서 깨어나자마자 체사레는 멍하니 천장을 바라보았다. 정신이 맑아질수록 무언가가 빠르게 기억 속에서 사라져 가는 애달픈 기분이 들었다.
'안 돼. 사라지지 마.'
그의 가슴이 먹먹해져 온 그 순간이었다.
"음…."
옆에 누운 아델 비비가 몸을 뒤척였다. 그 작은 호흡에 체사레의 이성이 완벽하게 돌아왔고, 기억의 안개는 자취를 감췄으며, 그는 깊은 안도감을 느꼈다. 체사레는 나직한 한숨과 함께 가만히 잠든 아델의 얼굴을 바라보았다.

아름답고 그리운 얼굴이다. 단 한 번도 아델을 향해 그리움을 느껴 본 적이 없건만, 지금 그는 그리움과 벅참을 동시에 느끼고 있었다. 그녀가 구두닦이였던 그 언젠가 그녀를 마주친 적이 있던 걸까? 알 수 없다. 중요한 건 결국 그들이 다시 만났다는 점이었다. 그는 아델 비비에게 그의 평생을 바치기로 했고 그가 가진 모든 것을 줄 생각이었다. 그녀는 그럴 자격이 있었다.

체사레는 손을 뻗어 천천히 아델의 손을 쥐었다. 그리고 까닭도 모른 채 그녀의 새끼손가락에 제 손가락을 걸었다. 그 순간 무언가가 완벽히 충족되었고, 체사레의 입가에는 미소가 떠올랐다. 그는 품 안의 여자를 향해 속삭였다.

"기다려 줘서 고마워."

—끝